Eva Völler
Tulpengold

Weitere Titel der Autorin
unter dem Pseudonym Charlotte Thomas:

Die Liebenden von San Marco (auch als Hörbuch erschienen)
Die Lagune der Löwen (auch als Hörbuch erschienen)
Die Madonna von Murano (auch als Hörbuch erschienen)
Der König der Komödianten
Das Mädchen aus Mantua
Das Erbe der Braumeisterin
Das ferne Land

Titel in der Regel auch als E-Book erhältlich

EVA VÖLLER

TULPENGOLD

Historischer
Roman

Lübbe

Dieser Titel ist auch als Hörbuch und E-Book erschienen

Originalausgabe

Copyright © 2018 by Eva Völler
Copyright Deutsche Originalausgabe © 2018 by Bastei Lübbe AG, Köln

Textredaktion: Anna Hahn, Trier
Umschlaggestaltung: Johannes Wiebel | punchdesign, München
Unter Verwendung von Motiven von © akg-images und © shutterstock:
T.Eniko | AKaiser | Buravsoff | shtiel
Tulpen-Illustrationen im Innenteil: © shutterstock: mari.nl
Satz: Dörlemann Satz, Lemförde
Gesetzt aus der Adobe Caslon
Druck und Einband: GGP Media GmbH, Pößneck

Printed in Germany
ISBN 978-3-431-04084-5

5 4 3 2 1

Sie finden uns im Internet unter: www.luebbe.de
Bitte beachten Sie auch: www.lesejury.de

Ein verlagsneues Buch kostet in Deutschland und Österreich jeweils überall dasselbe.
Damit die kulturelle Vielfalt erhalten und für die Leser bezahlbar bleibt, gibt es die gesetzliche Buchpreisbindung. Ob im Internet, in der Großbuchhandlung, beim lokalen Buchhändler, im Dorf oder in der Großstadt – überall bekommen Sie Ihre verlagsneuen Bücher zum selben Preis.

Alles ist nicht Gold, was gleißt,
wie man oft Euch unterweist.
Manchen in Gefahr es reißt,
was mein äuß'rer Schein verheißt.
(William Shakespeare, »Der Kaufmann von Venedig«)

Für Henri

KAPITEL I

»Diesem Mann kann niemand mehr helfen«, sagte der Medicus. Er richtete sich auf und wischte sich die Hände an seinem schwarzen Umhang ab.

Ein Raunen erhob sich unter den Zuschauern, die sich am Fundort der Leiche versammelt hatten – einem Fischmarkt im Zentrum von Amsterdam.

»War der Fisch an seinem Tod schuld, Doktor Bartelmies?«, fragte der Polizeihauptmann, der neben ihm stand. »Ist er vielleicht an einem Bissen erstickt?«

»Dazu bedürfte es näherer Untersuchung, auch wenn es nicht ausgeschlossen ist«, erklärte Doktor Bartelmies. »Bis jetzt steht nur eines fest, und das ist der Exitus.«

»Ich höre wohl nicht richtig!«, rief einer der Umstehenden, seinem Geruch nach ein hart arbeitender Fischhändler. Seine Stimme klang aufgebracht. »Was soll dieses Gerede bedeuten?«

»Exitus«, sagte ein Jüngling hinter ihm. »Ausgang. Im medizinischen Sinne auch Tod. Maskulinum. U-Deklination. Exitus, exitūs, exituī ...«

Der Fischhändler drehte sich wütend um. »Willst du ein paar Backpfeifen?«

»Nein«, sagte der Jüngling.

»Dann halt gefälligst den Mund, sonst fängst du dir eine.«

»Nicht doch, Mijnheer«, sagte der ältere Mann neben dem Jungen freundlich, aber bestimmt. »Er meint es nicht böse.«

Der Fischhändler wandte sich ab und betrachtete den Toten vor seinem Stand. Normalerweise hätte man kein Aufheben um einen solchen Fall gemacht, schließlich starben jeden Tag Leute. Allerdings konnte er sich an keinen Fall erinnern, bei dem jemand mitten auf dem Fischmarkt einfach tot umgefallen war. Bedeutsam war dabei wohl auch, dass es sich bei dem Dahingeschiedenen nicht um einen armen Schlucker handelte – für so einen hätte man gewiss nicht eigens den Polizeihauptmann und den Medicus hergeholt –, sondern um jemanden von Rang und Namen. Das sah man schon an der Kleidung. Der Tote trug einen Umhang aus schwerem, wertvollem Tuch und teure Lederstiefel. Und an seinem Gürtel hing eine dicke Börse, auf die sich viele begehrliche Blicke richteten, einschließlich die des Fischhändlers. Er fragte sich, bei wem das gute Stück – oder zumindest ein Teil des Inhalts – wohl landen würde. Beim Medicus, der bereits angedeutet hatte, dass zur Ermittlung der Todesursache noch eine Leichenschau nötig sei, oder beim Polizeihauptmann, der den Abtransport des Toten organisieren würde? Oder womöglich bei allen beiden, weil sie meinten, es sich für ihre Mühen verdient zu haben, und eine gerechte Aufteilung als sinnvoll erachteten?

Der Fischhändler sann darüber nach, dass wenigstens ein Teil des Geldes mit Fug und Recht ihm selbst zugestanden hätte, schließlich hatte er den Schaden davon, dass dieser feine Herr direkt vor seinem Stand zusammengebrochen war, ein Stück Räuchermakrele in dem weit aufgesperrten Mund.

Wer von den Leuten ringsum nicht gerade auf die fette Geldbörse starrte, grauste sich nun gewiss vor dem Fisch, obwohl es an diesem nicht das Geringste auszusetzen gab. Das Ende vom Lied würde sein, dass er die gesamte Ware wieder mit nach Hause nehmen musste, weil niemand ihm mehr etwas abkaufte. Zum Glück war es recht kühl, der Fisch würde sich schon noch eine Weile halten, doch das war auch der einzige Trost.

Der Fischhändler hätte seinen Groll gern an jemandem ausgelassen, beispielsweise an diesem vorlauten Burschen, der sich über ihn lustig gemacht hatte, indem er mit seinen Lateinkenntnissen prahlte. Ein paar tüchtige Ohrfeigen hätten diesem Maulhelden nicht geschadet. Allerdings war er trotz seiner Jugend von drahtiger Gestalt, womöglich würde er zurückschlagen.

Aufschreie der Umstehenden ließen ihn zusammenzucken. Der Polizeihauptmann hatte den Toten vom Rücken auf die Seite gedreht (wollte er etwa jetzt schon die Börse verschwinden lassen?) und dadurch unabsichtlich dafür gesorgt, dass dem Mann der Fischbissen aus dem Mund rutschte, gefolgt von weißlichem Erbrochenen.

»Damit hat sich eine genauere Untersuchung wohl erübrigt«, sagte der Medicus. Er beugte sich nochmals über den Toten und betrachtete eingehend den offen stehenden Mund, indem er mithilfe eines Stöckchens die Lippen von den Zähnen zurückschob. »Dieser Mann wurde zweifellos Opfer einer Vergiftung.«

*

Der daraufhin einsetzende Aufruhr war beträchtlich. Der Fischhändler stimmte ein empörtes Geschrei an, als der Polizeihauptmann ihn von zwei Bütteln ergreifen und fortschleppen ließ. Den Einwand von Doktor Bartelmies, dass es keineswegs zwingend am Fisch gelegen haben müsse, hörte kaum noch jemand. Der eine oder andere aus der Menge versuchte inmitten der Unruhe auf beiläufige Weise, sich dem Toten (oder besser: dessen Börse) zu nähern, doch der Polizeihauptmann hatte ein scharfes Auge auf den Leichnam und verscheuchte mit gut gezielten Knüppelschlägen jeden, der sich auf Armlänge herantraute.

»Komm, Pieter«, sagte Joost Heertgens zu seinem Patensohn. »Wir müssen weiter.«

»Ich würde gern wissen, woran der Medicus sah, dass der Mann an Gift starb.«

»Das hat er gewiss aufgrund seiner Studien erkannt. Doctores wie dieser sind genau wie dein Vater gelehrte Männer, die an berühmten Universitäten studiert haben.«

»Ich würde gern wissen, woran er es sah.«

»Er sah es gewiss an dem, was der Tote ausgespien hat. Oder genauer: was ihm aus dem Mund fiel«, verbesserte Joost Heertgens sich. »Wahrscheinlich war der Fisch schlecht. Verdorbener Fisch ist giftig, das weiß jeder. Daran ist schon so manch einer gestorben.«

Nur widerwillig ließ sich der Junge vom Schauplatz des Geschehens fortziehen. »Der Medicus sagte aber, es müsse nicht am Fisch gelegen haben.«

»Der Mann ist tot, gleichviel aus welchen Gründen. Möge er in Frieden ruhen.«

»Ich würde gern wissen, woran er starb.«

»Du willst vieles wissen, doch nicht alles trägt zu deiner Bildung bei«, versetzte Joost, dem es immer schwerer fiel, Geduld zu bewahren. »Schließlich willst du ja kein Medicus werden, sondern Maler.« Erneut korrigierte Joost sich. »*Dein Vater* wollte es, und es obliegt mir als deinem Vormund, seinen letzten Willen zu vollziehen.« Danach verstummte er und gab sich sorgenvollen Gedanken hin. Wenn es nach ihm gegangen wäre, hätte sein Vetter nicht so früh das Zeitliche segnen müssen, zumal Maarten sich bester Gesundheit erfreut hatte und noch viele Jahre selbst für seinen Sohn hätte sorgen können. In den letzten Jahren hatte Joost ihn zwar nicht häufig gesehen, aber an ihrer freundschaftlichen Verbundenheit hatte das nichts geändert. Maartens Tod hatte Joost zutiefst getroffen und ein bedrückendes Gefühl eigener Vergänglichkeit in ihm geweckt.

Als Pate von Maartens einzigem Sohn nahm Joost seine Aufgabe ernst, und auch wenn er die damit verbundenen Beschwernisse und Umstände manchmal verfluchte, würde er getreulich alle nur erdenklichen Widrigkeiten auf sich nehmen, um Maartens letzten Willen zu erfüllen und Pieter bei dem gewünschten Lehrmeister unterzubringen.

Bis jetzt entwickelte sich alles hoffnungsvoll. Die im Vorfeld geführte Korrespondenz war aussichtsreich verlaufen. Im Falle etwaiger verbleibender Unklarheiten hatte Joost Heertgens eine Menge schlagkräftiger Argumente zur Verfügung. Routinemäßig tastete er nach der schweren Geldkatze unter seinem Wams. Pieters neuer Lehrherr würde keinen Grund zur Klage haben. Gleichwohl konnte ein Mindestmaß sinnvoller Instruktion nicht schaden.

»Hör mir zu, Pieter«, sagte Joost. »Wenn wir gleich im Haus des Malers ankommen, darfst du dort nur reden, wenn dir jemand eine Frage stellt.«

»Ich weiß. Das sagtest du bereits auf der Fahrt hierher.«

Joost erlaubte sich ein frustriertes Seufzen. »Ich vergesse ständig, dass du ein ungewöhnliches Gedächtnis hast und dir alles merkst. Aber manchmal ... Nun, wie soll ich sagen ... manchmal begreifst du nicht alles richtig. So wie vorhin bei dem Fischhändler. Deine Erklärung zum Begriff *Exitus* war sicher nicht das, was er hören wollte.«

»Er hat danach gefragt.« Es klang nicht aufsässig, sondern wie eine sachliche Feststellung, als sei es Joost selbst, der die Dinge verdrehte und nicht einsehen wollte, wie es sich in Wahrheit verhielt.

Joost gab es fürs Erste auf. Es war ein mühseliges Unterfangen, Pieter zurechtzuweisen. Blieb nur zu hoffen, dass er sich als Malerlehrling fügsamer verhielt. Und falls sich doch alles schwieriger anließ als erwartet – der Inhalt der Geldkatze würde es im Zweifel schon richten.

Sie spazierten an einer Gracht vorbei, die von vornehmen Häusern gesäumt war. Weit konnte es nicht mehr sein, ihr Ziel musste sich ganz in der Nähe befinden, zumindest hatten sie bereits das richtige Viertel erreicht. Joost war schon unzählige Male in Amsterdam gewesen, auch wenn er die letzten Jahre lieber in der beschaulichen Abgeschiedenheit seines ländlich gelegenen Anwesens verbracht hatte. Früher hatte er den Trubel und das bunte, abwechslungsreiche Leben in der Stadt als unterhaltsame Abwechslung geschätzt, doch die Jahre hatten in ihm das Bedürfnis nach Ruhe und Zurückgezogenheit verstärkt. Öfter als einmal im Quartal kam er nicht mehr nach Amsterdam, und selbst das war ihm manchmal noch zu viel. Sobald er den Jungen ordentlich untergebracht und damit Maartens letzten Wunsch erfüllt hatte, würde er sich wieder in die Idylle seines Heimatdorfs zurückziehen und all die Bücher lesen, die sich noch dort stapelten – etliche davon aus Maartens Nachlass. Eigentlich gehörten sie Pieter, da der Junge Maartens einziger Erbe war, doch er wollte sie nicht, da er sie allesamt bereits gelesen hatte.

Joost wandte sich an eine junge Frau, unter deren Aufsicht zwei Knechte Fässer zu einer Schenke rollten.

»Mevrouw, könnt Ihr mir sagen, wo ich die Nieuwe Doelenstraat finde? Sie müsste ganz in der Nähe sein.«

Die Frau lächelte, und für einen Moment kam es Joost

Heertgens so vor, als sei die Sonne aufgegangen. Er wünschte sich selten, wieder jung zu sein. Dies war einer jener raren Momente.

»Gleich um die Ecke, und schon seid Ihr da.«

»Habt Dank, Mevrouw.«

Anschließend war das Haus von Rembrandt van Rijn schnell gefunden. Ein Schild an der Backsteinfassade, beschriftet mit dem Namen des Meisters, wies es als Kunsthandlung und Maler-Atelier aus.

Joost streckte die Hand nach dem Türklopfer aus, ließ sie dann aber wieder sinken und zog den Jungen zu sich heran. »Lass dich einmal ansehen, Pieter.« Er rückte ihm die Kappe zurecht, strich ein paar herausgeschlüpfte Locken glatt und zupfte s olange an dem wollenen Umhang herum, bis er in ordentlichen Falten herabfiel. »So, jetzt bist du präsentabel. Hm, du bist tatsächlich ein ansehnlicher Kerl, wenn man sich die Pickel und die Bartfusseln einmal wegdenkt. Du siehst deiner hübschen Mutter wirklich sehr ähnlich, Gott hab sie selig.«

Pieter ließ seine Bemühungen mit stoischer Miene über sich ergehen, aber Joost merkte, dass dem Jungen die Berührungen nicht sonderlich angenehm waren. Er klopfte Pieter ein wenig unbeholfen auf die Schulter und trat einen Schritt zurück. »Du wirst bald anfangen müssen, dir den Bart zu schaben. Oder hatte ich dir auch das bereits gesagt?«

»Nein.«

»Nun, dann weißt du es jetzt.«

»Bin ich nun ein Mann?«

»Wieso fragst du mich das?«

»Weil Vater einmal sagte, sobald ich ein Mann wäre, solle ich mir den Bart schaben.«

Diesmal kam Joosts Seufzer von Herzen. »Das kommt schon noch. Zuallererst bist du ab heute der Lehrling eines sehr berühmten Kunstmalers. Sofern sich alles so fügt, wie dein Vater es sich wünschte«, setzte er hinzu. Mit einem weiteren Seufzer betätigte er den Türklopfer.

Nach einer Weile wurde ihnen von einer Magd mittleren Alters geöffnet. Joost begrüßte sie freundlich und stellte sich vor.

»Mein Name ist Joost Heertgens, und das ist mein Mündel Pieter, der in diesem Hause Lehrling werden soll. Wir sind für heute angekündigt.«

Die Magd nickte nur mit verdrießlicher Miene und ließ sie vor der Tür stehen, während sie im hinteren Teil des Hauses verschwand, wo sie leise mit jemandem sprach. Kurz darauf erschien eine jüngere Frau mit einem hübschen, lebhaften Gesicht. Über ihrem Kleid trug sie einen volantbesetzten Hausmantel. Im Gegensatz zu der griesgrämigen Magd begrüßte sie die Besucher mit einem Lächeln.

»Mein Mann ist leider gerade außer Haus, aber er kommt in Kürze zurück. Ihr könnt gern solange mit mir in der Stube warten.«

Dankbar ließ Joost sich auf einem gepolsterten Stuhl vor dem Kamin nieder. Picter musste mit einem Schemel in der Ecke vorliebnehmen, aber daran würde er sich gewöhnen müssen. Als Lehrjunge konnte er keinen Luxus erwarten.

Das Kaminfeuer verbreitete behagliche Wärme, und Joost streckte erleichtert die Beine von sich. Die letzten Wochen hatten ihn angestrengt. Er hatte zuerst von Zeeland nach Leiden reisen müssen, um Maartens Nachlass aufzulösen und den Jungen abzuholen, und dann von dort aus nach Amsterdam, und das alles innerhalb kurzer Zeit. Er spürte das nahende Alter. Umso wichtiger war es, gleich heute für klare Verhältnisse zu sorgen und den Jungen fest unterzubringen.

Die junge Hausfrau klingelte nach der Magd und befahl ihr, dem Besuch Wein zu servieren. Auch dafür war Joost dankbar, obwohl der Wein stark verdünnt und sauer war. Für richtig wichtige Gäste – also solche, die bereit waren, mehrere Hundert Gulden für ein Gemälde auszugeben – hätte sie vermutlich den besten Wein hervorholen lassen. Doch das störte Joost nicht. Er war nicht zum Trinken hier, sondern in Geschäften.

Die Gattin des Malers hatte es sich in einem Lehnstuhl bequem gemacht und beugte sich über eine Stickarbeit. Ab und zu blickte sie auf und stellte eine Frage, und Joost beeilte sich, sie schnellstmöglich zu beantworten, ehe Pieter es tun konnte.

»Ihr kommt aus Leiden, wie ich hörte?«

»Mein Mündel Pieter kommt von dort. Ich selbst lebe in Zeeland. Drei- bis viermal im Jahr komme ich nach Amsterdam, der Geschäfte wegen. Ich unterhalte hier ein Kontor, doch den täglichen Handel hat mein Verwalter unter sich. Ich schaue nur gelegentlich nach dem Rechten und kümmere mich um größere Aufträge.«

»Womit handelt Ihr, Mijnheer?«

»Mit vielem, aber hauptsächlich mit Effekten.« Als er den verständnislosen Blick der jungen Frau bemerkte, fügte er erklärend hinzu: »Dabei geht es um Anteile an Handelsgütern, meist Schiffsladungen. Genau genommen kaufe und verkaufe ich Waren, die mit den großen Frachtern nach Holland kommen.«

»Oh, Ihr seid ein Händler der Ostindien-Kompanie?« Das Interesse der jungen Frau an Joost stieg merklich. »Das hatte mein Mann gar nicht erwähnt. Er sprach nur davon, dass Ihr ihn um eine Ausbildung für Euren Patensohn ersucht habt.« Sie warf einen Blick auf den Jungen. »Du bist Pieter, nicht wahr?«

»Ja«, sagte Pieter.

»In den Briefen stand, dass du bald achtzehn wirst. Die

meisten Schüler meines Mannes sind zu Beginn ihrer Lehrzeit viel jünger.«

»Pieter war noch auf der Lateinschule«, warf Joost Heertgens ein.

»Ich weiß, davon habt Ihr meinem Mann geschrieben. Geht man dort nicht meist mit vierzehn oder fünfzehn ab?«

»Pieter hat ein bisschen länger gebraucht. Aber jetzt ist er bereit für den Ernst des Lebens.«

»Du willst also das Malerhandwerk erlernen, Pieter?«

»Ich weiß es nicht.«

Joost unterdrückte ein Stöhnen. »Natürlich will er es. Genauer: Es war der dringende Wunsch seines Vaters, der das ungeheure Talent seines Sohnes früh erkannt hat und unbedingt wollte, dass es bestmöglich gefördert werde. Pieter, zeig der Dame deine Skizzen.«

Die Gattin des Malers hob abwehrend die Hand. »Das ist Sache meines Mannes. Der versteht mehr davon.«

Beim Fortgang des Gesprächs stellte sich jedoch rasch heraus, dass sie von einer bestimmten anderen Sache mindestens genauso viel verstand wie ihr Mann.

»Wie ich hörte, hattet Ihr im Zuge der Korrespondenz mit meinem Mann bereits eine Einigung über das Lehrgeld für Euer Mündel erzielt.«

Joost nickte. »Hundert Gulden jährlich, bei freier Kost und Logis.«

»Eigentlich bieten wir unseren Lehrlingen keine Unterbringung an. Bis zu unserem Einzug hier wurden sie sogar in einer Werkstatt außerhalb des Hauses unterrichtet. Sie wohnen alle bei ihren Familien. Hat mein Mann Euch das nicht mitgeteilt?«

Joost ging davon aus, dass sie sehr genau wusste, was ihr Gatte ihm alles mitgeteilt hatte.

»Doch«, sagte er. »Meister Rembrandt schrieb mir davon,

worauf ich zurückschrieb, dass man über ein angemessenes zusätzliches Kostgeld gewiss eine Einigung erzielen könne. Damit war Euer Gatte einverstanden. Das ist der letzte Stand der Dinge.«

Sie beugte sich vor. »Was wäre denn Eure Vorstellung von einem angemessenen zusätzlichen Kostgeld?«

»Achtzig Gulden per anno.«

»Hundertzwanzig«, gab sie ohne mit der Wimper zu zucken zurück.

Sie schien selbst zu bemerken, wie überzogen diese Forderung war, denn sie beeilte sich, eine Begründung zu erfinden. »Der Junge sieht aus wie ein starker Esser. Er ist groß und kräftig für seine siebzehn Jahre. Zudem muss man noch die Unterbringung berechnen – er bekäme ja auch ein Bett zum Schlafen gestellt.«

Joost tat so, als würde es ihn große Überwindung kosten, sich geschlagen zu geben. »Nun gut. Der letzte Wille meines Vetters bedeutet mir alles, und meine Verpflichtung als Vormund des armen Jungen ist mir heilig, auch wenn ich dafür Opfer bringen muss.« Als ein mit allen Wassern gewaschener Händler verstand er sich darauf, jenen Ton von Entsagung in seine Stimme zu legen, der keinen Zweifel daran ließ, wie bitter dieses Nachgeben für ihn war. Die Frau des Malers mochte geschäftstüchtig sein, aber sie war zu jung, um seine Durchtriebenheit zu durchschauen. Das schlechte Gewissen stand ihr ins Gesicht geschrieben.

»Es soll dem Jungen an nichts fehlen. Er darf sich immer satt essen und bekommt zu den Sonntagsmahlzeiten eine ordentliche Portion gutes Fleisch. Und er muss keine Hilfsdienste im Haushalt verrichten, das könnt Ihr in den Kontrakt schreiben. Eine eigene Kammer können wir ihm jedoch nicht bieten, er muss auf dem Dachboden nächtigen, wo auch ein Geselle meines Gatten schläft.« Hastig setzte sie hinzu: »Der einzige, der bei uns untergebracht ist. Laurens ist ein Verwandter meines Mannes, deshalb die Ausnahme.«

»Gewiss, Mevrouw.« Joost verzog keine Miene. »Damit Ihr meinen guten Willen erkennt, würde ich das Lehrgeld mitsamt dem Kostgeld gern gleich für drei Jahre im Voraus bezahlen.«

In ihren Augen stand ein erwartungsvolles Funkeln. »Ihr habt all dieses Geld bereits dabei?«

»Ich schätze klare Verhältnisse und sorge gern vor.« Mit treuherzigem Augenaufschlag legte er die Geldkatze auf das Tischchen, das zwischen seinem Stuhl und dem der Hausherrin stand. »Darin befinden sich ungefähr tausend Gulden. Warum nehmt Ihr Euch nicht einfach das Geld für drei Jahre heraus? Damit erspart Ihr einem alten Mann mit schlechten Augen die Mühe des Zählens.«

Ihre Miene zeigte genau, was sie dachte. Hätte sie weiter feilschen sollen? Wenn er tausend Gulden auf den Tisch legte, wäre vielleicht viel mehr für sie drin gewesen!

Freundlich bemerkte er: »Ich habe deshalb so viel Geld dabei, weil ich noch Schiffspapiere erwerben wollte. Diesen Kauf kann ich aber ohne Weiteres auf eine spätere Zeit verschieben, denn mein Patenkind ist mir wichtiger.«

Die Lüge kam ihm glatt über die Lippen, und die junge Frau glaubte sie nur zu gern. Zögernd griff sie nach dem schweren Lederbeutel, und das sachte Klimpern vieler Goldstücke erfüllte die Stube. Mit diesem Klang war die Sache besiegelt. Joost spürte die Macht des Augenblicks ebenso wie die Gattin des Malers, über die er im Vorfeld der Geschäftsanbahnung genauso gründlich Erkundigungen eingeholt hatte wie über ihren Mann. Bis vor Kurzem hatten die jungen Eheleute noch bei dem reichen Kunsthändler Hendrick van Uylenburgh gewohnt, einem älteren Vetter von Saskia. Für die Ausübung des Malerhandwerks und die

Ausbildung seiner Lehrlinge hatte Rembrandt anfangs einen Speicher angemietet, doch inzwischen benutzte er dafür das obere Geschoss des neuen Hauses – das sparte Geld. Seit dem Umzug in die Nieuwe Doelenstraat rann Saskias Erbe den beiden allerdings zuweilen schneller durch die Finger, als Rembrandt malen konnte. Das Haus war nur gemietet, aber es war absehbar, dass das Ehepaar sich bald nach einem eigenen Domizil umtun würde, denn sie wollten höher hinaus. Rembrandt war ehrgeizig und nicht frei von Geltungsdrang. Dank seines Talents konnte er über seine Auftragslage nicht klagen, doch er neigte dazu, über seine Verhältnisse zu leben. Nicht auf die Art, die manche Männer seines Alters arm machte – er vergeudete sein Geld weder für Huren noch beim Glücksspiel –, doch kostspielig war sein Steckenpferd allemal. Er war ein begeisterter Sammler von Kunst und wertvollen Raritäten.

Unauffällig ließ Joost seinen Blick über die Einrichtung der Stube schweifen, während die Dame des Hauses mit konzentrierter Miene Gulden abzählte. Durch die Bleiglasfenster fiel ausreichend Tageslicht in den Raum. Auf einem Wandbord war feines Porzellan neben Silbergeschirr und gläsernen Trinkpokalen aufgereiht. Mehrere Gemälde des Meisters zierten die Wände, darunter ein Bildnis, auf dem die Gattin des Malers als Blumengöttin dargestellt war. Eine Wand wurde von einem breiten Pfostenbett eingenommen – die Schlafstätte der Eheleute und zugleich zur Schau gestelltes Statussymbol, ebenso wie der mit Schnitzereien verzierte Prunkschrank für die feine Wäsche. In der Mitte des Raums prangte ein kunstvoll gedrechselter Tisch, umgeben von einem halben Dutzend hochlehniger Stühle. Hier würde Pieter allerdings nicht seine Mahlzeiten einnehmen, sondern zusammen mit dem Gesinde in der Küche, wie es sich für einen Lehrjungen geziemte. Joost warf einen kurzen Blick auf den Jungen, der unruhig auf seinem Schemel hin und her rutschte.

Nur noch ein paar Minuten, beschwor Joost ihn mit flehendem Blick. Doch Pieter schien gegenüber seinen stummen Bitten taub zu sein.

»Ich will etwas fragen«, sagte er.

Saskia blickte irritiert von den Münzen auf. »Jetzt habe ich mich verzählt.«

»Fangt von vorn an und bildet Stapel zu je zehn Gulden«, riet Joost ihr.

Sie runzelte die Stirn, tat jedoch wie geheißen.

Joost versuchte, Pieter zu ignorieren, aber der ließ sich nicht beirren.

»Ich will eine Frage stellen.«

»Natürlich«, meinte Joost. »Oh, warte.« Er zog seine Tasche mit der Pfeife und dem Tabak hervor und warf sie zu Pieter hinüber, der sie behände auffing. »Stopf mir doch zuerst einmal ordentlich meine Pfeife. Ich habe dir ja gezeigt, wie man es macht.«

Mit kaum verhohlener Ungeduld kam Pieter dem Ansinnen nach. Anschließend ließ Joost sich von ihm mit einem Holzspan, den der Junge im Kamin ansteckte, Feuer geben, doch er hatte kaum den Pfeifentabak richtig zum Glühen gebracht, als Pieter auch schon mit seiner Frage herausplatzte.

»Kann ich auf den Lokus?«

*

Saskia klingelte nach der Magd, die Pieter den Weg zum Abtritt zeigen sollte. Diesmal erschien nicht die schlecht gelaunte Person, die ihnen die Tür geöffnet und den dünnen Wein gebracht hatte, sondern ein junges Mädchen von höchstens achtzehn Jahren, reizvoll anzuschauen mit ihrem lieblichen Gesicht und den deutlichen Rundungen unter der Schürze. Pieter schluckte sichtlich bei ihrem Anblick, und seine Augen wurden groß. Auf dem Weg zur Tür stolperte er, weil er auf das Hinterteil des Mädchens geblickt hatte statt auf seine Füße.

Der Junge ist wirklich bald ein Mann, dachte Joost mit einem Hauch von Wehmut. Er erinnerte sich noch sehr gut an die Zeit, als er selbst in Pieters Alter gewesen war. Mit siebzehn waren alle Jünglinge hilflose Opfer ihrer aufkeimenden Triebe, dem war auch durch Beten und Fasten nicht beizukommen.

Saskia war mit dem Zählen des Geldes fertig. »Ich habe sechshundertsechzig Gulden entnommen. Möchtet Ihr noch einmal selbst nachzählen, Mijnheer?«

Er hatte aus den Augenwinkeln sehr genau Anzahl und Höhe der von ihr gebildeten und zur Seite geschobenen Stapel im Blick gehabt. Doch das brauchte sie ja nicht zu wissen.

»Nicht doch, Mevrouw. Ich vertraue Euch und Eurem Wort, denn nie traf ich eine ehrbarere und im Geschäftsleben versiertere Dame als Euch!« Mit einem zuvorkommenden Lächeln schob er die übrigen Münzen zurück in den Lederbeutel und nahm ihn wieder an sich.

Saskia errötete vor Stolz und Freude, denn mit seiner Schmeichelei hatte er anscheinend einen Nerv getroffen. Sie verstaute die abgezweigte Summe sorgfältig in einem Rosenholzkästchen.

»Von Eurem ansprechenden Äußeren will ich besser gar nicht erst reden«, setzte Joost noch eins drauf. »Denn schließlich seid Ihr eine verheiratete Frau. Aber lasst mich Euch zumindest sagen, dass Ihr den Augen eines alten Mannes einen Anblick bietet, der das Herz erwärmt!« Bei diesen Worten zog er den Kontrakt aus seiner Tasche und breitete ihn auf dem Tischchen aus. »Hier ist der Lehrvertrag. Inhaltlich entspricht er den allgemein anerkannten Regularien der Malergilde. Fehlen nur noch unsere Zusatzvereinbarungen.«

Saskia holte Feder und Tinte, damit Joost den Vertrag um die besprochenen Punkte ergänzen konnte.

Nun bedurfte es nur noch der Unterschrift des Meisters, um den Handel perfekt zu machen. Ein glücklicher Zufall wollte es, dass der Hausherr just in diesem Moment nach Hause kam, womit dem Abschluss nichts mehr im Wege stand.

Mit Wärme in der Stimme stellte Saskia ihrem Gatten den Besucher vor und erwähnte anschließend nicht nur die großzügige Regelung, die sie über das Kostgeld getroffen hatten, sondern hob auch hervor, wie zurückhaltend und wohlerzogen der neue Lehrling doch sei. In dem Punkt würde Pieter sie zweifellos bald eines Besseren belehren, aber nun steckte das Geld bereits in ihrem Kästchen.

Saskia reichte ihrem Gemahl die Tintenfeder, damit er den Lehrvertrag unterzeichnen konnte. Rembrandt tat es mit energischem Federstrich, ohne mehr als einen flüchtigen Blick darauf zu werfen, während Joost die verbleibende Zeit bis zu Pieters Rückkehr nutzte, um dem Maler Honig um den Bart zu schmieren. Das Gute daran war – er musste dabei nicht einmal übertreiben.

»Ihr ahnt nicht, was meinem verstorbenen Vetter dieser Tag bedeutet hätte! Er hielt Euch für den größten lebenden Maler unserer Zeit, und ich kann Euch versichern, dass er ein hochgebildeter und überaus kunstbeflissener Mann war. In seiner Jugend war er in Italien und schwärmte mir von den Gemälden und anderen Kunstwerken vor, die er dort betrachtet hatte. Große Namen von Malern und Bildhauern, die Euch sicher nicht fremd sind – Leonardo da Vinci, Michelangelo, Tizian, Caravaggio, Bellini, Giorgione ...« Joost ließ seinen Blick in die Ferne schweifen, als könne er sämtliche Kunstwerke vor seinem geistigen Auge vorbeiziehen sehen. »Euer Name fiel mit jenen Legenden in einem Atemzug. Es war sein größter Wunsch, Pieter zu Euch in die Lehre zu geben. Mit diesem Wunsch auf den Lippen tat er seinen letzten Atemzug, nachdem er mir alles Geld anvertraut hatte, das er sich eigens dafür vom Munde abgespart hatte.«

Letzteres war schamlos übertrieben, aber im Kern traf es Maartens letzten Willen, und der allein zählte schließlich. Und es erfüllte seinen Zweck, denn Rembrandt war Komplimenten dieser Art gegenüber keineswegs immun. Sein Gesicht erstrahlte vor Freude, und er warf sich ein wenig in die Brust, als wäre es durchaus folgerichtig, ihn in eine Reihe mit jenen Ruhmesgrößen zu stellen, die Joost ihm gerade aufgezählt hatte.

Tatsächlich hatte Maarten große Stücke auf Rembrandt van Rijns Kunst gehalten. Obwohl er den Maler nie persönlich getroffen hatte, war er von dessen Bildern, die er bei einem Besuch der Uylenburgh'schen Galerie einmal hatte besichtigen können, zutiefst beeindruckt gewesen. Die Entscheidung, Pieter den Beruf des Kunstmalers erlernen zu lassen, hatte er schon vorher getroffen, aber von diesem Moment an hatte für ihn außer Frage gestanden, dass Pieters Lehrherr niemand anderer sein dürfe als Rembrandt Harmenszoon van Rijn. Bedauerlicherweise war er gestorben, bevor er alles Nötige veranlassen konnte, doch diese Aufgabe hatte Joost ihm ja nun abgenommen. Und zwar auf ganz hervorragende Weise, wie er nicht ohne Selbstzufriedenheit konstatierte. Maarten würde im Himmel seine helle Freude daran haben.

Als Pieter vom Abtritt zurückkam, war bereits alles geregelt, sodass es auch schon ans Abschiednehmen gehen konnte. Draußen vor der Tür nahm Joost den Jungen noch einmal beiseite. »Deinen Reisesack lasse ich dir gleich herbringen.« Dann erteilte er Pieter mit leiser Stimme letzte

Instruktionen. »Es gibt einige goldene Verhaltensregeln, die du unbedingt verinnerlichen und anwenden musst. Erstens: Sprich nur, wenn du gefragt wirst, und antworte nur mit Ja oder Nein. Ist dies nicht möglich, beschränke deine Antworten auf höchstens zehn Worte. Zweitens: Stell keine Fragen. Zum Abtritt darfst du übrigens ungefragt gehen«, flocht Joost vorsorglich ein. »Drittens: Gib keine Widerworte, und gehorche den dir erteilten Anweisungen.«

Es blieb noch Zeit für die Aufzählung einiger untergeordneter Bestimmungen, etwa, kein Geld für Weiber zu verschleudern, nicht zu fluchen und nicht zu raufen und in geschlossenen Räumen nicht auf den Boden zu spucken, doch diesen Punkten maß Joost im Grunde keine besondere Bedeutung bei, jedenfalls nicht im Zusammenhang mit Pieter. Was solche Belange betraf, würde er sich bestimmt nicht unliebsam hervortun.

»Ach, das Wichtigste hätte ich beinahe vergessen«, sagte Joost zum Schluss. »Ab und zu wirst du etwas Geld brauchen, um dir irgendwelche Kleinigkeiten zu kaufen. Aus diesem Grund ...« Er unterbrach sich und betrachtete seinen Patensohn, der von einem Fuß auf den anderen trat und kaum an sich halten konnte. »Was ist los mit dir, Junge?«

»Darf ich dich etwas fragen, Onkel Joost? Auch wenn es gegen die goldene Verhaltensregel Nummer zwei verstößt?«

Joost seufzte. »Stell die Frage.«

»Welche Kleinigkeiten soll ich mir kaufen?«

»Du *sollst* dir nichts kaufen. Ich erwähnte es nur für den Fall, dass du etwas benötigst.«

»Was denn?«

»Nun ... beispielsweise ein neues Hemd oder sonstige Kleidung. Oder ein Rasiermesser, wenn du anfängst, dir den Bart zu schaben. Oder hast du schon eines?«

»Nein.«

»Na siehst du.«

»Wann soll ich mir das Rasiermesser kaufen?«

»Das kannst du selbst entscheiden.« Joost runzelte die Stirn, denn er hatte den untrüglichen Eindruck, dass er im Begriff war, etwas Wichtiges zu vergessen. Zu seiner Erleichterung fiel es ihm sofort wieder ein. »Was das Geld angeht – du kannst dir welches holen. Ich habe dir ja heute nach unserer Ankunft mein Kontor gezeigt. Dorthin kannst du gehen und dir von Mijnheer Mostaerd geben lassen, was immer du brauchst.« Er hatte seinen Verwalter instruiert, den Jungen großzügig zu alimentieren, denn Pieter sollte keinesfalls während seiner Lehrjahre darben müssen.

In einer für ihn selbst unerwarteten Aufwallung von Zuneigung tätschelte er dem Jungen die Wange und unterdrückte dabei den Anflug eines schlechten Gewissens, weil er seinen Patensohn hier ablieferte wie eine Ladung unbestellter Ware, die man nicht schnell genug loswerden konnte.

»Ich werde bald nach dir sehen, Pieter. Spätestens zu Weihnachten komme ich vorbei und überzeuge mich davon, dass du es gut getroffen hast mit deiner Lehrstelle.« Damit wandte er sich entschlossen zum Gehen. Bis Weihnachten waren es noch fast drei Monate. Wenn er hätte wetten müssen, ob der Junge es bis dahin schaffte, sich die Lehrstelle zu erhalten, hätte Joost keine nennenswerte Summe darauf setzen mögen. Andererseits – sechshundertsechzig Gulden waren ein schönes Stück Geld, auch für einen gut bezahlten Maler. Das galt vor allem, wenn es erst einmal ausgegeben war.

Auf dem Weg zu seinem Kontor gab Joost sich der stillen Hoffnung hin, dass Meister Rembrandt das Lehrgeld schnellstmöglich für verlockende Sammlungsstücke verprasste. Ob man da vielleicht ein wenig nachhelfen konnte?

*

KAPITEL 2

Pieter verbrachte den ersten Monat seiner Lehrzeit ohne besondere Vorkommnisse. Meistens war er stumm wie ein Fisch, und wenn er doch einmal ein paar Worte von sich gab, musste man ihm schon eine Frage gestellt haben, wobei jedoch seine Antworten stets ausgesprochen einsilbig ausfielen. Bald hielten ihn alle im Hause van Rijn für einen Sonderling.

Gegen Ende des Monats Oktober 1636, rund vier Wochen nach Pieters Ankunft, traf – nebst einem Federbett für Pieter – ein Brief seines Vormunds ein, dem offenbar die Absicht zugrunde lag, Pieters Verhalten zu erklären. Der Junge sei, so schrieb Joost Heertgens, zuweilen ein Eigenbrötler, und sollte er vielleicht einmal einen renitenten oder besserwisserischen Eindruck machen, dürfe man ihm das nicht verargen, da er unter ungewöhnlichen Umständen aufgewachsen sei.

Über die genaue Art dieser Umstände ließ sich Pieters Vormund in dem Brief nicht aus, aber Meister Rembrandt und seine Gattin focht das nicht an. Sie vermochten den Sinn dieser vorweggenommenen Entschuldigung in Heertgens

Schreiben nicht zu erkennen, denn sie hatten keinen Grund, sich über den Jungen zu beklagen. Wenn er ihnen überhaupt auffiel, dann nur durch seine ungewöhnliche Schweigsamkeit und bemerkenswerte Pünktlichkeit. Zu den Mahlzeiten erschien er immer auf die Minute genau mit dem Glockenschlag, und seit seiner Ankunft kam es nie mehr vor, dass jemand vergaß, im Haus die großen Sanduhren umzudrehen, die den Tag in Stunden teilten. Meist war er schon eine Minute vorher zur Stelle. Seine Arbeit erledigte er ebenso zuverlässig. In den ersten Tagen hatte Rembrandt ihm nichts weiter zu tun gegeben, als abends die Werkstatt im Obergeschoss des Hauses auszufegen, die Leinwände mit Tüchern abzuhängen und Pinsel und Paletten zu reinigen. All das hatte er nach eingehender Unterweisung durch Rembrandts ältesten Lehrling Cornelis zufriedenstellend erledigt.

Doch Rembrandt steckte bis über beide Ohren in Arbeit, und so war es ihm entgangen, dass der Schwerpunkt von Pieters Tätigkeit sich nach und nach in andere Bereiche des Hauses verlagert hatte. Die ältere Magd – ihr Name war Geertruyd – hatte rasch herausgefunden, dass Pieter sich auch für gröbere Arbeiten im Haushalt gut eignete, und da es in der Werkstatt des Meisters ohnehin tagsüber von Schülern nur so wimmelte, war der Junge ihrer Auffassung nach dort jederzeit entbehrlich. Dies galt umso mehr, als die jüngeren Lehrbuben, allesamt Knaben von zwölf, dreizehn Jahren, Pieter wegen seiner stillen Art oft hänselten, weshalb es aus Geertruyds Sicht nur folgerichtig war, den Jungen anderweitig zu beschäftigen.

Bald war er ausschließlich damit befasst, Hühner zu rupfen, Fische zu schuppen, Torfballen und Feuerholz in Küche, Waschküche und Stube zu schleppen und die Abfälle in den Fluss zu kippen. Gelegentlich musste er auch Kohlköpfe klein schneiden, Möhren schrappen, Bratenstücke parieren und den Boden scheuern. Eine Menge Zeit verbrachte er zudem damit, bei der Wäsche zu helfen.

Als Joost Heertgens Brief eintraf, machte sich Rembrandt zum ersten Mal seit Wochen bewusst, wie selten er Pieter in der Werkstatt zu Gesicht bekam. Am Nachmittag desselben Tages wandte er sich daher an seinen Gesellen Laurens, der sich mit Pieter die Dachkammer über der Werkstatt teilte und seine Frage am besten beantworten konnte.

»Wo treibt sich eigentlich Pieter den ganzen Tag immer herum? Ich sehe ihn kaum noch.«

Laurens verzog verächtlich das Gesicht. »Er hilft Geertruyd in der Küche oder Anneke bei der Wäsche.«

»Warum?«

Laurens, dem der unerwünschte Kammergenosse von Anfang an ein Dorn im Auge gewesen war, nutzte gern die Gelegenheit, dem Jungen eins auszuwischen. »Weil er lieber Weiberarbeit macht, statt das Malen zu erlernen.«

»Wirklich?« Rembrandt runzelte die Stirn. »Hat er das gesagt?«

»Nein«, räumte Laurens ein. »Aber ich finde, es ist die einzige Erklärung.«

Rembrandt hielt mit seiner Skepsis nicht hinterm Berg. Dass einer seiner Lehrlinge lieber Frauenarbeit verrichtete, statt sich der Kunst zu widmen, erschien ihm schlechterdings grotesk. Dahinter musste mehr stecken. Er befahl Laurens, ihm Pieter zu rufen, weil er unter vier Augen mit dem Jungen reden wollte.

Pieter erschien umgehend in der Werkstatt. Er kam ganz offensichtlich aus der Küche, denn er hatte eine große Schürze umgebunden, die von Flecken übersät war und nach Bratenfett stank.

»Was hast du denn da um Himmels willen an?«, wollte Rembrandt von ihm wissen.

Der Junge schien im Kopf kurz etwas zu überschlagen, denn seine Lippen bewegten sich stumm. Doch dann kam seine Antwort flüssig und ohne zu stocken heraus. »Hose, Hemd, Weste, Strümpfe, Schuhe, Gürtel, Halstuch, Kappe, Schürze.«

»Willst du dich über mich lustig machen, Bursche?«

»Nein.«

»Warum zählst du dann alles auf, was du anhast?«

»Weil Ihr mich danach fragtet.«

Befremden erfasste Rembrandt, und er begriff, dass dem Brief von Pieters Vormund eine Bedeutung innewohnte, die ihm bisher entgangen war.

»Pieter, warum bist du so selten hier oben in der Werkstatt?«

Der Junge dachte kurz nach. »Weil ich Geertruyd und Anneke bei der Arbeit helfe.«

»Tust du diese Arbeit denn gern?«

»Nur, wenn Anneke dabei ist.«

Rembrandt gewann den Eindruck, der Sache allmählich näher zu kommen, denn Anneke war wirklich eine Augenweide, das mochte eine Erklärung dafür sein, dass Pieter sich im Haushalt betätigte. Doch das konnte unmöglich der alleinige Grund sein.

Gleichwohl fand er es zusehends mühselig, Pieter jede Auskunft einzeln aus der Nase ziehen zu müssen. Hätte Rembrandt nicht gewusst, dass Pieter die Lateinschule in Leiden besucht hatte (dieselbe Schule hatte Rembrandt in seiner Jugend auch absolviert), wäre wohl die Annahme berechtigt gewesen, dass es um die Geisteskräfte des Jungen traurig bestellt war. Er widerstand der Anwandlung, Pieters Mitteilungsfreude durch eine kräftige Ohrfeige anzuregen.

»Hilfst du lieber Anneke bei der Arbeit als mir?«

»Nein.«

»Warum tust du es dann?«

Wieder schien der Junge im Geiste etwas abzuzählen. »Weil Geertruyd es befiehlt und weil ich Anweisungen gehorchen muss.«

»Pieter, warum zögerst du vor manchen Antworten?«

»Weil ich die Wörter zähle.«

»Wessen Wörter?«

»Meine.«

Der Junge war zweifellos gestört, doch so schnell gab Rembrandt nicht auf.

»Wer hat dich geheißen, deine Wörter zu zählen? Und warum?«

Der Junge wand sich, von erkennbarer Unruhe erfüllt.

»Ich erwarte eine Erklärung«, insistierte Rembrandt.

Pieter starrte ihn hilflos an. Schließlich platzte er heraus: »Ich kann nicht antworten.«

»Warum nicht?«

»Es waren zwei Fragen auf einmal.«

»Beantworte zunächst die erste.«

Pieter war sichtlich erleichtert. »Mein Onkel Joost befahl mir das Zählen.«

»Warum tat er das?«

»Das weiß ich nicht.«

»Pieter, ich bin dein Lehrherr. Meine Befehle stehen über denen deines Paten. Du musst meinen Anweisungen folgen.«

»Ich weiß. Das ist die goldene Regel Nummer drei.«

»Wie bitte?«

»Die goldene Regel Nummer drei.«

»Zähl mir die goldenen Regeln auf«, verlangte Rembrandt. Er hatte das Gefühl, durch zähen Schlamm zu waten.

»Das geht nicht.«

»Warum nicht?«

»Die Antwort hätte mehr als zehn Wörter.«

Rembrandt frohlockte innerlich. Damit war er endlich zum Kern des Problems vorgestoßen!

»Als Allererstes befehle ich dir, sofort mit diesem albernen Zählen aufzuhören. Wenn ich dich etwas frage, erwarte ich schlüssige, ausformulierte und kluge Antworten. Sie dürfen länger sein als zehn Wörter. Und jetzt zähl mir besagte Regeln auf.«

Pieter betete sie allesamt in Windeseile und ohne zu stocken herunter, die Worte sprudelten nur so aus ihm heraus. Vor Rembrandts innerem Auge tauchte kurz das Bild eines unter Wasserfluten berstenden Deichs auf.

Mit grimmiger Anteilnahme versuchte er, den Sinn dieser Regeln zu erfassen, vor allem der goldenen. Welches Ziel hatte Pieters Patenonkel mit dieser himmelschreienden Unterdrückung verfolgt? Es war ihm ein Rätsel. Schließlich kam er zu dem Schluss, dass der Junge ein armes, geknechtetes Wesen war, dem geholfen werden müsse.

»Pieter«, sagte er mit ernster Stimme. »Hiermit setze ich alle von deinem Paten aufgestellten Regeln außer Kraft. Für dich gilt ab sofort keine mehr davon.« Er besann sich. »Außer natürlich, dass du meine Anweisungen befolgen musst, denn ich bin ja dein Lehrherr. Ah, und die meiner Frau. Aber die anderen haben dir nichts mehr zu sagen.«

»Auch Laurens und Geertruyd nicht?«

»*Vor allem* Laurens und Geertruyd nicht. Alles Weitere wird sich schon fügen. Verhalte dich einfach wie ein anständiger Christenmensch, und befolge anstelle dieser seltsamen Regeln deines Paten nur getreulich die Zehn Gebote. Sei immer ehrlich, strebsam und gottesfürchtig, dann kann nicht viel schiefgehen. Hast du das verstanden?«

»Ja.«

»Gut. Ach, und ich erwarte ab sofort zu allen Arbeitszeiten deine regelmäßige Anwesenheit hier in der Werkstatt.

Ich werde Geertruyd und Anneke klarmachen, dass sie dir keine Aufgaben im Haushalt mehr aufhalsen dürfen, denn dafür bist du nicht zuständig. Du willst doch ein guter Maler werden, oder nicht?«

»Mein Vater wollte es.«

»Du denn nicht?«

»Ich weiß nicht, was ich will.«

Rembrandt dachte über die Antwort nach, denn es waren ehrliche Worte, und solche verdienten immer Beachtung. Er erinnerte sich daran, dass Joost Heertgens das Talent des Jungen hervorgehoben hatte. Falls er nicht gelogen oder übertrieben hatte – inzwischen traute Rembrandt diesem Kaufmann jedwede Schlechtigkeit zu –, musste bei Pieter folglich ein Mindestmaß an künstlerischer Begabung vorhanden sein. Das lag schon deshalb nahe, weil sein Vater ihm den Beruf des Kunstmalers zugedacht hatte. Für künstlerisch Unbegabte gab es genügend andere sinnvolle und einträgliche Tätigkeiten.

Rembrandt beschloss, der Sache sofort auf den Grund zu gehen. Streng genommen hätte er sich schon längst darum kümmern müssen. Er schalt sich im Stillen für seine Nachlässigkeit, denn tatsächlich hatte er bisher kein einziges Mal die malerischen Anlagen des Jungen geprüft, hatte weder Skizzen noch sonstige Entwürfe in Augenschein genommen. Es musste welche geben, Saskia hatte ihm erzählt, dass Heertgens sie ihr hatte zeigen wollen.

»Pieter, hast du eine Mappe mit Zeichnungen mitgebracht, als du in unser Haus kamst?«

»Ja.«

»Kann ich sie einmal sehen?«

»Nein.«

Rembrandt stutzte. »Warum nicht?«

»Die Skizzen sind weg.«

Rembrandt wollte aufbrausen, zügelte sich dann aber. »Pieter, es wäre hilfreich, wenn du daran denkst, dass deine Antworten jetzt länger sein dürfen als zehn Wörter. Oder genauer: Sie dürfen es nicht nur, sondern sollen es sogar, wenn das dazu führt, einen Sachverhalt ohne ständiges Nachfragen ausreichend zu erhellen. Also erkläre und begründe mir doch bitte, wieso deine Skizzen weg sind.«

»Laurens hat sie allesamt zerrissen. Sie gefielen ihm nicht.«

»Aha.« Rembrandt machte aus seinem Zorn keinen Hehl. »Und zweifellos hat er dir befohlen, darüber Stillschweigen zu bewahren.«

»Ja.«

»Nun gut, Laurens wird in dieser Sache von mir noch näheren Bescheid erhalten. Einstweilen fertigst du einfach eine neue Skizze an. Zeichne etwas.« Rembrandt reichte dem Jungen einen Block und einen Kohlestift.

»Was soll ich zeichnen?«

»Nimm ein Sujet, das dich in der letzten Zeit beeindruckt hat. Am besten eine Szenerie mit Menschen.«

Pieter setzte sich auf einen Schemel vors Fenster, den Block auf den Knien, und fing an zu stricheln. Rembrandt sah ihm dabei zu, um einen Eindruck zu gewinnen, wie der Junge den Stift hielt, welchen Abstand er zum Papier einnahm, welche Bewegungen er ausführte. Pieter war Linkshänder. Das musste bei der Malerei kein Nachteil sein, im Gegenteil. Die meisten Linkshänder konnten beidhändig arbeiten, was die Belastung auf zwei Seiten verteilte. Wenn der linke Arm schmerzte, konnten sie mit der rechten Hand weitermachen, etwa mit den gröberen Arbeiten wie dem Ausfüllen des Hintergrundes. Rembrandt rief sich in Erinnerung, dass auch Rubens Linkshänder war, und dessen Werke gehörten zu den begehrtesten und teuersten der Welt.

Pieter war mit Feuereifer bei der Sache. Seine Zungenspitze hatte sich in den Mundwinkel gestohlen, seine Gesichtszüge waren beständig in Arbeit, als müssten sie ebenso zum Gelingen der Skizze beitragen wie seine Hände. Mal war seine Miene in Anspannung erstarrt, mal verzog sich sein Mund zu einem flüchtigen Lächeln. Die ganze Zeit über strahlten die Augen des Jungen, als hätte er die fertige Zeichnung schon vor sich und müsste sie nur noch Schicht um Schicht ans Licht befördern, damit sie für jedermann sichtbar wurde.

Während seiner Beobachtungen widerstand Rembrandt der Versuchung, dem Jungen über die Schulter zu blicken, denn er wollte auf das fertige Ergebnis warten, um einen vollständigen Gesamteindruck zu bekommen. Dass Pieter schon oft gezeichnet hatte und einen Stift führen konnte, stand außer Frage, denn er arbeitete schnell, konzentriert und zielstrebig und war in erstaunlich kurzer Zeit mit dem Entwurf fertig. Als er den Kohlestift sinken ließ, schien er aus tiefer Versunkenheit zu erwachen. Sein Gesicht war offen und verwundbar wie das eines Kindes, das nach einem ausgiebigen, glücklichen Spiel von der Mutter heimgerufen wird und gern noch eine Weile draußen geblieben wäre. In seinen Zügen zeigte sich ein Ausdruck leisen Widerstrebens, gemischt mit der Freude über die hinter ihm liegende schöne Zeit.

Rembrandt nahm ihm den Block weg und betrachtete das Skizzenblatt. Er nickte gedankenverloren, denn schon als er den Jungen bei der Arbeit betrachtet hatte, war eine Ahnung in ihm aufgestiegen, was dabei herauskommen würde: In seinen Händen hielt er das Werk eines Künstlers.

Ein Blick auf diese Zeichnung reichte, um die exorbitante Begabung des Jungen zu erkennen, seine sichere Hand für Details und Ausdruck, die einmalige Fähigkeit, Stimmungen einzufangen und die Bedeutung eines einzigen Augenblicks mit wenigen Linien und Schraffuren zu bewahren. Für Rembrandt war es ein bewegender Moment, denn mit einem Mal fühlte er sich zurückversetzt in das Jahr, als er selbst siebzehn gewesen war. Dieser stürmische Drang in seinem Herzen, das unbändige Verlangen nach mehr, wenn seine Hände ein leeres Blatt berührten und in seinem Kopf das fertige Bild Gestalt annahm, noch ehe Kreide oder Kohle es berührten.

Bei Pieter schien es sich ein wenig anders zu verhalten – er war über alle Maßen talentiert, wusste aber nicht zweifelsfrei, ob die Kunst wirklich seine Bestimmung war. Dieses Wissen brachten große Maler für gewöhnlich bereits zu Beginn ihrer Laufbahn mit. Auf der anderen Seite war da während des Zeichnens jener Ausdruck in Pieters Gesicht gewesen, diese beinahe besessene Ergriffenheit – womöglich stand Pieter sich einfach selbst im Weg, weil er aufgrund seiner Verschrobenheit nicht in der Lage war, seine Wünsche und Ziele wirklich zu erfassen. Seine Art zu denken unterschied sich von der anderer Menschen. Vielleicht musste er in dieser Werkstatt vor allem eines lernen: zu begreifen, was gut und richtig für ihn war. Dass die Kunst der leuchtende Leitstern eines ganzen langen Lebens sein konnte, wenn man sich ihr von der richtigen Warte aus näherte. Und für das Schaffen einer solchen Warte war der Lehrherr schließlich ebenso zuständig wie für das Vermitteln elementarer Grundkenntnisse oder ausgefeilter Techniken. Was wiederum zu der Einsicht führen musste, dass besagte richtige Warte nur dann tatsächlich eine solche war, wenn sie den Betrachter dazu verlockte, sie einzunehmen.

Ganz durchdrungen von dieser Erkenntnis blickte Rembrandt seinen Lehrjungen an. »Pieter, ich bin davon überzeugt, dass eine große Zukunft vor dir liegt. Du wirst viel bei mir lernen und dadurch im Leben weiterkommen.« Er betrachtete die Skizze des Jungen noch einmal genauer, wobei er diesmal weniger auf die gestalterische als auf die inhaltliche Komponente achtete. Die Zeichnung stellte eine lebhafte Szene da, vermutlich im Rahmen eines Markttreibens. Im Hintergrund war ein Verkaufsstand zu sehen, daneben die Umrisse einiger Fässer, zwar nur angedeutet, aber sogar in dieser auf das Wesentliche reduzierten Form bestechend realitätsnah. Eine Reihe von Zuschauern füllte einen weiteren Teil des Hintergrundes, ebenfalls nur sehr sparsam skizzierte Gestalten. Hier ein etwas genauer hervortretendes Gesicht, der Ausdruck schockiert, dort ein weiteres, noch deutlicher gezeichnet – in der Miene dieses Mannes (dem Aussehen nach schien es ein Markthändler zu sein) stand unverhohlener Zorn. Den Mittelpunkt der Zeichnung bildete jedoch eine liegende Gestalt, die den ganzen Vordergrund einnahm. Auch sie war nicht bis ins letzte Detail ausgeformt, aber Pieter hatte ersichtlich den Fokus der Skizze auf diesen hingestreckten Körper gelegt. Der schwarze Umhang, die Stiefel – es war gut zu erkennen, dass der Mann teure Kleidung trug. Die Geldbörse an seinem Gürtel war prall gefüllt. Desgleichen war nicht zu übersehen, dass es sich um einen Toten handelte. Die Augen waren in stumpf erstarrtem Blick geweitet, der Mund stand sperrangelweit offen, während etwas zwischen den Lippen hervorrutschte. Rembrandt flog ein Grausen an, als er dieses tote Gesicht näher in Augenschein nahm, denn mit einem Mal kam es ihm auf vage Art bekannt vor. Den Block in der Hand, eilte er in sein Atelier, wo er mit einem Ruck das Tuch von einer großformatigen Leinwand zog und das Bild mit Pieters Skizze verglich. Keine Frage, es war van Houten – Würdenträger, Ratsmitglied, begüterter Kaufmann. Ein Porträtauftrag, den Rembrandt mit Freuden angenommen hatte, denn die Bezahlung war fürstlich. Allerdings hatte er seit über einem Monat nicht mehr an dem Bild gemalt, obwohl es so gut wie fertig war. Er verhandelte noch mit van Houtens Frau über die Abnahme, denn der Kaufpreis war erst bei Übergabe fällig. Die Frau verweigerte jedoch die Bezahlung, denn ihr Mann war zwischenzeitlich verstorben. An schlechtem Fisch zugrunde gegangen, wie sie Rembrandt mit lapidaren Worten durch einen Boten übermittelt hatte. Ferner hatte sie ihm mitgeteilt, dass sie das Gedenken an ihren Gatten lieber auf andere Weise pflege, als sich das Bildnis eines Toten in die Stube zu hängen. Zudem beabsichtige sie, zu ihrem Bruder zu ziehen, und der habe seinen Schwager zeitlebens bis aufs Blut gehasst; niemals würde er sein Porträt in seinen vier Wänden dulden. Das entscheidende Argument hatte sie sich jedoch für den Schluss ihrer Botschaft aufgehoben – bereits zu Lebzeiten habe ihr Gemahl unter Zeugen davon gesprochen, dass das Bild nichts tauge und er daher von dem Kauf zurücktreten wolle.

Van Houten hatte sich tatsächlich derart geäußert, das war Rembrandt längst zugetragen worden, aber der Grund dafür bestand nicht etwa darin, dass ihm das Bild nicht gefallen hätte. Vielmehr hatte ihn die kostspielige Ausgabe gereut, das war inzwischen sonnenklar. Er hatte sich, nach allem, was man zuletzt so hörte, im Tulpenhandel verspekuliert, der in diesen Monaten so manchen plötzlich mit leeren Taschen dastehen ließ, während andere zu schwindelerregendem Reichtum gelangten. Ein Tulpist hatte ihm, so hieß es, für viel Geld minderwertige Zwiebeln untergeschoben und ihn darauf sitzen lassen.

Es schwante Rembrandt, dass er wegen des Bildes wohl würde prozessieren müssen, wenn er noch etwas von dem Geld sehen wollte. Er war ein streitbarer Zeitgenosse und scheute den Gang zum Gericht keineswegs, auch nicht, wenn seine Klage sich zwangsläufig gegen eine verarmte Witwe richten musste. Sollte bei ihr nicht mehr viel zu holen sein, würde es ihm zumindest etwas Genugtuung verschaffen, wenn sie deswegen ein paar Jahre im *Spinhuis* schmoren musste. Doch der mit einem solchen Schritt verbundene Ärger würde sich fraglos ungünstig auf seine Schaffensfreude auswirken. Allein die Notwendigkeit, das Bild noch vollenden zu müssen, um es – für den Fall seines gerichtlichen Obsiegens und ihrer Zahlungsfähigkeit – abholbereit zur Verfügung stellen zu können, empfand er als Zumutung. Bei dem bloßen Gedanken kochte wieder der Zorn in ihm hoch, und in einem Ausbruch von Unbeherrschtheit vergaß er sich sogar so weit, dass er die Skizze, die Pieter von dem Toten angefertigt hatte, in Fetzen riss. Gleich darauf gewahrte er erschrocken, was er angerichtet hatte. Zerknirscht wandte er sich zu Pieter um, der ihn stumm anstarrte.

Rembrandt räusperte sich. »Mein Ärger galt nicht deiner Zeichnung, sondern dem Manne darauf, van Houten. Sowie seiner Frau, die jetzt sein Porträt nicht mehr bezahlen will.« Er deutete auf das Ölbildnis. Dann blickte er auf die Papierfetzen zu seinen Füßen. »Ich hoffe, du nimmst es mir nicht übel, dass ich in meinem Zorn dein Bild zerstört habe.« Er selbst, das musste er sich beschämt eingestehen, hätte als Lehrling nach so einem Vorfall wohl wochenlang in Mordfantasien geschwelgt. Oder vielleicht sogar gleich sein Bündel gepackt. Wäre Swanenburgh seinerzeit nur halb so reizbar gewesen wie er selbst es heute war, hätte er seine Lehre dort wohl niemals beendet.

»Hol dir ein großes Stück Fleisch in der Küche«, befahl Rembrandt dem Jungen, um sein schlechtes Gewissen zu besänftigen. Er wusste, das Geertruyd einen Braten zubereitet hatte (vermutlich sogar mit Pieters Hilfe), denn für den Abend erwarteten er und Saskia Gäste. »Danach hast du für den Rest des Tages frei. Lass dir von meiner Frau einen Stüver geben.«

»Was soll ich mit dem Stüver tun?«

»Das, was alle jungen Burschen mit einem Stüver tun würden. Geh damit in die nächstbeste Schenke und trink dir einen Schnaps.« Rembrandt besann sich. »Oder besser ein Bier.« Er fand, dass er mit dieser großzügigen Sonderzuwendung seiner Reue angemessen Ausdruck verliehen hatte. Auch Pieter schien dieser Ansicht zu sein, denn er drehte sich wortlos um und ging zur Treppe. Halbwegs zufrieden hängte Rembrandt das Tuch wieder über die Staffelei und wandte sich wichtigeren Dingen zu. Von dem plötzlichen Bedürfnis erfasst, seine Sammlung zu betrachten, ging er in das angrenzende Kabinett, wo er seine Raritäten und Kunstgegenstände aufbewahrte. In der Vorwoche hatte er zwei Radierungen eines italienischen Künstlers bei Uylenburgh gekauft, unwiderstehliche (und sehr teure) kleine Meisterwerke, an denen er sich nicht sattsehen konnte.

Erst, als er die Tür hinter sich zuzog, um sich ungestört der Freude an seinen Kunstschätzen hingeben zu können, fiel ihm ein, dass er Pieter nach den Umständen hätte fragen können, unter denen van Houten gestorben war. Offenbar war der Junge zufällig dabei gewesen, als es geschah.

Konnte verdorbener Fisch so schädlich sein, dass man davon an Ort und Stelle tot umfiel? Die Frage ließ Rembrandt keine Ruhe. Er ging zurück in den Nebenraum, wo er die Fetzen der Skizze einsammelte und sie auf dem Boden zu einem Ganzen zusammenfügte, um sie nochmals eingehend zu betrachten. Keine Frage, es handelte sich um einen Fischstand. Wenn man genau hinschaute, erkannte man in dem oberen der aufeinandergestapelten Fässer die Leiber von Fischen, vermutlich Makrelen. Der Bezug zu dem dicken Brocken, der dem Toten aus dem Mund rutschte, hätte nicht deutlicher sein können. Besaß dieser Brocken nicht sogar die Textur von Räucherfisch? Und was bedeutete die weißliche Substanz (eine so helle Färbung mittels Kohlestift darzustellen, zeugte von wahrer Könnerschaft!), die ebenfalls aus dem Mund des Toten auszutreten schien? Für Speichel war es zu viel, für Mageninhalt zu hell. Rembrandt dachte kurz darüber nach, fand es dann aber nicht weiter wichtig. Die eigentliche Frage, die ihn in diesem Zusammenhang beschäftigte, drehte sich um seine Aussicht auf Bezahlung. Es konnte nicht angehen, dass ein Auftraggeber ihm das Geld für ein Gemälde schuldig blieb, in welchem bereits derart viel Arbeit steckte. Saskia und er hatten sich gemeinsam darüber ereifert, als ihnen zu Ohren gekommen war, dass die Bestellung für hinfällig erklärt werden sollte. Die Entrüstung seiner Frau hatte der seinen in nichts nachgestanden, denn sie wusste ebenso gut wie er, wie viel von seiner Entlohnung abhing. Malen war ein täglicher Kampf, eine ständige Herausforderung, und vor allem war es auf geistige und körperliche Art aufreibend – jeder Gulden war sauer verdientes Geld. So gesehen hatte van Houten versucht, ihm die Existenzgrundlage zu rauben. Somit war der Tod nur die gerechte Strafe für sein ruchloses Verhalten.

Rembrandt stand vom Boden auf und stieß in erneutem Grimm die Fetzen der Skizze mit der Spitze seines Fußes auseinander, sodass sie in alle Richtungen davonstoben. Anschließend begab er sich wieder zu seiner Sammlung.

*

KAPITEL 3

Die Schenke an der Ecke hieß *Zur goldenen Tulpe*. Am Tag seiner Ankunft war Pieter hier mit Onkel Joost vorbeigekommen, er erinnerte sich an die Frau, die ihnen so freundlich den Weg zu Rembrandts Haus erklärt hatte. Über der Tür hing ein Schild, auf dem eine gelbe Tulpe zu sehen war. Pieter betrachtete es eine Weile, bevor er im Gedränge eintreffender Gäste vorwärtsgeschoben wurde. Wie von allein landete er gemeinsam mit den lärmenden Männern an einem großen Tisch. Ehe er sich's versah, saß er im Kreise einer ganzen Schar Pfeife paffender, schwadronierender Tulpenhändler, die lautstark bei der Bedienung Bier bestellten und sich über ihre Geschäfte und andere Befindlichkeiten austauschten. Dass es sich bei ihnen um Tulpenhändler handelte, erkannte Pieter an den Katalogen, die kreuz und quer über den Tisch geschoben und mit allerlei Preis- und Angebotslisten verglichen wurden. Er hatte dergleichen schon bei Onkel Joost gesehen, der auf der Reise nach Amsterdam solche Unterlagen studiert hatte.

Vor seinem Sitznachbarn lag eine Tabelle, in der die Namen von Tulpen und ihre aktuellen Marktwerte eingetragen waren. Daneben hatte der Mann den bunt bebilderten Katalog ausgeklappt. Auch Onkel Joost hatte Kataloge mit farbigen Abbildungen von Tulpen mit sich geführt, er hatte sie Pieter gezeigt und ihm erklärt, was es damit auf sich hatte. Seinen Erläuterungen zufolge handelte es sich bei Tulpen um die wertvollsten Pflanzen der Welt. Manche von ihnen waren so kostbar, dass sie in Gold aufgewogen wurden, und für einige der gesuchtesten Sorten reichte nicht einmal das. Die wertvollsten Exemplare waren so teuer, dass zwei oder drei von ihnen genug einbrachten, um ein großes Wohnhaus in der besten Gegend von Amsterdam zu erwerben.

Pieter wusste, dass er Tulpenzwiebeln von seinem Vater geerbt hatte, der ein begeisterter Blumenliebhaber gewesen war. Er hatte seinen Patenonkel gefragt, ob das Beet mit den Tulpen verkauft worden sei.

»Das Beet gehört dir noch, Pieter. Und vor allem das, was drinsteckt.« Onkel Joost hatte ihm ein Bündel Papiere gezeigt. »Hier haben wir verbriefte Rechte an einer Menge von kleinen braunen Setzlingen, die im Frühjahr Blüten hervorbringen. Wir müssen den rechten Zeitpunkt für den Verkauf abpassen, denn in Holland herrscht ein munterer Handel mit diesen Zwiebelchen. Je mehr damit gehandelt wird, desto teurer werden sie. Und je teurer sie werden, desto mehr Händler wollen damit handeln. Jeder Kaufmann, der etwas Geld übrig hat, investiert es derzeit in Tulpen, ohne seinen erworbenen Schatz jemals in der Hand zu halten oder ihn blühen zu sehen. Denn dazu muss man wissen, dass fast all diese Leute die Blume nicht um ihrer Schönheit willen kaufen wollen, sondern um sie möglichst rasch und möglichst gewinnbringend weiterzuveräußern und auf diese Weise reich zu werden. Reich werden will ein jeder gern, Pieter, das ist ein ehernes Gesetz unter den Menschen, auch wenn die Kirche uns zu Mäßigung und Bescheidenheit anhält. Und weil von den begehrtesten Tulpenzwiebeln nicht genug Exemplare für die sich ständig vergrößernde Händlerschar da sind, werden sie eben gestückelt. Nicht die Zwiebeln, sondern die Bezugsrechte daran. Man schreibt ihren Wert in Gewichtsanteilen auf Papier, mit dem man bequemer und schneller und öfter handeln kann als mit den Tulpen selbst. Der gesamte Tulpenhandel basiert auf der Hoffnung, dass die Preise der Zwiebeln immer und immer weiter steigen. Das, lieber Pieter, nennt man Spekulation.«

Pieter hatte lange über diese Erklärungen nachgedacht. Beim Anblick der vor ihm auf dem Tisch liegenden Aufstellungen erhielten die Gedanken, die er sich bereits im vorigen Monat während der Reise gemacht hatte, neue Nahrung, denn er hatte alle Zahlen von Onkel Joosts Listen noch genau im Kopf und konnte sie daher mit denen in den Tabellen dieser Händler vergleichen. Die Preise waren seither tatsächlich stark gestiegen. Für manche Sorten hatten sie sich vervielfacht.

Die Bedienung brachte große Humpen mit Bier, und die Männer riefen sich reihum Trinksprüche zu. Der Rauch aus ihren Tonpfeifen lag wie Nebel über dem Tisch. Pieter musste husten und sich die Augen reiben. Dabei fiel den Männern schließlich auf, dass er keiner der ihren war. Es stellte sich heraus, dass jeder der Händler irrtümlich davon ausgegangen war, dass er zu einem aus ihrer Runde gehörte, sei es als Gehilfe oder Verwandter, und als sich offenbarte, dass er lediglich zufällig an den Tisch geraten war, wurde er umgehend von der Bank gescheucht und aufgefordert, sich woanders hinzusetzen. Doch die Schenke war bis auf den letzten Platz besetzt, also blieb Pieter stehen. Er besaß immer noch seinen Stüver, den er sich von Mevrouw Saskia hatte geben lassen, denn er hatte bis jetzt kein Bier bestellt. Zu Hause trank er meist Milch oder Wasser vom Pumpbrunnen. Bier schmeckte ihm nicht, und auch Geruch und Farbe des Getränks sagten ihm nicht zu. Daher entschied er sich für den anderen Vorschlag seines Meisters – Schnaps. Pieter hatte bisher noch nie welchen getrunken, doch die klare Farbe und der Geruch gefielen ihm. Geertruyd trank in der Küche häufig Schnaps wegen ihrer schlimmen Schulter und zur Verbesserung ihrer schlechten Laune. Allerdings durfte es außer ihm keiner wissen. Sie hatte ihm befohlen, es niemandem zu sagen. Nach dem Trinken zerkaute sie stets Minzblätter aus dem Kräutergarten, um den Schnapsgeruch in ihrem Atem zu überdecken.

Pieter wandte sich an die Bedienung, die gerade mit einer Ladung von Bierkrügen nahte. Es war die Frau, die er auch am Tag seiner Ankunft vor der Schenke gesehen hatte. Mit beiden Armen hielt sie – Pieter erfasste die Anzahl mit einem Blick – acht große Krüge auf einmal an ihre Brust gedrückt, was ihm Bewunderung abnötigte. Ein Teil dieser Bewunderung lag allerdings auch darin begründet, dass das überschwappende Bier ihre Bluse durchfeuchtete, wodurch sich ihre Brüste unter dem Stoff deutlich abzeichneten. Der Anblick fesselte Pieter so sehr, dass er vergaß, den Schnaps zu bestellen.

Sie lud die Krüge am Tisch der Tulpenhändler ab und kam ohne ihre Last zurück, was ihm Gelegenheit verschaffte, auch den Rest von ihr genauer in Augenschein zu nehmen. Sie war nicht sonderlich groß. Ihr Körper war in der Taille schmal, aber an Hüften, Gesäß und Brust gerundet. Wenn man sich die Kleidung wegdachte, sah sie gewiss genauso aus wie die Frau auf dem Bild unter Laurens' Bett. Ihr Haar war hell und rieselte in Löckchen unter der weißen Haube hervor. Ihr Gewand war locker geschnürt, und ihre Pantinen waren an den Spitzen leicht nach oben gebogen. Ihre Wangen waren gerötet, und ihre Augen sehr groß und blau.

»Was hältst du hier Maulaffen feil, Junge?«, blaffte sie ihn an. »Hast du nichts anderes zu tun, als mich anzuglotzen?«

»Nein«, sagte er. »Ich habe einen Stüver und will dafür Schnaps.«

»Dann steh hier nicht im Weg herum. Komm mit zum Schanktisch, da kriegst du einen.«

Er trottete hinter ihr her und bemerkte, dass ihre Kehrseite auf ähnlich anregende Weise hin und her schwang wie bei Anneke. Er sah genau hin, weil er sich heute Abend im Bett daran erinnern wollte. Je besser er es sich merkte, umso deutlicher würden später die Bilder in seinem Kopf sein.

»Wie heißt du?«, fragte sie ihn, während sie am Schanktisch aus einem Krug etwas Wacholderschnaps in einen Becher goss.

»Pieter Maartenszoon van Winkel.«

»Was hast du mit den Tulpisten zu schaffen?« Sie wies mit dem Kinn zu der Männerrunde hinüber.

»Nichts. Sie haben mich verjagt, weil sie mich nicht kennen.«

»Wieso hast du dich denn dann überhaupt erst zu ihnen gesetzt?«

»Das war keine Absicht. Es geschah im Gedränge.«

Um ihre Mundwinkel zuckte es. »Du bist der neue Lehrling von Rembrandt van Rijn, was?«

»Wie konntest du das erraten?«, fragte er verwundert.

Sie lachte. »Ich bin allwissend.«

Sein Erstaunen kannte keine Grenzen. »Wie ist das möglich? Du bist eine Frau!«

Ihr Lachen wich deutlicher Verärgerung. »Willst du damit sagen, dass Frauen Hohlköpfe sind?«

»Nein. Frauen dürfen nicht an der Universität studieren. Du hast nicht studiert, also kannst du nicht alles wissen.«

»Heißt das etwa, dass studierte Köpfe alles wissen?«

Notgedrungen schüttelte er den Kopf. Sein Vater hatte studiert und vieles gewusst, aber längst nicht alles. Nicht einmal das, was Pieter selbst gewusst hatte, etwa auf dem Gebiet der Zahlen.

»Es gibt zu viele unterschiedliche Fachrichtungen des Wissens«, sagte er. »Jemand, der allwissend wäre, müsste beispielsweise alle Sprachen dieser Welt beherrschen. Gleichzeitig müsste er ein meisterhafter Maler und Arzt und Philosoph sein. Und Mathematiker.«

»Er müsste kochen, backen und nähen können«, sprang sie ihm bei.

Verdutzt nickte er. In der Tat waren das Begabungen, die keinesfalls geringzuschätzen waren. Es bedurfte beträchtlicher Mühe, dergleichen zu erlernen. Seine Erfahrungen der letzten Wochen hatten ihm das klar vor Augen geführt. Sogar das Möhrenschrappen und Zwiebelhacken war eine Wissenschaft für sich.

»Ganz zu schweigen vom Tanzen und Schlittschuhlaufen«, fuhr sie fort.

»Das habe ich noch nicht versucht. Aber bestimmt ist es nicht leicht.«

»Und welchen Schluss ziehst du daraus?«, fragte sie. In ihren Augen stand ein kleines Funkeln, das ihn verunsicherte. Doch er beeilte sich, ihr eine Antwort zu geben.

»Es gibt nur eine richtige Schlussfolgerung: Deine Behauptung, du seist allwissend, war ein Scherz. Denn niemand ist allwissend.«

»Falsch. Denk nach.«

Er starrte sie an. Er wusste ganz genau, dass er recht hatte. Wie konnte sie das Gegenteil behaupten? Aber dann fiel sein Blick auf das kleine Kreuz, das sie um den Hals trug, und damit war die Antwort ganz leicht.

»Gott«, platzte er heraus. »Gott allein ist allwissend.«

Sie nickte lächelnd und deutete auf den Becher. »Willst du nicht deinen Genever trinken?«

Er nahm den Becher und roch ausgiebig daran, ehe er vorsichtig nippte. Die Flüssigkeit brannte im Rachen wie Feuer, und er musste ein bisschen husten.

»He«, sagte sie. »Ist das etwa dein erster?«

»Ja.«

»Ah. Warte, dann trinken wir einen zusammen, denn darauf müssen wir anstoßen.« Sie goss sich ebenfalls etwas Schnaps ein und prostete ihm zu. »Auf dein Wohl, Pieter. Ich bin übrigens Mareikje.«

»Darfst du denn einfach mit der Arbeit aufhören und Schnaps trinken?«

»Glaubst du, ich könnte deswegen Ärger mit meiner Herrschaft kriegen?« Das Funkeln in ihren Augen vertiefte sich.

»Ich werde es niemandem sagen. Du könntest Minzblätter kauen, dann riecht es keiner.«

Sie lachte. »Ach Pieter, du bringst Sonne in meinen Tag!« Schelmisch lächelte sie ihn an. »Ich bin die Schankwirtin. Mir gehört das alles hier. Auch der ganze Schnaps.«

»Aber du bist doch noch ein Mädchen!«, entfuhr es ihm.

Sie verpasste ihm einen kleinen Nasenstüber. »Junge, wenn ich es nicht besser wüsste, würde ich glauben, du willst mich mit Schmeicheleien einwickeln.«

Pieter hatte Mühe, die Bedeutung dieser Bemerkung zu verstehen. Offenbar handelte es sich um eine Redensart, und die dahinterstehende Aussage konnte sowohl darauf abzielen, dass sie ihn für unfähig hielt, ihr zu schmeicheln, als auch darauf, dass sie kein Mädchen mehr war. Oder gar auf beides.

Während er noch über den Sinn ihrer Worte grübelte, kippte sie den Inhalt ihres Bechers herunter und wischte sich den Mund ab. »Da, jetzt kommt der Auftritt von Adriaen Quaeckel. Das ist immer sehenswert.«

Am Tisch der Tulpisten erhob sich ein Mann mit einem tiefschwarzen Schnurrbart, dessen Enden sorgsam nach oben gezwirbelt waren. Der Kontrast zu der weißen Halskrause war äußerst effektvoll. Es ging Pieter durch den Kopf, dass er eines Tages vielleicht auch so einen ansehnlichen Bart haben könnte. Gleich darauf wurde ihm klar, dass er sich in diesem Fall nicht rasieren durfte. Denn wenn er sich rasierte, würde ihm kein Bart wachsen. Aber wenn er sich ein Rasiermesser anschaffte, würde er es auch für eine Rasur verwenden müssen, denn ansonsten wäre es ein völlig sinnloser Kauf und somit vergeudetes Geld. Er schien vor einem großen Dilemma zu stehen und wurde von dem Drang erfasst, es anhand eines Diagramms zu analysieren, doch er trug weder Papier noch Stift bei sich. Eine kurze Gedankenanstrengung erbrachte jedoch sofort eine zufriedenstellend logische Auflösung: Wenn er das Geld, das er für ein Rasiermesser ausgeben müsste, stattdessen dafür verwendete, mit Mareikje Schnaps zu trinken, konnte er anregende Gespräche mit ihr führen. Gleichzeitig hätte es den Vorteil, dass ihm währenddessen ein schöner Bart wachsen konnte.

Während er noch über all diese bedenkenswerten Implikationen nachsann, ergriff der schnurrbärtige Tulpist das Wort, und in der Folge konnte Pieter aus unmittelbarer Nähe miterleben, was sein Patenonkel mit dem Begriff *Spekulation* gemeint hatte.

Der Tulpenhändler Adriaen Quaeckel versteigerte in rascher Folge eine Reihe wertvoller Tulpen. Wer sie besitzen und damit reich werden wollte, musste entsprechende Gebote abgeben, und wie es schien, konnten diese gar nicht hoch genug sein. Kaum hatte ein Interessent eine Summe für eine bestimmte Gewichtseinheit einer edlen Sorte ins Spiel gebracht, wurde er von einem anderen Tulpisten mit einem höheren Preis niedergebrüllt. Die Rufe überschnitten sich teilweise, und manche Zahl wurde nicht einmal zu Ende ausgesprochen, weil sie im selben Moment bereits von einer neuen hinweggefegt wurde. Adriaen Quaeckel schrie am lautesten von allen, er wiederholte alle Gebote mit Donnerstimme, und die zuletzt genannten Gebote sogar mehrmals, damit für keinen einzigen Moment Stille eintreten konnte. Er schien allen Anwesenden mit dieser dringlichen Wiederholung des aktuell höchsten Gebots klarmachen zu wollen, dass dieses Geschäft beim nächsten Atemzug für sie unwiederbringlich verloren sei, wenn sie nicht eingriffen. Dann setzte unweigerlich eine weitere brüllende Bietungsrunde mit neuen Zahlen ein, immer höheren, bis irgendwann dann doch der Gipfel erreicht war und einer der Bietenden den Zuschlag erhielt. Quaeckel besiegelte jeden Handel, indem er auf einer Wandtafel die wichtigsten Einzelheiten festhielt und nebenher alles von seinem Schreiber ausfertigen ließ. Tulpenkontrakte flatterten von einem zum anderen, zu Beträgen, die sich in schwindelnden Höhen bewegten. Pieter konnte als Vergleichsmaßstab sein Lehr- und Kostgeld und außerdem die vielen kleineren Beträge heranziehen, die Geertruyd den Markthändlern zahlte, wenn sie dort das Essen für die täglichen Mahlzeiten einkaufte. Da er sie häufig auf diesen Gängen begleitet und ihr die vollen Körbe heimgeschleppt hatte, gewann er eine Vorstellung davon, welche enormen Vermögenswerte bei der Auktion verschoben wurden – ohne dass dabei auch nur eine einzige dieser kostbaren Tulpenzwiebeln zu sehen war. Einzig ihre wohlklingenden Namen schwebten wie eine Begleitmelodie aus goldenen Noten durch den Raum und fanden ihren Weg auf Tafel und Papier, stellvertretend für die vergrabenen Preziosen, die sie verkörperten: *Weißkrone, Paragon van Delft, Viceroys, Admiral Liefkens, Bruyn Purper, Paragon Schilder* – für jede Sorte wurden Preise von über hundert Gulden pro Zwiebel erzielt.

Die fälligen Anzahlungen wurden ebenfalls in den Kontrakten geregelt – zu zahlen waren diese Beträge jedoch keineswegs immer in Gulden. Vereinbart wurde etwa auch die Übergabe von Pferden, Ochsen, Wein, Käse, Pelzen, Tuchballen, Schmuck oder Gemälden. Einer versprach sogar ein Bett. Der endgültige Kaufpreis war erst bei Übergabe der Zwiebel nach der nächsten Blüte zu entrichten. Indessen würde bis dahin, so Mareikje, von den hier Anwesenden wohl kaum noch einer im Besitz seines Kontrakts sein. Eine Auktion jage die nächste, und die Preise stiegen von Woche zu Woche.

»Es ist kaum zu glauben«, sagte sie, während sie Pieter noch einen Genever einschenkte. »Die Sorte Admiral Liefkens gab es noch im Sommer für sechs Gulden und zwölf Stüver pro As. Die Tulpisten scheinen verrückt zu werden. Neulich hörte ich, dass in Haarlem eine Semper Augustus bereits für mehr als fünftausend gehandelt wurde.«

»Hast du auch Tulpen gekauft?«

»Sehe ich aus, als wäre ich verrückt?«

Pieter betrachtete sie eingehend. »Nein.«

Als sie die Augen verdrehte, überlegte er, was wohl falsch an seiner Antwort gewesen war. Dann erst verstand er, dass sie ihre Frage nur rhetorisch gemeint hatte. Weil sie nicht verrückt war, hatte sie keine Tulpen gekauft, womit zugleich auch seine eigene Frage beantwortet war.

»Die Versteigerungen sind gut fürs Geschäft«, sagte sie. Mit einer ausholenden Armbewegung wies sie auf die voll besetzten Tische. »Letzten Monat trafen sie sich noch im Hinterzimmer, aber jetzt lasse ich sie hier im Schankraum handeln. Und die Gäste strömen in Scharen herbei, um nichts zu verpassen. Ich wette, dass alle, die du hier sitzen siehst, über kurz oder lang auch noch zu Tulpisten werden, und unterdessen trinken sie mein Bier und meinen Schnaps.«

Sie deutete auf Pieters Becher. »Wieso trinkst du nicht aus, was ich dir nachgeschenkt habe?«

»Ich habe nur den einen Stüver, und den habe ich dir schon für den ersten Schnaps gegeben.« Der Genever hatte eine angenehme Wärme in ihm hinterlassen, und gegen einen weiteren hätte er nichts einzuwenden gehabt, aber gewiss würde Mareikje erwarten, dass er dafür zahlte.

»Für deinen Stüver kriegst du bei mir zwei Genever.«

Damit wurden auf erfreuliche Weise seine ganzen bisherigen Berechnungen über den Haufen geworfen, da er – gemessen an dem Preis eines ersparten Rasiermessers – nun doppelt so oft mit Mareikje Schnaps trinken konnte wie ursprünglich gedacht.

»Wie hast du erraten, dass ich Meister Rembrandts neuer Lehrling bin«, fragte er sie.

»Dein Zimmergenosse Laurens kommt häufig hierher und klagt mir sein Leid.«

»Spricht er auch über mich?«

»Hätte er das nicht getan, wüsste ich nicht, dass du Rembrandts neuer Lehrling und Laurens' Zimmergenosse bist.«

Bewunderung erfasste ihn ob ihrer Logik.

»Warum starrst du mich an wie ein krankes Kalb?«, wollte sie wissen.

Hastig trank Pieter von seinem Schnaps und musste erneut husten. Dann meinte er unvermittelt: »Ich muss ihm jetzt nicht mehr gehorchen.«

»Wem?«

»Laurens.«

»Oh. Hat er dich schikaniert? Was hat er getan?«

»Er hat meine Skizzen zerrissen.«

»Und dagegen hast du nichts unternommen?«

»Er hat mir befohlen, kein Wort darüber zu verlieren und ihn in Ruhe zu lassen.«

»Und das ist jetzt anders?«

Pieter nickte. »Meister Rembrandt hat die Regeln aufgehoben. Ab sofort muss ich mir von Laurens nichts mehr befehlen lassen.«

»Ach. Heißt das, du darfst Laurens jetzt einen ordentlichen Schlag auf seine schöne Nase verpassen, wenn er wieder auf dir herumtrampelt?«

Über diese Option musste Pieter eine Weile nachdenken. »Ja«, sagte er schließlich, denn er fand nichts, was dagegensprach.

Er hatte noch eine Frage. »Wer hat die gelbe Tulpe auf dem Schild draußen gemalt?«

»Ich«, sagte sie. »Was hältst du davon?«

»Sie ist hässlich.«

Mareikje blickte ihn unter hochgezogenen Brauen an. »Wieso findest du das?«

Er dachte nach. »Die Farben von Blüte und Blättern sind grell, die Gestaltung eindimensional, die Proportionen willkürlich.«

»Und was wäre, wenn ich sie schön fände?«

»Dann irrtest du dich«, stellte er voller Überzeugung fest. Schon Euklid hatte mit der Proportionenregel ästhetische Prinzipien definiert. Der längere Teil einer Strecke verhielt sich zum kürzeren wie die ganze Strecke zum längeren Teil. In der Fibonacci-Folge fand sich die Regel in bezwingender Eindrücklichkeit wieder, ein Indiz für ihre Wahrheit. Er setzte an, es Mareikje zu erklären, doch sie kam ihm mit einem Einwand zuvor.

»Liegt die Schönheit von Kunst nicht immer im Auge des Betrachters?«

Erneut forderte ihn eine Aussage von ihr zum Nachdenken heraus. Pieter entsann sich, wie überschwänglich sein Vater ihn gelobt hatte, als er – damals war er sieben Jahre und vier Monate alt gewesen – einen Apfelbaum gezeichnet hatte. Es war nur eine mangelhafte Zeichnung von Kinderhand gewesen. Neulich hatte er das Bild unter den Nachlassgegenständen wiedergefunden. Sein Vater hatte es all die Jahre aufbewahrt.

»Du hast recht«, sagte er. »Die Schönheit von Kunst ist in manchen Fällen eine Frage des Blickwinkels. Was der eine schön findet, muss dem anderen nicht gefallen. Und umgekehrt.«

In ihren Augen funkelte es wieder. »Nun denn. Ich gebe zu, es kränkt mein künstlerisches Herz, dass jemand vom Fach über meine selbstgemalte goldene Tulpe herzieht. Aber selbstverständlich hast du recht. Sie ist sogar furchtbar hässlich, ich hatte wohl einen sitzen, als ich sie malte. Mal mir eine schönere, und du hast für ein ganzes Jahr jeden Samstag drei Genever bei mir frei.«

Er konnte sein Glück kaum fassen.

*

Als er zum Haus in der Nieuwe Doelenstraat zurückkehrte, handelte er sich als Erstes zwei Ohrfeigen von Geertruyd ein, weil sie jetzt ohne Küchenhilfe dastand.

Sie war außer sich und hatte ihre Stimme nicht unter Kontrolle. »Du undankbarer Vielfraß! Habe ich dich nicht immer gut gefüttert, wenn ich dir Arbeit gab?«

»Ja«, sagte er.

»Mehr hast du nicht dazu zu sagen?«, rief sie anklagend. »Wieso musstest du mich bei Meister Rembrandt anschwärzen?«

Während Pieter noch überlegte, was sie wohl mit *anschwärzen* meinte, streckte Mevrouw Saskia ihren Kopf zur Küchentür herein. Sie war bereits im Nachtgewand, über das sie ihren Hausmantel geworfen hatte. »Was ist das für ein Lärm? Wieso schreist du so herum, Geertruyd? Warum bist du überhaupt noch auf? Hast du etwa auf Pieter gewartet?«

Die Magd knickste. »Ich hatte noch Arbeit, Mevrouw Saskia«, behauptete sie mit mürrischem Gesicht. Sie warf Pieter einen drohenden Blick zu, doch der sah gar nicht hin. Er hatte ein großes Stück Wurst auf dem Tisch entdeckt. Mit wenigen Bissen hatte er es aufgegessen. Die drei Schnäpse hatten ihn hungrig gemacht.

Geertruyd musste es hilflos mit ansehen, denn Saskia nahm Pieters Verhalten wohlwollend zur Kenntnis und meinte in mütterlichem Tonfall: »Iss dich nur richtig satt, mein Junge. Es ist nicht recht, dass Geertruyd dich wochenlang zum Küchenjungen degradiert hat. Ich hoffe, das ist für dich kein Grund, bei deinem Patenonkel darüber Beschwerde zu führen.«

»Nein«, sagte Pieter. Es war ihm völlig gleichgültig. Er hielt nach weiterem Essen Ausschau und fand in einer abgedeckten Schüssel ein Stück Brathuhn, das er ebenfalls verschlang. Danach ließ er die beiden Frauen stehen und ging hinauf zu seinem Schlafplatz. Auf der Treppe fiel ihm ein, dass er vergessen hatte, eine gute Nacht zu wünschen. Es war ein Gebot der Höflichkeit, seinen Hausgenossen gute Nacht zu sagen, bevor man zu Bett ging, das hatte er von seinem Vater gelernt. Er stieg die Treppe wieder hinunter, doch Geertruyd hatte sich bereits in die von ihr und Anneke bewohnte Kammer zurückgezogen, und auch von Mevrouw Saskia war nichts mehr zu sehen. Dafür vernahm er durch die angelehnte Tür zur Stube ihre Stimme. Sie sprach dort mit ihrem Mann. Pieter hörte, wie sein Name fiel. Er blieb stehen, denn er wollte wissen, worüber sie redeten.

»Bist du sicher, dass Pieter dem alten Heertgens nichts

von seinem Einsatz als Hausknecht berichten wird?«, erkundigte sich Rembrandt.

»Ich habe ihn vorhin eigens danach gefragt, und er verneinte.« Saskia seufzte. »Ich begreife immer noch nicht, wieso es mir nicht weiter auffiel. Er war wirklich oft hier unten. Vielleicht entging es mir, weil er immer so still ist?«

»Es wäre wirklich gerade unpassend, wenn wir wegen einer Verletzung des Kontrakts das Lehrgeld zurückgeben müssten.« Rembrandt seufzte ebenfalls. »Ich weiß, ich hätte die Radierungen nicht kaufen dürfen. Aber sie werden im Wert steigen, und eines Tages kann ich sie sicher mit hohem Gewinn weiterveräußern!«

»Als hättest du je eines deiner Lieblingsstücke hergegeben.«

»Du hast wie immer recht, meine Liebe. Aber ich zähle darauf, dass sich eine andere Investition bald rentieren wird.« Seine Stimme wurde lauter und lebhafter. »Die Preise für Tulpen steigen gerade in den Himmel!«

»Du hast dir doch nicht etwa von Quaeckel schon wieder Zwiebeln aufschwatzen lassen?«, fragte Saskia.

»Er hat sie mir zu einem Sonderpreis überlassen. Er meinte, sie seien bis Weihnachten mindestens das Dreifache wert. Morgen kommt er übrigens noch einmal her, damit ich weitere Entwürfe für das Porträt fertigen kann.«

»Mir wäre lieber, wenn du das bei ihm zu Hause machst.«

»Warum?«

»Weil er Anneke nachstellt.«

»Tatsächlich?«, fragte Rembrandt. »Das ist mir noch gar nicht aufgefallen.«

»Du bist ja nicht immer dabei. Womöglich ist Anneke sogar der eigentliche Grund, warum er sich überhaupt von dir malen lassen will. Er richtet es immer so ein, dass er ihr begegnen muss. Meist lungert er so lange im Hof vor der

Waschküche herum, bis Anneke auftaucht. Seine Blicke sprechen Bände, sobald er ihrer ansichtig wird. Dann zwirbelt er jedes Mal seinen schwarzen Schnurrbart, auf eine Weise, die ... unanständig aussieht.« Mit nachdrücklichem Ton schloss Saskia: »Ich halte nichts davon, wenn windige Tulpisten meiner Wäschemagd an die Röcke gehen.«

»Ich verspreche, dass ich ein Auge darauf haben werde.«

»Männer haben für derlei Dinge keinen guten Blick.«

»Ich bin Maler. Ich sehe alles. Zum Beispiel auch das, was da unter deinem Nachthemd ist. Du musst es dazu nicht einmal auszuziehen.«

Saskia kicherte, und Pieter fragte sich, was Rembrandt wohl damit gemeint hatte. Was mochte Saskia unter ihrem Nachthemd haben? Dann schalt er sich einen Esel. Natürlich hatte sie dort das Gleiche wie Anneke unter ihrem Waschkittel und Mareikje unter ihrer Schankschürze – üppige weibliche Formen. Pieter hatte solche Rundungen schon oft gesehen, wenn auch nicht *in natura*, sondern nur auf Bildern. Die Galerien, die er mit seinem Vater in Leiden besucht hatte, waren voll von Darbietungen entkleideter Frauen, wenngleich die geheimsten weiblichen Körperteile darauf nie zu sehen waren. Die sah man nur auf dem Bild unter Laurens' Bett.

Meister Rembrandt hob an zu stöhnen, und ähnliche Laute waren auch von seiner Gattin zu vernehmen. Pieter fuhr schreckerfüllt zusammen, doch gleich darauf begriff er, dass das Stöhnen der beiden den Geräuschen glich, die Laurens von sich gab, wenn er morgens erwachte und unter der Bettdecke hantierte. Pieter selbst erlag manchmal ebenfalls der Versuchung, unter der Decke zu hantieren, aber er tat es stets ohne einen Laut, da er wusste, dass es Sünde war und daher von niemandem bemerkt werden durfte. In einer Mischung aus Faszination und Erregung lauschte Pieter dem

Stöhnen in der Stube, bis dieses nach einem Ächzen des Meisters verebbte. Anschließend begab er sich nach oben in die Dachkammer. Laurens war noch wach. Er saß auf seiner Bettstatt und betrachtete im Licht einer Öllampe sein Bild. Als Pieter hereinkam, rollte er die Leinwand rasch zusammen.

»Himmel, wieso schleichst du dich so an?«

»Ich dachte, du schläfst schon, da wollte ich dich nicht wecken.«

»Ach. Seit wann nimmst du Rücksicht auf mich?«

Pieter dachte einen Moment über die Frage nach. »Seit du es mir befohlen hast«, sagte er schließlich. »Aber ich muss deine Anweisungen jetzt nicht mehr befolgen.«

Laurens steckte das zusammengerollte Bild in seinen Bettkasten, ehe er sich wieder Pieter zuwandte. »Du wirst schon sehen, was du davon hast, Bürschchen.«

Da dies keine Frage war und auch sonst aus Pieters Sicht kein weiterer Klärungsbedarf bestand, nahm er die Bemerkung schweigend hin. Er zog sich aus, hängte seine Sachen über den Stuhl neben seinem Bett und drehte seine kleine Sanduhr um. Er putzte sich mit seinem Zahnputztuch die Zähne, bis das letzte Sandkörnchen durchgefallen war, dann streckte er sich zum Schlafen aus. Doch Laurens schien noch nicht müde zu sein.

»Ich werde dir heimzahlen, dass du mich beim Meister angeschwärzt hast. Er hat mich mit dem Stock geschlagen, weil ich deine dämlichen Skizzen zerrissen habe.«

»Auf welche Weise willst du mir das heimzahlen?«

»Das wirst du schon sehen.«

Das sah Pieter als ausreichende Antwort auf seine Frage an. Wenig später war er eingeschlafen.

*

KAPITEL 4

Als Pieter sich am nächsten Morgen am Pumpbrunnen im Hof waschen wollte, begegnete er Anneke, die sich dort mit einem schweren Kübel abmühte. Es gehörte zu ihren Aufgaben, das nötige Wasser für die Wäsche heranzuschleppen. Diesen mühseligen Teil ihrer Arbeit verabscheute sie inbrünstig.

»Guten Morgen, Anneke«, sagte er.

Sie erwiderte den Gruß nicht. »Du hast mich beim Meister angeschwärzt«, hielt sie ihm vor.

Mittlerweile war Pieter nach einigem Nachdenken dahintergekommen, was damit gemeint war.

»Ich habe dich nicht angeschwärzt«, teilte er Anneke mit.

»Ach? Und woher wusste Meister Rembrandt dann, dass du mir bei der Wäsche geholfen hast?«

»Von Laurens.«

Annekes hübsches Gesicht verzog sich ärgerlich. »Sieh mal einer an! So ein Schuft! Dem werde ich nachher den Kopf waschen!«

»Er hat sich heute schon gewaschen.«

Anneke kicherte, dann machte sie einen Schmollmund, als Pieter sein Hemd auszog, mit nacktem Oberkörper an den Pumpschwengel trat und seinen Kopf unter den Wasserstrahl hielt.

»Es ist ungehörig, sich vor Damen zu entblößen, Pieter.«

Er prustete das Wasser von sich und strich sich das nasse Haar aus dem Gesicht. »Warum?«

»Darum.«

Das war eine von den Antworten, die er nicht mochte, aber er sprach es nicht laut aus, denn inzwischen wusste er, dass genaueres Nachfragen auch keine bessere Antwort hervorbringen würde. Anneke sagte dann meist Sätze wie *Es ist eben so* oder *Frag nicht so dumm* oder *Das kannst du dir selbst ausrechnen*. Die Unterhaltungen mit Anneke fand er daher unbefriedigend. Aber ihm gefiel es, wie ihre Hüften sich unter dem Kleid bewegten, und vor allem mochte er ihren runden Busen. Der war oft besonders gut zu erkennen, weil das Oberteil ihres Gewands häufig von Wasser durchfeuchtet war. Das lag daran, dass sie die Wäschemagd war und viel mit Wasser zu tun hatte. Sie roch nach Seifenlauge und Stärke und Lavendelessenz, und am besten roch sie, wenn sie die frisch gewaschene Wäsche geplättet hatte. Pieter liebte den Bügelduft, und er wünschte, es würde eine Möglichkeit geben, ihn zu bewahren. Seine Kleidung roch meist nach Schweiß, denn er besaß bloß drei Alltagshemden, die er im täglichen Wechsel trug, und gewaschen wurden sie nur einmal die Woche. Es gab noch ein gutes Hemd, aber das gehörte zum Sonntagsstaat und wurde nur zum Kirchgang angezogen.

Ihm war kalt, denn es war schon fast November, und die Luft war so eisig, dass seine Atemluft sich in Dampf verwandelte. Hastig zog er sich wieder an und lief zurück zum Haus.

»Pieter!«, rief Anneke ihm flehend nach. »Kannst du mir

den Kübel in die Waschküche tragen? Er ist so schrecklich schwer!«

Er überlegte, ob Gründe dagegensprachen, fand aber keine. Der Meister hatte es nicht verboten. Die Arbeitszeit in der Werkstatt hatte noch nicht begonnen. Also konnte er ihr den Kübel tragen und dabei ihren Busen betrachten. Erfreut über diese Aussicht schleppte er den Kübel durch die Hintertür in die Waschküche. Auf ihren Wunsch hin schürte er auch noch das Feuer unter dem Kessel und rührte die Lauge an. Der aufsteigende Dampf durchfeuchtete sein Hemd und füllte in dicken Schwaden den Raum. Annekes Kleidung schien immer durchsichtiger zu werden und schmiegte sich eng um ihren Körper. Pieter klopfte das Herz bis zum Hals. Er konnte den Blick kaum von ihr wenden, was dazu führte, dass er nicht auf die heiße Lauge achtete. Aufspritzendes Wasser traf seine Hand, und mit einem unterdrückten Schmerzenslaut ließ er den großen Rührstab fahren.

»Was bist du doch für ein Tollpatsch!« Anneke zog ihn durch die Hintertür zur Wasserpumpe. »Schnell, halt es unters Wasser!« Sie betätigte den Schwengel und drängte Pieter, die verbrühte Hand direkt unter den kalten Strahl zu halten. Dabei achtete sie nicht darauf, dass sein gerade erst angezogenes Hemd durchnässt wurde. »Du wirst es doch keinem erzählen, oder?«, fragte sie besorgt, nachdem sie beide wieder in die Waschküche zurückgekehrt waren.

»Was denn?«

»Dass ich dich bat, die Kochwäsche für mich umzurühren.«

»Warum nicht?«

»Weil ich dann wieder Ärger kriege, du Trottel!« Sie besann sich. »Entschuldige, das habe ich nicht so gemeint.« Sie begutachtete seine Hand. »So schlimm sieht es nicht aus. Es sind nur ein paar kleine rote Flecken. Komm her, kühlen wir es noch etwas, damit es keine Blasen gibt.« Sie drückte seine offene Handfläche gegen ihren nassen Busen. Pieter sog tief die Luft ein.

»Tut es weh?«, fragte sie.

»Nein.« Er merkte, dass sein Glied steif wurde, und schämte sich, aber er wagte nicht, seine Hand wegzuziehen, denn nichts hatte sich in seinem Leben jemals so gut angefühlt wie ihr weiches Fleisch unter seinen Fingerspitzen. Er fragte sich, ob er, falls er sich beide Hände verbrüht hätte, wohl gleichzeitig beide Brüste hätte anfassen dürfen. Fast ärgerte er sich, dass die Tropfen ihn nur an der einen Hand getroffen hatten.

»Gefällt dir das?«, fragte sie mit langsamem Augenaufschlag.

»Ja«, sagte er heiser.

»Du darfst mich noch mal so anfassen, wenn du niemandem sagst, warum du dich verbrüht hast.«

»Wann darf ich dich noch mal anfassen?«

»Am Sonntag. Aber du musst mir schwören, es niemandem zu sagen.«

»Ich schwöre es. Darf ich dich Sonntag auf beiden Seiten anfassen?«

Im Hof ertönten Schritte. Hastig ließ Anneke Pieters Hand los und wich zurück. Gerade noch rechtzeitig, denn im nächsten Moment kam der Tulpenhändler Adriaen Quaeckel in die Waschküche spaziert.

»Guten Morgen, du schönes Kind!«, rief er Anneke zu. »Schon so früh bei der Arbeit?«

Sie verschränkte sittsam die Hände. »Für die große Wäsche ist es nie früh genug.«

»Wie wahr, wie wahr.« Sein Blick saugte sich an ihr fest. Keine Einzelheit ihrer dampfdurchfeuchteten Erscheinung schien ihm zu entgehen. »Was müssen diese zarten Hände rubbeln und reiben, das Gewebe stoßen und kneten, es wringen und drücken, bis der Schweiß aus allen Poren rinnt und die Anstrengung die rosigen Lippen zum Zittern bringt! Die Hitze des Kessels, die glühenden Kohlen im Feuer, das wallende Wasser und die überschäumende Lauge, wenn der harte Stab den nassen Stoff zerteilt und sich in ihn bohrt, tief hineinstößt in die widerspenstige Fülle!«

Pieter hatte unwillkürlich den Atem angehalten ob dieser Eloge. Er fragte sich, warum er mit einem Mal das Bedürfnis verspürte, Adriaen Quaeckel beim Hals zu packen und ihn in ebenjenen Kessel zu tunken, dessen Inhalt der Tulpenhändler so hymnisch pries. Vielleicht lag es an der Art, mit der Quaeckel beim Reden die Spitzen seines Schnurrbartes massierte.

Anneke hatte indessen Gefallen an der Ansprache gefunden. Ihre Lider flatterten, ihr Mund wölbte sich zu einem zaghaften Lächeln. »Mijnheer Quaeckel, Ihr beschreibt die Kochwäsche auf eine so poetische Weise, dass man fast meinen möchte, es könnte einem unschuldigen jungen Mädchen Freude machen!«

»Er sollte es einmal selbst versuchen, dann würde er merken, dass es harte Arbeit ist«, warf Pieter ein.

Quaeckel bedachte ihn mit einem durchdringenden Blick. »Was hast du hier verloren, Junge?«

»Nichts«, sagte Pieter.

»Warum stehst du dann pitschnass in der Gegend herum?«

»Ich habe mir ...« Gerade noch rechtzeitig fiel ihm sein Schwur wieder ein. »Ich habe mich gewaschen.« Diese Aussage war genauso wahr.

»Nun, ich sehe, dass du sauber bist, also geh wieder an die Arbeit.«

»Meine Arbeitszeit hat noch nicht begonnen.«

»Verschwinde trotzdem.«

»Ich muss Eure Anweisung nicht befolgen.«

Quaeckel starrte ihn entgeistert an. »Wer zum Teufel bist du überhaupt?«

»Ich bin ein Lehrjunge und heiße Pieter.«

»Für einen Lehrjungen nimmst du den Mund ganz schön voll, Pieter. Kann es sein, dass du gestern in der *Goldenen Tulpe* warst und dich frech an den Tisch von uns Händlern gesetzt hast?«

»Das geschah im Gedränge.«

»Aha. Und dann drängte es dich wohl an den Schanktisch von Mareikje, wo du dir mit ihr gemeinsam einen Genever nach dem anderen in den Hals geschüttet hast. Ich hab's genau gesehen.«

Dagegen konnte Pieter nichts einwenden, denn es stimmte, obwohl es sich auf unerfindliche Weise so anhörte, als sei es nicht wahr.

Anneke sah ihn ungläubig an. »Du hast dich mit der Schankwirtin betrunken?«

Pieter überlegte, ob er tatsächlich betrunken gewesen war, aber da ihm Vergleichsmaßstäbe fehlten, konnte er es nicht mit Sicherheit sagen. »Ich weiß nicht«, erwiderte er daher.

»Hört, hört«, höhnte Quaeckel. »Eine faulere Ausrede fällt ihm nicht ein.« Zu Anneke sagte er: »Ein so entzückendes Mädchen wie du wird sich doch wohl nicht mit einem derart tumben, trunksüchtigen Knaben abgeben, oder?«

Ihre Lider flatterten erneut auf und ab. »Gewiss nicht, Mijnheer Quaeckel.«

Die Uhr am nahen Kirchturm schlug zur vollen Stunde, die Arbeitszeit begann. Pieter konnte nicht länger hier stehen bleiben. Seine Füße fühlten sich schwer an, als er die Waschküche verließ. Er wäre gern geblieben, um der Unterhaltung zwischen dem Tulpenhändler und Anneke zuzuhören, doch der Meister erwartete ihn oben in der Werkstatt. An der Tür warf er einen Blick zurück. Quaeckel hatte seine Hand auf Annekes Schulter gelegt. Pieter konnte sehen, dass die Finger des Mannes sacht über den Ansatz ihres Nackens glitten. Er wurde von Empfindungen erfasst, die er nicht einordnen konnte. Wenn man ihn gefragt hätte, wäre ihm vielleicht *Zorn* als zutreffende Beschreibung seiner Gemütslage erschienen, aber ebenso gut hätte *Mutlosigkeit* gepasst.

»Na, da ist aber jemand eifersüchtig«, sagte Geertruyd, die im Durchgang zur Küche stand und wohl die Unterhaltung nebenan mit angehört hatte.

Mit großen Augen sah Pieter die Magd an. *Eifersucht.* Jetzt wusste er, wie das richtige Wort für sein Elend lautete. Es war ein hässliches, schmerzhaftes Gefühl, das wie ein Stück Holz in der Kehle steckte. Um ein Haar hätte es ihn seinen Hunger vergessen lassen. Doch sein Magen meldete sich mit heftigem Knurren und rief ihm ins Gedächtnis, dass er heute noch nichts gegessen hatte. Er hatte die Frühstückszeit versäumt. Umgehend holte er sich ein Stück eingelegten Hering nebst einem Brotkanten aus der Küche und schlang beides auf dem Weg nach oben herunter. Auf Geertruyds Gezeter achtete er nicht sonderlich, denn der Meister hatte ihm das Essen nicht verboten. Mevrouw Saskia hatte ihn sogar angewiesen, sich richtig satt zu essen.

Als er bereits auf der Treppe war, hörte er unten die Hausherrin mit scharfer Stimme ausrufen: »Anneke, komm *sofort* her zu mir! Ich habe hier Arbeit für dich!«

Augenblicklich fühlte er sich besser.

*

Zusammen mit Pieter hatte Rembrandt sechs Schüler, die bei ihm das Handwerk des Kunstmalers erlernen sollten.

Cornelis war achtzehn und fast fertig mit der Lehre, die anderen noch Knaben. Laurens war mit seinen zweiundzwanzig Jahren bereits seit längerer Zeit Geselle. Er war ein entfernter Vetter Rembrandts, wobei Rembrandt immer noch nicht dahintergekommen war, welchen Grades diese Verwandtschaft genau sein mochte. Ein Onkel eines Cousins hatte ihn einst überredet, den Jungen nicht nur auszubilden, sondern ihn auch für die Dauer der Lehrjahre durchzufüttern. Wie ein lästiges, aber nützliches Möbelstück war Laurens nun immer noch Teil von Werkstatt und Hausstand. Rembrandt hatte schon entschieden schlechtere Lehrlinge zu Gesellen ausgebildet, aber mit Laurens war er von Anfang an nicht richtig warm geworden. Der Bursche hatte Talent, doch die Art seiner Begabung entsprach seinem Äußeren – sie stand für den schönen Schein. Mit dem Gesicht und der Gestalt einer römischen Statue gesegnet, schien er sich wieder und wieder selbst in seinen Bildern zu spiegeln. Sie waren Momentaufnahmen illusorischer Perfektion, ohne den Hauch eines Bruchs oder auch nur einer Spur von Unvollkommenheit. Gleichwohl konnte Rembrandt nicht umhin, die Gefälligkeit der Pinselführung und die Feinheiten der Farbgebung anzuerkennen. Laurens würde zweifellos seinen Weg machen und später als Meister gutes Geld verdienen, denn es gab genug Auftraggeber, die sich in makellosem Ebenmaß verewigt sehen wollten, obgleich die Realität eine völlig andere war. Genau das war Laurens' Stärke – er malte die Menschen schön. Mit porenloser Haut, faltenfreien Gesichtern und großen, leuchtenden Augen.

Mittlerweile hatten sich alle Lehrjungen im Obergeschoss des Hauses eingefunden, und Rembrandt wies ihnen ihre Aufgaben für den Tag zu. Ein Teil der Werkstatt war durch Trennwände unterteilt, sodass mehrere kleinere Ateliers zur Verfügung standen. In dem einen wurden Farben hergestellt,

Leinwände verspannt und grundiert sowie Pinsel und Paletten gereinigt, in einem anderen wurde skizziert und gemalt. Ein weiterer, deutlich geräumigerer Bereich war Rembrandt selbst und seinen Kunden vorbehalten – dort herrschten die besten Lichtverhältnisse. Hier konnten seine Auftraggeber für die nötigen Entwürfe posieren, hier wurden die Requisiten zum Einsatz gebracht, und hier gelangten die Gemälde zur Ausführung.

Außerdem gab es noch ein Lager, wo die Rohstoffe für die Farben und diverse Requisiten aufbewahrt wurden, und schließlich das Kabinett, in dem sich Rembrandts Sammlung befand und das ohne seine Erlaubnis niemand betreten durfte.

An diesem Tag spürte Rembrandt schon am frühen Morgen den schwelenden Zorn, der von Laurens ausging. Sorgenvoll fragte er sich, wohin das noch führen mochte. Er hatte Laurens für die Zerstörung von Pieters Skizzen eine Tracht Prügel verabfolgt, aber es kam ihm so vor, als hätte das den Unmut des Jungen erst richtig angestachelt, denn Laurens schien jeden mit Blicken erdolchen zu wollen, der ihm über den Weg lief.

Im Vergleich dazu wirkte Pieter zum Glück deutlich friedfertiger. Die vertragswidrige Wasch- und Küchenknechtschaft schien ihm ebenso wenig nachzuhängen wie das Zerreißen der Skizze durch die Hand seines Meisters – in Rembrandts Augen auch im Nachhinein immer noch ein unentschuldbarer Frevel. Doch da er sich schlecht selbst mit dem Stock schlagen konnte, blieb ihm nur der gute Vorsatz, sich künftig um mehr Langmut zu bemühen.

Über all das dachte Rembrandt nach, während er den Tulpenhändler Adriaen Quaeckel in seinem Atelier mit unterschiedlichen Requisiten posieren ließ. Mit Hut, ohne Hut, mit einer Samtjacke im französischen Stil, mit einem alten vergoldeten Helm, und schließlich barhäuptig vor einem venezianischen Drehspiegel.

»Ja«, sagte er. »Das ist es. Vor dem Spiegel wirkt Ihr am besten. Das sollte unsere Requisite für Euer Porträt werden. Wäre das in Eurem Sinne?«

Dem Tulpenhändler war es einerlei. Er wollte auf dem Bild bloß gut aussehen. Der Ansatz zum Doppelkinn sollte verschwinden, desgleichen die Tränensäcke und das Muttermal an der linken Nasenseite. Nur der Bart sollte genauso unnatürlich schwarz und glänzend werden, wie er war.

»Dieser Lehrjunge, den Ihr da habt«, meinte Quaeckel angelegentlich. »Dieser Pieter. Er scheint mir ein veritabler Schwerenöter und Trunkenbold zu sein.«

»Was bringt Euch zu dieser Annahme?« Rembrandt skizzierte den Bart des Mannes und versah ihn mit gewaltigen, nach oben eingedrehten Spitzen. Ihm war nach einer kleinen Karikatur zumute.

»Er betrank sich gestern in der *Goldenen Tulpe* und schäkerte dabei mit der Schankwirtin.«

»So was«, brummte Rembrandt verdutzt. Da hatte er wohl was angerichtet mit seinem Stüver!

»Ist er bei der Arbeit auch so ein großmäuliger Gernegroß?«

»Hm, nein.«

»Ihr solltet ein Auge auf ihn haben.«

»Gewiss, Mijnheer Quaeckel.« Rembrandt überlegte, ob dies der rechte Augenblick war, den Tulpenhändler darauf hinzuweisen, dass die Art seines Werbens um Anneke unangemessen war, aber das hätte die Sitzung nur unnötig in die Länge gezogen.

»Ich hätte da übrigens noch mehr Tulpen für Euch, Meister Rembrandt. Ein ganzes Paket echter Raritäten, wunderbar geflammt und von bester Qualität.«

»Wo habt Ihr sie? Wieder nur auf Papier?«

»Wo sollen sie um diese Jahreszeit sonst sein?« Quaeckel lachte, es klang wie das Wiehern eines Pferdes. »Aber dieses Papier ist dreimal so viel wert wie noch in der letzten Woche. Ihr könntet Euren Gewinn mit diesen Zwiebeln binnen weniger Tage erneut vervielfachen.«

»Was kosten sie denn?«

»Fünfhundert. Weil Ihr es seid.«

»Das ist sehr viel Geld. So viel kosten bei mir große Porträts und Gruppenbildnisse.« Unverhohlener Ärger klang aus seiner Stimme. »Wie kann eine Tulpenzwiebel, die in der Erde steckt und von der kein Mensch weiß, ob sie je blüht, genauso viel kosten?«

»Das ist ja gerade das Gute am Tulpenhandel. Man kommt damit zu Reichtum, ohne einen Finger dafür rühren zu müssen.«

»Ich überlege es mir«, sagte Rembrandt ausweichend, hin und hergerissen von der Aussicht auf schnellen Reichtum ohne Arbeit. Dennoch – es war ein Batzen Geld, und er war noch nie ein großer Tulpenfreund gewesen. Auch als gemalte Vasensträuße fand er sie nicht sonderlich bestrickend. Stillleben konnten ihn ohnehin kaum begeistern. Es gab eine Handvoll Künstler, die mit beeindruckender Könnerschaft der Vanitas huldigten, aber zu deren Jüngern zählte Rembrandt sich nicht. In seinem malerischen Fokus stand der Mensch, genau wie bei Pieter. Rembrandt hatte die Fetzen der Skizze aufgesammelt und sie sorgfältig zusammengeklebt, bis man die Risse kaum noch sah. Er wollte die Zeichnung aufheben, um sich später daran erinnern zu können, wie es sich angefühlt hatte, ein Genie zu entdecken.

Dass er sich völlig in seinen Gedanken verloren hatte, wurde ihm erst bewusst, als Quaeckel hinter ihn trat und einen kritischen Blick auf seinen Skizzenblock warf.

»Der Bart ist Euch arg groß geraten, oder? Es sieht beinahe aus wie bei einem osmanischen Potentaten.«

Rembrandt drehte den Block um. »Das ist nur ein Entwurf, mit dem ich mir selbst einen Eindruck vom dominanten Teil Eurer Physiognomie verschaffen wollte.«

Quaeckel zwirbelte seinen Schnurrbart. »Er ist mein ganzer Stolz.«

Rembrandt nickte verbindlich, dann komplimentierte er den Tulpenhändler hinaus. In Kürze würde schon der nächste Auftraggeber eintreffen, bis dahin galt es noch einiges zu erledigen. Er besichtigte die Fortschritte bei den Arbeiten in der Werkstatt. Laurens saß an einem Landschaftsbild – ein zu Geld gekommener Müller wollte seine Windmühle verewigt haben. Als Hintergrund hatte er sich eine Deichlandschaft mit Schafen gewünscht. Den Preis von zehn Gulden hatte er ohne zu murren bezahlt. Woanders hätte er es sicher viel billiger bekommen, aber gewiss nicht mit so schönen Schafen und einer derart paradiesisch anmutenden Landschaft. Laurens tupfte mit dem Pinsel Farbe auf die Leinwand und drehte sich nicht zu ihm um. Er war immer noch wütend. Rembrandt, der sich in versöhnlicher Stimmung befand und an seine guten Vorsätze dachte, meinte in freundlichem Tonfall: »Die Tönung des Grases ist dir sehr gut gelungen.« Mehr Lob konnte er sich nicht abringen, also ging er gleich weiter hinter die nächste Trennwand, wo Pieter zusammen mit Cornelis Leinwände grundierte.

»Na, hast du ihm alles ausführlich erklärt?«, wollte Rembrandt leutselig wissen. Cornelis war unter seinen Lehrlingen nicht nur der älteste, sondern auch der fleißigste und zuverlässigste.

»Er macht es sehr gut, Meister«, erwiderte Cornelis. »Ich musste es ihm nur ein einziges Mal erklären. Seht nur.«

Rembrandt trat näher und begutachtete die von Pieter

behandelte Leinwand. Auf den ersten Blick sah er, dass er selbst es kaum besser hätte machen können. Für seine Ölgemälde bevorzugte er eine Grundierung aus mehreren Schichten. Je nachdem, welche Bereiche eines Bildes er für Hintergrund oder Gesichter vorgesehen hatte, musste die darunter befindliche Lasur heller oder dunkler ausfallen, weshalb diese Arbeit eine sorgfältige Herangehensweise und gute Vorbereitung erforderte. Zum Ausfüllen und Glätten der groben Strukturen der Leinwand wurde eine schwach pigmentierte Mischung aus rötlichem und gelbem Ocker mit etwas Bleiweiß und einer Spur Kreidekalk aufgetragen, und für die zweite Schicht eine eher ins Graue gehende Mixtur, auch diese mit Bestandteilen von Ocker, Bleiweiß und Kreidekalk, aber zusätzlich auch mit Kohle und Umbrabraun – in einem Verhältnis, das genau festgelegt war, ebenso wie bei dem als Bindemittel verwendeten, mit Wasser verdünnten Knochenleim.

»Du hast schon öfter Leinwände mit diesen besonderen Mischungen grundiert«, stellte Rembrandt fest.

»Ja.«

»Wo?«

»Bei Meister van Gherwen in Leiden.«

»Bei Reynier?« Rembrandt war überrascht. »Er war einer meiner ersten Schüler! Diese Grundiertechnik hat er bei mir gelernt!«

»Ich weiß.«

»Wie lange warst du in seiner Werkstatt?«

»Fünfzehn Monate und achtzehn Tage.«

»Warum hast du dort aufgehört?«

Pieter dachte nach und wiederholte kurzerhand die damalige Erklärung seines Vaters. »Weil es ohne jede Frage das Beste war.«

Rembrandt hätte sich am liebsten die Haare gerauft, er

stand kurz davor, aus der Haut zu fahren. Mühsam riss er sich zusammen. »Es ist nichts Ehrenrühriges, bei zwei Meistern zu lernen. Ich selbst tat das auch. Zuerst war ich bei einem guten Maler in der Lehre, dann bei einem noch besseren. War das bei dir auch so?«

»Ihr malt besser als er.«

Rembrandt fand das zwar schmeichelhaft, bemerkte aber auch, dass seine Frage damit nicht beantwortet war.

Cornelis wählte einen anderen Ansatz. »War etwas Bestimmtes vorgefallen, bevor du dort aufgehört hast?«

»Ja.«

»Was denn?«

»Ich brach Meister van Gherwen den Arm und die Nase. Dabei fielen ihm auch Zähne heraus.«

»Warum?«, fragte Cornelis entsetzt.

»Weil ich sie mit der Faust traf.«

Cornelis warf seinem Meister einen zutiefst verstörten Blick zu, doch der zuckte nur mit den Schultern. »Der gute Reynier ließ schon damals eine gewisse … Neigung erkennen. Wir wollen es nicht breittreten und nicht mehr darüber sprechen. Und Pieter, du hast meine volle Erlaubnis, allen, die dergleichen in meinem Haus versuchen sollten, ordentlich eins auf die Nase zu geben.« Der Maler hielt kurz inne, um nachzudenken. »Demnach hast du schon mehr als ein Lehrjahr hinter dir. Folglich beherrschst du die wichtigsten Grundzüge des Handwerks und kannst nicht nur grundieren, sondern auch Farben herstellen und einfachere Malarbeiten ausführen. Stimmt's?«

»Ja.«

»Hm, hm.« Rembrandt war mit einem Mal sehr angetan davon, dass Pieter deutlich mehr Vorwissen mitbrachte als erwartet. Der unvermutete Genius, den Rembrandt in der Skizze erblickt hatte, büßte dadurch ein wenig von seiner Strahlkraft ein, aber die Tatsache, dass man ihn in voller Höhe für ein Lehrjahr bezahlt hatte, welches im Grunde bereits erfolgreich woanders absolviert worden war, hob seine Laune beträchtlich. Er beschloss spontan, die zusätzlich angebotenen Tulpen bei Quaeckel zu kaufen. Günstige Gelegenheiten musste man beim Schopfe fassen.

*

Da Pieter nun die niedersten Arbeiten nicht erst mühsam erlernen musste, konnte er sofort mit anspruchsvolleren Aufgaben betraut werden. Rembrandt schickte ihn zusammen mit Cornelis zum Apotheker, wo die beiden einen Vorrat an Grundstoffen für die Farbherstellung besorgen sollten, und anschließend sollten sie bei einem Pferdehändler in der Nähe Bleiweiß ansetzen.

Pieter zog für den Besorgungsgang seine Stiefel an und holte seinen warmen Umhang aus dem Bettkasten, denn draußen war es empfindlich kalt. Als er wieder nach unten gehen wollte, stand auf einmal Laurens vor ihm.

»Na, gehst du wieder saufen?«

»Nein.«

»Was hast du denn vor, so gestiefelt und geschniegelt?«

»Ich gehe mit Cornelis zum Apotheker und anschließend zum Pferdehändler, um Bleiweiß zu machen.«

Laurens beugte sich über seine Truhe und holte ein frisches Hemd heraus, das er gegen das getragene austauschte. Anschließend kämmte er sich sorgsam das Haar und rieb sich eine duftende Substanz unter die Achseln.

»Was tust du da?«, wollte Pieter wissen.

»Das geht dich nichts an. Wieso stehst du überhaupt noch hier herum?«

»Weil ich dir zusehe.«

»Du solltest lieber verschwinden, sonst könnte es sein, dass ich dich die Treppe runterwerfe.«

Pieter wog kurz ab, welche Möglichkeiten sich ihm für diesen Fall boten. »Dann werde ich dir richtig eins auf deine schöne Nase geben.«

Laurens sah ihn mit einer Mischung aus Verblüffung und Ärger an. »Das traust du dich nicht.«

Diesmal musste Pieter nicht überlegen. »Doch«, erklärte er.

Für einen Augenblick sah Laurens so aus, als wollte er es darauf ankommen lassen, aber dann hob er die Schultern und fuhr mit seinen Verschönerungsmaßnahmen fort. Über das Hemd zog er ein besticktes blaues Wams in der Farbe seiner Augen, und um den Hals legte er sich einen weißen Kragen, den er sonst nur sonntags trug.

»Darfst du denn einfach weggehen?«, fragte Pieter ihn. »Musst du nicht arbeiten? Was wird der Meister sagen?«

»Er hat nicht das Geringste dagegen.«

»Darf ich auch früher mit der Arbeit aufhören, wenn ich es will?

»Natürlich«, sagte Laurens mit unbewegter Miene. »Das kannst du jederzeit.«

Pieter hörte Cornelis von unten nach ihm rufen, und er beeilte sich, die Treppe hinabzusteigen.

*

Die Apotheke war im Vorderhaus eines schmalen Backsteingebäudes am Kloveniersburgwal untergebracht. Der Apotheker schob die Leiter vor den deckenhohen Regalen hin und her und kramte zwischen allerlei Schachteln, Tiegeln und Flaschen herum, bis er das Gewünschte beisammenhatte. Auf Rembrandts Einkaufsliste standen wertvolle Farbgrundstoffe: Siena-Erde für Ocker, Bleizinn für Gelb, Knochenkohle und Lampenruß für Schwarz, Azurit und Lapislazuli für Blau, Malachit für Grün sowie Krapp, Zinnober und Jaspis für Rot. Und natürlich Blei für die Herstellung von Weiß.

Der Apotheker wog alles ab und verpackte es sorgfältig. Hinzu kam noch ein Vorrat von mehreren Flaschen Leinöl.

Der Kaufpreis wurde angeschrieben, und Pieter und Cornelis brachten ihre Einkäufe in die Nieuwe Doelenstraat, um sie dem Meister zu übergeben, ehe sie sich mit den erworbenen Bleiplatten auf den Weg zum Pferdehändler machten.

Der Stall lag ein Stück die Amstel hinab neben einer Gerberei, die einen penetranten Gestank verbreitete. Dagegen roch der Misthaufen im Stall des Pferdehändlers fast anheimelnd.

Cornelis und Pieter füllten eine Tonschale mit Essig und gaben die Bleiplatten hinein. Die Schüssel wurde fest mit Pergament verschlossen und anschließend mit Pferdeäpfeln überhäuft, womit die eigentliche Arbeit auch schon getan war.

Aus einem anderen Dunghaufen schaufelten sie anschließend eine Schüssel frei, die seit sechs Wochen dort stand. Ätzender Gestank reizte Pieters Kehle, als er das Pergament abzog und die Bleiplatten herausnahm. Cornelis und er kratzten über einem sauberen Tuch die weiße Schicht ab, die sich unter der Einwirkung der scharfen Essigsäure und den Ausdünstungen des Pferdemists auf den Bleiplatten gebildet hatte. In der Werkstatt musste diese Substanz zur endgültigen Gewinnung von gutem Bleiweiß noch gründlich gesiebt und unter Zugabe von klarem Brunnenwasser fein zermahlen und geschwemmt werden. Mit der Aufbereitung des Pulvers verbrachten Pieter und Cornelis den gesamten Nachmittag.

Sie arbeiteten in schweigender Eintracht und mahlten und schwemmten, bis das Bleiweiß von ausreichend feiner Konsistenz war.

»Den Bottich mit dem Schwemmwasser müssen wir gleich noch ausleeren«, sagte Cornelis.

»Warum?«

Cornelis' rundes, knabenhaftes Gesicht zeigte einen Ausdruck von Besorgnis. »Einer von den jüngeren Schülern könnte versehentlich davon trinken, denn es schmeckt süß, weil es voller Bleizucker ist. Der ist giftig. Du weißt doch, dass Blei giftig ist, oder?«

»Ja«, sagte Pieter, denn nach dieser Erklärung von Cornelis wusste er es. Vorher hatte es ihm keiner gesagt, auch nicht sein früherer Meister van Gherwen. Er betrachtete seine Finger.

»Ich will mir die Hände waschen.«

»Ja, das kann nach dieser Arbeit nicht schaden. Aber keine Angst, vom Anfassen stirbst du nicht, sonst wären wir hier schon alle tot. Und ein bisschen Bleizucker bringt einen auch nicht gleich um. Viele Weinhändler geben was davon ins Fass, wenn der Wein zu sauer ist, denn die Süße des Bleizuckers ist sehr stark und angenehm.«

»Ich trinke keinen Wein«, sagte Pieter – womit er meinte, dass er *nie wieder* Wein trinken wollte. Er war froh, dass er in seinem Leben bisher nur einmal (und zudem sehr sauren) Wein getrunken hatte – jenen, den Geertruyd ihm und Onkel Joost am Tage seiner Ankunft serviert hatte.

»Ich mache mir auch nicht viel aus Wein«, sagte Cornelis. »Ein Humpen gutes Bier ist mir lieber.«

»Wird Bleizucker auch in Schnaps getan?«, wollte Pieter wissen, denn das war von elementarer Bedeutung.

»Da fragst du mich was. Ich habe keine Ahnung, wie Schnaps gemacht wird. Nur vom Wein weiß ich es zufällig, weil mein Onkel Weinhändler ist. Er stellt sich den Bleizucker selbst her, aus Blei und heißem Essig. Es geht ganz einfach. Ich wünschte, das Bleiweiß zum Malen ließe sich auch so leicht gewinnen. He, wo willst du hin?«

»Ich will meine Hände waschen.«

»Aber du kannst doch nicht … Wir sind hier noch nicht fertig!«

»Ich will früher gehen.«

»Das darfst du nicht!«

»Ich darf es jederzeit.« Pieter war schon auf dem Weg zur Treppe. Cornelis blickte ihm halb verdutzt, halb ergeben nach und beschloss, dem Meister nichts davon zu sagen.

*

KAPITEL 5

Nachdem Pieter sich am Pumpbrunnen im Hof sorgfältig die Hände gewaschen und dort auch seinen Durst gestillt hatte, überkam ihn ein starkes Hungergefühl, weshalb er sich in der Küche ein Stück Brot holte. Zufällig stand eine Schüssel mit hart gekochten Eiern auf dem Tisch, an denen er sich ebenfalls bediente. Er aß gleich drei davon und nahm sich ein viertes mit. Geertruyd kam aus der angrenzenden Vorratskammer und ergriff einen Kochlöffel, mit dem sie auf ihn losging.

»Du Nichtsnutz! Noch ist nicht Zeit fürs Abendbrot!« Sie traf ihn an der Schulter, aber es tat nicht weh, weil das Wams den Schlag abmilderte. Ehe sie erneut ausholen konnte, war er schon wieder draußen. Er holte seinen Umhang und verließ das Haus. Draußen auf der Gasse begegnete er Anneke. Sie schleppte einen vollen Abfallkübel.

»Übermorgen ist Sonntag«, sagte er.

»Ja, und?«, gab sie verdrossen zurück.

»Dann darf ich dich anfassen.«

»Das werden wir noch sehen«, meinte sie patzig.

Die Bemerkung verursachte keinen besonderen Klärungsbedarf, also setzte er seinen Weg fort.

»Pieter«, rief sie ihm mit kläglicher Stimme nach. »Magst du mir nicht vielleicht den Kübel zum Fluss tragen?«

Dagegen war nichts einzuwenden, denn dann konnte er unterwegs ihr liebliches Gesicht und den Busen betrachten. Doch zu seiner Enttäuschung ging sie sofort zurück ins Haus, nachdem sie ihm den stinkenden Kübel überlassen hatte. Offenbar wollte sie ihn nicht begleiten. Pieter blickte in den Bottich, der randvoll von glitschigen Küchenabfällen und farbverklecksten Tuchfetzen aus der Werkstatt war. Er erinnerte sich an Cornelis' Hinweis, dass das Bleiwasser dringend wegzuschütten sei. Er entschloss sich, das ebenfalls noch zu erledigen, um Cornelis die Arbeit zu ersparen. Er ging zurück ins Haus, wo er den Abfallkübel in der Diele stehen ließ und die Treppe hinaufeilte, um den Bottich mit dem Schwemmwasser zu holen. Oben in der Werkstatt waren die Lehrjungen bereits mit Ausfegen und Aufräumen beschäftigt, der Arbeitstag war auch für sie fast vorbei. Cornelis war inzwischen mit dem Bleiweiß fertig und säuberte den Mahlstein. Als Pieter mit dem Bottich wieder nach unten gehen wollte, stand auf einmal Meister Rembrandt vor ihm.

»Was hast du mit dem Wasser vor?«

»Ich will es wegschütten.«

»Lass es hier, ich brauche es noch.«

»Es ist giftig.«

Rembrandt hob die Brauen. »Wirklich?«

»Ja.«

Rembrandt lächelte. »Meine Frage war ein Scherz. Ich weiß, dass es giftig ist.«

»Was wollt Ihr damit tun?«

»Das ist meine Sache.«

Pieter fand die Antwort unbefriedigend, aber er stellte den Bottich gehorsam wieder ab und eilte die Treppe hinunter. Unten in der Diele hatte Mevrouw Saskia mit gestrenger Miene vor dem Abfallkübel Stellung bezogen. Auf der anderen Seite des Kübels stand Anneke, das Haupt demütig gesenkt und die Hände in der fleckigen Schürze vergraben.

»Hat Anneke dich angewiesen, den Abfall für sie zu tragen?«, wollte Mevrouw Saskia von Pieter wissen.

»Nein.«

Annekes Kopf flog hoch. In ihren Zügen malte sich tiefe Dankbarkeit.

»Wirklich nicht?«, hakte Saskia nach.

»Nein.« Pieter ging zur Tür.

»Warte. Was hast du vor?«

»Ich will mir bei Mijnheer Mostaerd Geld holen.«

»Wer ist das?«

»Der Verwalter von Onkel Joost.«

»Ah. Und da kannst du dir einfach so Geld holen? Wie viel denn?«

»Einen Stüver.«

»Ach so.« Saskias Interesse erlosch schlagartig, sie wandte sich wichtigeren Angelegenheiten zu. »Anneke, schaff mir endlich diesen Kübel aus dem Haus.«

Auf der Gasse nahm Pieter Anneke den Kübel ab. »Ich kann ihn tragen, denn er ist schwer.«

Diesmal ging sie nicht zum Haus zurück. »Es war sehr lieb von dir, dass du für mich gelogen hast, Pieter.«

»Ich habe nicht gelogen.«

»Aber du hast gesagt ...« Sie unterbrach sich und dachte nach. »Du hast recht, es war keine Lüge, denn ich habe dich nicht angewiesen, sondern dich gefragt, ob du es für mich tun magst. Das ist ein Unterschied, nicht wahr?«

»Ja.«

»Pieter, manchmal kommst du mir sehr schlau vor.«

Diese Bemerkung schien keine Erwiderung zu erfordern, also sagte er nichts dazu. Dafür hatte er selbst eine Frage.

»Was will Meister Rembrandt mit dem Bleizucker?«

»Bleizucker?«

»Der in dem Bottich aus der Werkstatt. Er ist giftig.«

»Ich habe keine Ahnung, wovon du redest, Pieter.«

Damit musste diese Frage offenbleiben.

»Willst du dir den Stüver holen, um damit in die *Goldene Tulpe* zu gehen und Schnaps zu trinken?«, wollte Anneke wissen.

»Vielleicht.« Ob er es tat, hing davon ab, wie Genever hergestellt wurde. Er wollte Mareikje danach fragen.

»Wenn du so weitermachst, wirst du trunksüchtig und gottlos.«

Das gab ihm zu denken. »Wann ist man trunksüchtig?«

»Wenn man täglich Schnaps trinkt.«

»Dann ist Geertruyd trunksüchtig und gottlos.«

»Nein, denn sie trinkt nicht viel, meist nur ein paar kleine Gläschen.«

»Ich trinke auch nicht viel.« Dann platzte er heraus: »Anneke, willst du den Tulpenhändler heiraten?«

»Was? Wie kommst du denn bloß auf so was?«

Das konnte er dummerweise nicht richtig begründen, weil die Gedanken, die ihm dazu durch den Kopf gingen, zu konfus waren. »*Wir* könnten heiraten«, merkte er an. »Dann können wir in einem Bett schlafen.«

Sie kicherte. »Ach Pieter, manchmal bist du ein richtiges Lämmchen.«

Das war offensichtlich nur eine Redensart, wobei sich ihm deren Bedeutung nicht völlig erschloss. Wenigstens klang es in seinen Ohren auf entfernte Art wohlwollend.

Er schüttete den Abfall in die Amstel und gab Anneke den leeren Kübel wieder. Sie lächelte ihn auf geheimnisvolle Weise an und machte sich auf den Rückweg.

*

Pieter hatte Glück, denn er traf Mijnheer Mostaerd just in dem Moment an, als der gerade das Kontor zuschließen und nach Hause gehen wollte. Nur wenige Minuten später, und er hätte unverrichteter Dinge wieder abziehen müssen.

»Ah, Pieter, wie schön, dich zu sehen! Bist du zufrieden mit der Arbeit an deiner Lehrstelle?«

»Ja.«

»Das freut mich ungemein, auch für deinen Patenonkel. Dein Wohl liegt ihm sehr am Herzen, aber das weißt du sicher, nicht wahr?«

»Ja.«

»Willst du mich ein Stück meines Weges begleiten? Dann kannst du mir erzählen, was es Neues gibt.«

Pieter wendete im Geiste den Begriff *Neues* hin und her und kam zu dem Schluss, dass Mijnheer Mostaerd damit vermutlich Ereignisse meinte, die sich seit ihrer letzten Begegnung zugetragen hatten.

»Alles oder nur die wichtigen Dinge?«, erkundigte er sich.

»Nur das Wesentliche«, sagte Mijnheer Mostaerd.

Pieter spazierte neben dem Kaufmann her und berichtete ihm über die wenigen Vorkommnisse, die ihm wesentlich erschienen.

»Blei ist giftig. Der Tulpenhändler hat Annekes Nacken gestreichelt. Ich werde eine Tulpe für ein Schild malen. Ich brauche einen Stüver.«

»Ah«, sagte der Kaufmann zerstreut. »Das ist schön.« Er hatte einen Händler erblickt, mit dem er häufig Geschäfte machte, und winkte ihm zu. »Wofür willst du den Stüver?«, fragte er, Pieters letzte Bemerkung über seinen Geldbedarf noch im Ohr.

Die Frage stellte Pieter vor ein Dilemma, denn falls er von Mareikje erfuhr, dass Genever Bleizucker enthielt, würde er den Stüver nicht für Schnaps brauchen. Aber wofür dann? Darüber hatte er sich noch keine Gedanken gemacht.

»Vielleicht für ein Stück Kuchen«, sprach er den erstbesten Einfall aus, der ihm in den Sinn kam.

Mijnheer Mostaerd blieb stehen und warf ihm einen mitleidigen Blick zu. »Da herrscht wohl Schmalhans Küchenmeister im Hause Rembrandt, wie? Das hätte ich nicht gedacht! Und obendrein ist es eine Schande, denn ich hörte, wie hoch das Kostgeld ist. Dein Onkel schrieb mir davon. Aber es nähme mich nicht wunder, wenn es längst für andere Ausgaben draufgegangen ist. Man hört ja so manches. Seine Sammelwut kennt offenbar keine Grenzen. Oder ist er unter die Kappisten gegangen und kauft Tulpen? Es greift um sich wie eine Seuche.« Die Stimme von Mijnheer Mostaerd wurde drängend. »Tut er es etwa? Kauft Rembrandt van Rijn Tulpen? Sprach er darüber? Was sagte er?«

»Er sagte zu Mijnheer Quaeckel: *Ich überleg's mir.*« Die zwischen Meister Rembrandt und dem Tulpenhändler geführte Unterhaltung war Pieter noch Wort für Wort im Gedächtnis, denn das Atelier des Meisters war nur durch eine hölzerne Stellwand vom Arbeitsbereich der Lehrlinge getrennt.

»Ausgerechnet Adriaen Quaeckel, dieser Möchtegern-Dichter und Betrüger!«, rief Mijnheer Mostaerd.

»Warum ist er ein Möchtegern-Dichter und Betrüger?«

»Davon verstehst du nichts, Pieter. Und ich habe auch keine Zeit, es dir zu erklären. Warte, ich gebe dir als Erstes etwas Bares.« Der Kaufmann kramte in seiner Geldbörse und drückte Pieter eine Münze in die Hand. »Hier, geh dir Kuchen kaufen, mein Junge!«

Pieter betrachtete das Geldstück in seiner Hand. »Das ist ein Gulden.«

»Ja, ganz recht.«

»Ein Gulden sind zwanzig Stüver.«

»So ist es.«

»Muss ich Euch den Rest zurückgeben?«

»Nein, natürlich nicht. Du kannst für das Geld so viel Kuchen essen, bis es alle ist.«

»Darf ich es auch für andere Dinge ausgeben?«

»Gewiss. Und jetzt muss ich leider weiter. Meine Frau und ich erwarten heute Gäste, ich will rechtzeitig zu Hause sein. Mach's gut und bis bald, lieber Pieter.« Mit einem aufmunternden Lächeln klopfte er Pieter auf die Schulter und eilte davon.

Pieter machte sich umgehend auf den Weg zur *Goldenen Tulpe*. Dort herrschte dieselbe lärmende Betriebsamkeit wie am Vortag, es gab keinen einzigen freien Platz. Ganze Familien hatten sich in der Schenke versammelt, einschließlich der Kinder. Einige Männer hielten Tulpenkontrakte in den Händen und wirkten glücklich und erwartungsfroh.

Die Tulpenhändler saßen wieder um den großen Tisch im Schankraum. Der Rauch aus ihren Tonpfeifen umhüllte sie wie Nebel, doch die Zahlen an der großen Wandtafel waren gut zu erkennen. Pieter verglich sie mit der letzten Auktion und stellte fest, dass die Preise wieder gestiegen waren. Die Händler schwenkten ihre Bierkrüge und Schnapsbecher und waren in ausgelassener Stimmung.

Mareikje kam mit einer Schüssel eingelegter Heringe an Pieter vorbeigeeilt und stellte sie auf dem Tisch ab, ehe sie raschen Schritts wieder zum Schanktisch zurückging. Eine andere Bedienung brachte einen Korb mit Brot. Sofort griffen die Männer von allen Seiten zu und taten sich an Brot und Fisch gütlich.

»Ich will dir eine Frage stellen«, sagte Pieter zu Mareikje, während er ihr zum Schanktisch folgte.

Sie wischte sich den Schweiß von der Stirn und schüttelte den Kopf. »Keine Zeit für eine Unterhaltung, Pieter. Heute ist hier der Teufel los, du siehst es ja.«

Er blieb stehen. Ihre Antwort war nicht zufriedenstellend.

Als sie das nächste Mal an ihm vorbeieilte kam, hatte sie acht große Bierkrüge vor der Brust.

Er lief neben ihr her. »Ich könnte dir das Bier tragen. Dann hast du mehr Zeit und kannst meine Frage beantworten. Es ist eine wichtige Frage.«

Sie lud das Bier auf einem der Tische ab und wandte sich zu ihm um. »Na schön, raus damit.«

»Wie wird Schnaps gemacht?« Er merkte, dass die Frage unzureichend war, und ergänzte sie: »Gibt man dabei Bleizucker hinein?«

»Ich habe keine Ahnung, was irgendwelche Panscher in ihren Genever mischen. In meinem ist jedenfalls kein Bleizucker. Das weiß ich, weil mein Genever nach einem Rezept meines Großvaters gebrannt wird. Einen besseren Schnaps bekommst du in ganz Amsterdam nicht.«

»Wie lautet denn das Rezept?«

»Das ist schon die zweite Frage«, sagte sie lächelnd. »Eine Antwort darauf kriegst du aber so oder so nicht, denn das Rezept ist ein altes Familiengeheimnis. Und du weißt ja, dass Geheimnisse bewahrt werden müssen.«

Das wusste er, folglich gab er sich mit dieser Antwort zufrieden. Er zeigte Mareikje seinen Gulden. »Dafür kann ich vierzig Genever trinken.«

Sie prustete laut heraus. »Pieter, du bist mir einer! Wo hast du denn den Gulden her?«

»Von Mijnheer Mostaerd.«
»Wer ist das?«
»Der Verwalter meines Patenonkels Joost. Ich kann mir dort Geld holen, wenn ich es brauche.«
»Wie heißt dein Patenonkel mit vollem Namen?«
»Joost Heertgens.«
»Womit verdient er sein Geld?«
»Mit Effekten. Dabei geht es um Anteile an Handelsgütern, meist Schiffsladungen. Genau genommen kauft und verkauft er Waren, die mit den großen Frachtern nach Holland kommen.« Vorsorglich fügte Pieter auch noch den letzten Teil der Erläuterung hinzu: »Er ist ein Händler der Ostindien-Kompanie.«
»Danke für die Erklärung. Komm, trink einen Genever.«
Pieter wollte ihr den Gulden geben, doch sie wies das Geld zurück. »Behalt es. Einer geht heute aufs Haus.«
»Darf ich noch eine Frage stellen?«
»Das war ja bereits eine«, stellte sie fest. Sie lachte, als sie seine betretene Miene sah. »Nun frag schon.«
»Warum ist Adriaen Quaeckel ein Möchtegern-Dichter und Betrüger?«
»Wer sagt das?«
»Mijnheer Mostaerd.«
Sie nickte. »Ein scharfsichtiger Mann. Und deine Frage ist leicht zu beantworten: Der gute Adriaen dichtet gern. Er ist ein Freund schwülstiger, um nicht zu sagen schlüpfriger Wortspiele und hat schon einige Traktate mit solchen Ergüssen verfasst. Seine größte Freude besteht darin, sie gedruckt unters Volk zu bringen, und er ist untröstlich, dass kein Mensch sie lesen will. Und über seine Betrügereien wissen auch die meisten Leute Bescheid, die sich im Geschäftsleben auskennen. Trotzdem schafft er es immer wieder, arglose Bürger auszunehmen. Der Tulpenhandel ist wie für ihn gemacht,

denn keiner kann nachprüfen, ob die umgeschlagene Ware tatsächlich dieselbe ist wie die auf den bunten Broschüren. Allein durch die vielen Auktionen verdient er sich an den Kommissionsgebühren eine goldene Nase – zehnmal in zehn Tagen versteigert er dieselben minderwertigen Zwiebeln, und jedes Mal bekommt er mehr Geld dafür als zuvor. Wenn sich am Ende die Zwiebel als fauler Zauber erweist, wird ganz sicher nicht Adriaen Quaeckel den Kopf dafür hinhalten.«

Pieter hörte sich die Erklärung genau an. Unvermittelt meinte er dann: »Er hat Annekes Nacken gestreichelt.«

»Das gefiel dir wohl nicht, wie?«

»Nein.«

»Hat es *ihr* denn gefallen?«

Pieter trank von seinem Schnaps und sann über Mareikjes Frage nach. »Ich weiß nicht.« Er wünschte, er hätte eine andere Antwort geben können.

*

Auf dem Rückweg in die Nieuwe Doelenstraat überholte Pieter einen älteren Herrn, würdevoll gekleidet mit langem Umhang und Stulpenstiefeln. Im schwindenden Tageslicht erkannte er das Gesicht unter dem hohen schwarzen Hut.

»Ihr seid Doktor Bartelmies!«

»Kennen wir uns, junger Bursche?«

Das ließ sich nicht leicht beantworten. Er kannte Doktor Bartelmies, aber kannte Doktor Bartelmies auch ihn? Dass der Medicus ihn gefragt hatte, ob sie einander kannten, eröffnete zwei Möglichkeiten: Entweder hatte er Pieter an jenem Tag auf dem Fischmarkt nicht gesehen, oder er hatte ihn gesehen, erinnerte sich aber nicht mehr daran. In beiden Fällen kannte er Pieter nicht. Dennoch konnte Pieter die Frage nicht mit einem Nein beantworten, denn das hätte impliziert, dass auch Pieter ihn nicht kannte, was aber nicht stimmte. Folglich war nur eine Antwort richtig.

»Ich kenne Euch.«

»Woher, wenn ich fragen darf? Bist du einer meiner Patienten? Nein, wohl nicht, denn ich vergesse nie ein Gesicht.«

»Ich bin kein Patient«, sagte Pieter. Da damit die erste Frage des Doktors noch nicht beantwortet war, fügte er hinzu: »Ich war auf dem Fischmarkt, als Mijnheer van Houten starb. Dort sah ich Euch.«

»Warst du mit dem armen van Houten bekannt?«

»Nein.«

»Woher kennst du dann seinen Namen?«

»Mein Meister nannte ihn mir.«

»Und wer ist dein Meister, Junge?«

»Rembrandt Harmenszoon van Rijn, der Maler.«

»Ach was.« Der Medicus blickte ihn überrascht von der Seite an. »Ich bin gerade auf dem Weg dorthin, denn ich bin bei ihm zum Nachtmahl eingeladen. Und du bist ein Lehrling von Meister Rembrandt?«

»Ja.«

»Dann können wir den restlichen Weg gemeinsam gehen. Allerdings darfst du nicht so rasch ausschreiten, denn in meinen Jahren geht alles ein wenig geruhsamer vonstatten.«

Dagegen hatte Pieter nichts einzuwenden, denn er wollte dem Medicus gern einige Fragen stellen.

»An was für einer Vergiftung starb Mijnheer van Houten?«

»Ah, du hast gehört, was ich dazu sagte! Nun denn, es ist kein Geheimnis, ich habe Polizeihauptmann Vroom meine Ansicht zur Todesursache mitgeteilt – es war eine Bleivergiftung. Warum interessierst du dich dafür?«

»Weil ich mir nicht vorstellen konnte, dass ein Stück Fisch so giftig sein kann, dass man sofort davon zu Tode kommt.

Ich habe mir überlegt, dass er vorher etwas anderes gegessen oder getrunken haben muss. Vielleicht lag es ihm im Magen und stieß ihm sauer auf, sodass er sich entschloss, ein Stück Makrele gegen den üblen Geschmack zu essen. Die hatte er noch im Mund, als die tödliche Wirkung des vorher verzehrten Giftes einsetzte.« Pieter hielt inne, denn er war ein wenig erschrocken, weil er so viel gesagt hatte. Die Worte waren einfach aus ihm herausgepurzelt. Doch es verschaffte ihm ein gutes, befreiendes Gefühl, deshalb fuhr er rasch fort: »Ich weiß seit heute, dass es sich bei dem Gift um Blei handeln muss, denn Mijnheer van Houten spie im Tode seinen Mageninhalt von sich. Er war von weißer Färbung. Die Säure aus seinem Magen hat das eingenommene Blei weiß gemacht, genauso wie es unter Einwirkung von Essig geschieht.«

Der Medicus hatte ihn stumm und verblüfft angestarrt. »Potzblitz«, meinte er schließlich nur.

Diese Aussage enthielt weder eine Zustimmung noch eine Zurückweisung, aber Doktor Bartelmies schien noch nach Worten zu suchen. »Da soll mich doch einer!«, sagte er schließlich. »Mit beinahe denselben Worten habe ich es auch Hauptmann Vroom erklärt! Doch der hatte andere Dinge im Sinn. Dem Rat musste ein Schuldiger präsentiert werden, und den hatte man ja.«

»Meint Ihr den Fischhändler?«

Der Medicus nickte. »Als ich wegen des Todesfalls noch einmal auf der Wache vorstellig wurde, um zu hören, was daraus geworden war, hatte man längst für vollendete Tatsachen gesorgt. Der Fischhändler war schon abgeurteilt und aufgehängt worden.«

»Das war nicht recht.«

»Nein, natürlich nicht. Aber Hauptmann Vroom war der Ansicht, wir sollten die Toten ruhen lassen, zumal seine weiteren Ermittlungen ergeben hatten, dass van Houten sich das

Gift selbst zugefügt hat. Laut Hauptmann Vroom hat er sich aus Scham und Furcht das Leben genommen.

»Wie fand der Hauptmann denn heraus, dass es sich um einen Selbstmord handelte?«

»Van Houten hatte viel Geld bei sich. Dieses Geld gehörte ihm nicht, es war gestohlen, angeblich aus der Kasse der Schützengilde. Hauptmann Vroom meinte, man wolle um den Diebstahl kein Gewese machen, da van Houten immer ein ehrenwertes und sehr angesehenes Gildemitglied gewesen sei. Daher habe man es vorgezogen, kein öffentliches Aufsehen zu erregen und ihn nicht zu bestrafen.«

Pieter staunte. »Wie kann man jemanden, der schon tot ist, bestrafen?«

»Die holländische Justiz kann alles Mögliche. Selbstmörder werden aufgehängt – genauer gesagt: ihre Leichname. Vorher schleift man sie mit einem Pferd bis zum Galgentor, wo sie dann noch ein paar Wochen baumeln können, damit die Nachwelt sieht, wie sie sich versündigt haben. Im Falle von van Houten habe man darauf verzichten wollen, denn das Tulpenfieber, so sagte der Hauptmann, habe van Houtens Geist verwirrt. Dass er kurz vor dem Bankrott stand, war ohnehin kein Geheimnis.«

»Er konnte das Porträt nicht bezahlen, das er bei Meister Rembrandt in Auftrag gab.«

»Da hast du es, ein weiterer Beweis für Hauptmann Vrooms These. Oder sagen wir: Es wäre einer, wenn nicht zwischenzeitlich ein Geldverleiher auf den Plan getreten wäre, der Anspruch auf den Inhalt der dicken Börse erhob, welche van Houten bei seinem Tode bei sich trug. Er legte einen von van Houten unterzeichneten Darlehenskontrakt vor, nebst einer Kiste, die van Houten als Pfand für die geliehene Summe bereitgestellt hatte.

»Was befand sich darin?«

»Eine Auswahl an wertvollen Tulpenzwiebeln.«

»Hätte der Geldverleiher das Pfand nicht einfach zu Geld machen und so die Schulden doppelt und dreifach tilgen können?«

Der Medicus warf Pieter einen anerkennenden Blick zu. »Sehr gut geschlussfolgert! Das Pfand hätte der Geldverleiher wohl tatsächlich gern verwertet, aber es war ihm verboten, weil die Rückzahlungsfrist noch nicht abgelaufen war. Zwischenzeitlich mussten die Zwiebeln eingegraben werden, weil der Pfandkontrakt vorschrieb, dass sie den Winter über in der Erde stecken müssen, da sie nur dort ihrer Natur entsprechend erhalten und aufbewahrt werden können. Wobei sich das in diesem Fall als Verhängnis erwies, denn sie wurden, kaum, dass sie im Beet des Geldverleihers steckten, ausgebuddelt und gestohlen. Daraufhin schrie er Zeter und Mordio und verlangte bei Hauptmann Vroom die Börse mit dem Geld heraus, doch dieses befand sich inzwischen wieder in der Kasse der Schützengilde – jedenfalls behauptete Hauptmann Vroom das, und da er selbst im Vorstand der Gilde sitzt, ist es schwer zu widerlegen. Folglich blieb der Geldverleiher auf seinem Ausfall sitzen, denn er hätte eben, so Hauptmann Vroom, besser auf sein Beet aufpassen müssen.«

»Glaubt Ihr auch, dass Mijnheer van Houten sich das Leben nahm?«

»Nein.«

»Dann muss ihn jemand ermordet haben.«

»So sieht's aus. Aber niemand scheint diesen Mörder finden zu wollen.«

»*Ich* würde ihn gern finden.«

»Warum?«, erkundigte sich der Medicus.

Pieter dachte über die Frage nach. »Dem Fischhändler ist Unrecht widerfahren. Und dem Geldverleiher ebenfalls.«

»Nun ja«, meinte der Medicus. »Der Geldverleiher wird's verschmerzen. Für jemanden wie Abraham Versluys ist so eine Summe kein wirklicher Verlust. Manch einer wird sogar der Ansicht sein, er habe es verdient. Und da er tatsächlich das Abhandenkommen des Pfands zu verantworten hat, wird er auch mit gerichtlichen Schritten nicht weiterkommen. Schließlich hätte er das Beet bewachen lassen können, vor allem in Anbetracht der darin vergrabenen Werte.«

Dem ließ sich schwerlich widersprechen.

»Woher wisst Ihr so viel über den ganzen Hergang?«, fragte Pieter.

»Ah, das ist dir also auch aufgefallen.« Der Medicus schmunzelte. »Mir scheint, ich habe es hier mit einem ganz bemerkenswerten Kopf zu tun! Nun, die Antwort auf deine Frage wird dich vielleicht erstaunen: Abraham Versluys ist ein alter Freund von mir. Falls es sich vorhin so angehört hat, als würde ich ihm den Reinfall bei Hauptmann Vroom gönnen, so ist das vermutlich meiner Art zuzuschreiben, die zuweilen etwas respektlos anmutet. Doch Abraham kennt mich, und so nehmen wir es einander nicht krumm, wenn der eine über den anderen herzieht. Du wirst ihn übrigens auch bald kennenlernen, denn er will sich ebenfalls von deinem Meister malen lassen.« Der Medicus lächelte. »Alle Welt will sich von Rembrandt van Rijn malen lassen! Man muss schon beinahe Schlange stehen, um einen Termin zu bekommen, und ganz billig ist es auch nicht.« Doktor Bartelmies wechselte das Thema. »Wie heißt du, und wie alt bist du, mein Junge?«

»Mein Name ist Pieter. Im Februar werde ich achtzehn.«
»Wo bist du zur Schule gegangen?«
»In Leiden.«
»Warst du dort auf der Lateinschule?«
»Ja.«

»Leben deine Eltern auch in Leiden?«

»Nein. Sie sind beide tot.«

»Das tut mir leid. Wer war dein Vater?«

»Maarten Gerritszoon van Winkel.«

»Maarten!«, rief der Medicus. »Das gibt's doch nicht! Wir haben ein Jahr zusammen in Padua studiert!« Versonnen schüttelte er den Kopf. »Wie klein die Welt doch ist! Da verliere ich einen alten Jugendfreund aus den Augen und treffe Jahrzehnte später seinen Sohn!« Betrübt schloss er: »Wie traurig, dass er schon verstorben ist.«

»Ja.« Pieter fand es ebenfalls traurig. Er wurde manchmal nachts wach und weinte deswegen. Sein Vater fehlte ihm sehr.

»Ich bin sicher, dass er ein großartiger Arzt war«, sagte Doktor Bartelmies. »Schon damals in Padua stellte er alle in den Schatten.«

»Ja«, sagte Pieter, denn in seinen Augen war sein Vater der beste Arzt der Welt gewesen.

Sie hatten das Haus in der Nieuwe Doelenstraat erreicht.

»Wir sind schon da«, sagte Doktor Bartelmies. »Es hat mir sehr gefallen, mit dir zu sprechen.«

»Mir auch.«

Der Medicus lächelte. »Es wäre mir eine Freude, wenn du mich einmal besuchen kommst. Ich praktiziere bei der Zuiderkerk. Das Haus kannst du nicht verfehlen, es hängt eine Flasche über der Tür.«

»Ich werde Euch gern besuchen kommen.«

*

KAPITEL 6

Schon am darauffolgenden Tag sollte Pieter den von Doktor Bartelmies erwähnten Geldverleiher kennenlernen: Meister Rembrandt forderte ihn auf, ihn zu einem Auftraggeber zu begleiten, der schon vor zwei Monaten wegen eines Porträts an ihn herangetreten war. Abraham Versluys war, wie Rembrandt Pieter auf dem Weg zu dessen Haus mitteilte, ein überaus reicher Mann, weshalb es auch selbstverständlich war, dass die Skizzen nicht in der Malerwerkstatt, sondern im Privathaus des Auftraggebers angefertigt wurden. Er wollte gemeinsam mit seiner jungen Ehefrau porträtiert werden, ein diffiziles Unterfangen, weil Mevrouw Judith – das war der Name seiner Gattin – sehr spezielle Vorstellungen hatte.

»Sie will eine mythologische Allegorie«, sagte Rembrandt. »Weißt du, was das ist?«

»Ja.«

»Hm, ich vergesse ständig, dass du ja schon mehr als ein Lehrjahr hinter dir hast. Und dass du auf der Lateinschule warst. Doktor Bartelmies hält übrigens große Stücke auf dich, er meinte, du seist ein Junge von scharfem Verstand.

Das würde ich nur zum Teil gelten lassen, aber es kommt mir entgegen, wenn ich dir nicht so viel erklären muss. Für dich ist an erster Stelle wichtig, dass die Gattin unseres Auftraggebers Sonderwünsche hat und alles selbst bestimmen will, und dass wir ihren Wünschen folgen müssen, denn ihr Mann lässt es sich eine Stange Geld kosten. Sie möchte sich in einer idealisierten Interpretation auf der Leinwand sehen, am liebsten als griechische oder römische Göttin, wenigstens aber als Nymphe. Ihr Mann will, dass sie dabei nicht viel anhat, denn er möchte sich an dem Bild erfreuen – es soll in seinem Privatgemach hängen. Sie hat nichts dagegen. Laurens war schon ein paarmal dort, um Skizzen zu machen, denn sie hat sich in den Kopf gesetzt, dass er sie malen soll, weil sie sich auf seinen Entwürfen wunderschön findet. Aber Versluys besteht darauf, dass ich das Bild fertige, weil er Geschäftsmann ist und es auch als Wertanlage betrachtet. Im Augenblick ist der Stand der Dinge der, dass sowohl Laurens als auch ich ein Ölbildnis malen sollen. Bezahlt werden natürlich beide Gemälde. Wobei es vornehmlich auf den Preis für *mein* Bild ankommt, denn das von Laurens ist sowieso nicht viel wert.«

»Wie hoch soll der Preis sein?«

Rembrandt erteilte freimütig Auskunft darüber. Die Preise für seine Bilder durften sich ruhig herumsprechen. »Für dieses erhalte ich fünfhundert Gulden, je nach Größe sogar mehr.« Herablassend fügte er hinzu: »Das von Laurens könnte vielleicht zwanzig erbringen, wenn er seine Sache gut macht.«

»Soll ich auch malen?«

»Nein, mit dem Malen fangen meine Schüler nicht vor dem zweiten Lehrjahr an. Ich nehme dich mit zu Versluys, weil du zusammen mit mir skizzieren sollst. Vier Augen sehen mehr als zwei. Du hast einen Blick für wichtige Details und kannst sehr gut zeichnen. Allerdings solltest du möglichst nicht reden. Vor allem solltest du nicht erkennen lassen, dass du über die Sache mit van Houten Bescheid weißt. Doktor Bartelmies hat mir gestern von den ganzen Zusammenhängen erzählt, und ich denke, es könnte Versluys verdrießen, wenn das Thema zur Sprache kommt. Am besten hältst du ganz den Mund, das wäre am sichersten.«

»Ich kann den Mund halten«, stimmte Pieter zu. Ihn trieb jedoch schon die ganze Zeit eine wichtige Frage um, mit der er nun herausplatzte.

»Wird Mevrouw Judith sich für die Skizzen ausziehen?«

Rembrandt lachte schallend. »So viel zu deinem scharfen Verstand!«

Pieter wusste nicht, was er daraus schließen sollte.

Mijnheer Versluys wollte, dass seine Gemahlin auf dem Bild nicht viel anhatte. Nur wenn Mevrouw Judith sich auszog, würde sie wenig anhaben. Wenn sie sich nicht auszog – auch das war eine Möglichkeit –, musste der Meister ihren nackten Körper nach Bildern aus seiner Fantasie malen.

Während er noch rätselte, was wohl zutraf, brachte Meister Rembrandt Licht ins Dunkel.

»Natürlich zieht sie sich *nicht* aus. Sie ist eine vornehme Dame. Dass sie für das Bild die Haube ablegt, ist das äußerste Zugeständnis.«

Das Haus des Kaufmanns Abraham Versluys war eines der schönsten und größten im ganzen Judenviertel. Ein Dienstmädchen führte sie die Treppe hinauf in den ersten Stock, wo sie in einem kostbar eingerichteten Zimmer vom Hausherrn und seiner Gattin empfangen wurden.

Abraham Versluys war ein älterer Herr von stattlicher Leibesfülle. Ganz in Schwarz gekleidet wie die meisten Männer von Stand, verlieh er seiner Würde nur durch die schneeweiße Halskrause und eine goldene Wappenkette Ausdruck. Seine

Gattin musste sich weniger Zurückhaltung auferlegen – ihr Gewand war aus schimmernder, bernsteingelber Seide, die mit Perlenstickereien verziert war und ihren Oberkörper umhüllte wie eine zweite Haut. Ihr Anblick verschlug Pieter den Atem. Er vergaß ganz, sich die Ausstattung des Raums näher anzusehen; nur flüchtig gewann er einen Eindruck des edlen Interieurs – die reich geschnitzten Schränke, das riesige, auf einem Podest stehende und mit Brokatdraperien abgehängte Himmelbett, die dick gepolsterten Lehnstühle vor dem Kamin.

Ein Diener mit einem stark vernarbten Gesicht servierte Wein in langstieligen Gläsern mit funkelndem Schliff, auch Pieter erhielt eines. Er streckte vorsichtig seine Zunge in den Wein – es schmeckte süß. Pieter stellte ihn unauffällig beiseite.

Während Meister Rembrandt und Mijnheer Versluys sich in belangloser Konversation ergingen, saß Mevrouw Judith in wohlerzogener Stille auf ihrem Lehnstuhl und harrte der Dinge. Hin und wieder traf ihr gleichmütiger Blick auch Pieter, worauf er hastig zur Seite schaute, denn er hatte von seinem Vater gelernt, dass es unhöflich war, Leute anzustarren.

Schließlich konnten der Maler und sein Schüler mit dem Skizzieren beginnen. Das Mitbringen der Requisiten hätten sie sich auch sparen können, denn Abraham Versluys weigerte sich rundheraus, eine griechische Toga umzulegen, da ihm ohnehin bereits warm sei.

»Vielleicht möchte Eure Gattin dann wenigstens ihr Haar lösen«, schlug Rembrandt mit ausgesuchter Höflichkeit vor. »Soweit es mir bekannt ist, trugen griechische Göttinnen keine Flechtfrisuren. Römische auch nicht. Auch Nymphen kenne ich nur mit offenem Haar.«

Judith Versluys ging nach nebenan und kam mit offenen

Haaren zurück, die ihr in schwarzen Wellen bis zur Hüfte fielen.

Rembrandt hieß sie, sich auf dem Bett zu rekeln, während ihr Mann daneben Aufstellung beziehen und auf sie herabblicken sollte. Die beiden mussten unterschiedliche Posen einnehmen, was den Kaufmann mit erkennbarem Widerwillen erfüllte – er machte keinen Hehl daraus, dass er sich lieber einer sinnvolleren Beschäftigung zugewandt hätte. Seine Gattin hingegen schien Gefallen am Posieren zu finden. Sie reckte und streckte sich, befeuchtete sich die Lippen, fuhr sich mit den Händen durch die Lockenpracht, bot dem Betrachter ihren schwanengleichen weißen Hals dar, bis Rembrandt schließlich mit ihrer Haltung zufrieden war.

»Bitte bleibt möglichst so. Und Mijnheer, Ihr solltet weniger missmutig dreinschauen. Bemüht Euch doch einmal um eine freudige Miene. Oder nein, wartet, das ist sehr, sehr gut! Dieser finstere, drohende Ausdruck, gerade so, wie Ihr ihn eben aufgesetzt habt – behaltet ihn bei!« Der Meister zückte seinen Block und fing an zu skizzieren. Pieter tat es ihm gleich. Eine Zeit lang war in dem großen Raum nichts zu hören außer Gestrichel auf Papier. Das Kaminfeuer tauchte die Gestalten auf und neben dem Bett in ein malerisch flackerndes Licht.

Der Kaufmann zog eine Taschenuhr hervor. »Wir sind fertig für heute, Mijnheer Rembrandt. Ich habe Dringenderes zu tun. Falls Ihr weitere Entwürfe benötigt, müsst Ihr in ein paar Tagen wiederkommen.«

Damit waren sie ohne weitere Umstände entlassen. Judith Versluys sprang von dem Bett auf und verließ das Zimmer, und der Kaufmann fing an, in Papieren zu blättern. Pieter sah, dass es sich um Tulpenkontrakte und bebilderte Tulpenkataloge handelte.

Kaum wieder auf der Straße, ließ Rembrandt seinem Zorn

freien Lauf. »Dieser aufgeblasene Wichtigtuer! Was denkt er denn, wer er ist? Gebärdet sich wie Midas persönlich! Und dabei ist er nichts weiter als ein alter Pfeffersack und Wucherer, der sich mit seinem vornehmen Haus ebenso brüstet wie mit seinem jungen Weib, das seine Enkeltochter sein könnte!«

Pieter erschrak ob dieses Vorwurfs von Blutschande, doch dann begriff er, dass es sich nur um einen bildhaften Vergleich handelte, der verdeutlichen sollte, dass Mijnheer Versluys so viel älter war als seine Frau.

Zurück in der Werkstatt, ließ Rembrandt sich von Pieter dessen Skizze zeigen. Er besah sie sich lange und blickte dann ebenso lange den Jungen an.

»Wo hast du so zeichnen gelernt?«, wollte er wissen.

»Zu Hause.«

»Zu Hause in Leiden? In van Gherwens Werkstatt? Himmel, lass dir doch nicht immer jedes einzelne Wort so mühsam entreißen!«

»Im Haus meines Vaters Maarten Gerritszoon van Winkel.«

»Hattest du dort einen Zeichenlehrer?«

»Nein.«

»Wie bist du zum Zeichnen gekommen?«

»Mein Vater gab mir Papier und Stifte, als ich ein Kind war. So fing ich an zu zeichnen. Ich kopierte auch viele Bilder aus seinen Büchern. Es waren medizinische Bücher mit Abbildungen von Körpern und Teilen von Körpern, aufgeschnittene ebenso wie ganze.«

Rembrandt war fasziniert. »Dein Vater war ein Anatom?«

»Ja. Er war Anatom und Arzt.«

»Was hast du sonst noch gezeichnet?«

»Meinen Vater. Meinen Hund. Unsere Köchin. Unsere Möbel. Unsere Pferde. Unseren Garten.« Pieter wollte in der

Aufzählung fortfahren, doch Rembrandt hob die Hand und gebot ihm Einhalt, denn er ahnte, dass Pieter eine endlose Reihe von Sujets aufzählen wollte.

»Hattest du viele Skizzen dabei, als du in mein Haus kamst?«

»Vierundsiebzig.«

Rembrandt unterdrückte ein Stöhnen. Er verspürte den Drang, Laurens ein weiteres Mal zu vertrimmen. Doch das hätte das Unglück nicht ungeschehen gemacht. Genauso wie er es nicht rückgängig machen konnte, dass er ebenfalls eine von Pieters Zeichnungen zerstört hatte.

»Zweifellos hat Laurens den Wert deiner Zeichnungen nicht erkannt«, meinte er resigniert. »Nun ja, sie hätten bei einem Verkauf ja auch nichts eingebracht. Doch das ist nicht immer der alleinige Maßstab. Besonders nicht bei Zeichnungen! Das Zeichnen wird in der Kunst von vielen als zweitrangig betrachtet, als reiner Versuch oder als unvollendetes Schaffen. Aber es kann viel mehr sein! Welche Kunstfertigkeit kann aus Stichen und Radierungen sprechen!«

»Ja«, sagte Pieter, denn in den Worten seines Meisters lag eine tiefe Wahrheit.

»Hast du im Haus deines Vaters auch in Öl gemalt?«

»Nein.«

»Hast du es überhaupt schon versucht?«

»Ich habe die Gemälde meines früheren Meisters abgemalt. Ich musste zuerst mehrere Male zusehen, wie er es macht, und dann musste ich es genauso machen.«

»Hat er deine Bilder danach retuschiert oder verändert?«

»Nein.«

»Sieh einer an«, sagte Rembrandt überrascht. »Wie viele Kopien hat er dich machen lassen?«

»Dreiundzwanzig.«

Rembrandt pfiff durch die Zähne. »Hat er sie als eigene Werke verkauft?«

»Ja.«

Daran war nichts Ehrenrühriges, es geschah anderenorts ständig – Rembrandts Werkstatt bildete hiervon keine Ausnahme. Jeder Meister konnte die Bilder seiner Schüler als eigene verkaufen, das besserte das Lehrgeld auf und brachte Geld für Farben, Leinwände und anderen Bedarf in die Kasse, auch wenn die Auftragslage einmal schwächelte. Rembrandt nahm van Gherwen dessen Geschäftstüchtigkeit auch keinesfalls übel – es ärgerte ihn lediglich, dass er jetzt erst dahinterkam, welche Goldgrube sich hier für ihn auftat. Zwar nicht bezogen auf die teuren Porträts oder erlesenen Themenbilder, bei denen er höchstens Kleinigkeiten an Schüler delegierte (sonst kam es unweigerlich dazu, dass er mit dem Ergebnis unzufrieden war und es übermalen musste, wozu er ohnedies neigte), aber es gab eine wachsende Nachfrage an typisierten Gemälden, Kopf- und Charakterstudien von Menschen, die keiner kannte, die aber aufgrund ihres Äußeren gute Sujets abgaben. Laurens und Cornelis malten viele dieser *Tronies*, sie verkauften sich ordentlich.

»Pieter«, sagte er, angetan von der Aussicht auf Gewinn. »Was hältst du davon, Tronies für mich zu malen?«

*

Am nächsten Morgen machte Pieter sich gleich nach dem Aufstehen auf die Suche nach Anneke, weil er ihren Busen anfassen wollte. Doch das ließ sich schwieriger an als erhofft, denn da sie am Tag des Herrn nicht arbeiten musste, ging sie nicht in die Waschküche – der einzige Ort im Haus, wo sie sonst regelmäßig allein anzutreffen war. Ihre Kammer teilte sie sich mit Geertruyd, sodass auch hier keine vertrauliche Begegnung möglich war. Die Werkstatt wäre der ideale Rückzugsort für ein ungestörtes Stelldichein gewesen, denn die war den ganzen Sonntag über verwaist. Doch Anneke schien gar nicht daran zu denken, nach oben zu gehen. Während des Kirchgangs warf Pieter immer wieder sehnsüchtige Blicke in ihre Richtung, aber sie sah stets beharrlich woandershin. Nickte er sonst während der stundenlangen Predigt oft ein und musste mit Ellbogenstößen geweckt werden, saß er diesmal wie auf heißen Kohlen und überlegte, ob er sie vielleicht mit einer Zettelbotschaft daran erinnern sollte, was sie beide sich für heute vorgenommen hatten. Und so verfasste er nach dem Gottesdienst eine entsprechende Nachricht, die er klein zusammengefaltet in seine Westentasche steckte. Allerdings fand sich zunächst keine Gelegenheit, sie Anneke zukommen zu lassen.

Erst am Nachmittag glückte es ihm, ihr in der Küche den Zettel zuzustecken. Sie warf einen verständnislosen Blick darauf und ließ ihn in ihre Schürzentasche gleiten. Voller Spannung wartete er darauf, dass sie ihn wieder hervorholte und las, doch sie verschwand in ihrer Kammer und blieb dort. Pieter wagte nicht, ihr zu folgen, denn die Kammer befand sich direkt gegenüber der Küche, wo Geertruyd emsig werkelte und dabei durch die offene Tür einen ungehinderten Ausblick auf den gesamten Dielenbereich hatte.

Sie buk Waffeln, und er nahm sich eine, obwohl sie ihn mit Schimpfnamen belegte und den teigtriefenden Schöpflöffel in seine Richtung schwang. Doch ihr Geschrei verstummte rascher als sonst, denn im Augenblick war sie gut auf ihn zu sprechen, weil er ihr – auf seinen eigenen Vorschlag hin – das Gemüse für das Abendessen klein geschnitten und das Eiklar für die Waffeln aufgeschlagen hatte. Das Aufschlagen bereitete ihr Schmerzen in der Schulter, sie stöhnte jedes Mal vernehmlich bei dieser Arbeit.

»Übrigens kann Anneke gar nicht lesen«, teilte sie ihm nach einer Weile mit.

Zutiefst enttäuscht kehrte er auf seine Dachkammer zurück. Laurens war nicht da, er ging aushäusigen Vergnügungen nach. Pieter hätte seine Abwesenheit ausnutzen und sich das geheime Bild noch einmal ansehen können, aber er ließ die Finger davon, denn Laurens hätte es sicher bemerkt. Er hatte es auf eine bestimmte Art hingelegt, sodass es ihm auffallen würde, wenn es bewegt worden war. Außerdem wusste Pieter ja bereits, wie es aussah.

Da er nichts Besseres zu tun hatte, machte er sich daran, mittels eines Diagramms die Preisbewegungen im Tulpenhandel darzustellen. Ausgehend von den Werten in den Unterlagen von Onkel Joost fügte er alle ihm seither bekannt gewordenen Summen hinzu, jeweils in Verbindung mit den dazugehörigen Tulpensorten. Pieter versuchte, die rechnerisch ermittelte Entwicklung grafisch fortzuführen, aber er spürte bald, dass ihm wichtige Faktoren fehlten. Das Bild der gierig nach den Heringen greifenden Tulpisten und der am Nebentisch sitzenden hoffnungsfrohen Familienväter mit ihren frisch erworbenen Tulpenkontrakten drängte sich vor sein geistiges Auge, und diesem Bild wohnte eine Bedeutung inne, die er zunächst ergründen musste, wenn er seine Berechnungen vertiefen wollte.

Er ging in die Werkstatt, wo er im Atelier die Szenerie skizzierte, wie sie ihm von seinem gestrigen Besuch in der *Goldenen Tulpe* noch im Gedächtnis haftete. Während er zeichnete, wurde der besondere Sinn des Bildes klarer, nicht nur auf dem Papier, sondern auch in seinem Kopf.

Als er mit der Skizze fertig war, widmete er sich dem Vorhaben, eine Tulpe für Mareikjes Schild zu entwerfen. Das Papier füllte sich rasch mit seinen Versuchen, aber ständig drängten sich die Tulpen anderer Maler in den Vordergrund.

Tulpen, die er auf einem Stillleben im Gemach von Mijnheer Versluys gesehen hatte, Tulpen von den Stillleben seines früheren Meisters, Tulpen aus den Bildkatalogen der Tulpisten. Manche Blume hatte gewellte, andere ausgefranste, wieder andere runde oder spitze Blütenblätter. Sie trugen Namen wie *Wunder* oder *Muster der Vollkommenheit*, andere nannte man *Jungfrau* oder *Königlicher Achat*. Es gab diverse Sorten namens *Admiral* und *General* und sogar eine, die als *General der Generäle* einen Superlativ höchsten Ranges für sich beanspruchte. All diese Namen standen für eine Vielfalt, die im Chaos ihrer eigenen Ausbreitung zu versinken drohte und den Blick auf ihren Ursprung verstellte.

Pieter zeichnete etliche von ihnen, immer mehrere auf ein Blatt. Die Vorlagen waren in seinem Kopf, aber es waren die Bilder Fremder. Schließlich wurde sein Kreidestrich reduzierter, einfacher, fast kindlich, bis er merkte, dass er die eigentliche, ursprüngliche Tulpe gezeichnet hatte. Die Grundform in ihrer unverfälschten Essenz.

Es war die namenlose Tulpe von Mareikje.

*

Der Meister strafte ihn mit einer Ohrfeige, als er am nächsten Tag die vielen verbrauchten Skizzenbögen sah. Papier war nicht billig. Es musste sparsam verwendet werden, nur für Übungen, die Rembrandt zuvor anordnete, und der Junge hatte es sich eigenmächtig genommen. Doch dann sah Rembrandt genauer hin und befahl Pieter mit rauer Stimme, im Kabuff hinter der letzten Stellwand Pinsel auszuwaschen. Nach einer Weile ging er zu dem Jungen hinüber. »Warum ist deine letzte Tulpe so schlicht geraten?«

Pieter dachte nach, so wie immer, wenn er verborgene Aspekte einer Frage sondieren musste. »Sie ist die einzig wahre.«

Rembrandt gab sich mit der Antwort zufrieden, aber für ihn war die Sache damit nicht ausgestanden. Er nahm alle Skizzen mit in sein Sammlergemach und setzte sich damit vors Fenster, wo er sie erneut eine nach der anderen betrachtete, machtlos gegen das innere Aufbegehren, das ihn immer überkam, wenn andere Maler einen Zugang zu einem Thema fanden, der ihm verschlossen war. Manchmal schien es ihm, als müsste er sich mühsam durch Finsternis tasten, während andere mühelos und ohne Fehltritt dem Licht zustrebten.

Lange gab er sich seiner düsteren Stimmung jedoch nicht hin. Zu seiner Überraschung hatte Judith Versluys ihren Besuch angekündigt. Sie wollte ihm und Laurens noch einmal Modell für einen Entwurf sitzen, damit für das Porträt eine breitere Auswahl an Szenen zur Verfügung stand.

Sie erschien in Begleitung ihres narbigen Dieners. Ihre Haube, ein fein geformtes Schiffchen mit dekorativ gezacktem Saum, war nach der neuesten Mode geschnitten, ebenso wie das Kleid aus roter Seide, das mit spitzengesäumten Ärmelmanschetten versehen war und über bauschigen Unterröcken schwang wie eine umgedrehte Blume im Sommerwind.

Die Lehrlinge standen da und gafften mit offenem Mund, sodass Rembrandt sie zurück an die Arbeit scheuchen musste.

Laurens war herbeigeeilt, um Judith aus dem pelzverbrämten Umhang zu helfen. Wie eine Königin ließ sie das Kleidungsstück in seine Arme fallen und drehte sich einmal um ihre Achse, bis ihr Kleid in raschelnde Bewegung geriet und die Silberschnallen an ihren Schuhen aufblitzten.

Sie schaute sich neugierig in der Werkstatt um, ging überall zwischen den Stellwänden herum, berührte Staffeleien und Bilder, strich mit dem ausgestreckten Finger über die Arbeitstische, den Mahlstein und zuletzt über eine Palette mit angerührten Farben. Ein Klecks Zinnober blieb an ihrer Fingerspitze haften. Sie betrachtete es unter gesenkten

Lidern und schien das tiefe Rot zu bewundern, den dramatischen Kontrast zu ihrer weißen Haut und ihrem tiefdunklen Haar, dann säuberte sie ihre Hand mit einem Spitzentuch, das sie aus dem kleinen Beutel an ihrem Gürtel zupfte und anschließend achtlos zu Boden fallen ließ.

»Wo soll ich posieren?«, fragte sie. »Ein Bett gibt es hier wohl nicht, was?«

Rembrandt deutete stumm auf den Diwan beim Fenster. Sie ließ sich graziös auf das Polster sinken und zog die Nadeln aus ihrem Haar, bis es wie flüssige Seide über ihren Busen fiel. Laurens starrte sie an wie ein überirdisches Wesen, den Umhang in den Armen wie eine geheiligte Reliquie. Flüchtig schoss es Rembrandt durch den Kopf, ihn aufzufordern, sich neben Judith Versluys zu setzen, um ihrer beider Schönheit mit einem Blick erfassen zu können – zwei Antlitze von ähnlicher Vollkommenheit, zwei Gestalten ohne Makel, zwei Augenpaare mit diesem Glanz, der immer auf der Suche nach dem nächsten Spiegel war.

»Bleibt so«, sagte Rembrandt zu Judith Versluys. Er wies Laurens und Pieter an, ihre Blöcke zu holen. Dann nahm er den Stift und fing an zu zeichnen.

*

Noch in derselben Woche erschien Abraham Versluys in der Werkstatt, um sich die Skizzen anzusehen und eine Auswahl zu treffen. Der Kaufmann warf lediglich einen flüchtigen Blick auf die von Rembrandt vorgelegten Skizzen. »Ich will die andere sehen. Die Skizze jenes Lehrlings, den Ihr vorige Woche mit in mein Haus brachtet. Ich hörte, er hat auch bei der letzten Sitzung wieder eine Skizze angefertigt. Meine Frau konnte im Vorbeigehen einen Blick darauf werfen und beschrieb sie mir.« Versluys deutete auf den Skizzentisch. »Ist sie das?« Und schon hatte er sie zur Hand genommen. Ein eigenartiger Ausdruck trat auf sein Gesicht, Rembrandt konnte nicht umhin, dieses Mienenspiel mit dem Auge des Malers zu erfassen und zu ergründen, fast zuckte seine Hand vor Verlangen, dieses Gesicht in Kreidestriche zu verwandeln: eine Mischung aus widerwilliger Bewunderung und hellem Zorn stand darin, beides überlagert von jener besonderen, kühlen Arroganz, wie sie nur sehr reichen und im Vollgefühl ihrer Unantastbarkeit schwelgenden Männern zu eigen ist.

Versluys zerknüllte die Skizze. »Es wird kein Porträt geben.«

»Aber ...«

»Ich werde wegen der anrüchigen Darstellung Klage gegen Euch führen«, schnappte der Kaufmann.

»Es ist doch nur ...«

»Eine Fantasie? Eine harmlose Skizze?« Versluys schüttelte grimmig den Kopf, während er das zerknüllte Papier einsteckte. »Euer Lehrling mag ein kunstfertiger Bursche sein, den Beweis hatte ich gerade vor Augen. Aber einen dreisteren Angriff auf meine Würde erlebte ich nie! Glaubt ihr Schmierfinken etwa, ihr könnt euch gegen Männer meines Glaubens alles herausnehmen?« Mit diesen Worten drehte er sich brüsk um und verließ die Werkstatt.

Kaum war der Kaufmann die Treppe hinabgestiegen, bekam Rembrandt einen Tobsuchtsanfall sondergleichen. Er schrie die Lehrlinge an und befahl ihnen, sich an ihre Arbeit zu machen, und während die verschüchterten Knaben in alle möglichen Richtungen davonstoben, verlangte er brüllend Pieter zu sprechen, der sich hinter einer Stellwand versteckt und alles mit angehört hatte.

Rembrandt versetzte ihm zwei schallende Ohrfeigen, doch das milderte seinen Zorn kaum. Das viele Geld, die investierte Zeit, die mit dem Auftrag verbundene Steigerung seiner Reputation – alles zerronnen wie Schnee in der Sonne! Während er Pieter ohne Unterlass seine Anklagen entgegenschleuderte, hagelte es weitere Schläge, und Rembrandt kam erst wieder zur Besinnung, als er im Hintergrund ein leises Lachen hörte. Er fuhr herum und sah Laurens dort stehen, das Gesicht vor hämischer Genugtuung verzogen. Sofort richtete sich sein Ärger auf ein neues Ziel. Er verprügelte Laurens nach Strich und Faden, sogar noch härter als Pieter, bis seine Wut endlich verraucht war. Erschöpft ließ er die Hand sinken und wandte sich ab. »Geht mir aus den Augen«, befahl er den beiden.

Sie verzogen sich hurtig auf die Dachkammer. Rembrandt ließ sich schwer auf den Diwan fallen und starrte vor sich hin. Von dem Lärm angelockt, betrat Saskia die Werkstatt.

»Was ist denn geschehen, um Himmels willen?« Sie setzte sich neben ihn und ergriff seine Hand.

Da brach es aus ihm heraus. »Ich hätte die Zeichnung zerreißen sollen, dann hätte der Pfeffersack sie gar nicht erst gesehen! Dann wäre jetzt alles gut, und ich hätte den Auftrag noch!« Erneut wallte der Zorn in ihm auf, doch diesmal galt er weder Pieter noch Laurens, sondern dem, der ihn am meisten verdiente. »Dieser elende Hundsfott! Wedelt mir mit seinem Geld vor der Nase herum und zieht es dann im letzten Moment weg! Gebärdet sich ehrbar wie der frömmste Pfaffe und beschläft diese lüsterne Dirne unter einem seidenen Betthimmel!«

»Aber sie ist doch seine Frau!«

»Sie ist eine Delila, eine Sirene! Sie ist genau von dem Charakter, den Pieter in seiner Zeichnung eingefangen hat! Er hätte sie gar nicht besser treffen können, und wenn es mir die Umstände nicht verboten hätten, hätte ich selbst dieses Motiv gewählt, weil es sich einem bei ihrem Anblick förmlich aufdrängte! Denn wie soll man sie sonst zeichnen, wenn man ihren Namen kennt und sieht, wie sie blutroten Zinnober von ihrer Hand wischt und sich in ihrem blutroten Gewand auf dem Diwan windet!«

»Wie hat Pieter sie denn gezeichnet?«

Rembrandt ließ den Kopf hängen. »Als Judith aus der Bibel. Mit dem abgeschlagenen Kopf des Holofernes.«

Saskia schlug sich erschüttert die Hand vor den Mund.

»Und der Holofernes auf dem Papier sah exakt so aus wie der Pfeffersack«, fügte Rembrandt hinzu. »Nur viel hässlicher, weil er ja tot war.«

»Um Gottes willen!«, sagte Saskia.

»Es war die beste Interpretation dieses Themas, die ich je sah«, meinte Rembrandt dumpf. »Und dieser vermaledeite Israelit hat sie zerknüllt wie ein Stück altes, schmutziges Ofenpapier!«

»Eben bereutest du es noch, sie nicht zerrissen zu haben.«

Rembrandt ignorierte ihren Einwand. »Ich wünschte, der Pfeffersack würde tot umfallen.« Er hob den Kopf und meinte schroff: »Wir sollten Pieter fortschicken. Ich werde Joost van Heertgens schreiben, dass er ihn abholen und nach Leiden zurückbringen soll. Der Junge hat mir den Auftrag verdorben und uns dadurch ein Vermögen gekostet.«

Saskia wiegte den Kopf. »Er hat dir den Auftrag verdorben, das ist wohl wahr. Aber bedenke, dass wir dann fast das gesamte Lehr- und Kostgeld zurückzahlen müssten, denn er ist kaum sechs Wochen hier, und in dieser Zeit hat er obendrein meist als Knecht gearbeitet. Zudem hast du selbst gesagt, wie begabt er ist. Das kann uns viel Geld einbringen. Vielleicht ist er sogar talentiert genug, um Bilder zu malen, die an deine heranreichen.«

Das ist es ja gerade, dachte Rembrandt hilflos.

»Solche Bilder kannst du dann unter deinem Namen verkaufen«, fuhr Saskia voller Eifer fort. »Damit hättest du den heute erlittenen Verlust bald wieder wettgemacht. Es wäre folglich unüberlegt, ihn fortzuschicken.«

»Der Pfeffersack will mich verklagen.«

Saskia erschrak, aber dann wusste sie auch dafür eine Lösung. »Wir lassen den Versluys' eine gute Flasche Wein zukommen, verbunden mit einer Entschuldigung. Vielleicht legen wir noch eine kleine Landschaft dazu, etwa eines der Mühlenbilder von Laurens. Bestimmt wird das Mijnheer Versluys gnädig stimmen, was denkst du?«

*

Oben auf dem Dachboden spitzten Pieter und Laurens die Ohren. Während Pieter von seinem Bett aus der laut geführten Unterhaltung der Eheleute lauschte, hatte sich Laurens direkt an die Bodenluke gehockt, von wo aus die leiterähnliche Stiege in die Werkstatt hinabführte. Auf seinen Wangen zeichneten sich immer noch feuerrot die Handabdrücke des Meisters ab. Seine Kiefer mahlten aufeinander, und in seinem schönen Gesicht zuckten die Muskeln.

»Es scheint, als hättest du noch einmal Glück gehabt«, sagte er halblaut über die Schulter zu Pieter. »Sofern man es als Glück betrachten möchte, bei diesem Despoten in die Lehre zu gehen.«

»Bist du denn nicht gern bei ihm in die Lehre gegangen?«

Laurens lachte mit bitterem Sarkasmus. »Fragst du mich das allen Ernstes?«

Pieter dachte kurz nach. »Dann lautet deine Antwort wohl nein.«

»Wie hast du das nur erraten?«

»Es erschien mir als Schlussfolgerung in Verbindung zu deiner vorangegangenen Bemerkung logisch.«

Laurens schnaubte nur, dann stand er mit resignierter

Miene von seinem Horchposten auf und lehnte sich an einen der Dachbalken. »Du musst wissen, dass die Regelung, die du in deinem Lehrkontrakt stehen hast und die dich von Hilfsdiensten im Haushalt befreit, für mich nie galt. Während meiner gesamten Lehrzeit war ich der billigste Knecht im Hause. Erst als Geselle hatte ich davor Ruhe. Aber wenn fast der ganze Lohn für Kost und Logis draufgeht, kannst du dir leicht ausrechnen, wie lange es dauert, bis man das Geld für die Gebühren der Gilde zusammengespart hat, um eine eigene Werkstatt aufmachen zu können.«

»Ich könnte es ausrechnen, wenn du mir sagst, wie hoch dein Gesellenlohn ist und was die Gebühren kosten und was dir für Kost und Logis vom Lohn abgezogen wird.«

Laurens überging Pieters Bemerkung. »Bald ist es so weit, dann bin ich hier weg und stehe auf eigenen Füßen. Ich werde der berühmteste und gefragteste Porträtmaler Amsterdams!«

Pieter versuchte sich vorzustellen, wie sein eigenes Leben nach dem Ende seiner Lehre als Kunstmaler aussehen mochte, doch vor seinem geistigen Auge entstanden keine Zukunftsbilder. Als berühmten Porträtmaler sah er sich nicht, sosehr er sich auch bemühte, die Vorstellung ersprießlich zu finden.

Er hatte das Federbett über sich gebreitet, das er von Onkel Joost erhalten hatte, denn es war bitterkalt hier oben auf dem Dachboden. Es gab weder Ofen noch Kohlepfanne, da die Brandgefahr zu hoch war. Obendrein war es dunkel, denn zwischen den hölzernen Sparren befand sich nur eine einzige winzige Luke, die sich nicht einmal richtig öffnen ließ. Die Luft war abgestanden und roch nach Schweiß und den Torfballen und Holzscheiten, die hier unterm Dach lagerten und mit denen unten die Stube und die Werkstatt geheizt wurden. Zu Hause in Leiden hatte er ein großes Bett für sich allein gehabt, in einem eigenen Zimmer mit einem Fenster und einem Kamin. Er hatte ein Bord voller Bücher besessen, ein Pferd und einen Hund namens Wolf. Wenn er jetzt manchmal nachts weinte, dann nicht nur um seinen Vater, sondern auch um den Hund, den er sehr vermisste. Onkel Joost hatte Wolf mit dem gesamten Hausinventar zusammen verkauft, und als er mit Pieter nach Amsterdam gefahren war, hatte Pieter ihn nicht mitnehmen dürfen.

Pieter hätte es begrüßt, wenn der Meister ihn wieder nach Hause geschickt hätte. Aber sein Zuhause gehörte nun anderen Menschen.

»Eines Tages bist auch du hier fertig«, sagte Laurens. »Dann kannst du mit dem Malen stinkreich werden. Du bist verdammt gut, aber das weißt du sicher. Es tut mir übrigens leid, dass ich deine Skizzen zerrissen habe. Ich gebe zu, ich tat es aus Ärger, weil ich vorher die Kammer für mich allein hatte und sie auf einmal mit dir teilen musste. Auch hätte ich vorhin wohl besser nicht lachen sollen, als er dich schlug.«

Pieter wusste nicht, was er dazu sagen sollte, also schwieg er.

»Er wird dich aussaugen wie einen Schwamm«, sagte Laurens leise. »Sobald du erst seinen Stil richtig kopieren kannst, werden all deine Bilder zu seinen. Er braucht das Geld, denn er und seine Frau wollen ein eigenes Haus, mindestens so groß wie das von Uylenburgh. Anfangs wirst du nur seine Werke kopieren, dann lässt er dich eigene Bilder machen. Zuerst Tronies, dann Landschaften und anspruchsvollere Szenen, aber alles in seinem Stil, denn für den ist er berühmt.« Laurens hielt inne, dann schüttelte er verächtlich den Kopf. »Ich kann nichts mehr von ihm lernen. Schon lange nicht mehr. Ich habe meinen eigenen Stil gefunden, wofür er mich hasst, vor allem, weil er dem seinen zuwiderläuft und er meine Sachen daher nicht unter seinem Namen verkaufen kann. Und dennoch bin ich hier gefangen, genau wie du. Immerhin hast du noch deinen Vormund, der dir Geld und warme Sachen zukommen lässt. Ich habe niemanden mehr. Meine Eltern sind tot, mein Erbe ist fürs Lehrgeld draufgegangen, meine Taschen sind leer.«

Pieter wusste, dass Laurens unter der Hand Bilder verkaufte und damit seine Finanzen aufbesserte, aber er hielt es ihm nicht vor, denn zum einen war das Laurens selbst bekannt, und zum anderen ahnte Pieter, dass Laurens sich über einen derartigen Hinweis nur noch zusätzlich geärgert hätte.

»Deine Skizze war übrigens beeindruckend«, ließ Laurens sich vernehmen. »Wie um alles in der Welt bist du darauf gekommen, Mevrouw Versluys so zu zeichnen?« Er setzte sich auf sein Bett, das an der gegenüberliegenden Wand stand, aber wegen der Enge des spitzgiebeligen Dachbodens kaum fünf Schritte von Pieters Schlafstatt entfernt war. Wie fast alle Häuser in der Umgebung war das Haus an der Frontseite schmal und nach hinten heraus lang gezogen. »Lag es an ihrem Vornamen? Oder an ihrem roten Kleid und den offenen Haaren?«

Pieter wusste keine rechte Erwiderung, denn wenn er *Ja* gesagt hätte, wäre es nur ein Teil der Wahrheit gewesen, und ganz sicher nicht der wichtigste. Doch jedes Mal, wenn er glaubte, die passende Antwort gefunden zu haben, rann sie ihm durch die Finger wie Wasser.

»Ich weiß es nicht«, sagte er schließlich.

*

KAPITEL 7

Zu Pieters Erstaunen befahl Rembrandt ihm an einem der folgenden Tage, eine neue Skizze anzufertigen.

»Zeichne die Enthauptungsszene noch einmal. Alles soll ganz genauso aussehen wie auf der davor. Nur die Gesichter sollen andere sein. Verstehst du, was ich meine?«

»Nein.«

»Du sollst anstelle der Gesichter von Mijnheer und Mevrouw Versluys die Gesichter von anderen Menschen hineinzeichnen.«

»Von wem?«

»Das ist egal. Hauptsache, es sind nicht die Gesichter von den Versluys'. Kannst du das?«

»Ja.«

»Worauf wartest du?«

Pieter machte sich an die Arbeit und präsentierte Rembrandt nach einer Weile eine Skizze, die jedoch vor dem kritischen Auge des Meisters offensichtlich keine Gnade fand, denn Rembrandt zerknüllte sie achtlos.

»Das hast du gut hingekriegt.«

Pieter war verwirrt. »Wenn dem so ist – warum zerknüllt Ihr sie dann?«

»Weil der Pfeffersack mich verklagen will und es schon überall rumerzählt. Den Wein hat er zwar angenommen, aber meine Entschuldigung nicht.«

»Das verstehe ich nicht. Welchen Zweck erfüllt dann eine zweite zerknüllte Skizze?«

Rembrandt blieb die Antwort schuldig. Er scheuchte Pieter wieder an die Arbeit. Auf ihn wartete wichtige Kundschaft. Soeben hatte Doktor Bartelmies die Werkstatt betreten. Der Medicus sollte für das von ihm in Auftrag gegebene Porträt Modell sitzen. Auch die anderen Lehrlinge sollten ihn zeichnen, die Fortgeschrittenen danach in Öl malen – Doktor Bartelmies hatte sich damit einverstanden erklärt, auch als Tronie auf anderen Kopfbildern verewigt zu werden. Seine Gesichtszüge eigneten sich Rembrandts Ansicht zufolge vorzüglich für Variationen von Charakterstudien.

»Das ist doch ganz einfach«, sagte Laurens, als Pieter ihn abends in der Dachkammer fragte, was es mit der zweiten Skizze wohl auf sich hatte. »Rembrandt will die erste Skizze gegen die zweite austauschen, damit der Pfeffersack ihn nicht mehr gerichtlich belangen kann.«

Pieter war perplex. »Und wie soll so ein Austausch vonstattengehen?«

»Nichts leichter als das: *Du* wirst das übernehmen.«

»Ich?«, stammelte Pieter.

»Ganz recht, denn schließlich bist du der Urheber dieses Machwerks, oder nicht?«

»Ja«, räumte Pieter ein. »Aber wie soll ich die eine Zeichnung gegen die andere austauschen?«

»Den eigentlichen Austausch nimmt Judith Versluys vor, denn es ist Teil eines neuen Handels mit ihr. Bei welchem du ebenfalls die Hauptrolle spielst. Du sollst sie so malen, wie du sie skizziert hast. Deine Enthauptungsskizze hat ihr nämlich über alle Maßen gefallen!« Laurens zog in einer Aufwallung von Widerwillen die Brauen zusammen, ehe er hinzufügte: »Sie meinte gar, du seist das größte Talent, mit dem sie je Bekanntschaft gemacht habe.« Verdrossen schüttelte er den Kopf. »Die Frauen möge einer verstehen, aber mich kratzt es nicht, denn dieser Handel bringt mir endlich genug ein, um eine eigene Werkstatt aufzumachen.«

»Was trägst du denn zu dem Handel bei?«

»Ich werde alles an Ort und Stelle vorbereiten – Staffelei, Leinwand, Farben. Alle Utensilien müssen heimlich in ihr Haus geschafft werden, weshalb du dir sicher vorstellen kannst, dass unser Meister das nicht auf sich nehmen kann.«

»Aber Mijnheer Versluys würde doch spätestens dann von dem Bild erfahren, wenn es fertig ist und an die Wand gehängt werden soll!«

»Nun, das ist Mevrouw Judiths eigene Sorge, oder nicht? Sicherlich will sie's verstecken und nur heimlich betrachten. Viele Leute tun das mit ihren Lieblingsbildern.«

»Mijnheer Versluys wird aber den Austausch der Skizzen bemerken. Ihm wird klar sein, dass er von Meister Rembrandt überlistet wurde!«

Laurens lachte. »Das ist es ja gerade! Er wird es sofort wissen, aber er kann's nicht beweisen! Stell dir nur sein dummes Gesicht vor, wenn er die neue Skizze anstelle der alten entdeckt!«

»Wird er nicht vermuten, dass seine Frau dabei mitgeholfen hat?«

»Pieter, du bist ein wahrhafter Logiker!« Laurens grinste. »Deine Art, die Dinge zu durchschauen, hat schon fast etwas Erschreckendes.« Er zuckte mit den Schultern. »Natürlich kalkuliert sie ein, dass er es durchschaut. Aber sie hat nichts von ihm zu befürchten, denn er trägt sie auf Händen. Sie wird einfach behaupten, sie hätte es um seinetwillen getan, damit er sich und sie selbst nicht mit dieser unseligen Skizze ins öffentliche Gerede bringt. Damit ist der ganze Fall erledigt, ehe er Wellen schlagen kann. Wenn Versluys die Skizze nicht mehr besitzt, wird er wohl oder übel klein beigeben müssen, denn sonst wäre am Ende *er* derjenige, der wegen Rufschädigung vor Gericht gebracht wird.«

*

Einige Tage später wurde Pieter von Rembrandt persönlich im Morgengrauen geweckt – es war so weit. Der Meister steckte ihm im Vestibül die zerknüllte Skizze zu, die gegen die erste ausgetauscht werden sollte.

»Mach deine Sache gut, dann soll es dir zum Vorteil gereichen!«

Auch Mevrouw Saskia schien über den kühnen Plan im Bilde zu sein. Sie drückte Pieter vor seinem Aufbruch noch ein großes Stück Kuchen in die Hand. »Das kannst du unterwegs essen. Und lass dich bloß nicht dabei erwischen, hörst du?«

Er sann darüber nach, warum er nicht beim Verzehr des Kuchens ertappt werden durfte, fand aber keine zufriedenstellende Antwort. Kurzerhand schlang er das ganze Stück vor dem Verlassen des Hauses herunter, ehe er den Weg von der Nieuwe Doelenstraat zu dem Anwesen der Versluys' einschlug.

Er kratzte wie mit Laurens besprochen an der Haustür und wurde von dem narbigen Diener eingelassen. Mevrouw Judith erwartete ihn in einem kleinen Empfangsraum neben dem Vestibül und legte den Finger auf ihre Lippen, als er sie höflich begrüßte.

»Nicht so laut, mein Mann ist noch im Haus!«, flüsterte sie.

Der Schrecken fuhr Pieter in die Glieder, denn er war davon ausgegangen, dass der Hausherr nicht anwesend sei.

Mevrouw Judith überreichte ihm ohne Umschweife die verräterische Skizze, glatt gestrichen und sorgfältig von Knitterstellen befreit, womöglich sogar mittels eines Bügeleisens.

»Ich konnte sie ihm gestern Abend stibitzen. Weißt du, dass er sie ständig betrachtet? Er ist beinahe besessen davon! Dauernd redet er von der Klage, die er einreichen will.«

»Mein Meister trägt doch gar keine Schuld daran! *Ich* war derjenige, der diese Zeichnung angefertigt hat – Ihr müsst es wissen, denn Ihr wart doch selbst dabei!«

»Ein Meister ist für die Werke seiner Schüler verantwortlich.«

»Aber Meister Rembrandt hat sie nicht *gemacht!* Sie kann ihm nicht zugerechnet werden!«

»Doch, das kann sie.« Sie betrachtete ihn ernst. »Denn er hat sie als die seine signiert. Damit stammt sie von seiner Hand.«

Als hätte er sich an offenem Feuer verbrannt, zog Pieter den Daumen von der Stelle weg, wo er die Skizze festgehalten hatte. Dort befand sich der markante, unverwechselbare Namenszug.

Rembrandt ft. 1636.

Das *ft*, Kürzel für das lateinische *fecit*, schloss mit einem hochgestellten kleinen *t*, seit einigen Jahren Rembrandts typische Signatur.

»Was ist das für ein Gefühl?«, erkundigte sich Judith Versluys. »Ich weiß, dass angesehene Maler die Werke ihrer Schüler als ihre eigenen ausgeben und verkaufen, wenn diese ihren hohen Anforderungen entsprechen. Aber wie ergeht es den Schülern damit? Kommt es einem so vor, als sei man

Opfer eines Diebstahls? Oder ist es eher eine Ehre für einen einfachen Jungen wie dich?«

Pieter starrte die Signatur an. Er war zu durcheinander, um zu einer klaren Antwort zu gelangen.

»Komm mit«, sagte Judith Versluys. Sie nahm ihn bei der Hand und führte ihn zur Treppe, ehe sie flüsternd fortfuhr: »Zieh die Schuhe aus. Wenn wir nachher aus dem Haus sind, kannst du so viel Lärm machen, wie du willst, aber bis dahin musst du sehr leise sein.«

Pieter folgte ihr auf Strümpfen ins Obergeschoss. Er war zutiefst durchdrungen von der Erkenntnis, dass Judith Versluys und er hier etwas Verbotenes taten.

Sein Herzschlag geriet aus dem Takt, als sie ihn in ein Gemach führte, das er unschwer als ihre private Kammer erkannte, da es ausschließlich mit weiblich anmutendem Mobiliar ausgestattet war. Ein Sessel mit zierlichen Beinen, kleine Spiegel in vergoldeten Rahmen, fein gemusterte Teppiche, Seidendraperien, die ein zartes Rosenmuster zierte, ein Bett unter einem Himmel golddurchwirkter Stoffe, ein Wandschirm, der mit Blumenranken bemalt war. Auf dem Kaminsims stand ein mehrarmiger Leuchter mit brennenden Kerzen – und davor eine fertig aufgebaute Staffelei sowie ein Tisch, auf dem alles aufgereiht war, was zum Malen benötigt wurde: Leinöl, Farbtiegel, Pinsel, Spachtel, Palette. Die kleine Leinwand auf der Staffelei war bereits grundiert.

Laurens hatte ganze Arbeit geleistet.

Pieter überreichte Judith Versluys die Ersatzskizze. Sie nahm sie mit spitzen Fingern entgegen, dann ließ sie sich auf den Sessel sinken und schlug die Beine übereinander. Jetzt erst bemerkte Pieter, wie dünn ihr Morgenmantel war. Die Konturen ihres Körpers zeichneten sich deutlich darunter ab.

»Brauchst du mich noch eine Weile als Modell, oder kannst du nach der Skizze malen?«, fragte sie.

»Ich male nach der Skizze«, sagte Pieter mit belegter Stimme, während er unbeholfen seine Schuhe wieder anzog.

»Gut, dann lasse ich dich jetzt das tun, wozu du hergekommen bist. Du kannst völlig ungestört und in aller Heimlichkeit arbeiten.« Sie stand auf und ging zur Tür, wo sie abermals verschwörerisch den Finger auf die Lippen legte.

»Wartet«, hielt er sie im Flüsterton zurück. »Wie lange soll ich malen?«

»Bis zum Einbruch der Dunkelheit. Wenn du heute nicht fertig wirst, kannst du im Laufe der nächsten Woche wiederkommen. Ich sende dir eine Botschaft.« Ihr Wispern klang durch den Raum wie eine geheime Melodie.

»Was ist, wenn Mijnheer Versluys herüberkommt und mich findet?«

»Er geht nie in dieses Zimmer.«

»Und wenn doch?«

Sie zog einen Schlüssel aus der Tasche ihres seidenen Morgenmantels. »Ich schließe die Tür ab, dann kannst du dich völlig sicher fühlen. Es ist meine Kammer, sie ist ohnehin immer abgeschlossen. Mein Gatte wird also gar nicht erst versuchen, sie zu betreten, sondern den Tag wie geplant beginnen. Wir gehen zur Synagoge und anschließend zu einem Fest. Ich werde mich von Ewould vorzeitig nach Hause bringen lassen, um gründlich zu lüften und dafür zu sorgen, dass du nach getaner Arbeit unbemerkt verschwinden kannst.«

Judith Versluys verließ das Zimmer, und das Geräusch des Schlüssels, der sich von außen im Schloss drehte, hatte etwas verstörend Endgültiges an sich.

*

Nach kurzer Zeit war der Schlüssel erneut zu hören, und Pieter ließ vor Schreck beinahe die Palette mit den fertig aufgestrichenen Farben fallen. Doch es war nur der narbige Diener Ewould, der ein Tablett mit Käse und gebuttertem Brot brachte. Auf dem Tablett befanden sich auch Krug und Becher.

Pieter roch an dem Krug. »Das ist Wein«, flüsterte er.

Ewould nickte.

»Ich trinke keinen Wein.«

Ewould gab ein leises, fragendes Grunzen von sich.

»Wenn es Milch gibt, nehme ich gern Milch.«

Ein erneutes Grunzen, diesmal halb ungläubig, halb missfällig. Aber Ewould nahm den Krug wieder mit und kam kurz darauf mit einer kleinen Milchkanne zurück, die er Pieter wortlos hinstellte, ehe er erneut von außen die Tür absperrte.

Dann kehrte Stille ein, die jedoch nicht lange anhielt. Draußen vor den Läden wurde es allmählich heller, in der Nachbarschaft ertönten die typischen Geräusche eines beginnenden Tages. Ein Fuhrwerk rollte ratternd am Haus vorbei, ein Kutscher ließ einen derben Fluch hören. Ein Hahn krähte, gleich darauf ein zweiter, und irgendwo greinte ein kleines Kind.

Wenig später hörte Pieter aus dem Nebenzimmer das Knarren eines Bettgestells – so durchdringend laut, dass er unwillkürlich die Luft anhielt. Das gemeinsame Schlafgemach der Versluys' grenzte direkt an die Kammer der Hausherrin, und wahrscheinlich war die Trennwand nur aus dünnem Holz. Als Nächstes ertönte ein unwilliges, verschlafenes Stöhnen des Hausherrn. Gleich darauf erklang ein Plätschern, gefolgt von einem lang gezogenen, knatternden Furz – Mijnheer Versluys benutzte den Nachttopf. Danach waren Geräusche zu vernehmen, wie sie beim Ankleiden entstehen. Anschließend Schritte, die treppab verklangen, und einige Minuten darauf das Zuschlagen einer Tür im Erdgeschoss. Danach herrschte Stille im Haus. Allem Anschein nach hatten die Bewohner sich auf den Weg zur Synagoge gemacht.

Pieter zwang sich, mit dem Malen zu beginnen, aber es fiel ihm schwer, sich zu konzentrieren. Mevrouw Judith hatte ganz offensichtlich in der Eile des Aufbruchs vergessen, die Tür der Kammer wieder aufzuschließen. Er hatte zwar genug zu essen und zu trinken, doch was, wenn ihn ein menschliches Bedürfnis überkam? Beunruhigt sah er sich um. Seine Sorge legte sich erst, als er hinter dem Wandschirm einen Nachtstuhl entdeckte.

Endlich widmete er sich wieder der Arbeit. Er übertrug die Skizze auf die Leinwand und benötigte dafür nur sehr wenige Linien, ihm reichten einige Markierungspunkte. Dabei verdrängte er alle störenden Gedanken und lenkte jedes Gefühl, jede Regung in seinem Inneren auf die Leinwand. Er arbeitete sich vom Wichtigen zum Unwichtigen, vom Rand zum Inneren, vom Groben zum Feinen vor. Die Farben trug er exakt so auf, wie er es Tag für Tag bei Meister Rembrandt beobachtet hatte. Davor hatte er dieselbe Arbeitsweise unzählige Male bei seinem früheren Meister gesehen – die Art der Pinselführung, das Anlegen des Malstocks, wenn es um Feinheiten oder gerade Linien ging, das Einbeziehen der Grundierung beim Ausfüllen von Flächen. Nur selten warf Pieter einen Blick auf die Skizze, denn er kannte sämtliche Details des Entwurfs genau, jeden Umriss, jede Körperlinie, jede Schattierung.

Er war kaum mit der Ausgestaltung des dunklen Hintergrundes am Bildrand fertig, als er aufgeregte Stimmen aus dem Erdgeschoss vernahm.

Pieter legte den Pinsel zur Seite und drückte lauschend das Ohr an die Tür.

»Um Gottes willen, Abraham!«, hörte er Judith Versluys

schreien. »Ewould, hilf ihm in den Sessel! Mach ihm den Kragen ab, schnell! Und dann lauf los und hol den Medicus!«

Von unten waren ein Scharren und ein Poltern zu hören, gefolgt vom lauten Zuschlagen der Haustür.

Dann das Getrappel von Schritten auf der Treppe. Der Schlüssel drehte sich im Schloss, und Pieter wich erschrocken zurück. Judith stand vor ihm. Sie war völlig außer Atem.

»Schnell, du musst fort«, stieß sie hervor. Ihre Augen waren vor Angst weit aufgerissen. Panisch blickte sie sich um. »Pack den ganzen Malkram ein und verschwinde!«

»Was ist geschehen?«

»Abraham hat einen Anfall«, rief sie in heller Aufregung. »Zuerst dachten wir, er hätte sich den Magen verdorben, deshalb sind wir rasch wieder heimgegangen. Aber jetzt … er kann nicht richtig atmen, er bekommt keine Luft! Beeil dich, ich muss wieder zu ihm!« Mit zitternden Händen kramte sie einen bestickten Kissenbezug aus einer Truhe und reichte ihn Pieter. Als er nicht sofort reagierte, fing sie an, wahllos alle Farbtiegel hineinzuwerfen. Pinsel, Malstock, Palette und Leinölflasche wurden vom Tisch gefegt und verschwanden ebenfalls darin. Danach brach sie den Rahmen der Leinwand entzwei und stopfte sie mitsamt dem schlaffen, feuchten Stoff hinterher. Die Skizze warf sie in den Kamin. Anschließend versuchte sie, die Staffelei zu zerbrechen, doch die Holzstäbe waren zu sperrig.

»Steh nicht herum!«, rief sie Pieter zu. »Mach das Ding klein und wirf es ins Feuer. Und dann schleich dich durch die Hintertür davon. Sieh bloß zu, dass dich niemand sieht!« Sie eilte wieder zur Treppe.

Mit wenigen Griffen und Tritten hatte Pieter das Holz der Staffelei zertreten und die Stücke in den Kamin geworfen. Flammen schossen aus den glimmenden Scheiten und griffen mit bedrohlichem Flackern auf die Bruchstücke der

Staffelei über. Mit einem unterdrückten Aufschrei sprang Pieter zurück und trat die heraustiebenden Funken aus, die vor ihm auf dem Teppich landeten. Vorhin beim Malen war ihm etwas von dem Leinöl auf die Staffelei getropft, er hatte nicht mehr daran gedacht. Doch es ging zum Glück noch einmal gut. Gleich darauf hatte das Feuer im Kamin sich beruhigt und brannte wieder stetig, wenn auch mit stärkerer Kraft als zuvor. Pieter stellte den eisernen Glutschirm wieder vor die Öffnung, ergriff den vollgestopften Kissenbezug und eilte die Treppe hinunter.

Aus dem Empfangszimmer neben dem Vestibül ertönte Judith Versluys' Kreischen. »Gütiger Himmel! Abraham, was ist mit dir?!«

Ihr Geschrei hatte die Nachbarn herbeigelockt, Pieter hatte kaum das Erdgeschoss erreicht, als er auch schon die Stimmen an der Vordertür hörte, begleitet vom Hämmern des Türklopfers. »Mevrouw Versluys?«, rief es von draußen. »Was ist los mit Euch? Können wir helfen?«

Auf seinem Weg zum Hinterausgang kam Pieter an der offenen Tür des Empfangsraums vorbei und wagte einen Blick hinein.

Judith Versluys stand mitten im Zimmer. Sie rang die Hände und beugte sich mit abgehacktem Schluchzen über ihren Gatten, der reglos in demselben Sessel hing, in dem sie selbst bei Tagesanbruch gesessen und Pieter erwartet hatte.

Als sie Pieters Anwesenheit bemerkte, schrie sie auf, dann fuhr sie ihn an: »Mach endlich, dass du fortkommst! Du warst niemals hier, hörst du?«

Bevor Pieter heimlich und schnell wie der Wind durch den hintern Haus befindlichen Garten verschwand, erhaschte er einen Blick auf das Gesicht von Abraham Versluys. Die Augen waren bereits im Todeskampf erstarrt, sein Blick gebrochen. Kurz vor seinem Ende hatte er sich übergeben, in seinen Mundwinkeln glänzte es weißlich.

Ganz offensichtlich war er auf dieselbe Weise gestorben wie der Kaufmann van Houten.

»Die Gerüchte stimmen, es war tatsächlich wieder eine Bleivergiftung«, berichtete Doktor Bartelmies, als er das nächste Mal in Rembrandts Werkstatt Modell saß. Einer der Schüler reichte ihm aus dem Fundus von Rembrandts Requisiten unterschiedliche Kopfbedeckungen, die er der Reihe nach anprobierte.

»Habt Ihr denn diesmal eine Leichenschau vorgenommen?«, fragte Rembrandt.

»Ich war ohnehin vor Ort, denn der Diener rief mich gleich hinzu, da ich Abraham Versluys' Arzt bin. Leider konnte ich nur noch den Tod feststellen, genau wie bei van Houten.«

»Muss ein schrecklicher Anblick gewesen sein. Auch wenn Ihr als Medicus zweifellos schon Schlimmeres gesehen habt.«

»Das trifft zu, aber dieser Fall hat mich dennoch stark berührt. Wie ihr wisst, war Abraham Versluys ein alter Freund von mir.«

»Ah, richtig. Dreht den Kopf mehr zum Licht hin. Und jetzt setzt noch einmal diesen Schlapphut mit den Federn auf.«

Doktor Bartelmies stülpte sich geduldig den Hut über. Der Medicus ließ sich gern malen. Er mochte den Aufenthalt in der Werkstatt, die Atmosphäre exklusiven, künstlerischen Wirkens. Die Sammelstücke im Kabinett des Meisters erfreuten ihn ebenso wie all die im Werden begriffenen Kunstwerke in den Ateliers.

Im Hintergrund saßen Pieter, Cornelis und ein dritter Lehrling und übten das Zeichnen am lebenden Modell. In der Werkstatt herrschte eine entspannte Atmosphäre. Rembrandt hatte sich die ganze Woche über ausgesprochen friedfertig benommen, beinahe liebenswürdig. Mit Versluys' unerwartetem Dahinscheiden schien eine Last von ihm abgefallen zu sein. Das Geld für den Auftrag war ihm zwar durch die Lappen gegangen, aber ein toter Kaufmann konnte ihn nicht verklagen – mit diesen profanen Worten hatte Laurens es Pieter gegenüber auf den Punkt gebracht. »Dafür schuldet er dir Dank«, hatte er hinzugefügt.

»Aber ich habe doch gar nichts gemacht.«

»Du hast für das Verschwinden der Zeichnung gesorgt, und dabei hast du weder Tod noch Teufel gefürchtet.«

Und dann hatte Pieter ihm abermals in allen Einzelheiten von Versluys' plötzlichem Dahinscheiden berichten müssen.

Daran musste Pieter denken, während er den Medicus skizzierte. Auch versuchte er, sich an einen Moment der Kühnheit und des Wagemuts im Haus der Versluys zu erinnern, doch es gelang ihm nicht. Er hatte die ganze Zeit über erbärmliche Angst gehabt.

»Müsste es denn jetzt nicht eine amtliche Untersuchung geben?«, erkundigte sich Rembrandt bei dem Medicus.

Der setzte sich gerade den vergoldeten Helm auf, den Rembrandt schon den Tulpenhändler Quaeckel für dessen Porträt hatte anprobieren lassen.

»Das sieht sehr kriegerisch aus«, befand Doktor Bartelmies mit einem Blick in den Spiegel. »Aber auf eine besondere Art auch geheimnisvoll und überlegen. Vielleicht sollte ich noch die Halsberge und diesen goldenen Schwertriemen dazu anlegen, was meint Ihr?«

»Ja«, stimmte Rembrandt zu, bevor er seine Frage in einer anderen Formulierung wiederholte. »Hat Euch der Polizeihauptmann etwas über eine mögliche Untersuchung mitgeteilt?«

»Natürlich findet eine statt. Man stirbt nicht von selbst an einer Bleivergiftung.«

»Könnte Versluys sich nicht das Leben genommen haben, genau wie van Houten?«

»Ich weiß, was man über van Houtens Tod munkelt, wir sprachen ja schon darüber: Seine Verluste beim Tulpenhandel, seine Schulden bei Versluys, der Diebstahl bei der Schützengilde, den er angeblich begangen haben soll. Ich glaube immer noch nicht an diese Version. Ebenso wenig wie bei Versluys. Welchen Grund sollte Abraham gehabt haben, Hand an sich zu legen? Der Darlehensausfall bei van Houten war für ihn nicht der Rede wert, er war steinreich. Wenn er deswegen bei Hauptmann Vroom solchen Wind gemacht hat, dann höchstens um seiner Prinzipien willen. Selbstmörder hingegen sind schwermütig und sehen keinen Ausweg mehr im Leben.«

»Versluys soll großen Ärger mit dem Steuereintreiber gehabt haben.«

»Ach wirklich? Davon wusste ich gar nichts. Abraham erzählte mir neulich erst, dass auf tausend größere Steuerzahler der Stadt nur zehn Israeliten kommen, und dass er von diesen allein doppelt so viel zahle wie alle seine Glaubensbrüder zusammen.«

»Vielleicht rührte sein Ärger daher, wer weiß. Mir scheint er jedenfalls genau die Art Mann gewesen zu sein, die sich mit dem Steuerpächter wegen der Höhe der Abgaben anlegt.«

»Abraham hat sich häufiger mit seinen Mitmenschen angelegt, er war ein streitbarer Charakter.« Der Medicus seufzte abermals. »Und wer mag es schon, wenn Steuerpächter zum Schätzen in Haus und Warenlager kommen, denn kaum einer ist erfinderischer und akribischer im Festsetzen und Betreiben aller möglichen Akzisen.«

»Lasst den Helm auf«, sagte Rembrandt. »Er verleiht Euch einen geheimnisvollen Nimbus. Ich könnte Euch zum halben Preis auch noch ein Porträt machen, auf dem Ihr ihn tragt.«

»Was sagst du denn zu dem Fall?«, wollte Doktor Bartelmies von Pieter wissen, der zusammen mit Cornelis und dem anderen Lehrling im Hintergrund saß und zeichnete.

»In welchem Zusammenhang stellt Ihr diese Frage, Doktor?«, erkundigte sich Rembrandt.

»In *jedem* Zusammenhang, der einer Aufklärung dieses Verbrechens dienlich ist.«

Vorsorglich bedachte Rembrandt Pieter mit einem warnenden Blick. Er hatte den Jungen gründlich instruiert, was in dieser Angelegenheit gesagt und verschwiegen werden musste, doch er lebte in der ständigen Furcht, Pieter könnte sich verplappern. Rembrandt hatte sogar schon erwogen, die goldenen Regeln wieder einzuführen. Aber das wäre sicherlich sofort aufgefallen und hätte Fragen aufgeworfen, folglich hatte er nichts weiter unternommen, als Pieter eindringlich zu ermahnen, mit niemandem außer Laurens oder Mevrouw Saskia über seine Mission im Hause Versluys zu sprechen.

Pieter war nach der Frage des Medicus in Gedanken versunken, und Rembrandt gab sich der tröstlichen Hoffnung hin, dass dieser Zustand anhalten möge. Dabei verhielt es sich keineswegs so, dass Pieter eine Frage einfach vergaß; das kam praktisch nie vor. Er dachte einfach nur so lange darüber nach, bis er mit der Antwort zufrieden war. Und je komplizierter und vielschichtiger eine Frage war, desto länger musste er überlegen. Manchmal endlos lange.

In diesem Fall schien er allerdings schon vor Doktor Bartelmies' Frage über das Ganze nachgedacht zu haben – was nicht verwunderlich war, schließlich hatte er mittendrin gesteckt.

»Ausgehend von der Prämisse, dass Mijnheer van Houten und Mijnheer Versluys ermordet wurden und jeweils derselbe Täter am Werk war, würde es die Logik gebieten, die Gemeinsamkeiten beider Fälle zu ermitteln.«

Rembrandt tupfte mechanisch mit der Spitze seines Pinsels etwas Rot auf die Leinwand und vermischte es mit einer Spur Ocker und Bleiweiß und anderen Farbnuancen, bis er die Pigmentierung von gesunder, gut durchbluteter Haut naturgetreu getroffen hatte. Das Porträt machte Fortschritte, er konnte mit sich zufrieden sein. Doch im Augenblick fühlte er sich wie ein Hase in der Falle.

»Beide Männer starben an einer Bleivergiftung«, sagte Doktor Bartelmies. »Ob diese Gemeinsamkeit allein schon zu einem möglichen Mörder führt?« Grübelnd blickte er Pieter an.

»Nein«, sagte Pieter zu Rembrandts Erleichterung. »Die Mordmethode ist nur eine von mehreren Gemeinsamkeiten.«

»Ihr dürft Euch nicht so viel bewegen«, erklärte Rembrandt. »Und auch nicht so viel reden, denn das wirkt sich auf die Mimik aus. So können meine Schüler Euch nicht richtig zeichnen.«

»Man müsste herausfinden, wo überall Blei benutzt wird«, schlug Cornelis vor.

»Halt den Mund und zeichne«, wies Rembrandt ihn an.

»Ein bedenkenswerter Einwurf Eures jungen Schülers«, meinte der Medicus. »Darüber habe ich mir auch schon meine Gedanken gemacht.«

»Wir verwenden beispielsweise sehr viel Blei in der Werkstatt.« Rembrandt lachte und fragte sich, ob es gekünstelt klang. »So wie Hunderte anderer Malerwerkstätten auch.«

»Das ist mir bekannt, werter Meister. Kein Weiß ohne Blei. Aber auch woanders findet man Blei in großen Mengen – etwa in der Waffenherstellung, auf Schiffswerften, beim Hausbau, sogar in der Medizin. Einige meiner Patienten behandle ich mit Bleipflastern, die wirken Wunder bei Geschwüren, Frostbeulen und Verbrennungen.«

»In der Apotheke kann man Schminke aus Bleiweiß kaufen, sie verleiht der Haut vornehme Blässe«, meldete Cornelis sich erneut. »Und mein Onkel, der Weinhändler, macht sich Zucker aus Blei und Essig, um damit den Wein zu süßen.«

»Ach«, sagte Rembrandt. »Ich wusste gar nicht, dass Weinhändler ihren Wein damit versetzen.«

»Natürlich nur in verträglicher Dosierung.«

»Auch ich verwende gelegentlich Bleizucker für bestimmte innerlich anzuwendende Rezepte«, stimmte Doktor Bartelmies zu. Er lächelte leicht. »Natürlich ebenfalls in verträglicher Dosierung.«

Rembrandt trat die Flucht nach vorn an. Mit einem weiteren Lachen – diesmal klang es definitiv gekünstelt – kam er auf die eigentliche Gemeinsamkeit zu sprechen.

»Beide Männer wollten sich bei mir porträtieren lassen. Ich bin ein Maler und verwende Blei. Und, nun ja, es gab gewisse Unstimmigkeiten mit beiden Auftraggebern. Lässt das nun darauf schließen, dass ich der Mörder bin?«

Doktor Bartelmies lachte ebenfalls, bei ihm klang es hingegen völlig echt. »Meister Rembrandt, dann könnte genauso gut ich der Mörder sein, denn beide Männer haben meine Dienste als Medicus in Anspruch genommen, und ich verwende ebenfalls Blei. Und gewisse Unstimmigkeiten hatte ich mit Abraham auch, denn wie ich schon sagte – er war ein streitbarer Zeitgenosse.« Nachsichtig schüttelte er den Kopf. »Meiner Ansicht nach liegt die entscheidende Gemeinsamkeit im Motiv.«

»Welches Motiv?«, fragte Rembrandt, der diesen Begriff so stark mit seinem Metier als Maler verknüpfte, dass ihm die zusätzliche Bedeutung erst bei Doktor Bartelmies' Antwort klarwurde.

»Das Tatmotiv, Meister Rembrandt, das Tatmotiv.«

»Aber welches könnte das sein?«

»Bei solchen Verbrechen geht es zumeist um drei mögliche Motive – Gier, Rache oder fehlgeleitete Leidenschaft. In diesem Fall scheinen sich Gier und Leidenschaft auf eine unheilvolle Weise zu vermischen. Und damit sind wir auch schon bei der wichtigsten Gemeinsamkeit von Versluys und van Houten. Im Leben beider gab es eine von Gier bestimmte Leidenschaft, abzielend auf einen Besitz, der schon so manchen den Verstand gekostet hat!« Aufmerksamkeit heischend blickte der Medicus in die Runde, dann blieb sein Blick an Pieter hängen. »Weißt du, von welchem Objekt leidenschaftlichen Begehrens ich spreche, mein Junge?«

»Ja«, sagte Pieter. »Von der Tulpe.«

*

KAPITEL 8

Tatsächlich ergaben die weiteren amtlichen Ermittlungen, dass abermals wertvolle Tulpenzwiebeln aus dem Besitz von Abraham Versluys verschwunden waren. Die Einzelheiten des mutmaßlichen Hergangs verbreiteten sich wie ein Lauffeuer in ganz Amsterdam. Ein erst im Vormonat frisch angelegtes Beet im Garten des Kaufmanns war umgegraben und die kostbaren Knollen geraubt worden, darunter mehrere Viceroys und Generäle erster Kategorie. Durch die feuchte Erde führten Fußspuren, die in beide Richtungen wiesen, sowohl zur Hintertür des Hauses als auch zurück zur Gartenmauer, über die der Dieb und Mörder nach seiner Tat offenbar mit seiner Beute hinweggeklettert war. Ein Nachbar wollte beim Öffnen seiner Fensterläden aus den Augenwinkeln eine dunkle Gestalt mit einem Sack über der Schulter wahrgenommen haben.

Dass es trotz strenger Bewachung des Gartens zu diesem Verbrechen hatte kommen können, erregte die Gemüter. Denn nach dem ersten dreisten Tulpenraub hatte Abraham Versluys vorgesorgt und einen ehemaligen Soldaten mit der

Bewachung seines Gartens beauftragt, um wenigstens seine neuen Tulpen, die er gerade noch rechtzeitig vor dem ersten Frost angepflanzt hatte, in Sicherheit zu wissen. Der Wachmann war jedoch in der Folge genauso unauffindbar wie die Tulpen. Rasch wurden Vermutungen laut, dass er unter Ausnutzung seiner Vertrauensstellung die Tulpen entwendet und den Kaufmann ermordet hatte – diese These wurde dann auch bald von Polizeihauptmann Vroom zur offiziellen erklärt.

Mancherorts wurde auch gemunkelt, ein böswilliger Konkurrent habe einen Mörder gedungen, um Versluys aus dem Geschäft zu drängen und sich den Vorrang bei wichtigen Handelsabschlüssen zu sichern – einschließlich einer reichen Beute aus wertvollen Tulpenzwiebeln.

Um die näheren Hintergründe von Abraham Versluys' Tod rankten sich ebenfalls allerlei Gerüchte und Theorien. Da es an der Hintertür keine Einbruchspuren gab, musste sie unverschlossen gewesen sein, was indessen nichts Besonderes war – solange die Bewohner sich im Haus aufhielten, gab es für gewöhnlich keinen Grund, die rückseitige Tür zu verriegeln, zumal das Grundstück ja nach hinten heraus nicht nur durch eine mannshohe Mauer geschützt war, sondern auch bewacht wurde.

Jedenfalls hatte der Täter sich durch die Hintertür Zutritt ins Haus verschafft und ein mitgebrachtes Gift in den Weinkrug gerührt, der in der Küche stand, offenbar in dem sicheren Wissen, dass der Hausherr ein großes Glas davon zum Frühstück trinken werde, so wie er es jeden Morgen tat.

Blei in seinen unterschiedlichen Erscheinungsformen und Verarbeitungen, so die weitere Verlautbarung der Polizei, sei vielerorts für jedermann erhältlich, und einen Zusammenhang mit dem Tod des unlängst aus dem Leben geschiedenen Kaufmanns van Houten gebe es entgegen anderslautender Gerüchte nicht.

»Es wäre ja auch fatal, wenn Hauptmann Vroom einen solchen Zusammenhang zuließe«, spottete Doktor Bartelmies, als er mit Rembrandt darüber sprach. »Denn dann müsste er auch eingestehen, dass der Fischhändler für nichts und wieder nichts aufgeknüpft wurde.«

Danach verebbte das Gerede über den Mord. Sterbefälle gab es ständig, auch solche mit gewaltsamem Hintergrund, und wichtige Nachrichten wurden tagtäglich durch andere, neuere verdrängt, die mindestens ebenso bedeutsam waren. Etwa der Krieg, der Holland umgab wie eine eiserne Schelle. Die südlichen Niederlande wehrten sich immer noch vergeblich gegen die spanische Besatzung. Regelmäßig erreichten Flüchtlinge aus den unterworfenen Gebieten den Norden und berichteten über die von den Papisten begangenen Gräuel. Auch auf der anderen Seite des Rheins tobte seit etlichen Jahren ein erbarmungsloser Krieg, dem die Menschen in hellen Scharen entflohen und im sicheren Holland Unterschlupf suchten. Schilderungen blutiger Scharmützel und furchtbarer Hungersnöte wehten durch die Stadt wie der eisige Wind, der den November begleitete und einen bitterkalten Winter ankündigte.

Rembrandt verließ kaum noch die Werkstatt. Er hatte alle angefangenen Porträtmalereien beiseitegestellt und arbeitete wie ein Besessener an einem monumentalen Bild, das mit seinen zehn Fuß Länge und acht Fuß Höhe fast die Räumlichkeiten sprengte. Zum Essen kam er nur selten herunter, weshalb Saskia schließlich dafür sorgte, dass Geertruyd ihm seine Mahlzeiten in der Werkstatt servierte, damit er überhaupt etwas zu sich nahm. Von Farbklecksern und Leinölflecken übersät, machte er sich häufig nicht einmal die Mühe, seinen Kittel abzustreifen, wenn er aus dem Haus ging – was ohnehin nicht oft vorkam, denn er schien förmlich mit seinem neuesten Werk verwachsen zu sein. Auf seine Frau wirkte er zuweilen wie ein Getriebener, gehetzt von Dämonen, die außer ihm und den Figuren auf seinem Gemälde niemand sehen konnte.

Saskia warf gelegentlich im Vorbeigehen einen scheuen Blick auf das Bild und wandte sich dann jedes Mal rasch wieder ab angesichts der grausamen Darstellung. Dabei fragte sie sich voller Sorge, ob womöglich der Tod von Versluys und van Houten solchen Eindruck auf ihren Gatten hinterlassen hatte, dass er sich nicht anders zu helfen wusste, als dieses Bild zu malen. Sie war nur froh, dass er nach dem ganzen Hin und Her um Versluys nicht die Enthauptung des Holofernes in Öl malen wollte, denn dieses Sujet wäre zweifellos noch blutiger ausgefallen.

Einmal, als ihr Mann noch schlief, schlich sie sich in sein Kabinett und schaute sich dort um, obwohl sie wusste, dass er solche Heimlichkeit verabscheute. Sie fühlte sich fremd unter den vielen Raritäten, sie verkörperten für sie eine unbekannte Seite ihres Mannes, die sie nie ganz verstehen würde. Am besten gefielen ihr noch die Ballen aus einem edlen, sehr alten Stoff, den Rembrandt – ebenso wie andere Gegenstände aus diesem Kabinett – gelegentlich als Requisiten für seine Bilder verwendete.

Mit dem Rest konnte sie nicht viel anfangen. Zwischen Fossilien, getrockneten Pflanzen, ausgestopften Tieren und Schneckenhäusern fanden sich Musikinstrumente, Folianten und historische Waffen. Lauter eigentümliche Sammelstücke, für viel Geld eingekauft und teils auf Borden und Tischen gelagert, teils aber auch einfach in Kisten, deren Deckel seit dem Umzug immer noch zugenagelt waren. Es gab schlichtweg nicht genug Platz hier, um alles ordentlich zu präsentieren. Allein aus diesem Grund würden sie bald ein größeres Haus benötigen, in diesem Punkt war Saskia vollkommen mit ihrem Mann einig.

Kunstwerke nahmen in der Sammlung ebenfalls breiten Raum ein. Eigene Werke bewahrte Rembrandt hier ebenso auf wie die anderer Künstler, etwa die beiden Radierungen, die er neulich erst erworben hatte. Sie lehnten an der Wand. Daneben stapelten sich Mappen mit Zeichnungen, zusammengerollte Leinwände, angestaubte Kupferstiche.

Schließlich fand sie, was sie gesucht hatte. Pieters Zeichnungen wurden in einer dünnen Mappe aufbewahrt, die griffbereit auf einem Tischchen lag. Diverse Blätter mit Tulpen, die Zeichnung einer Tischrunde von Tulpenhändlern, eine Skizze von den Eheleuten Versluys in deren Haus, und schließlich eine zerrissene und wieder zusammengeklebte Zeichnung von einem Toten, bei dessen Anblick es ihr graute. Und immer wieder Entwürfe für Kopfstudien, die Tronies, die Pieter auch in Öl malte.

Saskia widerstand der Versuchung, alles zu zerreißen und in den Kanal zu werfen, so wie den vollgestopften Kissenbezug von Judith Versluys, den sie und Rembrandt bei nächtlicher Dunkelheit dort versenkt hatten.

Als sie das Kabinett verließ, um nach unten zu gehen, stand Rembrandt schon wieder im Malerkittel vor seinem kolossalen Gemälde und trug die Farbe auf, als könnte er damit sein Leben retten.

»Wird das hier eines von den Passionsgemälden, die du noch für den Statthalter malen musst?«, wagte sie zu fragen, als ob sie nicht genau wüsste, dass dem nicht so war.

Er schrak nicht einmal zusammen, obwohl sie geräuschlos von hinten an ihn herangetreten war.

»Nein«, sagte er.

»Für wen malst du es denn?«

»Für mich«, antwortete er.

»Das Format ist gewaltig. Du wirst lange dafür brauchen. In der Zeit kannst du keine Porträts malen.«

Rembrandt würdigte sie keiner Antwort, sondern arbeitete einfach stumm weiter. Es war fast so, als sei sie für ihn plötzlich unsichtbar geworden. Schaudernd erkannte sie, was unter seinen Pinselstrichen entstand: ein Messer, das in ein Auge gerammt wurde.

Die ersten Schüler trafen ein, so wie an jedem Werktag in der Woche, doch ihre Anwesenheit schien ihn nicht zu berühren, und für einen Augenblick kam es auch Saskia so vor, als bewegten sie sich hinter einem Schleier, der Töne und Bewegungen verschluckte und damit einen Raum schuf, in dem außer Rembrandt und seinem Bild nichts weiter existierte.

Doch dann fiel ein Strahlenbündel Morgensonne durchs Fenster und zerteilte den Schleier. Wie durch einen dünnen Riss sah sie Pieter an einer Staffelei stehen. Hinter einer der Stellwände, die Rembrandt ein Stück zur Seite geschoben hatte, um mehr Platz für seine riesige Leinwand zu schaffen, arbeitete der Junge an einem Tronie. Im Sonnenlicht schien etwas an ihm (oder dem Bild?) zu funkeln. Saskia blinzelte, und der seltsame Effekt hörte auf.

Genauso leise, wie sie gekommen war, ging sie zurück nach unten.

*

Der Martinstag kam und ließ Pieter in traurigen sowie glücklichen Erinnerungen versinken, denn der 11. November war nicht nur der Namenstag, sondern auch der Geburtstag seines Vaters gewesen. Solange er zurückdenken konnte, hatten sein Vater und er diesen Tag festlich begangen. An seine Mutter konnte er sich nicht erinnern, sie war gestorben, als er erst zwei Jahre alt gewesen war – so weit reichte sein Gedächtnis nicht zurück, was ihn mit Betrübnis erfüllte. Er besaß nicht einmal ein Bild von ihr, da das einzige Gemälde, das von ihr existierte, in dem Haus hing, das Onkel Joost mitsamt seinem Inventar verkauft hatte. Allerdings befand sich eine Kopie des Bildes in seinem Kopf – er brauchte es einfach nur zu malen. Doch eine unerklärliche Scheu hielt ihn davon ab.

Vielleicht, so überlegte er, war es eine ähnliche Scheu wie jene, die ihn daran hinderte, sich Anneke zu erklären. Er hatte noch einen Versuch unternommen, die Einlösung ihres Versprechens einzufordern, doch sie hatte behauptet, es habe nur für jenen einen Sonntag gegolten, und nachdem dieser verstrichen sei, könne das Versäumte nicht nachgeholt werden. Lange hatte er dieses Argument gedanklich hin und her gewälzt und es von allen Seiten geprüft, bis er schließlich einsehen musste, dass sie recht hatte. Dennoch suchte er weiterhin ihre Nähe, auch wenn das im Regelfall bedeutete, ihr schwere Kübel hinterherzutragen oder die Kochwäsche umzurühren. Dabei musste er zu allem Überfluss darauf achten, dass es weder Mevrouw Saskia noch Meister Rembrandt bemerkten, wobei beide ihm in der letzten Zeit ohnehin kaum Aufmerksamkeit schenkten. Rembrandt arbeitete ohne Unterlass an seinem neuen Gemälde, und seine Frau war mit der Organisation des Schlachtfestes beschäftigt.

Der November war der Monat, in dem die Menschen sich Fleischvorräte für die kalte Jahreszeit anlegten. Meist kauften mehrere Nachbarn zusammen eine Kuh oder ein Schwein, und auch bei der weiteren Verarbeitung teilten sie sich die Aufgaben. Geschlachtet wurde im Hof, und dann wurde reihum geschlemmt und in frischem Fleisch geschwelgt, bis es überall in der Straße köstlich nach Gebratenem und Gesottenem roch. Für den restlichen Winter wanderten auch viele gute Stücke zum Räuchern an den Haken oder zum Pökeln ins Salzfass, und so füllten sich die Vorratskammern und Keller allmählich.

An diesen Novembertagen, die von Räucherluft und Bratenduft durchweht waren, eilte Mevrouw Saskia oft mit erhitzten Wangen und leuchtenden Augen durchs Haus. Sie scheuchte Geertruyd und Anneke herum und geizte nicht mit Schimpftiraden, aber auf eine Art, dass man ihr nicht gram sein konnte, weil jeder wusste, dass sie es einfach nur allen schön machen wollte.

Während der Schlachtzeit kamen abends häufig Nachbarn vorbei. Man sang gemeinsam Lieder, spielte Karten und trank dazu frischen Most. Auch Anneke und Geertruyd nahmen an den geselligen Runden teil, und sogar Pieter und Laurens wurden dazugebeten, damit sie nicht allein in ihrer kalten Dachkammer hocken mussten. Die Stube war an diesen Abenden stets rappelvoll, die Stimmung fröhlich und gelöst. Nur Rembrandt malte derweil meist an seinem Bild weiter, er setzte sich nur selten dazu und wenn, dann höchstens für kurze Zeit. Lieber stellte er zahlreiche Öllampen und Kerzen in der Werkstatt auf und nutzte die Stille im Obergeschoss, um so lange wie irgend möglich zu arbeiten.

Manchmal, wenn Saskia sich unbeobachtet glaubte, bemerkte Pieter ihren niedergeschlagenen Gesichtsausdruck und einmal sogar Tränen in ihren Augen. Aber sobald sie spürte, dass jemand ihr den Kummer ansah, verfiel sie sofort wieder in die übliche muntere Geschäftigkeit.

Auch am Abend des Martinstages war sie ständig in Bewegung. Bei Einbruch der Dunkelheit wurden in der Stube die guten Kerzen angezündet, und zur Feier des Tages gab es für die Gäste Berge von Krapfen und gebratene Gans mit Maronen.

Doktor Bartelmies weilte an diesem Abend ebenfalls zu Besuch im Haus der van Rijns. Er ließ sich häufig hier blicken, nicht nur, um für Tronies zu posieren, sondern vor allem, weil er die Gesellschaft der Eheleute schätzte und auch gern das Gespräch mit Pieter suchte. Für ihn waren diese Besuche ein Mittel gegen seine Einsamkeit, woraus er keinen Hehl machte. Seine Frau war bereits vor vielen Jahren verstorben, und er hatte weder Kinder noch sonstige nahe Verwandte.

Die gedrückte Stimmung, der Pieter sich seit dem Morgen hingegeben hatte, verflog rasch, denn es wurde an diesem Abend viel gesungen und gelacht, und Annekes liebreizendes Antlitz an seiner Seite ließ sein Herz schneller schlagen.

Andere junge Leute klopften an die Tür und forderten sie auf, mit ihnen durch die Straßen zu ziehen. Sie schwenkten Papierlaternen und drückten auch Anneke eine in die Hand. Rasch holte sie ihren Umhang und lief kichernd mit ihnen los, und Pieter, der im Durchgang zum Vestibül stand, sah sich halb Hilfe suchend, halb unschlüssig zu Mevrouw Saskia und Doktor Bartelmies um. Beide nickten ihm lächelnd zu.

»Lauf nur mit den anderen!«, rief Saskia.

»Genieß deine Jugend!«, stimmte Doktor Bartelmies zu.

Die Nachbarn in der Stube klatschten in die Hände und stimmten ein Martinslied an. Einer von ihnen zückte seine Fiedel und spielte dazu auf.

Auch Laurens war aufgestanden und hatte seinen Umhang geholt. Den von Pieter hatte er gleich mitgebracht. Eilig zogen sie ihre Schuhe an und folgten den anderen jungen Leuten, die mit ihren Laternen singend und johlend vorausgingen. Unterwegs blieben sie immer wieder in lachenden Grüppchen stehen und klopften an die Türen, um nach Brennholz für das Martinsfeuer zu fragen.

Pieter und Laurens trafen in der Menge auch Cornelis. Anneke hatten sie dagegen aus den Augen verloren. Doch Minuten später sah Pieter sie noch einmal kurz in der Menge auftauchen, das Gesicht von Laternenschein beleuchtet und strahlend zum Himmel gewandt. Neben ihr ging der Tulpenhändler Adriaen Quaeckel. Er hatte den Arm um ihre Schultern gelegt. Gleich darauf waren beide im Gedränge verschwunden.

Die Freude am Martinsfest war Pieter schlagartig vergangen. Er ließ den Kopf hängen und trottete stumm hinter den anderen her.

»Mach dir nichts draus«, sagte Cornelis. Auf seinem pausbäckigen Gesicht zeigte sich ein Ausdruck von Mitgefühl.

Pieter wäre der Aufforderung nur zu gern gefolgt, aber zwischen Wollen und Können lagen in diesem Fall unendliche Weiten. Sein Inneres fühlte sich an wie eine offene Wunde.

»Ich wette einen Gulden, dass sie sein Liebchen ist«, sagte Laurens. Ein süffisantes Lächeln glitt über seine männlich hübschen Züge.

»Du siehst hier keinen, der dagegensetzt«, gab Cornelis zurück. »Lasst uns deinen Gulden lieber in der *Goldenen Tulpe* ausgeben. Kommt ihr mit?«

Pieter war einverstanden, denn er hatte noch drei Genever für das neue Tulpenschild offen, das Mareikje nach seinem Entwurf hatte fertigen lassen. Am vergangenen Samstag hatte er seine freien Schnäpse nicht trinken können, weil er seit seiner Mission im Haus von Abraham Versluys kaum einen Fuß vor die Tür gesetzt hatte. Des Nachts hatten ihn wiederholt Albträume heimgesucht, in denen er die Enthauptung des Holofernes malen musste, und immer, wenn er mit dem Pinsel den abgeschlagenen Kopf von Abraham Versluys auf der Leinwand berührt hatte, war schaumig-weißer Mageninhalt zwischen den blutigen Lippen hervorgedrungen.

»Was haltet ihr von dem neuen Bild des Meisters?«, wollte Cornelis auf dem Weg zur Schenke von Pieter und Laurens wissen.

»Wenn du mich fragst – ich glaube, er ist verrückt geworden«, sagte Laurens.

»Warum?«, fragte Cornelis.

»Na, welcher normale Mensch findet schon Gefallen an einem Bild, auf dem jemandem die Haare abgeschoren werden, während ihm gleichzeitig ein Messer von der Länge eines Arms ins Auge gestoßen wird? Von der herausspritzenden Blutfontäne ganz zu schweigen.« Laurens schüttelte sich.

»Das Bild stellt die Blendung Simsons dar«, gab Cornelis zu bedenken. »Es ist ein anerkennenswertes biblisches Thema, wenn auch ein anderes als die üblichen Kreuzabnahmen und Grablegungen. Wie würdest du das denn umsetzen, wenn du dafür einen Auftrag bekämst?«

»Diese Frage führt in die Irre, denn er hat ja gar keinen Auftrag für das Bild.«

»Woher weißt du das?«

»Weil ich hörte, wie er mit Mevrouw Saskia darüber sprach. Er malt es nur für sich.«

Das stimmte Cornelis nachdenklich. »Pieter, was sagst du zu dem Bild?«

Pieter suchte nach Worten, die beschrieben, was ihm zu dem Bild einfiel. »Ich stehe manchmal in der Nacht auf, wenn er zu Bett gegangen ist, und dann sitze ich vor dem Bild und sehe es an. Ich werde ein Teil der Geschichte, die es erzählt, und ich spüre den Schmerz und die Furcht von Simson, so wie ich auch den Schmerz und die Furcht von Rembrandt spüre, denn er hat diese Gefühle beim Malen auf das Bild übertragen.« Er überlegte, wie er schildern konnte, was ihn sonst noch bewegte. Etwa, dass es ihm nur bei bestimmten Bildern gegeben war, Gefühle nachzuempfinden – eine Fähigkeit, über die er ohnehin nur in Grenzen verfügte. Dass viele Bilder, die er sah, voll von Farben und Formen waren, aber arm an Empfindung. Der Simson war ein Bild, das voll davon war, so wie auch die Zeichnungen des Meisters. Vor *allem* diese!

Er versuchte all dies in Worte zu kleiden, aber es hörte sich grob und unbeholfen an.

Cornelis starrte ihn schweigend an.

Laurens spuckte auf die Straße. »Für deine Gefühle kannst du dir nichts kaufen. Und du solltest dich hüten, sie in deine eigenen Bilder zu legen. Denn sie gehören nicht dir, sondern dem Meister. Er nimmt sie dir weg und verkauft sie als seine eigene Schöpfung, und das Geld dafür wandert in seinen Beutel statt in deinen.« Er sah Pieter eindringlich an. »Ihm gehört auch das Tronie, an dem du gerade malst. Wenn er will, kann er es mit seiner Signatur versehen, und du kannst nichts dagegen tun, auch wenn du dein ganzes Herz in das Bild gelegt hast.«

Cornelis wandte Pieter sein gutmütiges rundes Gesicht zu und rief gespielt fröhlich: »Wir sind da! Ob wir wohl einen Tisch kriegen?«

*

Die Schenke war voll besetzt, es gab nur noch Stehplätze. Mareikje eilte mit klappernden Pantinen zwischen Schanktisch und Gastraum hin und her, jedes Mal mindestens ein halbes Dutzend Bierkrüge in den Armen oder Tabletts voller Schnapsbecher balancierend. Ihr Gesicht war rosig und erhitzt, Kleid und Schürze trieften nur so von Bier und Schweiß. Sie rief Pieter, Laurens und Cornelis im Vorbeigehen einen Gruß zu und hastete sofort weiter. Diesmal halfen sogar zwei Schankmägde beim Bedienen, aber sie kamen kaum mit dem Servieren nach, weil die Bestellungen nur so auf sie niederprasselten. Grund für die enorme Trinklust der

Gäste war nicht etwa nur das Martinsfest, sondern vor allem die unbändige Siegeslaune der Tulpisten. Mittlerweile hatten sie nicht mehr nur einen, sondern zwei große Tische belegt und die gesamte Umgebung mit ihren Tabakspfeifen eingeräuchert. Sie schrien und lachten durcheinander und kippten Bier und Schnaps herunter wie Wasser.

Gewohnheitsmäßig verglich Pieter die aktuellen Preise an der Wandtafel mit den früheren, und angesichts der gewaltigen Steigerungen wunderte ihn die rauschhafte Begeisterung der Tulpenhändler nicht im Mindesten.

Cornelis war seinem Blick gefolgt. »Wenn man sich das so ansieht, wird einem klar, wieso jemand für ein paar Tulpenzwiebeln zum Mörder wird!« Er sprach laut, um das Stimmengewirr ringsum zu übertönen. »Für eine Handvoll solcher Setzlinge kann man sich ja ganze Häuser kaufen!« Er lachte, aber es klang ein wenig kläglich. »Zu dumm, dass ich mir nicht im vergangenen Jahr auch ein paar dieser Zwiebeln zugelegt habe. Da waren sie noch billig. Hätte ich gewusst, was mit den Tulpenpreisen geschieht, hätte ich jeden Stüver zusammengekratzt und wäre jetzt ein vermögender Mann.« Er wandte sich an Laurens und Pieter. »Hättet ihr euch auch Tulpen gekauft?«

Laurens zuckte mit den Schultern. »Hätte, hätte, Schiet im Bette«, sagte er lapidar.

»Und du, Pieter?«

»Ich habe Tulpen.«

»Was?«, kam es unisono von Laurens und Cornelis. Wie vom Donner gerührt starrten sie Pieter an.

»Woher hast du die denn?«, fragte Cornelis.

»Mein Vater hat sie mir vererbt.«

»Wie viele, und in welchem Beet sind sie?«, wollte Laurens wissen.

»Das weiß ich nicht.«

»Und wer weiß es?«

»Mein Vormund. Er bewahrt auch die Papiere auf.«

»Nicht zu fassen«, rief Laurens. »Da stehen wir hier mit einem steinreichen Burschen in der Schenke und fragen uns, ob wir uns einen Schnaps gönnen können.«

»Wir können uns einen gönnen, denn ich habe jeden Samstag drei Genever frei, weil ich die Tulpe für das neue Schild gemalt habe. Das ist ein Genever für jeden von uns.« Pieter hielt stirnrunzelnd inne, ihm fiel ein bedenkenswerter Umstand auf. »Heute ist Dienstag. Ich weiß nicht, ob die Regelung auch für Wochentage gilt, wenn ich den Schnaps am Samstag nicht getrunken habe. Es könnte sein, dass die drei Genever verfallen, wenn der Samstag verstrichen ist.«

Laurens und Cornelis blickten Pieter an, als wäre ihm auf einmal eine zweite Nase gewachsen. Ihre Fassungslosigkeit hatte indessen nichts mit seiner Befürchtung zu tun, dass sein Recht auf die drei Genever womöglich nicht auf andere Wochentage übertragbar wäre.

Laurens brachte es auf den Punkt. »Warum machst du eine Lehre als Kunstmaler und schläfst in einer eisigen Dachkammer, wenn du dir stattdessen ein großes Haus an der Keizersgracht kaufen könntest?«

Mit dieser Frage hatte Pieter sich noch nicht befasst. Während er die einzelnen Aspekte noch gedanklich beleuchtete, hatte Cornelis schon die Lösung parat.

»Weil er noch nicht großjährig ist, darum. Er muss tun, was ihm sein Vormund befiehlt.«

»Hat dein Vormund dir etwa befohlen, Kunstmaler zu werden?«, wollte Laurens von Pieter wissen.

»Nein. Es war der Wunsch und der Wille meines Vaters.«

»Wie kam es denn dann dazu? Wolltest du etwa schon immer Maler werden?«

»Nein.«

»Was dann?«

»Ich weiß es nicht. Mein Vater glaubte, das Malen sei meine Berufung.«

»Diese Entscheidung hat sicher mit deinem Talent zu tun«, erklärte Cornelis. »So wie bei uns allen. Nur, dass es bei dir viel größer ist. Sogar größer als beim Meister selbst.«

»Das lass aber bloß Rembrandt nicht hören«, spottete Laurens. »Denn genau das ist es, was ihn verrückt macht. Das war schon immer seine größte Angst – dass andere besser sind als er.«

Pieter hätte ihnen erklären können, warum er niemals so würde malen können wie der Meister. Es hatte nicht unbedingt mit handwerklicher Perfektion zu tun – auch dem Meister unterliefen Fehler, nicht immer gelangen ihm Perspektive und Proportionen –, sondern mit innerer Vorstellungskraft. Rembrandt schöpfte die Kunst aus sich heraus, denn er war ein Visionär. Pieter wusste, dass er selbst eine ähnliche Kraft besaß, denn auch er konnte seinen innersten Vorstellungen Gestalt verleihen. Doch diese Kraft in ihm schuf keine Bilder, sondern Kalküle. Sie drückte sich nicht in Kunst aus, sondern in mathematischer Abstraktion. Malen konnte er nur, was er vor sich hatte oder wenigstens gesehen hatte. Rembrandt hingegen konnte alles malen, auch Bilder, die in seinem Kopf entstanden.

Die Bedienung kam, um sie zu fragen, was sie trinken wollten. Pieter bestellte seine drei Genever vom Samstag und bekam sie umstandslos serviert. Zu dritt tranken sie den Schnaps und sprachen über die Möglichkeit, dass Pieter seine Tulpen zu Geld machte und in ein großes Haus zog. Es hätte genug Zimmer, um auch Cornelis und Laurens Platz zu bieten, und obendrein einen Garten voller Tulpenzwiebeln, damit sie auch die nächsten fünfzig Jahre noch aus dem Vollen schöpfen könnten. Eine Köchin würde ihnen jeden Tag die feinsten Gerichte servieren, und zum Trinken gäbe es nur den allerbesten Wein.

»Ich trinke keinen Wein«, sagte Pieter.

»Es wäre natürlich Wein ohne Bleizucker«, bemerkte Cornelis mit einem Zwinkern. »Wir würden ihn nicht von meinem Onkel beziehen, sondern von einem anderen Weinhändler, der seinen Wein höchstens mit richtigem Zucker süßt.«

Mit diesem Satz änderte sich das Thema ihres Gesprächs wie von allein, und Pieter stellte die Frage, die ihn schon lange umtrieb.

»Was hat Meister Rembrandt wohl mit dem Bleiwasser gemacht?«

»Mit welchem Bleiwasser?«, fragte Laurens.

»Pieter und ich haben letzten Monat Bleiweiß geschwemmt, und der Meister hat das Wasser behalten.« Cornelis schüttelte den Kopf. »Ich weiß nicht, was er damit gemacht hat, denn ich gehe nach getaner Arbeit nach Hause zu meinen Eltern und bekomme daher nicht mit, was an den Abenden in der Werkstatt geschieht.«

»Der Meister hat mir eine Flasche Wein mitgegeben, die ich mit einer Botschaft und einem Bild von mir bei Mijnheer Versluys abliefern musste«, platzte Laurens heraus. Zwischen seinen perfekt geschwungenen Brauen stand eine Unmutsfalte. »Versluys las die Botschaft und zerriss sie vor meinen Augen, aber mein Bild und den Wein hat er behalten. Das war nur wenige Tage vor seinem Tod.«

»Was willst du denn damit sagen, Laurens?«, fragte Cornelis mit großen Augen.

Laurens hob die Schultern. »Mach dir selbst einen Reim drauf.«

*

KAPITEL 9

Der Dezember kam mit Schnee und Eis, und bald waren Fluss und Grachten zugefroren. Eine Zeit lang wurden Fahrrinnen für die Schuten und Schiffe freigehackt, doch als das zu mühsam wurde, lud man die Lasten auf Schlitten oder Packtiere um. Von den Dächern hingen lange Eiszapfen, und die Gassen mussten von Schnee freigeschaufelt werden.

Die Kälte breitete sich auch im Hause van Rijn aus. Sie zog durch die Räume, obwohl ein Torfziegel nach dem anderen ins Kaminfeuer wanderte. Der Aufenthalt in der eisigen Dachkammer wurde unerträglich, und trotz seines Federbetts wachte Pieter morgens völlig durchgefroren und mit zitternden Gliedern auf. Der Meister erlaubte ihm und Laurens schließlich, ihre Betten in die Werkstatt zu schaffen, wo tagsüber ausreichend eingeheizt wurde, sodass sich die restliche Wärme auch bei Nacht noch für eine Weile hielt.

Laurens zählte die Tage bis zur Eröffnung seiner eigenen Werkstatt. Spätestens bis zum Dreikönigsfest hätte er alle Präliminarien bei der Gilde geregelt, ließ er Pieter mit triumphierender Stimme wissen.

»Du kannst deine Lehre bei mir fortsetzen«, sagte er. »Kost und Logis hättest du frei, und ich würde auch kein Lehrgeld verlangen. Und vor allem würde ich in den Kontrakt hineinschreiben, dass alle deine Werke unter deinem eigenen Namen verkauft werden.« Er hielt inne, und als Pieter nichts entgegnete, setzte er eifrig hinzu: »Du musst es nicht sofort entscheiden. Überleg's dir in Ruhe.«

Cornelis bekam diesen Teil ihrer Unterhaltung mit und nahm Pieter zur Seite. »Auch wenn du deine Bilder signieren dürftest – er wäre als Werkstattmeister doch dein Herr und könnte dich nach Belieben herumkommandieren. Zudem kann ihn keiner zwingen, die Verkaufserlöse mit dir zu teilen. Du wirst doch hoffentlich nicht auf sein Angebot eingehen?«

»Nein«, sagte Pieter, wenngleich nicht aus den Gründen, die Cornelis aufgezählt hatte.

In diesen ersten Dezembertagen war Rembrandt von einer Aura seltener Euphorie umgeben, so wie stets, wenn er ein wichtiges Gemälde vollendete. Eines Morgens war es so weit – er trat vor das Bild und brachte seine Signatur an.

Rembrandt ft. 1636

Ein langer Blick des Triumphs vervollständigte den Schriftzug mit dem hochgestellten *t* hinter dem f, dem Kürzel der Lateinkundigen, zu denen er sich zählte. Mochten auch Kunstsachverständige bemängeln, dass er im Gegensatz zu manchen Zunftgenossen seine Ausbildung nicht mit der obligatorischen Reise nach Italien gekrönt hatte und daher die größten Meisterwerke der Kunstgeschichte nur aus Drucken und unzulänglichen Kopien kannte – welche Rolle spielte das schon, wenn er solche Bilder malte!

An jenem Tag erhielt er unerwarteten Besuch. Der Kunstmaler Frans Munting, wie Rembrandt ein ehemaliger Schüler von Lastman, kam mit einem Schwall eisiger Luft ins Haus geschneit, um sich nach Rembrandts Befinden zu erkundigen. Er betrat die Werkstatt und blieb vor der kolossalen Leinwand stehen. Überwältigt legte er den Kopf in den Nacken, um sämtliche Details des noch feuchten Farbauftrags zu erfassen.

»Es ist wirklich wahr!«, rief er aus. »Alles, was man sich über dein neues Gemälde zuflüstert, stimmt! Was für eine grandiose Arbeit! Welch ungeheure archaische Kraft diesen Figuren innewohnt! Diese Qual, diese Unterwerfung! Diese Komposition, diese meisterliche Pinselführung!«

Rembrandt murmelte etwas in seinen Bart, das wie *Dieser Speichellecker* klang, aber der Besucher hörte es nicht, denn er war mit seinen Komplimenten noch nicht am Ende. Er lobte das Werk in den allerhöchsten Tönen und wollte schließlich wissen, welchen Lohn Rembrandt dafür erhalten werde.

»Ich habe noch keinen Käufer«, sagte Rembrandt widerwillig.

»Oh«, versetzte Frans Munting erstaunt. »Ist es denn die Möglichkeit!« Dann bedachte er Rembrandt mit einem aufmunternden Lächeln. »Sicher wirst du bald einen Abnehmer finden. Bei einem so bemerkenswerten Sujet! Ich bezweifle nicht, dass deine Auftragslage sich schleunigst wieder stabilisiert.«

»Was willst du damit zum Ausdruck bringen?«

»Nun ja, man hört so dies und das. Gerüchte über unzufriedene Auftraggeber und dergleichen mehr.«

»Dann hört man falsch. Meine Auftragslage könnte gar nicht besser sein. Falls du auf van Houten und Versluys anspielst – deren Tod kam mir gerade recht. Die hätte ich sowieso nicht mehr malen wollen.« Rembrandt merkte, wie das klang, und setzte rasch hinzu: »Sie wollten den vereinbarten Preis nicht zahlen, aber nicht etwa aus Unzufriedenheit über meine Kunst.«

»Sondern?«

»Weil sie beide vom Tulpenfieber befallen waren und das Geld lieber für kleine braune Zwiebeln ausgaben«, antwortete Rembrandt ungerührt.

»Wie ich hörte, hast du dir auch welche gekauft.«

»Nur aus Liebhaberei, nicht aus Gewinnstreben.«

»Ich wusste gar nicht, dass du auch Blumenzwiebeln in deinem Kabinett sammelst.«

Frans Munting schien auf eine Erwiderung zu warten, aber dazu ließ Rembrandt sich nicht herab. Er klingelte nach der Köchin und befahl ihr, heißen Punsch in die Werkstatt zu bringen.

»Ah, das ist genau das Richtige bei dieser lausigen Kälte!«, kommentierte Munting erfreut. Er zog sich die ledernen Stulpenhandschuhe aus und wärmte die ausgestreckten Hände am Kaminfeuer. Die Flammen beleuchteten jede Einzelheit seines glatt rasierten Gesichts. Das Leben hatte erste Falten hineingegraben, und die Haut unter dem Kinn wurde bereits teigig. Er war nur ein Jahr älter als Rembrandt, was in diesem die unangenehme Frage weckte, ob er selbst womöglich nicht bereits ähnlich verbraucht aussah. Bei seinen regelmäßigen Selbstporträts hatte er bisher keine Anzeichen vorzeitiger Alterung entdeckt, doch vielleicht offenbarten Blicke in den Spiegel nicht dieselbe Wahrheit, wie sie sich den Augen eines unbestechlichen Beobachters aus nächster Nähe und im direkten Licht eines Kaminfeuers präsentierte.

Geertruyd kam mit dem Punsch die Treppe herauf, ächzend und stöhnend wie immer, wenn sie die beschwerlich steilen Stufen erklimmen musste. Die Hälfte des Punschs hatte sie verschüttet.

»Es ist meine schlimme Schulter«, seufzte sie, obwohl von Rembrandt kein Wort des Tadels kam.

Er schüttete den Inhalt seines Bechers in den von Munting, denn er hatte noch zu arbeiten und wollte sich nicht schon vor dem Mittagsmahl berauschen.

»Ja, die Tulpen«, griff Munting das Thema auf, bei dem sie vorhin stehen geblieben waren. »Es heißt, dass die Zwiebeln, die Versluys kurz vor seinem Tod gestohlen wurden, unfassbar wertvoll sind. Sogar eine Semper Augustus soll darunter sein. Von denen sind fast keine mehr im Handel, weil kaum noch einer die hohen Preise bezahlen kann.«

»Dann wird der Dieb sicher sofort auffallen, wenn er sie demnächst zum Verkauf anbietet.«

»Warum sollte er das tun?«

»Was sollte er denn sonst damit machen?« Rembrandt lachte. »Sie aufessen wie eine richtige Zwiebel, vielleicht als Garnitur an einem Salzhering?«

»Wäre ich im Besitz einer solch raren Tulpenzwiebel, würde ich sie ganz sicher nicht einfach voreilig verkaufen, sondern sie behalten, bis ihr Wert weiter steigt. Sie könnte in wenigen Wochen schon das Zehnfache einbringen, womöglich sogar das Hundertfache, wenn man die bisherige Preisentwicklung berücksichtigt.«

»Gerade eben sagtest du noch, dass sie bereits so teuer ist, dass keiner mehr ihren Preis bezahlen kann. Wenn jetzt schon kaum einer genug Geld dafür hat – wieso sollte es dann einer aufbringen können, wenn sie hundertmal so viel kostet?« Rembrandt beobachtete Munting abwägend. »Du hast dir auch Tulpenkontrakte gekauft«, stellte er fest.

Muntings Wangen färbten sich rot. »Na und? Jeder tut es, dich eingeschlossen. Und genau wie alle ärgerst du dich zweifellos schwarz, nicht viel früher damit angefangen zu haben.«

Rembrandt wollte diese Unterstellung gereizt zurückweisen, doch Munting hatte sich bereits abgewandt und spazierte mit seinem dampfenden Punschbecher durch die einzelnen Abteilungen der Werkstatt. Hinter den Trennwänden verrichteten die Schüler ihre Arbeit. Einer zerrieb Mineralien zu Pulver, ein anderer schwemmte geduldig die Farbpigmente heraus, ein dritter reinigte Pinsel und Paletten. Laurens bereitete eine Radierung vor, Cornelis malte ein Porträt ab – eines von Pieters Tronies, für das Doktor Bartelmies Modell gesessen hatte. Die Bilder gingen weg wie warme Semmeln; je mehr davon die Werkstatt verließen, umso zahlreicher wurden sie von den Leuten nachgefragt. Pieter saß schon wieder an einem neuen. Nur heute nicht. Die Staffelei war verhängt, der Junge nirgends zu sehen.

»Wo ist denn Pieter?«, wollte Rembrandt von Cornelis wissen.

»Er ist zum Arzt gegangen.«

»Ist er krank?«, fragte Rembrandt besorgt.

Cornelis hob die Schultern, offenbar wusste er nichts Näheres.

»Dieser Pieter – er soll ganz ordentliche Arbeit abliefern für einen Lehrling im ersten Jahr«, sagte Munting angelegentlich. Beiläufig streckte er die Hand aus und zog das Tuch von Pieters Staffelei. Der Blick, mit dem er das Bild fixierte, bekam etwas Raubtierhaftes, und da erkannte Rembrandt den wahren Grund, der Frans Munting an diesem eisigen Dezembermorgen in seine Werkstatt geführt hatte. Sofern daran Zweifel bestanden hätten, waren diese spätestens in dem Moment ausgeräumt, als Rembrandt zum ersten Mal selbst das neue Tronie in Augenschein nahm und dabei einen Anflug ohnmächtiger Hilflosigkeit verspürte. Es war einer dieser schicksalhaften Augenblicke, wie er sie schon früher miterlebt hatte, nur aus vertauschter Perspektive: während seiner Lehrzeit bei Lastman, der noch vor zwanzig Jahren als bedeutendster Maler Amsterdams galt – aber nur so lange, bis ein Schüler aus seinem Schatten trat und sich im Glanze frischeren und größeren Ruhms sonnte.

Rembrandt selbst war dieser Schüler gewesen.

Heute war es ein anderer.

Der beseligende Triumph, den die Vollendung des *Simsons* in ihm wachgerufen hatte, erlosch wie eine Kerzenflamme im Wind.

*

Dank der Flasche über der Tür war das Haus des Medicus bei der Zuiderkerk tatsächlich nicht zu verfehlen.

Die Tür war nicht verschlossen. Während Pieter sich näherte, kamen und gingen mehrere Leute im Wechsel, also betrat er ebenfalls ohne Umschweife das Haus. Gleich in der Diele traf er auf mehrere Patienten, die augenscheinlich dort warten mussten, bis sie an die Reihe kamen. Einige von ihnen husteten erbärmlich, einer spuckte sogar Blut in ein Tuch. Eine Frau hielt ein wimmerndes Kind in den Armen, eine andere hatte ein zugeschwollenes Auge, aus dem der Eiter tropfte.

Pieter hockte sich ans Ende der Schlange auf einen der letzten freien Schemel und harrte der Dinge. Es dauerte lange, bis die Reihe der vor ihm Wartenden schrumpfte. Während sie nacheinander von einer streng dreinblickenden Frau mit deutlich sichtbarem Bartschatten ins Behandlungszimmer gerufen wurden, rückten von draußen weitere Kranke nach.

Endlich kam Pieter an die Reihe. Das Behandlungszimmer war ein kleiner Raum, in dem ein knisterndes Kaminfeuer wohlige Wärme verbreitete. Regale über Regale voller zerfledderter Bücher und furchterregender Exponate standen darin. In einem großen Glas schwamm ein Gehirn mit einem daran hängenden Auge, und auf einem Brett ruhte die wächserne (täuschend echt wirkende) Nachbildung eines vollständig anatomisierten Unterschenkels mitsamt Fuß. An der Wand hing ein Gerippe. Es war so befestigt, dass es aussah, als würde es sich dort anlehnen.

Doktor Bartelmies saß hinter einem ausladenden Schreibtisch und hatte die Nase in einen dicken Wälzer gesteckt. Ohne aufzublicken, deutete er auf einen Stuhl. »Nehmt da Platz«, sagte er zerstreut.

Pieter setzte sich, worauf die bärtige Frau ihm eine Glasflasche reichte. »Piss da rein, aber nur bis zur Markierung.«

Er tat wie geheißen, allerdings erst, nachdem die Frau durch eine andere Tür verschwunden war. Dank Anneke wusste er, dass es unschicklich war, sich vor Damen zu entblößen.

Doktor Bartelmies blickte verblüfft auf. »Was machst du denn hier, Pieter?«

»Ich uriniere in die Flasche.«

»Das sehe ich. Ich meinte, was willst du hier?«

»Euch besuchen.«

»Bist du krank?«

»Nein.«

»Wieso pinkelst du dann in die Flasche?«

»Die Frau mit dem Bart gab sie mir und sagte, ich solle es tun.«

»Du kannst damit aufhören, wenn du nicht krank bist.«

Pieter war sowieso fertig. Er reichte dem Doktor die Flasche, der sie zerstreut beiseitestellte.

»Was verschafft mir die Ehre deines Besuchs, Pieter?«

»Ich will Euch etwas zeigen.« Pieter nestelte die mitgebrachten Notizen aus seiner Gürteltasche und reichte sie dem Medicus.

Der betrachtete die Linien, Zeichen und Zahlen auf dem Papier und runzelte die Stirn. »Was ist das?«

»Ein Diagramm mit Berechnungen.«

»Das sehe ich wohl, allein mir erschließt sich nicht, was das für Berechnungen sein sollen.«

»Ich will einen Kulminationspunkt bestimmen.«

»Was bedeutet das?«

»Ich will anhand eines mathematisch vorausberechneten Verlaufs unter Einbeziehung von Anfangsbestand, Zeit und Änderungsrate den Eintritt eines Ereignisses ermitteln, das den Gipfel einer Entwicklung darstellt.«

»Was sind das für seltsame Zeichnungen und Formeln, Pieter?«

»Es sind stochastische Hilfskonstrukte, die ich mir zurechtgelegt habe, weil ich es mit den mir bekannten Methoden nicht ausrechnen konnte. Ich habe es zunächst mit der Lösung eines Tangentenproblems versucht und dann für die Analyse neue Axiome gefunden. Wie Ihr an den Zeichnungen ersetzt, handelt es sich um Diagramme aus unterschiedlichen Variablen und Kurven, deren Verlauf ich mithilfe meiner neuen Formeln bestimmt habe.«

»Und was soll ich mit diesen Berechnungen hier tun?«

»Ihr sollt Euch alles ansehen und mir sagen, ob es richtig ist.«

Der Medicus blickte nicht auf das Papierbündel, sondern sah Pieter an. »Ich zweifle nicht daran, dass es richtig ist. Denn ich gehe davon aus, dass du es gedanklich lange durchdrungen hast. War es nicht so?«

»Ja.«

»Darf ich fragen, um welches Ereignis es dabei geht, Pieter?«

»Um den Zusammenbruch des Tulpenhandels.«

»Du denkst, er wird zusammenbrechen?«

»Ja.«

»Wann?«

»Wahrscheinlich in weniger als drei Monaten. Bestimmt

ließe es sich genauer ausrechnen, aber für manche Parameter kann ich nur Näherungswerte einsetzen, weil ich nicht genug über die Zusammenhänge weiß. Manche Dinge lassen sich nur mühsam herausfinden.«

»Welche denn?«

»Etwa, wie viele Menschen genau in Holland leben, über welches Vermögen sie verfügen und wie viele Handelsplätze es gibt. Auch die Menge der handelbaren Tulpen ist relevant. Ich habe Mijnheer Mostaerd gefragt, der mir einiges dazu sagen konnte. Aber seine Angaben waren lückenhaft, deshalb musste ich teilweise auf Schätzwerte zurückgreifen. Dazu kommen noch Variablen wie die Frage, welche Risiken die Leute eingehen, wenn sie sich Gewinne davon versprechen, oder ob das Phänomen regional begrenzt bleibt. Außerdem können Zufälle hinzutreten, etwa unvorhersehbare Ereignisse, die nichts mit dem Tulpenhandel zu tun haben. Wegen solcher Unwägbarkeiten sind exakte Berechnungen nicht möglich. Ich konnte nur den ungefähren Zeitpunkt eingrenzen, an dem ein Weiterwachsen des Handels als unwahrscheinliches Ereignis anzusehen ist, weil die Anzahl der möglichen Käufer im Verhältnis zu den steigenden Preisen nicht mehr ausreicht.«

»Können die Preise nicht einfach auf hohem Niveau stehen bleiben?«

»Nein, denn der Anreiz zum Kauf ist die Aussicht auf Gewinn. Wenn diese fehlt, fehlt auch der Anreiz. Folglich nimmt die Zahl der Käufer ab und damit auch die Zahl der Verkäufe. Das führt zwingend zum Preisverfall.«

»Woher willst du das wissen? Die Preise könnten doch auch langsam sinken.«

»Das ist unwahrscheinlich, denn sobald die Besitzer der Tulpenzwiebeln merken, dass die Preise sinken, werden sie sofort ihre Bestände veräußern wollen, um noch den größtmöglichen Gewinn zu erzielen. Doch niemand wird sie mehr kaufen wollen, weil ja die Aussicht auf Gewinn und damit der Anreiz fehlt. Einem Maximum von Verkäufern wird ein Minimum an Käufern gegenüberstehen. Das wird, sobald es sich herumgesprochen hat, zu einem unmittelbaren Zusammenbruch des Tulpenhandels führen. Die Preise werden auf das Niveau fallen, das sie vor dem plötzlichen Anstieg hatten, denn das spiegelt den wahren Wert der Tulpenzwiebeln wider.«

»So, wie du es mir schilderst, bin ich davon überzeugt, dass du recht hast. Was bin ich froh, keine Tulpenzwiebeln gekauft zu haben!« Der Medicus blickte ratlos auf die höchst verzwickt aussehenden Berechnungen. »Wo hast du die Mathematik erlernt, mein Junge? Doch gewiss nicht auf der Lateinschule. Da war ich selber, und ich erinnere mich gut daran, dass es dort eher ums Deklinieren und Konjugieren als ums Rechnen ging.«

»Ich lernte es aus den Büchern, die mein Vater mir gab.«

»Das waren wohl sehr viele. Und du hast immer alles sofort verstanden?«

»Nein. An manchen Stellen musste ich lange nachdenken, denn einiges kam mir falsch und unvollständig vor.«

»Hat dein Vater nie daran gedacht, dich nach der Schule zur Universität zu schicken, damit du mehr über die Mathematik lernst?«

»Ich war ein halbes Jahr dort, aber da wusste ich schon alles aus den Büchern. Die Leute dort mochten mich nicht.«

»Also wählte dein Vater für dich den Weg deiner zweiten Passion.« Der Medicus musterte Pieter neugierig. »Inwieweit unterscheidet sich die Malerei für dich von der Mathematik?«

Pieter dachte sorgfältig nach. »Sie ist unberechenbar und immer anders. Kein Bild ist gleich, jedes ein Werk für sich.«

»Und was ist mit all den Tronies, die aus der Werkstatt

deines Meisters kommen und bei denen ständig eins vom anderen kopiert wird? Malen die Schüler zu Übungszwecken nicht auch dauernd Rembrandts Bilder ab?«

»Das führt dazu, dass die Bilder einander ähneln«, erklärte Pieter. »Aber sie sind niemals wirklich gleich.« Er geriet ins Grübeln, dann meinte er unvermittelt: »Ich könnte versuchen, die Wahrscheinlichkeit völliger Übereinstimmung zu berechnen. Dazu müsste ich eine Größe ermitteln, aus der sich die Anzahl aller denkbaren Variationen bei der Kopie eines Bildes ergibt.«

»Das könntest du zweifelsohne versuchen, aber im Gespräch mit mir wirst du diese Frage nicht lösen können.« Doktor Bartelmies sah, dass die Rückseiten der Blätter ebenfalls mit Berechnungen übersät waren. Dabei schien es um ein anderes mathematisches Problem zu gehen – eines, an dem Pieter gescheitert war, denn er hatte häufig neu angesetzt und dabei reichlich Tinte verkleckert. Vieles war energisch durchgestrichen, und zwischen den übrigen Gleichungen tummelten sich Fragezeichen.

»Was hast du denn hier herausfinden wollen?«, erkundigte er sich.

»Ich wollte eine Formel erstellen, mit deren Hilfe ich Annekes Verhalten berechnen kann.«

Der Medicus stutzte, dann lachte er, bis ihm die Tränen kamen. Er konnte nichts dagegen tun, obwohl er wusste, dass der arme Junge es ohnehin schon schwer genug hatte.

Ein hilfloses letztes Kichern unterdrückend, wischte er sich die Augen und gab Pieter das vollgekritzelte Papier zurück. »Gewiss vermag die Mathematik vieles, das meinen Horizont trotz meiner universitären Studien übersteigt, aber eines kannst du dir von einem alten Medicus versichern lassen, und zwar ohne jeden Zweifel: Für das Verhalten der Frauen gibt es keine Formel. Sie sind unberechenbarer als die

Malerei, flatterhafter als der Wind und unergründlicher als das Meer. Was immer du dir von ihnen erhoffst und erwartest – rechne niemals damit, es zu erhalten. Stell dich stets auf das Gegenteil des Erwünschten ein, dann kannst du nicht ganz so sehr enttäuscht werden. Und wenn du doch einmal glauben solltest, nach langer Anstrengung das Ziel deiner Träume erreicht zu haben – mach dich darauf gefasst, noch am selben Tag hinter den Anfang zurückgeworfen zu werden. Das Feuer der Liebe mag noch so hell in einem Mann lodern – das Herz einer Frau erwärmt sich an anderen Dingen, und dem Manne ist es nicht gegeben, Ordnung und Reihenfolge dieser Dinge zu begreifen. Mit anderen Worten – Frauen sind ein ewiges Mysterium. Eher findest du den Stein der Weisen, als dieses Rätsel zu durchdringen.«

Pieter sackte bei seiner Erklärung immer mehr in sich zusammen und ließ schließlich den Kopf hängen. Der Medicus sah sich bei diesem jammervollen Anblick bemüßigt, seine Worte mit Trost und Zuversicht abzumildern. »Das alles soll nicht heißen, dass es für den Mann keine Wege zum Herzen einer Frau gibt. Natürlich kannst du jederzeit *versuchen*, ihr Verhalten vorherzusagen. Und mit entsprechendem Verhalten deinerseits das Risiko von Zurückweisung und Missachtung verringern.«

Pieter merkte auf. »Worauf könnte sich denn ein entsprechendes Verhalten meinerseits gründen?«

»Auf Erfahrung, mein Junge. Nur auf Erfahrung.«

»Aber wie soll ich diese sammeln?«

Die Frau mit dem Bart kam ins Zimmer. »Natürlich bei Frauen, du Tropf«, sagte sie unwirsch. »Such dir eine, und mach es mit ihr, danach bist du auf alle Fälle schlauer als jetzt.«

»Griet, also bitte!«, rief Doktor Bartelmies peinlich berührt aus.

Die Frau ignorierte seinen vorwurfsvollen Blick. »Eure Arbeit erledigt sich nicht von allein. Draußen wartet ein Fischer mit Fieber und einer Beule am Hals. Er sagt, sie käme von einer Verrenkung, aber mir sieht es nach was Schlimmem aus. Die Pest lauert dieser Tage überall. Ich habe ihn einstweilen vor die Hintertür gesetzt.«

Der Medicus seufzte schwer, während er sich erhob. »Pieter, mich ruft die Pflicht. Wir müssen ein andermal weiterreden. Auf bald.«

Den Rückweg in die Nieuwe Doelenstraat legte Pieter tief in Gedanken versunken zurück.

*

»Ja, die sind wirklich sehenswert«, sagte Frans Munting, während er den Rest seines Punschs trank und dabei in Rembrandts Sammelkabinett die beiden Radierungen betrachtete, die dieser unlängst erworben hatte. »Aber ich will lieber das Tronie. Ich erhöhe mein Angebot auf hundertfünfzig. Dann hättest du es aus dem Haus und wärst den Ärger los.«

»Wer sagt, dass ich mich darüber ärgere?«

»Ich, denn ich habe Augen im Kopf. Ich könnte es gleich morgen abholen kommen und dir das Geld geben.«

»Es ist noch nicht fertig.«

»Den Firnis kann ich selbst aufbringen.«

»Ich weiß nicht, ob ich es überhaupt verkaufen will.«

»Dann höre meinen Vorschlag: Ich verdopple das Angebot, wenn ich den Lehrjungen dazukriege. Falls du das Lehrgeld, das du bekommen hast, zurückzahlen musst, übernehme ich die Summe.«

Rembrandt erwog ernstlich, diese Offerte anzunehmen. Sein Verlangen, Pieter zur Rechenschaft zu ziehen, war immer noch überwältigend, und dabei wusste er nicht einmal, wofür – jedenfalls nicht für den unerlaubten Arztbesuch, obwohl der für sich betrachtet schon unerhört war. Wenn er Pieter mitsamt dem unseligen Tronie loswurde (und das auch noch für eine so enorm hohe Summe!), hätte dieser demütigende Zustand tatsächlich ein schnelles Ende.

Frans Munting stöberte in Rembrandts Kabinett herum, öffnete hier ein Kästchen, blätterte dort in einem Album, streifte mit dem Finger über die Federn eines ausgestopften Pfaus und lupfte die Bahnen des antiken Stoffs. Als er den vergoldeten Helm in die Hand nahm und ihn sich von allen Seiten besah, wurde Rembrandt jäh von dem Wunsch erfasst, das antike Schwert von der Wand zu reißen und es Frans ins Auge zu stoßen, wie man es bei Simson getan hatte.

»Wo hast du dieses Prunkstück her?«, wollte Munting wissen.

»Von einem deutschen Händler«, sagte Rembrandt schroff, ehe er in einem versöhnlicheren Ton hinzufügte: »Aus Augsburg.« Er wollte sich den von Frans angebotenen Handel offenhalten.

»Tragen die dort dergleichen im Krieg?« Skeptisch beäugte Munting die aufwendigen Verzierungen des Helms.

»In einem der früheren Kriege sicherlich. Er stammt aus dem vorigen Jahrhundert.«

Munting legte den Helm zur Seite, er interessierte sich augenscheinlich nur für die gemalte Version.

»Ich sehe schon, heute werden wir nicht mehr handelseinig. Aber ich komme dieser Tage noch einmal wieder. Bis dahin kannst du es dir überlegen.«

*

»Da bist du ja endlich, Bürschchen«, empfing Rembrandt seinen Schüler, als dieser nach stundenlanger Abwesenheit und restlos durchgefroren nach Hause kam. Er packte Pieter beim Kragen und zerrte ihn in die Stube, wo er ruhelos auf die Heimkehr das Jungen gewartet hatte. »Was wolltest du beim Arzt?«

»Ich wollte ihm meine Berechnungen vorstellen.«

»Welche Berechnungen?«

»Über den Zusammenbruch des Tulpenhandels.«

Diese Antwort verblüffte Rembrandt in solchem Maße, dass er den Stock, mit dem er Pieter die verdiente Tracht Prügel verabfolgen wollte, zur Seite legte.

»Was meinst du mit Zusammenbruch? Dass es keine Tulpenzwiebeln mehr zu kaufen gibt?«

»Nein. Dass niemand mehr welche kaufen will, weil sie zu teuer sind.«

»Und was passiert dann? Ich meine, außer dass keiner mehr welche kaufen will.«

»Wenn keiner mehr welche kaufen will, kann auch keiner mehr verkaufen.«

»Das ist mir klar«, sagte Rembrandt ungeduldig. »Für wie dumm hältst du mich? Worauf ich hinauswill: Was hat das für Folgen? Könnte es schlecht für die Leute sein, die Tulpen besitzen? Sie haben ja die Tulpen noch. Man könnte sie doch einfach gegen andere Dinge von ähnlichem Wert eintauschen, beispielsweise ein Haus.«

»Nein. Wenn niemand mehr Geld für Tulpen hergeben will, wird auch keiner ein Haus dafür hergeben.«

»Richtig. Das leuchtet ein.« Aufgewühlt begann Rembrandt, in der Stube auf und ab zu laufen. Hatte er es nicht schon die ganze Zeit selbst geahnt? Diese Kappisten! Fast wäre er selbst einer geworden!

»Was geschieht dann mit den Tulpen?«

»Nichts.« Pieter hielt inne und korrigierte sich: »Sie werden im Frühjahr blühen wie immer.«

»Aber sie sind dann nichts mehr wert«, schloss Rembrandt erschüttert.

»Jedenfalls nicht mehr viel. Nicht mehr als vor dem plötzlichen Preisanstieg. Sie haben dann wieder denselben Preis wie andere schöne Blumen, beispielsweise Rosen.«

»Ha!«, entfuhr es Rembrandt. »Ich konnte von Anfang an nicht begreifen, wieso eine hässliche, schrumpelige Tulpenzwiebel teurer als ein großes Gruppenbildnis sein soll!« Er schlug sich vor die Stirn. »Wie idiotisch, sich das einreden zu lassen!« Mit großer Anstrengung zwang er sich zur Ruhe. »Du hast also ausgerechnet, dass der Tulpenhandel zusammenbricht?«

»Ja.«

»Wie hast du das gemacht?«

Pieter verfiel in Nachdenken, und Rembrandt ahnte, dass die Antwort kompliziert war. »Zeig mir einfach deine Berechnungen.«

Pieter holte sie hervor und reichte sie ihm. Rembrandt warf einen Blick darauf und gab sie dem Jungen zurück. »Was hat Doktor Bartelmies dazu gesagt?«

»Er bezweifelt nicht, dass sie richtig sind.«

Rembrandt fuhr entsetzt zusammen. »Ist es schon zu spät?«

»Wofür?«

»Um die Tulpenkontrakte zu verkaufen?«

»Nein.«

»Wie lange noch?«

»Nach meinen Berechnungen höchstens drei Monate.«

»Und wann könnte es frühestens zu diesem Zusammenbruch kommen?«

Pieter verfiel erneut in Nachdenken.

»Nenn mir einfach eine ungefähre Zeitspanne!«, forderte Rembrandt ihn auf.

»Vielleicht nächste Woche schon, wenn die Preise aufgrund unberechenbarer Einflüsse stärker steigen als erwartet.«

»Gott sei Dank!« Rembrandt war zutiefst erleichtert, dem Verderben gerade noch entronnen zu sein. Gleich morgen würde er Quaeckel die Kontrakte zum Tagespreis zurückgeben.

»Vielleicht aber auch erst nächsten Monat«, meinte Pieter.

Rembrandt fuhr auf. »Was soll das heißen?«

»Dass die Preise womöglich bis dahin weitersteigen und sich dem Kulminationspunkt in einer flacheren Kurve nähern.«

Rembrandt starrte den Jungen an. »Heißt das, mir würde ein Vermögen durch die Lappen gehen, wenn ich die Tulpenzwiebeln jetzt verkaufe, statt sie noch einen Monat länger zu behalten?« Er zog die Brauen zusammen. »Wie hoch wäre mein Verlust dann?«

»Meint Ihr Verlust im Sinne verlorenen Gewinns?«

»Ganz recht.«

»In Prozenten ausgedrückt oder in absoluten Zahlen? Für absolute Zahlen fehlen mir Angaben, dazu müsste ich sowohl Bestand als auch Anschaffungspreis kennen.«

Was bedeutete das schon wieder? Rembrandt massierte sich die Schläfen, als könnte er auf diese Weise die beste Frage hervorpressen. Eine, die sich leicht und verständlich beantworten ließ.

Saskia betrat die Stube, sie hatte einen Stapel frisch gebügelter Wäsche in den Armen, die sie summend im Schrank verstaute. Pieter sog andächtig den Duft durch die Nase.

»Seid ihr fertig mit eurer Besprechung?« Sie warf einen Blick auf den Stock, der auf dem Tischchen vor dem Kamin lag, und anschließend musterte sie sowohl Pieter als auch ihren Mann mit einem Ausdruck von Mitgefühl. »Sind jetzt alle Schwierigkeiten aus der Welt geräumt?«

Das waren sie mitnichten, im Gegenteil. Es schien Rembrandt, als würde ständig alles nur schlimmer werden.

»Übrigens wartet Adriaen Quaeckel oben in der Werkstatt«, teilte Saskia ihm mit. »Er will das Porträt bezahlen.« Sie lächelte zufrieden. »Endlich einmal eine gute Nachricht.«

Dem konnte Rembrandt nur zustimmen. Gemeinsam mit Pieter ging er nach oben. Auf der Treppe hielt er den Jungen zurück. »Wer weiß noch alles von deinen Berechnungen?«

»Nur Doktor Bartelmies und Ihr.«

»Kein Wort darüber zu Quaeckel! Und auch sonst zu niemandem! Falls dich jemand danach fragt, behältst du dein Wissen für dich, verstanden? Es muss ein Geheimnis bleiben!«

»Ja«, sagte Pieter.

»Gut. Und jetzt mach dich an die Arbeit. Ich will, dass du das letzte Tronie kopierst.«

*

KAPITEL 10

Genau wie der Besucher am Morgen stand auch Adriaen Quaeckel mit zurückgelegtem Kopf vor der *Blendung des Simsons* und ließ alle Details auf sich wirken.

»Unglaublich«, sagte er, als Rembrandt zu ihm trat. »Wie echt das Blut aussieht! Man könnte fast denken, Ihr hättet Euer eigenes hineingegossen!«

»Ja«, sagte Rembrandt missmutig. Kurz flog ihn die Versuchung an, den Tulpenhändler bei seinem schwarz gewichsten Schnurrbart zu packen und die Treppe hinunterzuwerfen. Aber er brauchte ihn noch, dringend und unversehrt. »Ich hörte, Ihr habt heute das Geld für Euer Porträt mitgebracht. Es steht schon zur Abholung bereit.«

Quaeckel begutachtete das fertige Porträt, das ihn vor dem Spiegel sitzend zeigte. »Das ist eine gloriose Glanzleistung, werter Meister! Das kraftvolle Kinn, der buschige Bart und die Linien der Lippen!« Er beugte sich vor. »Man sieht mich ja sogar im Spiegel!«

»Ja«, sagte Rembrandt. »Streng genommen sind es zwei Porträts, es war somit doppelte Arbeit.«

Quaeckel entging die boshafte Spitze. Voll des Lobes kommentierte er das Spiel von Licht und Schatten. »Ein herrlicher Effekt! Diese starken Hell-Dunkel-Kontraste nennt man *Chiaroscuro*, nicht wahr? Ich glaube, das ist Italienisch, denn ein italienischer Maler namens Caravaggio soll es erfunden haben. Ich hörte, er hat unter den holländischen Malern viele Anhänger. Habt Ihr es Euch auch von ihm abgeschaut?«

Rembrandt gab sich einer weiteren Gewaltfantasie hin, in welcher er Quaeckel so viele Tulpenzwiebeln in den Hals stopfte, bis dieser platzte.

»Einer meiner Schüler kann Euch das Gemälde nach Hause tragen. Wir sollten jetzt gleich noch das Geschäftliche regeln.«

»Gewiss!« Quaeckel zog eine Ledermappe hervor und förderte ein Bündel Papiere zutage.

»Was ist das?«, fragte Rembrandt, obwohl er es ganz genau sah.

»Tulpenkontrakte!« Quaeckel lächelte strahlend. »Sie sind viel mehr wert als Geld. Im Augenblick liegt der Tagespreis dieser Papiere gut hundert Gulden über dem zwischen uns vereinbarten Honorar. Betrachtet es als Draufgabe für das zweite Porträt im Spiegel.« Er ließ sein wieherndes Lachen hören.

Rembrandt unterdrückte eine Aufwallung von mörderischem Hass. »Ich muss leider auf einer Bezahlung in Gulden bestehen. Meine Köchin kann auf dem Markt nicht mit Tulpenkontrakten einkaufen, und in der Pfanne können wir sie auch nicht braten.«

»Oh. Nun ja.« Quaeckel zwirbelte eine Schnurrbartspitze, bog sie herab und küsste sie gedankenverloren.

Rembrandt wäre um ein Haar ein wütender Aufschrei entwichen, er konnte sich kaum noch zügeln.

»Natürlich kann ich Euch das Honorar auch in Gulden geben«, versicherte Quaeckel. »Wenngleich ich so viel Bares selten im Haus habe. Man braucht es ja heutzutage kaum noch, denn durch den Besitz der Kontrakte hat man überall Kredit.«

»Bei mir nicht«, stellte Rembrandt klar.

»Freilich, das verstehe ich. Gebt mir zwei bis drei Tage, dann beschaffe ich die nötigen Gulden.«

»Bringt gleich fünfhundert mehr mit, denn ich will einen Teil meiner Kontrakte zu Geld machen.«

Die Augen des Tulpenhändlers verengten sich merklich. »Gibt es dafür einen Grund?«

Rembrandt kämpfte heldenhaft seine Entrüstung nieder und entrang sich ein falsches Lächeln. »Ich plane eine größere Anschaffung.«

»Die solltet Ihr vielleicht verschieben, und sei es nur um einige Wochen. Denn die aktuelle Entwicklung zeigt ohne jeden Zweifel, dass der Wert Eurer Kontrakte sich bis Weihnachten mindestens verdreifacht. Ihr hättet einen ungeheuren Verlust, wenn Ihr jetzt verkauft.«

Gepeinigt von einer Gefühlsmischung aus tief empfundener Abneigung und jäh erwachender Gier starrte Rembrandt den Tulpenhändler an. »Ich überlege es mir noch«, sagte er. Um unerwünschten Missverständnissen vorzubeugen, fügte er hinzu: »Damit meine ich nur den Verkauf meiner Kontrakte, nicht das Honorar für das Bild. Das will ich in Gulden.« Noch während er diese Worte aussprach, erkannte er, was ihm blühte, wenn Pieters schlimmste Prognose zutraf. Falls schon in der kommenden Woche der Zusammenbruch drohte, würde Quaeckel keine Gulden mehr für das Honorar zusammenbringen, weil es für seine Tulpen dann keine Käufer mehr gab. Mit größtem Nachdruck schloss Rembrandt: »Und zwar bis morgen.«

Quaeckel bot an, das Bild so lange dazulassen, bis er mit dem Geld wiederkäme, aber Rembrandt bestand darauf, dass es gleich mitgenommen wurde. So gab es keine Handhabe mehr für den Tulpisten, das Honorar zurückzuhalten. Tat er es dennoch, drohten ihm Klage und Haft, das würde er gewiss nicht riskieren.

Eigenhändig verpackte Rembrandt das Bild in Papier und Wachstuch und übergab es Pieter, damit der es dem Tulpenhändler nach Hause trug.

Danach ging er in sein Kabinett und holte die Mappe mit Pieters Zeichnungen hervor. Er breitete die Tulpenskizzen vor sich aus und wünschte sich, in die Zukunft blicken zu können.

*

Unten im Vestibül befahl der Tulpenhändler Pieter, vor dem Haus auf ihn zu warten. Anschließend verschwand er in Richtung Hintertür. Pieter blieb auf der Gasse stehen. Er wartete und wartete, aber Quaeckel tauchte nicht auf.

Schließlich stellte Pieter im Kopf einige Berechnungen an, die sich auf ein mögliches Verschwinden Quaeckels durch die Hintertür bezogen. Er hatte die Unterhaltung zwischen dem Meister und dem Tulpenhändler Wort für Wort mit angehört, und dabei war ihm nicht verborgen geblieben, dass der Tulpenhändler das Bild nur ungern mitnahm.

Über ihm öffnete sich eines der Fenster zur Werkstatt, und der Meister streckte den Kopf heraus.

»Was stehst du da unten herum und starrst Löcher in die Luft?«

»Der Tulpenhändler befahl mir, hier auf ihn zu warten.« Pieter verlagerte das Gewicht des eingepackten Bildes und wünschte sich, es abstellen zu können, denn seine Hände waren von der Kälte schon ganz gefühllos.

»Wo ist er hin?«, schrie Rembrandt.

»Zur Hintertür.«

»Mach schon, ihm nach! Sieh zu, dass du ihn einholst!«

Pieter ging zurück ins Haus. Auf dem Weg zur Hintertür fiel ihm auf, dass die Tür im Durchgang zur Waschküche zugezogen war. Sonst stand sie immer offen, weil das Feuer unter dem Kessel willkommene Wärme ins Haus ziehen ließ.

Pieter, der immer noch das Bild in beiden Armen hielt, drückte die Tür mit dem Fuß auf und sah im wabernden Dampf des Waschkessels zwei ineinander verschlungene Gestalten. Der Tulpenhändler hielt Anneke mit festem Griff umfasst. Er drückte sie gegen die Wand. Mit einer Hand hatte er ihr Haar gepackt (die Haube war herabgerutscht) und bog ihr den Kopf zur Seite, damit er seinen schnurrbartbewehrten Mund an ihrem Hals vergraben konnte. Es sah aus, als wollte er sie beißen.

Anneke blickte über seine Schulter, sah Pieter im Türrahmen stehen und schrie gellend auf.

Pieter eilte ihr umgehend zu Hilfe. Er schlug dem Tulpenhändler mit Wucht das Bild über den Schädel. Das Geräusch berstender Leinwand und splitternden Rahmenholzes wurde von Quaeckels schmerzerfülltem Aufschrei übertönt. Der Tulpenhändler fuhr zu Pieter herum, das zerfetzte Bild wie einen überdimensionalen Kragen um den Hals. Benommen und verdattert wie er war, konnte er gerade noch nach Luft schnappen, bevor Pieters Faust ihn mitten im Gesicht traf und seine Nase brach. Der Schnurrbart vermochte das hervorschießende Blut nicht zu bremsen (Quaeckel konnte sich des absurden Gedankens nicht erwehren, dass es viel heller war als das Blut, das Simson aus dem Auge spritzte), und begleitet von Annekes entsetztem Kreischen und den

Flüchen des herbeieilenden Meisters ging der Tulpenhändler in die Knie.

*

Auf diese Weise kam Pieter an diesem Tag doch noch zu einer Tracht Prügel, und zwar einer, die es in sich hatte. Doch selbst danach konnte Rembrandt sich über Stunden kaum beruhigen. Auch nachdem die Schüler längst gegangen waren und Pieter sich stumm und bleich nach oben unters Dach verzogen hatte, marschierte Rembrandt immer noch wie ein Wilder in der Stube herum und erging sich in Wuttiraden.

Nicht nur, dass Quaeckel jetzt das Bild natürlich nicht mehr bezahlen würde – er würde sich auch rundweg weigern, die Kontrakte für die Zwiebeln zurückzunehmen. Rembrandt kannte außer ihm keinen Tulpenhändler, jedenfalls keinen lebenden, seit van Houten und Versluys das Zeitliche gesegnet hatten. In der *Goldenen Tulpe* wimmelte es zwar von Tulpisten, aber er war davon überzeugt, dass jeder, den er dort anstelle von Quaeckel wegen eines Verkaufs ansprechen würde, ihn nach Strich und Faden übers Ohr hauen würde. Die steckten doch alle unter einer Decke, und Quaeckel würde gewiss dafür sorgen, dass niemand mehr mit Rembrandt Geschäfte machte!

Saskia saß niedergeschlagen im Lehnstuhl, die Füße dicht neben dem mit glimmendem Torf gefüllten Heizbecken, den Volantmantel fest um die Schultern gezogen. Mit der Zerstörung des Bildes hatte Pieter ein riesiges Loch in ihre Haushaltskasse gerissen, sie hatte fest mit dem Geld gerechnet. Wie sollten sie jemals genug für ein eigenes Haus ansparen, wenn keine Einnahmen mehr hereinkamen und bei den laufenden Aufträgen nur noch Ausfälle auftraten? Zuerst van Houten, dann Versluys, und jetzt auch noch Quaeckel!

Die Mägde mussten entlohnt, die Bewohner des Hauses beköstigt werden! Und Rembrandt konnte anscheinend nicht damit aufhören, Raritäten und die Werke anderer Künstler zu kaufen, ganz abgesehen davon, dass er nahezu sämtliche Barmittel für Tulpenzwiebeln ausgegeben hatte. Das Rosenholzkästchen war fast leer.

»Vielleicht solltest du einfach rasch noch eines der bestellten Bilder für den Statthalter malen«, sagte sie. »Dann wären wir alle Sorgen los.« Der Vorschlag kostete sie Überwindung, denn sie wusste, wie reizbar ihr Mann auf das Thema reagierte, auch wenn sie die Gründe nicht verstand. Ein Auftrag aus königlichem Hause, und er schob die Bilder seit Jahren vor sich her! Hätte er doch nur anstelle des grässlichen Simsons eine Grablegung und eine Auferstehung gemalt! Rembrandt hätte längst Hofmaler sein können!

»Frans Munting kann ihn haben«, stieß Rembrandt unvermittelt hervor.

»Wen?«

»Den Mann mit dem Goldhelm. Und Pieter gleich dazu.«

Sie hatte keine Ahnung, wovon er sprach, aber als sie von dem Angebot erfuhr, das Munting ihrem Mann am Morgen unterbreitet hatte, konnte sie ihr Glück kaum fassen. »So viel Geld! Und da zögerst du noch?« Dann hielt sie inne und bedachte mögliche Komplikationen. »Bist du sicher, dass Pieter das überhaupt will?«

»Was hat er da mitzureden? Ich bin sein Lehrherr, und er muss mir gehorchen.«

»Hm, wenn du ihn entlässt, wäre er nicht mehr dein Schüler und somit auch deinen Befehlen nicht mehr unterworfen.«

»Dann müsste er eben den Befehlen von Frans folgen, der wäre dann sein neuer Lehrherr.«

»Rembrandt, das ist Unfug. Der einzige Mensch, der

nach einer Beendigung des Lehrvertrags über Pieters weiteres Schicksal bestimmen darf, ist sein Vormund Joost Heertgens. Ohne seine Einwilligung darf Pieter die Lehrstelle nicht wechseln. Wir könnten ihn wegen seines Verhaltens zwar hinauswerfen, aber nur mit der Wirkung, dass er dann zu seinem Vormund zurückkehrt. Du kannst ihn nicht einfach für Geld an Munting weiterreichen. Das wäre ... Sklaverei.«

»Dann wird er sich eben einverstanden erklären. Ich rede mit ihm und mache es ihm begreiflich. Heertgens wird schon keine Einwände erheben, wenn Pieter es selbst will.«

Saskia nickte entschlossen. »Gut. Dann werden wir gleich morgen alles in die Wege leiten. Aber nur gegen sofortige Barzahlung«, fügte sie vorsorglich hinzu. Dann seufzte sie. »Der arme Junge, er tut mir doch sehr leid. Er wollte Anneke nur beschützen!«

»Vor einer Sache, gegen die sie überhaupt nichts einzuwenden hatte.«

»Das konnte er nicht wissen. Und bei Lichte betrachtet war er im Recht, denn er dachte, er würde mit deiner Erlaubnis handeln.«

»Das ist idiotisch. Wie hätte ich ihm dergleichen erlauben können?«

»Aber das hast du!« Tadelnd blickte sie ihren Mann an. »Er hat mir wörtlich wiederholt, was du zu ihm sagtest, als du hörtest, dass Reynier Gherwen ihn belästigt hatte: ›Pieter, du hast meine volle Erlaubnis, allen, die dergleichen in meinem Haus versuchen sollten, ordentlich eins auf die Nase zu geben.‹ Genau das hat der Junge getan.«

»Am Ende willst du wohl noch behaupten, ich sei selbst schuld, dass das Bild ruiniert ist!«

»Nein, natürlich nicht, er hätte es nicht auf Quaeckels Kopf zerschlagen dürfen. Aber nun ja, er hatte es eben gerade zur Hand.« Um ihre Lippen zuckte es, dann entwich ihr ein leicht hysterisch klingendes Kichern. »Wie Quaeckel mit der Leinwand um seinen Hals da in der Waschküche hockte, sein Kopf mit dem bluttriefenden Schnurrbart wie auf einem Tablett – weißt du, woran mich das erinnert hat?«

Rembrandt nickte. »An Holofernes.« Er gluckste, dann warf er den Kopf in den Nacken und lachte, bis ihm die Tränen kamen.

*

»Weil es ohne jede Frage das Beste ist«, beantwortete Pieter Mareikjes Frage nach dem Grund für seinen anstehenden Umzug in die Werkstatt von Frans Munting.

»Wer sagt das?«, wollte sie wissen. »Rembrandt van Rijn?«

»Ja. Und Mevrouw Saskia und Cornelis und Anneke sagen es auch.«

»Gibt es jemanden, der etwas anderes sagt?«

»Ja, Geertruyd und Laurens.«

»Und was sagen die?«

»Geertruyd sagt, es sei nicht recht. Und Laurens sagt, dass ich besser in seiner Werkstatt anfangen soll.«

»Und was sagst du dazu?«

»Zu Laurens will ich nicht. Und wenn Meister Rembrandt verlangt, dass ich gehen soll, dann gehe ich.«

»Aber er kann dich nicht zwingen, zu Munting zu wechseln.«

Pieter nickte. »Ich weiß.« Ihm schien es, als sei Mareikje besorgt um ihn, und dass jemand sich um ihn sorgte, war schon lange nicht mehr vorgekommen. »Er sagte mir, dass ich einverstanden sein müsse, und er riet mir dazu, es zu sein. Da sagte ich, dass ich es sei.«

»Aber bist du es denn wirklich?«

»Es bringt Meister Rembrandt viel Geld ein, wenn ich zu Mijnheer Munting gehe. Es wäre ein Ausgleich dafür, dass ich Mijnheer Quaeckels Porträt zerstört habe. Ich hätte achtsamer mit dem Bild umgehen müssen.«

»Rembrandt hat dich verprügelt, oder?«

»Woher weißt du das?«

»Alle wissen es. Jeder bei euch im Haus hat es mitbekommen, und auch, was vorher dort in der Waschküche passiert ist. Quaeckel kam hier mit gebrochener Nase an und behauptete, ein brutaler Säufer habe ihn niedergeschlagen, aber da hatte sich die Wahrheit schon herumgesprochen. Du bist so etwas wie eine lokale Berühmtheit, Pieter.«

Es war ihm unangenehm, berühmt zu sein. Und es war gut, dass die Leute Mijnheer Quaeckels Behauptung, er sei ein Säufer, für unwahr hielten, obwohl er selbst gegebenenfalls in Betracht ziehen musste, vielleicht doch einer zu sein.

Es war wieder Samstag, und er hatte schon vor dem Mittagessen zwei von seinen drei Genevern getrunken. Vorsorglich hatte er sich bei Mijnheer Mostaerd Geld geholt, für den Fall, dass er mehr als drei Schnäpse trinken wollte (gerade an diesem Samstag hatte er das Gefühl, dass drei ihm nicht reichten), sowie für einige Neuanschaffungen, unter anderem ein Rasiermesser. Er hatte beschlossen, dass er vorerst keinen Bart haben wollte. Gestützt wurde seine Entscheidung durch den Umstand, dass ihm anscheinend ohnehin keiner wachsen wollte. Die wenigen Haare auf seinen Wangen ähnelten eher Flaum als sprießenden Stoppeln. Laurens, der sich regelmäßig Wangen und Kinn mit dem Messer abschabte, hatte ihm erklärt, dass häufiges Rasieren einen kräftigen Bartwuchs fördere; es sei für einen Jungen in Pieters Alter gleichsam unmöglich, ohne Rasur einen Bart zu bekommen. Somit gab es nur eine logische Handlungsvariante: Wenn er jemals in der Zukunft einen Bart wollte, musste er sich rasieren. Wollte er keinen, musste er sich erst recht rasieren. Und hatte sein Vater nicht gesagt, er solle sich rasieren, sobald er ein Mann sei? Mit dem Beginn des Rasierens konnte er diesen Zustand selbst herbeiführen, es war schon fast verwunderlich, dass er für diese zwingende Schlussfolgerung so lange gebraucht hatte. Also würde er sich rasieren, und dafür brauchte er ein Rasiermesser.

»Wann sollst du denn zu Munting umziehen?«, fragte Mareikje.

»Morgen Abend. Heute hat Meister Rembrandt mir freigegeben.«

»Ach. Ich hätte geschworen, dass du bis zur letzten Minute Tronies für ihn malen musst.«

»Ich sollte heute noch malen, aber Mevrouw Saskia meinte, ich solle frei haben. Die anderen Schüler von Meister Rembrandt haben heute auch frei.«

»Ja, weil Nikolaustag ist. Es ist Sitte, den Kindern zu Nikolaus freizugeben, Pieter. Sie bekommen Süßigkeiten in die Schuhe gesteckt, gehen zum Bäcker, singen Lieder, kleben selbst gebastelte kleine Verzierungen auf die Lebkuchen und trinken warme Milch.«

»Ich bin kein Kind.«

»Ach, Pieter. Warst du denn je eins?«

»Ja«, sagte er. »Die anderen Schüler aus Meister Rembrandts Werkstatt sind noch Kinder, außer Cornelis. Aber Cornelis hat ebenfalls freibekommen.«

»Da sage einer, dein Meister sei nicht gerecht.«

Pieter hatte den Eindruck, dass Mareikje nicht meinte, was sie sagte. »War das Spott?«, fragte er.

Sie sah ihn mit schräg gelegtem Kopf an. »Ja. Woran hast du es gemerkt?«

»Ich weiß nicht. Es war ... ein Gefühl.«

»Folge öfter deinen Gefühlen, Pieter.«

»Bis jetzt hatte ich jedes Mal Ärger, wenn ich es tat.«
»Wirklich? Nenn mir Beispiele.«
»Ich folgte meinem Gefühl, als ich Mijnheer Quaeckel schlug.«
»Schon klar, das liegt auf der Hand. Weiter.«
»Ich folgte meinem Gefühl, als ich Anneke umwarb.«
Seine Bemerkung rief bei Mareikje ein unwilliges Stirnrunzeln hervor. »Hoffentlich hat das kleine Biest auch Dresche bezogen.«
»Nein«, sagte Pieter. »Wofür denn?«
»Für das Intermezzo in der Waschküche.«
»Das war nicht Annekes Schuld.«
»Du glaubst, sie wurde gegen ihren Willen bedrängt, was?«
Pieter nickte nachdrücklich. »Sie schrie um Hilfe, als ich die Tür öffnete.«
»Hast du schon in Betracht gezogen, dass es vielleicht nur ein Schreckensschrei war?«
»Nein«, sagte er. Wenn ihn eines an dem Vorfall in der Waschküche empörte, so war es der Umstand, dass nicht nur er, sondern auch Anneke dafür bestraft worden war. Schläge hatte sie zwar keine bekommen, musste aber bei Wasser und Brot drei Tage in ihrer Kammer zubringen, und bei der allerkleinsten weiteren Unbotmäßigkeit würde sie in das kleine Dorf zurückkehren müssen, dem sie entstammte und das sie hasste wie die Pest.

»Du darfst nur bleiben, weil Weihnachten vor der Tür steht und weil die arme Geertruyd nicht auch noch die Wäsche machen kann«, hatte Mevrouw Saskia hinzugefügt, nachdem sie diese drakonische Strafe verhängt hatte.

Die Tür der Schenke öffnete sich, und umtanzt von dichtem Schneegestöber kamen die ersten Tulpisten herein, lärmend und lachend wie eh und je. Mareikje blickte auf die große Sanduhr, die auf dem Kachelofen in der Ecke der Schenke stand und den Tag in Stunden einteilte. »Mir scheint, sie kommen immer früher. Na ja, über Weihnachten mache ich auf alle Fälle zu, da können sie sehen, wo sie Handel treiben.« Sie schenkte Pieter den dritten Schnaps ein. »Hier, mein Junge. Mich ruft die Pflicht, mehr als eine Minute habe ich nicht.«

Sie gab ihrer Schankmagd einen Wink, sich um die Gäste zu kümmern, dann wandte sie sich wieder Pieter zu.

»Hat dich eigentlich je ein Mensch nach deinen Wünschen gefragt?«

»Ja. Mein Vater. Meist wusste ich nicht, was ich mir wünschen soll, aber dafür hat er es gewusst, und hinterher wusste ich es dann auch.«

»Nenn mir ein Beispiel«, forderte sie ihn auf.

»Als er mir Wolf schenkte, wusste ich vorher nicht, dass ich mir einen Hund wünsche. Als ich ihn dann hatte, wusste ich, dass es mein größter Wunsch gewesen sein muss, denn ich liebte ihn sehr.«

»Wo ist Wolf jetzt?«

»Mein Onkel hat ihn zusammen mit dem Haus verkauft. Ich durfte ihn nicht mitnehmen.« Hastig trank er seinen Schnaps aus, und das Brennen in seiner Kehle trieb ihm Tränen in die Augen. Er wandte sich ab, um seinen Umhang vom Wandhaken zu nehmen. Die Minute war verstrichen, er wusste es, auch ohne seine kleine Sanduhr zurate zu ziehen. Mareikje musste wieder arbeiten.

»Warte.« Sie hielt ihn am Ärmel fest. »Ich will dich nach deinen Wünschen fragen, Pieter. Oder weißt du immer noch nicht, was deine Wünsche sind?«

»Ich habe Wünsche. Ich wünsche mir meinen Hund zurück. Hilfsweise wünsche mir, dass die neuen Besitzer gut zu ihm sind. Und ich wünsche mir, Erfahrungen mit Frauen zu sammeln, damit ich mit entsprechendem eigenen Verhalten das Risiko von Zurückweisung und Missachtung verringern kann.«

Ihr Mund formte ein verblüfftes, kreisrundes Oh.

»Wer hat dir das denn geraten?«

»Doktor Bartelmies.«

»Das hätte ich mir denken können. Und diese *Erfahrungen* willst du zweifellos sammeln, um nicht mehr von Anneke zurückgewiesen und missachtet zu werden, oder?«

Pieter nickte. »Außerdem wünsche ich mir, Frauen zu finden, mit denen ich solche Erfahrungen sammeln kann.«

Mareikje lachte. »Was das angeht, ist es mit dem Wünschen allein meist nicht getan, Pieter. Da hilft nur Handeln.«

Pieter wusste nicht, was Mareikje mit *Handeln* gemeint hatte. Er fragte sie danach, obwohl sie schon wieder zur Sanduhr blickte.

»Das lässt sich zwischen Tür und Angel schlecht erklären, Pieter. Ich kann mir aber schon denken, dass dir eine Menge unaussprechlicher Dinge durch den Kopf gehen, bei denen es um ... ähm, gewisse körperliche Annäherungen geht.«

Er spürte, wie seine Ohren heiß wurden, aber Mareikje fuhr ganz sachlich fort: »Nun, das meinte ich *nicht*. Frauen zu umwerben erfordert Fingerspitzengefühl. Es ist so ähnlich wie beim Malen. Zu viel Farbe verdirbt das Bild, zu wenig aber auch. Und erst recht die falsche.«

Das wiederum verstand er sehr gut. Beim Malen erlernte man das Fingerspitzengefühl durch Übungen. Gab es denn Übungen, durch die man das Fingerspitzengefühl für Frauen lernte?

Auch das fragte er Mareikje, worauf sie kicherte, aber dann rasch wieder ernst wurde. »Ich muss arbeiten. Komm morgen wieder her.«

»Aber morgen ist Sonntag.«

»Eben. Komm am besten gleich nach der Kirche, dann haben wir noch genug Zeit.«

»Wofür?«

»Das wirst du schon sehen. Aber zieh dich warm an, und bring dir ein Paar Handschuhe mit.«

*

Im Laufe des späteren Vormittags ging Pieter zu einem Laden, wo Rasiermesser feilgeboten wurden. Der Verkäufer zeigte ihm eines, das man zusammenklappen konnte, und führte ihm vor, wie scharf es war – er schnitt ein Stück Stoff durch, als wäre es weiche Butter.

»Mit der Klinge musst du sehr gut aufpassen, Junge, sonst hast du am Ende deine Nase in der Hand! Deshalb solltest du es auch nirgends außer im Gesicht benutzen.« Der Verkäufer lachte schallend, aber Pieter verstand den Witz nicht.

Weil es so scharf war, war es nicht so günstig wie das von Laurens, obwohl dessen Messer genauso aussah und aus demselben Laden stammte. Der Verkäufer erklärte ihm, dass die schärferen Messer teurer seien. Pieter hatte zum Glück genug Geld dabei, Mijnheer Mostaerd war großzügig gewesen, und außerdem hatte er ja keine zusätzlichen Ausgaben für Schnaps gehabt, da ihm die drei Genever gereicht hatten.

Nach dem Kauf des Rasiermessers stapfte er durch den dicken Schnee bis zu einer Drahtmühle, die er in der Nähe des Pferdehändlers gesehen hatte, bei dem er mit Cornelis Bleiweiß angesetzt hatte.

Sein Vater hatte auch eine Drahtmühle besessen. Als Kind war Pieter einige Male mit ihm dort gewesen. Ein Pächter hatte sie betrieben, weil sein Vater als Arzt genug zu tun hatte.

Die Mühle war ein Erbe von Pieters Großvater; eigentlich hätte der älteste Sohn sie weiterführen sollen, und als dieser gestorben war, der zweitälteste. Doch auch der war gestorben, ehe er heiraten und Nachwuchs zeugen konnte, sodass sie an den jüngsten Bruder gefallen war – Pieters Vater, und nach dessen Tod an Pieter. Allerdings wusste er nicht, ob Onkel Joost als sein Vormund neben all dem übrigen Besitz auch die Mühle verkauft hatte; vielleicht sollte er ihn danach fragen, wenn er ihn das nächste Mal sah.

In der Mühle erwarb Pieter einige Stücke Draht, die weder zu dick noch zu dünn waren und die er sich gleich an Ort und Stelle vom Drahtzieher so zurechtbiegen ließ, wie er es sich vorstellte. Danach hatte er noch genug Geld übrig und erstand bei einem Händler am Kloveniersburgwal ein Paar wollene Handschuhe, eine dicke Mütze und eine fellgefütterte Weste. Anschließend kaufte er bei einem Bäcker noch einige Lebkuchen.

Auf dem Rückweg in die Nieuwe Doelenstraat rechnete er aus, dass er tausend Paar wollene Handschuhe für den Preis einer Admiral Liefkens bekommen hätte. So viel hatte eine Zwiebel dieser Sorte bei der letzten Auktion gekostet.

In manchen Hauseingängen, an denen er vorüberkam, hockten Hunger leidende Bettler, in zerlumpte Decken gehüllt und zitternd zusammengekauert. Greinend baten sie um Essen. Er gab allen ein Stück Lebkuchen, denn sein Vater hatte ihn gelehrt, dass Mildtätigkeit gegenüber Armen eine herausragende Christenpflicht sei. Die meisten freuten sich, aber ein paar wollten lieber Geld, denen gab er dann einen Stüver. Beim letzten Bettler war das Geld alle, und Lebkuchen hatte er auch keine mehr. Der Bettler sah ihn aus entzündeten Augen an und rieb sich die rot gefrorenen Finger. Da schenkte Pieter ihm die wollenen Handschuhe. Zu Hause hatte er noch andere.

Sofort korrigierte er sich in Gedanken: im Hause von Meister Rembrandt, der ihn nicht mehr unter seinem Dach haben wollte.

Er fühlte sich wie ein Kind, das der Nikolaus vergessen hatte.

*

KAPITEL 11

Am nächsten Morgen ließ er sich in der Küche von Geertruyd etwas zum Frühstück geben und überreichte ihr im Gegenzug sein Geschenk.

Sie betrachtete es befremdet. »Was ist das?«

»Ein Gerät, das aus Draht hergestellt wurde.«

»Das sehe ich. Aber was tut man damit?«

»Eiklar für die Waffeln aufschlagen. Mithilfe der Konstruktion kann durch schnelles Schlagen rascher die Luft in das Eiklar gebracht werden, sodass es zu Eischnee wird. Eischnee ist Schaum, daher besteht er zum großen Teil aus Luft. Wenn man Eischnee mit dem Holzlöffel schlägt, dauert es länger, und es ist auch mühsamer, weil durch die größere Fläche von Anfang an ein stärkerer Widerstand überwunden werden muss. Wenn du dieses Gerät verwendest, wird dir beim Schlagen ein geringerer Widerstand entgegengesetzt, sodass deine schlimme Schulter weniger belastet wird. Sieh her.«

Er nahm ein Ei und schlug es über einer Schüssel auf. Das Eiklar ließ er in die Schüssel rinnen, das Eigelb in seinen Mund. Geertruyd unterdrückte den Reflex, der sie dazu drängte, Pieter deswegen eine Kopfnuss zu verpassen, und sah ungläubig blinzelnd zu, wie er mit dem seltsamen Drahtgerät anfing, das Eiklar aufzuschlagen. Binnen Sekunden wurde es fester und gleich darauf zu schönem, weißem Eischnee.

Pieter schob ihr die Schüssel hin, damit sie sich das Ergebnis aus der Nähe anschauen konnte. Stattdessen nahm sie erneut das Gerät und betrachtete es von allen Seiten. Es bestand aus fünf übereinandergelegten und zu runden Schlaufen gebogenen Drähten, die am oberen Ende miteinander verflochten und mit einem anderen Stück Draht fest umwickelt waren, womit man einen handlichen Griff hatte. Oben ragte eine kleinere Drahtschlaufe heraus, sodass man das Gerät an einem Haken aufhängen konnte.

»Man kann auch Sahne damit schlagen«, erklärte Pieter. »Es ist ein Abschiedsgeschenk. Eigentlich ist es zu Weihnachten, aber dann bin ich ja nicht mehr hier.«

Geertruyd wandte sich ruckartig ab. Sie wischte sich übers Gesicht, dann kramte sie in einer Schachtel herum und gab ihm ein Stück Lebkuchen. »Da hast du. Und jetzt verschwinde, ich habe zu tun.«

Pieter ging nach oben, um seine anderen Geschenke zu holen. Die Fellweste, die er gekauft hatte, wollte er Cornelis geben. Er selbst hatte ja noch sein Wams, das er unter dem Umhang tragen konnte, und der Umhang allein hielt schon warm, denn er war aus dickem Tuch. Cornelis' Umhang war fadenscheinig und dünn. Seine Eltern waren arm, sie konnten sich kaum das Lehrgeld leisten, weil Cornelis' Vater im vergangenen Jahr an der Schwindsucht erkrankt war und nicht mehr richtig arbeiten konnte. Seither warteten sie ungeduldig darauf, dass er nach bald sechs Jahren Lehrzeit endlich Geselle wurde.

Laurens stand in der sonntäglichen Stille der Werkstatt und malte – an einem der Bilder, die er unter der Hand verkaufte. Sobald unten auf der Treppe Schritte ertönten, räumte er in Windeseile alles weg und tat so, als würde er in der Bibel lesen.

»Was hast du denn mit der Fellweste vor?«, fragte Laurens, als Pieter an ihm vorbeiging.

»Ich will sie Meister Rembrandt geben.«

Laurens starrte ihn an. »Du willst ihm deine neue Weste schenken, obwohl er dich grün und blau geschlagen hat?«

»Nein, ich will sie Cornelis schenken. Meister Rembrandt soll sie ihm morgen geben, denn ich selbst bin dann ja nicht mehr da.«

»Ach«, meinte Laurens, das hübsche Gesicht missmutig verzogen. »Und wieso krieg ich keine Fellweste?«

»Du hast schon ein Wams und einen warmen Umhang.«

Pieter ging mit seinen Geschenken nach unten und klopfte an die Tür der Stube. Als Rembrandts kräftiges *Herein* ertönte, betrat er den Raum, blieb aber sofort stehen, als er sah, dass die Eheleute noch im Bett waren. Beide waren jedoch bekleidet – Meister Rembrandt trug ein leinenes Nachtgewand und eine Schlafmütze, Mevrouw Saskia ihren Volantmantel und eine Haube. Der Kamin war noch nicht angeheizt, es war kalt in dem Zimmer.

»Was willst du?«, fragte Mevrouw Saskia. Es klang nicht unfreundlich, eher erstaunt.

»Ich habe Geschenke. Sie sind zum Abschied. Eigentlich sind sie zu Weihnachten, aber dann bin ich ja nicht mehr hier.«

Sie stand auf, schlüpfte in ihre Pantinen und kam zu ihm. »Lass sehen.«

»Die Fellweste ist für Cornelis. Damit er mit seinem dünnen Umhang nicht immer so frieren muss. Und diese Zeichnung hier ist für Euch, Mevrouw.«

Sie betrachtete das Skizzenblatt, auf dem sie selbst zu sehen war, sinnend über ihre Stickarbeit gebeugt, das sanfte, hübsche Gesicht friedvoll entspannt, umgeben von der anheimelnden Einrichtung der Stube. »So sah ich Euch das erste Mal«, sagte Pieter schlicht. »Ich habe es aus dem Gedächtnis gezeichnet.«

Saskia drückte das Blatt an ihre Brust und brach in Tränen aus. Dann floh sie schluchzend zum Bett und stieg hinein. Rembrandt legte schützend die Arme um sie.

»Raus«, brummte er, während er eingehend die Zeichnung betrachtete.

Pieter legte die Fellweste auf das Tischchen vorm Kamin und verließ den Raum.

Anneke kam gerade mit dem Milchkrug aus der Vorratskammer, als er in die Diele trat. Sie war bereits in ihrer Sonntagstracht und sah wunderschön aus. Fast freute er sich auf den Kirchgang, denn dann würde er sie stundenlang betrachten können, sowohl auf dem Hin- und Rückweg als auch während der Messe.

Er überreichte ihr das Geschenk, das er für sie vorbereitet hatte – ebenfalls eine Zeichnung. Er hatte sie bei der besten aller nur denkbaren Beschäftigungen verewigt: dem Bügeln. Auf dem Papier sah sie genauso aus wie in Wirklichkeit – überirdisch anmutig und bezaubernd.

»Das ist zum Abschied. Eigentlich ist es zu Weihnachten, aber dann bin ich ja nicht mehr hier.«

Sie betrachtete die Skizze, ihre Lippen begannen zu zittern, und in ihren Augen glänzte es feucht. Und dann begann sie unvermittelt zu weinen.

»Ist es so schrecklich?«, fragte er.

Sie schüttelte heftig den Kopf. »Nein, du Trottel!« Schluchzend berichtete sie sich: »Entschuldige, das wollte ich nicht sagen! Das Bild ist schön, Pieter, und ich danke dir von Herzen dafür!« Sie sah sich hastig nach allen Seiten um, dann beugte sie sich vor und drückte ihm einen tränennassen Kuss auf die Wange. Unmittelbar darauf rannte sie so eilig in die Küche, dass Milch aus dem Krug schwappte und kleine weiße Lachen auf dem sauber geschrubbten Fußboden zurückblieben.

*

Während des Kirchgangs fiel der Schnee so dicht, dass Pieter kaum die Hand vor Augen sah, geschweige denn Anneke, die meist in seinem Windschatten ging und den Umhang so dicht um sich gezogen hatte, dass nicht einmal ihre Nasenspitze hervorschaute. Meister Rembrandt hatte seine Gattin eingehakt und ließ hin und wieder Wortfetzen hören, die nach unterdrückten Flüchen klangen. Von allen Seiten strömten Menschen durch das Schneegestöber zur Westerkerk und nahmen ihren Platz auf den Bänken ein, dick eingemummelt gegen die Kälte, die gesenkten Köpfe von Mützen, Hüten und Schals bedeckt. Psalmengesänge erfüllten das Gotteshaus und erzeugten eine andächtige Stimmung, jedenfalls so lange, bis der Prediger die Kanzel erklomm und mit wütendem Widerhall in der Stimme begann, gegen die Sünder der Welt im Allgemeinen und die der Stadt im Besonderen zu Felde zu ziehen. Wie an fast jedem Sonntag stellte er vor allem den Trunk- und Spielsüchtigen ein Ende in Schande und Verderben in Aussicht, aber mit besonderer Inbrunst wetterte er diesmal gegen die Tulpisten, für den Pastor ein herausragendes Beispiel für die Sünde der Maßlosigkeit. Mit erhobenem Finger zitierte er zahlreiche Stellen aus der Bibel, die den Verfall der Sitten und die niederen Instinkte all jener bewiesen, welche von der Tulpe nicht lassen wollten. Als Symbol der Sünde, so verkündete er, stehe diese Blume exemplarisch für Tod und Untergang, und alle, die sich in ihrer Gier dazu verstiegen, Geld für die Zwiebeln des Teufels zu vergeuden, würden sehr bald ewiger Verdammnis anheimfallen. Ein Raunen ging durch die Reihen der Gläubigen, von denen mittlerweile wohl fast alle in die Zwiebeln des Teufels investiert hatten, wie ein Mann schräg hinter Pieter mit despektierlich lauter Stimme bemerkte.

Der Pastor überhörte den Einwurf, seine Stimme erhob sich zu einem donnernden Crescendo, er war noch lange nicht fertig. Die Predigt dauerte geschlagene zwei Stunden, und wie so oft schlief Pieter noch während der ersten Hälfte ein.

Er hatte einen Traum, in dem Anneke ihn küsste – diesmal auf den Mund. Vor lauter Glück glaubte er zu schweben, doch als er ihr Gesicht in beide Hände nahm, um den Kuss zu erwidern, quoll zwischen ihren Lippen weißlicher, giftiger Schaum hervor.

*

Am Nachmittag fand sich Besuch im Hause van Rijn ein – vor einigen Tagen war ein neuer Auftraggeber in Erscheinung getreten, ein angesehener Kaufmann namens Caspar Ruts. Vor Jahren hatte Rembrandt schon dessen Vetter porträtiert, ein Bildnis, das in Caspar Ruts den Wunsch nach einem eigenen Porträt von der Hand des Meisters geweckt hatte. Mijnheer Ruts war der Silberstreif am Horizont, auf den Rembrandt und Saskia gewartet hatten.

Um die Aussicht auf einen einträglichen Auftrag sogleich in erfolgversprechende Bahnen zu lenken, hatte Rembrandt den Kaufmann zu einem sonntäglichen Besuch in die Nieuwe Doelenstraat eingeladen. Damit sie einander kennenlernen konnten, wie er erklärte – wohl wissend, dass in familiärer Umgebung stets die besten Grundlagen für spätere Verträge geschaffen wurden. Letztere würden natürlich an diesem Sonntag nicht offiziell geschlossen werden, das verbot sich am Tag des Herrn von selbst, aber heißer Punsch und Kuchen wären allemal genehm und erlaubt, und ein kleiner Rundgang durch die Werkstatt würde gewiss auch entsprechenden Eindruck hinterlassen und die Möglichkeit einer vertraulichen Absprache eröffnen.

Rembrandt hatte sich umgehört – Caspar Ruts gehörte zur Elite der Amsterdamer Kaufleute. Wie bei seinem schon zuvor von Rembrandt porträtierten Vetter erstreckten sich seine Geschäftsbeziehungen bis in die fernsten Länder. Er handelte mit diesem und jenem, vor allem mit Gewürzen und Edelsteinen, aber auch – und das freute Rembrandt ganz besonders – mit Tulpen. Und zwar nicht etwa, indem er sie in dubiosen Spelunken verschacherte, sondern vollkommen seriös, denn er organisierte sogenannte Kollegs, in denen sich größere Käufergruppen interessierter Händler zusammentun und mit geballter Vermögensmacht wertvolle Zwiebeln erwerben konnten. In großem Stil konnten diese Kollegs ganze Partien von Zwiebeln mit entsprechendem Rabatt ordern, an Zwischenhändler weiterveräußern – untergeordnete Geschäftsleute wie Adriaen Quaeckel – und allein auf diese Weise märchenhafte Gewinne einstreichen, die sich anschließend nochmals durch Aufschläge und Anteile an den Provisionen der von den Zwischenhändlern im Kreis weiterer Zwischenhändler durchgeführten Versteigerungen erhöhten.

Ein raffiniert verschachteltes und höchst einträgliches Verfahren, das Caspar Ruts in leuchtenden Einzelheiten vor Rembrandt und Saskia ausbreitete, bis es sich inmitten des tiefen Winters wie ein goldenes Tulpenfeld von der Nieuwe Doelenstraat bis an die Ufer der Zuiderzee zu erstrecken schien.

»Allerdings können wir Tulpenkontrakte nicht als Zahlungsmittel anerkennen, falls mein Mann Euch malt«, platzte Saskia zusammenhanglos heraus. Rembrandt warf ihr einen beschwörenden Blick zu. Er hatte ihr – natürlich unter dem Siegel absoluter Verschwiegenheit – von Pieters Berechnungen erzählt. Seitdem konnte sie nachts kaum noch schlafen.

Caspar Ruts lachte. »Ich habe genug Bargeld, seid ganz unbesorgt, Mevrouw van Rijn.«

Saskia seufzte hörbar erleichtert.

Rembrandt war einen Augenblick lang versucht, Mijnheer Ruts von dem drohenden Zusammenbruch zu erzählen, nur um zu sehen, wie der Mann reagierte. Würde er entsetzt auffahren, so wie er selbst? Oder wusste er es vielleicht insgeheim schon und hatte seine Schäfchen längst im Trockenen?

Wie auch immer, Rembrandt konnte die Gelegenheit, seine eigenen Interessen voranzutreiben, nicht ungenutzt verstreichen lassen.

»Ich selber habe auch einige Tulpenkontrakte«, sagte er. »Da ich derzeit eine größere Anschaffung plane, würde ich diese Zwiebeln gern zu Geld machen. Also zu *richtigem* Geld. Zumindest einen Teil davon«, fügte er hastig hinzu, denn er hatte noch Quaeckels Worte im Ohr, wie empfindlich sein Verlust im Falle vorschnellen Verkaufs ausfallen würde. Und Quaeckel, der Teufel sollte diesen Betrüger und Mädchenverführer holen, hatte bisher recht behalten, denn die Preise waren schon wieder gestiegen. Aber er konnte das Risiko, auf sämtlichen Bezugspapieren sitzen zu bleiben, unter keinen Umständen eingehen, das würde Saskia ihm nie verzeihen.

»Wäret Ihr wohl an einigen dieser Tulpenkontrakte interessiert, Mijnheer Ruts?«

»Ihr könnt sie mir ja einmal zeigen«, sagte der Kaufmann. Besonders erwerbsfreudig klang es nicht, eher gönnerhaft und gelangweilt. Aber vielleicht würde seine Besitzgier erwachen, wenn er erst die Kontrakte sah. Und auf dem Weg dorthin würde er außerdem ganz nebenbei noch ein paar von Rembrandts Gemälden zu Gesicht bekommen.

»Ich habe sie oben in meinem Kabinett.«

»Jetzt werden zuerst die Waffeln gegessen«, sagte Saskia mit Bestimmtheit. »Geertruyd hat sich solche Mühe gegeben.« Sie schenkte dem Gast Punsch ein und legte ihm eine der duftenden Waffeln auf den Teller.

Der Kaufmann aß einen Bissen und nickte anerkennend. »Das schmeckt wirklich vorzüglich! So luftig!«

»Unsere Köchin hat ein neuartiges Gerät, um Eischaum zu schlagen. Unser Lehrjunge hat es konstruiert. Er ist ein tüchtiger und aufrechter junger Mann, der sicher als Maler noch von sich reden machen wird.« Sie sprang auf und holte die Zeichnung, die Pieter ihr geschenkt hatte. »Seht nur, das hat er auch gemacht! Ist es nicht schön?«

»Sehr schön«, stimmte der Kaufmann zu. »Da habt Ihr ihm ja schon viel beigebracht, Meister Rembrandt.«

»Das konnte er bereits, als er zu uns kam«, warf Saskia ein. »Er ist außerordentlich talentiert.«

Rembrandt unterdrückte den Drang, mit der Faust auf den Tisch zu schlagen. Die Frauen in diesem Haus ließen seit dem Morgen keine Gelegenheit aus, ihm mit waidwunden Blicken und kaum verhüllten Andeutungen begreiflich zu machen, wie hartherzig und unangemessen er sich Pieter gegenüber verhielt. Und dabei war Saskia zu Beginn so überzeugt von seiner Lösung gewesen! Doch die Meinung von Frauen schien sich wie der Wind oft eher nach dem Zufall auszurichten als nach erkennbaren Mustern.

Endlich waren die Waffeln verzehrt und der Punsch getrunken, und Rembrandt konnte den Gast die Treppe hinauf in seine Werkstatt komplimentieren. Pflichtschuldig verharrte Caspar Ruts vor dem monumentalen *Simson* und bewunderte Farbgebung, Pinselstrich und Sujet, doch schien er beim Anblick des Blutes, das aus dem zerstochenen Auge spritzte, ein wenig zurückzuschrecken. Dagegen blieb er gebannt vor dem *Mann mit dem Goldhelm* stehen.

»Was für ein Bild!«, rief er. »Wie viel soll es kosten?«

»Zweihundert«, sagte Rembrandt scherzhaft, auf den Lippen bereits die Erklärung, dass es nur das Tronie seines Schülers und überdies bereits verkauft sei. Doch im selben Moment begriff er die eigentliche Bedeutung von Caspar Ruts Frage – das profane Tronie erschien dem Gast auf Anhieb kaufwürdig, während der *Simson* nur höfliche Aufmerksamkeit erweckt hatte. Und im nächsten Augenblick sollte sich Rembrandts Entsetzen über diese Verzerrung der Realitäten noch steigern, denn Caspar Ruts teilte ihm kurz und bündig mit: »Ich will es haben.«

Notgedrungen verglich Rembrandt das Angebot mit dem von Frans Munting, der am späten Nachmittag erscheinen wollte, um Pieter abzuholen. Mit wachsender Verzweiflung entsann er sich der Tulpenkontrakte in seinem Kabinett. Er wand sich innerlich, aber es half ja nichts.

»Ich habe schon ein Angebot für das Bild«, sagte er. »Genau genommen habe ich es bereits jemandem versprochen.«

»*Fest* versprochen?«

»Nun ja …«

»Zweihundertfünfzig«, sagte der Kaufmann.

Rembrandt stöhnte unhörbar und überschlug im Kopf, wie viele Goldhelme Pieter bis zum Ende seiner Lehrzeit noch würde malen können. Als ihm dabei klarwurde, dass ab morgen Munting derjenige sein würde, der sich sämtliche Erträge aus derartigen Werken einverleiben konnte, war die Entscheidung gefallen. In manchen Situationen musste man Prioritäten setzen.

»Abgemacht«, sagte Rembrandt. »Allerdings wären da noch meine Tulpenkontrakte, und Ihr wisst ja …«
»Holt sie her, und wir werden sehen, was sie wert sind.«

*

»Wie kann es sein, dass du weniger dafür bekommen sollst, als du an Quaeckel dafür zahlen musstest?«

»Weil Quaeckel mich betrogen hat, darum«, erwiderte Rembrandt gereizt auf die Frage seiner Frau.

Caspar Ruts war gegangen, und Rembrandt saß mit Saskia vor dem warmen Kamin. Er hatte bereits drei Becher Punsch getrunken, und in den vierten hatte er einen großzügigen Schuss Genever hineingegeben.

»Aber haben die Papiere sich seit deinem Ankauf nicht mindestens im Wert verdreifacht? Es sagen doch alle, dass die Preise gestiegen sind, sogar Mijnheer Ruts!«

»Nur in der Theorie«, erklärte Rembrandt.

»In welcher Theorie?«

Ihm entging der gewittrige Ausdruck ihrer Miene nicht, und so beeilte er sich, eine umfassendere Erläuterung abzugeben, auch wenn es ihm zusehends schwerer fiel, die passenden Begründungen zusammenzubringen. Als Caspar Ruts es ihm erklärt hatte, war es ihm schlüssiger vorgekommen.

»Theoretisch sind die Kontrakte mehr wert, weil ich ja nach der Blüte die Tulpenzwiebeln dafür bekomme. Die echten, die aus der Erde, mit allen daran hängenden Brutzwiebeln, und die sind dann *sehr* viel wert. Natürlich immer vorausgesetzt, es gäbe bis dahin keinen Zusammenbruch. Nur leider wird es den geben, Doktor Bartelmies ist in dem Punkt bekanntlich derselben Meinung wie Pieter, und Bartelmies' Urteil vertraue ich blind.«

»Jaja, das hast du schon gesagt! Aber warum sind die Kontrakte in echtem Geld zum heutigen Tage weniger wert, als sie auf dem Papier wert sind?«

»In echtem Geld sind sie nur den Preis der üblichen Anzahlung wert, weil der eigentliche Wert ja in der vergrabenen Zwiebel steckt. Verstehst du?«

»Nein«, fuhr Saskia ihn an.

Rembrandt zuckte zusammen. Er hatte seine Frau selten in so schlechter Stimmung erlebt.

»Ich sagte doch, es liegt daran, dass Quaeckel mich betrogen hat«, sagte er verärgert. »Denn ich habe die Kontrakte beim Erwerb nicht nur angezahlt, sondern den vollen Preis entrichtet.«

»Warum?«

»Weil Quaeckel mir dazu riet, da die Zwiebeln mir dadurch sofort gehörten. Es waren von Anfang an meine.« Er erinnerte sich noch genau an das Gefühl von Besitzerstolz, das ihn dabei erfüllt hatte, vage jenen Empfindungen ähnelnd, wie er sie im Zusammenhang mit seinen Bildern kannte. Solange er keine Vorschüsse nahm, gehörten die Gemälde ihm allein. Bei einer Anzahlung gehörten sie schon zum Teil dem Auftraggeber, und bei vollständiger Vorkasse wurde der Maler zum willenlosen Sklaven fremder Menschen. Rembrandt zog die Stellung eines freien Menschen und Eigentümers vor, was war daran so schwer zu verstehen? Abgesehen davon, dass er niemals eine derartig dämliche Entscheidung getroffen hätte, wenn er zu jener Zeit bereits über die weitere Entwicklung im Bilde gewesen wäre.

Saskia brachte den nächsten Einwand vor. »Und wenn sie gar nicht blühen? Was nützt dir dann das sofortige Eigentum?«

»In dem Fall bekäme ich natürlich die volle Summe zurück.«

»Dann wäre es vielleicht das Beste, wenn sie wirklich

nicht blühen«, bemerkte Saskia mit erstaunlichem Scharfsinn. »Wenn sie nach dem Zusammenbruch ohnehin nichts mehr wert sind, wären tote Zwiebeln die besten Zwiebeln, denn in diesem Falle hätte man wenigstens nichts verloren.« Doch sofort schüttelte sie den Kopf und erklärte kategorisch: »Darauf kann man sich nicht verlassen. Am Ende blühen alle in herrlicher Pracht, und du hast dafür Hunderte von Gulden in den Wind geblasen, weil niemand mehr Tulpen will. Du musst sie loswerden!«

»Wenn ich noch etwas warte, bekäme ich deutlich mehr für die Kontrakte, als ich gezahlt habe. Caspar Ruts hat zugesichert, sie mir noch vor Weihnachten für das Doppelte abzunehmen, sobald die Preise es hergeben. Und er würde sein ganzes Vermögen darauf setzen, dass sie steigen, das hat er mir wörtlich so gesagt.«

Saskia starrte ihn an. »Wenn wir uns deswegen kein eigenes Haus mehr leisten können, trägst du die Verantwortung!«

»Wir kaufen ein Haus, ich verspreche es!« Er lächelte sie an, denn er wusste, womit er sie versöhnen konnte. »Er will sich für fünfhundert von mir malen lassen, und er will mir zweihundertfünfzig für das Tronie mit dem Goldhelm geben. Und Pieter bleibt hier.«

*

KAPITEL 12

Im Laufe des frühen Nachmittags hörte es auf zu schneien. Die Wolkendecke riss auf und gab einen strahlend blauen Himmel frei.

Wie mit Mareikje besprochen, hatte Pieter sich gleich nach der Kirche vor der *Goldenen Tulpe* eingefunden, doch die Schenke war geschlossen. Weil er dick angezogen war und daher kein Bedürfnis hatte, sofort ins Warme zu kommen, blieb er eine Weile vor der Tür stehen und wartete. Nach einigem Nachdenken gelangte er zu dem Schluss, dass Mareikje Wichtigeres vorhatte, als ihm das Fingerspitzengefühl für Frauen zu erklären. Er wollte sich gerade auf den Rückweg machen, als im oberen Stockwerk ein Fenster aufging und Mareikje zu ihm heruntersah.

»Da bist du ja! Warte, ich komme gleich!«

Kurz darauf öffnete sich die Tür, und Mareikje kam heraus. Sie sah ungewohnt aus in dem dicken, wollenen Mantel, der ihr bis zu den Schnürstiefeln reichte. Dazu trug sie eine gestrickte Mütze und Fäustlinge.

»Schön, dass du da bist, Pieter!« Sie lachte ihn an, und er

stellte fest, dass ihre Augen die Farbe des Himmels hatten, mit einem kleinen silbernen Leuchten darin.

»Ich finde es auch schön«, sagte er.

Hunderte von Männern, Frauen und Kindern tummelten sich an diesem Sonntag auf den zugefrorenen Wasseroberflächen. Die Freude am Winter schien die Standesgrenzen zu verwischen – ärmlich gekleidete Familien vergnügten sich dort ebenso wie solche in vornehmen Gewändern. Manche ließen sich in pelzbehängten Schlitten über das Eis ziehen, andere rutschen auf alten Stofffetzen darauf herum. Alle schienen diesen Freizeitspaß in hohem Maße zu genießen. Fröhliche Rufe und Gelächter erfüllten die Umgebung.

»Dann wollen wir mal«, sagte Mareikje.

»Was wollen wir?«

»Na, Schlittschuhlaufen. Du hast mir erzählt, dass du es noch nie gemacht hast. Aber wer in Amsterdam lebt, muss es lernen, denn im Winter gibt es nichts Schöneres. Da, zieh die an.« Aus einer Umhängetasche zog sie ein Paar blankgewetzte Eisenkufen hervor, die man sich mit Lederbändern unter die Stiefel schnallen konnte. Für sich selbst hatte sie ein kleineres Paar eingepackt.

Mit den Schlittschuhen an den Füßen glitt sie vom Ufer aufs Eis hinaus, drehte sich kunstvoll um die eigene Achse und streckte die Hände aus. »Komm schon, sei kein Feigling!«

Pieter wagte sich ebenfalls vorwärts – und rutschte augenblicklich aus. Er landete unsanft auf dem Hosenboden. Das Schlittschuhlaufen war tatsächlich sehr viel schwieriger, als er es sich vorgestellt hatte. Doch sofort rappelte er sich hoch und versuchte sein Glück erneut, diesmal mit vorsichtigeren Schritten, die mit Gleiten nicht viel zu tun hatten, sondern eher dem Staksen eines Storchs glichen. Er fiel erneut hin, und Mareikje half ihm lächelnd auf die Füße.

»Schau«, sagte sie. »Du musst dein Gewicht verlagern. Zuerst auf das eine Bein ...«, sie machte es ihm vor und glitt auf einem Bein graziös ein Stück vorwärts, »und dann aufs andere.« Der Wechsel ging ebenso elegant wie sicher vonstatten. »Dabei beugst du dich leicht nach vorn, die Knie ein wenig gebeugt, den Kopf nach vorn gerichtet und die Arme seitlich nach hinten wegschwingend.«

Bei ihr wirkte es unglaublich einfach, wie ein angeborener Bewegungsablauf, und als er sah, dass sogar kleine Kinder von höchstens sieben Jahren mit müheloser Leichtigkeit schlittschuhlaufend vorankamen, war sein Ehrgeiz geweckt. Er versuchte es wieder und wieder, zuerst mit wild rudernden Armen und zahlreichen Ausrutschern, doch mit der Zeit klappte es immer besser, und nach einer Weile konnte er ein ganzes Stück an Mareikjes Seite zurücklegen, ohne hinzufallen. Sie hielt ihn an der Hand, damit er das Gleichgewicht besser bewahren konnte. Ab und zu ließ sie ihn los, sauste ein Stück voraus, vollführte eine rasante Drehung und kam wieder zurück, um erneut seine Hand zu ergreifen. Ganz außer Atem schaute sie lachend zu ihm hoch. »Gefällt es dir?«

»Ja. Wer hat dir das Schlittschuhlaufen beigebracht?«

»Mein Vater.« Sie deutete auf seine Füße. »Du trägst gerade seine Schlittschuhe.«

»Wo ist er?«

»Er starb vor ungefähr einem Jahr.« Ein Schatten von Trauer und Schmerz glitt über ihr Gesicht.

»Das tut mir leid.« Er konnte, was ihm sonst bei anderen Menschen nicht leichtfiel, ihre Gefühle nachempfinden, denn sein Vater war ebenfalls erst vor Kurzem gestorben, und sein Fehlen fühlte sich manchmal an wie ein Loch in seinem Herzen.

Sie fuhr ihm erneut davon und flog geradezu übers Eis. Mit weiten, lang gezogenen Schwüngen kurvte sie zwischen einem halben Dutzend Leuten herum, als wären es eigens für sie aufgestellte Markierungen, an denen sie ihr Geschick erproben konnte. Schließlich kam sie zurück, raste immer schneller werdend auf ihn zu und schrie: »Pass auf!«

Ein schmetternder Trompetenstoß dicht hinter ihm übertönte ihren Schrei. Er konnte sich gerade noch zur Seite werfen, bevor ein gewaltiges, knirschendes Ungetüm an ihm vorbeigezischt kam, so nah, dass ihm die aufgewirbelten Eispartikel ins Gesicht stoben und ihm für einen Moment die Sicht nahmen. Gleich darauf sah er, was ihn um ein Haar umgefahren hätte – ein Eiskahn mit knatternd geblähtem Segel. Das Kufenboot sauste übers Eis davon, voll besetzt mit kreischenden und lachenden Leuten und begleitet vom durchdringenden Warnton der Fanfare.

»Das war knapp«, sagte Mareikje. »Diese Idioten. Sie bringen irgendwann noch mal jemanden mit diesem Ding um.« Sie half ihm hoch und klopfte ihm den Eisstaub vom Rücken. »Alles in Ordnung? Hast du dir wehgetan?«

Er zögerte kurz, so wie immer, wenn zwei Fragen unterschiedlich zu beantworten waren. »Es ist alles in Ordnung, mir tut nichts weh.«

»Auf den Schreck brauche ich was Warmes. Komm mit.« Erneut nahm sie seine Hand und zog ihn mit sich. Sie steuerten einen Stand am Rand der Eisfläche an, der von zahlreichen Menschen umringt war. Aus einem dampfenden Kessel wurden heiße Getränke ausgeschenkt. Mareikje hatte zwei Becher in ihrer Umhängetasche, die sie sich von der Frau am Stand füllen ließ.

Pieter schnupperte und probierte – heißer Most. Er schmeckte süß.

»Du kannst es ruhig trinken«, sagte Mareikje. »Da ist kein Bleizucker drin.«

»Woher wusstest du, dass ich das gerade dachte?«

»Ich kann in deinem Gesicht lesen wie in einem Buch.«

Er staunte. »Wie machst du das?«

»Es ist keine geheime Fähigkeit, Pieter. Du kannst nur einfach schlecht deine Gefühle verbergen. Zumindest nicht die Gefühle, die dich bedrücken. Die anderen Gefühle schon. Falls du überhaupt welche davon hast.«

»Welche anderen Gefühle meinst du?«

»Die, die einen Menschen zum Lachen bringen. Du lachst wohl nie, oder?«

Er dachte nach. »Manchmal lache ich.«

»Nenn mir Beispiele.«

»Ich habe oft gelacht, wenn ich mit Wolf im Garten gespielt habe. Oder wenn mein Vater mir von seltsamen Fällen aus seiner Praxis erzählt hat. Er konnte gut Leute nachmachen, das klang sehr komisch. Beim Ausreiten habe ich gelacht, wenn mir der Wind um die Ohren pfiff und es im Galopp über Stock und Stein ging.«

»Hast du schon mal gelacht, seit du in Amsterdam bist?«

Er schüttelte den Kopf, denn er konnte sich an keine Gelegenheit erinnern. »Willst du mir jetzt das Fingerspitzengefühl für Frauen beibringen?«

»Ich fürchte, daraus wird heute nichts mehr.« Sie blickte zum Himmel. Die Wintersonne versank in einem Gebirge aus orangeroten Wolken und ließ einen Schleier aufkommender Dämmerung zurück. Die ersten Leute verließen bereits die Eisfläche. »Es wird bald dunkel, und wir sind ein ganzes Stück weit rausgefahren. Wir müssen uns allmählich auf den Heimweg machen.«

»Um fünf Uhr kommt Mijnheer Munting mich abholen.«

»Bis dahin sind wir allemal zurück, du musst dich nicht abhetzen. Genau darüber würde ich auch noch gern mit dir reden. Also über Munting«, fügte sie rasch hinzu, bevor er sie falsch verstehen konnte. »Niemand kann dich zwingen, zu Munting zu gehen. Ich halte so gut wie gar nichts davon, dass ein Kleckser dich einfach an einen anderen Kleckser verschachert.«

»Ich habe das Bild zerstört.«

»Das gibt Rembrandt kein Recht dazu, dich wie einen Topf Farbe zu verkaufen. Zumal ich hörte, für welches Geld deine Bilder inzwischen gehandelt werden. Er signiert sie mit seinem eigenen Namen, nicht wahr?«

»Manchmal verändert er Kleinigkeiten, dann signiert er. Es gibt auch solche, die er als Werke von Schülern verkauft, zum Beispiel von Cornelis und Laurens.«

»Deine auch?«

»Nein. Manche von mir, bei denen alles unverändert bleibt, verkauft er unsigniert.«

»Woher willst du das wissen? Du bist doch nicht immer dabei.«

Er dachte an die Skizze von der Enthauptung des Holofernes, die Rembrandt ebenfalls ohne sein Wissen signiert hatte. Ob er das bei den übrigen Zeichnungen auch getan hatte? Sie waren alle verschwunden. Rembrandt hatte sie samt und sonders mit in sein Kabinett genommen.

»Lass uns erst mal zurücklaufen, dann mache ich dir einen Vorschlag.« Mareikje steckte die leer getrunkenen Becher zurück in ihre Tasche, fasste nach seiner Hand und zog ihn auf die Eisfläche. »Komm, wer schneller ist!« Und dann ließ sie ihn los und flitzte voraus. Ab und zu schaute sie sich lachend zu ihm um. »Zeig mir, was du kannst!«, schrie sie. »Versuch, mich zu fangen!«

Er legte sich mächtig ins Zeug und holte auf, denn wenn er sie schon nicht einholen konnte, wollte er sie wenigstens nicht aus den Augen verlieren. Er jagte in vollem Tempo übers Eis, sein Herz raste, und mit einem Mal fühlte er sich so frei und leicht, als könnte er sich wie ein Vogel in die

Lüfte erheben, wenn er es nur wollte. Der Abstand wurde kleiner, sie hatte nur noch ein paar Schritte Vorsprung. Und dann konnte er sie mit der ausgestreckten Hand erreichen. Er fasste sie bei der Schulter, sie wirbelte herum, landete in seinen Armen, und er musste sie umklammern, damit sie nicht beide stürzten. Kichernd stützte sie sich an seiner Brust ab und blickte zu ihm hoch, Eiskristalle auf ihren Wangen und ihren Brauen. Etwas drängte aus ihm heraus, er konnte es nicht zurückhalten, und als es so stark wurde, dass er es loslassen musste, warf er den Kopf zurück und brach in ein unbeschwertes Lachen aus.

Völlig außer Atem und durchgeschwitzt kamen sie auf Höhe der *Goldenen Tulpe* an, kletterten ans Ufer und zogen sich die Schlittschuhe aus. »Jetzt hör dir meinen Vorschlag an, Pieter. Wenn du nicht zu Munting willst, kannst du zu mir kommen. Ich kann einen tüchtigen Schankknecht gebrauchen, die Arbeit wächst mir über den Kopf, du hast es ja selbst gesehen. Dein Lohn wäre nicht gewaltig, aber dafür hättest du volle Kost und Logis. Samstags gäb's weiterhin drei Schnäpse, und sonst jeden Tag einen. Sonntags und an den meisten Feiertagen hättest du frei. Du bekämst einen Schlafplatz hinter der Küche, da ist es immer warm. Und an deinen freien Tagen könntest du malen, wenn du Lust dazu hast.« Zögernd fügte sie hinzu: »Mein Vater hat auch gemalt. Keine Meisterwerke wie Rembrandt, er hat nicht viel damit verdient, aber es war seine große Freude.«

»Ich weiß nicht, ob ich zu dir kommen soll«, sagte Pieter.

»Du musst es nicht sofort entscheiden. Lass es dir durch den Kopf gehen. Wenn es so weit ist, wirst du es wissen.«

*

Als Pieter das Haus in der Nieuwe Doelenstraat betrat, wurde er von Geertruyd empfangen, die ihm in der Küche Brot und Hering und anschließend süßen Reisbrei mit Apfelkompott servierte. Sie teilte ihm mit, dass er nun doch nicht zu dem Maler Munting in die Lehre gehen sollte. Während er aß, erschien Anneke in der Küche. Sie lächelte ihn an und erklärte, wie sehr sie sich für ihn freue. Sein Herz klopfte heftig, denn ihre Freude weckte sehnsuchtsvolle Gefühle in ihm. Er versuchte, ebenfalls zu lächeln, und es gelang ihm offenbar gut, denn beide Frauen strahlten ihn an wie von der Sonne beschienen.

Auch Mevrouw Saskia kam in die Küche und äußerte ihr Wohlwollen über die Entscheidung ihres Mannes.

»Hier bei uns bist du besser aufgehoben als bei Frans Munting. Er führt das leichtfertige Leben eines Junggesellen, das ist nichts für dich. Deine Talente wären bei ihm nur auf zweitklassige und fragwürdige Bildnisse verschwendet, während sie bei Rembrandt zu voller Blüte gelangen können. Male immer nur fleißig und tu, was mein Mann dir sagt, dann kann ein großer Künstler aus dir werden!«

Nach dem Essen ging er in die Werkstatt, wo er Rembrandt vor dem Mann mit dem Goldhelm vorfand. Als Pieter hereinkam, blickte er über die Schulter.

»Komm her, ich will mit dir über das Bild reden.«

Folgsam stellte Pieter sich neben den Meister.

»Du hast die Farben auf seltsame Art aufgetragen«, sagte Rembrandt. »Besonders das dicke Impasto beim Helm. Es sieht fast aus wie ein Relief. Du hast gröberes Bleiweiß für den Aufbau genommen. Warum?«

»Ich wollte eine plastischere Darstellung, die aus größerer Entfernung wirkt. Es war ein Versuch.«

»Du hast mehr Smalte verwendet und überall violette Lasuren aufgebracht, was dachtest du dir dabei?«

»Es gibt dem Bild einen Schimmer wie von Mondlicht.«

»Warum hast du den Helm mit so viel Impasto gemacht, das Gesicht aber zurücktreten lassen und das Inkarnat nicht mit Bleiweiß untermalt?«

»Weil ich den Helm als eigentliches Sujet betrachtet habe.«

Rembrandt nickte, als hätte er die Antwort erwartet. Ohne ein weiteres Wort stand er auf und ging in sein Kabinett.

Frans Munting tauchte verspätet und mit einer enormen Schnapsfahne in der Werkstatt auf und scheuchte Rembrandt aus der friedlichen Zurückgezogenheit seiner Sammlung. Als er hörte, dass es keinen Handel mehr gab, pochte er auf die getroffene Absprache.

»Vertrag ist Vertrag!«, sagte er sichtlich aufgebracht. Seine Stimme klang verwaschen.

»Dann zeig mir doch den Vertrag«, sagte Rembrandt gelassen.

»Wir hatten eine Vereinbarung!«

»Es war nur eine Überlegung, nichts Festes. Zudem entspricht es nicht dem Willen meines Lehrlings, und ohne den geht es nicht.«

»Aber das Bild gehört mir! Du hast es mir zugesagt!« Munting baute sich herausfordernd vor der Staffelei auf.

»Du kannst es in ein paar Tagen haben. Es ist noch nicht trocken.«

Munting geriet in Wut, als er bemerkte, dass von dem Tronie eine Kopie in Arbeit war. »Ich will es aber jetzt! Ich will das Original!«

»Von mir gibt es nur Originale. Ich signiere es dir gern, wenn du willst.«

Munting wandte sich direkt an Pieter, der in einer Ecke der Werkstatt saß und bei Kerzenlicht über mathematischen Formeln brütete. »Willst du wirklich Jahre deines Lebens einem Manne ausgeliefert sein, der dich prügelt, wann immer es ihm gefällt?«

»Nein«, sagte Pieter.

»Da hast du es!«, rief Munting triumphierend in Rembrandts Richtung. »Er will lieber zu mir! Stimmt's, Junge?«

»Nein.«

Frans Munting starrte ihn an und rülpste. »Du weißt ja gar nicht, was dir entgeht. Aber ich werde dafür sorgen, dass du es erfährst.«

»Du solltest jetzt deine Laterne nehmen und nach Hause gehen«, empfahl ihm Rembrandt. »Wenn du erst deinen Rausch ausgeschlafen hast, wirst du die Dinge wieder vernünftiger betrachten.«

Laurens kam die Treppe hoch, er war noch aus gewesen. Munting rempelte ihn im Vorbeigehen grob an.

»Obacht, du Hilfsmaler«, sagte er. Er schnüffelte. »Ah, was rieche ich denn da? Ist das Veilchenduft? Parfümiert sich da etwa jemand?« Er lachte höhnisch.

»Lass ihn«, sagte Rembrandt, als Laurens wütend einen Schritt in Muntings Richtung tat. Dann begleitete er Munting nach unten.

»Also bleibst du jetzt doch hier«, sagte Laurens zu Pieter. »Wie kommt's?«

»Ich weiß es nicht.«

»Aber ich.« Laurens deutete auf das Tronie, das von ihren Schlafplätzen aus zu sehen war. »Er braucht mehr von diesen Bildern. Und du sollst sie ihm verschaffen.«

*

In der folgenden Woche wurde der Arbeitsablauf in der Werkstatt durch einen Zwischenfall unterbrochen, der vieles veränderte.

Laurens und Cornelis prügelten sich. Niemand bekam mit, worüber sie sich in die Haare geraten waren, doch das Ergebnis war verheerend. Mitten im Atelier fielen sie auf einmal übereinander her und traktierten sich gegenseitig mit Fausthieben und Fußtritten, bis das Blut floss. Sie schleuderten einander herum und warfen dabei zwei Trennwände um. Eine Staffelei ging zu Bruch, und das darauf befindliche Bild – es war ein Stillleben mit Tulpen von Cornelis – segelte durchs Atelier und landete auf einer Palette mit fertig angemischten Farben, die wiederum in alle Richtungen spritzten. Ein neuer Pinsel aus Dachshaar zerbrach unter Cornelis' Schuhsohle. Ein Kübel mit farbigem Schwemmwasser kippte um, durchnässte mehrere Skizzenblöcke und verursachte eine riesige rötliche Pfütze auf den Bodenbrettern.

Am Ende gewann Laurens die Oberhand und setzte sich gewaltsam auf Cornelis' Brust. Er klemmte mit den Knien die Arme seines Widersachers ein, damit er ihm ungehindert ins Gesicht schlagen konnte. Die jüngeren Schüler standen, je nach persönlichem Temperament, teils ängstlich, teils begeistert um die Kampfhähne herum, ihre Rufe tönten durcheinander.

»Gib's ihm, schlag zu!«

»Hör auf! Wenn das der Meister sieht!«

»Wer am Boden liegt, ist besiegt! Lass ihn aufstehen und kämpf ehrlich weiter!«

Pieter bekam das Getöse nur am Rande mit. Seine Anweisung lautete, den Mann mit dem Goldhelm abzumalen und auf keinen Fall vor der Mittagspause den Pinsel aus der Hand zu legen.

Cornelis rief mit dumpfer Stimme um Hilfe. »Pieter! Steh mir bei! Er bringt mich um!«

Pieter warf einen unschlüssigen Blick auf das Tronie, dann ging er mitsamt Pinsel zu den beiden Kontrahenten hinüber, packte Laurens mit der freien Hand beim Kragen und riss ihn von Cornelis herunter. Cornelis sprang augenblicklich auf und trat Laurens mit voller Wucht zwischen die Beine. Der schrie gepeinigt auf und krümmte sich. Die Lehrjungen kreischten durcheinander.

Das war der Stand der Dinge, als Saskia in die Werkstatt gestürzt kam. »Um Himmels willen!«, rief sie entsetzt. »Was ist denn hier geschehen?«

»Laurens und Cornelis haben sich geschlagen«, erklärte Pieter, da anscheinend sonst niemand ihre Frage beantworten wollte.

»Warum?«

»Das weiß ich nicht«, sagte Pieter wahrheitsgemäß, nachdem auch auf diese Frage keine Erwiderung gekommen war.

»Du liebe Zeit, das fehlt jetzt noch!« Saskia sah sich inmitten der Verwüstung händeringend um. »Schnell, räumt auf! Macht sauber, ehe mein Mann zurückkommt! Er wollte nur zum Apotheker und ist bestimmt bald wieder da!« Sie scheuchte die Lehrjungen an die Arbeit, dann nahm sie Cornelis' blutüberströmtes, zerschlagenes Gesicht in Augenschein. Erschrocken sog sie den Atem ein, als sie die geplatzte Braue und die anschwellende Nase sah. »Du bist die Treppe hinuntergefallen, verstanden?«

Cornelis nickte stumm.

»Wasch dich, und geh dann nach Hause. Ich sage meinem Mann, dass ich dir wegen deiner Verletzungen für den Rest des Tages freigegeben habe. Fort mit dir, nun mach schon! Und pass auf, dass du unten kein Blut auf den Boden tropfen lässt! Die Fliesen sind frisch gescheuert! Geh am besten durch die Hintertür, dann läufst du meinem Mann nicht über den Weg.«

Cornelis streifte seine neue Fellweste und den Umhang über und verzog sich schweigend.

An die Lehrjungen gewandt, fuhr Saskia fort: »Wenn einer von euch Laurens und Cornelis bei meinem Mann verpetzt, ist er die längste Zeit hier Lehrling gewesen, merkt euch das!« Dann fixierte sie Laurens. »Was hast du dir nur dabei gedacht?«

»Ich habe nicht angefangen.«

»Worum ging es denn bei eurem Streit?«

»Das solltet Ihr nur unter vier Augen hören.« Laurens hielt inne, dann fügte er hinzu: »Es hängt mit dem Bleiwasser zusammen.«

Saskia sah Laurens an und schluckte. Dann blickte sie in die Runde und klatschte energisch in die Hände. »Marsch, alle wieder an die Arbeit! Wenn gleich mein Mann nach Hause kommt, soll alles wieder genauso aussehen wie vorher!«

Pieter beteiligte sich nicht an den Aufräumungsarbeiten, sondern malte weiter, bis es zur Mittagsstunde läutete. Beim letzten Glockenschlag legte er den Pinsel weg und ging zum Essen nach unten in die Küche. Geertruyd werkelte schweigend um ihn herum.

»Das war sehr gut«, erklärte er, als er fertig war, denn er hatte von seinem Vater gelernt, dass man die Köchin für ihre Arbeit loben musste, wenn es einem besonders gut geschmeckt hatte. Pieter hatte es bei Geertruyd bisher nicht gesagt, weil das Essen ihm nicht so schmackhaft vorgekommen war wie zu Hause. Doch heute war es genauso gut gewesen. Geertruyd hatte ihm dicke Erbsensuppe mit Räucherlachs serviert. Anschließend gab es noch ein Stück Mandelkuchen, das ihm hervorragend mundete.

Geertruyd verpasste ihm eine Kopfnuss. »Sitz hier nicht herum, zurück an die Arbeit!«

Er nahm sich im Hinausgehen noch ein Stück Kuchen von der Anrichte und ignorierte ihren zornigen Aufschrei. In der Diele sah er Anneke in der Waschküche verschwinden. Bis zum Ende seiner Mittagspause hatte er noch Zeit, deshalb folgte er ihr, um mit ihr allein sprechen zu können.

Sie stand vor dem Waschbrett und bearbeitete mit Bürste und Seife ein beflecktes Laken, eine anstrengende und schweißtreibende Arbeit, wie er aus eigener Erfahrung wusste. Entsprechend miserabel war ihre Laune. Mit saurer Miene blickte sie über die Schulter, als Pieter in die Waschküche kam.

»Was willst du?«

»Mit dir reden.«

»Ich hab keine Zeit.«

»Wenn du willst, kann ich währenddessen die Wäsche für dich scheuern.«

»Besser nicht. Wenn Mevrouw Saskia es mitkriegt, gibt es bloß wieder Ärger.«

»Ich habe ein Geschenk für dich.«

»Wirklich?« Sie ließ die Bürste sinken und wandte sich zu ihm um. »Wo?«

»Oben bei meinen Sachen.«

»Was ist es denn?«

»Ein Bernstein.«

»Oh!« Ihre Augen leuchteten. Doch dann verzog sich ihr Gesicht misstrauisch. »Wofür soll er sein?«

»Für dich.«

»Freilich, das sagtest du ja eben«, sagte sie ungeduldig. »Aber was erwartest du dafür als Gegenleistung?«

Darüber hatte er noch nicht nachgedacht, weil er nicht angenommen hatte, eine in Aussicht zu haben. Den Bernstein hatte er nur deshalb gekauft, weil Annekes Reaktion auf seine Zeichnung ihm zu der Erkenntnis verholfen hatte, dass Geschenke sie zugänglicher und freundlicher stimmten. Auf ihre Frage nach der Gegenleistung musste er indessen nicht lange überlegen, die Entscheidung drängte sich förmlich auf.

»Ich würde gern deinen Busen anfassen. Auf beiden Seiten«, fügte er vorsorglich hinzu.

»Wie groß ist der Bernstein, und wie sieht er aus?«

»Er ist bernsteingelb und so groß wie mein Daumennagel. Er ist in Silber eingefasst und kann an einer Kette getragen werden.«

»Hm. Na gut. Aber nur ein einziges Mal. Und ich ziehe mich nicht dafür aus.«

Diese Möglichkeit hatte er ohnehin nicht in Betracht gezogen, also nickte er nur, sehr zufrieden mit der Übereinkunft.

»Wann kriege ich denn den Bernstein?«, fragte sie.

»Sobald ich deinen Busen anfassen darf.« Er hatte nicht vergessen, dass sie dasselbe Versprechen bereits einmal für verwirkt erklärt hatte, weil sich keine Gelegenheit zu dessen Einhaltung ergeben hatte.

»Wir können es gleich tun«, erklärte sie. Doch sofort besann sie sich. »Nein, besser nicht. Es laufen zu viele Leute im Haus herum, das kann höllischen Ärger geben. Komm Sonntag um Schlag vier in die Waschküche, da ist Geertruyd bei ihrer Schwester, und die Herrschaft bequemt sich gewiss nicht hier herein.« Etwas schien ihr durch den Kopf zu gehen, sie verzog das Gesicht. »Und sprich bloß mit niemandem darüber!«

Er nickte. »Ich weiß, dass es ein Geheimnis ist.«

»Bei dir kann man nie wissen.«

»Ich verrate keine Geheimnisse«, versicherte er.

»Das meinte ich nicht. Sondern dass man bei dir nicht sicher sein kann, ob du ein Geheimnis überhaupt als solches erkennst.«

»Nenn mir Beispiele«, forderte er sie auf, genauso wie Mareikje es bei ihm tat, wenn sie etwas genauer erklärt haben wollte.

»Denk dir selber welche aus«, sagte Anneke schnippisch, nur um gleich darauf fortzufahren: »Beispielsweise, dass Geertruyd hin und wieder ein Schnäpschen trinkt. Du hast mit mir darüber gesprochen, obwohl es ihr Geheimnis ist.«

»Aber sie tat es in meiner Gegenwart, wie kann es da geheim sein?«

»Meinen Busen willst du ja auch in meiner Gegenwart anfassen, und dennoch ist es geheim.«

Er versuchte, diesen Widerspruch gedanklich zu erfassen und aufzulösen – und hatte gleich darauf den Unterschied ergründet. »Wenn ich deinen Busen anfasse, ist es dein und mein Geheimnis, also ein gemeinsames Geheimnis. Wenn Geertruyd Schnaps trinkt, hätte es nur dann ihr und mein gemeinsames Geheimnis sein können, wenn sonst keiner davon wüsste. Aber es weiß auch Mevrouw Saskia, denn ich hörte, wie sie einmal darüber schimpfte. Und du wusstest es auch, als ich mit dir darüber sprach.«

»Ja, aber du konntest nicht wissen, dass ich es wusste, also war es Geheimnisverrat.«

»Das ist falsch, denn wenn jemand ein Geheimnis bereits kennt, kann es bei objektiver Betrachtung kein Verrat sein.«

Sie verdrehte die Augen und wandte sich wieder der Wäsche zu. »Lass mich in Ruhe.«

Er wandte sich zum Gehen, doch sie hielt ihn zurück. »Warte. Erzähl mir, was vorhin oben in der Werkstatt los war. Was war das für ein Krach? Und wieso ist Cornelis mit blutigem Gesicht durch die Hintertür verschwunden?«

Er sann kurz darüber nach, ob es ein Geheimnis war oder ob er gegen das von Mevrouw Saskia verhängte Petzverbot verstieß, wenn er Anneke davon erzählte – doch da sich dieses nur auf den Meister bezogen hatte, stand es ihm frei, ihr davon zu berichten.

»Laurens und Cornelis haben sich geschlagen.«

»Warum?«

»Es hängt mit dem Bleiwasser zusammen.«

Sie wurde blass. »Du lieber Himmel! Ich wusste, dass es irgendwann herauskommt!«

»Du weißt, was der Meister mit dem Bleiwasser gemacht hat, oder?«

»Ich habe nichts damit zu tun!«, sagte sie schnell. »Ich hab's nur rein zufällig mitgekriegt, weil in der Küche was runterfiel und ich davon wach wurde. Sonst hätte ich gar nicht gesehen, dass Mevrouw Saskia und Meister Rembrandt so spät noch in der Küche waren.«

»Mevrouw Saskia war auch dabei?«

Sie starrte ihn an. »Es ist ein Geheimnis, hörst du?!«

»Wer weiß denn alles davon?«, fragte er.

»Niemand«, fauchte sie ihn an. »Und deswegen darfst du auch mit keinem darüber sprechen!«

»Auch nicht mit Mijnheer Rembrandt und Mevrouw Saskia? Wenn sie dabei waren, ist es für sie kein Geheimnis.«

»Sie werden mir den Kopf abreißen, wenn sie herausfinden, dass ich mit dir darüber geredet habe! Du bist schuld, wenn sie mich nach Meulendonk zurückschicken! Wehe, du sprichst mit ihnen! Dann kannst du deinen Bernstein nehmen und ihn gleich in die Amstel werfen!«

Er wollte nicht, dass Anneke nach Meulendonk zurückgeschickt wurde. Trotzdem hätte er gern gewusst, um welches Geheimnis es ging. »Was ist mit Cornelis und Laurens? Könnte ich mit ihnen darüber sprechen, was mit dem Bleiwasser geschehen ist? Wenn sie auch Bescheid wissen, ist es für sie ebenfalls kein Geheimnis.«

»Du gibst wohl keine Ruhe, was? Aber von mir erfährst du nichts, ich tratsche nicht! Mit Laurens und Cornelis kannst du meinetwegen drüber reden, das ist mir egal. Aber auf keinen Fall mit der Herrschaft! Und auch nicht mit anderen

Leuten!« Warnend sah sie ihn an. »Vor allem nicht mit der Schankwirtin, mit der du ständig herumtändelst. Die wartet nämlich bloß drauf, unserer Herrschaft eins auszuwischen!«

»Wieso wartet sie darauf?«

»Weil sie sich rächen will, deshalb.«

»Wofür denn?«

Anneke sah sich um, dann sprach sie mit gedämpfter Stimme weiter. »Weil sie glaubt, Mijnheer Rembrandt sei schuld am Tod ihres Vaters. Dabei war der Mann schon alt und krank und wäre sowieso gestorben, auch ohne Mijnheer Rembrandts Anzeige beim Magistrat.«

»Was für eine Anzeige?«

Als Anneke mit der Antwort zögerte, hakte er nach. »Es kann kein Geheimnis sein, denn wenn du es schon weißt, müssen es sehr viele andere Leute auch wissen.«

Anneke zuckte mit den Schultern. »Jeder weiß es. Außer dir wahrscheinlich. Also, es war so ...«

Im Vorderhaus öffnete sich die Pforte, und Rembrandts Stimme war zu hören. Er war wieder da. Gleich darauf ertönte das Glockengeläut zur vollen Stunde. Die Mittagspause war vorüber.

*

KAPITEL 13

Trotz ausgiebiger Säuberung fielen Rembrandts scharfen Augen die Farbkleckse in der Werkstatt auf.

»Wer war das?« Drohend blickte er in die Runde. Die Lehrlinge zogen die Köpfe ein und taten so, als hätten sie nichts gehört.

»Cornelis«, sagte Laurens, ohne von dem Bild aufzublicken, an dem er arbeitete. »Er ist gegen den Tisch gestolpert, und dann warf er auch noch den Wasserkübel um. Er war heute recht tollpatschig. Vielleicht brütet er ein Fieber aus. Hat Mevrouw Saskia Euch nicht gesagt, dass er sogar die Treppe hinunterfiel?«

Rembrandt ließ es achselzuckend dabei bewenden. Er hatte andere Sorgen. Vorhin hatte er den Apotheker mit der Aussicht auf baldige Bezahlung noch einmal beschwichtigen können, doch der Ärger wegen all der unbezahlten Rechnungen spitzte sich zu. Es war einfach zu viel aufgelaufen, er hätte auf regelmäßigere Bezahlung achten sollen. Vielleicht würde der Apotheker ihn nicht gleich verklagen, aber Kredit würde er ihm gewiss auch keinen mehr geben, und das war gleichbedeutend damit, dass er ihm keine Grundstoffe für die Farben mehr liefern würde. Als aktives Mitglied seiner Zunft würde der Apotheker zudem dafür sorgen, dass alle anderen es ihm gleichtaten. Ohne Farben gab es keine Bilder, und ohne Bilder kein Geld. Es war ein beängstigender Teufelskreis. Oder besser: eine Spirale, die abwärts führte, und ganz unten wartete der Bankrott.

Bedauerlicherweise hatte der Apotheker auch keine Tulpenkontrakte als Bezahlung in Betracht ziehen wollen. Als gottesfürchtiger Calvinist hatte er *die Zwiebeln des Teufels* nicht einmal als Pfand akzeptiert.

Natürlich hätte Rembrandt jederzeit Stücke aus seiner Sammlung verkaufen oder Saskias Schmuck versetzen können. Außerdem besaß er ein paar recht gute Freunde, die ihm sicher kurzfristig aus der Klemme helfen würden. Doch solche Maßnahmen durften nur die letzte Notlösung sein, zumal sich dergleichen stets in Windeseile herumsprach.

Zum Glück hatte er noch das Tronie. Und sogar bald ein zweites, denn Pieter machte gute Fortschritte, und nach allem, was jetzt schon zu sehen war, würde es dem ersten ähneln wie ein Ei dem anderen. Mit dem Erlös konnte er den Apotheker bezahlen, der dann wiederum die benötigten Farbgrundstoffe herausrücken würde, womit neue Bilder gemalt werden konnten. Sobald Caspar Ruts ihm die Tulpenkontrakte abgenommen hatte (zu mehr Geld, als sie gekostet hatten!), war dann endlich alles wieder so, wie es sein sollte.

Durch diese Aussichten halbwegs getröstet, zog Rembrandt sich in sein Kabinett zurück, um dort ein wenig Entspannung zu finden.

Unterdessen konnte Pieter es kaum erwarten, dass die Arbeitszeit an diesem Tag endete, denn er wollte mit Laurens über das Bleiwasser sprechen. Doch erst, als die Lehrlinge heimgegangen waren und der Meister sich nach unten in die

Stube zu seiner Frau begeben hatte, fand sich endlich die gewünschte Gelegenheit.

»Ich will mit dir über das Bleiwasser reden«, sagte Pieter.

Laurens bereitete gerade alles für seine tägliche Rasur vor – er tat es immer abends, weil er morgens gern bis zur letzten Minute im Bett blieb. Er schärfte sein Rasiermesser an einem Riemen und legte sich ein mit heißem Wasser getränktes Tuch über das Gesicht, um die Haut geschmeidiger zu machen.

»Ich will mit dir über das Bleiwasser reden.«

Unter dem Tuch kam nur ein unwilliges Grunzen hervor, also wartete Pieter, bis Laurens mit seinen Vorkehrungen fertig war und das Tuch zur Seite legte.

»Ich will mit dir über das Bleiwasser reden«, wiederholte er.

Laurens gab keine Antwort, was Pieter als stillschweigende Einwilligung auffasste.

»Was war der genaue Grund für deine Prügelei mit Cornelis?«

»Das kannst du ruhig erfahren. Er will dem Polizeihauptmann von dem Bild in meinem Bettkasten erzählen. Ich weiß, dass du dir das Bild schon heimlich angesehen hast, deshalb muss ich es dir nicht groß erklären. Cornelis will dem Polizeihauptmann auch stecken, dass ich die Weinflasche zu den Versluys' gebracht habe. Er will es so darstellen, als hätte ich Abraham Versluys vergiftet, weil ich angeblich in seine Frau verliebt bin.«

»Hast du denn Bleizucker in den Wein getan?«

Laurens lachte. »Ja, sicher, denn ich lege allergrößten Wert darauf, baldmöglichst am Galgen zu baumeln.«

»Das hast du nur ironisch gemeint«, stellte Pieter fest.

»Was du nicht sagst.«

»Bist du in Mevrouw Versluys verliebt? Hast du sie deshalb nackt gemalt und das Bild in deinem Bettkasten versteckt?«

Laurens wurde rot, dann meinte er abweisend: »Ich habe sie nicht nackt gemalt! Auf allen Skizzen, die ich von ihr angefertigt habe, war sie immer schicklich angezogen!«

»Dann hast du ihren Körper aus der Fantasie gemalt«, schloss Pieter.

»Was bist du wieder neunmalklug.« Laurens blickte ihn drohend an. »Hast du dir das Bild oft angesehen?«

»Nur einmal.«

»Lass bloß die Finger davon! Es gehört mir! Schlimm genug, dass Cornelis seine Nase in meinen Bettkasten gesteckt und es mit seinen schmierigen Fingern angefasst hat!« Laurens hielt inne. »Die Sache mit dem Bild bleibt aber unter uns, verstanden? Du hast doch hoffentlich niemandem davon erzählt, oder?«

»Nein, denn ich weiß, dass es dein Geheimnis ist«, erklärte Pieter.

»Vergiss es bloß nicht«, sagte Laurens warnend. »Denn sobald es die Runde macht und ich deswegen Ärger kriege, werde ich der Polizei alles verraten, was ich weiß.«

»Was weißt du denn?«

»Etwas, das Anneke neulich nachts in der Küche aufgeschnappt hat.« Laurens setzte sich dicht vor einen Spiegel und zog sich mit geübten Bewegungen die Klinge über Kinn und Wangen. Besondere Sorgfalt verwendete er auf den Bereich zwischen Nase und Oberlippe, der sich – wie Pieter aus den Anatomiebüchern seines Vaters wusste – Philtrum nannte. Wie immer sah Pieter Laurens aufmerksam bei der Rasur zu, denn sein erster eigener Versuch zu Beginn der Woche hatte ihm mehrere schmerzhafte Läsionen beschert, weshalb er es gleich wieder aufgegeben hatte. Einen erneuten Anlauf hatte er bisher nicht zu unternehmen gewagt. Stattdessen hatte er beschlossen, zunächst genau wie beim Malen durch Zuschauen zu lernen.

»Was hat Anneke denn aufgeschnappt?«

Laurens hielt mit der Rasur inne und blickte Pieter im Spiegel an. Dann sah er sich nach allen Seiten um, ehe er leise weitersprach: »Du wolltest doch letztens unbedingt wissen, was Meister Rembrandt mit dem Bleiwasser gemacht hat. Nun, jetzt weiß ich es. Anneke war spätabends von einem lauten Geräusch wach geworden. Als sie dem Krach auf den Grund gehen wollte, sah sie Mevrouw Saskia in die Küche gehen und hörte, wie sie den Meister fragte, warum er so spät noch ein Kochfeuer gemacht habe. Daraufhin sagte er: Ich will das Bleiwasser einkochen, um eine stärkere Konzentration von dem Bleizucker zu erzielen. Woraufhin Mevrouw Saskia sich erkundigte, ob das nicht giftig sei, was der Meister bejahte. Im selben Atemzug meinte er, man könne das in die Weinflasche für die Versluys' füllen, da Mijnheer Versluys süßen Wein bevorzuge und es gewiss erst merken würde, wenn er tot umfiele. Darauf ließ der Meister ein schauerliches Lachen hören. Anneke stand die ganze Zeit vor der Tür und hörte voller Entsetzen alles mit an. Doch dann wurde sie von Mevrouw Saskia ertappt, und wegen ihres heimlichen Lauschens setzte es ein Donnerwetter, gefolgt von der Drohung, dass Anneke sich flugs in Meulendonk wiederfinden werde, wenn sie auch nur ein Sterbenswörtchen von der Unterhaltung verlauten lasse. Meister Rembrandt habe das Bleiwasser nur für Farbexperimente einkochen wollen. Alles andere, was er gesagt habe, sei nur ein Scherz gewesen.« Laurens lachte kurz auf. »Was man dann daran gesehen hat, dass Versluys tatsächlich tot umfiel.«

»Und wie hast du von dieser Unterhaltung erfahren? Hat Anneke es dir erzählt?«

»Nein, ich hab's zufällig mitgekriegt. Als herauskam,

woran Versluys gestorben war, hat Anneke sich in ihrer Not Geertruyd anvertraut, und ich hörte es, weil ich gerade zum Lokus ging und dabei an der offenen Küchentür vorbeikam. Anneke wusste nicht, was sie machen soll, worauf Geertruyd ihr befahl, unbedingt zu schweigen, wenn sie nicht nach Meulendonk zurückwolle, zumal auch Geertruyd auf ihre späten Tage ganz gewiss keine neue Anstellung finden werde. Sie meinte außerdem, dass der alte Pfeffersack es verdient hätte.«
Laurens gab ein Schnauben von sich. »Damit hat sie sogar recht, aber die Frage ist doch: Wen bringt der Meister als Nächstes um? Es könnte jeden treffen, dem er übel gesonnen ist. Kann man da einfach danebenstehen und zusehen? Ich selbst bin ja bald hier weg, aber was ist mit dir und Anneke? Ich habe mit ihr darüber geredet. Das arme Mädchen hat eine Heidenangst, darauf gebe ich dir Brief und Siegel! Dann sprach ich mit Cornelis über die Sache – was ein schwerer Fehler war, denn daraufhin dachte er sich diese Erpressung aus, damit ich auch ja alles für mich behalte. Woraufhin ich ihm heute Prügel verpasst habe. Was ich jederzeit wiederhole, wenn er noch einmal so ankommt.«

»Du denkst, dass der Meister nicht nur Mijnheer Versluys, sondern auch Mijnheer van Houten ermordet hat?«

»Natürlich war er's, wer sonst? Du hast doch gehört, was Doktor Bartelmies über die möglichen Motive eines Mörders sagte. Dabei hat er aber bloß zwei von den dreien, die er aufzählte, in Betracht gezogen. Das dritte hat er ausgelassen. Kannst du dich noch an dieses dritte Motiv erinnern?«

»Rache«, antwortete Pieter, der so gut wie nie etwas vergaß.

»Ganz genau«, versetzte Laurens, während er das Rasiermesser zusammenklappte und es weglegte. »Wenn je einer rachsüchtig war, dann Meister Rembrandt. Nach van Houtens Tod hat er sogar noch dessen arme Witwe vor Gericht gezerrt, weil sie das Porträt nicht bezahlen konnte! Er lässt sie kaltherzig ins Gefängnis werfen, obwohl er schon ihren Mann umgebracht hat!«

»Aber warum will Cornelis nicht, dass Meister Rembrandt zur Rechenschaft gezogen wird?«

»Weil dieser Dummkopf glaubt, dass es jemand anders war.«

»Wer denn?«

»Keine Ahnung, er will es mir nicht sagen.« Laurens schüttelte den Kopf. »Aber eins habe ich genau gesehen: Er hatte Angst.«

*

Pieter träumte, dass er Schlittschuhe an den Füßen hatte und mit größtmöglicher Geschwindigkeit übers Eis lief. Er war sogar schneller als der Eiskahn, der mit vollen Segeln dahinraste. Pieter überholte ihn mühelos und lachte begeistert, als der schmetternde Fanfarenstoß ertönte.

Irgendwo weiter vorn lief Anneke, er musste sie finden, sonst würde er sie verlieren, so wie er auch seinen Vater und Wolf verloren hatte. Eben noch von rauschhafter Freude am ungehinderten Dahingleiten erfüllt, verspürte er mit einem Mal panische Angst. Etwas näherte sich von hinten und wollte ihn davon abhalten, weiterzulaufen. Die Fläche vor ihm bestand nicht länger aus glitzerndem, sonnenbeschienenem Eis, sondern aus vollkommener Schwärze. Er streckte die Hände aus und berührte einen Gegenstand. Es war sein Federbett. Mit einem erschrockenen Keuchen wachte er auf.

Da waren Geräusche. Sie kamen aus dem Sammelkabinett. Ein Scharren, ein Rumoren. Jemand machte sich dort zu schaffen. Der Meister? Er hatte in den vergangenen Wochen oft bis tief in die Nacht gearbeitet und sich nicht daran gestört, dass Pieter und Laurens sich in den abgeteilten Ateliers ihr Nachtlager bereitet hatten. Das Flackern der Kerzen und der Geruch von frischem Leinöl hatten Pieter so manches Mal in den Schlaf begleitet. Seit der Vollendung des Simsons war es jedoch nachts immer still und dunkel in der Werkstatt gewesen. Auch jetzt war es stockfinster, aber dann tauchte unversehens ein schwacher Lichtschein auf, ebenfalls aus Richtung des Kabinetts. Er bewegte sich quer durch die Werkstatt, doch Pieter konnte die Quelle des Lichts nicht ausmachen, weil sich die Trennwand davor befand.

»Laurens?«, rief er leise.

Der Geselle schlief in einem der anderen Ateliers, näher beim Kamin, weil es dort wärmer war, denn er besaß kein Federbett.

Das Licht bewegte sich nicht mehr. Dann erlosch es schlagartig.

Unvermittelt erklang ein Poltern, als fiele etwas um. Ein unterdrückter Aufschrei war zu hören.

Pieter war bereits auf den Beinen. Durch die pechschwarze Finsternis tastete er sich an der Trennwand vorbei in Richtung der Geräusche.

»Laurens?«

»Pass auf, Pieter!«, rief Laurens. »Hier drin ist jemand!«

Ein erneutes Poltern und das Krachen herabfallender Gegenstände, begleitet von einem Ächzen und dumpfen Schlägen. Es klang fast wie die Kampfgeräusche vom Vormittag, nur, dass diesmal Laurens um Hilfe rief.

»Pieter, steh mir bei!«

Pieter umrundete die letzte Trennwand und streckte die Hände aus. »Laurens?«

Etwas traf ihn mit Wucht am Kopf, er torkelte und sank in die Knie. Stöhnend wollte er seinen Schädel umfassen, doch seine Hände erreichten ihr Ziel nicht mehr. Die Finsternis um ihn herum ergriff schlagartig Besitz von ihm.

Er verlor das Bewusstsein.

*

»Ich hatte den Kerl fast«, sagte Laurens. Er saß auf einem Schemel in der Küche und presste sich das Tuch gegen die Stirn, das Saskia ihm gereicht hatte. Aus einer Platzwunde war ihm das Blut übers Gesicht gesickert, die langsam trocknenden Streifen verliehen ihm ein martialisches Aussehen. »Aber an der Treppe hat er mich mit dem Knüppel erwischt. Als ich mich wieder hochgerappelt hatte, war er schon durch die Hintertür auf und davon.«

Pieter saß auf einem anderen Schemel und drückte sich ebenfalls ein Tuch an den Kopf, das Geertruyd mit zerkleinerten Eiszapfen vom Pumpbrunnen gefüllt hatte. Ihn hatte es an der Schläfe getroffen. Der Schädel brummte ihm heftig, begleitet von hämmernden Schmerzen. Er fühlte sich schwach und zittrig. Um ihn herum drehte sich alles, er hatte sich bereits in einen Kübel übergeben müssen. Da er jedoch keine blutende Wunde aufwies, wurde ihm weniger Aufmerksamkeit zuteil als Laurens, zumal dieser mit dem Einbrecher gerungen und versucht hatte, ihn aufzuhalten.

»Es muss jemand gewesen sein, der sich im Haus auskennt«, sagte Laurens zu Saskia. »Sonst hätte er in der Dunkelheit nicht so zielsicher fliehen können.«

Händeringend lief sie in der Küche umher. Die Volants an ihrem Hausmantel flatterten im Takt ihrer Schritte.

»Wir hätten die Hintertür abschließen sollen!«, rief sie.

»Ja, das wäre allerdings klug gewesen«, stimmte Laurens zu. »Vor allem angesichts der schlimmen Umstände, unter denen Mijnheer Versluys ums Leben gekommen ist.«

Sie warf ihm einen raschen Blick zu und sah dann hastig zur Seite, als hätten ihre Augen sich an ihm verbrannt.

Geertruyd hatte Feuer im Herd gemacht und rührte in einem Topf. Über ihrem zeltartigen Nachtgewand trug sie einen schäbigen Wollumhang. Die Haube hing ihr knittrig um die Ohren, das graue Haar schaute struppig darunter hervor. Mit grimmig zusammengepressten Lippen goss sie heiße Milch in einen Becher und gab einen Schuss Schnaps hinein. Sie reichte Pieter den Becher. Er bedankte sich und nippte kurz, doch sofort wurde ihm wieder übel. Sie nahm den Becher zurück und trank selbst davon. Laurens' Blicke folgten dem Becher, aber Geertruyd ignorierte es.

Auch Anneke hatte sich nach dem nächtlichen Lärm in der Küche eingefunden, doch Saskia hatte sie umgehend wieder in ihre Kammer zurückgescheucht, mit der Begründung, dass es mitten in der Nacht sei und dass sie noch mehr Gedränge in der Küche nicht gebrauchen könne.

Rembrandt hatte sich gleich nach oben begeben, um etwaige Schäden und Verluste zu prüfen. Die schienen beträchtlich zu sein, denn man hörte ihn brüllen und fluchen. Schließlich kam er zurück in die Küche, das Gesicht im Schein des mitgeführten Windlichts bleich und starr. An seiner Stirn pochte eine Ader.

»Die Sammlung?«, fragte Saskia mit zitternder Stimme. »Deine Raritäten und Schätze?«

»Alles unversehrt«, sagte er.

Sie seufzte erleichtert auf, zuckte aber heftig zusammen, als er mit der Faust krachend gegen die Tür schlug.

»Das Tronie ist weg!«, schrie er. »Der Mann mit dem Goldhelm ist verschwunden!«

*

Perfiderweise hatte der Dieb nicht nur das fertige Tronie, sondern auch die unvollendete Kopie entwendet, und Rembrandt beruhigte sich erst wieder, als Pieter ihm noch vor dem Frühstück auf seine drängende Frage hin beteuerte, das Bild jederzeit aus dem Gedächtnis neu malen zu können.

»Es wird aber genauso aussehen, oder?«, vergewisserte Rembrandt sich.

»Das ist nicht anzunehmen, denn die Anzahl möglicher Variationen geht gegen unendlich. Meine Berechnungen haben ergeben ...«

»Egal«, unterbrach Rembrandt ihn. »Mal es einfach genauso gut wie die beiden anderen. Und das möglichst schnell. Fang am besten gleich an.«

»Ich habe Kopfschmerzen.«

»Dann lass dir von Geertruyd einen Genever geben, das hilft.«

Vormittags traf der neue Auftraggeber ein, um für das von ihm bestellte Porträt Modell zu sitzen. Als Caspar Ruts hörte, dass das Tronie, das er schon so gut wie gekauft hatte, bei einem nächtlichen Raub entwendet worden war, verschlechterte sich seine Laune zusehends. Erst, als er die gewaltige Beule an Pieters Schläfe und die nicht minder beeindruckende Wunde an Laurens' Stirn sah – schlagende Beweise für die Brutalität und Entschlossenheit des Einbrechers –, legte sich sein Ärger, zumal Rembrandt ihm versicherte, dass noch vor Weihnachten ein identisches Ersatzbild zur Verfügung stehen werde.

»Es wird nicht identisch sein«, widersprach Pieter, der sich in Hörweite malend der Herstellung eben jenes Ersatzbildes widmete. »Denn die Anzahl möglicher Variationen geht gegen unendlich. Meine Berechnungen zum Grenzwert haben ergeben ...«

»Halt den Mund und arbeite«, fiel Rembrandt ihm ins

Wort. Zu Mijnheer Ruts sagte er: »Der Junge ist manchmal ein bisschen verwirrt.«

»Malt *er* etwa das Bild?«, wollte der Kaufmann wissen. »Ich nahm an, es sei ein Werk aus Eurer Hand!«

»Ist es ja auch. Der Junge macht nur die Grundierung. Das ist Schülerarbeit.«

Hinter einer der Trennwände kicherten zwei der Lehrjungen. Rembrandt eilte hinter die Wand und verpasste ihnen ein paar Kopfnüsse. »Höre ich noch einen Laut von euch, gibt's was mit dem Rohrstock!«

»Ihr seid ein recht strenger Meister«, lobte ihn der Kaufmann. »Das ist bei Knaben dieses Alters auch bitter nötig. Harte Zucht und eine feste Hand haben noch keinem Lehrling geschadet. Mir gefällt, dass Ihr Eure Arbeit auch in der Ausbildung ernst nehmt!«

Rembrandt wusste nicht, ob er das als Schmeichelei auffassen sollte, da es ihm eher wie versteckter Hohn vorkam. Aber Caspar Ruts schien es völlig aufrichtig zu meinen.

Rembrandt skizzierte ihn in würdevoller Haltung neben einem Schreibpult. Das Ergebnis seiner Bemühungen fand er steif und gekünstelt, keine geeignete Komposition für ein ansprechendes Porträt. Allerdings behielt er seine Unzufriedenheit für sich. Mijnheer Ruts würde eben noch einmal kommen und ihm für weitere Entwürfe Modell stehen müssen. Das würde ganz nebenher den Eindruck gründlicher Vorbereitung vermitteln und den hohen künstlerischen Aufwand, der hinter einem teuren Ganzkörperbild steckte, erst ins rechte Licht rücken.

Im Anschluss an die Sitzung schlenderte er mit dem Kaufmann durch das Sammelkabinett, da Ruts noch Interesse an einem dekorativen Gegenstand für sein Studierzimmer geäußert hatte.

»Diese Kopfstudie da ist von Leonardo da Vinci«, sagte

Rembrandt. Die kostbare Arbeit war eines seiner ersten Sammelstücke, eine echte Rarität. »Sie ist über hundertfünfzig Jahre alt.«

»Hm, sehr schön.« Caspar Ruts nickte, dann ging er weiter und betrachtete mit sichtlicher Bewunderung das antike Schwert an der Wand. Trotzig sagte Rembrandt sich, dass er die Zeichnung ohnehin nicht verkauft hätte. Dieser Banause hätte sie niemals richtig wertschätzen können.

Grübelnd folgte er dem Kaufmann auf dem Rundgang durch das Kabinett. Beim ersten Tageslicht hatte er mit ein paar Handgriffen alles aufgeräumt, von den Spuren des Einbruchs war nicht mehr viel zu sehen. Warum hatte der Dieb hier herumgewühlt, aber nichts mitgenommen? Er hatte einiges in Unordnung gebracht – Stellagen waren zur Seite gerückt, Mappen und Bilder durcheinandergeworfen, der antike Stoff vom Tisch gezerrt worden, doch nichts war beschädigt oder gestohlen. Fast war es, als hätte der Dieb alles hier begutachtet, aber – abgesehen von den Goldhelmbildern im Atelier – nichts einer Mitnahme für würdig befunden. Oder hätte er sich auch im Kabinett noch etwas ausgesucht, wenn Pieter und Laurens ihn nicht vorher erwischt hätten? Hatte er zuerst still und heimlich die Tronies aus dem Haus geschafft, um gleich im Anschluss daran weiteres Diebesgut aus dem Kabinett zu holen? Dafür sprach, dass die beiden auf Rahmen verspannten Leinwände zu sperrig waren, um sie auf einer halsbrecherischen, überstürzten Flucht mitzunehmen und dabei noch einen Knüppel zu schwingen; folglich musste der Einbrecher tatsächlich zuerst die Bilder nach draußen gebracht haben. Dann war er zurückgekommen, auf der Suche nach zusätzlicher Beute, doch diesmal waren Pieter und Laurens aufgewacht und hatten dem nächtlichen Eindringling einen Strich durch die Rechnung gemacht.

Aber wie passte das zu Pieters und Laurens' Schilderung,

dass sie den Dieb in der Werkstatt gestellt hatten, *nachdem jener – ohne Beute! – das Kabinett bereits wieder verlassen hatte?*

Dieser Gedanke führte Rembrandt zu der blitzartigen Erleuchtung, wie es sich in Wahrheit zugetragen haben musste. Mit dem Durchwühlen der Sammlung hatte der Dieb lediglich ein Zeichen setzen wollen. *Sieh her, ich habe mich hier umgeschaut, aber deinen belanglosen Kram kannst du gern behalten. Von wirklichem Wert sind allein die Tronies deines Schülers.*

Ein hinterhältiger Fingerzeig, eine bösartige Machtdemonstration, wie sie nur einem bestimmten Menschenschlag in den Sinn kommen konnte. Einem Maler, einem Konkurrenten! Und zwar einem, mit dem er sich wegen der Tronies schon erbittert gestritten hatte.

»Frans!«, knirschte Rembrandt zwischen den Zähnen hervor.

»Wie belieben?«, fragte Caspar Ruts geistesabwesend. Fasziniert betrachtete der Kaufmann eine alte Hakenbüchse. »Ob die wohl noch schießt? Ich glaube, die würde ich Euch gern abkaufen!«

Als hätte Rembrandt durch die Gedanken an seinen Widersacher dessen Erscheinen heraufbeschworen, betrat im selben Augenblick Frans Munting das Kabinett. Für den Bruchteil eines Augenblicks war Rembrandt davon überzeugt, es könne sich nur um eine Sinnestäuschung handeln, ein absurdes Trugbild, bei dem die Grenzen zwischen Vorstellung und Realität verschwimmen, so wie man sich zuweilen auch an Dinge zu erinnern glaubt, die gar nicht stattgefunden haben.

»Die Köchin hat mich hochgeschickt«, sagte Munting. »Ich hoffe, ich störe nicht.«

»Keineswegs, Mijnheer«, sagte Caspar Ruts höflich. »Ich wollte ohnehin gerade gehen.«

Frans Munting musterte Rembrandt mit scharfem Blick.

»Ich bin gekommen, um mein Bild abzuholen.«

Rembrandt stürzte sich mit einem Aufschrei auf ihn.

»Wie kannst du es wagen!«, brüllte er.

Sie krachten beide gegen die aufgetürmten Kisten nahe der Tür. Mit Getöse fiel der ganze Stapel um, die Kisten brachen auf. Durch die Wucht von Rembrandts Angriff waren er und Munting zu Boden gestürzt, er kam auf Frans zu liegen, der in einer Mischung aus Furcht und Verblüffung zu ihm hochschaute. Um Muntings Kopf herum breitete sich ein bizarrer Heiligenschein aus strohigen Klumpen aus, die aus einer der Kisten stammen mussten. Rembrandt zwinkerte ein paarmal ungläubig, bis kein Zweifel mehr möglich war. Es handelte sich um Dutzende von Tulpenzwiebeln.

*

»Du hättest ihnen vielleicht sagen sollen, dass du nicht weißt, wo die Tulpenzwiebeln herkommen«, meinte Saskia. Sie saß im Lehnstuhl vor dem Kamin und sah ihrem Mann besorgt dabei zu, wie er rastlos in der Stube auf und ab lief.

»Warum hätte ich dergleichen sagen sollen?«

»Um dem Eindruck entgegenzuwirken, dass du ihr Besitzer bist.«

»Das hätte doch sofort ihren Verdacht erregt. Wer eine Tat leugnet, die ihm gar nicht vorgeworfen wird, macht sich ihrer zwingend verdächtig. Also habe ich mein Erschrecken verborgen und so getan, als seien die Zwiebeln Teil meiner Sammlung.«

»Hast du gesagt, es seien deine?«

»Nein, ich habe *gar nichts* zu den Tulpen gesagt«, erklärte er ungeduldig.

Er hatte Frans Munting wieder auf die Füße geholfen,

ihm den Staub von den Schultern geklopft und versöhnliche Worte gefunden – die Nerven seien ihm durchgegangen nach der schlimmen Erfahrung der vergangenen Nacht. Doch es hatte nicht viel geholfen. Frans Munting hatte wütend zwei Tulpenzwiebeln zertreten (es drehte Rembrandt immer noch den Magen um, wenn er sich den Anblick in Erinnerung rief – womöglich war eine Semper Augustus dabei gewesen!), und dann hatte er schnaubend verkündet, Rembrandt werde noch von ihm hören. Nachdem er ohne ein Wort des Abschieds davongestürmt war, hatte sich auch Caspar Ruts empfohlen. Kein Wort mehr davon, dass er die Hakenbüchse kaufen wollte. Ja, schlimmer noch: Der Kaufmann hatte sich mit der kühlen Bemerkung verabschiedet, den Auftrag für das Porträt noch einmal überdenken zu wollen.

Niedergeschmettert ließ Rembrandt sich auf die Bettkante sinken und starrte düster vor sich hin. Sein Leben schien aus allen Fugen zu geraten.

»Bestimmt besinnt sich Mijnheer Ruts noch«, meinte Saskia tröstend. Sie stand von dem Sessel auf, setzte sich neben ihn aufs Bett und legte ihren Kopf an seine Schulter.

Rembrandt rieb sich die brennenden Augen. Er hatte zu wenig geschlafen und zu viel gearbeitet, und die Schwierigkeiten türmten sich vor ihm auf wie ein gewaltiger, unüberwindlicher Berg. Woher kamen die vermaledeiten Tulpen? Wer hatte sie ins Kabinett gebracht und dort versteckt? Wobei *verstecken* es nicht genau traf – der Einbrecher hatte einfach eine Kiste zwischen den Stapel der übrigen geschoben. Die Kisten hatte Rembrandt beim Aufräumen nicht untersucht, weil die Deckel noch vom Umzug zugenagelt waren, folglich war er davon ausgegangen, dass der Täter sich nicht für deren Inhalt interessiert hatte. Dass es dem Einbrecher – abgesehen vom Diebstahl der Tronies – vornehmlich darum gegangen war, Rembrandt diese Zwiebeln unterzuschieben, war jedoch mittlerweile von schreiender Offensichtlichkeit.

»Was sollen wir denn jetzt mit den Tulpenzwiebeln tun?«, fragte Saskia. »Verderben sie nicht, wenn man sie außerhalb der Erde aufbewahrt?«

Darüber hatte Rembrandt sich noch keine Gedanken gemacht. Ihn trieb eher die Frage um, wer hinter dieser Sache steckte. Und was damit bezweckt werden sollte. Sah der Plan des Täters vor, eine zufällige Entdeckung der Tulpenzwiebeln zu inszenieren, um Rembrandt als ertappten Dieb dastehen zu lassen? Dann wäre dieses Vorhaben heute aufgegangen – hätte Rembrandt nicht die Geistesgegenwart besessen, seine Überraschung zu verbergen und im entscheidenden Augenblick Ruhe zu bewahren.

»Wir könnten sie hinten im Garten vergraben«, schlug Saskia vor. »Dann hätten wir zwei Fliegen mit einer Klappe geschlagen: Sie wären gut versteckt, und sie wären ihrer Natur und ihrem Wert entsprechend verwahrt.« Gleich darauf schüttelte sie den Kopf. »Ach nein, das geht ja nicht. Das Erdreich ist steinhart gefroren.« Sie dachte eine Weile nach, dann fragte sie: »Könnten wir nicht ein Feuer draußen machen, damit es auftaut, und sie dann eingraben?«

»Das wäre sinnlos. Quaeckel hat mir erzählt, dass man die Zwiebeln vor dem ersten Frost einpflanzen muss.«

»Gehen sie sonst ein?«

»Woher soll ich das wissen? Aber nehmen wir einmal an, sie überstehen es, im Dezember eingepflanzt zu werden – dann würden sie im Frühjahr erblühen, und ein jeder könnte sehen, dass wir Tulpenzwiebeln gesetzt haben. Es wäre sofort offenkundig, dass wir sie auf unlautere Weise erworben haben müssen. Denn ich habe nie echte Zwiebeln gekauft, sondern immer nur Bezugsscheine.«

»Wer weiß denn davon?«

»Adriaen Quaeckel. Und neuerdings auch Caspar Ruts, denn ich habe es ihm erzählt. Schließlich soll er mir die Papiere abkaufen.«

»Wenn wir die Zwiebeln nicht eingraben können, sollten wir sie in den Kanal werfen. Dann sind wir sie los. Niemand wird uns mehr vorwerfen können, unredliche Besitzer dieser Tulpen zu sein.«

Rembrandt sprach aus, was er bisher kaum zu denken gewagt hatte. »Wenn es die Tulpen sind, für die van Houten und Versluys sterben mussten, wären sie ein gewaltiges Vermögen wert. Willst du so ein Vermögen in den Kanal werfen? Ganz abgesehen davon, dass auch dieser zurzeit zugefroren ist.«

»Wären sie so viel wert, hätte der Eindringling sie bestimmt nicht einfach so in dein Kabinett gelegt«, gab Saskia zu bedenken. »Er hätte sie lieber selbst behalten.«

»Es sei denn, ihm liegt mehr daran, mir zu schaden, als daran, reich zu sein.«

»Aber wer könnte dir derart übel mitspielen wollen?«

»Momentan müsste die Frage eher lauten: Wer will mir *nicht* schaden?«

»Ach, Rembrandt.« Ihr kamen die Tränen. »Ob wir wohl jemals genug finanzielle Sicherheit für ein eigenes Haus erlangen werden?«

»Das werden wir«, versprach er, darauf bedacht, jeden Anflug von Zweifel aus seiner Stimme zu verbannen. Der vermaledeite Caspar Ruts! Wenn von diesem Pfeffersack nur nicht so viel abhinge! Rembrandt dachte fieberhaft nach. Vielleicht war es an der Zeit, einen Reserveplan zu schmieden. Es musste doch möglich sein, aus den plötzlich aufgetauchten Tulpen Kapital zu schlagen!

»In spätestens drei Jahren haben wir ein schönes großes Haus«, sagte er geistesabwesend. »Und ein oder zwei Kinder. Beim nächsten Mal geht alles gut. Du wirst schon sehen.«

Saskia weinte laut auf, von Gefühlen überwältigt. Rembrandt schluckte, denn sein eigener Kummer schnürte ihm die Kehle zu. Ihr erstes Kind hatten sie nur für wenige Wochen in den Armen halten dürfen, ehe das Schicksal es ihnen genommen hatte. Sie hatten beide gewusst, dass neugeborene Kinder oft nicht lange lebten, das war der Lauf der Welt, doch sie hatten sich so verzweifelt gewünscht, davon verschont zu bleiben.

Rembrandt nahm Saskia in die Arme und wiegte sie. »Alles wird gut. Ich verspreche es!«

Er wollte es wirklich gern glauben.

*

KAPITEL 14

Am darauffolgenden Samstag ging Pieter nach der Arbeit wieder in die *Goldene Tulpe*. Cornelis begleitete ihn, weil er allein mit Pieter sprechen wollte. »Ohne dass Laurens hinter der nächsten Trennwand seine großen Ohren aufsperrt«, wie er Pieter erklärte. Pieter passte das sehr gut, denn auch er wollte mit Cornelis unter vier Augen reden.

Er trat ihm zwei von seinen drei Genevern ab und bezahlte den vierten, damit er selbst ebenfalls zwei Becher trinken konnte. Mittlerweile hatte er bei Mijnheer Mostaerd seine Geldvorräte aufgefrischt und war wieder gut bei Kasse. Gemeinsam mit Cornelis stand er am Schanktisch. Der große Kachelofen strahlte eine gemütliche Hitze aus, und einmal mehr bewunderte Pieter die kunstvoll bemalten Fliesen, die in Form eines Frieses den hohen, ausladenden Ofen verzierten. Die Malerei auf den Kacheln stammte von Mareikjes Vater, wie er mittlerweile erfahren hatte. Aber er hatte noch nicht herausgefunden, inwieweit dessen Tod auf eine Anzeige von Meister Rembrandt zurückzuführen war, denn Mareikje hatte es ihm nicht sagen wollen.

»Das geht dich nichts an«, hatte ihre knappe Antwort auf seine Frage gelautet.

Cornelis nippte genießerisch an seinem Genever. Seine Nase war immer noch von der Schlägerei mit Laurens geschwollen und verfärbt, es ähnelte den Blessuren, die der Tulpenhändler Quaeckel von Pieters Fausthieb davongetragen hatte.

»Hast du schon einmal darüber nachgedacht, was du machen würdest, wenn Meister Rembrandt seine Werkstatt aufgeben müsste?«, wollte er von Pieter wissen.

»Ja.«

»Was denn?«

»Dann werde ich Mareikjes Schankknecht und male in meiner freien Zeit Bilder.«

»Ach was«, meinte Cornelis verdutzt. »Wie kommst du denn auf den Gedanken, dass du hier arbeiten kannst?«

»Mareikje hat mir angeboten, ihr Schankknecht zu sein.«

»Da brat mir einer einen Storch! Anscheinend hat sie einen Narren an dir gefressen.«

Pieter benötigte einen Augenblick, um beide Sätze als Redensart einzuordnen, dann nickte er. »Samstags bekäme ich weiterhin drei Genever, und einen warmen Schlafplatz hätte ich auch.«

»Immerhin. Du müsstest also nicht auf der Straße sitzen. Aber im Grunde brauchst du überhaupt nicht zu arbeiten. Du könntest einfach nur … reich sein. Steinreich. Schade, dass du deinen Patenonkel nicht gefragt hast, wie viel deine Tulpen wert sind. Inzwischen sind die Preise so unfassbar hoch, dass man es kaum noch glauben mag. Allmählich kommt es einem wie der blanke Wahnsinn vor!« Cornelis blickte hinüber zu den von Tabakrauch umwölkten Tischen der Tulpisten. Die Wandtafel war von oben bis unten mit Sortennamen und Zahlen vollgekritzelt. Sogar einfache Stückware kostete mittlerweile bis zu tausend Gulden das Pfund. Die Versteigerung war noch im Gange, es war schon die zweite an diesem Tag. Die Anzahl der Tulpisten hatte stark zugenommen, weshalb die Auktionen aufgeteilt werden mussten, da die Teilnehmer sonst nicht mehr alle in den Raum gepasst hätten. Gebote wurden kreuz und quer über die Tische gebrüllt, und Adriaen Quaeckel stand wie ein Fels in der Brandung da und sorgte mit seinen Zwischenrufen dafür, dass der Zuschlag stets bis zum letztmöglichen Zeitpunkt hinausgezögert wurde.

Nebenher drehte er sich immer wieder mit stechendem Blick zum Schanktisch um, als wollte er sich vergewissern, dass Pieter noch dort stand.

»Der wird dir noch Ärger bereiten«, prophezeite Cornelis. »Den Schlag auf die Nase hat er bestimmt nicht vergessen.«

Daran bestand bereits aus objektiver Sicht kaum ein Zweifel. Quaeckels Nase schillerte in allen Farben des Regenbogens und war fast doppelt so dick wie normal. Schon jetzt war erkennbar, dass sie einen unansehnlichen Höcker zurückbehalten würde, weil der Bruch schief zusammengewachsen war.

»Wie dem auch sei«, sagte Cornelis. »Du solltest es in deine Zukunftspläne einbeziehen.«

»Dass Mijnheer Quaeckel mir noch Ärger bereiten wird?«, erkundigte Pieter sich.

»Nein. Dass Meister Rembrandt vielleicht seine Werkstatt schließen muss.«

»Warum?«

Cornelis zuckte mit den Schultern. »Ich glaube, er bewegt sich auf sehr dünnem Eis.«

Auch das musste eine Redensart sein. Pieter sann über die mögliche Bedeutung nach, wurde aber von Mareikje abgelenkt, die gerade mit einer großen Platte Bratfisch aus der

Küche geeilt kam. Pieter hatte Hunger und nahm sich ein Stück von der Platte, als Mareikje an ihm vorbeiging. Sie blieb stehen und schlug ihm auf die Finger. »Was fällt dir ein? Schnaps hast du frei, aber keinen Fisch!«

Pieter biss ein Stück ab. »Ich habe Geld und bezahle ihn.«

»Und ob du den bezahlst!« Ärgerlich schüttelte sie den Kopf, doch dann lachte sie. »Pieter, an deinem Benehmen müssen wir noch feilen.«

»Vielen Dank für den leckeren Fisch«, sagte er sofort, denn zu seiner Beschämung war ihm entfallen, dass man der Köchin für gutes Essen danken musste. Und der Fisch schmeckte *sehr* gut. Er wusste, dass Mareikje einen Teil des Essens für die Gäste selbst zubereitete. Oft stand sie stundenlang in der Küche, ehe sie die Schenke öffnete. Sie briet Hühnerschenkel, legte Heringe ein oder schnitt Räuchermakrelen, Pasteten oder Käse in mundgerechte Happen. Eine Küchenmagd half ihr bei den groben Arbeiten und kümmerte sich auch um den Abwasch und ums Putzen, aber die Speisen waren Mareikjes Domäne.

»Nimm dir auch ein Stück«, sagte sie zu Cornelis. »Du siehst hungrig aus.«

»Ich bin hungrig, aber ich habe leider kein Geld.«

»Ich bezahle deinen Fisch«, sagte Pieter.

Sofort streckte Cornelis die Hand aus und griff zu. In Windeseile hatte er seine Portion verdrückt. Mareikje stellte den Teller auf dem Tisch der Tulpisten ab, an dem Adriaen Quaeckel die Geschicke der Händler lenkte. Die dort sitzenden Männer langten genauso hastig zu wie Cornelis, doch war es bei ihnen nicht der Hunger, der sie so gierig nach dem Essen grapschen und es verschlingen ließ. Eine besondere, unbezwingbare Unersättlichkeit trieb sie an, genau wie beim Erwerb der Tulpen.

»In weniger als zwei Wochen ist schon Weihnachten«,

sagte Cornelis mit trübseliger Miene. »Was machst du an den Festtagen?«

»Ich weiß es nicht«, sagte Pieter, der sich darüber noch keine Gedanken gemacht hatte.

»Es würde mich nicht wundern, wenn du auf Geheiß des Meisters sogar dann malen sollst. Vorausgesetzt, die Werkstatt gibt es bis dahin noch.«

Das war schon die zweite Bemerkung von Cornelis, die sich auf eine Schließung der Werkstatt bezog.

»Wieso sollte es die Werkstatt nicht mehr geben? Was genau meintest du, als du sagtest, Meister Rembrandt bewege sich auf dünnem Eis?« Erklärend fügte Pieter hinzu: »Laurens hat mir von dem nächtlichen Vorfall in der Küche und von deiner Erpressung erzählt. Darüber würde ich gern mit dir reden.«

Cornelis blickte sich besorgt um. »Sprich um Himmels willen leise!« Er senkte seine Stimme zu einem Flüstern. »Nun, wenn du davon weißt, muss dir auch klar sein, was ich meine. Meister Rembrandt steht immer stärker unter Verdacht, ein Mörder zu sein. Vielleicht noch nicht offiziell, aber dazu fehlt nicht mehr viel, denn es sind zu viele Dinge passiert, über die zu viele Leute Bescheid wissen.«

Pieter nickte, die Zusammenhänge waren ihm klar, nur nicht Cornelis' Rolle dabei.

»Warum hast du Laurens mit dem Bild unter seinem Bett erpresst?«

»Liegt das nicht auf der Hand? Wenn Laurens zur Polizei geht, könnte Meister Rembrandt eingesperrt werden, ehe meine Lehrzeit vorbei ist. Dann sind meine Aussichten, von der Lukasgilde als Geselle anerkannt zu werden, fürs Erste dahin! Und um die verbleibende Lehrzeit woanders zu absolvieren, fehlt mir das Geld. Deshalb wollte ich Laurens daran hindern, Meister Rembrandt anzuschwärzen!«

Pieter wusste inzwischen, was diese Redensart besagte, doch Cornelis' Antwort war noch nicht zufriedenstellend.

»Laurens sagte, dass du jemand anderen für den Mörder hältst.«

»Ganz recht. Das ist der andere Grund, warum Meister Rembrandt geschützt werden muss.«

»Was glaubst du denn, wer es war?«

»Das kann ich dir nicht sagen.« Cornelis wich seinen Blicken aus.

»Warum nicht?«

»Ich habe keine Beweise. Daher schweige ich lieber, sonst bin ich am Ende noch das nächste Opfer.«

*

Nach dem Umtrunk verabschiedete sich Pieter von Cornelis, denn ihr Heimweg führte sie in unterschiedliche Richtungen. Es war stockfinster. Nur an vereinzelten Stellen flackerte in der tiefen Dunkelheit ein Licht auf – hier ein Kerzenschimmer hinter angelehnten Fensterläden, dort ein weit entferntes Windlicht. Einer Verordnung zufolge hätten an jedem zwölften Haus sowie über den Türen der Schenken Laternen hängen müssen. Da und dort brannten auch welche, die der Wind noch nicht ausgeblasen hatte, doch die wenigen Kerzen verbreiteten keine Helligkeit. Besondere Merkmale der Umgebung – Kirchtürme, Häuserfassaden, Windungen von Grachten – verschwanden in der Schwärze der Nacht. Wer seinen Weg nicht gut genug kannte, konnte sich leicht im Gewirr der unbeleuchteten Gassen verlaufen, vor allem nach ein paar Schnäpsen zu viel. In diesem Fall war es angeraten, der mit Laternen, Spießen und Rasseln patrouillierenden Nachtwache nicht über den Weg zu laufen, denn freundlich heimgeleuchtet wurde einem nur selten. Eher musste man damit rechnen, kurzerhand arretiert und erst gegen Zahlung einer Geldbuße wieder auf freien Fuß gesetzt zu werden. Nächtliches Herumstreunen war verdächtig, vor allem in betrunkenem Zustand oder gar unter Missachtung der Vorschrift, ein Windlicht mit sich zu führen.

Pieter hatte eine Laterne dabei, denn es war schon fast dunkel gewesen, als er mit Cornelis am Nachmittag in die *Goldene Tulpe* eingekehrt war. Doch der Wind war schneidend kalt, und als er in die Nieuwe Doelenstraat einbog, brachte ein unvermuteter Graupelschauer die Kerze in dem Glaszylinder zum Erlöschen. Zum Glück hatte er es nicht mehr weit.

Nach fünfzig Schritten bemerkte er, dass es heller wurde, und gleich darauf war auch der Grund dafür klar – hinter ihm waren noch andere Heimkehrer unterwegs, eine Gruppe von vier Männern, von denen zwei ein Windlicht mit sich führten. Sie gingen schnell, offenbar hatten sie es eilig. Pieter machte ihnen Platz, damit sie ihn überholen konnten. Er würde sich ihnen einfach anschließen und so das restliche Wegstück bei ausreichender Helligkeit zurücklegen können.

Doch es kam anders. Nachdem die beiden Laternenträger ihn überholt hatten, blieben sie stehen und drehten sich zu ihm um. Einer der beiden reichte sein Windlicht dem zweiten, der nun beide hielt. Pieter kannte die Männer nicht, aber ihm war sofort klar, dass sie nichts Gutes im Schilde führten, weder die beiden vor ihm noch die zwei anderen, die hinter ihm Halt gemacht hatten, um ihm auf diese Weise den Fluchtweg abzuschneiden. Allesamt waren sie vierschrötig gebaut und von einer Wolke aus Alkoholdunst umgeben. Ihre Kleidung war abgerissen, ihr Erscheinungsbild ungepflegt. Sie hatten sich ihre Halstücher vors Gesicht gezogen, sodass unter ihren tief sitzenden Hüten nur die Augen herausschauten. Pieters Vater hatte für solche Männer einen bestimmten Ausdruck gehabt: *grobe Gesellen.*

»Vor groben Gesellen mit vermummten Gesichtern musst du dich in Acht nehmen, Pieter. Vor allem auf einsamen Wegen und wenn es dunkel ist. Dann musst du rennen, was das Zeug hält.«

Pieter versuchte einen Ausfall, indem er um die beiden vor ihm befindlichen Männer einen Haken schlug, doch sie schienen damit gerechnet zu haben. Einer der beiden stellte ihm kurzerhand ein Bein, und Pieter stürzte der Länge nach zu Boden. Im nächsten Moment waren sie auch schon zu dritt über ihm und traktierten ihn mit Tritten und Hieben. Pieter schrie laut um Hilfe und versuchte, seinen Kopf mit den Armen zu schützen.

»Macht schneller, da kommt jemand«, sagte der Mann, der die beiden Laternen hielt.

»Nachtwache!«, brüllte eine Stimme aus einiger Entfernung, gefolgt von einem ohrenbetäubenden lauten Klappern.

»Ist das wirklich die Nachtwache?«, fragte einer der Angreifer zweifelnd zwischen zwei harten Tritten gegen Pieters rechte Hand, die dieser schützend vor sein Gesicht drückte. »Ich sehe nur ein Licht näher kommen.«

»Ganz egal, wir verschwinden besser!«, rief der Mann mit den Windlichtern.

Pieter bekam einen letzten Tritt gegen die Hand, bevor die Männer von ihm abließen und das Weite suchten. Ihre beiden Laternen hüpften und schwankten in der Dunkelheit. Pieter rollte sich auf den Bauch und blickte den tanzenden Lichtern benommen hinterher. Er konnte nur auf einem Auge sehen – vor dem anderen zuckten schwarze Blitze. Seine ganze rechte Gesichtshälfte fühlte sich seltsam taub an.

»Gott im Himmel, bist du das etwa, Pieter?«

Eine Laterne bewegte sich über seinem Kopf, und dann trat Doktor Bartelmies in sein Blickfeld. »Oje, du wurdest ja übel zugerichtet!«

Stöhnend rappelte Pieter sich hoch. Dort, wo ihn die Tritte und Schläge getroffen hatten, breiteten sich pochende Schmerzen aus. Auch an der rechten Seite seiner Stirn stach und brannte es. Er tastete die Stelle ab und spürte Blut.

»Du hast da eine üble Platzwunde, die muss ich nähen«, informierte Doktor Bartelmies ihn. »Und deine rechte Hand – sie ist gebrochen. Halt sie unbedingt ruhig! Kannst du gehen? Komm her, ich stütze dich!« Der Medicus legte sich Pieters linken Arm um die Schultern, und humpelnd und stöhnend versuchte Pieter, sich den Rest des Weges aufrecht zu halten. Einmal knickte er in den Knien ein, weil ihm schwindlig wurde.

»Ich hab dich! Nur ruhig! Wir bleiben einen Moment stehen.«

Sie pausierten für ein paar Atemzüge. Der Wind war stärker geworden und trieb ihnen winzige, stechend kalte Eispartikel ins Gesicht. Die Laterne des Arztes flackerte und drohte zu erlöschen. Hastig drehte er sich gegen den Wind und schützte das Licht mit seinem Körper.

»Geht es wieder? Gleich sind wir da! Nur ein kleines Stück noch! Wie gut, dass ich an diesem Abend bei Meister Rembrandt zu Gast bin! Stell dir vor, ich wäre nur ein paar Minuten früher oder später vorbeigekommen – du könntest tot sein!« Der Medicus ließ ein ärgerliches Brummen hören. »Das Räubergesindel wird immer dreister. Als unbescholtener Bürger kann man sich bei Dunkelheit kaum noch hinaustrauen. Ich selbst gehe abends nie ohne meine Klapper ins Freie. Damit vertreibe ich verdächtige Gestalten sehr zuverlässig, du hast es ja vorhin selbst gesehen. Schau, jetzt sind wir da! Bleib ganz ruhig stehen, und stütz dich an der Wand ab!«

Doktor Bartelmies betätigte energisch den Türklopfer. Wenig später wurden sie von Meister Rembrandt persönlich eingelassen. Entgeistert nahm er Pieters Zustand zur Kenntnis.

»Um Himmels willen, was hast du denn jetzt schon wieder angestellt? Hast du dich geprügelt?«

»Mitnichten, werter Meister«, mischte der Medicus sich ein. »Der arme Junge wurde auf dem Heimweg von vier Räubern überfallen! Ein glücklicher Zufall wollte es, dass ich just in diesem Augenblick des Weges kam und auf diese Weise das Ärgste verhindern konnte. Helft mir, den Jungen zu stützen! Er muss sich setzen, denn es hat ihn übel erwischt!«

Angelockt von der lautstarken Unterhaltung, erschien Saskia auf der Bildfläche. Sie schlug entsetzt die Hände zusammen, als sie das Blut von Pieters Gesicht tropfen sah. »Lieber Himmel, dein Auge! Wurde es dir ausgeschlagen?«

»Nein, es ist nur zugeschwollen«, beruhigte sie der Medicus. »Das Blut kommt von der Platzwunde an der Stirn. Rückt mir einen Lehnstuhl vor den Kamin und stellt mir bitte mindestens drei Leuchter hin. Und Euer Nähzeug brauche ich auch, denn ich habe meinen Arztkoffer nicht dabei.«

Pieter wurde auf einen Hocker verfrachtet, das Gewünschte herbeigeholt und bereitgestellt, und Geertruyd musste heißes Wasser aus der Küche bringen. Auch Anneke war zwischenzeitlich aus ihrer Kammer gekommen und verfolgte mit verschreckter Miene das Geschehen. Doktor Bartelmies wusch Pieter mit einem guten sauberen Leinentuch aus dem Prunkschrank sorgfältig das Gesicht ab, während sich im Hintergrund Saskia und Anneke mit gedämpften Stimmen darüber austauschten, ob die Blutflecken wohl beim Waschen wieder herausgehen würden.

»Jetzt brauche ich Genever«, sagte der Medicus. »Und zwar viel. Am besten eine ganze Flasche.«

Das entlockte Geertruyd einen erschrockenen Laut, doch sie holte unverzüglich den Schnapskrug aus der Vorratskammer. Doktor Bartelmies goss großzügig einen Becher voll, tunkte die Nähnadel mitsamt dem Faden hinein und reichte anschließend Pieter den Becher. »Trink aus, mein Junge, das wird dir helfen!«

Pieter kippte gehorsam den Genever in einem Zug hinunter und lehnte sich dann auf Geheiß des Arztes zurück, damit dieser zum Nähen der Wunde schreiten konnte.

»Beiß fest die Zähne zusammen, dann kannst du es eher aushalten«, empfahl Doktor Bartelmies ihm.

Auch diese Empfehlung befolgte Pieter, doch er konnte nicht verhindern, dass ihm während der Prozedur das eine oder andere gequälte Ächzen entwich, jedes Mal einstimmig begleitet vom mitleidigen Stöhnen der Frauen. Rembrandt stand mit verschränkten Armen gegen den Bettpfosten gelehnt und sah aufmerksam zu.

»Hast du erkennen können, wer es war?«, wollte er von Pieter wissen.

»Es waren vier Männer«, sagte Pieter.

Rembrandt formulierte seine Frage anders. »Hast du sie zuvor schon einmal gesehen, oder waren es Fremde?«

»Es waren Fremde.«

»Sagten sie, was sie von dir wollen?«

»Nein, sie verprügelten mich und rannten dann weg.«

»Sie hatten es offenbar nicht auf seine Börse abgesehen«, warf Doktor Bartelmies ein. »Mir kommt es wie ein Racheakt vor.«

Auf diese Einschätzung reagierten alle Umstehenden mit Schweigen.

»Fragt sich nur, ob es Rache an ihm oder mir sein sollte«, sagte Rembrandt nach einer Weile. Seine Stimme klang gefährlich ruhig. »Doktor, wie schlimm steht es um die Hand?«

»Sie ist gebrochen und muss eingerichtet und geschient werden«, erklärte der Medicus.

»Sollen wir den Chirurgen rufen?«, wollte Rembrandt wissen.

»Der ist um diese Zeit längst sturzbetrunken«, wehrte der Medicus ab. »Ich kümmere mich lieber selbst darum. Sobald ich mit dem Nähen fertig bin. Schön stillhalten, Pieter.«

Pieter hielt seit seinem Eintreffen die rechte Hand, die von den Tritten der Angreifer arg in Mitleidenschaft gezogen worden war, vorsichtig mit der Linken fest.

»Hier, trink noch einen Becher Schnaps«, befahl der Medicus, während er Pieter einen weiteren Becher Genever reichte. Pieter tat wie geheißen, und alle Anwesenden sahen zu, wie er anschließend die versehrte Hand vor sich auf das Tischchen legte, damit der Medicus sie genauer untersuchen und die Brüche behandeln konnte. Pieters Schmerzensschreie ließen Saskia und Anneke augenblicklich in Tränen ausbrechen. Anneke lief weinend auf ihre Kammer, und Saskia zog sich in die Küche zurück. Rembrandt wandte den Blick ab und ging mit aufgewühlter Miene in der Stube auf und ab. Nur Geertruyd hielt mit grimmiger Miene die Stellung in der offenen Tür und beobachtete unverwandt den Vorgang des Einrichtens und Schienens.

»Der Mittelfinger ist gebrochen, außerdem der mittlere Handknochen«, erläuterte Doktor Bartelmies, nachdem er Pieters Hand mithilfe eines passenden Stücks Rahmenholz geschient und sorgfältig verbunden hatte – mit einem zweiten guten Leintuch aus dem Prunkschrank, das er vorher in Streifen geschnitten hatte. »Sicher wird alles wieder ordentlich zusammenwachsen, wenn du gut darauf achtgibst.«

An Rembrandt gewandt, fügte er hinzu: »Er darf mindestens einen Monat lang nicht malen. Falls derjenige, der ihm das antat, ihn für Euch als Arbeitskraft unbrauchbar machen wollte, ist es ihm gelungen. Zumindest für die nächste Zeit.«

Rembrandt blieb stehen. »Ist die andere Hand auch verletzt?«

»Nein, wieso?«

In Rembrandts Miene zeigte sich ein Hauch von Triumph. »Wer immer sich damit an mir rächen wollte – der Betreffende wusste nicht, dass Pieter mit der Linken malt.«

*

Pieter blieb, nachdem Doktor Bartelmies ihn verarztet hatte, noch eine Weile in der Stube sitzen. Der schnell getrunkene Schnaps war ihm zu Kopf gestiegen. Zwar dämpfte der Alkohol die Schmerzen, führte aber auch dazu, dass sich um ihn herum alles drehte. Ein Teil der Schwindelgefühle kam jedoch auch von den Tritten gegen den Kopf, wie Doktor Bartelmies resümierte.

»Dein Schädel ist offensichtlich sehr hart. Dass du nach so einer Attacke noch aufrechten Schritts heimgehen konntest, ist der beste Beweis dafür, wie viel du einstecken kannst. Aber du darfst nicht vergessen, dass du erst vor wenigen Tagen schon einmal einen heftigen Schlag gegen den Kopf bekommen hast.« An Rembrandt und seine Frau gewandt, setzte der Medicus hinzu: »Ihr solltet dafür Sorge tragen, dass er sich schont.« Mit besonderer Betonung schloss er: »Ganz gleich, ob rechts- oder linkshändig.«

Rembrandt nickte und schlürfte nachdenklich von dem Wein, den Geertruyd vorhin serviert hatte. Es stand ihm auf die Stirn geschrieben, dass er bereits Überlegungen anstellte, wie dieses ärztliche Gebot zu umgehen war. Der Medicus bemerkte es sehr wohl und versagte sich ein Seufzen. Der Junge tat ihm leid. Pieter hatte in der letzten Zeit viel durchgemacht und alles klaglos ertragen. Bleich und zusammengesunken hockte er in dem Lehnstuhl beim Kamin und starrte ins Leere.

Doch nicht einmal die härtesten Tritte schienen das Denkvermögen des Jungen beeinträchtigen zu können.

»Ich habe eine Frage«, sagte Pieter.

»Nur zu«, ermunterte ihn Doktor Bartelmies.

»Was für Unstimmigkeiten hattet Ihr mit Mijnheer Versluys?«

»Was?«, fragte Doktor Bartelmies verblüfft zurück.

»Bei einer der letzten Sitzungen sagtet Ihr Folgendes«, antwortete Pieter, bevor er ohne zu stocken die Worte des Arztes zitierte: »Meister Rembrandt, dann könnte genauso gut ich der Mörder sein, denn beide Männer haben meine Dienste als Medicus in Anspruch genommen, und ich verwende ebenfalls Blei. Und gewisse Unstimmigkeiten hatte ich mit Abraham auch, denn, wie ich schon sagte, er war ein streitbarer Zeitgenosse.«

»Donnerwetter!«, sagte der Medicus. »Das habe ich wirklich gesagt. Sogar wörtlich, ich erinnere mich. Dein Erinnerungsvermögen ist phänomenal!« Freundlich fuhr er fort: »Warum willst du das denn wissen?«

»Weil persönliche Unstimmigkeiten ein Motiv für einen Mord sein können.«

»Ah! Ich verstehe! Du versuchst dich an der Aufklärung des Falles, nicht wahr? Wie spannend und wie sinnvoll, den Vorgängen durch Logik und akribische Betrachtung der bekannten Zusammenhänge auf den Grund gehen zu wollen!«

»Also wirklich, Pieter«, sagte Rembrandt verärgert. »Du willst doch wohl unserem Gast nicht unterstellen wollen …«

»Nein, nein«, fiel Doktor Bartelmies ihm ins Wort. »Er soll ruhig alles erfragen! Sämtliche Fakten müssen bedacht werden, wenn ein Mörder gefasst werden soll! Niemand darf von den Überlegungen ausgenommen werden, auch nicht ich selbst! Tatsächlich würde ich mir wünschen, ebenfalls über die Zeit und die Energie zu verfügen – und natürlich auch den scharfen Verstand! –, um mich näher mit allen Hintergründen beschäftigen zu können. Zumal die Polizei sich auf höchst unrühmliche Weise gegen jedwede kriminalistische Untersuchung des Falles sperrt. Je mehr Denkarbeit es erfordert, desto weniger scheint Polizeihauptmann Vroom geneigt, sich damit zu befassen.« Doktor Bartelmies schüttelte frustriert den Kopf. Dann wandte er sich mit lebhafter Miene an Meister Rembrandt und seine Frau. »Erzählte ich Euch schon von meinen Unstimmigkeiten mit Abraham Versluys?«

»Nein«, gab Rembrandt in gedehntem Tonfall zurück. »Es würde mich aber durchaus interessieren.«

»Nun, es ging dabei um Abrahams Ehe mit Judith.« Ein Ausdruck von Ironie schwang in der Stimme des Arztes mit. »Eigentlich müsste ich sagen: Juliana, denn das ist ihr richtiger Name. Bei der Eheschließung mit Abraham nahm sie nicht nur seinen Glauben an, sondern änderte auch ihren Rufnamen. Als er sie vor fünf Jahren zum Weibe nahm, war sie siebzehn und ein Mündel des Rats. Ihre Eltern waren kurz zuvor an der Pest gestorben und standen bei Abraham mit ziemlich hohen Schulden in der Kreide. Sein Auge war schon vorher auf Juliana gefallen, doch ihre Mutter hatte sich gegen ein Eheabkommen gesperrt. Genau wie Abraham war auch ich der Familie freundschaftlich verbunden und fand es schäbig von Abraham, dass er die Macht, die sein Geld ihm gab, auf diese Weise auszunutzen versuchte. Nach dem Tod ihrer Eltern hatte Juliana die Wahl, Abrahams Antrag anzunehmen oder in ein ziemlich armseliges Waisenhaus zu gehen – wohlgemerkt, nur so lange, bis für sie eine Anstellung als Magd gefunden war. Sie überlegte nicht lange. Ich hatte Abraham ins Gewissen geredet, schließlich war er mehr als dreimal so alt wie sie. Doch er ließ sich nicht von seinem Vorhaben abbringen. Seine Entscheidung führte zu einem Bruch zwischen uns, doch mit der Zeit lebte unsere Freundschaft wieder auf. Er beteuerte mir, seine Ehe sei glücklich, Judith habe es gut bei ihm, und bei meinen Besuchen in seinem Haus fand ich nichts, was dagegensprach.«

»Zweifellos wusste Judith Versluys den neuen Luxus, den sie in dieser Verbindung genießen konnte, außerordentlich zu schätzen«, meinte Saskia. Es klang ein wenig abfällig. »Die Wahl zwischen einem Leben als Magd oder als Ehefrau eines reichen Mannes fällt gewiss keiner Frau sonderlich schwer.«

»Das mag sein«, räumte Doktor Bartelmies ein. »Dennoch schien sie ihm auf ihre Weise sehr ergeben zu sein. Sein Tod hat sie untröstlich zurückgelassen. Ich sah sie seither einige Male. Sie trägt es mit Fassung, aber ihre Trauer und ihr Entsetzen über Abrahams plötzlichen Tod sind ihr deutlich anzusehen.«

»Sicherlich wird sie als gut betuchte Witwe bald über den schweren Verlust hinwegkommen«, sagte Saskia mit unüberhörbarem Sarkasmus.

Der Medicus sah sie leicht erstaunt an, worauf sie rasch das Thema wechselte und von ihren Vorbereitungen für das bevorstehende Weihnachtsfest berichtete.

Pieter erhob sich schwankend. »Ich bin jetzt müde und will ins Bett.« Ohne weitere Umschweife ging er mit unsicheren Schritten zur Tür, wo er sich kurz umdrehte und eine gute Nacht wünschte.

»Warte«, sagte Doktor Bartelmies. »Ich helfe dir die Treppe hinauf.«

»Das kann ich doch machen«, sagte Rembrandt, doch der Medicus bestand darauf, Pieter zu begleiten und ihm den Weg zu seinem Schlaflager auszuleuchten. Oben in der Werkstatt stellte er den Kerzenhalter ab und half Pieter anschließend beim Ausziehen. Er sah aufmerksam zu, wie der Junge eine kleine Sanduhr umdrehte und sich die Zähne putzte – exakt so lange, wie der Sand zum Durchlaufen brauchten.

»Das hat dir sicher Maarten beigebracht«, sagte der Medicus wehmütig. »Er hat es damals in Padua ganz genauso gemacht. Ich hätte das auch tun sollen, dann hätte ich heute zweifellos weniger Ärger mit meinen Zähnen.«

Pieter nickte bloß und verkroch sich unter sein Federbett. Es war nicht zu übersehen, dass er unter starken Schmerzen litt.

»Ich komme morgen wieder und sehe nach dir. Dann bringe ich dir auch ein Mittel gegen die Schmerzen mit. Achte nur immer streng darauf, dass du die Hand ruhig hältst. Lass dir beim An- und Auskleiden helfen.« Er sah sich um. »Übernachtet hier nicht auch der Geselle? Wie war gleich sein Name?«

»Laurens.«

»Laurens soll dir helfen.«

»Ich glaube nicht, dass er das tun möchte.«

»Ich werde Meister Rembrandt dringend anraten, dafür Sorge zu tragen. Und jetzt wünsche ich dir eine gute Nacht, Pieter.«

»Gute Nacht, Doktor.«

Der Medicus nahm die Kerze an sich und ging zur Treppe. Er kam an dem überdimensionierten *Simson* vorbei und erschauderte kurz beim Anblick des Blutes auf der Leinwand. Welche inneren Dämonen hatten Meister Rembrandt beim Malen dieses Bildes wohl getrieben? Kopfschüttelnd ging er weiter. Er hatte schon seinen Fuß auf der obersten Stufe, als Pieters Stimme ihn innehalten ließ.

»Doktor?«

»Ja, mein Junge?«

»Wenn ich beweisen könnte, wer der Mörder ist – werdet Ihr mir dann helfen, ihn dingfest zu machen?«

»Ja, das werde ich, Pieter.« Mit diesen Worten umfasste er die Kerze fester und ging leise die Treppe hinunter.

*

KAPITEL 15

Am nächsten Tag musste Pieter auf Befehl des Meisters das Bett hüten. Wegen seines angeschlagenen Zustands war er auch vom Kirchgang befreit. Geertruyd brachte ihm das Frühstück ans Bett, und wenig später bekam er auch einen Nachttopf hingestellt, damit er nicht den beschwerlichen Weg zum Lokus zurücklegen musste. Laurens wurde dazu verdonnert, Pieter bei allen persönlichen Verrichtungen zu helfen, angefangen beim Ankleiden bis hin zum Ausleeren des Nachttopfs. Entgegen Pieters Erwartungen fand er sich mit erstaunlichem Gleichmut dazu bereit.

»Demnächst bin ich sowieso hier weg«, verkündete er, während er sich am Nachmittag nach seiner Rückkehr von der Kirche vorm Spiegel rasierte. »Die Gebühren bei der Gilde sind jetzt endgültig bezahlt. Bald kann ich mir meine Wappenmünze abholen, dann bin ich mein eigener Herr. Auch die Werkstatträume sind schon angemietet. Ich kann zwar erst im Mai dort einziehen, aber notfalls finde ich für ein paar Monate auch woanders Unterschlupf. Hier bleibe ich längstens noch einen Monat. Dann bin ich höchst offiziell ein Meister der Zunft. Übrigens habe ich schon meinen ersten Auftraggeber.« Er lachte leise in sich hinein, bevor er eine Duftessenz auf seine glatt rasierten Wangen strich. »Meister Rembrandt wird toben, wenn er das hört!«

»Wer ist es denn?«, fragte Pieter.

»Caspar Ruts«, sagte Laurens triumphierend. »Genauer: seine Gattin. Sie sah bei ihren Bekannten eine meiner Landschaften und will nun auch eine. Und wenn sie zufrieden ist, bekomme ich den Auftrag für ein Doppelporträt.«

»Wollte Mijnheer Ruts sich nicht eigentlich von Meister Rembrandt malen lassen?«

»Er hat sich's anders überlegt.«

»Hat er dir das gesagt?«

»Nein, er hat's Rembrandt selber gesagt. Heute Morgen, direkt vor der Kirchentür. Und nach der Messe, als der Meister schon auf dem Heimweg war und es nicht mehr mitkriegte, kam Mijnheer Ruts auf mich zu und stellte mir die Aufträge in Aussicht. Gleich morgen nach der Arbeit soll ich hinkommen und eine Skizze machen.« Zufrieden stand Laurens von seinem Schemel auf und trat an Pieters Bettstatt. Er hatte die Trennwand zur Seite geschoben, damit Pieter mehr Licht hatte.

»Was schreibst du eigentlich da?«

»Ich stelle Berechnungen an.«

»Worüber?«

»Das kann ich dir nicht sagen.«

»Warum nicht? Glaubst du, ich bin zu blöd, um es zu verstehen?« Laurens' Ton wurde aggressiv.

»Ich weiß nicht, ob du es verstehst.« Pieter hielt ihm das mit Formeln und Zeichen bekritzelte Blatt hin. »Sieh selbst.«

Laurens warf einen Blick darauf und knüllte das Papier ärgerlich zu einem Ball zusammen, den er Pieter an den Kopf warf. »Du kommst dir wohl sehr schlau vor, was? Machst dich lustig über Leute, die nicht auf einer verdammten Lateinschule waren.«

»Doktor Bartelmies hat es auch nicht verstanden.«

»So?« Laurens runzelte die Stirn, die Auskunft schien ihn ein wenig milder zu stimmen. »Um was geht es denn dabei?«

»Das ist ein Geheimnis.«

»Ach? Zwischen wem denn? Etwa zwischen dir und Doktor Bartelmies?« Laurens stemmte die Hände in die Hüften und baute sich vor Pieters Bett auf. »Lass dir mal eins gesagt sein: Diesem Medicus solltest du nicht trauen. Der hat nämlich ganz andere Geheimnisse. Solche, die unschuldige Menschen ins Verderben reißen können.«

»Welche Geheimnisse hat er denn?«

»Glaubst du, ich verrate dir fremde Geheimnisse, wenn du mir die deinen vorenthältst?«

»Nein«, sagte Pieter.

»Wie, nein?« Laurens starrte ihn aufgebracht an. »Was soll diese dämliche Antwort bedeuten?«

»Nein, ich glaube nicht, dass du mir fremde Geheimnisse verrätst, wenn ich dir die meinen vorenthalte«, führte Pieter aus.

»Na schön, ich erzähle es dir auch so, denn das Geheimnis ist eigentlich keins, weil auch andere davon wissen.« Laurens machte eine bedeutungsvolle Pause, ehe er fortfuhr: »Kannst du dir vorstellen, dass der hochgeschätzte Doktor Bartelmies, auf den du so große Stücke hältst, vor fünf Jahren gern Judith Versluys zur Frau genommen hätte? Ihre Eltern waren kaum unter der Erde, da stand er auch schon bei ihr vor der Tür und hielt um ihre Hand an. Dass sie lieber den viel älteren Abraham Versluys geheiratet hat, war für den guten Doktor eine unfassbare Kränkung.« Laurens kicherte.

»Aber das Beste kommt noch: Nach dem Tod ihres Mannes hat er seinen Antrag von damals sofort erneuert.« Er äffte die Stimme des Medicus nach. »Wenn du den Schutz einer neuen Ehe anstrebst, liebe Juliana – ich bin immer für dich da!«

»Woher weißt du das?«

»Ich hab's gehört, weil ich zufällig bei ihr im Haus war. Wir saßen im Empfangsraum und besprachen gerade etwas, als er an die Haustür pochte. Sie hat ihn in der Diele abgefertigt, so konnte ich alles mit anhören. Und als er weg war, hat sie mit mir darüber geredet und mir ihr Herz ausgeschüttet. Sie ängstigt sich regelrecht vor diesem Medicus, er muss sie damals stark bedrängt haben.«

»Wieso warst du denn überhaupt bei ihr?«

»Weil sie ein Bild von mir gemalt haben will«, sagte Laurens voller Stolz.

»Du sollst sie porträtieren?«

»Ganz recht. Sie fand meine Bilder von Anfang an schöner als die von Meister Rembrandt. Jetzt, da sie es selbst bestimmen kann, will sie mir den Auftrag für ein Porträt erteilen. Und sie wird mich fürstlich dafür entlohnen. Ich habe sogar einen Vorschuss bekommen, mit dem ich die Gebühren für die Gilde und die Jahresmiete für meine eigene Werkstatt bezahlen konnte. Von dem Rest kann ich mir Farben und Leinwände und Pinsel kaufen. In einem Jahr bin ich so weit, dass alle reichen Kaufleute und Ratsherren sich von mir malen lassen wollen. Rembrandts Ruhm wird dann längst verblichen sein. Man wird ihn so schnell vergessen, dass bald keiner mehr seinen Namen kennt.«

»Willst du ihn anzeigen, weil er das Bleiwasser eingekocht hat und weil Mevrouw Saskia sagte, man solle Mijnheer Versluys vergifteten Wein schicken?«

»Es ist nicht nötig, dass ich ihn anzeige. Es gibt genügend

andere Leute, die es gar nicht abwarten können, dass ihm das Handwerk gelegt wird.«

»Wer denn?«

Laurens grinste. »Das ist ein Geheimnis.«

*

Als die Glocke vier Uhr schlug, raffte Pieter sich auf und ging nach unten. Sein ganzer Körper schmerzte von den Schlägen und Tritten, und in seiner Hand pochte und stach es, als würde sie in einer Schraubzwinge stecken. Die Wunde über dem Auge brannte und juckte, und sein Schädel dröhnte. Schon auf der Treppe reute ihn das Aufstehen, denn bei jedem Schritt spürte er all seine Blessuren viel deutlicher als im Liegen. Doch er hatte eine Verabredung mit Anneke, und die gedachte er einzuhalten. Als er jedoch die Waschküche betrat, war sie zu seiner grenzenlosen Enttäuschung nicht dort. Da sie erwähnt hatte, dass Geertruyd den Tag bei ihrer Schwester verbringen wollte, klopfte er an die Tür ihrer Kammer. Sein Herz schlug schneller, als Anneke ihm öffnete. Sie trug ihr schönes Sonntagskleid. Zum ersten Mal sah er sie ohne Haube. Ihr Haar floss in goldenen Wellen um ihr Gesicht und über ihre Schultern. Sie war überirdisch schön.

»Da bin ich«, stammelte er. »Du warst nicht in der Waschküche.«

»Ja, weil zufällig Sonntag ist und ich heute frei habe.«

»Es ist vier Uhr, gerade hat die Glocke zur vollen Stunde geschlagen.«

»Ich hab's gehört.« Sie musterte ihn fragend. »Was willst du?«

»Dir den Bernstein bringen und deinen Busen anfassen.«

Sie verzog das Gesicht. »Das hatte ich ganz vergessen. Ich

dachte nicht, dass du heute überhaupt schon wieder aufstehen kannst. Du siehst furchtbar aus. Hast du nicht höllische Schmerzen?«

»Ja. Ich kann deinen Busen nur mit einer Hand anfassen, weil die andere geschient ist.«

Sie kicherte. »Ach, Pieter.« Rasch sah sie sich in der Diele um, dann nahm sie Pieters heile Hand und drückte sie gegen ihren warmen, bebenden Busen. Ein paar Herzschläge lang ließ sie die Hand dort liegen, aber als er unwillkürlich fester zugriff, löste sie seine Finger von der köstlichen Fülle ihres Fleisches und trat einen Schritt zurück. »Jetzt gib mir den Bernstein.«

Er nestelte den Stein aus der Tasche seines Wamses und reichte ihn ihr. Sie begutachtete ihn im Schein der Kerze, die auf einer Truhe in ihrer Kammer brannte, dann legte sie ihn mit einem Lächeln zur Seite und wandte sich wieder zu Pieter um. »Vielen Dank, er gefällt mir gut. Du darfst mir jederzeit noch so einen schenken, wenn du willst.«

»Darf ich dich dann noch mal anfassen?«

»Na ja, das sagte ich doch gerade, oder?«

Das hatte sie nicht gesagt, aber ihre Bekräftigung war der Beleg dafür, dass sie es tatsächlich so meinte.

»Ich habe noch eine Frage«, sagte er.

»Dann frag.«

»Warum glaubt Mareikje, dass Meister Rembrandt schuld am Tod ihres Vaters ist?«

»Ich sagte doch bereits, er hat ihren Vater angezeigt. Sie bildet sich ein, dass ihr Vater vor lauter Schreck und Kummer darüber einen Herzanfall bekam.«

»Weswegen hat Meister Rembrandt Mareikjes Vater angezeigt?«

»Weil er eine ungenehmigte Auktion veranstaltet hat.«

»Was für eine Auktion?«

»Na, mit seinen Bildern. Sicher hat sie dir schon erzählt, dass ihr Vater auch gemalt hat, oder?«

»Ja. Was ist eine ungenehmigte Auktion?«

»Eine Auktion, die nicht vom Rat genehmigt ist«, erklärte Anneke ungeduldig. »Eigentlich machen das alle Maler. Na ja, jedenfalls viele. Die meisten malen mehr Bilder, als sie verkaufen können, und weil sie nicht gern auf ihren Gemälden sitzen bleiben, sondern lieber Geld damit verdienen wollen, veranstalten sie Auktionen. Aber Kunstauktionen sind nur in bestimmten Fällen erlaubt. Entweder bei einem Konkurs, wenn ein Besitz verkauft werden muss, um die Schulden zu decken. Oder im Todesfall, wenn der Nachlass eines Kunstsammlers aufzulösen ist. Die Maler, die ihre überflüssigen Bilder möglichst gut verkaufen wollen, tun sich deshalb gern mit jemandem zusammen, der einen Konkurs vortäuscht und sich dafür am Gewinn beteiligen lässt. Oder mit jemandem, der gerade einen Todesfall in der Familie hat und den Nachlass auflösen will. Auf diese Weise können die Maler mit Genehmigung des Rats und mit Zustimmung der Gilde ihre Bilder unter die Leute bringen, und alle sind zufrieden. Der Vater der Schankwirtin wusste das anscheinend nicht. Er hat einfach eine Auktion seiner Bilder veranstaltet, ohne sie als Teil eines Nachlasses oder eines Konkurses auszugeben. Darüber hat sich Meister Rembrandt geärgert und ihn angezeigt.« Achselzuckend schloss sie: »Er zeigt alle möglichen Leute an, die ihm nicht in den Kram passen.«

In dem Moment wurde der Türklopfer gegen die Haustür geschlagen, und Anneke zog sich hastig und ohne ein weiteres Wort in ihre Kammer zurück.

Pieter schlurfte mit schmerzenden Gliedern durch die Diele, um zu öffnen, doch Saskia kam ihm zuvor.

»Pieter, du solltest doch im Bett bleiben«, schimpfte sie, während sie die Haustür aufmachte. »Ah, Doktor Bartelmies!

Ihr kommt gerade recht! Mein Mann und ich überlegten soeben, ob wir uns nicht in der Küche einen schönen heißen Punsch zubereiten sollen.«

»Da sage ich nicht nein, Mevrouw van Rijn!« Über und über mit frisch gefallenem Schnee bestäubt und eine flackernde Laterne in der Hand, kam der Arzt ins Haus und trat sich höflich auf der bereitliegenden Matte die Schuhe ab. »Herrje, draußen ist es so kalt, als wollte die ganze Welt in Eis erstarren! Mir kommt es viel kälter vor als in sämtlichen vorangegangenen Wintern, obwohl es allgemein heißt, es sei längst nicht so kalt wie im letzten Jahr. Nun, das wird wohl das Alter sein, da friert man ohnehin leichter.«

»Dann nur herein in die warme Stube, Doktor!« Über die Schulter sagte sie zu Pieter: »Ab ins Bett mit dir, junger Mann! Doktor Bartelmies hat dir nicht von ungefähr Ruhe verordnet!«

»Warte, Pieter. Ich habe dir Medizin mitgebracht.« Der Medicus reichte Pieter ein Fläschchen. »Darin ist Laudanum, das lindert die Schmerzen. Es reicht für eine Woche, dann sollte es allmählich von allein besser werden. Doch sei vorsichtig damit, und nimm immer nur einen Fingerhut voll davon. In zu großer Dosierung kann dieses Mittel dazu führen, dass man für immer einschläft.«

Pieter bedankte sich und nahm das Fläschchen entgegen.

»Hat Laurens dir bei deinen täglichen Verrichtungen geholfen?«, erkundigte der Arzt sich.

»Das hat er«, bestätigte Pieter. Laurens hatte vor einer Stunde das Haus verlassen, weil er noch ausgehen und sich mit Freunden treffen wollte, und Pieter war froh, für eine Weile allein sein zu können. Er sehnte sich nach Schlaf, denn in der vergangenen Nacht hatte er vor Schmerzen kaum ein Auge zugetan.

»Pieter sollte auch ein ordentliches Glas Punsch bekommen«, sagte der Medicus. An Pieter gewandt, fügte er hinzu: »Erhol dich gut, mein Junge.«

*

Am nächsten Morgen fing Rembrandt früher mit der Arbeit an als sonst. Es war noch dunkel, als er in der Werkstatt den Kamin anheizte, Lampen aufstellte und Trennwände zurechtrückte. Seine Stimmung war kämpferisch. Die Absage von Caspar Ruts hatte ihm schlimm zugesetzt, der Schreck war noch nicht überwunden. Er hatte stundenlang getobt, und Saskia hatte bittere Tränen geweint. Das Schicksal schien ihnen einen Schlag nach dem anderen zu versetzen. Doch er würde sich zu wehren wissen. Er war immer noch der angesehenste Maler von Amsterdam. Und der würde er auch bleiben!

Er mischte Farben an und holte einen Ballen Leinwand heraus, um ein passendes Stück zuzuschneiden. Ein *großes* Stück, für ein großes Gemälde. Heute wollte er ein neues Bild anfangen. Etwas Überwältigendes, ein Meisterwerk von bahnbrechender Kraft! Eines, das die Zeit überdauern und auch in Hunderten von Jahren noch von sich reden machen würde. Er hatte auch schon ein Sujet ins Auge gefasst, mit dem er sich bereits seit einer Weile trug – *Das Gastmahl des Belsazar*. Schon im Vorjahr hatte er Zeichnungen zu diesem Bibelthema angefertigt, von einem passend verkleideten Schauspieler, der ihm bereits bei einem früheren Gemälde Modell gesessen hatte. Vor seinem geistigen Auge führten die Figuren, die er in Szene setzen wollte, längst ein eigenes Leben voller Höhen und Tiefen, angestrahlt wie von einem goldenen Licht.

Unterdessen hielt wieder der Alltag in der Werkstatt Einzug. Die Lehrlinge kamen die Treppe heraufgepoltert und machten sich an die Arbeit. Rembrandt lief geschäftig umher und erteilte ihnen die nötigen Anweisungen. Es waren Vorbereitungen zu treffen, weil im Laufe des Vormittags ein älterer Herr vorbeikommen sollte, um den Schülern für eine Ganzkörperstudie Modell zu sitzen. Zwischen all den Hilfsdiensten wie Farben reiben und schwemmen, Grundierungen ausführen und Leinwände verspannen musste immer auch ausreichend Zeit für Zeichenübungen bleiben. Nur wer anständig zeichnen lernte, würde später auch gut malen können. Rembrandt nahm seine Aufgabe als Lehrer ernst – er ließ es sich schließlich auch üppig vergüten. Den Sommer über ging er mit den Schülern oft in die freie Natur und wies sie an, Bäume, Wasserläufe und Bauwerke zu skizzieren, und bei schlechtem Wetter bestellte er gelegentlich Menschen von prägnantem Äußeren in die Werkstatt, die sich gegen ein kleines Salär für die Übungen der Schüler zur Verfügung stellten.

Er befahl den Jungen, Blöcke und andere Zeichenutensilien bereitzulegen, und dann machte er sich daran, seine Ideen für den *Belsazar* als Skizze zu Papier zu bringen.

Zwischendurch sah er kurz nach Pieter und vergewisserte sich, dass der Junge auf dem Wege der Besserung war. »Wie geht es dir heute?«, erkundigte er sich. »Hast du noch arge Schmerzen?«

»Ja«, antwortete Pieter mit krächzender Stimme.

»Du kannst noch bis zum Mittag liegen bleiben«, sagte Rembrandt. »Danach probierst du einmal aus, ob du wieder vor der Leinwand stehen und einen Pinsel halten kannst. Mit der Linken natürlich, das sollte gehen, oder nicht?«

»Ich kann es versuchen.«

»Das wird schon. Ich sage Geertruyd, dass sie dir einen großen Becher heiße Milch mit Honig bringen soll. Heute Mittag sieht die Welt bestimmt schon wieder anders aus.«

Rembrandt wünschte sich, es wäre wirklich so. Es fuchste ihn, dass Cornelis nicht zur Arbeit erschienen war. Pieters Ausfall war schlimm genug, es fehlte noch, dass auch Cornelis krank darniederlag, nachdem er bereits wegen des Treppensturzes in der Vorwoche tagelang der Arbeit ferngeblieben war.

Laurens wiederum machte keine Anstalten, die entstandene Lücke zu schließen. Im Gegenteil, er ging auffallend lustlos ans Werk und malte mit beinahe demonstrativer Langsamkeit. Als Rembrandt ihn deswegen anschnauzte, zuckte er zwar kurz zusammen, arbeitete anschließend aber trotzdem keinen Deut schneller.

Rembrandt widmete sich wieder seinem Entwurf für den *Belsazar*, doch das Ergebnis stellte ihn nicht zufrieden. Verärgert zerknüllte er das Skizzenblatt und warf es in die Ecke. Der alte Mann traf ein und zog sich wie von Rembrandt befohlen bis auf seinen Lendenschurz aus. Weil es kalt war, brauchte der Mann drei Schnäpse, um wenigstens innerlich so weit aufgewärmt zu sein, dass er sich auf einen Schemel vors Fenster setzen konnte. Drei von Rembrandts Schülern, beide im zweiten Lehrjahr, setzten sich vor den Alten und begannen ihn zu zeichnen. Rembrandt blickte ihnen über die Schulter, gab hier einen Hinweis und dort eine Anregung – einer bekam auch eine Kopfnuss, weil er kicherte –, und bemühte sich, mit Sachverstand und Haltung bei der Sache zu sein. Doch seine Sorgen lasteten zu schwer auf ihm, er konnte sich schlecht konzentrieren. Nach einer Weile überließ er die Jungen sich selbst und ging in sein Kabinett, um sich mit dem Betrachten seiner Sammlung ein wenig zu zerstreuen. Aber auch dabei fand er keine Ruhe, denn hier musste er zwangsläufig an die Rempelei mit Frans Munting denken, die ihn letztlich den Auftrag von Caspar Ruts gekostet hatte. Verflucht sollte dieser eitle Schmierfink sein!

Immerhin hatte der Vorfall dazu geführt, dass er jetzt um ein beträchtliches Vermögen reicher war. Es musste nur erst die Zeit kommen, da er die unvermutet aufgetauchten Tulpenzwiebeln zu Geld machen konnte, ohne ruchbar werden zu lassen, dass er nicht ihr berechtigter Besitzer war. Die Kiste mit diesem besonderen Schatz verwahrte er daher nicht länger in seinem Kabinett auf, sondern oben auf dem Dachboden, gut verborgen hinter einem Stapel Torfziegel. Inzwischen hatte Saskia herausgefunden, dass auch ausgegrabene Tulpen den Winter überlebten, wenn man sie richtig lagerte. Auf dem Dachboden war es trocken, kalt und dunkel – nach allem, was sie mittlerweile wussten, ideale Bedingungen zum Überwintern ausgegrabener Tulpenzwiebeln. Sobald es draußen wärmer wurde und Pieter und Laurens ihre Siebensachen wieder von der Werkstatt nach oben auf den Boden brachten, würde er sich ein neues Versteck suchen. Und bald darauf ein passendes Beet, da die Zwiebeln zu Beginn des Frühjahrs eingepflanzt werden mussten, damit sie wieder zum Leben erwachten.

Die beunruhigende Frage, welche Pläne der Einbrecher verfolgt hatte, als er die Kiste im Sammelkabinett versteckt hatte, blieb indessen weiterhin unbeantwortet. Die erste Theorie, nach welcher der Täter eine Entdeckung inszenieren und ihn als Tulpendieb (oder schlimmer noch: als Mörder von Versluys!) dastehen lassen wollte, hatte Rembrandt inzwischen verworfen, denn seit Versluys' Tod war nichts dergleichen geschehen. Nicht einmal sein ursprünglicher Verdacht gegen Frans Munting ließ sich vor diesem Hintergrund länger aufrechterhalten, denn wäre es dem Schmierfinken darum gegangen, ihm falsche Beweise unterzujubeln, hätte dieser nach Versluys' Tod und erst recht nach der Entdeckung der Tulpen gewiss nicht mit einer entsprechenden Anzeige bei der Obrigkeit gezögert.

Saskia und er hatten sich in langen Gesprächen den Kopf darüber zermartert, bis schließlich Saskia auf den einzig plausiblen Gedanken gekommen war – der Täter wollte das Kabinett selbst als Versteck nutzen! Bei einer Entdeckung der Kiste hätte Rembrandt als einziger Schuldiger dagestanden, und wäre sie unentdeckt geblieben, hätte der Täter sie zu Beginn des Frühjahrs einfach wieder unauffällig entfernt. Wären die Tulpenzwiebeln nicht infolge von Rembrandts Rangelei mit Munting aus purem Zufall zum Vorschein gekommen, hätte der Täter durchaus darauf vertrauen können, dass kein Mensch sie den Winter über fand. Eine zugenagelte Kiste unter vielen anderen, die länger als ein Jahr nicht ausgepackt worden waren – niemandem wäre sie bis zum Frühjahr aufgefallen. Im Grunde war es ein absolut sicheres Versteck. Es war hinreichend kühl im Kabinett, und dunkel war es in der Kiste sowieso. Rembrandt hätte die Kiste ebenso gut weiterhin dort verwahren können. Allerdings wollte er kein Risiko eingehen, dass derjenige, der sie dort versteckt hatte, sie sich heimlich wieder holte, weshalb er sich letztlich für den Dachboden entschieden hatte. Wer auch immer sich im Kabinett auf Tulpensuche begab – er würde hinterher mit einem sehr dummen Gesicht dastehen. Schadenfreude wallte in Rembrandt auf, als er sich diese vergebliche Suche vorstellte. In seiner Fantasie hatte der Täter kein Gesicht, weil er nicht wusste, um wen es sich handelte, aber irgendwann würde der Betreffende sich zeigen müssen. Und dann, so dachte Rembrandt voller Ingrimm, würde dieser Verbrecher erfahren, was es hieß, sich mit ihm anzulegen!

Er war kaum bei diesem Gedanken angelangt, als sich im Haus unerwarteter Radau erhob. Stiefeltrampeln auf der Treppe, laute Rufe mehrerer Männer, die angstvollen Stimmen der Knaben, Saskias tränenerstickte Proteste.

Sofort rannte er in die Werkstatt zurück. Ein Trupp aus

vier mit Spießen bewehrten Ordnungshütern war dort eingefallen wie eine Räuberbande, angeführt von einem Grobian, der sich in ruppigem Ton als Polizeihauptmann Vroom vorstellte.

»Was wollt Ihr in meinem Haus?«, fragte Rembrandt mit heftig klopfendem Herzen.

»Ihr seid des Tulpendiebstahls verdächtig«, sagte Vroom.

»Wer sagt das?«

»Ich«, teilte Vroom ihm knapp mit. Seinen Männern befahl er: »Alles durchsuchen. Fangt mit dem Sammelkabinett an. Wenn sie dort nicht sind, geht ihr auf den Dachboden, da ist es kühl und trocken.«

Rembrandt wurde es für einen Moment schwarz vor Augen. Er hielt sich an der Wand fest und merkte, dass er sich am Bildnis des *Simsons* abstützte. Sofort riss er die Hand zurück. Die Leinwand war zwar fast trocken, aber noch empfindlich.

»Das muss ein Irrtum sein!«, rief er aus, verzweifelt bemüht, der Durchsuchung ein Ende zu bereiten, ehe sie richtig beginnen konnte. Doch die Ordnungshüter waren bereits ins Kabinett eingedrungen, er konnte hören, wie sie dort herumpolterten und die Kisten aufstemmten.

»Wessen Tulpen soll ich denn gestohlen haben?«, schrie er außer sich.

»Die des Kaufmanns Abraham Versluys. Wie ich hörte, solltet Ihr ihn malen, doch dann starb er an einer Bleivergiftung. Nachdem er aufgrund eines persönlichen Zerwürfnisses mit Euch seinen Auftrag zurückgezogen hatte. Dasselbe gilt übrigens auch für Euren letzten Auftraggeber, einen gewissen Mijnheer Caspar van Ruts. Er wurde heute Morgen mit weißem Schaum vorm Mund in seinem Kontor aufgefunden. Hatte er nicht gestern erst seinen Auftrag für ein Porträt gekündigt?«

»Gott im Himmel«, flüsterte Rembrandt. »Ruts ist tot?«
»Ermordet wie Versluys.«
Benommen machte Rembrandt sich klar, dass dasselbe auch für van Houten galt. Dessen Tod ließ Vroom bei seiner kleinen Ansprache offenbar nur deshalb außen vor, weil auf seine Veranlassung hin schon der unschuldige Fischhändler dafür aufgehängt worden war.
»Wer hat mich angezeigt?«, wollte er wissen. Seine Stimme klang zittrig, und er hasste sich für den angstvollen Tonfall. »Welcher Denunziant hat Euch diesen Unsinn über meinen angeblichen Tulpendiebstahl eingeflüstert?«
»Das geht Euch gar nichts an.« Vroom trat an den großen Arbeitstisch mit den Farbtiegeln. Er griff sich einen heraus. »Ist das Bleiweiß? Wo habt Ihr die Reste, die bei der Zubereitung übrig bleiben? Mich dünkt, Ihr habt hier *sehr* viel Weiß!«
»Ja, weil ich viel Weiß brauche!«, stammelte Rembrandt. »Es ist die wichtigste Farbe!«
»So? Man sollte meinen, Weiß sei überhaupt keine Farbe.«
Die Männer hatten ihre Suche im Kabinett beendet und kamen zurück in die Werkstatt.
»Nichts gefunden, Hauptmann«, sagte einer.
»Dann seht oben nach. Aber in jedem Winkel!«
Und schon erklommen alle vier der Reihe nach die Stiege zum Dachboden.
Hauptmann Vroom musterte mit stechendem Blick den Greis, der sich verschüchtert in eine Ecke zurückgezogen hatte. Umgeben von einer Wolke aus Alkoholdunst, versuchte der Alte gerade mit zittrigen Fingern, seine Kleidung überzustreifen. Dabei löste sich sein Lendentuch und rutschte über seine dürren Schenkel zu Boden, sodass er nun vollends entblößt dort stand. Einer der Schüler kicherte nervös.
»Was für ein Sodom und Gomorrha!«, sagte Vroom mit

Abscheu in der Stimme. »Und das in Anwesenheit von unschuldigen jungen Knaben!«

»Er ist ein Modell!«, rief Rembrandt aus. »Maler brauchen Modelle, wenn sie Menschen in realistischer Manier auf die Leinwand bringen wollen!«

»Ach, tatsächlich? Nun, das scheint mir vieles zu erklären.« Vroom betrachtete eingehend den *Simson* und nickte, als hätte sich seine geheime Ahnung bestätigt.

Rembrandt wusste, was das zu bedeuten hatte. Waren erst die Tulpen gefunden, würde man ihn augenblicklich auch der Morde bezichtigen, zumal – ein jeder konnte sich selbst davon überzeugen! – seine Mordlust auf dem Gemälde unzweifelhaft zutage trat. Er war so gut wie tot.

Voller Panik hörte er die Büttel auf dem Dachboden rumoren, dann kam auch bereits der erste von ihnen die Stiege hinuntergeklettert. Er hatte die Tulpenkiste unterm Arm.

»Hauptmann, ich glaube, hier haben wir was«, sagte er, während er die Kiste auf dem Boden abstellte und sie unter Zuhilfenahme seines Essdolchs gewaltsam aufbrach. »Ah! Sieh einer an! Eine Menge Tulpenzwiebeln!«

»Das ist nicht meine Kiste!«, rief Rembrandt in höchster Not. »Ich habe keine Ahnung, wem sie gehört!«

»Ach was«, sagte Vroom mit milder Belustigung. »Wer sollte denn wohl sonst der Besitzer sein?«

»Ich«, sagte eine krächzende Stimme hinter ihm. Pieter hatte sich von seinem Krankenlager erhoben und war hinter der Trennwand hervorgekommen. Sehr blass und ein wenig unsicher auf den Beinen, aber mit erkennbarer Entschlossenheit stand er da und blickte den Hauptmann fest an. »In der Kiste sind meine Tulpenzwiebeln. Ich habe sie von meinem Vater geerbt.«

*

Diese Äußerung führte unverzüglich zu Pieters Festnahme. Er betonte zwar wiederholt, dass er kein Tulpendieb sei und daher auch kein Grund bestehe, ihn zu verhaften, doch das ließ Vroom nicht gelten. Ein Junge von kaum achtzehn Jahren könne nicht Besitzer einer Kiste voller Tulpenzwiebeln sein, denn in diesem Fall würde er logischerweise kein karges Dasein als Malerlehrling fristen, sondern im Luxus schwelgen wie die Made im Speck. Dieser unwiderlegbaren Argumentation verlieh Vroom mit einer kräftigen Ohrfeige Nachdruck. Sobald Pieter seine Missetat gestanden habe, werde ihm der Prozess gemacht, und selbstverständlich müsse er die Wartezeit hinter Gittern verbringen.

Als Pieter erklärte, dass er nichts zu gestehen habe, wurde er davon in Kenntnis gesetzt, dass die meisten Delinquenten im Laufe spezieller Befragungen am Ende doch alles zugaben, worauf Meister Rembrandt erbleichte und zehn Gulden aus dem Rosenholzkästchen seiner Frau holte, die er Hauptmann Vroom mit der Bitte übergab, Pieter nicht in Ketten zu legen und ihn vor allen Dingen nicht der Folter zu unterziehen. Der Hauptmann nahm das Geld gnädig entgegen, bedachte Rembrandt aber mit Blicken, die sein Misstrauen ihm gegenüber deutlich zum Ausdruck brachten.

Anschließend wurde Pieter ins *Rasphuis* gebracht, eine Besserungsanstalt für Jugendliche, die sich kleinerer Verbrechen schuldig gemacht hatten, und zugleich Verwahrstätte für allerlei Tagediebe und unliebsames Gesindel, das der Rat gelegentlich wegsperren ließ.

Pieter musste sich eine Zelle mit drei anderen Insassen teilen.

»Das ist dein Bett«, sagte Vroom zu ihm. Der Hauptmann wies auf die mit ein paar schäbigen Decken versehene Holzpritsche an der Wand. »Ihr müsst es zu dritt benutzen.«

»Es ist zu schmal für drei Menschen.«

»Was du nicht sagst.« Vroom lachte. »Deshalb schlafen die Jungen auch abwechselnd darin. Denn einzeln hat man mehr davon.«

»Dann muss man auch tagsüber schlafen, denn für einen Nachtschlaf ist das Drittel einer Nacht zu kurz.«

»Willst du eins auf dein vorlautes Maul? Geschlafen wird nur nachts. Ihr müsst es euch eben einteilen.« Vroom packte Pieter bei der Schulter. Halb zog, halb stieß er ihn wieder aus der kleinen Zelle heraus und dirigierte ihn in einen großen Werkraum. Es war eiskalt, denn der einzige Ofen verbreitete kaum Wärme. »Hier wird geraspelt. Du darfst diese Woche noch leichtere Arbeiten verrichten, weil deine Hand gebrochen ist.«

Pieter betrachtete die beiden halbwüchsigen Jungen, die dort im Schweiße ihres Angesichts und keuchend vor Anstrengung mittels einer gewaltigen Säge Rotholz von einem dicken Stamm raspelten.

Zwei weitere Jungen, die noch halbe Kinder waren, fegten mit Reisigbesen Späne zusammen. Ein anderer Knabe schleppte einen riesigen Korb voller Raspelholz zu einem Aufseher, der den Korb entgegennahm und den Jungen dann mit einem Tritt wieder an die Arbeit scheuchte.

»Ich weiß nicht, ob ich in einer Woche schon wieder arbeiten kann.«

»Du solltest es können«, empfahl ihm Vroom. »Denn wer nicht willig ist, kommt in die Wasserkammer.«

»Was ist eine Wasserkammer?«

»Das ist ein Raum im Keller, der eigens für arbeitsscheues, ungezogenes Gelichter wie dich vorgesehen ist. Wer sich schlecht benimmt, wird dort eingesperrt. Dann wird der Raum geflutet.«

»Muss man dann ertrinken?«

Vroom lachte, weil allein die Vorstellung ihn schon zu ergötzen schien. »Natürlich nicht. Abgesehen von den Faulen. Jeder, der dort hineinmuss, bekommt eine Handpumpe. Wer eifrig pumpt, überlebt. Wer faul dasitzt und nichts tut, dem steigt das Wasser schnell bis zum Hals und darüber hinaus. So erfahren auch die widerspenstigsten und langsamsten Knaben, was Disziplin und Fleiß bedeuten.«

Pieter versagte sich die Frage, ob schon Jungen bei dieser Prozedur ertrunken waren. Es war in jedem Fall besser, gar nicht erst in diese Kammer gesteckt zu werden. Vroom hatte ihm erläutert, dass er großes Glück habe, denn man hatte ihn nicht in den Kerker geworfen (wo die Zustände fürchterlich waren, wie Vroom ein ums andere Mal hervorhob), sondern nur ins Rasphuis, das im Vergleich dazu ein wahres Paradies sei.

Und so fügte Pieter sich in sein Schicksal und vertraute darauf, dass er bald wieder frei sein würde.

*

KAPITEL 16

Tatsächlich dauerte es keine drei Tage, bis von höherer Stelle aus verfügt wurde, dass Pieter Maartenszoon van Winkel unverzüglich auf freien Fuß zu setzen sei, unbeschadet an Leib und Leben und mit allem Eigentum, welches man ihm fälschlicherweise abgesprochen hatte. Polizeihauptmann Vroom war außerordentlich bestürzt, als ihm die Anordnung überbracht wurde, denn sie kam vom Statthalter höchstselbst. Vroom konnte nicht fassen, dass der Junge die Wahrheit gesagt haben sollte. Sein Vater Maarten van Winkel, ein studierter Arzt, war nicht nur Besitzer diverser Wind- und Drahtmühlen und Häuser in und um Leiden gewesen, sondern auch wichtiger Anteilseigner der Ostindienkompanie, deren Gewinne ihm zu märchenhaftem Reichtum verholfen hatten. Und nicht zuletzt war er ein Mann gewesen, der sich der Wertschätzung des Statthalters erfreut hatte.

Diese erschreckenden Informationen ließ der Adjutant des Statthalters dem Polizeihauptmann ungefragt und in unmissverständlich drohendem Ton zuteilwerden. Vroom eilte daraufhin bei Nacht und Nebel und durch dichten Schneefall zum Rasphuis und brachte den Jungen persönlich in die Nieuwe Doelenstraat zurück. Der Malermeister erschien übernächtigt und hohlwangig an der Tür und nahm seinen Lehrling in Empfang. Verdattert hörte er zu, als Vroom ihm leicht gestelzt erklärte, dass es mit der Rückgabe der im Eigentum des Jungen stehenden Tulpenzwiebeln noch ein, zwei Tage dauern könne, da sie sich in amtlicher Verwahrung befänden und daher noch die üblichen Hemmnisse der Bürokratie zu überwinden seien.

Genau genommen bestanden die Hemmnisse darin, dass Vroom unvorsichtigerweise die Hälfte der Tulpenzwiebeln bereits verhökert hatte. Er hatte das Geschäft seines Lebens gewittert, da in der Kiste doppelt so viele Zwiebeln gelegen hatten, wie es nach der Verlustliste der Witwe Versluys hätten sein müssen.

Und dabei hatte ihm Adriaen Quaeckel, dem er sie verkauft hatte, noch eingeredet, die Zwiebeln seien billige Stückware, nicht mehr als fünfzig Gulden das Pfund wert! Zum Glück hatte Vroom gegen diesen Halunken genug in der Hand, um ihn zur sofortigen Rückgabe der Zwiebeln zu zwingen. Der einzige Wermutstropfen dabei war, dass er wohl oder übel auch die zweihundert Gulden wieder hergeben musste, die Quaeckel ihm dafür bezahlt hatte.

Als Vroom sich nach der Ablieferung des Jungen zu dieser späten Stunde endlich wieder auf den Heimweg begeben konnte, nahm er die bittere Erkenntnis mit, dass unbekannten Informanten zwar oft, aber bei Weitem nicht immer zu trauen war.

*

Nach seiner überraschenden Rückkehr musste Pieter sich erst einmal in die Stube setzen und einen großen Becher heiße

Milch mit Punsch trinken. Saskia nötigte ihm eine dicke Decke auf, die sie ihm um die Schultern legte, und sie bestand darauf, dass er seine Füße neben das Heizbecken stellte, obwohl der Kamin eine bullige Wärme verströmte.

Rembrandt hielt es nicht länger auf einem Stuhl. Wie immer, wenn er von starker innerer Unruhe erfüllt war, lief er im Zimmer auf und ab, die Hände auf dem Rücken verschränkt und den Blick fest auf Pieters Gesicht geheftet. Der Junge schien die drei Tage im Rasphuis halbwegs gut überstanden zu haben, wenngleich er sich dort einen schlimmen Husten eingefangen hatte. Hoffentlich konnte er das bald auskurieren! Diesmal würde er so lange das Bett hüten, bis er wieder richtig gesund war. Die Goldhelm-Tronies konnten warten. Momentan gab es sowieso kein gültiges Kaufangebot mehr. Caspar Ruts war tot, und Frans Munting würde sich dreimal überlegen, ob er je wieder hier auftauchte. Rembrandt erging sich bereits in Fantasien, wie er dem Kerl den Hals umdrehte. Mittlerweile war er davon überzeugt, dass Munting doch derjenige gewesen sein musste, der ihn angezeigt hatte. Frans legte es darauf an, Pieter als Lehrling für sich zu gewinnen. Dafür war ihm jedes Mittel recht, auch die Denunziation eines Unschuldigen. Er hatte die Zwiebeln in Rembrandts Kabinett gesehen und den Plan gefasst, ihn damit ans Messer zu liefern. Um ein Haar wäre es ihm geglückt. Rembrandt grauste es bei dem Gedanken, wie es ihm ergangen wäre, wenn Pieter sich nicht als Eigentümer der Kiste ausgegeben hätte!

Dass es nicht Pieters Zwiebeln waren, wusste er inzwischen (obschon er es bereits vorher stark bezweifelt hatte): Joost Heertgens, der auf seine Nachricht hin stehenden Fußes nach Amsterdam gekommen war, hatte ihm versichert, dass der Junge zwar Tulpenzwiebeln von seinem Vater geerbt habe, jedoch selbige nie real in Händen gehabt haben könne, da sie samt und sonders in der Erde steckten.

»Pieter«, sagte Rembrandt zu dem Jungen. »Ich würde sehr gern wissen, warum du dich als Eigentümer der Tulpen ausgegeben hast.«

»Weil ich wusste, dass man Euch sonst ins Gefängnis sperren und aufhängen würde, so wie den Fischhändler. Das wäre unrecht gewesen.«

»Und da wolltest du anstelle meines Mannes diese Strafe auf dich nehmen?«, erkundigte Saskia sich bewegt. In ihren Augen schimmerte es feucht.

»Nein, denn ich wusste ja, dass Meister Rembrandt sofort eine Nachricht an meinen Vormund sendet, der wiederum auf der Stelle dafür Sorge tragen würde, dass ich nicht aufgehängt werde.«

»Und wenn der Bote ihn nicht angetroffen hätte?«

»Dann hättet Ihr Euch an Mijnheer Mostaerd gewandt, der alles Weitere veranlasst hätte. Mein Vater war ein Freund des Statthalters, was Mijnheer Mostaerd bekannt ist. Außerdem war meine Darlegung, die Tulpen von meinem Vater geerbt zu haben, stichhaltig, denn ich habe tatsächlich welche geerbt, wenn auch nicht in einer Kiste.«

»Es bleibt dabei – du hast dich furchtlos für mich in Gefahr begeben und meinetwegen sogar gelogen«, sagte Rembrandt, von einer Regung erfasst, die ihn höchst selten überkam – er verspürte eine mit Rührung gepaarte Dankbarkeit.

»Solange nicht erwiesen ist, dass Ihr ein Mörder seid, wäre es großes Unrecht, Euch dafür zu bestrafen. Da empfand ich die Lüge als kleineres Übel.«

Rembrandts sentimentale Anwandlung verflog schlagartig.

»Was glaubst du, wer die Kiste ins Haus gebracht hat?«, fragte er Pieter.

»Das weiß ich nicht, aber ich würde es gern herausfinden. Theoretisch können es alle möglichen Leute gewesen sein, denn in der Werkstatt gehen täglich viele Menschen ein und aus, und Ihr seid nicht immer dabei und könnt darauf achten, wo sie sich gerade aufhalten. Ich würde auch gern herausfinden, wer die Morde begangen und welches Motiv den Täter angetrieben hat. Das kann ich am besten von hier aus. Hätte man Euch ins Gefängnis gesperrt oder gar aufgehängt, könnte ich nicht mehr Euer Lehrling sein. Dann würden mir die Informationen, die ich für die Aufklärung des Falles brauche, womöglich nicht mehr zuteil.«

»Dann verdanke ich es wohl deinem Ermittlerdrang, dass ich mich noch auf freiem Fuß befinde«, meinte Rembrandt trocken. Es war nicht zu fassen! Da saß dieser kaum dem Knabenalter entwachsene Bursche mit Saskias guter Decke um die Schultern in ihrem Lehnstuhl, das Gesicht grün und blau geschlagen von irgendwelchem Nachtgesindel, die gebrochene Hand in einer Schlinge vor der Brust, und erzählte ihm, dass er drei Morde aufklären wollte – lauter Verbrechen, die nach den Regeln der Wahrscheinlichkeit nur sein Lehrherr begangen haben konnte. In dem Punkt machte Rembrandt sich nichts vor. Wenn jemand ein Motiv für diese Taten hatte, dann er. Die Übereinstimmung drängte sich förmlich auf, zweifellos wusste der Junge das ebenfalls. Doch anscheinend hielt er es zumindest für denkbar, dass auch ein anderer der Mörder sein konnte – eine Prämisse, die Rembrandt tröstlich fand, auch wenn Vroom sie schon im Vorfeld verworfen hatte. Es musste den Hauptmann fürchterlich fuchsen, dass er bei dem Fall jetzt wieder am Anfang stand – immerhin Grund für einen Hauch von Schadenfreude.

Diese vermochte allerdings nichts gegen Rembrandts diffuse Ahnung auszurichten, dass der Denunziant, wer immer es auch gewesen war, sein Pulver noch nicht verschossen hatte.

»Wie willst du es überhaupt machen?«, fragte er den Jungen. »Ich meine, herausfinden, wer die Morde begangen hat?«

»Ich will Berechnungen anstellen.«

»Oh.« Bei dieser Antwort verspürte Rembrandt das altbekannte Unbehagen, denn sie rief ihm sein ungelöstes Problem in Erinnerung. »Sind deine Berechnungen, wonach der Tulpenhandel zusammenbricht, eigentlich immer noch gültig?«

»Nein.«

»Heißt das, er bricht nicht zusammen?«, fragte Rembrandt mit jäh erwachender Hoffnung.

»Doch, das wird er. Allerdings waren meine bisherigen Berechnungen wegen der vielen Variablen unvollständig. Aber da die einstmals billige Stückware derzeit immer stärker nachgefragt wird und der Preis dafür zugleich in einer stetig steiler werdenden Kurve ansteigt, während die teuren Sorten zusehends weniger angeboten werden, konnte ich daraus eine Basis für eine Extrapolation mit besseren Ergebnissen gewinnen. Außerdem war es mir möglich, mithilfe weiterer Erkenntnisse einige zusätzliche Parameter einzuführen, die zur Ermittlung von präziseren Näherungswerten dienen könnten. Ich muss dazu aber noch Untersuchungen durchführen.«

»Hm«, machte Rembrandt, in dessen Kopf sich bei Pieters Worten gähnende Leere breitgemacht hatte. Er würde ein anderes Mal auf das Thema zurückkommen. Mit den Tulpenscheinen war es wie mit dem Goldhelm-Tronie – es war gerade kein Käufer in Sicht. Vielleicht sollte er morgen mit Pieters Patenonkel darüber reden. Der war in einem Gasthof abgestiegen, wollte aber noch vor dem Mittag vorbeikommen und sich über Pieters Wohlergehen Gewissheit verschaffen. Joost Heertgens war ein gewiefter Geschäftsmann, so viel stand fest. So bescheiden und schlicht sein Auftreten auch war – er musste schwer betucht sein, und offensichtlich verstand er auch eine Menge vom Tulpenhandel, denn als er von Pieters Wertpapieren gesprochen hatte, waren ihm die Fachausdrücke, mit denen sonst nur Tulpisten wie Adriaen Quaeckel um sich warfen, überaus flüssig über die Lippen gekommen. Und wie sich gezeigt hatte, verfügte er außerdem über Beziehungen zu höchsten Kreisen. Vielleicht kannte er jemanden, der sich malen lassen wollte. Oder wenigstens Interesse an einem Tronie hatte.

*

»Nein«, sagte Joost Heertgens am nächsten Vormittag, als Rembrandt ihn auf die Möglichkeit hinwies, sich in seiner Werkstatt porträtieren zu lassen. »Ich besitze schon zwei Porträts von mir. Eins von Meister Lievens, und eins von Meister Swanenburgh. Beide Bilder erinnern mich ständig daran, wie schnell die Zeit vergeht, denn jeder Blick in den Spiegel offenbart mir die schnöde Wahrheit über den Unterschied zwischen Realität und Malerei.«

»Auf meinen Bildern sähet Ihr genauso alt aus, wie Ihr seid.«

»Ah, aber wie lange denn? Der Wandel der Zeit macht jedes Bild binnen Kurzem zu einer Erinnerung an die Vergangenheit.« Joost Heertgens seufzte ergeben. »Von Jahr zu Jahr wird man älter, der Verfall ist unaufhaltsam. Alles ist vergänglich.«

»Mir erscheint Ihr noch nicht so alt, kaum mehr als fünfzig Jahre!«

»Nun ja, im letzten August war ich achtundvierzig, und gesundheitlich bin ich noch halbwegs beieinander. Wobei ich sehr hoffe, das auch zu bleiben. Was mich ehrlich gesagt auch davon abhält, Euch einen Porträtauftrag zu erteilen. Denn wie ich hörte, bekommt einem das nicht immer gut.« Joost

Heertgens grinste Rembrandt verschmitzt an. »Das war natürlich ein Scherz.«

»Natürlich.« Rembrandt lächelte gequält.

»Vielleicht lasse ich mich irgendwann von Euch malen, und ich werde mir auch bei Gelegenheit Eure Tronies ansehen. Doch nicht jetzt. Jetzt wollen wir über Pieter reden.« Heertgens warf einen Blick auf den Jungen, der auf dem Lehnstuhl saß, in eine warme Decke eingewickelt, einen Becher Milch in der unversehrten Hand, und mit halb geschlossenen Augen vor sich hin döste. »Wie ich hörte, schickt mein Patensohn sich sehr gut als Lehrling und fertigt trotz der kurzen Ausbildungszeit bereits gefragte Bilder an.«

»Er ist ungewöhnlich begabt«, räumte Rembrandt ein. »Es wäre allerdings hilfreich gewesen, wenn Ihr mich von Anfang an informiert hättet, dass er vorher schon zu einem anderen Maler in die Lehre gegangen ist.«

»Über diese frühere Lehrzeit sollte auf Wunsch meines Vetters Maarten der Mantel der Vergessenheit gebreitet werden«, teilte Joost Heertgens ihm mit. »Überdies war es wohl nicht zu Eurem Nachteil, einen Lehrling zu bekommen, der sein Handwerk schon so ausgezeichnet beherrscht.« Seine Stimme wies einen nachdrücklichen Unterton auf, der es wenig ratsam erscheinen ließ, zu widersprechen. Es fiel Rembrandt nicht weiter schwer, diesen Punkt auf sich beruhen zu lassen, zumal er noch ein dringendes Anliegen hatte, bei dem Heertgens ihm helfen sollte.

Er bemühte sich, nicht auf die Tulpenkiste zu blicken. Joost Heertgens hatte seine Füße darauf stehen, als wollte er seinen Besitzanspruch dokumentieren – gegen den sich nach Lage der Dinge nichts unternehmen ließ. Zu Rembrandts Leidwesen war Joost Heertgens just in dem Augenblick eingetroffen, als auch Vroom mit der Kiste unterm Arm erschienen war.

Jedes einzelne Wort Heertgens hatte Rembrandt wie ein Stich ins Herz getroffen. »Ach, Ihr bringt die Tulpenzwiebeln meines Mündels Pieter Maartenszoon van Winkel zurück? Die könnt Ihr gleich mir geben, denn ich bin sein Vormund.«

Rembrandt hatte fieberhaft nachgedacht, mit welcher Begründung er die Tulpen für sich beanspruchen könnte. Nachdem Vroom wieder abgezogen war, hatte er Joost Heertgens gerade auf den Fundort der Tulpen hinweisen wollen (der sich ja immerhin in seinem Haus befand), doch Heertgens war ihm zuvorgekommen und hatte ihn vor vollendete Tatsachen gestellt.

»Es gibt nur eine Möglichkeit für Euch, dauerhaft den auf Euch lastenden Mordverdacht loszuwerden – Ihr dürft diese Tulpenzwiebeln zu keinem Zeitpunkt in Besitz nehmen. Jeder Versuch von Euch, sie zu vereinnahmen, würde nämlich unweigerlich damit enden, dass Hauptmann Vroom Euch doch noch als Mörder festnimmt. Glaubt mir, ich habe den hasserfüllten Blick in seinen Augen vorhin richtig gedeutet!« Heertgens hatte bedeutungsvoll innegehalten und Rembrandt lange und eindringlich angesehen. »Ich werde in Eurem Interesse dafür Sorge tragen, dass niemand mehr auch nur ansatzweise diesen Verdacht gegen Euch hegen kann. Daher werde ich selbst die Zwiebeln öffentlich als Pieters Eigentum verkaufen und Euch damit endgültig von allen Vorwürfen reinwaschen.«

Rembrandt fiel nichts ein, was er gegen diese stichhaltig klingende Argumentation hätte einwenden können. Und hatte sie nicht auch einen bedrohlichen Beiklang aufgewiesen?

Jedenfalls waren die herrenlosen Tulpen damit seinen stillen Plänen entzogen. Wieder ein Rückschlag, mit dem er sich abfinden musste. Doch das war nur eines seiner geringeren Probleme.

»Ihr scheint mir in Handelsdingen sehr erfahren«, hob er mit gewinnendem Lächeln an, nachdem er mit Heertgens einige belanglose Einzelheiten über Pieters Ausbildung erörtert hatte. »Und da Ihr vorhabt, diese Tulpenzwiebeln zu verkaufen, nehme ich an, Ihr versteht Euch auch auf die Sparte des Tulpenhandels. Daher darf ich Euch sicher in diesem Zusammenhang etwas fragen ...«

»Wartet. Sagt es nicht. Ihr habt mit Tulpenkontrakten spekuliert. Für wie viel?«

»Zwölfhundert«, antwortete Rembrandt überrumpelt.

»Und jetzt wollt Ihr alles loswerden?«

»Vielleicht nicht alles«, erklärte Rembrandt vorsichtig. »Ein paar der Kontrakte behalte ich vielleicht, nur für den Fall, dass der Handel vorläufig doch nicht ...« Er hielt inne, denn fast hätte er ein elementares Geheimnis verraten. Wenn er erst anfing, sein Wissen über den drohenden Zusammenbruch des Tulpenhandels hinauszuposaunen, wäre das Drama schneller da, als er zum Skizzieren einer Tulpenzwiebel brauchte.

»Ah, Ihr habt also auch bereits begriffen, wohin dieser ganze Windhandel führt.« Heertgens nickte verständnissinnig. »Damit erweist Ihr Euch als Mann von Verstand, denn nicht jeder vermag den Lockrufen der Kappisten zu widerstehen. Letzthin wollte sogar mein Pferdeknecht Tulpenzwiebeln kaufen und fragte mich, ob ich seinen Lohn der nächsten fünf Jahre als Sicherheit für ein Darlehen betrachten könne.« Heertgens schüttelte den Kopf. »Wenn sogar ein völlig mittelloser Pferdeknecht zum Erwerb irgendwelcher Blumenzwiebeln einen Kredit bei seinem Dienstherrn aufnehmen will, kann selbst ein ausgemachter Trottel sich ausrechnen, wo das hinführen muss. Der Wahnsinn greift sozusagen galoppierend um sich, sogar schon bei uns auf dem Lande.«

Pieter öffnete die Augen und hob den Kopf. »Das ist ein wichtiger Faktor. Wann war das?«

»Letzten Samstag.« Heertgens betrachtete ihn forschend. »Wie fühlst du dich? Hast du noch Schmerzen?«

»Nein. Ich habe etwas von dem Laudanum genommen, das Doktor Bartelmies mir gab.«

»Du musst dich ein paar Tage rundherum schonen und so viel wie möglich schlafen. Dein Meister wird dafür sorgen, dass du nicht arbeitest, solange du dich nicht richtig erholt hast. Bis zum Jahreswechsel wirst du in der Werkstatt keinen Finger rühren.«

Rembrandt unterdrückte eine Aufwallung von Ärger. Schließlich war er der Herr dieser Werkstatt und konnte am besten beurteilen, ob und wie viel seine Lehrlinge arbeiten sollten. Doch Joost Heertgens fixierte ihn mit hochgezogenen Augenbrauen und erstickte jeden Widerspruch im Keim. »Holt mir Eure Tulpenkontrakte. Ich werde Euch auch von dieser Sorge befreien und kaufe sie Euch ab.«

*

»Du hast ihm nur *die Hälfte* der Kontrakte gegeben?«, vergewisserte Saskia sich ungläubig. Sie war soeben vom Nachmittagsbesuch bei einer Freundin zurückgekehrt und konnte nicht fassen, wozu ihr Mann sich wieder verstiegen hatte. »Obwohl er dir angeboten hat, sie dir alle zu dem von dir dafür entrichteten Preis abzunehmen? Sogar sofort und in *bar?*« Sie wog das Säckchen (eigentlich war es eher ein Sack) mit all den vielen Gulden in beiden Händen und stellte sich vor, es wäre doppelt so schwer. »Wir hätten auf einen Schlag zwölfhundert Gulden haben können, anstatt nur sechshundert! Damit hätten wir auf der Stelle die erste Rate für ein schönes, großes Haus beisammengehabt! In der Breestraat steht eins zum Verkauf, da wären sie mit dreizehnhundert als Anzahlung zufrieden!«

»Das steht in ein paar Wochen garantiert immer noch zum Verkauf.« Rembrandt ging mit auf dem Rücken verschränkten Händen in der Stube auf und ab. »Stell dir nur vor, dass er die Kontrakte für einen besseren Preis als die sechshundert verkaufen kann, die er mir dafür gab – dann sind auch die übrigen, die ich behalten habe, entsprechend mehr wert! Ich wäre doch ein Idiot, wenn ich mir diesen Wertzuwachs entgehen ließe!«

»Wahrscheinlich kannst du von Glück sagen, dass Mijnheer Heertgens dir überhaupt die eine Hälfte abgenommen hat«, widersprach Saskia. »Wenn er sie für weniger als sechshundert losschlägt, hat er den Schaden. Dann musst du ihm wirklich dankbar sein.«

»Oh, ich bin ihm so oder so dankbar«, erklärte Rembrandt – und meinte es auch so, denn die Tulpenkontrakte hatten ihm wie Feuer unter den Nägeln gebrannt, und er war froh, wenigstens einen Teil davon ohne Verlust los zu sein. Zwar auch ohne Gewinn, aber diese Option hatte er sich ja für die zweite Hälfte der Bezugsscheine offengehalten. »Wenn er mit meinen Kontrakten Gewinn macht, will ich zumindest mit der zweiten Hälfte auch etwas hinzuverdienen.«

»Wenn er Verlust damit macht, wirst du auf deiner Hälfte sitzen bleiben«, prophezeite Saskia.

»Ja, aber dafür bin ich mit der anderen Hälfte ohne Schaden davongekommen. So gleicht es sich wieder aus, und ich habe zumindest genau so viel wie vorher.«

»Nein«, meldete sich Pieter verschlafen aus seiner Ecke. Rembrandt hatte ihn im Lehnstuhl sitzen lassen, als Heertgens vor einer Viertelstunde aufgebrochen war. »Ihr habt auf jeden Fall einen Schaden, wenn Ihr für die zweite Hälfte weniger als den Einstandspreis erzielt. Und da Euch nur noch eine Hälfte zur Verfügung steht, um Gewinne zu machen, wäre Euer Vermögenszuwachs in absoluten Zahlen nur noch halb so groß wie bei der Variante, in der Ihr alle Kontrakte behalten hättet.«

»Das ist Unsinn«, befand Rembrandt.

»Ich kann Euch die mathematische Gleichung aufschreiben.«

»Verzieh dich lieber ins Bett.«

»Auf der anderen Seite ist natürlich auch Euer Verlust nur halb so groß, wenn Onkel Joost die Kontrakte nicht verkaufen kann«, fügte Pieter hinzu. »Das ist eine einfache Rechnung.«

»Da siehst du es«, sagte Rembrandt triumphierend zu Saskia.

»Wobei das jedoch ausgesprochen unwahrscheinlich ist«, fuhr Pieter fort. »Denn aktuell werden Höchstpreise für die Kontrakte erzielt, die den Bezug gesuchter Sorten verbriefen, so wie es bei Euren Scheinen der Fall ist. Nach meinen Berechnungen wird er einen immensen Gewinn damit machen.«

Rembrandt hielt abrupt bei seinem Marsch durch die Stube inne. »Warum hast du das nicht früher gesagt?«

Pieter gähnte. »Ihr habt mich nicht gefragt.«

Rembrandt starrte ihn an. »Willst du damit zum Ausdruck bringen, dass du tatenlos danebengesessen und zugesehen hast, wie dein Patenonkel mich über den Tisch zieht?«

Pieter musste eine Weile über die Frage nachdenken, dann schüttelte er den Kopf. »Er hat Euch nicht über den Tisch gezogen, denn das ist eine Redensart für einen Vorgang, bei dem jemand einen anderen betrügt oder übervorteilt. Das war nicht der Fall, denn als Ihr die Kontrakte holtet, sagtet Ihr wörtlich zu Onkel Joost: ›Ich will aber auf keinen Fall Verlust damit machen, und die eine Hälfte behalte ich selber.‹ Worauf Onkel Joost sagte: ›Ihr habt Glück, denn zufällig führe ich genau sechshundert Gulden mit mir. Ich wollte davon Schiffsanteile kaufen, aber das kann ich auch verschieben, wenn es Euch zu einem besseren Schlaf verhilft.« Pieter hielt inne, rieb sich mit der unversehrten Hand die Augen und dachte erneut kurz nach. »Euch muss klar gewesen sein, dass er versuchen wird, selbst Gewinne aus den Kontrakten zu erzielen.«

»Damit hat der Junge völlig recht«, meldete Saskia sich zu Wort. »Du kannst unmöglich etwas anderes angenommen haben, denn wer hat schon Geld zu verschenken?«

»Natürlich habe ich nichts anderes angenommen«, fuhr Rembrandt auf. »Aber von *immensen Gewinnen* war nicht die Rede! Hätte ich das vorher gewusst, hätte ich doch viel mehr Geld für die Kontrakte verlangt! Oder ich hätte auf einem Kommissionsgeschäft bestanden!«

»Hätte, hätte, hätte!«, rief Saskia ärgerlich.

»Hätte, hätte, Schiet im Bette«, murmelte Pieter schläfrig. Diese Äußerung hätte er sich besser verkniffen, denn Rembrandt fuhr zu ihm herum und hob die Hand. Saskia sprang beherzt dazwischen und verhinderte gerade noch, dass er Pieter ohrfeigte.

»Wie kannst du nur!«, rief sie Rembrandt zur Ordnung. »Siehst du nicht, wie mitgenommen er ist?« Zu Pieter sagte sie aufgebracht: »Das war eine dumme und kränkende Bemerkung, Pieter! Du solltest dich sofort dafür entschuldigen!«

Pieter hätte ihr erklären können, dass er sich weder über Rembrandt lustig machen noch sonst in abwertender Weise die Geschehnisse kommentieren wollte. Er hatte nur ausgesprochen, was ihm nach Saskias vorangegangenen Satz spontan in den vom Laudanum umnebelten Sinn gekommen war – in Erinnerung an eine andere Unterhaltung über Tulpen, bei der es ebenfalls um vertane Möglichkeiten und verpasste Chancen gegangen war. Doch da er nicht verstand, was genau an seiner Bemerkung kränkend gewesen war, verschwendete er keinen Gedanken an eine Richtigstellung.

Stattdessen bat er höflich für seine Äußerung um Verzeihung, denn sein Vater hatte ihm beigebracht, dass man sich entschuldigen musste, wenn man jemand anderen gekränkt hatte. Danach ging er wie befohlen zu Bett, denn er war wirklich todmüde.

Wenn es nach ihm gegangen wäre, hätte er sich nach der Prozedur des Zähneputzens sofort zum Schlafen unter seine Decke verkrochen, doch Laurens bedrängte ihn mit zahlreichen Fragen. Ein Teil davon drehte sich um die Behandlung der jugendlichen Delinquenten im Rasphuis.

»Stimmt es, dass sie da die renitenten Burschen in einen Raum sperren, den sie dann fluten?«

»So sagte man mir. Aber in den drei Tagen sah ich nicht, wie man jemanden hineinsteckte.«

»Ist es wahr, dass die Bürger durch das Rasphuis geführt werden und die Insassen dort besichtigen können wie Monstrositäten auf einem Jahrmarkt?«

»Ja, das stimmt. In der Zeit, die ich dort verbrachte, kam jeden Tag eine Gruppe von Bürgern. Manche hatten ihre Kinder dabei, denen sie voraussagten, dass sie ebenfalls eines Tages dort landen würden, falls sie sich nicht besser benähmen.«

»Wurden die Jungen dort mit der Peitsche geschlagen?«

»Zwei von ihnen bekamen Hiebe«, bestätigte Pieter. »Der Aufseher sagte, sie seien faul.«

»Da hast du wohl wirklich enormes Glück gehabt, dass du so schnell wieder draußen warst, oder nicht?«

»Nein, denn es war überwiegend wahrscheinlich«, murmelte Pieter. Er schloss die Augen und versuchte einzuschlafen, doch Laurens stand nach wie vor neben seinem Bett.

»Diese Tulpen vom Dachboden – das sind doch nicht wirklich deine, oder?«

»Ich habe sie von meinem Vater geerbt«, sagte Pieter. Onkel Joost und Rembrandt hatten ihn darauf eingeschworen, die Lüge aufrechtzuerhalten, doch er hätte es auch von allein getan.

»Cornelis und mir hast du aber erzählt, du habest nur Papiere geerbt und die seien in der Verwahrung deines Patenonkels. Wie kann es sein, dass dir auf einmal eine Kiste echter Tulpen gehört, die du selber auf dem Dachboden versteckt hältst? Was ist denn nun die Wahrheit?«

»Beides«, behauptete Pieter. »Ich habe Papiere geerbt, und außerdem auch echte Tulpen. Hauptmann Vroom hat die Kiste schon zurückgebracht. Onkel Joost hat sie mitgenommen und wird den Inhalt verkaufen.«

»Du hältst dich wohl für sehr schlau, was?«

Diese Frage war Pieter schon oft gestellt worden, und nie war es dem Fragesteller um die Antwort gegangen, sondern immer nur darum, Ärger zum Ausdruck zu bringen. Das hatte er inzwischen begriffen, daher sparte Pieter sich eine Erwiderung.

»Du lügst doch, dass sich die Balken biegen«, sagte Laurens mit scharfer Stimme. »Die Tulpen hatte der Meister selber da oben versteckt, ich hab's zufällig mitgekriegt. Er hatte die Kiste vorher im Kabinett, und dann hat er sie auf den Dachboden gebracht!«

Laurens schien zu erwarten, dass Pieter sich dazu äußerte, denn nach einer kurzen Phase des Schweigens fuhr er in zornigem Ton fort: »Falls du dich jetzt fragst, wieso ich das nicht Hauptmann Vroom erzählt habe – das kann ich jederzeit nachholen! Mit dem Ergebnis, dass du wieder im Rasphuis landest! Aber diesmal dauerhaft!«

»Nach meinen Berechnungen wirst du das nicht tun.«

»Was?«, kam es in verblüfftem Ton von Laurens. »Wie zum Henker willst du das wissen?«

»Weil es eine einfache Rechnung ist.« Pieter setzte sich trotz der immer stärker werdenden Müdigkeit auf und kramte aufs Geratewohl irgendein mit Kritzeleien übersätes Blatt Papier hervor, das er Laurens zeigte. »Hier steht es schwarz auf weiß.«

»Was steht da?«, wollte Laurens misstrauisch wissen.

»Die Formeln, mithilfe derer ich es berechnet habe. Da du deine Beobachtung nicht sofort offenbart hast, ist die Wahrscheinlichkeit hoch, dass du einen guten Grund dafür hattest. Nachdem du bereits die Genehmigung der Gilde für eine eigene Werkstatt erhalten hast und auch alle übrigen Voraussetzungen für ein sofortiges Ausscheiden aus Meister Rembrandts Diensten erfüllt sind, kann dieser Grund nicht darin bestehen, dass du weiterhin auf sein Wohlwollen oder die Einkünfte aus deiner Gesellenarbeit angewiesen bist. Folglich musst du einen anderen Grund haben.«

»Und welcher soll das sein?«, fragte Laurens. Es klang drohend. Sein Blick wurde dunkel.

Pieter unterdrückte ein gewaltiges Gähnen. »Nach meinen Berechnungen willst du Geld.«

»Ach. Und von wem? Etwa von Rembrandt? Der hat doch nichts!«

»Nein«, sagte Pieter. »Ich denke, du willst es von mir.«

»Na, so was.« Laurens betrachtete Pieter unverwandt. »Da hast du dir wohl mit deinem Geschmiere zufällig genau das Richtige ausgerechnet. Warum soll jemand, der so reich ist wie du, einem armen Malergesellen nicht ein paar Gulden abgeben? Wenn du jetzt auch noch das Geld kriegst, das dein Onkel mit dem Verkauf dieser Tulpen für dich verdient, die dir nicht mal gehören – findest du es da nicht selbst auch angebracht, solch einen unverhofften Segen mit mir zu teilen?

In dem Fall könnte ich mich sogar besinnen und für mich behalten, dass du eine falsche Aussage gemacht hast.«

»Das ist Erpressung.«

»Gut erkannt, Pieter Oberschlau. Ich würde sagen, für den Anfang tun es hundert Gulden. Die müsstest du lockermachen können.«

»Ich habe nicht so viel Geld.«

»Dann beschaffst du es dir eben. Entweder bei diesem Mijnheer Mostaerd oder bei deinem Patenonkel. Nächste Woche ist Weihnachten, sie werden es dir schon geben, wenn du hübsch drum bittest.«

»Von mir bekommst du kein Geld. Ich sagte doch, dass du nach meinen Berechnungen nicht zur Polizei gehen wirst.«

»Das kann kein Mensch ausrechnen, auch du nicht!«, rief Laurens mit wütender Stimme. »Denn es liegt nicht in deiner Hand, was ich tue! Es ist mein ureigener Entschluss! Wenn ich mich dazu entscheide, könnte ich gleich morgen hingehen!«

»Unterstellen wir, dass du es tätest – auch dann würde ich bei meiner Aussage bleiben. Mir würde man mit an Sicherheit grenzender Wahrscheinlichkeit mehr glauben als dir, denn mein Vater war ein Freund des Statthalters.«

»Wir werden schon sehen, wer wem glaubt«, stieß Laurens hervor. Er trat gegen eine Staffelei, die daraufhin krachend umfiel. »Wir beide sprechen uns noch, Bürschchen!«

*

KAPITEL 17

»Es sieht alles gut aus«, sagte Doktor Bartelmies am darauffolgenden Vormittag. Er prüfte den Sitz der Schiene an Pieters Hand und tastete vorsichtig die eingerichteten Knochen ab. »Keine neuen Schwellungen, keine Entzündung. Gut, dass du dich deiner Verhaftung nicht widersetzt hast und dass dir auch sonst im Rasphuis kein Ungemach widerfuhr. Man hört von dort nichts Gutes. Ein skandalöser Vorgang, dass man dich dorthin mitgenommen hat, fürwahr! Doch jetzt liegt das alles zum Glück hinter dir.« Er legte einen frischen Verband an und verstaute Pieters Arm wieder sorgfältig in der Schlinge. »Wenn du gut darauf aufpasst, wird es ordentlich heilen. In zwei bis drei Wochen ist alles wieder wie neu.«

Pieter erhob sich von dem Schemel, auf dem er gesessen hatte. Sie befanden sich in dem Bereich der Werkstatt, den Pieter zur Schlafstätte umfunktioniert hatte – eine kleine Fläche hinter einer Trennwand, die eine Ecke des Raums vom Rest abteilte. Hier lagen seine wenigen privaten Sachen, darunter auch ein kleiner Stapel Bücher. Das zuoberst liegende trug den Titel *Arithmetica logarithmica*.

»Ich habe dir auch etwas zu deiner Erbauung mitgebracht.« Der Medicus zog ein Buch hervor und gab es Pieter. »Es ist ein Roman. Genauer gesagt: die Abenteuergeschichte eines Entdeckers, der von seinen Erlebnissen auf fernen Kontinenten berichtet. Natürlich ist die Geschichte fiktiv, jedenfalls nehme ich das an, denn sonst wäre es ja kein Roman. Ich hoffe, du liest so etwas auch neben all den wissenschaftlichen Büchern und Traktaten, die du bereits studiert hast.«

»Vielen Dank. Ich werde es lesen.« Pieter legte das Buch zu seinen Notizen. »Doktor, ich möchte mit Euch über die Mordfälle sprechen und Eure neuen Erkenntnisse erfahren.«

Doktor Bartelmies seufzte. »Meiner Treu, inzwischen sind es mit van Houten und Abraham Versluys schon drei Tote! Heute früh beauftragte man mich mit der Leichenbeschau des armen Caspar Ruts, doch ich konnte nur bestätigen, was gleich nach dem Auffinden des Toten offenkundig war und sogar für den anfangs so tumben Hauptmann Vroom keinem Zweifel unterlag – wir haben es wieder mit einer Bleivergiftung zu tun. Tulpen wurden diesmal nicht gestohlen, wie ich von Hauptmann Vroom hörte, aber das mag daran gelegen haben, dass die hart gefrorene Erde sich nicht umgraben lässt. Vroom neigt allerdings mittlerweile verstärkt der These zu, dass es womöglich bei allen Todesfällen gar nicht um Tulpen ging, sondern um Rache. Er hat deinen Meister im Visier, Pieter. Hättest du nach dem Fund der Kiste nicht sogleich erklärt, dass es sich um deine Tulpenzwiebeln handle, stünde Mijnheer van Rijn womöglich schon vor Gericht. Doch nachdem du ausgesagt hattest, Eigentümer der Zwiebeln zu sein, gab es für Vroom keine offizielle Rechtfertigung, ihn zu verhaften. Folglich nahm er dich an Rembrandts Stelle mit – was ihm zu seinem Ärger erst recht angekreidet wurde. Er fühlt sich bloßgestellt, das ist bei jeder Unterhaltung mit ihm unverkennbar. Nun sinnt er auf Vergeltung, denn er ist nicht der Mensch, der solche amtlichen Niederlagen duldsam hinnimmt. Er sucht nur noch nach einem passenden Grund, deines Meisters doch noch habhaft zu werden.«

»Doktor Bartelmies, wie viel Blei muss ein Mensch nach Eurer medizinischen Erfahrung zu sich nehmen, um daran zu sterben?«

Der Medicus war ein wenig verdutzt über den sprunghaften Themenwechsel, doch er antwortete bereitwillig. »Das lässt sich schwer beantworten, denn Betroffene können es einem hinterher nicht erzählen.« Er lachte, doch es klang leicht unbehaglich. »Der Mörder könnte es uns wohl sagen, aber das wird er kaum tun, da er sich nicht verraten will. Ich bin jedoch sehr sicher, dass ein ordentlicher Löffel Bleizucker, auf einmal eingenommen, voll und ganz ausreichend ist, um den Tod herbeizuführen. Oder hast du darüber eine andere Vorstellung?«

»Nein. Ich denke dasselbe.«

»Es müsste in einem süß schmeckenden Getränk oder einem süßen Gericht verabreicht werden, damit man es nicht herausschmeckt.«

»Oder in Kuchen«, sagte Pieter.

»Ja, süße Kuchen und Pasteten kommen natürlich auch in Betracht. Erhitzt ist Blei zweifellos nicht weniger giftig als im Urzustand.«

»Habt Ihr Erfahrung mit dem Erhitzen von Bleizucker?«

»Nein, ich verwende Blei nur in den vom Apotheker angefertigten Gebrauchsformen, wie man sie für ein Bleipflaster benötigt. Allerdings ist mir bekannt, dass in der Alchemie vielfach mit Blei in unterschiedlichsten Formen experimentiert wird, etwa, indem man es zu Pulver zerreibt und kocht. Oder es verbrennt oder mit anderen Mixturen in Verbindung bringt – gerade Maler sind auf solche Formen der Farbgewinnung angewiesen. Ist es nicht so?«

Das konnte Pieter bestätigen. Man konnte aus Blei auch andere Farben als Weiß herstellen, beispielsweise ein Gelb, das sich Bleiglätte nannte.

Bleiglätte wiederum war Doktor Bartelmies ebenfalls bekannt, da es als Zutat für Arzneipflaster verwandt wurde.

»Interessant, dass es auch als gelbe Farbe zum Malen verwendet wird«, stellte der Medicus fest.

»In reiner Form ist es instabil und dunkelt häufig nach«, erläuterte Pieter. »Deshalb mischen die Maler meist Zinn hinein.«

»Die Farbe Gelb ist auf den meisten Gemälden recht blass«, bemerkte Doktor Bartelmies. »Sogar Zitronen haben auf Bildern oft die Farbe von Butter oder bleichem Dotter.«

»In der Malerei ist man immer noch auf der Suche nach einem kräftigen, haltbaren Gelb«, erklärte Pieter, dem dieses Wissen bereits in der Werkstatt seines früheren Meisters zuteilgeworden war. »So strahlend wie das Blau des Lapislazuli und so leuchtend wie das Rot des Zinnobers.« Mit diesen Worten hatte Meister van Gherwen es umschrieben.

Abermals wechselte Pieter das Thema – besser gesagt, kam zu dem Thema zurück, von dem sie abgeschweift waren.

»Doktor, ich habe noch eine Frage.«

»Nur zu, mein Junge.«

»Stimmt es, dass Ihr Mevrouw Versluys immer noch heiraten wollt?«

Der Medicus verzog das Gesicht. »Ah, das hat sich also auch bereits zu dir herumgesprochen, was? Nun, ich hätte wissen sollen, dass es kein Geheimnis bleibt. Juliana hat aus ihrem Herzen nie eine Mördergrube gemacht, sie verbirgt selten ihre Befindlichkeiten. Zurückhaltung gehört nicht zu ihrem Wesen, das lässt ihr Temperament nicht zu.« Versonnen blickte er vor sich hin. »Es war für mich eine Sache der Ehre, als ich ihr damals den Antrag machte. Die Pest hatte ihre Eltern geholt, ganz kurz hintereinander. Zuerst den Vater, und nur zwei Tage später die Mutter. Ich habe versucht, sie vor dem Tod zu bewahren, aber mit ärztlicher Kunst kommt man gegen diese Geißel der Menschheit nicht an. Immer wieder werden ganze Straßenzüge von ihr befallen, zuerst ein Haus, dann ein zweites, und schließlich ein Dutzend auf einmal, bis es am Ende Hunderte und Tausende hinweggerafft hat. Und dabei kann man noch von Glück sagen, wenn es nicht auf ganze Städte überspringt, wie im letzten und in diesem Jahr geschehen. In Haarlem wütet die Pest so schlimm wie nie, über fünftausend sollen dort allein in den letzten Monaten gestorben sein, und auch hier in der Stadt gibt es zahlreiche Tote zu beklagen. Ein Ende der Seuche ist immer noch nicht in Sicht.« In sorgenvolle Gedanken versunken, blickte der Arzt Pieter an. »Es erschien mir seinerzeit schlichtweg absurd, dass sie mir Abraham vorzog – ihn, einen so viel älteren Mann!« Der Medicus lachte ein wenig kläglich. »Dabei ließ ich allerdings völlig außer Acht, dass ich selbst nur zehn Jahre jünger war als Abraham. In Wahrheit fühlte ich mich genau wie er zu ihrer jugendlichen Süße und Unverdorbenheit hingezogen. Juliana war schon damals ein hinreißendes Geschöpf, schön wie ein taufrischer Morgen im Frühling. Ich nahm mich selbst zu jener Zeit noch als Mann voller Saft und Kraft wahr und dachte, ein Leben mit einer jungen Frau an meiner Seite wäre ein wunderbarer neuer Anfang. Meine Frau war drei Jahre zuvor gestorben, und zum ersten Mal seit ihrem viel zu frühen Dahinscheiden hatte ich das Gefühl, mir könne ein neues Glück beschieden sein.« Der Arzt hob die Schultern. »Ich gestehe, ich geriet völlig außer Fassung, als sie Abraham den Vorzug gab. Zuerst dachte ich, er hätte sie erpresst oder sonst wie gezwungen, seinem Antrag zuzustimmen. Doch Juliana sagte mir unumwunden, dass sie ihre Entscheidung aus freien Stücken getroffen habe.«

»Warum wollt Ihr sie immer noch heiraten?«

»Aus anderen Gründen als damals. Es ging mir diesmal weniger um ein neues Leben an ihrer Seite als darum, sie zu schützen.«

»Vor wem?«

»Abraham war ein reicher und mächtiger Mann. Er hinterlässt die unterschiedlichsten Handelsgeschäfte, aber nicht nur diese – so vielfältig seine Unternehmungen auch waren, so zahlreich sind seine Schuldner und Konkurrenten. Mit vielen war er heillos zerstritten. In Amsterdam wimmelt es unter den Kaufleuten nur so von neiderfüllten Intriganten, sie sind wie Hechte im Karpfenteich, und jeder einzelne von ihnen hat mehr Einfluss und Erfahrung als eine junge Witwe. Juliana könnte mittellos und geächtet dastehen, ehe sie sich's versieht. Als Konvertitin kann sie keinen Rückhalt unter Abrahams Glaubensgenossen erwarten, auch von dieser Seite her würde sie eher Feindseligkeit als Schutz oder Hilfe erfahren.«

»Sie scheint keine Angst davor zu haben, denn sonst hätte sie Euren Antrag vielleicht angenommen.«

»In der Tat.« Der Arzt lauschte dem Glockenschlag vom nahen Kirchturm. »Schon zehn Uhr! Höchste Zeit, dass ich wieder in die Praxis zurückkehre. Die Patienten warten sicher bereits zuhauf. Ich hätte längst aufbrechen müssen.« Begleitet von Pieter, schlenderte er durch die Werkstatt, auf der Suche nach Rembrandt, dem er trotz seiner Eile wenigstens einen guten Morgen wünschen wollte. Er fand ihn vor einer großformatigen Leinwand. Der Maler war voller Hingabe in seine Arbeit vertieft. Neugierig schaute der Medicus ihm über die Schulter.

»Was soll das werden?«, fragte er. »Wieder ein biblisches Thema?«

Er erhielt keine Antwort – ein sicheres Zeichen dafür, wie

stark Rembrandt sich auf das neue Gemälde konzentrierte. Bereits die auf die Leinwand übertragene Skizze ließ die wesentlichen Einzelheiten erkennen, die es dem Medicus ermöglichten, sich die Frage selbst zu beantworten: Rembrandt malte das Gastmahl von König Belsazar.

Die Mitte des Bildes wurde von einer lebensgroßen Figur dominiert, einem kostbar gekleideten Mann. Mit einem entsetzten Blick über die Schulter betrachtete er die Inschrift an der Wand hinter der Speisetafel – das Menetekel, wie es im Buch Daniel beschrieben wurde. Eine aus dem wolkigen Nichts kommende Hand präsentierte eine Abfolge rätselhafter Buchstaben, die sowohl bei dem Gastherrn als auch bei den anderen Menschen an seiner Tafel höchsten Schrecken hervorriefen.

»Ist das Hebräisch?«, erkundigte sich Doktor Bartelmies bei dem Maler.

Rembrandt nickte geistesabwesend, aber weitere Erklärungen gab es nicht. Er schien sich nahezu vollständig von der Wirklichkeit abgeschottet zu haben.

»Auf bald, werter Meister«, verabschiedete sich Doktor Bartelmies. Auch darauf erhielt er keine Antwort, doch er nahm es nicht krumm, denn er ahnte, wie vollständig der Maler von kreativem Schaffensdrang durchdrungen war. Nicht einmal der halblaut ausgetragene Disput hinter einer der Trennwände vermochte ihn abzulenken.

Der Medicus wandte sich zu Pieter um. »Was ist denn da los?«

»Laurens und Cornelis streiten sich.«

»Ach. Wieder einmal.« Der Arzt runzelte die Stirn. »Habe ich da etwa gerade meinen Namen gehört?«

»Ja.«

»Was hat mein Name in einem Streit der beiden verloren?«

Bevor er dieser Frage auf den Grund gehen konnte, drang zorniges Geschrei aus dem Erdgeschoss herauf. Frauen keiften durcheinander, ihre schrillen Rufe tönten durchs Haus, jedoch nur vereinzelte Satzfetzen waren zu verstehen.

»… Halt! … nicht einfach hinaufgehen!«

»… aus dem Weg! … mache, was ich will!«

Der Arzt erstarrte, und auch Meister Rembrandt hielt abrupt mit dem Malen inne. Im nächsten Augenblick kam auch schon eine Frau in die Werkstatt gestürmt.

Es war Judith Versluys.

*

Die jüngeren Lehrlinge wichen verschreckt zur Seite, als sie, gefolgt von ihrem vernarbten Diener, mit wehendem Umhang an ihnen vorbeieilte und sich vor Meister Rembrandt aufbaute. Beide Hände in die Hüften gestemmt, schleuderte sie ihm ihre Wut entgegen.

»Mörder! Giftmischer! Tulpendieb! Ihr denkt wohl, Ihr kommt mit allem davon, nur, weil Euch einflussreiche Leute zur Seite stehen! Doch ich werde einen Weg finden, Gottes Strafgericht über Euch kommen zu lassen!« Ihr Blick fiel auf Pieter, der neben dem Medicus stand und sie mit großen Augen anstarrte. »Du! Dasselbe gilt auch für dich, der du dich auf schändliche Weise zu seinem Werkzeug hast machen lassen! Sag mir, waren die Tulpenzwiebeln meines Mannes der Judaslohn für deine Dienste als Verräter?«

»Nein«, sagte Pieter.

Sie ignorierte seine Antwort. »Mag es dir auch auf heimtückische Weise gelungen sein, die Obrigkeit über deine Beteiligung an den Schandtaten deines Meisters zu täuschen – mit Gottes Hilfe wird die Wahrheit sich offenbaren!« Sie schlug sich gegen die Brust, das Gesicht wie von Schmerzen verzerrt. In ihrem Zorn war sie schön wie eine Göttin, ein Eindruck, der durch ihre auffallenden Gewänder noch verstärkt wurde. Ihr Umhang war aus schwerem, nachtblauem Samt, gehalten von einer goldenen Spange unter dem Kinn, und darunter schimmerte der Saum eines leuchtend grünen Seidenkleides hervor. Von ihren schmalen Lederstiefeln tropfte Schneewasser und benetzte den Boden der Werkstatt, als sie erregt hin und her lief und sowohl Rembrandt als auch Pieter mit flammenden Anklagen überzog. Vor lauter hysterischer Wut kippte ihre Stimme schließlich über, worauf sie unvermittelt innehielt und in Tränen ausbrach. Die Hände vors Gesicht geschlagen, blieb sie stehen und lehnte sich gegen die Wand. Ihr schmaler Körper wurde von Schluchzern geschüttelt. »Abraham, ach Abraham!«, weinte sie laut. »Was haben sie uns nur angetan!«

Wie vom Donner gerührt glotzten die Lehrjungen sie an. Saskia, die im Schlepptau von Judith Versluys und ihrem Diener nach oben gekommen war, stand ebenfalls wie angewachsen dort, erschrocken beide Hände vor den Mund gepresst. Laurens und Cornelis, die beide beim ersten Anzeichen ihres Erscheinens ihren Streit beendet hatten und hinter der Trennwand hervorgekommen waren, verharrten ebenfalls in regloser Stille und starrten die unangekündigte Besucherin bloß an.

Anders Rembrandt. Pinsel und Palette noch in den Händen, ging er mit Riesenschritten auf und ab – wie ein gefangenes Tier, das, plötzlich aufgescheucht, die Enge seines Käfigs durchmaß. Auch seine Blicke irrten durch den Raum, als suchten sie etwas, woran sie sich festhalten konnten. Seine Miene zeigte die in ihm kämpfenden Emotionen – Zorn, Hass, Hilflosigkeit.

»Verlasst sofort mein Haus!«, rief er schließlich aus, mit Donnerstimme das Weinen des ungebetenen Gastes übertönend. Er tat einen Schritt in Judith Versluys' Richtung, worauf sich sofort deren Diener regte und mit drohender Miene vortrat, was wiederum den Maler dazu brachte, abrupt stehen zu bleiben.

Der Medicus erwachte aus seiner Erstarrung und eilte zu Judith Versluys.

»Juliana! Schsch! Du machst dich nur unglücklich!« Leise und mit begütigender Stimme forderte er sie auf, sich zu beruhigen. Den Arm um ihre Schultern gelegt, führte er sie zur Treppe. Zuerst schien sie sich seinem vertraulichen Griff entwinden zu wollen, doch dann ließ sie mit gesenktem Kopf zu, dass er sie nach unten brachte und dabei weiterhin besänftigend auf sie einredete. Der Diener warf aus verengten Augen einen letzten Blick in die Runde, ehe er den beiden nach unten folgte.

Gleich darauf kam Geertruyd die Treppe herauf. Schnaufend erklomm sie die letzten Stufen und blickte sich halb fragend, halb verschreckt um.

Saskia wandte sich völlig aufgelöst an Rembrandt. »Es tut mir so leid! Ich konnte sie nicht aufhalten! Geertruyd wird ihre gerechte Strafe dafür erhalten, dass sie diese Frau überhaupt hereingelassen hat!«

Rembrandt warf mit versteinerter Miene Palette und Pinsel zur Seite und stürmte in sein Kabinett. Krachend flog die Tür hinter ihm zu.

Sichtlich verstört rang Geertruyd nach Worten, beide Hände in die Schürze gekrampft. »Es war nicht meine Schuld! Mevrouw Versluys sagte, sie wolle Frieden mit dem Meister schließen! Woher sollte ich wissen, wie gemein sie lügt?«

»Die Frage ist, ob wirklich alles Lüge war«, warf Laurens mit gedehnter Stimme ein. »Vor allem ihre Vorwürfe bezüglich bestimmter Missetaten.«

Saskia fuhr zu ihm herum. »Was willst du damit sagen?«

»Das solltet Ihr vielleicht Euch selbst fragen.«

Sie schien unter seinem bohrenden Blick den Kopf einzuziehen, doch dann richtete sie sich zu voller Größe auf und sah ihm geradewegs ins Gesicht. »Ich denke, es ist an der Zeit, dass du unser Haus verlässt, Laurens. Mir ist zu Ohren gekommen, dass die Gilde dich als Meister zugelassen hat. Und wie ich außerdem hörte, hast du dich schon nach Räumen für eine eigene Werkstatt umgetan. Hier in der Nieuwe Doelenstraat ist kein Platz mehr für dich.«

»Ich habe dem Meister schon mitgeteilt, dass ich gleich nach dem Dreikönigsfest ausziehe. Bis dahin werdet Ihr mich wohl oder übel noch ertragen müssen.«

Saskias Lippen zitterten, ihre Augen füllten sich mit Tränen. »Ich kann den Tag kaum erwarten und wünschte, es wäre schon so weit!« Sie wandte sich ab und ging mit hängenden Schultern zur Treppe. Geertruyd schlich gesenkten Hauptes hinter ihr her.

*

Zwei Stunden nach dem erschreckenden Vorfall herrschte wieder die gewohnte Geschäftigkeit in der Werkstatt. Rembrandt hatte den Rückzug in sein Kabinett nicht allzu lange ausgedehnt und sich bald wieder an die Arbeit begeben. Auch die Lehrjungen gingen wie üblich ihren Aufgaben nach. Sie zeichneten, rieben Farben und säuberten die Pinsel, so wie es ihnen vom Meister aufgetragen worden war. Cornelis bereitete eine Druckplatte vor, mit der eine Zeichnung vervielfältigt werden sollte, und Laurens saß an einem seiner Landschaftsbilder.

Pieter, der wegen seiner gebrochenen Hand von der Arbeit in der Werkstatt befreit war, hatte in der Zwischenzeit das Buch über die Logarithmen des englischen Mathematikers studiert, das sein Onkel ihm mitgebracht hatte. Nachdem er sich eine Weile an deren natürlicher Schönheit erfreut hatte, vertrieb er sich die Zeit mit einem magischen Quadrat, und als er auch hiervon genug hatte, machte er sich daran, ein Geschenk zu basteln. Mit einer Hand würde er es nicht hinbekommen, aber Cornelis erklärte sich bereit, ihm während seiner Mittagspause zu helfen.

»Was soll das denn werden?«, fragte er Pieter, als der ihm sein Bastelzubehör vorführte und beschrieb, wie es zusammenzusetzen war.

»Ein besonderes Sehrohr.«

»Ein Fernrohr?«

»Nein, nichts derart Nützliches. Nur eine optische Spielerei, ein Prisma.« Der Plan dafür war ihm unlängst bei der Lektüre einer alten Abhandlung über Achsensymmetrie in den Sinn gekommen, und er hatte sich spontan die nötigen Bestandteile besorgt.

»Worüber habt ihr euch vorhin gestritten, du und Laurens?«, wollte Pieter wissen, während Cornelis nach seinen Vorgaben drei schmale, auf Handlänge zugeschnittene Spiegelstücke auf einem Stück Pergament nebeneinander anordnete und sie mithilfe von verflüssigtem Siegellack befestigte. »Und warum habt ihr dabei Doktor Bartelmies erwähnt?«

»Mir wäre es lieber, wenn du nicht zu viel weißt, Pieter. Denn je mehr du erfährst, umso mehr kannst du anderen verraten. Und das wäre vielleicht zu deinem Schaden.« Offen blickte er Pieter an. »Wenn du mich fragst – hier bist du nicht mehr sicher. *Niemand* ist hier mehr sicher.«

»Du glaubst zu wissen, wer der Mörder ist, habe ich recht? Denkst du, es war Doktor Bartelmies?«

Cornelis wich seinen Blicken aus. »Wenn es so wäre, würde ich es nicht sagen.«

»Weil du Angst vor ihm hast?«

»Ich wäre verrückt, wenn ich keine hätte.«

Pieter nickte, das war leicht zu verstehen. Ebenso verstand er, dass Cornelis ihn vor den Gefahren bewahren wollte, die all denen drohten, die dem Mörder auf die Schliche kamen. Tatsächlich nahm Doktor Bartelmies auf der Liste, die er im Geiste von allen infrage kommenden Tätern führte, einen der vorderen Ränge ein. Doch in Anbetracht der Ängste, die Pieter damit bei Cornelis ausgelöst hätte, sprach er lieber nicht darüber. Umgekehrt musste er natürlich erst recht unerwähnt lassen, dass auch Cornelis einen Platz auf dieser Liste innehatte. Dass er sich ängstigte, konnte zwar nicht ignoriert werden, aber womöglich fürchtete er sich weniger vor dem Täter als vielmehr davor, selbst als solcher entlarvt zu werden. In diesem Fall wäre Cornelis zugleich auch zwangsläufig derjenige, der die Sicherheit aller anderen bedrohte. Von daher war es so oder so ratsam, ihn nicht mit gezielten Fragen in die Enge zu treiben. Andererseits – wie sollte man ohne ausgiebiges Erfragen der Hintergründe herausfinden, wer tatsächlich die Morde begangen hatte? An einem bestimmten Punkt half Logik allein nicht weiter.

Cornelis klappte die Spiegelstücke zu einem dreieckigen, länglichen Prisma zusammen und wickelte sorgsam die überstehenden Enden des Pergaments als Rolle darum, sodass sich ein handliches Rohr ergab. Ein Ende wurde mit einem passenden Stück Papier zugeklebt, in das er vorher auf Pieters Anweisung ein Guckloch geschnitten hatte.

Er richtete das Rohr auf Pieter, schaute hindurch und pfiff leise durch die Zähne. »Das ist unglaublich! Ich sehe dich unzählige Male gespiegelt, wieder und wieder, bis ins Unendliche!«

»Man kann den Effekt noch verstärken, wenn man vorn eine geschliffene Linse einsetzt. Ich habe eine beim Brillenmacher bestellt.«

Sinnend betrachtete Cornelis das Rohr. »Wie kommst du nur immer auf solche wunderlichen Einfälle?«

»Es war nicht meine Idee. Einer unserer Professoren an der Universität führte uns unterschiedliche Effekte mit Spiegelprismen vor, von dort war es nur ein kleiner Schritt bis zu dieser Spielerei hier. Ich bin sicher, dass schon viele Leute genau denselben Gedanken hatten.«

Cornelis drehte das Rohr und hob es erneut ans Auge, um hindurchzublicken, diesmal betrachtete er ein Gemälde: *Das Gastmahl des Belsazar*, das verlassen in der Ecke stand – der Meister hatte sich zum Mittagsmahl nach unten begeben. »Das ist unheimlich!«, sagte Cornelis. »Das gruselige Menetekel in unendlicher Vervielfältigung!« Er nahm das Rohr vom Auge, bekreuzigte sich hastig und richtete es dann wieder auf Pieter. »Wie willst du diese Spiegelrolle nennen?«

Pieter zuckte mit den Schultern. »Ich weiß nicht. Du kannst dir einen Namen ausdenken.«

Cornelis dachte nach. »Dann nenne ich es ... Spiegelrolle. Was hast du damit vor?«

»Es ist ein Geschenk.«

»Für wen?« Cornelis zog die Brauen hoch. »Jetzt sag bloß nicht, für Anneke!«

»Doch«, räumte Pieter ein. Er fühlte sich mit einem Mal unbehaglich, und es störte ihn, dass er nicht sofort dahinterkam, woran das lag. Er gab dem Bedürfnis nach, sich zu verteidigen. »Dass du mir beim Zusammenbauen geholfen hast, berechtigt dich nicht, über das Geschenk zu entscheiden. Ich kann frei bestimmen, wem ich es gebe.«

»Natürlich kannst du das.« Ein Grinsen huschte über Cornelis' Gesicht. »Habe ich dir etwa vorgeschrieben, wer es bekommen soll?«

»Nein«, gab Pieter zu.

»Meinetwegen kannst du es geben, wem du willst. Auch

Anneke. Obwohl es bei ihr wahrhaftig nutzlos ist, um nicht zu sagen, verschwendet.«

»Wieso findest du, dass es verschwendet wäre, wenn ich es ihr schenke?«

»Weil du dir eine Gegenleistung dafür erwartest, die sie nicht zu geben bereit ist.«

Pieter merkte, wie Wärme in seine Wangen stieg. »Woher weißt du, welche Gegenleistung ich erwarte?«

»Jeder weiß es. Pieter, du solltest einfach aufhören, ihr hinterherzulaufen. Sie hat doch überhaupt kein Interesse an dir. Es gefällt ihr lediglich, dir ab und zu einen Knochen vor der Nase herumbaumeln zu lassen, wie vor einem ausgehungerten Hund. Und in dem Moment, wo du denkst, du könntest ihn dir schnappen, zieht sie ihn weg und schenkt ihn dem Tulpisten Quaeckel – so, wie sie es schon die ganze Zeit macht.«

Pieters Unbehagen wuchs. Er legte die Spiegelrolle zur Seite und tat so, als würde er sich in das Zahlenrätsel vertiefen, das er vorhin zu Papier gebracht hatte. Er war froh, dass Cornelis sich wieder an die Arbeit begab und keine hässlichen Bemerkungen mehr über Anneke machte.

KAPITEL 18

Wenig später traf Pieters Patenonkel ein, um nach dem Rechten zu sehen. Joost Heertgens seufzte ergeben, als er den Jungen über seine Formeln gebeugt vorfand, vollständig versunken in all den seltsamen Tabellen und Reihen voller unergründlicher Zahlen und Zeichen, als läge dort das Heil der ganzen Welt verborgen. Zugleich musste Joost sich eingestehen, dass nicht zuletzt er selbst diese manische Hingabe seines Patenkindes an die Mathematik förderte. Seit Jahren schon brachte er dem Jungen bei jedem Besuch die jeweils neuesten Publikationen mit, deren er habhaft werden konnte. Er hatte sogar versucht, den einen oder anderen Blick hineinzutun, um sich selbst ein Bild von dieser Wissenschaft zu machen (schließlich hielt er sich für einen scharf kalkulierenden und somit im Rechnen nicht unbegabten Händler), doch schon nach wenigen Seiten hatte ihn stets eine lähmende Lethargie erfasst, die ihn zwang, die Bücher zuzuklappen und zur Seite zu legen. Pieter hingegen schien diese Machwerke zu inhalieren wie andere Männer ihre Pfeifen – lässig, teils flüchtig, teils genießerisch, und meist so schnell, dass man das Ende schon kommen sah, ehe er überhaupt angefangen hatte.

»Von dem englischen Mathematiker gibt es noch ein neueres Werk, es heißt *Trigonometrica Britannica*. Danach folgt ein ellenlanger Untertitel, den ich mir nicht merken konnte. Der Buchhändler, bei dem ich das letzte erwarb, erzählte mir, dass ein Verleger in Gouda es herausgebracht hat. Ich habe keine Ahnung, wovon es handelt, aber vorsorglich habe ich es bestellt, denn es klang mir danach, als könnte es dir gefallen.«

Pieter blickte auf, und das Leuchten in seinen Augen entschädigte Joos Heertgens für das schlechte Gewissen, das ihn seit dem Morgen plagte – er hatte beschlossen, noch vor Weihnachten wieder aufs Land zurückzukehren. Amsterdam machte ihn krank, das Bett im Gasthaus musste er mit Wanzen teilen, und der allgegenwärtige Krach von morgens bis abends belastete sein Gemüt. Sonst logierte er während seiner Aufenthalte in der Stadt für gewöhnlich bei Mostaerd, doch dessen Frau war vor wenigen Tagen mit einem Kind niedergekommen und das Haus seither voller Verwandtschaft aus allen Himmelsrichtungen, vorwiegend schnatternde Weiber, wie Mostaerd ihm mit leidvoller Miene berichtet hatte. Jedenfalls zog Joost es vor, im Gasthaus zu nächtigen, bis er seine Geschäfte in der Stadt erledigt hatte. Und wie es aussah, würde dies schneller der Fall sein als erwartet.

Er berichtete Pieter von seinen jüngsten Unternehmungen, mit denen er dem Ziel, die von Maarten hinterlassenen Tulpenzwiebeln bestmöglich unter die Leute zu bringen, bereits ein ganzes Stück nähergekommen war. Zu keinem Zeitpunkt hatte er erwogen, die kostbare Ware zweitklassigen Händlern anzubieten oder sich gar mit seiner Verkaufsliste selbst in eine verräucherte Schenke zu setzen. Er hatte vielmehr gleich seine Kontakte spielen lassen und erste verheißungsvolle Angebote in erlesenen Sammlerkreisen ausgestreut, bis das eintrat, womit er gerechnet hatte: Einige schwerreiche Interessenten hatten sich zu Vorverhandlungen angemeldet – keine windigen Spekulanten, sondern echte Tulpenliebhaber, die jeden Preis für eine hochwertige Rarität zahlten. Der Ruf von Maartens Blumensammlung war ihm vorausgeeilt, was auch daran lag, dass die Tulpen nicht kreuz und quer über die holländischen Provinzen verstreut in irgendwelchen fremden Gärten steckten, sondern alle miteinander in einem einzigen, eingezäunten und schwer bewachten Beet in Leiden, wo eine Reihe bekannter Connaisseure sie noch im letzten Frühling in herrlicher Pracht hatte blühen sehen. Nach Maartens Ableben waren die Zwiebeln auf Joosts Veranlassung hin ausgegraben, begutachtet und nach Sorten und Gewicht zertifiziert worden, wobei die Brutzwiebeln, die an einigen besonders kostbaren Stücken herangewachsen waren, den Gesamtwert noch zusätzlich in die Höhe getrieben hatten. Darunter befand sich ein wahres Juwel von einer Tulpe, eine violette Admiral van Enckhuisen, außerdem zwei nicht minder wertvolle lila geflammte Brabansons. Allein diese Paradestücke waren ein gewaltiges Vermögen wert und sollten zusammen über zehntausend einbringen. Von einem Aquarellisten hatte Joost aussagekräftige Illustrationen aller im Beet steckenden Tulpen anfertigen lassen und anschließend dafür Sorge getragen, dass Abzüge davon in entsprechenden Sammlerkreisen kursierten. Kurzum – er hatte den Boden bereitet, und jetzt war es an der Zeit, die Ernte einzubringen. Womöglich hätte er in einigen Wochen noch bessere Preise erzielen können, doch er war kein Hasardeur, und es war nicht sein Vermögen, um das es hier ging, sondern das seines Patensohnes.

All das besprach er in ungewohnter Offenheit mit dem Jungen, denn er hatte den Eindruck, dass Pieter weit mehr von dieser Angelegenheit verstand, als zu vermuten war, obgleich er bei Joosts freimütig geäußerten Zweifeln über den richtigen Zeitpunkt eines Verkaufs recht einsilbig reagierte – fast drängte sich Joost das absurde Gefühl auf, der Junge habe ihm in dieser Sache ein Wissen voraus, welches er nicht preisgeben wollte.

Aus einem Impuls heraus fragte er: »Hast du Berechnungen darüber angestellt, wann der Handel zusammenbricht?«

»Ja«, sagte Pieter – sehr leise und zudem recht widerwillig, wie es schien.

»Mit welchem Ergebnis?«

»Das ist ein Geheimnis.« Diese Antwort klang noch widerwilliger.

»Ich befehle dir, es mir zu verraten.«

»Das darf ich nicht.«

»Aha. Und mit wem teilst du dieses Geheimnis?«

Der Junge versank in Gedanken, zweifellos über die Frage, ob er bereits Geheimnisverrat beging, wenn er zugab, wem gegenüber er sich zu dieser Geheimhaltung verpflichtet hatte.

»Nun, lassen wir das beiseite«, schlug Joost vor. »Denn da du dich meinem Befehl widersetzt, kann ich wohl getrost davon ausgehen, dass der andere Geheimnisträger dein Lehrherr ist, der sich zugutehält, dir gegenüber mit höherer Befehlsgewalt ausgestattet zu sein als ich.« Er sah, wie der Junge errötete, und nickte grimmig. »Konzentrieren wir uns nun darauf, dass der Zusammenbruch des Tulpenhandels dein Geheimnis ist – da ich selbst aber ebenfalls weiß, dass ein solcher Zusammenbruch unausweichlich stattfinden wird, kenne ich dein Geheimnis bereits, oder nicht?«

Pieter zögerte, dann nickte er, doch zwischen seinen Brauen stand eine steile Falte, als wäre ihm die Logik von Joosts Ausführungen nicht recht geheuer.

»Da es nun nicht mehr geheim ist, kannst du mir auch sagen, was bei deinen Berechnungen herauskam.« Freundlich lächelnd fügte Joost hinzu: »Ich behalte es selbstverständlich für mich, das verspreche ich dir hiermit feierlich.«

Das schien Pieter vollends zu überzeugen. »Inzwischen habe ich genauere Berechnungen angestellt, da ich mehr Fakten über die Größe der Bevölkerung in den Provinzen, die Anzahl der Händler, die durchschnittliche Häufigkeit der von ihnen abgehaltenen Auktionen, die Menge gehandelter Zwiebeln sowie die im Umlauf befindliche Geldmenge und das einsetzbare sonstige Vermögen gewinnen konnte.«

Joost sah seinen Patensohn verdutzt an. »Wie um alles in der Welt hast du diese Kenntnisse denn gewonnen?«

»Ich habe mit Leuten in der *Goldenen Tulpe* gesprochen.«

»*Goldene Tulpe* – ist das nicht die Schenke um die Ecke?«

»Ja. Die Wirtin heißt Mareikje. Ich war mit ihr Schlittschuh laufen. Samstags trinke ich dort immer drei Genever. Manchmal komme ich dabei mit Leuten ins Gespräch, deren Kenntnisse mir bei meinen Berechnungen weiterhelfen.«

»Ach was«, sagte Joost, nach wie vor höchst verblüfft über diese Eröffnungen. »Und mit wem hast du da gesprochen?«

»Mit einem Steuerschätzer. Ich bezahlte ihm fünf Schnäpse.«

»Ah. Ich vermute, nach dem dritten Becher konnte er dir viel über steuerpflichtiges Vermögen und Geldumlauf erzählen.«

»Sehr viel. Außerdem sprach ich mit einem Pfandleiher.«

»Der sicherlich derzeit prächtig im Geschäft ist, weil alle Welt Wertsachen versetzt, um Tulpen kaufen zu können.«

Pieter nickte. Joost verkniff sich ein Grinsen. Der Junge war ihm vielleicht doch nicht so wesensfremd, wie er lange geglaubt hatte. Zumindest ein Anflug des Kaufmannsgeschicks der Heertgens musste bei ihm vorhanden sein, obgleich der Winkel'sche Teil der Familie zweifellos stärker durchgeschlagen hatte.

»Und was kam bei deinen aktuellen Berechnungen zum Zusammenbruch des Tulpenhandels heraus?«, erkundigte Joost sich.

Pieter schrieb mit klecksender Tintenfeder etwas auf ein Blatt Papier und reichte es ihm. Anscheinend lag ihm weiterhin daran, das Ganze so geheimnisvoll wie nur möglich zu gestalten. Joost sollte es recht sein. Hinter der nächsten Trennwand lauschten womöglich neugierige Ohren. Allein das unkontrolliert verbreitete Wissen um einen nahenden Zusammenbruch des Handels konnte den Eintritt dieses Ereignisses beeinflussen. Um das zu begreifen, musste man kein Mathematiker sein. Er betrachtete befremdet die Zahlen auf dem Blatt, das Pieter ihm gereicht hatte. In sechzehn zu einem Quadrat angeordneten Kästchen standen ebenso viele Ziffern:

16	3	2	13
5	10	11	8
9	6	7	12
4	15	14	1

»Ich fürchte, das musst du mir genauer erklären«, sagte er. »Mit dieser Zahlenfolge kann ich nicht viel anfangen. Ist das eine Art Geheimschrift?«

»Oh, nein, das ist die falsche Seite, das gehört zu einem Zahlenrätsel. Die Angaben, um die es dir geht, stehen auf der Rückseite. Du musst das Blatt umdrehen.«

Joost tat wie geheißen und betrachtete stumm, was Pieter dort notiert hatte. Es war eine kalendarisch dargestellte Zeitspanne von drei Wochen, beginnend Mitte Januar. Er war ein wenig enttäuscht, denn er hatte mit einem festen Datum gerechnet. »Wirklich genau ist das aber nicht«, befand er.

»Das habe ich auch nicht behauptet, wenngleich es exakter ist als meine vorangegangenen Ergebnisse. Vielleicht könnte ich das Ereignis enger eingrenzen, wenn ich noch mehr und bessere Formeln hätte. Ich habe welche ersonnen, um die unterschiedlichen Variablen für eine Approximation besser einbeziehen zu können, aber diese Versuche brauchen Zeit. Es sind auch Ansätze dabei, die zu Widersprüchen führen und deshalb weniger brauchbar sind.«

»Ich verstehe kein Wort«, sagte Joost. »Aber ich lasse es mir durch den Kopf gehen.«

»Mein Berechnungsverfahren?«

»Nein. Ob ich noch ein wenig mit dem Verkauf zuwarte. Aber ganz sicher nicht bis zum Ende der von dir berechneten Frist, so viel steht fest. Ich will Weihnachten zu Hause verbringen. Du kannst mitkommen, wenn du willst. Arbeiten kannst du vorläufig mit der gebrochenen Hand sowieso nicht.«

»Ich bleibe lieber hier.«

Das war Joost sehr recht, denn er schätzte friedvolles Alleinsein über alles, doch er bemühte sich, es den Jungen nicht spüren zu lassen. Er drehte das Blatt wieder um und betrachtete neugierig die Zahlenkästchen. »Was hat das zu bedeuten?«

»Es ist ein Rätsel um eine magische Zahl. Man kann sie erkennen, wenn man genau hinsieht.«

Joost hob die Hand. »Warte, sag sie mir nicht. Ich will es selbst versuchen.« Er starrte die Zahlen eine Weile an, doch er kam nicht dahinter. »Wie lautet die Lösung?«, fragte er schließlich ein wenig frustriert.

»Vierunddreißig. Man bekommt immer diese Summe heraus, wenn man die Zahlen einer Reihe addiert, egal ob man sie diagonal, vertikal oder horizontal zusammenzählt. Auch die vier Ecken, die vier inneren Zahlen, die beiden mittleren Zahlen oben und unten sowie rechts und links bilden dieselbe Summe.«

Joost rechnete nach und blickte überrascht auf. »Tatsächlich. Es kommt immer vierunddreißig heraus! Erstaunlich! Wie hast du das gemacht?«

»Es stammt nicht von mir. Das mathematische Phänomen ist lange bekannt. Es gibt sehr viele magische Quadrate, auch solche von höherer Ordnung. Die eigentliche Aufgabe bei diesem Quadrat besteht darin, alle Zahlen von eins bis sechzehn in der richtigen Reihenfolge so anzuordnen, dass jedes Mal als Summe die magische Zahl herauskommt. Es ist nicht weiter schwierig.«

»Aha«, meinte Joost leicht angesäuert. »Und warum hältst du dich damit auf?«

»Es ist ein Geschenk«, sagte Pieter. Es klang verlegen.

»Du willst dieses Rätsel jemandem zum Geschenk machen?«

Pieter nickte.

»Wem denn?«

»Mareikje. Sie hat Freude an Zahlen.«

Mit hochgezogenen Brauen blickte Joost seinen Patensohn an. Hatte sich hier etwas angebahnt? Er erinnerte sich noch gut an die junge Frau, die er am Tage von Pieters Ankunft nach dem Weg gefragt hatte. Pieter hätte es wahrhaftig schlechter treffen können. Erfreut nahm Joost zur Kenntnis, dass Pieter sich auf eine Weise zu entwickeln schien, die er noch vor wenigen Monaten nicht für möglich gehalten hätte. Jene seltsam törichte Seite seines Wesens würde er wohl niemals ganz loswerden, doch sein Geist schien einiges mehr zu bieten als nur die eng beschränkten Begabungen zum Malen und zum Ersinnen komplizierter mathematischer Formeln.

»An deinem Frauengeschmack gibt es nichts zu rütteln«, stellte Joost wohlwollend fest. »Wenngleich die Weiblichkeit im Allgemeinen eher glitzerndem Tand zugeneigt ist als der Mathematik.« Er wechselte das Thema, denn er hatte noch mehr mit Pieter zu besprechen. »Ich habe mich übrigens ein wenig umgehört. Die Kerle, die dich letzte Woche überfallen haben, sind tatsächlich von jemandem angeheuert worden. Einer von ihnen wurde wegen einer anderen Sache verhaftet und hat bei der Vernehmung gestanden, zu der Bande zu gehören, die dich verprügelt hat. Ihr Auftrag lautete, dich ordentlich zusammenzuschlagen.«

»Meister Rembrandt meinte, jemand habe sich damit an ihm rächen wollen.«

»Ich weiß. Er erzählte es mir. Ich halte es für plausibel, denn viele Leute sind ihm übel gesonnen, und es hat sich herumgesprochen, wie wertvoll du für ihn bist. Andererseits hörte ich davon, dass auch du dir bereits Feinde gemacht hast. Beispielsweise einen gewissen Tulpisten namens Adriaen Quaeckel, dem du die Nase gebrochen haben sollst, weil er die Wäschemagd bedrängte.«

»Er hat mir tatsächlich Rache geschworen«, bestätigte Pieter.

»Und mit dem Gesellen Laurens sollst du auch die meiste Zeit auf Kriegsfuß stehen.«

»Ich mag Laurens nicht.«

»Wie auch immer, der Kerl, den sie verhaftet haben, kam nicht mehr dazu, seinen Hintermann zu benennen, denn er verlor während der Befragung die Besinnung und wachte nicht mehr auf.«

»Ist er tot?«

»Nun ja, davon gehe ich aus. Die Verhörmethoden des Magistrats sind zwar äußerst effizient, aber zuweilen schießen sie übers Ziel hinaus.« Joost breitete in einer sorgenvollen Geste die Hände aus.»Jedenfalls wollte ich es dich wissen lassen. Falls besagter Hintermann der Meinung ist, sein Rachebedürfnis sei noch nicht gestillt. Sieh dich auf jeden Fall vor!« Joost wartete auf eine Dankesbekundung für die Warnung, doch Pieter nahm seine Einschätzung einfach nur stumm zur Kenntnis. Gewisse Grundlagen menschlichen Miteinanders würden ihm vermutlich für immer verschlossen bleiben.

*

Am Abend versuchte Pieter, Anneke allein abzupassen, weil er ihr die Spiegelrolle schenken wollte, doch zu seinem Verdruss war ständig jemand in Hör- oder Sichtweite, weshalb er dieses Unterfangen verschieben musste. Natürlich hätte er Anneke das Geschenk – dann aber natürlich ohne Absprache über mögliche Gegenleistungen – auch einfach im Beisein der anderen überreichen können, doch er hegte die Befürchtung, dass er sich damit lächerlich machte. Vor allem vor Laurens, der den ganzen Abend in der Küche herumhockte und Geertruyd beim Arbeiten im Weg war, wie sie mehrfach betonte. Ihr Geschimpfe schien ihn nicht zu stören, denn er machte keine Anstalten, nach dem Essen wieder nach oben zu verschwinden. Schließlich versöhnte er sie, indem er ihr einen Becher Genever vollschenkte, aus einer Flasche, die er mitgebracht und aus der er sich zunächst nur selbst bedient hatte. Pieter, der schweigend sein Abendbrot eingenommen hatte und anschließend nur deshalb in der Küche herumlungerte, weil er auf eine Gelegenheit zu einem Vier-Augen-Gespräch mit Anneke hoffte, erhielt ebenfalls einen großzügig gefüllten Becher Schnaps – worüber er nicht schlecht staunte, denn dergleichen war sonst nicht Laurens' Art.

»Betrachtet es als Abschiedsumtrunk«, teilte Laurens ihnen mit. »Wahrscheinlich bin ich schon zu Weihnachten aus dem Haus.«

»Kannst du schon früher in deine neue Bleibe?«, wollte Anneke wissen. Sie saß in der Ecke auf einem Schemel und rupfte ein Huhn. Geertruyds Hände schmerzten von der Gicht, weshalb diese Aufgabe Anneke übertragen worden war, obwohl sie ihr Tagewerk eigentlich schon verrichtet hatte.

»Ich habe eine Zwischenlösung gefunden«, sagte Laurens. »Dann verschwinde ich von hier und muss auf niemanden mehr Rücksicht nehmen. Vielleicht sorge ich dann endlich für klare Verhältnisse.«

»Was meinst du damit?«, fragte Anneke. »Willst du etwa doch noch was wegen des Bleiwassers unternehmen?«

Die Bänder an Geertruyds Haube flatterten, als sie zu Anneke herumfuhr. »Wieso weiß er davon? Hast du es ausgeplaudert, du dummes Ding?«

»Sie hat's mir nicht verraten«, erklärte Laurens. »Ich habe es zufällig mitgekriegt, als Anneke dir davon erzählte. Und Pieter weiß es, weil ich mit ihm drüber gesprochen habe.« Nachdenklich ließ er den Schnaps in seinem Becher kreisen, ehe er einen großen Schluck nahm. »Tatsächlich hätte ich nicht übel Lust, der Polizei zu berichten, was der Meister und seine Frau hier spätabends in der Küche getan und gesagt haben. Ich hab's mir nur deshalb verkniffen, weil ihr sofort eure Stellung los wärt, wenn die Herrschaft in den Kerker wandert. Bisher habe ich nur aus Rücksicht auf euch beide geschwiegen.«

Pieter hätte das gern richtiggestellt, denn er wusste ja, dass Laurens nicht aus Rücksicht auf Geertruyd und Anneke schwieg, sondern weil Cornelis ihn mit dem Bild von Judith Versluys erpresste. Doch da es sich bei dem Bild um ein Geheimnis handelte, durfte er es nicht ansprechen.

»Meinetwegen kannst du der Polizei erzählen, was du willst«, sagte Anneke. Sie erhob sich von dem Schemel und klatschte das kahl gerupfte Huhn auf den Tisch. »Nur zu. Geh doch und erzähl ihnen alles, wenn du dich dann besser fühlst.«

»Hast du nicht Angst, dass du dann nach Meulendonk zurückmusst?«, fragte Pieter.

Anneke hob das Kinn. »Ich muss überhaupt nichts. Eine neue Stelle als Wäschemagd finde ich allemal. Falls ich das dann überhaupt noch nötig habe.«

Geertruyd ließ das Messer fallen, mit dem sie gerade Rüben klein schnitt. »Hast du dir von dem Kerl etwa wieder neue Flausen in den Kopf setzen lassen?«

»Darauf würde ich jede Wette eingehen«, sagte Laurens, als von Anneke keine Antwort kam. »Das wird noch böse enden, hört auf meine Worte.«

»Welcher Kerl?«, fragte Pieter. »Und welche Flausen meinst du, Geertruyd?«

»Kein Sterbenswort wirst du der Polizei sagen«, fuhr Geertruyd Laurens an. Sie nahm das Messer wieder in die Hand und deutete mit der Spitze in seine Richtung. »Merke dir, Bursche: Deine Lügen stinken schlimmer als der fauligste Fisch! Was immer du der Polizei auch hättest erzählen wollen – du hättest es längst getan! Für dein Schweigen hast du gewiss gute Gründe, aber mit Nächstenliebe hat garantiert keiner davon zu tun!«

Pieter betrachtete die Köchin bewundernd. Wie hatte sie das nur erraten können? Leider hatte sie seine Fragen noch nicht beantwortet. Vorsorglich wiederholte er sie.

»Welchen Kerl hast du gemeint? Und welche Flausen?«

Von Anneke kam ein unterdrücktes Schluchzen. »Lasst mich doch einfach nur in Ruhe!« Sie rannte aus dem Raum und schlug die Tür hinter sich zu.

Laurens stand von seinem Stuhl auf und klemmte sich die halb leere Schnapsflasche unter den Arm. »Na, dann verbringe ich den Rest des Abends auch lieber mit mir allein.«

»Tu das«, empfahl ihm Geertruyd. »Mir wär's lieb, wenn du dich in meiner Küche nicht mehr blicken ließest.«

Als sie sich abwandte, um die Rübenstücke in den Topf mit dem übrigen Gemüse zu befördern, das sie schon für den morgigen Eintopf geputzt hatte, machte Laurens hinter ihrem Rücken eine obszöne Geste.

Genau in diesem Moment drehte sie sich wieder um und sah es. Ohne Vorwarnung schleuderte sie einen Rübenstrunk auf Laurens und schien selbst überrascht, als das Wurfgeschoss ihn am Kopf erwischte.

Er rieb sich die getroffene Wange und starrte sie an. »Du alte Vettel. Glaubst wohl, du kannst dir alles herausnehmen, was? Na, wir werden ja sehen.« Nach einem letzten bohrenden Blick auf Pieter verließ er türenknallend die Küche.

Mit steifen Bewegungen wandte Geertruyd sich ohne eine Erwiderung wieder ihrer Arbeit zu.

»Welchen Kerl hast du gemeint, und welche Flausen?«, erkundigte sich Pieter abermals bei ihr, in der Hoffnung, dass sie nun mehr Muße für eine Antwort hatte.

»Stell doch nicht immer so dämliche Fragen«, fuhr sie ihn an. »Was glaubst du denn, von wem die Rede ist, hä?«

Pieter ging in sich und äußerte dann seine Vermutung. »Von Mijnheer Quaeckel?«

Sie ergriff ihren Becher und trank ihn in einem Zug leer. »Wer sonst«, brummte sie.

»Aber Mevrouw Saskia hatte Anneke doch verboten, ihn zu treffen.«

Geertruyd sah ihn groß an, dann lachte sie. »Glaubst du ernsthaft, sie würde darauf verzichten, sich weiterhin von diesem Gecken umschmeicheln zu lassen?«

Genau das hatte Pieter bisher angenommen, doch wie es schien, hatte er Annekes Reaktion auf das Verbot mit falschen Werten belegt. Seine mangelhafte Beurteilung war seiner Ansicht nach nur der Beweis dafür, dass er seine Methoden verfeinern musste. Wie sollte er ein nützliches Wahrscheinlichkeitstheorem erarbeiten, wenn er gedanklich nicht einmal in der Lage war, naheliegende Abweichungen zu erfassen?

Immerhin versetzte ihn die neue Information in die Lage, weitere Überlegungen zu den von Geertruyd erwähnten Flausen anzustellen. Ausgehend davon, dass *Flausen* begrifflich gleichzusetzen waren mit einer durch den Tulpenhändler bei Anneke geweckten Hoffnung (sowie unter Einbeziehung der Tatsache, dass Anneke aufgrund dieser Hoffnung darauf spekulierte, künftig nicht mehr auf den Broterwerb als Wäschemagd angewiesen zu sein), deutete sich eine bestimmte Schlussfolgerung an, die wohl als die einzig richtige anzusehen war.

Niedergeschmettert kleidete Pieter das Ergebnis seiner Gedankengänge in Worte. »Sie will den Tulpenhändler heiraten, und sie denkt, dass er sie auch heiraten will. Deshalb missachtet sie das Verbot von Mevrouw Saskia und trifft sich weiterhin mit ihm.«

Geertruyd zuckte mit den Schultern, die Schlüssigkeit seiner Zusammenfassung schien sie nicht im Geringsten zu beeindrucken. »Sie ist einfach ein rettungslos dummes Geschöpf, das sich von den schwülstigen Versen dieses Betrügers den Kopf verdrehen lässt.«

Betroffen musste Pieter zur Kenntnis nehmen, dass er anscheinend auch die Bedeutung von Adriaen Quaeckels Poesie verkannt hatte. War es wirklich möglich, dass Anneke sich von solch läppischer Dichtung in ihrem Verhalten beeinflussen ließ? Oder andersherum: Was konnte er selbst tun, um ihr deutlich zu machen, dass ihre Hinwendung zu dem Tulpenhändler bar jeder Logik war?

Egal, wie er es drehte und wendete – seine Optionen schienen allesamt auf das hinauszulaufen, was ihm Doktor Bartelmies empfohlen hatte. Er musste unter Beweis stellen, dass er ein würdigeres Ziel ihrer Zuneigung war. Es war wie in der Mathematik – die wahre Lösung schlug immer die falsche. Alles, was ihm dafür noch fehlte, war das richtige Fingerspitzengefühl für Frauen.

*

Mareikje verdrehte die Augen gen Himmel, als Pieter sie am nächsten Tag – es war wieder Samstag – abermals darum bat, sein Fingerspitzengefühl für Frauen zu fördern.

»Hast du dir die kleine Magd immer noch nicht aus dem Kopf geschlagen?«

»Nein«, sagte er schlicht. »Ich muss lernen, sie zu beeindrucken, sonst wird sie Adriaen Quaeckel heiraten, weil sie seine Verse liebt. Ich habe bereits überlegt, selbst die Dichtkunst zu erlernen, und gestern sogar den Versuch unternommen, ein Sonett zu verfassen, doch mein Kopf fühlt sich gänzlich leer an, wenn ich mich damit beschäftige.«

Aus unerfindlichen Gründen brachte er Mareikje damit zum Lachen, sie prustete laut los und konnte kaum wieder aufhören. Fragend blickte er sie an, in der Erwartung, dass sie kundtat, was sie so komisch an seiner Äußerung fand, doch sie wischte sich nur die Lachtränen aus den Augen und schüttelte kichernd den Kopf.

Sie schenkte ihm den ersten seiner drei Schnäpse aus. Sich selbst goss sie auch einen ordentlichen Schluck ein und hob ihren Becher. »Auf deine Bemühungen, ein Dichter und Weiberheld zu werden!«

Er stieß mit ihr an und fragte sich, was es mit ihrem Trinkspruch auf sich hatte. Ein Dichter wollte er gewiss nicht werden; weitere Versuche würde es keinesfalls geben. Ein Weiberheld war nach seiner Vorstellung jemand, der von allen Frauen bewundert wurde – dergleichen beanspruchte er gar nicht für sich. Es reichte ihm völlig, von Anneke bewundert zu werden. Vielleicht auch noch von Mareikje, denn es missfiel ihm, wenn sie ihn für unbedarft hielt – ein Gefühl, das ihn manchmal in ihrer Gegenwart überkam. Bei anderen war es ihm egal, obwohl er den Umgang mit Menschen schätzte, die ihn mit Respekt behandelten, wie etwa Doktor Bartelmies es tat. Schon aus dem Grund wollte er lernen, beachtenswerter zu werden – weil es half, sich wohler zu fühlen.

Er erklärte es Mareikje genau so, wie es ihm durch den Kopf gegangen war, worauf ihr Lächeln verflog. »Es tut mir leid, Pieter. Ich hätte nicht lachen dürfen. Du bist unerfahren, das ist wohl wahr, aber es steht mir nicht zu, mich darüber lustig zu machen.«

»Es stört mich nicht, wenn du lachst. Im Gegenteil. Ich finde ...« Er brach ab, plötzlich verlegen.

»Was findest du?«

»Dass du sehr schön aussiehst, wenn du lachst. Wenn du nicht lachst, natürlich auch«, fügte er eilig hinzu, ehe sie auf den Gedanken kommen könnte, er fände sie ansonsten unansehnlich.

Nun lächelte sie wieder und gab ihm einen spielerischen Schubs. »Deine Komplimente sind jedenfalls schon mal nicht schlecht. Frauen hören gern, dass sie schön sind. Auch wenn's nicht stimmt.«

»Aber es stimmt doch«, widersprach er. »Es ist die reine Wahrheit.«

»Wie auch immer. Mit Komplimenten erwärmst du das Herz einer Frau, wohingegen du nie an ihrem Äußeren Tadel üben solltest. Das ist eine der Regeln im Umgang mit Frauen, die du beherzigen kannst.«

»Ich werde sie mir merken. Welche Regeln gibt es noch?«

»Manche kennst du schon, beispielsweise Höflichkeit und Hilfsbereitschaft. Dein Vater hat dich gut erzogen, Pieter. In diesen Bereichen gibt es für dich nicht mehr viel zu lernen.«

»Ich würde gern die körperlichen Aspekte im Umgang mit Frauen erlernen«, platzte er heraus.

»Was denn genau?«

Er wand sich. »Das Küssen. Und ... äh, alles, was Männer und Frauen im Bett tun.«

»Du willst, dass ich es dir beibringe, damit du diese Kenntnisse dann bei der kleinen Magd anwenden kannst?«

Pieter nickte.

»Unterrichtsstunden in so einem Fach entsprechen nicht meinem Charakter«, sagte sie freundlich, aber bestimmt.

»Ich würde dir auch ein Geschenk dafür geben«, erklärte Pieter, um nicht den Eindruck aufkommen zu lassen, er wolle sich umsonst bei ihr fortbilden.

Mareikje zog die Brauen hoch. »So? Welches denn?«

Er nestelte das Zahlenrätsel hervor. Er hatte es – in ungelöstem Zustand – noch einmal neu und in schönen Ziffern ohne Tintenkleckse auf ein sauberes Stück Papier geschrieben.

»Diese sechzehn Zahlen bilden, wenn man sie in der richtigen Reihenfolge anordnet, ein magisches Quadrat, bei dem jede Addition, gleichviel ob quer, längs oder diagonal, immer dieselbe Summe ergibt.«

»Die vierunddreißig, nicht wahr?« Mareikje sah ihn ein wenig wehmütig an. »Es ist ein schönes Geschenk, Pieter, aber ich kenne das Zahlenrätsel bereits. Mein Vater erwarb vor vielen Jahren den Abzug eines Kupferstichs. Darauf ist dieses Quadrat zu sehen.«

Pieter staunte. Er hatte nicht gewusst, dass es ein Bild mit dem Quadrat gab. »Das würde ich mir gern einmal anschauen!«

»Es hängt in meiner Kammer an der Wand. Ich kann's dir zeigen, wenn du willst.«

»Wann?«

Mareikje blickte ihn mit unergründlicher Miene an, dann warf sie einen Blick auf die große Sanduhr über dem Kamin. Die *Goldene Tulpe* begann sich allmählich zu füllen. Noch herrschte kein Hochbetrieb, aber lange würde es nicht mehr dauern. Die ersten Tulpisten hatten sich schon eingefunden und ihre Plätze eingenommen.

»Komm morgen nach der Kirche, dann kannst du's dir ansehen.«

Weitere Tulpisten kamen herein, unter ihnen Adriaen Quaeckel. Sein erster Blick galt Pieter. Unter dem schwarzen Schnurrbart zeigte sich ein breites Lächeln, und im ersten Moment glaubte Pieter, Mijnheer Quaeckel habe einen Gesinnungswandel durchlaufen und sei ihm nun freundlicher gesonnen als zuvor, doch dann begriff er, dass das Lächeln ein höhnisches war und der Tulpist damit nur seine Schadenfreude zum Ausdruck brachte. Der Anblick von Pieters verletzter Hand sowie seines Gesichts, das von dem Überfall immer noch geschwollen und verfärbt war, schien Quaeckel mit höchster Befriedigung zu erfüllen.

»Hüte dich vor ihm«, empfahl Mareikje, die den Blickwechsel zwischen ihm und Quaeckel aufmerksam verfolgt hatte.

»Glaubst du, er hat die Männer dazu angestiftet, mich zu verprügeln?«

»Ich bin ziemlich sicher, dass er dahintersteckt.« Mareikje beobachtete Quaeckel dabei, wie er einen Stapel leerer Tulpenkontrakte bereitlegte und den Schreiber anwies, die

Tafel abzuwischen, auf der noch die Kurse vom Vortag standen. »Mitgekriegt habe ich zwar nichts davon, er ist nicht so dumm, sich dabei erwischen zu lassen. Aber ich wette ein ganzes Fass Genever darauf, dass der Überfall auf seine Kappe geht. Er lügt und betrügt nicht nur, sondern macht auch vor dunkleren Machenschaften nicht Halt. Wenn er nicht so gut fürs Geschäft wäre, hätte er hier längst Hausverbot.«

»Ob er noch einmal Angreifer auf mich hetzt, weil ich Anneke weiter umwerbe?«

»Wenn, dann sicher nicht aus diesem Grund, sondern eher wegen seiner kostbaren Nase. Er kann es schlecht verwinden, dass ein siebzehnjähriger Lehrjunge ihn in einer Wäschekammer mit einem einzigen Schlag zu Boden geschickt hat und alle Welt davon weiß.«

»Ich bin fast achtzehn«, hob Pieter hervor.

Sie zwinkerte ihm zu. »Ich weiß.«

»Ich habe noch eine Frage.«

Mareikje seufzte verhalten. »Wieso nur habe ich das Gefühl, dass unsere Unterhaltung jetzt in eine sehr unangenehme Richtung führt?«

»Die Frage ist dir wahrscheinlich wirklich unangenehm«, räumte Pieter ein. Neugierig fuhr er fort: »Hast du das in meinem Gesicht gelesen?«

»Allerdings. Verschieben wir die Frage auf morgen. Ich habe zu arbeiten.« Sie schenkte ihm den zweiten Genever ein, dann ging sie zum Tisch der Tulpisten, um deren Bestellungen aufzunehmen.

*

KAPITEL 19

Pieter beobachtete die nachfolgende Auktion und merkte sich die Tageswerte der gehandelten Sorten. Es betätigten sich deutlich mehr Verkäufer und Käufer im Tulpenhandel als noch in der Vorwoche – sowohl im Verhältnis zueinander wie auch als Gruppe im Vergleich zur Anzahl der Beteiligten im Verlauf der letzten dreißig Tage nahmen sie als Parameter seines Diagramms erfreulich kleine Abstände zu der vorausberechneten Kurve ein, was die Genauigkeit seiner Formeln untermauerte. Er hatte zudem mehrere Unterhaltungen mit angehört, aus denen hervorging, dass der Handel sich in anderen Kolleg-Schenken der Stadt und auch in den übrigen Provinzen ganz genauso entwickelte wie in der *Goldenen Tulpe*, was für eine umfassende Übertragbarkeit seiner Beobachtungen sprach.

An diesem Samstag kam er mit einem Tulpenhändler ins Gespräch, der nach dem Ende der Auktion in glänzender Laune zu Pieter an den Schanktisch trat und ihm auf die Schulter schlug. »Ich möchte dich beglückwünschen, Junge! Das wollte ich schon die ganze Zeit tun!«

»Wofür?«, fragte Pieter erstaunt.

»Für deine Treffgenauigkeit!«

»Aber wie könnt Ihr davon wissen?« Beunruhigt fragte Pieter sich, ob Onkel Joost sein Versprechen gebrochen hatte, doch gleich darauf erwiesen sich seine Befürchtungen als gegenstandslos. Das Lob des Händlers galt nicht seinen womöglich treffgenauen Berechnungen zum Zusammenbruch des Tulpenhandels, sondern dem zielsicheren Schlag, mit dem er Adriaen Quaeckel die Nase gebrochen hatte.

»Dieser Vorfall in der Wäschekammer des Malers spricht sich immer weiter herum.« Der Händler feixte. »Wo auch immer der gute Adriaen auftaucht, steht er alsbald im Mittelpunkt des Gespötts. Es kursieren sogar bereits Verse, ganz in dem Stil, wie er sie selbst verfasst. Darin wird in allen Einzelheiten beschrieben, wie du ihm sein Porträt auf den Kopf haust und dann seinen Schnurrbart in eine neue Form bringst.« Ein Kichern begleitete die Worte des Händlers, doch gleich darauf trat ein Ausdruck von Mitleid in sein Gesicht. »Er hat wohl versucht, es dir heimzuzahlen, was? Dein Gesicht sieht übel aus. Und die Hand – ist sie gebrochen?«

Pieter nickte. Er schaute über die Schulter des Händlers zum Tisch der Tulpisten hinüber, wo Quaeckel im Kreis der übrigen saß und mit hasserfüllter Miene seinen Blick erwiderte.

»Beobachtet er uns?«, fragte der Händler grinsend. »Sieht er aus, als würde er an seinem eigenen Zorn ersticken?«

»Ja. Wollt Ihr ihn absichtlich gegen Euch aufbringen, indem Ihr mit mir redet?«

»Ah, hinter dieser von Schlägen verunzierten Stirn scheint ein scharfer Verstand zu sitzen.« Der Händler betrachtete Pieter von unten herauf. »Tatsächlich bereitet es mir eine diebische Freude, Adriaen ein wenig zu ärgern, denn er bläst sich in letzter Zeit allzu sehr auf und hat es mehr als verdient, einmal in die Schranken gewiesen zu werden. Darauf wollen wir zusammen trinken!« Er winkte der Schankmagd. »Dein Name ist Pieter, oder? Ich heiße Willem und lade dich ein.«

Willem bestellte Heringe und Schnaps und sorgte dafür, dass Pieters Becher immer nachgefüllt wurde. Sie sprachen über die Entwicklung der Preise und die ständig zunehmende Verknappung des Warenangebots, was unweigerlich zu immer weiter steigenden Kursen und gleichzeitig zu einer verminderten Qualität der handelbaren Zwiebeln führte. Willem beklagte sich über die billige Stückware, die inzwischen den Absatz dominierte. »Bald werden wir noch das Stroh von den Zwiebeln in Guldenwerte umrechnen müssen, um die Gewinne zu steigern«, meinte er kopfschüttelnd. »Weißt du, was wirklich seltsam ist? Dass der Rest der Welt vom holländischen Tulpenhandel völlig unbeeindruckt scheint. Dieser Tage sprach ich mit einem Kaufmann, der in den letzten Wochen die deutschen Lande bereiste und dort in keiner einzigen Schenke Tulpen kaufen konnte, nicht mal da, wo gerade kein Krieg herrscht. Kein Mensch verkauft dort Tulpenzwiebeln im Winter. Ähnliches hörte ich vorgestern von einem Händler aus London, wo man ebenfalls höchst erstaunt über den hier herrschenden Tulpenhandel ist.«

»Das ist eine wichtige Information«, erklärte Pieter. »Vielen Dank.«

»Ich weiß zwar nicht, wofür, aber gern geschehen. Komm, Junge, trink noch einen!«

Irgendwann zwischen dem fünften und sechsten Schnaps merkte Pieter, dass ihm vor Müdigkeit die Augen zufielen. Der Sanduhr zufolge waren kaum zwei Stunden seit seiner Ankunft in der *Goldenen Tulpe* verstrichen, doch anscheinend waren die vergangenen Tage anstrengender für ihn gewesen als gedacht. Er beschloss, ausnahmsweise früher nach Hause zu gehen und sich schlafen zu legen. Willem bestand darauf, dass er noch seinen Becher austrank, und half ihm dann beim Anzünden seines Windlichts, weil Pieter wegen seiner Verletzung nur eine Hand benutzen konnte.

»Komm gut nach Hause, Junge! Und schöne Weihnachtstage!«

Pieter bedankte sich und verließ schwankenden Schritts die Schenke. Vor ein paar Tagen hatte Tauwetter eingesetzt, es war nicht mehr so kalt wie in der Vorwoche, aber es wehte ein scharfer Wind. Pieter hatte kaum die nächste Ecke erreicht, als eine Bö seine Laterne ausblies. Eine Weile irrte er orientierungslos weiter, tastete sich an feuchtkalten Hauswänden entlang und wäre einmal um ein Haar ins Wasser gefallen. Er merkte schließlich, dass er sich verlaufen hatte, doch diese Erkenntnis vermochte kaum den Nebel der Schläfrigkeit zu durchdringen, der ihn gefangen hielt. Beherrscht von dem Wunsch, sich niederzulegen und auszuruhen, fiel ihm irgendwann auf, dass er zum Hafen gelaufen war. Taumelnd stand er am Kai vor den ankernden Schiffen. Manche von ihnen wirkten geradezu lebendig, denn sie gluckerten und knarzten und bewegten sich sacht auf und nieder, als würden sie atmen. Zu sehen war von ihnen so gut wie nichts, nur der matte Umriss einiger hölzerner Ungetüme, die direkt vor ihm lagen, dunkel gegen den fast ebenso dunklen Himmel. Und doch gab es hier viele davon, eines neben dem anderen. Wie eine schlafende Herde gewaltiger Tiere ruhten sie behäbig im Wasser. Der Hafen von Amsterdam war der größte der Welt, die Kompagnie hatte mehr als viertausend Schiffe unter Segeln, und sobald die Zeit der Stürme vorüber war, würde die Frühjahrsflotte mit Schätzen beladen von den Kolonien zurückkehren – mit Zimt von Tidor, Pfeffer aus Malabar, Muskatnüssen von Banda. Sein Vater hatte ihm die Routen auf seinem Globus gezeigt. Damals hatte er ihm auch beschrieben, wie der berühmte Kosmograf Mercator mittels eines winkeltreuen Projektionsverfahrens aus einem Globus eine Weltkarte geschaffen hatte. Damit hatte er die Navigation revolutioniert und dazu beigetragen, dass die holländische Handelsflotte die größte und beste der Welt werden konnte. Der Globus hatte im Studierzimmer seines Vaters gestanden. Er war genauso verkauft worden wie alles andere. Pieter musste oft daran denken. Eines Tages wollte er wieder einen Globus besitzen. Doch bis dahin würde er schlafen. Er hatte sich einfach auf dem Boden ausgestreckt und blickte hinauf zum schwarzen Himmel, der mit einem Mal heller aussah als gerade eben noch. Irgendwo in der Dunkelheit geisterte ein Lichtschein herum.

»Er muss irgendwo in der Nähe sein«, hörte er eine ärgerliche Stimme sagen. »Vorhin habe ich ihn noch herumstolpern sehen.«

»Verflucht, wieso ist er überhaupt zum Hafen gegangen?«, beschwerte sich ein zweiter Mann.

»Wir hätten ihn gleich vor der Schenke abfangen sollen«, versetzte ein dritter. »Vielleicht ist er schon ins Wasser gefallen. Dann können wir uns die Suche auch sparen.«

Pieter erkannte die Stimmen wieder. Sie stammten von den groben Gesellen, die ihn überfallen hatten.

»Pst«, zischte da jemand in Pieters Ohr. »Du musst aufstehen und mitkommen. Wenn sie dich finden, bist du erledigt. Diesmal kämest du nicht mit einer Tracht Prügel davon.«

»Was …?«, nuschelte er.

»Du kannst von Glück sagen, dass ich in der Nähe war und mitgekriegt habe, was diese Kerle im Schilde führen! Komm schon, streng dich an! Du musst wach bleiben!« Der Mann, der ihm soeben die warnenden Worte zugeflüstert hatte, zerrte ihn hoch und gab ihm eine kräftige Ohrfeige. Dann wurde Pieter vorwärtsgezerrt, weg vom Kai und in die nächste Gasse hinein. Irgendwo brannte eine Laterne, aber ihr Licht war zu verschwommen und zu weit entfernt, um Einzelheiten der Umgebung zu erhellen. Pieter bemühte sich, die Augen offen zu halten und normal zu gehen, doch er knickte ständig in den Knien ein.

Die Stimme des Mannes, der ihn mit sich schleppte, kam ihm ebenfalls bekannt vor, doch er hatte nicht die Kraft, den Kopf zu drehen. Sie bogen in eine andere Gasse ab und von dort in eine weitere. Hier war es heller, es waren noch etliche Leute mit Windlichtern unterwegs, die meisten in fröhlicher Stimmung und umgeben von Schnapsfahnen.

»Wir sind da«, meinte der Mann. Schnaufend hielt er inne und lehnte Pieter gegen eine Hauswand, damit er nicht zu Boden sackte. »Himmel, bist du schwer!« Der Mann ließ ein unterdrücktes Fluchen hören, und auf einmal wusste Pieter auch mit geschlossenen Augen, wen er vor sich hatte: Frans Munting, den Kunstmaler, der um ein Haar sein neuer Lehrherr geworden wäre.

Pieter hörte das Knarren einer sich öffnenden Tür und machte kurz die Augen auf. Sein trüber Blick fiel auf Stufen, die nach oben führten.

»Komm schon, die Treppe hoch wirst du es ja wohl noch schaffen!« Munting hatte sich Pieters linken Arm um die Schultern gelegt und bugsierte ihn Stufe für Stufe aufwärts.

»Gleich kannst du dich ausruhen, bloß ein bisschen noch.«

Ein letztes Mal versuchte Pieter, seine Umgebung zu betrachten, doch er nahm nur verschwommene Eindrücke wahr – eine brennende Stundenkerze auf einem Tisch. Flackerndes Kaminfeuer. Eine Staffelei mit einem Bild darauf. Einen Tisch mit Farbtiegeln und anderem Malzubehör.

In der Nähe sprach eine Frau. »Wen schleppst du denn da an?«

»Hab ihn unterwegs aufgelesen und vor ein paar Halunken gerettet. Bleib im Bett, ich bin gleich bei dir. Muss den Jungen nur noch eben auf den Diwan verfrachten.«

Pieter spürte seine stolpernden Füße nicht mehr, nur noch die harte Schulter von Munting unter seiner Achsel. Nach wenigen weiteren Schritten sank er auf ein weiches Lager nieder. Die Stiefel wurden ihm ausgezogen, eine Decke über ihn gebreitet.

»Schlaf dich richtig aus«, hörte er Munting noch sagen. Dann wurde es still und dunkel um ihn.

*

Als er aufwachte, war es taghell. Sonnenlicht stach ihm in die Augen, und ein eisiger Luftzug streifte seine Nase. Er nieste und setzte sich auf. Sein Schädel brummte, er rieb sich die Stirn und stöhnte, als er versehentlich die heilende Platzwunde berührte. Doktor Bartelmies hatte ihm befohlen, sie in Ruhe zu lassen, bis er die Fäden zog – was erst im Laufe der kommenden Woche geschehen sollte.

Frans Munting stand vor einem weit geöffneten Fenster. Er hatte einen rotseidenen Morgenmantel an und trug Pantoffeln an den Füßen. Er wandte sich zu Pieter um. »Na, wieder unter den Lebenden? Du hast fast fünfzehn Stunden geschlafen. Das waren wohl ein paar Schnäpse zu viel, was?«

»Es waren nicht mehr als sechs«, erwiderte Pieter dumpf.

Munting runzelte die Stirn. »Wirklich? Dann muss dir wohl jemand Schlaftropfen in den Becher geschüttet haben. Was mich nicht wundern würde, wenn man die übrigen Umstände bedenkt.«

»Welche übrigen Umstände?«

»Ich habe dir das Leben gerettet, nicht mehr und nicht weniger. Gestern Abend war ich zufällig noch unterwegs, um eine Flasche Wein zu besorgen, als ich diese drei Kerle auf der Gasse die Köpfe zusammenstecken sah. Im Vorbeigehen schnappte ich deinen Namen auf. Ich tat so, als hätte ich was verloren und müsste danach suchen, während ich weitere Gesprächsfetzen erlauschte. Sie wollten dir auflauern und diesmal keine halben Sachen machen, wie einer von ihnen es ausdrückte. Ich bin ihnen gefolgt und habe mich in ihrer Nähe gehalten. Irgendwann sah ich dich durch die Dunkelheit in Richtung Kai stolpern, und den Rest der Geschichte kennst du ja.« Munting schloss das Fenster. Er ging zu einem Tisch und goss dort aus einem Krug einen Becher voll, den er Pieter brachte. Ein freundliches Lächeln stand auf seinem stoppelbärtigen Gesicht. »Hier, du musst einen höllischen Durst haben.«

»Ich trinke keinen Wein.«

»Es ist kein Wein, sondern schöne frische Milch.« Munting zwinkerte ihm zu. »Zufällig weiß ich, dass das dein Lieblingsgetränk ist. Außer Schnaps, aber den gibt es so früh am Tage nicht.«

»Woher wisst Ihr, dass ich gern Milch trinke?«

Munting zuckte mit den Schultern. »Hin und wieder besuche ich deinen Meister in seiner Werkstatt, wie du weißt. Jemand muss es dort wohl erwähnt haben.«

Pieter betrachtete unschlüssig den Becher in seiner Hand.

Munting schien zu ahnen, was ihm durch den Kopf ging. »Falls du Sorge hast, es könnte Gift drin sein – letzte Nacht hätte ich dich einfacher loswerden können. Ich hätte dich beispielsweise einfach im Hafen liegen lassen können, dann wärst du jetzt mausetot.«

Pieter probierte einen Schluck. Die Milch war köstlich frisch und eiskalt. Er trank den Becher in einem Zug leer. »Das war sehr gut, vielen Dank. Ebenso bedanke ich mich, dass Ihr mich vor den groben Gesellen gerettet habt.«

»Das war Ehrensache. Du weißt, wie sehr ich dich schätze.«

Munting ging zu der Leinwand, die mitten im Raum stand. Vom Arbeitstisch daneben nahm er eine Palette sowie einen Pinsel und fing an zu malen. Summend trug er die Farben auf und trat hin und wieder zurück, um das Ergebnis seiner Bemühungen zu betrachten. Pieter konnte vom Diwan aus nur die Rückseite der Leinwand sehen. Er schlug die Decke zurück und stand auf, ein wenig schwankend noch und mit schmerzenden Gliedern, aber ansonsten wach und nüchtern. Ein wenig unbeholfen zog er seine Stiefel an. Seine Kopfschmerzen ließen bereits nach, die frische Milch wirkte Wunder.

»Darf ich Euren Lokus benutzen?«

Munting deutete nachlässig mit dem Daumen über die Schulter auf einen Wandschirm. Dahinter befand sich ein Nachtstuhl. Pieter erleichterte sich und setzte danach sorgfältig wieder den Deckel auf den Topf. Anschließend sah er sich in der Behausung des Malers um. Der große Raum wurde offensichtlich nicht nur als Werkstatt genutzt, sondern auch als Wohnung. Schlafstätte war ein Alkovenbett, auf dem sich zerwühltes Bettzeug häufte, in einer Ecke gab es eine Sitzgruppe mit Lehnstühlen, und die restliche Fläche wurde von verstreut stehenden Arbeitstischen und Stellagen mit Leinwänden eingenommen. Durch eine offen stehende Tür sah man einen kleineren Raum mit weiterem Malerbedarf: unterschiedlich große Leinwandrollen, ein Regal voller Tiegel und Mineralien, einen Stapel Papier, eine lebensgroße Kleiderpuppe, die mit allerlei Plunder behängt war.

Es gab keine mit Trennwänden abgeteilte Ateliers, keine strenge Ordnung, keine Aufteilung zwischen Arbeit und Privatem. Alles ging fließend ineinander über. Auf dem Tisch in der Ecke standen mehrere leere Flaschen, daneben zwei

Pokale aus grünem Glas – in einem davon steckte ein Pinsel. Auf einem Teller lagen Reste von Brot und Käse, über einem Stuhl hing ein Damengewand, über einem anderen ein fleckiger Malerkittel.

Im Kamin brannte ein Feuer und verbreitete angenehme Wärme. Auf dem Boden lagen dicke Webteppiche, und an den Wänden hingen in mehreren Reihen über- und nebeneinander Ölgemälde und Zeichnungen in den unterschiedlichsten Formaten. Auch die Sujets waren von bunter Vielfalt – Landschaftsbilder, Seestücke, üppige Blumenstillleben, Porträts von spärlich bekleideten Damen, Akte von lorbeerbekränzten Jünglingen und muskelbepackten Männern, zumeist beim Speer- oder Diskuswurf. Pieter erkannte auf den ersten Blick, worin Muntings besondere Begabung als Maler bestand: Er beherrschte meisterlich die Darstellung eines naturgetreuen Inkarnats, sprich nackter Haut, desgleichen die Ausprägung von Muskelsträngen und anderen Körperrundungen.

Eine Frau kam herein. Sie war noch nachlässiger gekleidet als Munting, ihr Morgenmantel reichte kaum bis zu den Knien und hing ungegürtet um ihren Leib, sodass beim Gehen sogar ihre Schenkel zu sehen waren. Schwingende Brüste zeichneten sich unter dem Stoff ab, und Pieter stockte der Atem, als die Vorderseite des Kleidungsstücks noch weiter auseinanderklaffte und ein vollständiger Busen zum Vorschein kam. Die Frau schien sich nicht daran zu stören, sie machte keine Anstalten, ihr Gewand zurechtzurücken – welches bei näherem Hinsehen gar kein Morgenmantel war, sondern bloß ein einfaches leinenes Hemd, das zudem hier und da Farbflecken aufwies und auch sonst ganz danach aussah, als würde es in Wahrheit Munting gehören.

Pieter starrte die Frau mit offenem Mund an. Sie trug ein Tablett, das sie behutsam auf dem Tisch in der Ecke abstellte.

Erst danach zog sie das Hemd wieder über ihre entblößte Brust und wandte sich dann lächelnd zu Pieter und Munting um. »Frühstück ist fertig«, sagte sie. Ihre Stimme klang ein wenig lispelnd, weil ihr ein Schneidezahn fehlte. Zudem wiesen ihre Augen einen deutlichen Silberblick auf, aber die weiblichen Körperrundungen unter dem Hemd lenkten den Betrachter nachhaltig von derlei Beeinträchtigungen ab.

»Es gibt Eier mit Speck, Bratfisch und Essiggurken«, sagte sie. »Mehr habe ich in deiner Speisekammer nicht gefunden.«

»Ja, so ist das im Leben eines Junggesellen«, sagte Munting zerstreut. Vorsichtig tupfte er mit dem Pinsel etwas Ocker auf die Leinwand.

»Ich kann dir frische Vorräte besorgen«, schlug die Frau vor.

»Ach, das ist wirklich sehr zuvorkommend von dir, aber diese Woche bin ich gar nicht zu Hause.«

Das Lächeln der Frau verflog. »So? Wo bist du denn?«

»Ich fahre über Weihnachten zu meiner Mutter nach Alkmaar. Erwähnte ich das nicht?«

»Nein, mit keinem Wort. Ich dachte, wir verbringen den Tag zusammen. Heute ist Sonntag, ich habe frei, wir können uns eine schöne Zeit machen.«

»Hm, ich fürchte, daraus wird nichts werden, denn meine Mutter ließ mich durch einen Boten wissen, dass sie mich dringend zu sehen wünscht, weil es ihr nicht gut geht und sie Sorge hat, Weihnachten nicht mehr zu erleben.« Munting lachte vergnügt. »Natürlich übertreibt sie wie immer maßlos, das ist ihre Art, aber so sind manche Mütter wohl. Und weil ich sie von Herzen gernhabe, will ich mich ihren Wünschen fügen. Da ich bereits heute aufbreche, wäre es praktisch, wenn du auch gleich schon gehst. Dann kann ich noch ein paar wichtige Dinge mit dem jungen Mann hier besprechen und hinterher in Ruhe das Bild fertig malen. Sieh mal, wie schön es geworden ist!« Schwungvoll drehte Munting die Leinwand um, auf der ein Ganzkörperporträt der Frau zu sehen war. Pieter sprangen fast die Augen aus dem Kopf, denn auf dem Bild war die Frau völlig nackt. Sie rekelte sich auf dem Diwan, auf dem er die Nacht verbracht hatte. Den Kopf hatte sie in eine Hand gestützt, die Augenlider lasziv gesenkt (so sah man nicht, dass sie schielte), und die Lippen waren geschürzt, als wollte sie jemanden küssen. Ihre vollen Brüste wölbten sich dem Betrachter entgegen. Ein Bein war aufgestellt, sodass ein ungehinderter Blick zwischen ihre Schenkel möglich war. Pieter sog ruckartig die Luft ein bei diesem schockierenden Anblick.

Unterdessen zog die Frau sich mit mürrischer Miene an. »Ich hab schon verstanden«, sagte sie. »Du hast bekommen, was du wolltest, und jetzt bin ich überflüssig.«

»Wie kannst du so etwas sagen!«, widersprach Munting. »Ich will mindestens noch zehn Bilder von dir malen! Ach, was sage ich: ein ganzes Dutzend! Sobald ich das nächste in Angriff nehme, melde ich mich, versprochen! Ach, und nimm dir doch ruhig ein Stück von dem Bratfisch mit, du sollst nicht hungrig das Haus verlassen!«

Pieter lag der Hinweis auf der Zunge, dass die Differenz zwischen den genannten Summen nicht mehr als zwei betrug, doch Munting hatte sich bereits wieder dem Bild zugewandt, während die Frau sich fertig ankleidete und dann ohne Abschiedsgruß aus dem Zimmer stolzierte.

Munting ließ sich nicht aus der Ruhe bringen. Zufrieden widmete er sich den letzten Details seines Gemäldes.

»Aafke ist ein großartiges Modell«, erklärte er. »Das Bild wird man mir aus der Hand reißen.«

»Wer?«

»Der, der am meisten zahlt«, antwortete Munting vergnügt. »Die Interessenten stehen schon Schlange. Ich habe eine Warteliste, und wer mir mehr bietet, rutscht schneller nach oben.«

»Ist diese Art von Bildern nicht verboten?«

»Natürlich. Deshalb sind sie ja auch so teuer. Du ahnst nicht, welche Preise ich verlangen kann. Nun ja, natürlich nicht ganz so viel wie Rembrandt. Aber dafür male ich zehnmal so viel wie er, die Aktzeichnungen noch gar nicht mitgerechnet. Im Gegensatz zu ihm bin ich deshalb auch bereits Eigentümer eines Hauses, und wenn ich wollte, könnte ich mir morgen noch zwei andere dazukaufen.« Er deutete auf den Tisch. »Nimm dir was zu essen«, ermunterte er Pieter.

Der hatte schon hungrig zu dem Tablett hinübergeblickt und brauchte keine zweite Aufforderung.

»Tu mir bitte auch was auf«, rief Munting ihm zu, als Pieter sich an dem Rührei und dem Fisch bediente. »Da muss auch noch Brot von gestern herumliegen. Ist vielleicht schon etwas trocken, aber du kannst es ja in die restliche Milch tunken.« Er tupfte noch einen Hauch Bleiweiß auf die unteren Lidränder der porträtierten Frau, so wie auch Rembrandt es bei den von ihm gemalten Gesichtern tat, um den Augen einen lebendigen Schimmer zu verleihen. Der Effekt war jedes Mal verblüffend. Anschließend legte Munting Pinsel und Palette weg und setzte sich zu Pieter, der die Speisen auf zwei Teller verteilt hatte. Gemeinsam verzehrten sie das von der Frau bereitete Mahl. Während des Essens schlugen die Glocken der umliegenden Kirchen zur Mittagsstunde. Pieter hob erschrocken den Kopf. »Ich bin nicht zur Kirche gegangen!«

»Nun ja, du bist krank, oder nicht? Zumindest warst du es bis zum Aufstehen.«

Pieter analysierte diese Aussage. Genau genommen hatte er nur verschlafen. Doch man konnte es sicherlich als Krankheit werten, wenn der Schlaf durch Tropfen ausgelöst worden war – eine Annahme, der er durchaus zuneigte, da die Wirkung der von ihm konsumierten Schnäpse allein nicht derart durchschlagend hätte ausfallen dürfen. Er hatte zwar noch nie sechs Schnäpse getrunken, aber einmal immerhin fünf, und hinterher hatte er sich höchstens beschwingt und heiter gefühlt, nicht jedoch am Rande einer Ohnmacht, so wie am vergangenen Abend. Ob Willem ihm ein Betäubungsmittel verabfolgt hatte? Hatte er seine Abneigung gegen Quaeckel nur vorgespielt, während sie in Wirklichkeit gemeinsame Sache machten? Oder war einer der anderen Tulpenhändler dafür verantwortlich? Pieter entsann sich, dass mehrere Männer von Quaeckels Tisch am Schanktisch vorbeigegangen waren – man musste dort entlang, wenn man durch die Hintertür ins Freie wollte, um sein Wasser abzuschlagen.

Munting führte seine mäandernden Gedankengänge wieder auf die Ursprungsfrage zurück. »Du kannst Gott ersatzweise auch auf andere Weise ehren, beispielsweise durch emsiges Arbeiten. Bedeutet nicht für euch Calvinisten das Arbeiten die größte Frömmigkeit, die es gibt?«

»Nicht an Sonntagen, denn da ruht die Arbeit. An den Sonntagen wird der Herr durch Gebete in der Kirche geehrt.«

Munting machte eine wegwerfende Handbewegung. »Geh einfach morgen in die Kirche, ich bin sicher, irgendeine hat offen.«

»Geht Ihr nicht zur Kirche?«

»Ach, ich hab's mir abgewöhnt, denn Papisten sind nicht überall gut gelitten, weil man dann allzu schnell mit den verfluchten Spaniern in Verbindung gebracht wird.«

»Seid Ihr Papist?«

»Ich glaube an Gott und an den gesunden Menschenverstand, aber von Letzterem hat die Kirche – ganz egal, welche – meist nur wenig zu bieten.«

Das klang für Pieter verdächtig nach Häresie, wenngleich

es seiner eigenen (nur im Stillen gehegten) Meinung entsprach, ebenso wie der seines Vaters, der sich manchmal über gewisse Zustände ereifert hatte. Etwa über die Verurteilung des Galileo durch die päpstliche Inquisition, obwohl der Mann nichts weiter getan hatte, als wissenschaftlich darzulegen, dass die Sonne nicht um die Erde kreiste.

Munting schob seinen leeren Teller zur Seite und streckte sich. »Was für einen Eindruck hast du von meiner Werkstatt?«, wollte er wissen.

Pieter machte keinen Hehl daraus, dass ihm die ungezwungene Atmosphäre gefiel. Es hatte einen gewissen Reiz, dass hier verbotene Bilder gemalt wurden, von Frauen, die dem Künstler Modell saßen, wie Gott sie geschaffen hatte. In Rembrandts Werkstatt hatten sich bisher als Modelle für Aktstudien nur Männer eingefunden. Munting erklärte, das liege daran, dass Rembrandt verheiratet sei und zudem ständig sehr junge Schüler unterrichte. Der Ärger, den er mit seiner Gattin und den Eltern der Eleven bekäme, wenn sich nackte Frauen in seiner Werkstatt tummelten, stünde in keinem guten Verhältnis dazu, was er mit weiblichen Akten verdienen könne.

»Umso mehr Geld bleibt für mich übrig«, schloss Munting zufrieden. »Denn der Bedarf an dieser Kunstrichtung ist gewaltig.«

Nicht jeder verstehe sich auf die gefällige Abbildung unbekleideter Schönheit, führte er aus. Gewiss, man finde dergleichen in keiner Ausstellung, niemals würden solche Bilder die Wände von Gemäldegalerien verzieren oder in Verzeichnissen von Nachlassversteigerungen auftauchen, doch in den intimen Kabinetten hingen sie zuhauf, dezent verborgen hinter samtenen Vorhängen oder Schranktüren. Sie schmückten unzählige heimliche Gemächer, wo man sich an ihnen mindestens ebenso sehr ergötze wie an den teuer bezahlten Gemälden eines Rembrandts, die man in Empfangsstuben oder Versammlungssälen präsentiere. Und nein, er könne durch solche Malerei nicht in Konflikte mit der Obrigkeit geraten, denn gerade aus diesen Kreisen kämen die besten Kunden.

Frans Munting schenkte Pieter Milch nach. »Wenn du mein Lehrling wärst, könntest du täglich nackte Weiber malen. Ich habe gesehen, dass der Anblick dir gefallen hat. Aafke ist nur eine von vielen. Mädchen wie sie rennen mir förmlich die Tür ein. Sogar die reichsten Leute speisen ihre Mägde mit Hungerlöhnen ab, da nutzt so manche nur zu gern die Gelegenheit, sich ein kleines Zubrot zu verdienen. Einige wollen nicht mal Geld dafür – sie lieben es, nackt zu posieren. Das Gefühl, auf Leinwand verewigt zu sein, in einer Form von reiner, bleibender Schönheit, die wahre Kenner begeistert: Genau das ist es, was viele wollen. Es ist weder schändlich noch schlüpfrig noch auf andere Weise verwerflich, sondern eine Hingabe an die übergeordneten Werte echter Kunst.« Munting zog eine Braue hoch. »Dass sie sich zuweilen auch gern dem Maler hingeben, ist eine angenehme Dreingabe, so viel kann ich dir versichern. Auch in diesem Punkt würdest du voll auf deine Kosten kommen.« Er hielt kurz inne und fügte dann bedachtsam hinzu: »Natürlich kämst du auch in den Genuss solcher Annehmlichkeiten, wenn du statt nackter Frauen lieber nackte Männer malst. Wobei ich denke, dass dir der Sinn mehr nach holder Weiblichkeit steht.«

Pieter verschluckte sich an der Milch. Munting klopfte ihm auf den Rücken.

»Falls die Aktmalerei insgesamt nicht deinem Naturell entspricht, wäre das übrigens völlig in Ordnung. Stattdessen kannst du auch irgendwelche Tronies nach deinem Geschmack anfertigen, Männer mit Goldhelmen zum Beispiel.

Dass du alles mit deiner Signatur versehen darfst, versteht sich von selbst. Ich persönlich halte nichts davon, die Bilder meiner Lehrlinge als die meinen auszugeben.«

»Wie viele Lehrlinge habt Ihr denn?«

»Du wärst der einzige. Der letzte, den ich hatte, starb leider vor zwei Monaten an der Schwindsucht. Aber du kannst alle befragen, die ihn kannten – er hatte ein fabelhaftes Leben bei mir, die letzten Wochen vor seinem Tod ließ ich ihn sogar auf meine Kosten pflegen. Ach, und erwähnte ich schon, dass du eine eigene Kammer hättest? Das Haus gehört mir zur Gänze, es gibt genug leer stehende Zimmer. Ich selber hause nur hier in der Werkstatt, weil es praktischer ist und die wenigsten Umstände macht. Manchmal stehe ich mitten in der Nacht auf, um zu malen oder Skizzen zu machen, dann habe ich sofort alles in Reichweite. Und umgekehrt gelüstet es mich gelegentlich, das Malen zu unterbrechen und mich ins Bett zu legen, insofern gilt das Gleiche.« Erwartungsvoll blickte der Maler Pieter an. »Was meinst du, könntest du wohl in Erwägung ziehen, deine Lehre bei mir fortzusetzen?«

»Ja«, sagte Pieter.

»Du sagst also zu?«

»Nein. Die Frage lautete, ob ich es erwägen könnte, was ich bejaht habe. Das heißt aber nicht zwingend, dass eine Erwägung mit einer Entscheidung gleichzusetzen ist. Zumal ich diese gar nicht selbst treffen kann, da ich unter Vormundschaft stehe.«

»Ich weiß. Du könntest aber deinen Patenonkel jederzeit fragen, wenn dir danach ist, die Lehrstelle zu wechseln.« Munting lächelte ihn werbend an. »Sicher wird er sich deinem ernsthaft geäußerten Wunsch nicht verschließen. Vor allem nicht angesichts der ganzen Geschehnisse in der letzten Zeit. Mittlerweile muss man sich ja in Acht nehmen, wenn man mit Rembrandt zu tun hat. Es klingt unglaublich, was man sich über ihn erzählt.«

»Was erzählt man sich denn?«

»Dass sein Weg mit Leichen gepflastert ist. Das dürfte auch deinem Vormund nicht verborgen geblieben sein. Gewiss stimmt er mit Freuden zu, wenn du ihn bittest, die Lehre bei Rembrandt beenden und bei mir weitermachen zu dürfen.«

Damit lag Munting durchaus richtig, denn Onkel Joost hatte schon deutlich gemacht, dass er einen Wechsel der Lehrstelle befürwortete. Die Mordfälle, in die Rembrandt offenbar verwickelt sei, hätten ihn misstrauisch gestimmt, so sein Kommentar dazu. Nicht, dass er unterstellen wolle, Rembrandt sei der Mörder – ihm reiche völlig, dass Männer, zu denen der Maler Geschäftsbeziehungen pflege, plötzlich reihenweise tot umfielen. Hinzu komme der Überfall auf Pieter, bei dem man in Betracht ziehen müsse, dass es sich um einen auf Rembrandt gemünzten Racheakt handle – womöglich der Auftakt zu weiteren Angriffen. Kurzum, nach Onkel Joosts Meinung war Pieter in Rembrandts Nähe nicht mehr sicher, womit er dieselbe Auffassung vertrat wie Cornelis – eine Auffassung, die sich durch die Ereignisse des vergangenen Abends erneut zu bestätigen schien.

Pieter dachte gründlich über sein Dilemma nach, ehe er Mijnheer Munting seine Entscheidung mitteilte.

»Ich will einstweilen meine Lehre bei Meister Rembrandt fortsetzen.«

Ein Ausdruck von Unmut glitt über Muntings Gesicht. »Lernst du bei ihm mehr? Hast du dort eine bessere Unterkunft? Behandelt er dich freundlicher? Was genau ist der Grund, warum du lieber bei ihm bleibst?«

»Ich will herausfinden, wer die Morde begangen hat. Das kann ich dort besser als hier.«

Verblüfft starrte der Maler ihn an. »Du willst dortbleiben, um einen Mörder entlarven zu können?«, vergewisserte er sich.

Pieter nickte.

»Das kann nicht der einzige Grund sein«, sagte Frans Munting ihm auf den Kopf zu.

Pieter spürte, wie Hitze in seine Wangen stieg. Munting blickte ihn scharf an. »Du hast es auf die kleine Wäschemagd abgesehen. Der kannst du nicht mehr nachsteigen, wenn du aus der Nieuwe Doelenstraat wegziehst.«

Pieter gab keine Antwort auf diese Bemerkung, weil der Maler sie nicht als Frage, sondern als (zutreffende) Feststellung formuliert hatte.

»Vielleicht änderst du deine Meinung, wenn ich dir eins von meinen Bildern zeige.« Munting erhob sich, ging in den Nebenraum und kam mit einer aufgespannten Leinwand zurück, nicht größer als eine Elle im Quadrat.

Auf dem Bild war Anneke zu sehen. Sie war darauf genauso nackt wie Aafke, wenngleich die Pose weniger aufreizend war. Das Bild zeigte sie ebenfalls auf dem Diwan liegend, doch sie hatte die Beine übereinandergeschlagen, und ihr offenes Haar fiel über ihren Busen, sodass auch dieser nur im Ansatz zu sehen war. »Ist sie nicht die Lieblichkeit in Person?«, fragte Munting. »Keine Göttin kann schöner sein.«

Pieter blickte das Bild mit weit aufgerissenen Augen an. Seine Kehle war mit einem Mal schmerzhaft verengt. Er brauchte eine Weile, um das Offensichtliche zu begreifen. »Anneke hat Euch Modell gesessen!«

Munting lachte. »Gelegen, mein Junge, gelegen.«

Pieters Blick huschte zu dem großen Alkovenbett hinüber. Munting bemerkte es und schüttelte nachsichtig den Kopf. »Nicht auf diese Weise, Pieter. Sie tat es aus den Motiven heraus, über die ich schon sprach. Für ein bisschen

Geld, um den kargen Lohn aufzubessern, vor allem aber für die Aussicht, in unvergänglicher Schönheit auf einer Leinwand die Jahrhunderte zu überdauern. Du musst zugeben, dass ich ihre zauberhafte Natürlichkeit perfekt eingefangen habe. Sieh nur die zarte, weiße Haut, das goldene Haar! Den klaren blauen Schimmer ihrer Augen, die rosigen Lippen!« Munting nickte gedankenvoll. »Ich werde sie wieder malen, so viel ist sicher. Noch ziert sie sich, aber ich weiß, dass sie wiederkommt. Ihr Blick hat es mir gesagt. Siehst du, wie sie den Betrachter des Bildes ansieht? Erkennst du die tiefe Sehnsucht in diesen Augen? Sie sehnt sich nach dem Glück, und ihr Lächeln verheißt, dass jeder Mann, der das Bild anschaut, es ihr geben kann. Er stellt sich dabei unweigerlich vor, das Ziel dieser Sehnsucht zu sein. Sein Herz klopft schneller, seine Fleischeslust wird angestachelt. Sie liegt dort, bereit für den Mann, der sie findet – eine Nymphe an der Quelle der Liebe.«

Pieter hatte das Gefühl, nicht mehr richtig atmen zu können. Verstörende Empfindungen bemächtigten sich seiner. Er wollte Munting schlagen, ihm das Bild entreißen. Er wollte Anneke bestrafen, weil sie sich vor Munting entblößt hatte. Er wollte seine brennende Scham über die Begierde auslöschen, die ihre Nacktheit in ihm weckte. Doch am schlimmsten war die Verzweiflung darüber, dass sie ihm selbst diesen Anblick nie gewähren würde. Es hatte nichts mit Eifersucht zu tun, denn er begriff sehr gut, dass sie es nicht für Munting als Mann getan hatte. Sie hatte sich für ihn weder aus Liebe noch aus Wollust nackt auf dem Diwan gerekelt, sondern allein um des Bildes willen, das sie so zeigen sollte, wie sie von Männern gesehen werden wollte. Keusch und aufreizend zugleich, zurückhaltend und gleichzeitig verführerisch, Jungfrau und Liebesgöttin in einer Person.

Das Gemälde war Himmel und Hölle in einem, es war

der Spiegel geheimster Wünsche, und Pieter konnte nicht aufhören, es anzustarren.

»Es gehört dir«, sagte Munting. »Betrachte es als Geschenk und Beweis meines guten Willens.« Er reichte Pieter das Bild. Der nahm es mit zitternder Hand entgegen – und erschrak im nächsten Augenblick zutiefst, als Munting es wieder wegzog.

»Keine Angst, ich hab's mir nicht anders überlegt«, beruhigte ihn der Maler. »Ich will es nur einpacken. So kannst du ja schlecht damit durch die Gegend laufen.« Er schlug die Leinwand in Wachstuch ein und stellte sie bei der Treppe ab, sodass Pieter sie gleich mitnehmen konnte. »Das nächste Mal kannst du das Mädchen vielleicht selber malen«, sagte Munting, während Pieter seinen Umhang anlegte und sich zum Aufbruch bereitmachte. »Hier bei mir, auf diesem Diwan. Ich kann es wahr machen, wenn du willst!« Seine Stimme klang mit einem Mal dunkler, und seine Worte schienen auf seltsame Weise in Pieters Ohren nachzuhallen. »Der Umgang mit Pinsel und Farbe kann so viel mehr sein, als du bei Rembrandt jemals erfahren wirst. Er eröffnet dir eine Freiheit, von der du gar nicht ahnst, dass es sie gibt. Komm zu mir, und dir wird eine völlig andere Welt offen stehen.«

Pieter schluckte und klemmte sich das Bild unter den Arm. »Ich ziehe es in Erwägung.«

*

KAPITEL 20

Pieter ging auf direktem Wege zur *Goldenen Tulpe*, denn Mareikje hatte ihm gesagt, er solle gleich nach der Kirche kommen. Da die Messe ohnehin etwa um diese Zeit endete, konnte er sich den Umweg über die Nieuwe Doelenstraat sparen.

Diesmal musste er nach dem Anklopfen nicht lange warten, Mareikje ließ ihn ein und führte ihn zu einer Treppe.

»Oh, noch ein Geschenk für mich?«, fragte sie, als sie die verpackte Leinwand sah.

Das verneinte Pieter, froh darüber, dass er noch seine Mütze aufhatte und dass es auf der Treppe so dunkel war, sonst hätte Mareikje bestimmt sein Erröten bemerkt.

Die von ihr bewohnten Zimmer befanden sich über der Schenke, zwei Räume, von denen einer etwa doppelt so groß war wie der andere. In dem kleineren Zimmer, in das man durch eine offene Verbindungstür hineinblicken konnte, standen ein schmales Bett und daneben ein großer Tisch, auf dem sich Papiere und Folianten stapelten. Ein Tintenfass und eine darin steckende Schreibfeder bezeugten, dass

Mareikje heute schon dort gearbeitet hatte. Einmal hatte sie erwähnt, dass das Führen einer Schenke viel zusätzliche Arbeit mit sich brachte – es mussten fortlaufend Bestellungen notiert, Einnahmen verbucht und Lieferungen abgerechnet werden. Außerdem hatte sie erzählt, dass sie manchmal zu ihrer eigenen Erbauung kleine Geschichten niederschrieb.

Das größere Zimmer war aufwendiger eingerichtet – es gab einen runden Tisch mit gedrechselten Beinen, vier dazu passende Stühle, einen Schrank, dessen Türen mit Schnitzereien verziert waren, und einen Diwan, der dem ähnelte, auf dem er genächtigt hatte – und auf dem Anneke nackt posiert hatte. Erneut hoffte Pieter, dass Mareikje sein Erröten nicht sah.

Die Wände hingen voller Bilder, hauptsächlich Landschaften, aber auch einige Porträts. Sie waren nicht meisterhaft, aber doch solide und sauber ausgeführt. Manche davon zeigten Mareikje als jüngeres Mädchen, andere als Kind. Das Bild mit dem magischen Quadrat war nicht dabei, vermutlich hing es in dem kleineren Zimmer.

»Hat dein Vater diese Bilder gemalt?«, fragte Pieter.

»Die meisten. Wo hast du die Nacht verbracht?«

»Warum willst du das wissen?«, fragte er verlegen zurück.

»Weil du schon vermisst wirst. Heute Morgen kam noch vor dem Kirchgang Rembrandt van Rijn persönlich hier vorbei und hat das ganze Haus zusammengebrüllt. Er wollte von mir wissen, wo du steckst. Das konnte ich nicht beantworten, denn ich ging davon aus, dass du gestern wie immer den Heimweg angetreten hast. Da Willem de Witt der Letzte war, mit dem du vor dem Verlassen der Schenke gesprochen hattest, nannte ich deinem Meister seinen Namen, worauf er wütend davonmarschierte – vermutlich, um Willem zu befragen. Also wo um Himmels willen bist du gewesen?«

Erschrocken hatte Pieter ihren Erklärungen zugehört.

Dass sein Fehlen im Hause Rembrandt Unruhe oder sogar Sorge hervorrufen könnte, hatte er nicht bedacht!

»Bei dem Maler Frans Munting«, sagte er kleinlaut.

»Wie bist du denn an den geraten?«

»Er hat mich gerettet.«

Das musste er Mareikje genauer erklären, worauf sie ihm mit sichtlicher Bestürzung weitere Fragen stellte, diesmal zum Inhalt seiner Unterhaltung mit Willem de Witt.

»Willem hat auf jeden Fall die Wahrheit über Adriaen Quaeckel gesagt«, erklärte sie, nachdem er seine Unterredung mit Willem Wort für Wort wiedergegeben hatte. »Er und Adriaen sind sich spinnefeind. Dafür hat Adriaen eine Menge echte Gesinnungsbrüder, von denen im Laufe des Abends mindestens ein Dutzend am Schanktisch vorbeimarschiert ist, um pinkeln zu gehen.« Nachdenklich runzelte sie die Stirn. »Allerdings waren gestern auch andere Gäste in der *Tulpe*. Es kommen ja fast jeden Tag neue Kappisten dazu, sie ziehen von Schenke zu Schenke und handeln überall, man verliert vollständig die Übersicht.«

Pieter, der dank seiner bisherigen Erhebungen über eine recht brauchbare Schätzung der Verteilung verfügte, hätte ihr die entsprechenden Parameter erläutern können, doch Mareikje machte nicht den Eindruck, an diesem Wissen interessiert zu sein. Stattdessen kam sie auf ihr Gespräch mit Rembrandt zurück.

»Dein Meister behauptete, jemand wolle ihn vernichten und dafür sei ihm jedes Mittel recht, wie man schon am Tode von van Houten, Versluys und Ruts erkennen könne.« Sie verzog das Gesicht. »Tatsächlich beschuldigte er Frans Munting, hinter allem zu stecken, und womöglich habe er dich ebenso umgebracht. Wenn ich es genau bedenke, ist da vielleicht sogar was dran.«

»Mijnheer Munting hat mich nicht umgebracht.«

Mareikje lächelte flüchtig. »Nun, das betrachte ich als gegeben, da du hier vor mir stehst. Du könntest aber bei deinem Satz ein *noch* vor dem *nicht* einfügen. Denn falls Munting davon ausgeht, dich umstimmen zu können, hätte er ja gegenwärtig keinen Grund, dich umzubringen.«

Pieter prüfte diese Aussage und stellte fest, dass sie den Regeln der Logik folgte. »Ich habe Mijnheer Muntings Angebot, sein Lehrling zu werden, bisher nicht endgültig abgelehnt.«

»Da siehst du es.«

»Du denkst, dass Frans Munting ein Mörder ist?«, fragte er.

»Ich denke, dass man alle Möglichkeiten in Betracht ziehen sollte.«

»Oh, das tue ich. Ich arbeite an einem Wahrscheinlichkeitstheorem. Ausgehend von der These, dass die herkömmlichen Grundlagen der Logik für die mathematische Erfassung bestimmter Probleme nicht ausreichen, habe ich mir Gleichungen überlegt, die nicht länger zu alleinig möglichen Ergebnissen wie *wahr* oder *falsch* führen müssen, sondern Zwischenstufen zulassen. Eine Erweiterung stochastischer Axiome um zusätzliche Komponenten kann …«

Mareikje unterbrach ihn mit einem Räuspern. »Der Vollständigkeit halber sollte ich erwähnen, dass dein Meister nicht nur Frans Munting, sondern auch mich selbst beschuldigt hat. Wörtlich sagte er: »Vielleicht verdächtige ich aber auch den Falschen, und in Wahrheit steckst du hinter allem, du rachsüchtiges Weib.‹«

»Dazu habe ich eine Frage«, sagte Pieter.

»Ich kann mir schon denken, welche das ist. Aber zuerst habe *ich* eine.« Ihre Stimme klang mit einem Mal kühler. »Stört es dich nicht, wessen dein Meister mich bezichtigt hat?«

Pieter analysierte die Frage und kam zu dem Schluss, dass Mareikje sich wünschte, er möge Partei für sie ergreifen. Das wiederum war nach den Grundsätzen schlichter Logik inopportun, falls Rembrandts Anschuldigung zutraf. Er setzte an, ihr den Widerspruch aufzuzeigen, doch sie gebot ihm mit einer Handbewegung Einhalt. »Sei einfach still. Am besten gehst du jetzt.«

»Ich habe meine Frage noch nicht gestellt.«

»Die kannst du für dich behalten, denn ich bin nicht in der Stimmung, darauf zu antworten.«

»Ich habe das Bild mit dem magischen Quadrat noch nicht gesehen.«

»Verschwinde.«

Er ließ den Kopf hängen, dann wandte er sich ab und ging.

*

Als er in der Nieuwe Doelenstraat eintraf, ging ein Donnerwetter auf ihn nieder. Rembrandt war zuerst sichtlich erleichtert, dass Pieter noch unter den Lebenden weilte, doch als er erfuhr, dass Pieter die Nacht im Haus von Frans Munting verbracht hatte, kannte sein Zorn keine Grenzen mehr. Er griff sogar zum Stock und konnte nur durch Saskias energisches Einschreiten davon abgehalten werden, ihn einzusetzen.

Erst als Pieter ihm den Grund für diese ungeplante Übernachtung nannte, hielt er schockiert inne – nur um gleich darauf in unverminderter Lautstärke weiterzutoben. Diesmal allerdings mit dem Unterschied, dass nicht länger Pieter das Ziel seiner wütenden Tiraden war, sondern ausschließlich Frans Munting. Für Rembrandt unterlag es keinem Zweifel, dass niemand anderer als Munting selbst Pieter betäubt und auf diese Weise in seine Fänge gelockt hatte, um ihn mit seinem unzüchtigen Lotterleben zu beeindrucken. Dass dabei wieder dieselben Kerle mitgewirkt hatten wie bei dem Überfall, beweise zudem unwiderlegbar, dass Frans Munting auch für diese Attacke verantwortlich zeichne.

Pieter prüfte die These unvoreingenommen und fand sie schlüssig, jedoch mit einer Einschränkung.

»Unwiderlegbar wäre es nur, wenn kein Gegenbeweis geführt werden kann.«

Saskia rang die Hände. »Du wirst dich doch wohl nicht auf die Seite dieses lasterhaften Taugenichtses schlagen wollen!«

»Einstweilen will ich lieber meine Lehre bei Meister Rembrandt fortsetzen«, stimmte Pieter zu.

»Einstweilen?«, brüllte Rembrandt. »Was soll das heißen?«

»Dass ich zunächst hierbleibe und herausfinden will, wer die Morde begangen hat.«

Saskia blickte ihn mit hilfloser Miene an. »Und danach?«

»Das weiß ich noch nicht, denn es hängt davon ab.«

»Wovon?«, bellte Rembrandt.

»Wer der Mörder ist. Falls Ihr es wäret, könnte ich meine Lehre nicht länger bei Euch fortsetzen.«

»Mit anderen Worten, du hältst es für möglich, dass ich es gewesen sein könnte«, stellte Rembrandt mit mühsamer Beherrschung fest.

»Ja. Oder Ihr, Mevrouw Saskia. Oder Ihr beide gemeinsam.«

Saskia ließ einen Wehlaut hören und fasste sich ans Herz. »Pieter, wie kannst du nur!«

»Man sollte alle Möglichkeiten in Betracht ziehen«, wiederholte Pieter Mareikjes Worte.

Die Reaktionen seines Meisters und dessen Gemahlin fielen sogar noch ablehnender aus als bei Mareikje. Sie riefen erregt durcheinander und überhäuften ihn mit Vorwürfen – er sei undankbar, dumm und gemein.

Pieter zog daraus den Schluss, dass er vielleicht besser gar nicht darüber gesprochen hätte, doch leider hatte es sich so ergeben und ließ sich nicht mehr rückgängig machen. Um den Meister und seine Frau wieder freundlich zu stimmen, sollte er zumindest erläutern, dass es beträchtliche Unterschiede beim Grad der Wahrscheinlichkeit jeweiliger Täterschaft gab. Er setzte gerade dazu an, die Abstufungen näher darzulegen, als Rembrandt mit drohender Miene auf das Bild deutete, das Pieter immer noch unterm Arm klemmen hatte.

»Was ist das?«

»Ein Ölgemälde.«

»Hast du es von Munting?«

»Ja. Es gehört mir.«

»Pack es aus«, befahl Rembrandt.

Pieter war bereit, das Bild mit seinem Leben zu verteidigen, doch er hatte nur eine gesunde Hand, und als Rembrandt ihm die Leinwand mit einem Ruck entwand und die Umhüllung herunterriss, konnte er nicht viel dagegen ausrichten.

Der Meister und seine Frau schrien beide auf, als die nackte Anneke zum Vorschein kam. Offenbar übertraf das Sujet ihre schlimmsten Befürchtungen.

Rembrandt rief mit donnernder Stimme Anneke herbei. Sie kam in die Stube geeilt und sah mit entsetzt aufgerissenen Augen das Bild an, das Rembrandt ihr unter die Nase hielt.

»Du schamloses Ding! Was hast du dir nur dabei gedacht?«, brüllte er. »Sofort packst du deine Sachen, wir wollen dich nicht länger im Haus haben!«

Anneke brach in Tränen aus und stürmte zurück in ihre Kammer. Laurens, offenbar gerade auf dem Weg zum Lokus, stand am Fuß der Treppe und starrte wie gebannt durch die offene Tür in die Stube. Er machte keine Anstalten, seinen Beobachtungsposten zu räumen.

Erschrocken hatte Pieter die ganze Szene verfolgt. Er fühlte sich schuldig, doch ihm war nicht ganz klar, inwieweit er sich falsch verhalten hatte.

»Und du kannst ebenfalls gleich deine Sachen packen!«, schrie Rembrandt ihn an. »Jemand, der solche Bilder in mein Haus bringt, hat hier nichts mehr verloren!«

»Warte«, fiel Saskia ihm ins Wort. »Das will er doch nur!«

»Wer? Pieter?«

»Nein, Munting! Versteh doch! Er hat dem Jungen das Bild mitgegeben, damit du ihn rauswirfst!«

Rembrandt runzelte irritiert die Stirn. »Woher sollte er wissen, dass ich das mache? Er konnte ja nicht mal sicher sein, dass ich das Bild überhaupt zu Gesicht bekomme!«

»Nun, es ist aber so geschehen, oder etwa nicht?« Saskia eilte zur Tür und scheuchte Laurens mit harschen Worten nach oben, denn sie hatte bemerkt, dass er alles mitbekam. Anschließend sank sie verstört in ihren Lehnstuhl und rieb sich die Schläfen.

Pieter meldete sich zu Wort. »Es war überwiegend wahrscheinlich, dass Ihr mich mit dem Bild seht. Ebenso war es wahrscheinlich, dass dieser Umstand Euch veranlassen würde, nach der Herkunft des Bildes zu fragen und es betrachten zu wollen.« Es machte ihn betroffen, dass er nicht vorher selbst darüber nachgedacht hatte. Rückblickend betrachtet war es von leuchtender Klarheit, dass Frans Munting nicht nur ein einziges Ziel mit diesem Geschenk verfolgt hatte (Pieter als Lehrling zu gewinnen), sondern auch einen zusätzlichen Kausalverlauf: Durch Rembrandts Entdeckung des Bildes hatte Munting Annekes und Pieters Rauswurf befördern und damit zugleich die Erreichung des ursprünglichen Ziels wahrscheinlicher machen wollen. Beinahe bewundernd sann

Pieter über die bestrickende Konvergenz dieser Bestrebungen nach, und hätte Rembrandt ihn nicht mit einer schallenden Ohrfeige aus seinen Überlegungen gerissen, hätte er in Gedanken zu dem Konstrukt eine Formel gebildet.

Pieter rieb sich die Wange. Er wusste nicht, wofür die Ohrfeige war, und nahm sie daher als Bestrafung für seine unzureichende Kombinationsgabe – er hätte früher darauf kommen müssen, was Frans Munting bei der Darreichung seines Geschenks im Sinn gehabt hatte.

»Es würde Munting vermutlich schon genügen, dass du Anneke hinauswirfst«, fuhr Saskia mit erschöpfter Stimme fort. »Denn damit treibst du unweigerlich auch Pieter aus dem Haus und auf schnellstem Wege in die Fänge dieses Tunichtguts.«

Auch diesen Aspekt ihrer Betrachtungen konnte Pieter nur als wahr einstufen. In logischem Denkvermögen schien sie ihrem Mann einiges vorauszuhaben. Rembrandt brauchte eine Weile, um dahinterzukommen, was sie meinte.

»Du denkst, weil Pieter sie ... weil er Anneke ... Ah! Ich verstehe!« Ein Ausdruck grimmiger Entschiedenheit trat auf Rembrandts Gesicht. »Dieser elende Schmierfink! Er hält sich bestimmt für besonders schlau! Na, wenn er sich da mal nicht täuscht!«

*

Rembrandt und Saskia brauchten eine Weile, um sich über das weitere Schicksal des Bildes einig zu werden. Saskia plädierte dafür, es angesichts seiner offenkundigen Verderbtheit unverzüglich im Kamin zu verbrennen, doch das kam für Rembrandt einem Sakrileg gleich. Nicht nur, weil er augenblicklich den Wert des Gemäldes erkannt hatte (natürlich nur den pekuniären, nicht etwa den künstlerischen), sondern auch, weil er an einem Plan tüftelte, es noch gegen Frans einzusetzen. In einer seiner Vorstellungen sah er etwa das Bild in der Kirche hängen, was alle anwesenden Gläubigen dazu brachte, sich vor Muntings Haus zu einem mordlustigen Haufen zusammenzurotten und ihm das Lebenslicht auszublasen. In einer weiteren benutzte er das Bild, um den Schmierfink beim Magistrat und bei der Gilde anzuzeigen, die sich über derlei verbotswidrige Malerei sicher nicht erbaut zeigen würden. In einer dritten Vision schließlich verkaufte er das Bild für mindestens achtzig Gulden (das dürfte es bestimmt einbringen) an einen verschwiegenen Sammler und schaffte sich dafür selbst ein paar neue Stücke für seine eigene Sammlung an. Nach reiflicher Überlegung – und nachdem er sich ein wenig beruhigt hatte – tendierte er zur letzten Lösung. Die Verwirklichung der ersten und zweiten war wenig aussichtsreich. Das Gemälde war unsigniert, und Munting würde einfach bestreiten, es gefertigt zu haben. Womöglich würde er sogar behaupten, es könne nur von Rembrandt selbst stammen, da es immerhin seine Magd darstelle. Und Anneke würde sich kaum als Zeugin der Anklage eignen – eher war damit zu rechnen, dass sie behauptete, niemals nackt Modell gesessen zu haben. Denn wenn sie die Wahrheit gestand, würde sie ja ihres Lebens nicht mehr froh werden, da ihr unkeusches Verhalten sie unweigerlich ins Spinhuis bringen würde.

»Ich werde es einstweilen aufbewahren«, teilte Rembrandt seiner Frau mit.

»Und was ist, wenn Pieter nicht lockerlässt und es zurückhaben will?«

»Dann überlege ich mir was.« Rembrandt verschränkte die Hände auf dem Rücken und setzte seinen Marsch durch die Stube fort. Pieter hatte tatsächlich sehr energisch darauf bestanden, dass es sich um sein Bild handle und es ihm daher auszuhändigen sei. Rembrandt hatte ihn mit der schroffen

Zurechtweisung aus dem Zimmer geschickt, dass er noch nicht großjährig sei und daher eigene Besitztümer nur mit vormundschaftlicher Genehmigung erwerben dürfe. Erst recht gelte dies für unzüchtige Bilder. Pieter war stumm abgezogen, woraufhin Rembrandt sich innerlich zu seiner geistesgegenwärtigen – und überdies rechtlich einwandfreien – Bemerkung beglückwünscht hatte. Doch keine fünf Minuten später war Pieter erneut aufgetaucht und hatte erklärt, dass das Bild im Falle eines ungültigen Erwerbs an den bisherigen Eigentümer zurückgegeben werden müsse. Dies gebiete das Gesetz der Logik, welches aus dem nämlichen Grund mit überwiegender Wahrscheinlichkeit auch dem Recht aller holländischen Provinzen entspreche.

Rembrandt hatte daraufhin damit gedroht, ihm unter Zuhilfenahme des Stocks ein gesünderes Rechtsverständnis einzubläuen, was Pieter abermals zum Rückzug bewogen hatte. Allerdings konnte man wohl getrost unterstellen, dass der Junge es nicht dabei bewenden lassen würde, denn sein Dickkopf war von der Art, die sich durch Schläge und Drohungen nicht austreiben ließ.

In mancher Beziehung erinnerte Pieter ihn immer wieder an sich selbst. Die Meinung Erwachsener hatte ihn in früheren Jahren ebenfalls selten gekümmert. Seine eigenen Ansichten waren ihm stets als die besseren erschienen.

Dann kam ihm unvermittelt in den Sinn, was er gegen Pieters Widerborstigkeit unternehmen konnte.

»Ich befehle ihm einfach, die Sache auf sich beruhen zu lassen«, sagte er triumphierend zu Saskia. Wieso war ihm das nicht gleich eingefallen? Er war immer noch Pieters rechtmäßiger Lehrherr, und der Junge musste seinen Befehlen gehorchen, so einfach war das!

*

»Hast du dir schon überlegt, dass du Anneke jetzt vollkommen in der Hand hast?«, erkundigte Laurens sich bei Pieter.

»Wie meinst du das?«

»Nun, was würde wohl ihr herzliebster Tulpenhändler sagen, wenn er wüsste, dass sie sich splitternackt von Munting hat malen lassen?« Laurens blickte Pieter mit einem listigen Lächeln an. »Wenn du ihr in Aussicht stellst, es Adriaen Quaeckel zu verraten, würde sie, um das zu verhindern, sicher einiges auf sich nehmen.« Laurens ließ ein kleines Kichern hören. »Vielleicht sogar dich.«

»Das wäre Erpressung.«

»Und wenn es die einzige Möglichkeit für dich wäre, ihr näherzukommen – würdest du nicht alles dafür tun? Wie weit würdest du gehen? Was tätest du dafür? Stehlen? Lügen? Betrügen?« Laurens betrachtete Pieter neugierig. Draußen war es bereits dunkel, sie hatten mehrere Kerzen in der Werkstatt angezündet. Laurens hatte sich rasiert und ein frisches Hemd angezogen, er schien noch ausgehen zu wollen. Pieter hockte auf einem Schemel und gab sich allerlei Berechnungen hin, vornehmlich zur Lösung eines Dilemmas. Auf seinen Knien hatte er einen aufgeschlagenen Block liegen. Das oberste Blatt war mit Zahlen, Zeichen und Diagrammen angefüllt. Die Tintenfeder kratzte unablässig übers Papier. Er schrieb und kleckste und schrieb, nur um hinterher alle Versuche durchzustreichen und erneut anzusetzen. Der Meister hatte ihm befohlen, *die Sache auf sich beruhen zu lassen* – damit war das Bild gemeint. Für das Dilemma musste es eine Lösung geben, und sie war bereits zum Greifen nah.

»Ich an deiner Stelle würde alles unternehmen, um sie von dem Tulpenhändler fernzuhalten«, fuhr Laurens fort. »Denn der wird sie nur zu seinem reinen Vergnügen benutzen und sie dann fallen lassen und zertreten wie eine ausgetrocknete Tulpenzwiebel. Sie mag sich einbilden, dass er ihr die Ehe anträgt, aber das ist das Letzte, was er tun wird. Ihm gehört seit Neuestem ein großes Haus an der Herengracht, doch er will gesellschaftlich höher hinaus. Dazu muss er in die passenden Kreise einheiraten. Eine Ratstochter wäre ihm gerade gut genug. Bis dahin lässt er sich vielleicht von Anneke das Bett wärmen, aber mehr auch nicht.« Laurens' Stimme nahm einen schmeichelnden Tonfall an. »Willst du das etwa zulassen? *Kannst* du das zulassen, wenn du sie doch so sehr liebst? Wäre eine Erpressung da nicht sogar ein verzeihliches Handeln zum Schutze eines anderen?«

»Wenn du eine Erpressung als verzeihliches Handeln zum Schutze anderer betrachtest – wie erklärst du dann den Widerspruch zu deinem eigenen Verhalten?«

»Welches eigene Verhalten?«

»Du hast Cornelis zusammengeschlagen, weil er dich mit dem geheimen Bild unter deinem Bett erpresst hat. Obwohl auch er es zum Schutze eines anderen tat – er wollte verhindern, dass du Meister Rembrandt wegen des Bleiwassers anzeigst. So gesehen entkräftest du deine These durch dein eigenes Verhalten mit einem Gegenbeweis.«

Laurens grinste breit. »Welches geheime Bild meinst du?«

»Das Nacktbild von Judith Versluys in deinem Bettkasten.«

»Sprichst du etwa von diesem hier?« Laurens zog eine aufgespannte Leinwand aus seinem Bettkasten. Sie zeigte eine Frau, die züchtig angezogen war und nur entfernte Ähnlichkeit mit Judith Versluys besaß.

Pieter betrachtete das Gemälde eingehend. »Du hast das Bild neu aufgespannt und es übermalt.« *Jetzt* wusste er, warum Laurens so darauf erpicht gewesen war, das Thema Erpressung zu erörtern – letztlich hatte er auf diesem Weg nur die Sprache auf das Bild bringen wollen, damit er die übermalte Version vorzeigen und so demonstrieren konnte, dass er nicht mehr erpressbar sei. Wer es dennoch versuchte, würde als verlogener Denunziant dastehen. Pieter zog die entsprechenden Schlüsse. »Höchstwahrscheinlich möchtest du, dass ich es Cornelis mitteile. Du willst von ihm nicht länger daran gehindert werden, den Meister wegen des Bleiwassers anzuzeigen. Oder hast du es sogar schon getan? Warst du auch derjenige, der Hauptmann Vroom von der Tulpenkiste erzählt hat?«

»Angenommen, es wäre so – was tätest du dann?« Laurens musterte Pieter mit zur Seite geneigtem Kopf. »Würdest du dann zum Meister rennen und ihm sagen, dass ich ihn angeschwärzt habe? Hältst du ihm immer noch wie ein Lämmchen die Treue, obwohl er dich erst vor wenigen Stunden so schmählich bestohlen hat? Ich habe mit eigenen Augen gesehen, wie er dir das Bild von Anneke wegnahm. Es ist dein Eigentum, aber er hat es dir entrissen. Er wird es für einen Haufen Geld verschachern, und irgendein sabbernder Lustmolch wird es dann jeden Tag in einem versteckten Gemach anglotzen und sich an ihrem nackten Körper erregen.«

»So wie du an dem Bild von Judith Versluys in deinem Bettkasten, ehe du es übermalt hast?«, tönte Annekes bebende Stimme schräg hinter ihm.

Pieter fiel vor Schreck der Schreibblock von den Knien. Laurens fuhr herum, als Anneke hinter der Trennwand hervortrat und ihn anklagend anstarrte.

»Du hast unsere Unterhaltung belauscht«, stellte Laurens stirnrunzelnd fest.

»Eigentlich wollte ich mich nur von euch verabschieden«, stieß Anneke hervor. Ihre Lippen zitterten, ihre Augen waren mit Tränen gefüllt. »Hätte ich gewusst, worüber ihr redet, hätte ich mir die Mühe gespart.«

»Wieso willst du dich verabschieden?«, fragte Pieter bestürzt. »Es hieß zuletzt doch, du dürfest bleiben!«

»Ich lege keinen Wert mehr darauf.«

Laurens räusperte sich. »Anneke, du darfst meine Worte nicht falsch verstehen, vor allem nicht meine letzten. Meine Bemerkung war nicht gegen dich gerichtet, sondern gegen den Meister, der dich wegen eines unzüchtigen Bildes beschimpft, aber zugleich selbst Kapital daraus schlagen will. Pieter, du kennst dich doch aus in diesen Dingen – gibt es nicht ein gebildetes Wort für solch ein unredliches Verhalten?«

»Ja«, sagte Pieter. Er wollte die infrage kommenden Begriffe aufzählen: Bigotterie. Doppelmoral. Scheinheiligkeit.

Doch Anneke schien sich nicht dafür zu interessieren. Sie hatte sich bereits abgewandt und war gegangen.

*

KAPITEL 21

Bald darauf war offenkundig, dass sie wahrhaftig noch am Sonntagabend ihr Bündel geschnürt und das Haus verlassen hatte. Geertruyd hatte sie beschworen, zu bleiben, aber Anneke hatte sich nicht aufhalten lassen. Mit ihr verschwanden einige Preziosen aus der guten Stube – eine vergoldete Spieluhr, vier silberne Löffel und ein Paar kostbare Ohrgehänge aus Perlen, mit denen Saskia sich an hohen Festtagen gern schmückte. Außerdem war das Nacktbild fort.

Saskia weinte bittere Tränen wegen des gestohlenen Schmucks, und Rembrandt raste vor Zorn, hauptsächlich wegen seiner eigenen Weichherzigkeit – er hätte seinem ersten Impuls folgen und diesem habgierigen kleinen Biest sofort die Tür weisen sollen! Er war wild entschlossen, Anneke wegen Diebstahls anzuzeigen, doch abermals überredete Saskia ihn, nicht vorschnell zu handeln.

»Stell dir vor, sie wird auf deine Anzeige hin ergriffen – dann wird sie uns verleumden, und am Ende sind wir diejenigen, die in den Kerker müssen! Hauptmann Vroom lauert doch nur auf solch eine Gelegenheit!«

Dem war nicht viel hinzuzufügen. Rembrandt verfügte über genug Fantasie, um sich den Rest selbst auszumalen. Vor allem, als Geertruyd mit einigen erschreckenden Einzelheiten herausrückte, die Anneke ihr vor ihrem Aufbruch anvertraut hatte. Demnach plante Anneke für den Fall, dass Rembrandt ihr weitere Unannehmlichkeiten beschere, ihrerseits die volle Wahrheit über das Bleiwasser zu offenbaren. Ohne zu zögern werde sie Hauptmann Vroom von der nächtlichen Giftmord-Verschwörung in der Küche erzählen. Rembrandt lief seitdem mit geballten Fäusten durchs Haus, doch gegen die harten Tatsachen ließ sich nichts ausrichten.

Cornelis wusste am darauffolgenden Dienstag zu berichten, dass man Anneke im Haus des Tulpenhändlers Adriaen Quaeckel gesehen habe – sein Onkel, der Weinhändler, hatte am Vortag ein Fass Wein dorthin geliefert und war offenbar Zeuge eines lauten Streits zwischen Quaeckel und Anneke geworden. Rembrandt fragte begierig nach weiteren Details, doch damit konnte Cornelis nicht aufwarten. Rembrandt trug ihm auf, seinen Onkel zu befragen und ihm anschließend sofort alles zu berichten. Cornelis musste sogar seine Arbeit unterbrechen und sich unverzüglich auf den Weg machen, um mehr über besagten Streit herauszufinden. Annekes Drohung hatte Rembrandt in schwere Sorgen gestürzt, und am Ende rang er sich sogar zu der Überlegung durch, ihr zusätzliches Geld anzubieten, wenn sie nur den Mund hielte. Allerdings hätte er sie dazu aufsuchen müssen, wozu er nicht die geringste Lust hatte.

Opferbereit zeigte er sich auch gegenüber Laurens, als dieser ihm mitteilte, dass sich sein Auszug noch um eine oder zwei Wochen verzögern werde – die Räume, die er für die Eröffnung seiner eigenen Werkstatt angemietet habe, müssten erst vom derzeitigen Nutzer geräumt werden. Rembrandt nahm diese Mitteilung zähneknirschend, aber widerspruchslos hin. Denn wie er zu seinem Schrecken von Geertruyd erfahren hatte, wusste auch Laurens von der vermeintlichen nächtlichen Verschwörung. Ja, schlimmer noch: Der Geselle schien nur auf die nächstbeste Gelegenheit zu warten, dieses Wissen mit Hauptmann Vroom teilen zu können. Rembrandt überlegte seitdem fieberhaft, wie er Laurens daran hindern konnte. In seinen geheimsten Vorstellungen ließ er den Gesellen auf unterschiedlichste Weise das Zeitliche segnen. Ein Sturz in den eisigen Kanal, eine Fischgräte, die im Hals stecken blieb, das plötzliche Auftreten von Pestbeulen am ganzen Körper (vor allem aber in der Leistengegend, wo sie angeblich für grausamste Schmerzen sorgten) – jede Todesart wäre ihm genehm gewesen.

Dasselbe galt für Quaeckel, Munting und ein paar andere Leute, die ihm in der letzten Zeit das Leben schwer gemacht hatten. Wie gern hätte er sie allesamt zum Teufel geschickt!

Einen Teil seines aufgestauten Zorns ließ er an den Lehrlingen aus, die sich am liebsten jedes Mal unsichtbar gemacht hätten, wenn er in ihre Nähe kam. Seine barschen Befehle schallten durch die Werkstatt, und irgendwann wurde er es selber leid und befasste sich wieder mit dem Malen. Stundenlang vertiefte er sich in *Das Gastmahl des Belsazar*, und mit der Zeit merkte er, dass es ihm guttat. Seine Empfindungen flossen gleichsam aus der Enge seiner Brust durch den Arm in die Hand. Sie gingen über auf den Pinsel und die Farbe, die er in stetiger Bewegung von der Palette auf die Leinwand übertrug. Die hilflose Erwartung in den Augen des Königs, die mitten in der Bewegung erstarrte Haltung des Kopfes. Die jähe Furcht, die Unsicherheit – alles strömte mit machtvoller Intensität in das Sujet und erfüllte es mit eigenem Leben. Als Rembrandt schließlich den Pinsel sinken ließ und mit hängenden Schultern zurücktrat, war es ihm, als seien der König und er durch ein unsichtbares Band miteinander verbunden, gleichsam in der Vorahnung kommenden Unheils vereint. Er fühlte sich leer, auf schmerzhafte Weise ausgehöhlt und bedeutungslos. Gewogen und zu leicht befunden. Wie sollte er im Angesicht des Menetekels bestehen?

Als Cornelis von seinem Onkel zurückkehrte, musste er sich erst sammeln, um alles aufnehmen zu können, was der Junge berichtete.

Bei dem Streit im Haus des Tulpenhändlers sei es um einen Kragen gegangen, einen besonders kostbaren, ganz neu obendrein. Anneke habe beim Bügeln ein Loch hineingebrannt, was ihr heftige Vorwürfe des Tulpenhändlers eingetragen habe. Sie habe ihm daraufhin laut heulend die Frage entgegengeschleudert, ob sie ihm mehr als Wäschemagd oder als Frau bedeute, woraufhin der Tulpenhändler erwidert habe, weder noch. An dieser Stelle sei der Streit beendet gewesen, weil Anneke schluchzend aus dem Zimmer gerannt sei. Der Tulpenhändler habe seufzend seine Börse gezückt, um den gelieferten Wein zu bezahlen, und habe dabei angemerkt, wie bodenlos dumm manche Frauen doch seien.

»Und dann?«, wollte Rembrandt wissen. »Was geschah danach?«

»Nichts«, sagte Cornelis. »Mein Onkel nahm das Geld für den Wein entgegen und ging. Mehr wusste er auch nicht.«

»Das muss sehr schlimm für Anneke gewesen sein.« Diese besorgte Äußerung kam von Pieter. Irritiert gewahrte Rembrandt, dass der Junge hinter ihm stand und offenbar jedes einzelne Wort begierig in sich aufgesogen hatte. »Der Tulpenhändler wird sie mit größtmöglicher Wahrscheinlichkeit nicht heiraten.« Pieter straffte sich. »Ich sollte zu ihr gehen und sie fragen, ob sie nicht lieber zurückkommt.«

»Das ist eine ausgezeichnete Idee!«, rief Rembrandt,

höchst angetan von dieser unverhofften Chance, alles wieder ins Lot zu bringen. Wenn er Anneke großmütig wieder in seine Dienste nahm, würde sie den Gedanken, ihm zu schaden, endgültig fallen lassen. »Sag ihr, dass wir Gnade walten lassen und ihr die Möglichkeit zu einem Neubeginn geben!« Er dachte kurz nach und fügte hinzu: »Weil in zwei Tagen Weihnachten ist und wir das Fest der Geburt unseres Heilands in friedvoller Versöhnlichkeit begehen wollen.« Ihm kam noch ein wichtiger Aspekt in den Sinn. »Nimm dich vor dem Tulpenhändler in Acht, denn er hasst dich dafür, dass du ihm die Nase gebrochen hast. Und begehe ja nicht den Fehler, das Bild von Anneke zurückzuverlangen, hörst du? Am besten erwähnst du es gar nicht erst. Du darfst grundsätzlich nichts sagen, was sie gegen uns aufbringt oder sie davon abhält, zurückzukommen!«

»Ich werde nicht über das Bild sprechen«, gelobte Pieter.

»Welches Bild?«, erkundigte sich Cornelis.

»Das ist ein Geheimnis«, erklärte Pieter.

*

Cornelis bat Pieter kurz darauf unter vier Augen, ihm das Geheimnis zu verraten, doch Pieters Lippen blieben versiegelt. Er hatte keinesfalls vor, über das Bild zu reden, geschweige denn, es von Anneke zurückzufordern – Letzteres kam ohnehin nicht infrage, da sich das Bild bereits wieder in seinem Besitz befand. Er hatte es noch am Sonntag hinterm Lokus versteckt, als der Meister und Mevrouw Saskia in der Küche gewesen waren, um mit Geertruyd über Anneke zu sprechen. Das Versteck war nicht ideal (der Anbau mit dem Lokus befand sich auf dem Hof, und das Bild war an dieser Stelle der Witterung ausgesetzt), aber danach suchen würde dort mit größtmöglicher Wahrscheinlichkeit niemand. Sobald Laurens ausgezogen war, wollte Pieter es wieder hereinholen und auf dem Dachboden verstecken.

Es bedrückte ihn ein wenig, dass das Verschwinden des Bildes Anneke angelastet wurde, wenngleich wohl jedermann Verständnis dafür gehabt hätte, falls sie es wirklich mitgenommen hätte. Sein schlechtes Gewissen rührte indessen weniger daher, dass er selbst das Bild aus der Stube stibitzt hatte (immerhin war er der rechtmäßige Eigentümer); vielmehr fühlte er sich schlecht, weil er es darauf angelegt hatte, dass man Anneke für die Diebin des Bildes hielt, da sie ja auch die Spieluhr, die Löffel und den Perlenschmuck gestohlen hatte.

Trotz seiner Gewissensbisse hielt er sein Verhalten für das einzig richtige. Er konnte nicht zulassen, dass Rembrandt das Bild einem sabbernden Lustmolch verkaufte, der sich an Annekes nacktem Körper erregte – in diesem Punkt hatte Laurens eine ebenso schlichte wie unumstößliche Wahrheit ausgesprochen und Pieter damit zum Handeln veranlasst.

Dass Rembrandt Anneke öffentlich anklagte, ihm das Nacktbild gestohlen zu haben, war äußerst unwahrscheinlich, darüber machte Pieter sich keine Sorgen. In diesem Punkt hatte Anneke nichts zu befürchten. Was allerdings für die tatsächlich von ihr entwendeten Gegenstände keinesfalls anzunehmen war, weshalb es Pieter mit großer Erleichterung erfüllte, dass der Meister und Mevrouw Saskia bereit waren, Anneke diesen Diebstahl zu vergeben.

Besondere Freude schöpfte er auch daraus, dass er sein Dilemma gelöst hatte. Die dafür gewählte Methode hatte sich am Ende als überraschend einfach herausgestellt. Er hatte lediglich eine Prämisse ändern müssen: Seine eigene Weisungsgebundenheit bildete bei seinen Gleichungen nicht länger eine statische Größe. Der neue Ansatz hatte sich als überaus erfolgreich erwiesen, weil damit nicht nur die Wirkung von Rembrandts Befehl, *die Sache auf sich beruhen zu lassen*, unmittelbar aufgehoben war, sondern insgesamt die Realität weit besser abgebildet wurde als bei den dogmatischen Vorgaben, von denen er vorher ausgegangen war. Pieter hatte sich dabei nur vor Augen führen müssen, dass er in seiner Entscheidung, ob er die Lehre bei Rembrandt fortsetzen wolle, frei war. Diese Entscheidungsfreiheit implizierte zwingend auch die Freiheit zur Befehlsverweigerung.

Das Dilemma hatte aus seiner Sicht zunächst darin bestanden, dass die Entscheidung zur Fortsetzung der Lehre noch nicht gefallen war, denn ausgehend von der Prämisse, dass bei aktuell fortbestehender Lehre die Befehle des Meisters zu befolgen seien, hätte er zuerst die Beendigung der Lehre erklären müssen, um sodann zur Befehlsverweigerung berechtigt zu sein. Aber dieses Problem hatte sich wie von allein in Luft aufgelöst, nachdem er den Charakter der Weisungsgebundenheit mathematisch durchdrungen und sie dabei ihrer axiomatischen Eigenschaft entkleidet hatte. Denn es gab schlichtweg keine feststehende Regel mit dem Inhalt: »Ein Lehrling muss seinem Meister in allen Fällen gehorchen«; auf die Spitze getrieben hätte dies bei getreuer Anwendung nämlich bedeutet, dass ein Meister seinem Lehrling auch befehlen könnte, eine Todsünde zu begehen, was zwangläufig gegen die (in jedem Fall höherrangigen) Gebote Gottes verstoßen hätte. Der ebenso zwingende Umkehrschluss besagte, dass er es mit einer Variablen zu tun hatte, die von unterschiedlichen Faktoren abhing, insbesondere davon, ob ein Befehl sowohl innerhalb der Eigenheiten des Befehlsverhältnisses als auch aus sich heraus regelkonform war. Was jedoch bei dem Befehl, wegen des Bildes *die Sache auf sich beruhen zu lassen*, nach logischer Prüfung zweifelsfrei nicht gegeben war.

Pieter befand sich nach all diesen angenehmen Fügungen in aufgeräumter Stimmung. Mehr noch – er fühlte sich regelrecht befreit und von ungeahnter Zuversicht erfüllt. Die Beseitigung des Befehlsdilemmas befähigte ihn, sein künftiges Leben mit weit größerer Entscheidungsfreude zu gestalten als bisher: Seine Erkenntnisse ließen sich im Wege der Induktion auf sämtliche anderen ihn betreffenden Weisungsverhältnisse übertragen!

Als er sich anschickte, zum Haus des Tulpenhändlers aufzubrechen, um dort Annekes Rückkehr in die Wege zu leiten, half Cornelis ihm mit Rücksicht auf die gebrochene Hand, den warmen Umhang anzulegen und die Mütze aufzusetzen.

»Du solltest nicht allein dorthin gehen. Der Tulpenhändler ist dir feindlich gesonnen! Außerdem wird es bald dunkel. Ich kenne den Weg besser als du und kann dich begleiten.«

Dagegen hatte Pieter nichts einzuwenden, zumal es ihm wiederholt schlecht bekommen war, allein bei Dunkelheit unterwegs zu sein. Auch Rembrandt stimmte dem Vorschlag sogleich zu. Der Arbeitstag war ohnehin fast zu Ende, die jüngeren Lehrlinge machten sich schon für den Heimweg bereit.

Auf dem Weg zur Herengracht wollte Cornelis erneut wissen, welches geheime Bild Anneke besitze, doch Pieter schüttelte nur stumm den Kopf. Cornelis' Frage erinnerte ihn allerdings an das andere geheime Bild – jenes in Laurens' Bettkasten. Er informierte Cornelis darüber, dass dieses Bild übermalt war und somit kein Erpressungspotenzial mehr bot, worauf Cornelis nur mit den Schultern zuckte und erklärte, dass es keine Rolle mehr spiele. Als Pieter fragte, was er damit meine, verfiel Cornelis seinerseits nach kurzem Kopfschütteln in Schweigen. Eine Weile gingen sie wortlos nebeneinanderher. Schließlich fragte Cornelis unvermittelt:

»Hat dein Patenonkel inzwischen deine Tulpen verkauft? Bist du jetzt ein reicher Mann?«

»Nein. Er wartet noch mit dem Verkauf.«

»Warum? Sind sie immer noch nicht genug wert?«

Pieter musste nicht lange über die Frage nachdenken, das Problem lag auf der Hand. »Man müsste für eine zufriedenstellende Antwort zunächst den Begriff *genug* definieren«, erklärte er.

»Für einen armen Schlucker wären sicher schon tausend Gulden für alle Tulpen zusammengenommen mehr als genug«, gab Cornelis zurück. »Früher, als mein Vater noch gesund war, verdiente er in einem ganzen Jahr dreihundert Gulden. Es ging uns nicht schlecht. Heute leben wir von dem, was meine Mutter mit Wasch- und Näharbeiten erwirtschaftet – das sind höchstens zehn Gulden im Monat, und das, obwohl sie von früh bis spät schuftet. Ich verdiene noch ein paar Gulden dazu, indem ich in meiner freien Zeit bei meinem Onkel in der Kellerei aushelfe, aber damit bringe ich auch in guten Monaten höchstens fünf Gulden zusammen. Mein Vater schuldet Meister Rembrandt noch eine Rate von fünfzig Gulden für das letzte Lehrjahr, das werde ich zuerst abarbeiten müssen, sobald ich Geselle werde. Das bedeutet für mich ein weiteres hartes Jahr in Rembrandts Werkstatt, ehe ich überhaupt daran denken kann, selbst Aufträge anzunehmen und eigenes Geld in die Hand zu bekommen. Ich muss viel darüber nachdenken, dass ein Tulpenhändler über fünfzig Gulden nur lachen würde, weil er in einer einzigen Auktion leicht das Zehnfache verdient. Redliche Menschen wie meine Eltern schinden sich Jahr um Jahr bis aufs Blut für ihren Broterwerb, und Halunken wie dieser Quaeckel kritzeln nur ein paar dubiose Zahlen auf ein Stück Papier, erlösen dafür in einer Stunde Tausende von Gulden und kaufen sich anschließend von dem Gewinn einen Palast an der

Herengracht. Sie leben wie die Fürsten, und dennoch ist es für sie niemals genug.« Im Schein der mitgeführten Laterne sah Cornelis' Gesicht müde und grüblerisch aus. Es war die Zeit der Wintersonnenwende, die Dämmerung hatte bereits eingesetzt. Nebelschwaden trieben über die dunkle Oberfläche der Amstel, die in westlicher Richtung zu Grachten ausgebaut war. Dort reihten sich zahlreiche prächtige Häuser aneinander, hier wohnten die reichen Bürger der Stadt. Eines dieser Häuser gehörte Adriaen Quaeckel.

Cornelis hielt Pieter zurück, als der nach dem Türklopfer greifen wollte. »Warte. Lass uns zuerst absprechen, was wir tun sollen, wenn sie nicht mitkommen will.«

Diese Option hielt Pieter für wenig wahrscheinlich, da der Tulpenhändler dem Bericht des Weinhändlers zufolge kundgetan hatte, dass er Anneke weder als Wäschemagd noch als Frau schätzte. Pieter wies Cornelis darauf hin, doch der verdrehte nur die Augen.

»Ein logisch denkender Mensch wie du zieht solche Schlüsse, Pieter. Aber Anneke denkt nicht logisch. Sonst hätte sie sich gar nicht erst mit Quaeckel eingelassen. Jeder außer ihr weiß ganz genau, was für eine Sorte Mann er ist. Ihr Verstand funktioniert bei dem Tulpenhändler nicht richtig, aber das ist bei Frauen ganz normal. Manche Weiber werden von Männern grün und blau geschlagen und glauben dennoch an einen Sieg der Liebe.«

»Glaubst du, Mijnheer Quaeckel schlägt Anneke?«, fragte Pieter entsetzt.

»Es war nur ein Beispiel«, sagte Cornelis. »Um dir zu verdeutlichen, dass sie möglicherweise darauf beharrt, hierzubleiben. Weil auch sie trotz aller Gemeinheiten dieses Mannes an einen Sieg der Liebe glaubt.«

»Wir können es nur herausfinden, indem wir sie fragen.« Pieter griff entschlossen nach dem Türklopfer – und stellte fest, dass die Tür nur angelehnt war. Er öffnete sie vollends und spähte ins Innere des Hauses. Drinnen war es dunkel, nirgends brannte eine Kerze oder Öllampe. Doch es war warm und roch nach Essen.

»Anneke?«, rief Pieter halblaut.

Keine Antwort. Im Haus herrschte Stille. Cornelis trat vor und leuchtete mit der Laterne die Diele aus. »Es scheint niemand zu Hause zu sein.«

Pieter schaute sich um. Landschaftsgemälde und Tronies zierten die mit goldgeprägtem Leder bespannten Wände, und die Möbelstücke waren von edelster Machart. »Wenn niemand zu Hause ist, sollte die Tür nicht offen stehen«, sagte er.

»Vielleicht hat der Tulpenhändler vergessen, sie zu schließen. Oder Anneke.«

»Das wäre möglich, aber wenig wahrscheinlich.«

»Es sei denn, sie wäre überstürzt fortgegangen.«

Pieter erforschte gedanklich diese Möglichkeit und konnte nicht umhin, sie mit dem mulmigen Gefühl in Einklang zu bringen, das ihn unversehens ergriffen hatte. War aus dem rückwärtigen Teil des Hauses nicht gerade ein Geräusch gekommen?

Cornelis hatte es auch gehört.

»Dahinten ist jemand«, flüsterte er, während er Pieter an der Schulter festhielt, als dieser weitergehen wollte. »Wir sollten verschwinden. Mir ist das alles nicht geheuer!«

Pieter machte sich ungeduldig los und nahm einen dreiarmigen Leuchter von einem Wandbord. Er zündete die Kerzen an der Laterne an. »Ist da jemand?«, rief er, diesmal deutlich lauter als zuvor. »Anneke?« Festen Schritts, den Leuchter in der Hand, ging er weiter in die Diele hinein, von der mehrere Abzweige in benachbarte Räume führten. Wie die meisten holländischen Bürgerhäuser wies auch dieses eine seltsam verschachtelte Raumaufteilung auf, bestehend aus teils hohen, teils niedrigeren Zimmern, die über ein unregelmäßiges System von Treppen miteinander verbunden waren. Zwischen den Stockwerken gab es keine durchgehende Teilung, keines reichte über die vollständige Grundfläche des Hauses. Niedrige Zwischengeschosse lagen neben solchen, die doppelt oder dreimal so hoch waren. Manche Stiegen waren kurz und steil, andere breiter und länger, und oft musste man, um einen bestimmten Raum zu erreichen, über mehrere dieser leiterartigen Stiegen klettern oder diverse Durchgangszimmer passieren.

Der hintere Teil des Hauses war über einen Durchgang und einige Treppenstufen erreichbar. Durch den dunklen Flur gelangte Pieter in den Bereich, aus dem die Geräusche kamen. Er stieß eine angelehnte Tür auf. Kaum hatte er einen Schritt in das dahinterliegende Zimmer getan, als ein schwarzer Schatten auf ihn zuflog, begleitet von einem ohrenbetäubenden Scheppern und einem durchdringenden, unmenschlich schrillen Schrei. Mit einem Schreckenslaut wich er zur Seite, fast hätte er den Leuchter fallen lassen. Er sah den pelzigen Umriss eines Tiers vorbeihuschen. Eine Katze. Sie war von einem Tisch gesprungen und hatte dabei eine Zinnschale heruntergeworfen. Wurstreste kollerten über den gefliesten Boden, Pieter zertrat aus Versehen ein Stück. Rasch drehte er sich mit dem Leuchter um seine eigene Achse und sah sich um. Er befand sich in einer Küche, aber außer ihm war niemand hier. Die Geräusche, die er gehört hatte, musste die Katze verursacht haben. Doch wer auch immer sich vorher hier noch aufgehalten hatte – der Betreffende konnte nicht lange fort sein. Der Tisch war zum Essen gedeckt. Zwei Teller standen bereit, daneben lag Besteck: zwei Löffel aus fein ziseliertem Silber mit elfenbeinernem Griff, zwei Messer von derselben Machart. In der Mitte des Tisches eine Schale mit Brot. Über die aufgeschnittene Wurst hatte die Katze sich hergemacht, ein Rest lag noch auf dem Tisch. Das Herdfeuer in der Ecke des großen Raums brannte, durch die eiserne Abdeckung leuchtete die Glut. In einem großen Topf köchelte auf schwacher Flamme der Eintopf, den es zum Vespermahl hätte geben sollen. Ob Anneke selbst gekocht hatte? Pieter wusste, dass sie es recht gut konnte. Eine halb gefüllte Weinkaraffe stand ebenfalls auf dem Tisch, daneben ein voller Trinkpokal aus Muranoglas sowie ein zweiter, der leer getrunken war. Pieter stellte den Leuchter ab, steckte den Finger in das leere Glas und befeuchtete ihn in der Neige. Vorsichtig – *sehr* vorsichtig – berührte er seine Fingerspitze mit der Zunge. Es schmeckte süß. Pieter spie mehrmals kräftig aus und wischte sich zusätzlich mit dem Handrücken die Zunge ab, ehe er wieder zum Leuchter griff.

Er wollte gerade die benachbarten Räume inspizieren, als ihn ein lauter Aufschrei zusammenfahren ließ.

»Pieter! Um Gottes willen! Komm schnell her!«

Er rannte los und folgte Cornelis' Stimme in einen der vorderen Räume. Beim Laufen verloschen die Kerzen durch einen Luftzug, sodass er ein Stück des Weges im Dunkeln zurücklegen musste. Doch dann sah er den Schein der mitgebrachten Laterne, und direkt dahinter Cornelis' verängstigtes Gesicht. Die schreckensstarren Augen blickten auf die am Boden liegende Gestalt des Tulpenhändlers, der ganz offensichtlich im Begriff war, sein Leben auszuhauchen. Weißlicher Schaum quoll ihm aus dem Mund. Würgend versuchte Adriaen Quaeckel, Luft in seine Bronchien zu befördern. Seine Brust hob und senkte sich ruckartig, doch kein Atemzug konnte die verengte Kehle mehr passieren.

»Er stirbt!«, rief Cornelis. »Was sollen wir denn jetzt bloß machen?«

Pieter nahm ihm die Laterne weg. »Ich laufe los und hole Doktor Bartelmies, er wird wissen, was zu tun ist!«

»Du kannst mich doch nicht hier im Dunkeln bei einem fast toten Mann stehen lassen!«, schrie Cornelis. »Und außerdem – was ist mit Anneke?«

Pieter, schon auf halbem Weg zur Tür, blieb abrupt stehen. Wie hatte er in dieser Situation nur Anneke vergessen können!? Was, wenn auch sie von dem giftigen Wein getrunken hatte und irgendwo im Haus lag, hilflos vor Schmerzen und sich in Krämpfen windend? Das Dilemma war offenkundig, doch ebenso einfach war die Lösung – Cornelis musste den Arzt holen, er selbst würde nach Anneke suchen. Er teilte es Cornelis mit, der zitternd dastand und den zuckenden Körper zu seinen Füßen anstarrte.

Eilig zündete Pieter die Kerzen wieder an der Laterne an – und hielt erneut inne, denn mit einem Mal lag der Tulpenhändler völlig reglos da. Sein Brustkorb bewegte sich nicht mehr.

»Er ist tot«, flüsterte Cornelis.

Das traf ohne Frage zu. Schieres Grauen packte Pieter beim Anblick des vergifteten Tulpenhändlers, beinahe hätte sein Denkvermögen versagt. Aber nur einen Herzschlag später hatte sein geschulter Verstand erfasst, dass Anneke, sofern sie sich im Haus befand, nun doppelt so schnell gefunden werden konnte. Denn da er infolge des Dahinscheidens von Mijnheer Quaeckel nicht mehr den Medicus holen musste, konnten sie Anneke zu zweit suchen.

Doch die Durchführung erwies sich als schwierig, denn obwohl Pieter Cornelis mehrmals darauf hinwies, dass sie sich aufteilen mussten, um die Suche in optimaler Kürze zu absolvieren, folgte Cornelis Pieter einfach auf Schritt und Tritt überallhin, unablässig Bedenken äußernd und allem Anschein nach außerstande, selbstbestimmt an jeweils anderer Stelle nach Anneke zu suchen.

Pieter rannte von Raum zu Raum, erkundete treppauf und

treppab jeden Winkel des Hauses. In einem Gemach entdeckte er einen Badezuber mit Wasser, das noch warm war, daneben eine Wäschetruhe mit weiblicher Kleidung, von der Pieter zumindest einen Teil Anneke zuordnen konnte.

Anneke selbst aber war verschwunden.

*

KAPITEL 22

Der Medicus öffnete mittels zweier Haken gewaltsam den Kiefer des Toten und begutachtete die Mundhöhle.

»Dunkel verfärbtes Zahnfleisch, angeschwollene Zunge, verengter Rachen, weißliches Sputum«, dozierte er. »Kein Zweifel. Der Tod trat durch eine Bleivergiftung ein.« Er legte die Haken zur Seite, trat einen Schritt zurück und wusch sich die Hände in einer eigens dafür bereitstehenden Schüssel.

Die Öllampen, die am Kopfende der Bahre brannten, warfen ein unheimlich flackerndes Licht auf die verzerrten Züge des verblichenen Tulpenhändlers, der im Tode auf traurige Weise entblößt aussah. Das hatte weniger damit zu tun, dass er tatsächlich bis auf ein Lendentuch nackt war, sondern dass der Totengräber ihm auf Geheiß des Medicus den Schnurrbart entfernt hatte, um die Untersuchung zu erleichtern.

Hauptmann Vroom, der ebenfalls zugegen war, hielt sich ein Tuch vor Mund und Nase. Er konnte nicht verhehlen, dass er diesen Teil seines Berufs hasste. Seine Anwesenheit war allein dem Umstand zu verdanken, dass von höherer Stelle eine Verstärkung der Ermittlungen angeordnet worden war. Es war nicht länger hinzunehmen, dass ein Meuchelmörder unter den reichen Bürgern der Stadt umging und sich in immer kürzeren Abständen neue Opfer suchte.

Wäre es nach Hauptmann Vroom gegangen, hätte er einfach Rembrandt van Rijn verhaftet, da gleich zwei von dessen Lehrlingen zugegen gewesen waren, als der Tulpenhändler starb. Für Vroom lag auf der Hand, dass der Maler der Anstifter dieses Giftmords und die Lehrlinge seine Handlanger waren. Wahrscheinlich war auch die Wäschemagd an dem Verbrechen beteiligt, denn sie war ebenfalls ein Mitglied aus dem Hausstand des Malers und hatte sich erst wenige Tage vor dem Geschehen bei dem Tulpenhändler eingenistet, fraglos, um unter Ausnutzung seiner Arglosigkeit einen entsprechenden Hinterhalt vorzubereiten. Dummerweise war sie auf der Flucht und konnte daher nicht vernommen werden. Vroom hatte bereits einen Boten in ihr Heimatdorf entsandt, doch mit Nachrichten von dort war frühestens nach Weihnachten zu rechnen.

Auch den Lehrlingen konnte er einstweilen nichts am Zeug flicken, denn zu seinem Ärger handelte es sich bei einem der beiden um Pieter Maartenszoon van Winkel. An dem Jungen hatte Vroom sich schon einmal die Finger verbrannt, folglich blieb ihm nichts weiter übrig, als Pieters Aussage wieder einmal für bare Münze zu nehmen. Die Weisung des Statthalters ließ keine andere Auslegung zu. Vroom musste daher neue Wege finden, dem Maler die Morde nachzuweisen. Dass Rembrandt hinter allem steckte, stand für ihn zweifelsfrei fest. Wer sonst sollte es gewesen sein?

Vorübergehend hatte er allerdings im Interesse einer schnellen Aufklärung des Falles in Betracht gezogen, kurzerhand den Weinhändler vor Gericht zu bringen. Der hatte nämlich den Wein geliefert, welcher Quaeckel ganz offenkundig ins Jenseits befördert hatte. Auch hier gab es unübersehbare Bezüge zu dem Maler: Der andere Lehrling, der Quaeckel beim Sterben zugesehen hatte, war der Neffe des Weinhändlers.

Der Genuss von Wein hatte erwiesenermaßen auch zum Tode von Abraham Versluys geführt, und bei genauerer Nachforschung ließ sich bestimmt auch der Tod von van Ruts mit dem Weinhändler in Verbindung bringen, womit sich der Kreis schloss, in dessen Mitte Rembrandt als Hauptverdächtiger hockte wie eine Spinne im Netz.

Vroom war stolz auf seine Kombinationsgabe und würde alles daransetzen, der Gerechtigkeit zum Sieg zu verhelfen. Möglicherweise hatte auch van Houten vom Wein besagten Händlers getrunken, bevor er starb; hier verbot sich indessen jede weitere Ermittlung, weil ja schon der Fischhändler für diesen Mord gebüßt hatte. Doch um den Weinhändler zu belangen, reichte im Grunde ein einziger Mord – jener an Adriaen Quaeckel, den der Weinhändler nachweislich mit Wein beliefert hatte. Dass der Weinhändler Bleizucker in seine Fässer gab, war obendrein völlig unstreitig. Seine Behauptung, die Menge sei so gering, dass man unmöglich daran sterben könne, würde er vor Gericht schwerlich beweisen können. Ein rasches Urteil, eine unverzügliche Hinrichtung – der Fall wäre erledigt, alle Wogen geglättet.

Dumm nur, wenn der Mörder anschließend sein schändliches Treiben fortsetzte. Dann würde man sich umso genauer an den für den ersten Mord bestraften Fischhändler erinnern. Grübelnd betrachtete Vroom den Medicus, während dieser den Toten sorgsam mit einem Laken bedeckte. Der Arzt hatte ihm schon beim Mord an van Houten damit in den Ohren gelegen, dass der Fischhändler ebenso gut unschuldig sein könne. Zweifelsohne fühlte er sich nun zum wiederholten Male in seiner Auffassung bestätigt. Auch wenn er bisher nicht ausdrücklich gesagt hatte, dass der Fischhändler wohl fälschlicherweise aufgehängt worden war, würde er gewiss nicht tatenlos dabei zusehen, dass mit dem Weinhändler dasselbe geschah.

Zweifelsohne wäre das der Auftakt für viele unangenehme Fragen an Vroom, von denen die nach dem wahren Schuldigen womöglich noch die harmloseste war. Kurzum, Vroom musste den wahren Mörder schnappen, anders konnte er die leidige Angelegenheit nicht beilegen. Blieb nur die Frage, wie er Rembrandt van Rijn überführen konnte.

»Wie wollt Ihr jetzt weiter vorgehen?«, fragte Doktor Bartelmies ihn neugierig.

»Das werdet Ihr schon bald merken«, beschied Vroom ihn knapp. »Jedenfalls werde ich persönlich dafür sorgen, dass ein gewisser Maler am Galgen baumelt. Und wenn er dort seinen letzten Atemzug tut, werde ich ihm in die Augen blicken und lachen.«

*

Das Weihnachtsfest im Hause van Rijn war von gedrückter Stimmung geprägt, es gab keine Spur von Frohsinn oder Festtagsfreude. Rembrandt konnte sich durch seine Arbeit ablenken, aber Saskia fühlte sich manchmal wie ein Tier in der Falle. Hauptmann Vroom war am Heiligen Abend mit seinen Leuten im Haus eingefallen und hatte überall herumgeschnüffelt. Jeden Winkel hatte er inspiziert und das Unterste zuoberst gekehrt, und jeden, der ihn daran hindern wollte, hatte er unter Androhung sofortiger Verhaftung aus dem Zimmer gescheucht. Mit dröhnender Stimme und ohne Rücksicht auf die hohen Festtage hatte er alle anwesenden Mitglieder des Haushalts befragt und dabei unverhohlen seinem Argwohn Ausdruck verliehen – er hielt sie samt und sonders für eine raffgierige, rachsüchtige Mörderbande, und hätte nicht der Statthalter seine schützende Hand über Pieter gehalten, säßen sie längst im Kerker und blickten ihrer Hinrichtung entgegen.

Diese im Hintergrund lauernde Bedrohung war nicht die einzige Belastung in Saskias Leben. Geertruyd hatte frei und verbrachte das Fest bei ihrer Schwester, weshalb Saskia sich selbst ums Kochen kümmern musste. Da auch Anneke nicht zur Verfügung stand und kurzfristig keine Aushilfe zu finden war, blieb zudem die ganze Arbeit mit der Wäsche an ihr hängen. Sie weinte viel, einesteils wegen Vrooms Drohungen, aber auch wegen des gestohlenen Schmucks und wegen der zunehmenden Pflichten im Haushalt. Sie fühlte sich dünnhäutiger, trauriger und einsamer als je zuvor.

Rembrandt tröstete sie, so gut er es vermochte, aber meist zog es ihn dann doch wieder rasch zu seiner Arbeit. Sein neues Bild, *Das Gastmahl des Belsazar*, war fast fertig. Es gefiel Saskia besser als das vorherige Monumentalwerk (wozu nicht viel gehörte, denn nahezu jedes seiner Bilder gefiel ihr besser als der *Simson*), doch die Verkäuflichkeit des neuen Werks stand ebenso in den Sternen wie beim letzten. Auch mit Porträts sah es derzeit nicht rosig aus, da mit Quaeckel nun schon der vierte Auftraggeber Rembrandts eines unnatürlichen Todes gestorben war. Einerseits erfüllte sein Tod Saskia mit stiller Genugtuung, andererseits musste sie wohl oder übel mit den Konsequenzen leben. Der Kauf eines eigenen Hauses schien vorerst in weite Fernen gerückt. Zum Leben besaßen sie noch das Geld, das sie von Joost Heertgens für die Tulpenkontrakte erhalten hatten, doch es kam Saskia so vor, als würde es wie Butter in der Sonne schmelzen. Ein Teil war sofort für die Schulden draufgegangen. Der Apotheker musste bezahlt werden, und auch Saskia hatte in der letzten Zeit hier und da anschreiben lassen.

Statt vernünftigerweise den Rest für schlechte Zeiten

aufzuheben, hatte Rembrandt spontan neue Ohrringe für sie gekauft. Und damit nicht genug: Weil sie neulich einmal erwähnt hatte, wie sehr ihr ein größeres Bett zusagen würde, war ein weiterer Batzen in die Anschaffung eines gewaltigen Prunkbetts geflossen. Das neue Möbelstück lag in sperrigen Einzelteilen in der guten Stube und musste noch zusammengebaut werden, wozu allerdings zuerst das alte Bett zerlegt und abgeholt werden musste – der Möbeltischler hatte angekündigt, er werde sich melden, sobald er Zeit dafür hätte, aber ganz sicher nicht vor Beginn des neuen Jahres. Saskia kam sich vor wie in einer Rumpelkammer, und obwohl sie sich bemühte, Dankbarkeit und Freude über das neue Bett zu empfinden, blieb ihre triste Grundstimmung unverändert bestehen. Mehr als alles andere wünschte sie sich finanzielle Sicherheit, nichts war ihr so verhasst wie das Gefühl, von der Hand in den Mund leben zu müssen.

Die Lehrjungen hatten über Weihnachten frei, und so waren nur Pieter und Laurens im Haus, wobei Letzterer sich zum Glück nicht mehr allzu oft blicken ließ, da er bereits im Begriff war, sein neues Quartier zu beziehen. Mit der Arbeit in der Werkstatt hatte er schon vor dem Heiligen Abend aufgehört. Das konnte ihnen nur recht sein, denn so brauchten sie Laurens keinen Lohn mehr zu zahlen, und beköstigen mussten sie ihn auch nicht mehr. Er futterte sich woanders durch und kam nur noch sporadisch vorbei, meist bloß zum Schlafen, und das nicht einmal jede Nacht. Darüber zumindest war Saskia höchst erleichtert, denn Laurens' intrigante Art war ihr inzwischen zutiefst zuwider. Sobald er auftauchte, schien er dauernd um sie herumzuschleichen und ihr intimstes Leben ausforschen zu wollen. Allein sein Anblick erfüllte sie mit Unbehagen. Sie lebte in beständiger Unruhe, weil er über ihre nächtliche Unterhaltung mit Rembrandt Bescheid wusste, und sie war davon überzeugt, dass er derjenige gewesen war, der Hauptmann Vroom von der Tulpenkiste im Kabinett erzählt hatte. So gesehen war der ganze Ärger, dem sie seit geraumer Zeit ausgesetzt waren, allein seine Schuld. Hingegen war Pieters Anwesenheit, man konnte es gar nicht anders sehen, der reinste Segen für sie. Er war ein lebendes Bollwerk zwischen Rembrandt und Hauptmann Vroom, und sobald er vollständig genesen war, würde er wieder die schönsten Tronies für Rembrandt malen. Hätte nur nicht Annekes Verschwinden diese positive Aussicht getrübt! Denn erklärtermaßen harrte Pieter ja hauptsächlich wegen des Mädchens hier aus, und wenn sie nicht zurückkehrte, lief er womöglich doch bald mit fliegenden Fahnen zu Frans Munting über. Saskia behandelte den Jungen wie ein rohes Ei und hinderte auch ihren Mann mit aller Entschiedenheit daran, Pieter unfreundlich zu begegnen. Sie wollte alles dafür geben, dass er bei ihnen blieb. Pieter nahm seine Mahlzeiten mit ihnen in der Stube ein, bekam die besten Bissen vorgelegt, durfte abends den Kamin in der Werkstatt mit zusätzlichen Torfziegeln befeuern und erhielt zum Kritzeln und Rechnen so viel Papier und Tinte, wie er wollte.

Und davon brauchte er wahrhaftig eine Menge. Saskia verstand nicht, wieso er dauernd eine derartige Vielzahl obskurer Formeln aufstellen und Dinge ausrechnen musste, die zumeist keinerlei Sinn ergaben, aber sie war gern bereit, dieses seltsame Bedürfnis zu tolerieren, wenn er nur bald wieder anfing, gut verkäufliche Bilder zu malen. Dabei bezweifelte sie gar nicht, dass seine Rechenkünste zumindest teilweise geeignet waren, auch nützliche Ergebnisse hervorzubringen – immerhin hatte er auf diese Weise Rembrandt dazu gebracht, wenigstens einen Teil dieser betrügerisch überteuerten Tulpenscheine abzustoßen –, doch in ihren Augen reichten die vier Grundrechenarten absolut aus, um sämtliche mathematischen Erfordernisse zu erfüllen und damit jeder

Lebenslage gewachsen zu sein. Alles andere war nur überflüssige Gedankenspielerei, ohne jeden praktischen Nutzen.

Pieter hatte dem zwar widersprochen und ihnen erläutert, dass man beispielsweise mithilfe neuer Berechnungsmethoden zuverlässiger und einfacher bestimmen könne, welchen Inhalt krummlinig begrenzte Flächen oder Hohlkörper hätten, aber wozu musste man das wissen?

Andererseits hatten sie dadurch ein ideales Geschenk für Pieter besorgen können. Saskia hatte schon die ganze Zeit überlegt, was man dem Jungen zu Weihnachten überreichen könne; sie fühlte sich ihm gegenüber in der Pflicht, weil er ihr die hübsche Skizze geschenkt und sie damit zu Tränen gerührt hatte. Nachdem sie bemerkt hatte, dass sein liebster Besitz aus einer kleinen Sammlung mathematischer Bücher bestand, war die Auswahl leichtgefallen; Doktor Bartelmies hatte ihnen ein passendes Werk besorgt. Es stammte von einem gewissen Bonaventura Cavalieri und trug einen sehr langen Titel, von dem Saskia sich nur die beiden ersten Wörter hatte merken können, wobei die allein schon geradezu unaussprechbar waren – *Geometria indivisibilibus*.

Tatsächlich hatte Pieter sich sehr erfreut über das Geschenk gezeigt, wenngleich er das Buch schon am nächsten Tag ausgelesen und dazu geäußert hatte, dass es teilweise von unzulänglichen Prämissen ausgehe. Dennoch war Saskia froh, dass er sich mit der Lektüre immerhin für eine gewisse Zeit von seinen Sorgen um Anneke abgelenkt hatte. Anfangs hatte er sich wegen ihres Verschwindens kaum beruhigen wollen, ständig war er nervös durchs Haus gestromert und hatte sich in allen Ecken umgeschaut, als hätte er etwas Lebenswichtiges verloren. Doch mittlerweile schien er sich damit abgefunden zu haben, dass das Mädchen Hals über Kopf davongelaufen war. Die meiste Zeit saß er still und in sich gekehrt in der Werkstatt und widmete sich seinen Notizen.

Einmal hatte Saskia aber auch gesehen, dass er an einer Skizze arbeitete. Sie hatte ihm verstohlen über die Schulter geblickt, doch er hatte es bemerkt und rasch den Block umgedreht, als sie hinter ihm gestanden hatte. Mit gespielter Fröhlichkeit hatte sie angemerkt, dass er ja nun offensichtlich bald wieder malen könne. Er hatte bloß stumm genickt und darauf gewartet, dass sie wieder ging.

*

Am Tag nach Weihnachten hatte Saskia viel in der Küche zu tun – sie bereitete einen Schinkenbraten vor, weil zum ersten Mal seit Wochen wieder Besuch erwartet wurde. Doktor Bartelmies war zum Abendessen eingeladen, und sie musste sich selbst um die Bewirtung kümmern, weil Geertruyd erst am kommenden Morgen zurückerwartet wurde. Saskia schnitt Zwiebeln klein und gestattete sich einen Anflug zaghafter Vorfreude. In Gegenwart des Medicus fühlte sie sich ebenso wie Rembrandt immer aufs Angenehmste unterhalten, er konnte einen sogar von den schlimmsten Sorgen ablenken. Außerdem war er stets bestens im Bilde, was den Ermittlungsstand zu den Morden anging. Wie bereits in den anderen Fällen hatte er auch bei Quaeckel die Leichenbeschau vorgenommen und die Todesursache festgestellt, und zweifellos hatte er auch mit Vroom wieder über dessen aktuelle Nachforschungen zum Täter gesprochen. Saskia brannte auf Details. Sicherlich gab es viel zu erzählen, denn er war seit jenem unseligen Tag, als Judith Versluys oben in der Werkstatt ihren scheußlichen Auftritt gehabt hatte, nicht mehr in der Nieuwe Doelenstraat gewesen. Saskia wusste nur das, was sie in der Nachbarschaft und auf dem Markt aufschnappte, und weil sich dabei meist schlecht zwischen Wahrheit und Gerede unterscheiden ließ, war wenig Verlässliches dabei.

Vom Zwiebelschneiden liefen ihr die Tränen über die Wangen, sie konnte kaum noch etwas sehen und zuckte daher zusammen, als mit einem Mal Rembrandt neben ihr stand. Er legte beide Arme um sie und drückte sie an sich.

»Bist du immer noch so traurig? Glaub mir, mein Liebling, es wird alles wieder gut!«

»Es sind nur die Zwiebeln.«

»Oh, das ist ... wunderbar!« Seine Miene hellte sich auf, und beim nächsten Satz klang unterdrückter Jubel aus seiner Stimme. »Ich habe den *Belsazar* fertig!« Es hörte sich an, als könnte nichts auf der Welt seine glänzende Laune trüben. So gebärdete er sich immer, wenn er ein großes Werk vollendet hatte. Dieses Glücksgefühl würde für mehrere Tage anhalten, doch wie Saskia aus Erfahrung wusste, würde er danach in Trübsal verfallen, so wie auf einen Alkoholrausch jedes Mal unweigerlich die Katerstimmung folgte. Bedrückt und von Selbstzweifeln geplagt würde er eine Weile ziellos durch Wohnung und Werkstatt streifen, Skizzen anfangen und verwerfen, ältere Bilder verbessern, die Schüler anblaffen, mit verbissener Miene vor sich hin starren und abends mehr Wein trinken, als ihm guttat. Er würde wieder Bettler und arme Leute zeichnen, gescheiterte Existenzen ohne Aussicht auf Glück oder Freude im Leben, und damit seinen geheimen Ängsten und Sorgen Ausdruck verleihen. Nach und nach würde dann die Normalität wieder Einkehr halten, er würde hinaus in die freie Natur zum Wandern gehen, sich ein neues großes Sujet vornehmen (am besten endlich die Grablegung oder die Auferstehung!), wieder an Tronies arbeiten oder ein Selbstbildnis malen, und wenn alles gut ging, hätte er bis dahin auch neue Aufträge für Porträts. Sobald ausreichend Gras über die Morde gewachsen war, würden die kunstsinnigen reichen Bürger sich schon wieder einfinden. Kein Maler in Amsterdam schuf so unvergleichliche Porträtbilder wie Rembrandt, überdies barst er förmlich vor Schaffensdrang; Saskia glaubte fest daran, dass es geschäftlich bald wieder aufwärtsging. Zumindest strengte sie sich an, daran zu glauben.

»Meinen Glückwunsch zur Fertigstellung des Gemäldes«, sagte sie, viel Wärme in ihre Stimme legend. Sie küsste ihn auf die Wange. »Du hast aber auch wirklich sehr hart gearbeitet die letzten Wochen!«

»Ach wo, nicht mehr als sonst«, meinte er in bescheidenem Ton.

»Doch, doch«, widersprach sie, denn sie wusste, wie sehr er das jetzt brauchte. »Und was für ein grandioses Meisterwerk du wieder geschaffen hast! Dieses Leuchten der geheimnisvollen Zeichen an der Wand, und die beeindruckende Komposition der Gestalten an der Tafel des Königs!« *Die beeindruckende Komposition* passte immer, Saskia hörte diese Wendung oft aus dem Mund von Kennern. Sie kannte sich mit allen geläufigen Kommentaren von Kunstkritikern aus, schließlich hatte sie jahrelang im Haushalt eines Galeristen gelebt, ehe Rembrandt in ihr Leben getreten war. »Wirst du es auch dem Rabbiner zeigen?« Hoffnungsvoll fügte sie hinzu: »Vielleicht würde er es kaufen.«

Rembrandt hatte sich für die richtige Darstellung der hebräischen Inschrift eigens von einem hochgelehrten jüdischen Verleger beraten lassen, den er im Laufe des Jahres porträtiert hatte (und über den er unseligerweise auch an Abraham Versluys als Auftraggeber geraten war).

Saskias Frage beantwortete er mit einem nichtssagenden Brummen und goss sich ein Glas Wein ein. Er leistete ihr eine Weile bei den Essensvorbereitungen Gesellschaft und half ihr sogar beim Kleinschneiden der übrigen Zwiebeln sowie beim Anbraten des Schinkens. Schließlich schmorte das gute Stück überm Feuer, und sie und ihr Mann gingen sich waschen und umkleiden, was in der Folge zu einem kurzen ehelichen Zwischenspiel führte, weil Rembrandts Leidenschaft durch ihren Anblick im Hemd angefacht wurde. Sie gab sich seinen Zärtlichkeiten bereitwillig hin, obwohl all die ungefügen Teile des neuen Bettes sich in der Stube türmten und jeden Blick auf sich zogen.

Danach wäre sie gern noch eine Weile im warmen Bett liegen geblieben, aber mittlerweile war es höchste Zeit, alles für den erwarteten Besuch herzurichten. Sie kleidete sich sorgfältig an, deckte den Tisch, stellte Wein und Gebäck bereit und begab sich anschließend ins Obergeschoss, um Pieter Bescheid zu sagen.

In jähem Erschrecken sah sie, dass er sich im Kabinett zu schaffen machte. Im trüben Halbdämmer des schwindenden Tageslichts hockte er auf dem Boden und beugte sich über ein ausgebreitetes Tuch aus Samt. Inmitten des Stoffstücks waren einige wertvolle Gegenstände zu sehen: ein Messer und ein Löffel aus Silber, beide mit Griffen aus Elfenbein, ein kunstvoll geschliffener Trinkpokal aus Muranoglas, ein kleines ledernes Buch sowie schließlich ein halbes Dutzend in Stroh eingebettete Tulpenzwiebeln. Sie lagen in einem handgroßen, dunkel lackierten Kästchen, das in unübersehbarer Gravur einen Namensschriftzug trug, den Saskia sogar aus dieser Entfernung und trotz der unzureichenden Beleuchtung mühelos lesen konnte.

Pieter blickte auf und sah Saskia in der offenen Tür stehen. Mit einer hastigen Bewegung klappte er das Tulpenkistchen zu, legte die Enden des Samttuchs zusammen und hob es wie einen Beutel auf, um diesen sodann vorsichtig in eine offene Kiste zu legen, die neben ihm stand.

Saskia beobachtete ihn dabei und schluckte mehrmals hart. Sie wollte etwas sagen, aber ihre Stimme versagte ihr den Dienst. Krächzend brachte sie schließlich nur das hervor, was sie ihm ohnehin hatte mitteilen wollen.

»Wir erwarten Doktor Bartelmies zu Besuch, er wird gleich eintreffen und freut sich bestimmt, dich wiederzusehen. Es wäre schön, wenn du auch zu uns herunterkommst.«
Er erhob sich aus der Hocke und nickte. Dann deutete er auf die offene Kiste und sagte mit rauer Stimme: »Ich betrachte es als unser gemeinsames Geheimnis.«
Sie presste eine Hand auf ihr jagendes Herz, dann drehte sie sich ruckartig um und floh nach unten, als wäre der Teufel hinter ihr her.

*

Pieter fühlte sich unwohl, weil Saskia just in dem Moment aufgetaucht war, als er sich über seine Entdeckung beugte. Das Kabinett war der letzte Raum des Hauses gewesen, den er abgesucht hatte, denn wer würde schon ein bereits bekanntes Versteck ein zweites Mal benutzen?

Mittlerweile hatten seine Berechnungen jedoch ergeben, dass sich die Wahrscheinlichkeit gegenüber anderen Verstecken nicht geringer ausnahm.

Hauptmann Vroom und seine Männer hatten ihre Nasen (und ihre Hände) am Heiligen Abend in nahezu alle Winkel des Hauses gesteckt, kein Eckchen war ihnen zu abgelegen oder zu verborgen erschienen. Dass Vroom in Wahrheit keine Beweisstücke suchte, sondern nur zu Belastungszwecken welche verstecken wollte, war einer Vermutung Pieters entsprungen, die sich nun bestätigt hatte.

Natürlich hatte Vroom auch das Kabinett durchstöbert, sehr ausgiebig sogar, doch Pieter hätte den Fund zunächst an jeder beliebigen anderen Stelle des Hauses verortet. Entsprechend lange hatte seine Suche gedauert, denn er hatte unten im Wohnbereich angefangen, wobei er auf die kurzen Zeitspannen angewiesen war, in denen er unbeobachtet zu

Werke gehen konnte, etwa, wenn Saskia bei Nachbarn oder zum Einkaufen fort gewesen und Rembrandt in derselben Zeit mit Malen beschäftigt war.

Pieter zweifelte nicht daran, dass Vroom bald wieder hier auftauchen würde, um erneut offiziell nach Beweisen zu suchen, und diesmal würde Pieter nicht damit durchkommen, die Fundstücke als sein Eigentum auszugeben, denn es handelte sich um höchst verräterische Dinge. Trinkpokal, Messer und Löffel stammten vom Esstisch in Quaeckels Haus. Das lederne Büchlein enthielt einen Abdruck schwülstiger Verse und wies Quaeckel im Impressum als Verfasser aus. Auch das Tulpenkästchen stammte aus seinem Besitz – Quaeckels Name war darauf eingraviert.

Keine Frage, diesmal sollte es Meister Rembrandt endgültig an den Kragen gehen. Pieter zögerte nicht lange. Das leere Holzkistchen und den Gedichtband warf er ins Kaminfeuer, die Tulpenzwiebeln ließ er einstweilen im Samttuch eingeschlagen im Kabinett liegen, denn die würde er – falls man sie fand und Rembrandt daraus einen Strick drehen wollte – ganz einfach wieder als seine ausgeben. Glaspokal und Besteck steckte er sich in den Hosenbund und ließ anschließend Hemd und Wams lose darüberhängen, um seine verbotene Fracht zu kaschieren. Als er zur Treppe ging, rutschte der Pokal tiefer. Das Glas drückte sich unangenehm kühl gegen seine Männlichkeit. Gerade als er in die Hose langte und die Sache in Ordnung bringen wollte, kam Laurens die Treppe hoch. Mehr oder weniger hilflos blieb Pieter stehen, die Hand noch in der Hose.

Laurens musterte ihn von oben bis unten. »Was soll das denn werden?«

»Ich will auf den Lokus«, sagte Pieter wahrheitsgemäß.

»Aha. Na ja, wer's so dringend braucht.«

»Ich brauche es sehr dringend.«

»Mir würde da von dem Gestank alles vergehen. Ich mach's lieber im Bett. Aber du scheinst es ja wirklich gewaltig nötig zu haben.«

Pieter machte sich nicht die Mühe, Ausreden zu erfinden, denn der Pokal glitt ein weiteres Stück herab. Breitbeinig ging er die Stufen hinunter.

»Lass dich nicht erwischen!«, rief Laurens ihm nach.

Unten im Hausflur wartete die nächste Prüfung auf Pieter. Soeben traf Doktor Bartelmies ein. Rembrandt nahm dem Gast Umhang und Laterne ab, während Mevrouw Saskia einen Schemel zurechtschob, damit der Medicus sich setzen und die regennassen Schuhe ausziehen konnte. Höflich hielt sie derweil warme Filzpantoffeln bereit.

Alle drei blickten befremdet zu Pieter herüber, als dieser durch die Diele in Richtung Lokus eilte, die Wangen brennend vor Verlegenheit und die Hand in der Hose zwischen den Beinen.

»Ich muss ganz dringend!«, rief er, bevor jemand ihn mit Fragen behelligen konnte. Gleich darauf war er draußen im Hof und konnte sich im Abtritt verbarrikadieren. Dort dachte er zunächst einmal gründlich nach. Im Geiste ging er durch, welche Wahrscheinlichkeit dafürsprach, dass die Gegenstände, die in seiner Hose steckten und gleich im Lokus versenkt werden sollten, zu einem späteren Zeitpunkt auftauchen und Rückschlüsse auf ihre Herkunft zulassen konnten.

Mit hoher Wahrscheinlichkeit würde Vroom nicht extra die Jauchegrube ausheben lassen, denn er würde überhaupt nicht auf die Idee kommen, dass jemand die Gegenstände, auch wenn er sie zufällig entdeckte, in den Lokus warf. Warum auch, wenn der Fluss nur einen Katzensprung entfernt war und die verdächtigen Beweisstücke dort einfach zusammen mit dem Hausabfall versenkt werden konnten. Vroom war zudem bei seinem letzten Besuch nicht einmal in die Nähe des Abtritts gekommen; daraus war mit überwiegender Wahrscheinlichkeit zu schließen, dass ihn der Gestank zu sehr abschreckte, um diese Örtlichkeit als Versteck für falsche Beweise zu nutzen. Folglich konnte Pieter getrost die Sachen durch die Sitzöffnung in die Grube werfen.

Problematisch an diesem Versteck war nur, dass es auf Dauer kein sicheres war. Sobald die Grube voll genug war, würde man sie mittels Kübeln ausheben und den Inhalt wegbringen, um damit Gärten und Felder zu düngen. Glas und Besteck würden sich ganz sicher nicht in der Jauche auflösen, man würde sie also irgendwann entdecken. Allerdings würde man diese Hausratsgegenstände schwerlich Adriaen Quaeckel zuordnen können. Gänzlich auszuschließen war es jedoch nicht, zumal es sich um Gegenstände handelte, die Vroom unbedingt finden wollte. Immerhin hatte er sie eigens zu dem Zweck versteckt. In diesem Zusammenhang war es ohnehin verwunderlich, dass er die Entdeckung nicht gleich schon an Heiligabend inszeniert hatte.

Über diese Implikation hatte Pieter bisher noch nicht genauer nachgedacht und tat es daher jetzt, mit dem Ergebnis, dass er sich nach einer plötzlichen Erkenntnis bestürzt auf den Sitz plumpsen ließ.

Wenn Vroom tatsächlich falsche Beweise ins Haus geschmuggelt hatte – warum sollte er sich die Mühe machen, extra ein zweites Mal zu kommen, wenn er doch bequem das Verstecken und Finden in einem Aufwasch hätte erledigen können?

Auf Basis dieser Überlegung drängte sich eine weitere Variante als wahrscheinlich auf, die er bisher nicht ins Kalkül gezogen hatte: Jemand anderer hatte die Gegenstände im Kabinett versteckt, und zwar folgerichtig erst *nach* Vrooms Durchsuchung, die dann offenbar doch keine inszenierte, sondern vielmehr echt gewesen wäre. Alles liefe dann wie beim letzten Mal darauf hinaus, dass Vroom erst noch durch eine Denunziation von den versteckten Gegenständen erfahren würde.

In diesem Fall war der Lokus, respektive die Jauchegrube, als Versteck natürlich völlig ungeeignet, denn vorhin hatten nicht weniger als vier Personen mitbekommen, dass Pieter unter ungewöhnlichen Begleitumständen den Abtritt aufgesucht hatte. Ließ man Rembrandt (der ja das Ziel dieser Intrige sein sollte) als möglichen Denunzianten außer Betracht, blieben immer noch drei Personen übrig, die ohnehin auf der Liste der Verdächtigen standen. Jeder von ihnen konnte, wenn die Gegenstände bei einer Durchsuchung des Kabinetts nicht mehr aufzufinden waren, unweigerlich die nötigen Schlüsse ziehen und Vroom entsprechende Hinweise geben. Mit anderen Worten – Vroom würde in diesem Fall sehr wohl die Jauchegrube ausheben lassen.

Nachdem Pieters Schlussfolgerungen bis zu diesem Punkt gediehen waren, führten seine nächsten Überlegungen ihn zwangsläufig zu der Frage nach einem besseren Versteck. Das wiederum lenkte seine Gedanken wieder in die Richtung, die er schon gestreift hatte – zum Fluss, dem idealen Ort, Dinge endgültig loszuwerden.

Allerdings bestand eine nicht zu vernachlässigende Wahrscheinlichkeit, dass er auf dem Weg dorthin gesehen werden konnte; überdies würden der Meister, Mevrouw Saskia und Doktor Bartelmies sich wundern, wo er so lange blieb, zumal es fraglos besorgniserregend auf sie gewirkt haben musste, dass er vorhin so überstürzt aufs Örtchen gestürmt war. Womöglich kam einer von ihnen her, um nach ihm zu sehen, und da er dann plötzlich wie vom Erdbeben verschluckt wäre, würde man oben in der Werkstatt nach ihm suchen – nur, um dort sogleich von Laurens zu erfahren, dass er nicht anwesend sei.

Dadurch würde er erst recht in Erklärungsnot geraten. Er musste sich eine andere Methode überlegen, die Sachen loszuwerden, und zwar schnell.

Doch dann wurde ihm die Entscheidung abgenommen. Laurens hämmerte von draußen gegen die Tür.

»Bist du da drin?«

»Ja«, antwortete Pieter wachsam.

»Gut. Die Herrschaft fragt schon nach dir. Mevrouw denkt, du wärest vielleicht ins Loch gefallen.« Laurens lachte. »Was ist los mit dir? Du müsstest längst fertig sein mit dem, was du vorhattest. Oder ist dir die Lust vergangen?«

»Ich bin gleich fertig.«

»Ich warte hier draußen.«

Pieter lotete seine Optionen aus und fand eine halbwegs akzeptable, wenn auch suboptimale Lösung, nachdem seine Abwägungen ergaben, dass ihm keine andere Wahl blieb.

Er ließ die Gegenstände in die Senkgrube fallen. Beim letzten Abwurf – es war der Löffel – klirrte es vernehmlich, weil das Silber auf den gläsernen Trinkpokal traf, der offenbar länger brauchte, um in der Jauche zu versinken.

»Was war das?«, fragte Laurens von draußen.

»Was denn?«, fragte Pieter zurück.

»Dieses Geräusch. Klingt, als würdest du Münzen scheißen.«

»Das war meine Gürtelschnalle.« Pieter setzte den Deckel auf die Sitzöffnung und schob den Türriegel zurück. »Ich bin fertig.«

Laurens prallte zurück. »Bäh, wie das stinkt! Hast du Durchfall? Ich hasse diesen Lokus!«

Pieter ging an Laurens vorbei zur Hintertür und von dort sporenstreichs weiter in die Küche, wo Saskia gerade den fertigen Braten auf einer Platte anrichtete. Sie schrak zusammen, als Pieter so unvermittelt hereinplatzte.

»Ach, da bist du ja wieder!«, sagte sie betont fröhlich. »Wir dachten schon, du seist von plötzlichem Bauchgrimmen befallen, weil du so eilig hinausgerannt bist!«
»Mir fehlt nichts.«
»Das freut mich. Du kannst gleich in die Stube gehen und dich zum Essen niedersetzen!«

Er hätte gern mit ihr unter vier Augen über die Gegenstände aus Quaeckels Haus gesprochen, doch vor der Küchentür trieb sich Laurens herum, fraglos bestrebt, Einzelheiten einer vertraulichen Unterhaltung aufzuschnappen. Pieter verschob das Gespräch mit Saskia auf später. Er betrat die Stube und begrüßte den Medicus, während im Hintergrund Laurens wieder die Treppe hinaufstapfte.

Doktor Bartelmies freute sich, Pieter zu sehen. Er besah sich die gebrochene Hand, prüfte die Beweglichkeit von Fingern und Sehnen sowie den Sitz der Schiene. In zwei Wochen, so sein zufriedenes Urteil, könne Pieter die Hand – wenn auch zunächst vorsichtig – wieder normal benutzen. Auch die mittlerweile gut verheilte Wundnaht an der Stirn sah er sich genauer an und ließ sich sodann von Saskia eine Schere aus ihrem Nähkästchen geben, um die Fäden ziehen zu können.

»Nun bist du wieder fast der Alte«, meinte der Medicus wohlwollend.

Dann wurde es auch schon Zeit für das Tischgebet, denn Saskia trug den Braten auf. Sie saßen ein wenig beengt, weil der Tisch nun näher beim Kamin stand, da die Fläche vor der Schlafstätte von den Einzelteilen des neuen Bettes belegt war, aber die Atmosphäre hätte kaum anheimelnder sein können. Alle langten herzhaft zu, und Pieter folgte aufmerksam der Unterhaltung, in der es hauptsächlich um den plötzlichen Tod des Tulpenhändlers und die verschwundene Wäschemagd ging.

»Sie ist nicht in Meulendonk«, berichtete Doktor Bartelmies. »Ich hörte, dass der von Hauptmann Vroom ausgesandte Bote ohne Neuigkeiten zurückgekehrt ist. Sie muss an einen anderen Ort geflüchtet sein.«

»Und wenn sie auch längst tot ist?« Rembrandt vermied es, Pieter anzusehen. »Sie könnte von dem giftigen Wein getrunken und dann in ihrer Qual ins Freie gelaufen sein. Bekanntlich steht Quaeckels Haus direkt an der Gracht.«

»Wasserleichen werden meist entdeckt«, meinte Doktor Bartelmies. »In aller Regel bleiben sie irgendwo hängen, sei es in einer Schleuse, im Ufergebüsch oder an einem Mühlenrad. Wo immer sie ins Wasser fallen – früher oder später tauchen sie wieder auf.« Er warf Pieter einen mitleidigen Blick zu. »Ich hoffe, das Verschwinden des Mädchens bereitet dir nicht allzu großen Kummer.«

»Mir jedenfalls nicht«, bekundete Rembrandt. »Anneke hat uns auf übelste Weise bestohlen.«

»Das geschah sicherlich aus der Not heraus«, befand der Medicus milde, offensichtlich um eine friedfertige Stimmung bemüht. Saskia blickte ihn dankbar an und legte ihm unaufgefordert noch eine Scheibe Schinkenbraten auf den Teller. »Greift zu, Doktor!« Sie schenkte ihm Wein nach und stellte ihm anschließend eine Reihe Fragen, hauptsächlich über Hauptmann Vrooms weitere Ermittlungen. Der Medicus verlieh seinen Befürchtungen mit der gebotenen Sachlichkeit Ausdruck. »Vroom offenbarte mir seine Pläne nicht, aber mein Gefühl sagt mir, dass er so schnell nicht aufgibt. Ihr solltet auf der Hut sein.« Er wandte sich an Pieter. »Was gibt es Neues bei dir? Ist dein Patenonkel noch in der Stadt?«

»Nein, er reiste vor Weihnachten nach Zeeland zurück und will erst im Januar wieder nach Amsterdam kommen.«

»Hat er deine Tulpenkontrakte schon verkauft?«

»Nein.«

»Nun, wenn deine Berechnungen zutreffen, bleibt ihm dafür noch etwas Zeit, oder? Nicht viel, aber ein wenig. Fatal wäre wohl nur, wenn er den rechten Moment verpasst. Die Preise für Tulpenzwiebeln sind über Weihnachten abermals gestiegen, ich hörte, es gibt kaum noch gute Ware zu kaufen. Hat sich an deiner These über den Kulminationspunkt etwas geändert?«

»Nein. Darf ich Euch auch eine Frage stellen, Doktor?«

»Nur zu«, ermunterte ihn der Medicus.

»Habt Ihr Mevrouw Versluys noch einmal gefragt, ob sie Euch ehelichen will?«

»Pieter!« Saskia blickte mit peinlich berührter Miene auf. »Solche privaten Dinge fragt man doch nicht einfach!« Mit scheuem Augenaufschlag wandte sie sich an den Medicus. »Ihr dürft es dem Jungen nicht übel nehmen. Es geht uns gar nichts an, ob Ihr mittlerweile zarte Bande zur Witwe Versluys geknüpft habt. Sollte es aber so sein, zögert bitte nicht, Euch uns zu offenbaren! Wenngleich unsere letzte Begegnung mit Mevrouw Versluys sehr unersprießlich verlaufen ist, würden wir im Falle Eurer Verheiratung dieses Zerwürfnis sofort und bereitwillig begraben.«

»Das bezweifle ich nicht«, versetzte Doktor Bartelmies freundlich. »Allerdings steht eine Hochzeit nicht an.« Mit einem Zwinkern zu Pieter fügte er hinzu: »Beantwortet das deine Frage?«

»Nein.«

Der Arzt zog verdutzt die Brauen hoch. »Warum nicht?«

»Weil ich nicht fragte, ob eine Hochzeit stattfindet, sondern ob Ihr Mevrouw Versluys noch einmal die Ehe angetragen habt.«

Ein Schatten glitt über das Gesicht des Medicus, doch nach einem Moment des Schweigens nickte er knapp. »Ja, ich wiederholte meinen Antrag ein weiteres Mal, vor zwei Tagen erst, aber sie wies mich erneut ab. Und damit möchte ich das Thema ruhen lassen, wenn es dir recht ist.«

Es war Pieter nicht recht, denn er hätte gern weitere Fragen dazu gestellt, doch der drohende Blick, der ihm von Rembrandt zuteilwurde, ließ es ihm ratsamer erscheinen, den Mund zu halten. Gedankenverloren kratzte er sich im Schritt, wo er sich an dem harten Trinkpokal wundgescheuert hatte. Saskia stieß ihn unter dem Tisch mit dem Fuß an, den Blick auf seinen Schoß gerichtet, sodass ihm bewusst wurde, was er dort tat. Hastig legte er die Hand zurück auf den Tisch. Er hatte seinen Braten bereits aufgegessen, doch als Saskia ihm ein weiteres Stück servierte, verspeiste er auch dieses mit großem Appetit.

Nach dem Essen gab es süßes Gebäck und Genever. Auch Pieter bekam zwei Becher Schnaps kredenzt. Danach lenkte Rembrandt das Gespräch auf die Malerei, was wiederum ganz zwanglos sein frisch vollendetes Werk in den Mittelpunkt der Unterhaltung rückte. Danach war es selbstverständlich, dass Doktor Bartelmies Rembrandt nach oben begleitete, um sich den *Belsazar* zeigen zu lassen. Der Medicus bewunderte das Werk gebührend und sah sich anschließend auch einige Sammelstücke im Kabinett an, die er bisher noch nicht kannte. Pieter, der die beiden auf ihrem Rundgang begleitete, schob unauffällig die Kiste zur Seite, in der sich die in Samt eingewickelten Tulpen befanden. Als er sich anschließend umschaute, sah er Laurens in der offenen Tür des Kabinetts stehen. Der Geselle blickte mit düsterer Miene herüber.

*

KAPITEL 23

Als Pieter sich später am Abend vor dem Schlafengehen die Zähne putzte, baute Laurens sich vor seiner Bettstatt auf, das Gesicht starr vor Grimm. Er warf Pieter das lose zusammengeknotete Samttuch vor die Füße. Durch den Aufprall öffnete es sich, und die Tulpenzwiebeln kollerten heraus.

»Die habe ich im Kabinett gefunden. Wahrscheinlich wirst du jetzt wieder behaupten, es seien deine.«

»Ja.«

»Du lügst. Ich wette, du hast sie dem Tulpenhändler gestohlen, nachdem du ihn umgebracht hast.«

»Ich habe ihn nicht umgebracht.«

»Tatsächlich nicht?«, gab Laurens in höhnischem Ton zurück. »Wer hätte denn stärkere Motive dafür gehabt als du? Er hat dir Anneke abspenstig gemacht, und das wolltest du ihm heimzahlen! So einfach ist das.«

Pieter putzte sich weiter die Zähne. Vorher drehte er abermals die kleine Sanduhr um, denn beim Zähneputzen durfte man nicht mogeln, wie er von seinem Vater gelernt hatte. Wer nicht sorgfältig und regelmäßig seine Zähne reinigte, hatte beizeiten keine mehr.

Laurens ließ nicht locker. »Was kriegst du von Rembrandt dafür, dass du der Reihe nach seine Feinde aus dem Weg räumst? Sind die Tulpenzwiebeln dein Lohn für all das Morden?«

»Ich morde nicht, und ich kriege gar nichts von Meister Rembrandt.«

»Du lügst, sobald du den Mund aufmachst! Dass es dir nicht zum Schaden gereicht, sieht ein Blinder!« Laurens zählte es an den Fingern ab. »Du wirst gehätschelt und gepäppelt wie der verlorene Sohn, wirst zum Essen in die gute Stube geholt, darfst Schnaps trinken, kannst morgens ausschlafen, brauchst nicht zu arbeiten, obwohl du es längst wieder könntest.« Mit kaum verhohlener Angriffslust beobachtete er Pieter. Der drehte abermals die Sanduhr um und fing erneut mit dem Putzen an, weil er schon wieder zwischendurch aufgehört hatte.

»Sag mir, ist Cornelis dein Spießgeselle? Macht er bei alledem mit?«

Pieter putzte diesmal so lange weiter, bis die Sanduhr durchgelaufen war, erst dann ging er auf Laurens' zuletzt gestellte Fragen ein, die beide auf dieselbe Weise beantwortet werden konnten. »Nein.«

Laurens beobachtete ihn lauernd. »Was würde Hauptmann Vroom wohl dazu sagen, wenn jemand ihm steckt, dass du schon wieder fremde Tulpenzwiebeln als deine ausgibst?«

»Dann weiß ich, dass du der Denunziant bist. Ich werde aussagen, dass du mich nur deshalb beschuldigst, um von deinen eigenen Schandtaten abzulenken. Man wird mir mit an Sicherheit grenzender Wahrscheinlichkeit eher glauben als dir, denn mein Vater war ein Freund des Statthalters, und mein Patenonkel ist Delegierter bei der Ostindienkompanie.«

Laurens' Gesicht verzerrte sich. »Und ich bin nur ein armseliger Niemand, das willst du damit wohl sagen, was?« Seine Stimme schwankte vor unterdrückten Emotionen. »Du denkst, dass du ungestraft so viele Verbrechen begehen kannst, wie du willst, nicht wahr? Sag mir, hast du auch Anneke umgebracht? Liegt sie längst kalt und tot in einem Erdloch oder im Kanal?«

»Nein«, sagte Pieter.

Laurens ignorierte die Antwort. »Musste sie sterben, weil sie dich nicht erhört hat? Oder hat sie dich dabei beobachtet, wie du dem Tulpenhändler Gift in den Wein gemischt hast? War sie eine unliebsame Zeugin, die du loswerden musstest?«

»Nein auf alle Fragen.«

»Du lügst!«

Pieter legte sich ins Bett und deckte sich zu. »Lass mich in Ruhe. Ich möchte jetzt schlafen.«

In Laurens' Gesicht arbeitete es. »Du könntest für immer schlafen, wenn ich dir die Gurgel durchschneide.«

»Ja. Aber du wirst es nicht wagen, weil dann jeder wissen würde, dass du es warst. Denn sonst ist ja niemand hier.«

»Rembrandt ist im Haus«, widersprach Laurens mit glitzernden Augen. »Und seine Frau auch. Vielleicht wollen sie dich schon lange loswerden.«

Pieter setzte sich auf und dachte nach. »Du hast recht«, sagte er schließlich.

»Was?«, kam es verblüfft von Laurens zurück. »Du glaubst, sie wollen dich loswerden?«

»Nein, aber du. Weil du von Hass und Wut zerfressen bist. Am Ende schneidest du mir tatsächlich im Schlaf die Gurgel durch, weil du glaubst, dass es dir dann besser geht, und anschließend wirst du versuchen, die Schuld auf Meister Rembrandt zu schieben, weil du den noch mehr hasst als mich.«

»Ich will nur der Gerechtigkeit zum Durchbruch verhelfen! Du bist ein Dieb und Mörder! Nicht einmal der allerdümmste Idiot kann das übersehen! Du warst auf dem Fischmarkt, als van Houten starb. Du warst in Abraham Versluys' Haus, als er verreckte. Und beim Tod von Adriaen Quaeckel warst du auch dabei! Ich wette, du hast auch zugesehen, als Caspar Ruts seinen letzten Atemzug tat! Und Cornelis ist dein Kumpan und Rembrandt euer Hintermann!«

Pieter war bereits aufgestanden. Er schlüpfte in seine Kleidung und suchte seine Siebensachen zusammen. Es dauerte eine Weile, weil er einhändig agieren musste, doch schließlich war er abmarschbereit.

»Was hast du vor?«, fragte Laurens.

»Ich übernachte woanders.«

*

Er hielt sich nicht damit auf, Meister Rembrandt seinen Auszug zu erklären, denn der Maler und seine Gattin saßen trotz der vorgerückten Stunde noch mit dem Medicus in der Stube, folglich beschränkte er sich darauf, eine Notiz auf dem Küchentisch zu hinterlassen. Laurens mochte sie lesen, aber er würde sie nicht verstehen, weil Pieter sie wohlweislich in Latein verfasst hatte. Da es Laurens aber zuzutrauen war, dass er die Nachricht verschwinden ließ, schrieb Pieter vorsorglich eine gleichlautende zweite und legte sie unter den Wasserkrug. Mevrouw Saskia würde sie entdecken, sobald sie, was sie jeden Morgen nach dem Aufstehen tat, frisches Wasser vom Brunnen holte. Sie würde Rembrandt die Botschaft übergeben, somit konnten alle beruhigt sein. Nur nicht Laurens, dem wohl mittlerweile dämmerte, dass er zu weit gegangen war. Was ihn freilich nicht davon abhalten würde, seine wahnhaften Vorstellungen weiterzuverfolgen. Er ließ

Pieter ohne Einwände ziehen, aber in seinen Augen stand ein Ausdruck, der einem Furcht einjagen konnte. Eine innere Last fiel von Pieter ab, als er dem Haus in der Nieuwe Doelenstraat den Rücken kehrte. Er hatte nur das Nötigste eingepackt (viel konnte er wegen seiner lädierten Hand ohnehin nicht tragen) und begab sich zügig zur *Goldenen Tulpe*. Dort herrschte noch Betrieb, obwohl es für die Tagelöhner und andere hart arbeitende Menschen längst Schlafenszeit war. Für die Tulpisten galten indessen andere Regeln, sie konnten mühelos die Nacht zum Tag machen, denn ihre Zeit wurde nicht von starren Pflichten eingeteilt, sondern von den Versteigerungen. Die fanden zwar in den letzten Wochen viel häufiger statt als früher, aber nicht so früh am Tage, dass man auf die lieb gewordenen Zechgelage am späten Abend hätte verzichten müssen.

Mareikje sah Pieter mit unergründlicher Miene an, als er mit seinem Bündel vor sie hintrat und sie fragte, ob sie ihm vorübergehend Obdach gewähren könne.

»Warum soll ich dir einen Schlafplatz geben, wenn du mir nicht bei der Arbeit helfen kannst?«, fragte sie mit Blick auf seine geschiente Hand.

»Ich gebe dir Geld dafür. Hier, das reicht gewiss für ein paar Tage Kost und Logis.« Er nestelte ein Goldstück aus der Tasche und reichte es ihr. Sie steckte es beiläufig ein und deutete auf das Gelass hinter der Küche. »Dahinten liegt eine Matratze. Ich gebe dir nachher noch eine Decke. In der Küche ist kalter Braten, davon kannst du essen. Und deine drei Genever von letztem Samstag stehen dir natürlich auch noch zu.«

»Ich danke dir für deine Gastfreundschaft«, erwiderte Pieter höflich.

Neugierde trat in ihren Blick. »Wieso musst du so plötzlich bei Rembrandt ausziehen? Gibt es Ärger im Paradies?«

»Ich habe Angst, dass Laurens mir im Schlaf die Kehle durchschneidet.«

Sie musterte ihn ungläubig. »Ist das dein Ernst?«

Er nickte.

»Was hast du ihm getan?«

Bevor er antworten konnte, entstand in der Schenke ein Tumult. An einem der Tische war eine Auseinandersetzung im Gange. Zwei Tulpisten waren aufgesprungen und brüllten sich an, und ehe man sich's versah, ließen sie die Fäuste fliegen. Andere Gäste sprangen auf und mischten sich ein, und nur Augenblicke später war eine wilde Keilerei im Gange.

»Oje, das hatten wir schon länger nicht mehr.« Mareikje seufzte. Sie bückte sich hinter den Schanktisch, holte einen Eichenknüppel hervor und zog ihn dem nächstbesten Wüterich über den Rücken. Gleich darauf fing sich einer der anderen einen gezielten Hieb ein, und danach noch einer. Gleichzeitig schrie sie die Kampfhähne an, dass morgen alle, wie sie hier waren, im Rasphuis sitzen würden, wenn sie nicht sofort mit der Prügelei aufhörten. Um ihre Worte zu unterstreichen, ergriff sie mit der freien Hand einen Bierkrug und schüttete dem lautesten Aufrührer den Inhalt ins Gesicht. »Schluss! Sonst kriegt ihr alle Mann Hausverbot! Dann könnt ihr morgen im Freien feilschen!«

Das zeitigte Wirkung. Murrend und mit wütenden Mienen fuhren die Raufbolde auseinander, und die anderen wichen belämmert zurück. Keiner erhob mehr die Hand gegen den anderen. Nach und nach setzten sich die Händler wieder hin. Zwei oder drei verschwanden zum Pinkeln hinters Haus, und der eine oder andere machte sich auf den Heimweg. Wenig später schien der ganze Streit vergessen. Trinksprüche hallten durch die Schenke, und hier und da ertönte sogar Gelächter.

»So feiern sie, dass Quaeckel in die Grube gefahren ist.« Mareikje wischte sich über die Stirn. Sie sah müde aus. »Was er sich nicht mehr einstecken kann, füllt nun ihre Börsen. Sie sind wie Raubtiere, jederzeit bereit, sich gegenseitig aufzufressen.«

»Seit wann bist du schon auf?«, fragte Pieter.

Sie schaute zu der großen Sanduhr hinüber. »Seit fünfzehn Stunden.«

»Wo sind die Schankmägde?«

»Die haben längst Feierabend. Wenn sie so lange arbeiten müssten wie ich, hätten sie sich längst woanders verdingt.«

»Du könntest die Schenke früher schließen.«

»Das könnte ich, aber dann hätte ich weniger Geld. Gerade an den Abenden wird tüchtig gezecht, da wandert so mancher Gulden extra über den Tisch.«

»Bist du denn so arm, dass du das brauchst?«

»Ich komme gut zurecht, aber die Zeiten können sich jederzeit verschlechtern. Wer kann schon sagen, wie lange dieses Tulpenfieber noch vorhält? Ist es erst vorbei, war's das mit dem übersprudelnden Geldtopf, dann kehren wieder normale Verhältnisse ein.«

»Wenn man sich nur noch schindet, wird das Leben zur Last.«

Mareikje bedachte Pieter mit einem lakonischen Lächeln. »Seit wann nimmst du Anteil an meinem Befinden?«

Über die Frage musste er nicht nachdenken, denn zu seiner eigenen Überraschung wusste er die Antwort sofort. »Seit ich dich kenne.« Er stellte die Frage, die ihm schon die ganze Zeit auf der Seele brannte. »Bist du noch böse auf mich?«

Sie sah ihm fest in die Augen. »Warum bist du hier? Du hättest auch zu Frans Munting oder zu Doktor Bartelmies gehen können. Ich weiß, wie sehr sie dich schätzen. Jeder der beiden hätte dich sicher mit Freuden aufgenommen und dir einen weitaus bequemeren Schlafplatz anbieten können als ich.«

»Ich bin lieber bei dir.«

*

Pieter zog sich in das Kämmerchen hinter der Küche zurück, wo es nichts gab außer einem schmalen Matratzenlager und einem Schemel. Hätte er beide Hände zur Verfügung gehabt, hätte er Mareikje bei der Arbeit helfen können, doch so blieb ihm nichts weiter zu tun, als die Wartezeit bis zum Schließen der Schenke totzuschlagen. Immerhin hatte er Lesestoff dabei. Er widmete sich dem Reiseroman, den Doktor Bartelmies ihm geschenkt hatte. Einen Teil des Buchs hatte er schon gelesen und fand es lähmend langweilig, aber der Medicus hatte gemeint, gegen Ende werde es noch spannend, deshalb nahm Pieter es sich noch einmal vor. Der Held des Romans war ein Soldat, den es im Dienste eines Königs (von welchem Land, wurde nicht näher erläutert) in das ferne Ostindien verschlug. Während im ersten Drittel langatmig geschildert wurde, wie er zum Militär und von dort zur Seefahrt gekommen war, und das zweite Drittel des Buchs sich in epischer Manier mit den Widrigkeiten der Überfahrt auf einem großen Handelsschiff auseinandersetzte, wurde es im letzten Teil des Buchs tatsächlich kurzweiliger: Das Schiff sank, viele der Reisenden ertranken jämmerlich. Über hundert Männer, Frauen und Kinder schafften es jedoch, sich mit Booten auf eine unbewohnte Insel zu retten. Weil es dort weit und breit keine Anzeichen von Zivilisation gab, stachen die wichtigsten Offiziere sogleich mit dem größten Beiboot wieder in See und durchquerten todesmutig die Weiten des unerforschten Ozeans, um Hilfe für die Geretteten zu holen. Während ihrer Abwesenheit riss einer der mitgereisten

Händler die Herrschaft über die Schiffbrüchigen an sich. Unterstützt von einigen brutalen Gefolgsmännern, drangsalierte er die Leute nach Belieben und ließ aus Mordlust und Langeweile viele von ihnen töten. Der Held des Romans beobachtete das Geschehen voller Abscheu und wartete auf eine Gelegenheit, der Schreckensherrschaft ein Ende zu bereiten. Er schmiedete Pläne und versuchte Allianzen zu bilden, doch als er endlich zur Tat schritt, wurde er verraten und konnte gerade noch mit einem kleineren Boot auf eine Nachbarinsel fliehen. Dann wurde es richtig packend: Als der barbarische Anführer den Helden bis auf die benachbarte Insel verfolgte, um ihn zu töten, kehrten die Offiziere mit einem großen Schiff zur Rettung der Verlorenen zurück, von denen nach den Massakern des Tyrannen und seiner Gefolgsleute jedoch nicht mehr viele übrig waren. Dem Helden gelang es immerhin noch unter Einsatz seines Lebens, die zurückkehrenden Retter vor dem schon vorbereiteten Hinterhalt der Verbrecher zu warnen, sodass diese ergriffen und in Fesseln gelegt werden konnten. Ein letztes Kapitel beschrieb dann noch, wie der Anführer der mörderischen Meuterei mitsamt seinen Kumpanen an Ort und Stelle verurteilt und hingerichtet wurde. In einem Schlussabsatz wurde berichtet, dass der Held nach Java weitergereist und dort seine Geschichte aufgeschrieben hatte, welche, wie er betonte, auf einer wahren Begebenheit beruhe.

»Was liest du da?«, fragte Mareikje durch die offen stehende Tür. Sie räumte noch in der Küche auf und stellte die benutzten Krüge zum Abwasch für die Spülmagd bereit. Die letzten Gäste hatte sie vorhin hinausgeworfen.

»Einen Abenteuerroman.« Pieter schilderte ihr kurz den Inhalt.

»Oh, das klingt beinahe wie die Geschichte der *Batavia*«, sagte Mareikje interessiert. »Das war das schönste und größte

Schiff der Kompanie. Es lief vor sieben Jahren auf ein Riff und ging unter, und ein Unterkaufmann soll nach dem Schiffbruch schreckliche Gräuel an seinen Mitreisenden begangen haben.«

»Das Schiff in dem Buch heißt *Batavia*«, erwiderte Pieter überrascht. »Dann ist die Geschichte wahr?«

Sie zuckte mit den Schultern. »Man sagt doch, die besten Geschichten schreibt das Leben selbst. Womit aber nicht gesagt ist, dass der Mensch, der es aufgeschrieben hat, das Ganze auch selbst erlebt hat. Vielleicht hat er sich die Geschichte nur erzählen lassen und sie dann zu einem Roman verarbeitet. Ich glaube, mit dem Schreiben ist es wie mit dem Malen. Manche Dinge, die man malt, hat man mit eigenen Augen gesehen, andere denkt man sich aus. Und auf einigen Bildern stellt man sich selbst dar, ebenso wie in manchen Geschichten.«

In Pieters Ohren klangen diese Worte höchst weise, und einmal mehr zollte er Mareikje Bewunderung für ihre Geistesgaben. Er überlegte, wie er den Ärger, den er neulich bei ihr wachgerufen hatte, abmildern und sie wieder freundlicher stimmen konnte, denn ihm schien, als sei sie immer noch nicht wieder so gut auf ihn zu sprechen wie vorher. Er wusste nicht genau, worauf sich dieser Eindruck gründete, doch er war sicher, dass sein Gefühl ihn nicht trog.

»Erzähl mir, warum Laurens dich umbringen will«, forderte Mareikje ihn auf. »Falls er mit Mordgelüsten hier auftaucht, will ich wenigstens wissen, warum.«

Er setzte an, ihr alles zu erklären, doch sie winkte ab. »Es ist zu spät, ich muss ins Bett. Nimm deine Siebensachen und komm mit.«

»Wohin?«, fragte er töricht. »In dein Bett?«

Sie lachte. »Davon träumst du wohl. Nein, einfach nach oben in meine Wohnung. Du kannst in der Stube auf dem

Diwan schlafen, da ist es bequemer als hier. Behalt's aber für dich, denn schicklich ist es gewiss nicht.«

Sie schloss die Türen ab, und Pieter folgte ihr die Treppe hinauf zu ihren privaten Räumen, wo sie ihm in der Wohnstube ein Schlaflager auf dem Diwan herrichtete und anschließend im Kamin ein Torffeuer anzündete. Im Laufe der letzten Tage war es wieder merklich kälter geworden, das Wasser in den Grachten erneut zu Eis erstarrt.

Mareikje gestattete Pieter, den Kupferstich mit dem magischen Quadrat anzusehen, der, wie er es bei seinem letzten Besuch schon vermutet hatte, nebenan in ihrem Schlafgemach hing. Das Kunstwerk trug den Namen *Melencolia I*. Angefüllt mit einem Sammelsurium rätselhafter Gegenstände und Figuren, schien es Pieter von Symbolik aufgeladen wie kaum ein anderes Bild, das er bisher gesehen hatte. Überwältigt von der meisterlichen Ausführung stand er mit einer Kerze in der Hand da und betrachtete staunend die mysteriösen Details. Eine sitzende engelsgleiche Frauengestalt hielt einen großen Zirkel in der Hand und blickte sinnend in die Ferne. Neben ihr kauerte ein puttenähnliches Geschöpf, das etwas zu zeichnen schien. Zu Füßen der Frauenfigur ruhte ein magerer, merkwürdig nackt aussehender Hund. Das magische Quadrat befand sich in der rechten oberen Ecke des Bildes, ferner eine Sanduhr und eine Waage sowie eine Glocke. Die mathematischen Bezüge waren unverkennbar. Besonders ins Auge stach ein Polyeder in Form eines Rhomboederstumpfs, der einen großen Teil der linken Bildhälfte einnahm. Grübelnd versuchte Pieter, die tiefere Bedeutung dieses Körpers zu erfassen. Aufgeregt wandte er sich schließlich zu Mareikje um. »Mir scheint, der Künstler war auch ein Mathematiker! Ob er bei der Konstruktion dieses Polyeders eine Lösung des Delischen Problems im Sinn hatte? Der große Zirkel in der Hand dieser sitzenden Engelsfigur könnte darauf schließen lassen! Oder hatte er bei der Wahl der Winkel und Eckpunkte eher eine Sphäre vor Augen? Der Kugelkörper links unten im Bild ließe einen solchen Bezug als möglich erscheinen!« Er brannte darauf, genauere Berechnungen zu diesem bemerkenswerten Polyeder anzustellen. »Ich will das Bild ausmessen und es abzeichnen«, teilte er Mareikje mit.

»Irgendwann erlaube ich es dir vielleicht. Aber nicht heute Nacht.«

Er konnte sich kaum von dem beeindruckenden Kunstwerk losreißen, aber sie scheuchte ihn zurück nach nebenan, wo er sich widerwillig Wams und Schuhe auszog und währenddessen durch die angelehnte Tür Mareikjes Fragen beantwortete.

»Die Wahrscheinlichkeit, dass Laurens mir tatsächlich im Schlaf die Kehle durchschneidet, halte ich für gering«, rief er hinüber. »Aber im Interesse meiner Sicherheit erschien es mir dennoch angeraten, das Risiko zu minimieren, zumindest so lange, bis ich mit meinen Ermittlungen weiter vorangekommen bin.«

»Suchst du immer noch nach dem Mörder?«, rief sie zurück.

»Ja«, antwortete Pieter. Er streckte sich auf dem Diwan aus und deckte sich zu. »Denn wenn man seiner nicht habhaft wird, könnte das Morden weitergehen.«

»Hast du keine Angst, dass *ich* in Wahrheit die Übeltäterin bin?«

Er analysierte die Frage und entdeckte den tieferen Sinn dahinter – Mareikje nahm ihm immer noch krumm, dass er sie bei seinen Überlegungen zu der Frage, wer die Morde begangen hatte, überhaupt mit einbezogen hatte.

»Nein«, antwortete er. »Davor habe ich keine Angst.«

»Weil du endlich zu der Überzeugung gelangt bist, dass ich unschuldig bin?«

Auch darüber dachte er vorsorglich zuerst nach, bevor er sich für eine Antwort entschied. Doch offenbar war bereits das Nachdenken ein Fehler, denn ehe er dazu ansetzen konnte, ihr zu erklären, dass er ihre Täterschaft trotz bisher fehlenden Gegenbeweises für eher unwahrscheinlich hielt, forderte sie ihn auf, endlich den Mund zu halten und zu schlafen.

*

Am nächsten Morgen scheuchte sie ihn hoch und befahl ihm, nach unten in die Küche zu gehen und dort auf sie zu warten, da sie sich in Ruhe waschen und ankleiden wolle. Zu seiner Erleichterung war sie freundlich zu ihm. Als sie kurz darauf mit frisch geplätteter Haube und sauberer Schürze nach unten kam, versprach er ihr, dass er sich verstärkt darum bemühen wolle, ihre Täterschaft auszuschließen und dafür den Beweis zu führen. Er wies darauf hin, dass seine Formeln in diesem Punkt vielversprechend waren.

»Welche Formeln?«, fragte sie. »Willst du etwa *ausrechnen*, wer der Mörder ist?«

Freilich wolle er das, antwortete er. Nichts sei unbestechlicher und verlässlicher als solide Mathematik.

Mareikje schüttelte den Kopf. »Um einen Mörder zu entlarven, zumal einen, der reihenweise Menschen umbringt, muss man ermitteln, was ihn antreibt.« Sie öffnete die Läden des Schankraums und ging anschließend mit energischen Schritten in die Küche. Dort verteilte sie Brathering und Käse auf zwei Essbretter und schob Pieter eines hin.

»Das überwiegend wahrscheinliche Motiv steht bereits fest«, erklärte Pieter. Er steckte sich den letzten Zipfel seines Brathering in den Mund, wischte sich die Hand am Wams ab und kramte seine Notizen aus dem Reisesack hervor, den er in der kleinen Kammer hinter der Küche abgestellt hatte. Er zeigte Mareikje seine Diagramme. »Hier kannst du es selbst sehen. Beim Abgleich aller Taten ergibt sich eine logische gemeinsame Prämisse.«

»Und was ist das für eine Prämisse?«

»Hass und Rachsucht. Das Motiv des Mörders.«

»Du meinst, jemand hat all diese Männer so sehr gehasst, dass er sie aus dem Weg geräumt hat?«, erkundigte Mareikje sich. Ihre Miene drückte Skepsis aus. »Wenn das so ist, kommt ja wohl nur dein Meister als Mörder in Betracht, denn nach allem, was man weiß, ist er der einzige Mensch, der Grund hatte, jedes einzelne Mordopfer bis aufs Blut zu verabscheuen.«

»Nein, das ist nicht die Prämisse«, widersprach Pieter. »Vielmehr gehe ich davon aus, dass der Mörder *meinen Meister* hasst und sich an ihm rächen will. Die Morde verfolgten das Ziel, den Verdacht auf Meister Rembrandt zu lenken.«

Mareikje betrachtete ihn stirnrunzelnd. »Und das hast du alles berechnet?« Sie deutete auf seine von Tintenflecken übersäten Aufzeichnungen. »Hast du das schon jemandem außer mir erzählt?«

»Nein.«

»Warum nicht?«

»Es hat noch keiner danach gefragt. Und die Leute, mit denen ich darüber hätte sprechen mögen, stehen auf meiner Liste der Verdächtigen.«

Sie verzog das Gesicht. »Richtig. Da stehe ich ja auch.«

»Aber weiter unten«, beteuerte er.

»Ah. Aus dem Grund glaubst du vermutlich auch, es wagen zu können, mit mir darüber zu reden.«

Dem stimmte Pieter zu, worauf Mareikje wissen wollte, wer auf seiner Liste an erster Stelle stand.

Darauf musste er die Antwort schuldig bleiben, denn zu

seinem Verdruss fehlten ihm für eine solche Einordnung noch wesentliche Fakten.

»Du denkst also, all diese Mordtaten wurden nur verübt, um Rembrandt als Täter dastehen zu lassen?«, vergewisserte sich Mareikje.

Ganz recht, antwortete Pieter, dies sei seine Prämisse. Der Mörder wolle auf diese Weise darauf hinwirken, dass Meister Rembrandt zum Tode verurteilt werde.

»Das ist idiotisch«, befand Mareikje. »Wenn jemand tatsächlich deinen Meister so sehr hasst – warum sollte der Betreffende sich erst die Mühe machen, Menschen zu ermorden, um Rembrandt dafür an den Galgen zu bringen? Viel einfacher wäre es doch, wenn er Rembrandt gleich selbst umbringt, dann hätte er ihn sich ein für alle Mal vom Hals geschafft und müsste nicht erst riskieren, wegen irgendwelcher anderer Morde geschnappt zu werden.«

Pieter starrte Mareikje an und erlebte dabei einen Augenblick tief greifender, schmerzlicher Erleuchtung. Ihr Einwand war von solch elementarer Logik, dass sein gesamtes bisheriges Gedankenkonstrukt auf einen Schlag über den Haufen geworfen wurde. Wieso hatte er eine derart einfache Schlussfolgerung nicht selbst ziehen können? Wie hatte er mit seinen eigenen Ansätzen nur um eine so banale Erkenntnis herumlavieren können? Mareikje lag richtig, er war von einem absolut unzureichenden Blickwinkel an die ganze Sache herangegangen!

»Ich muss neue Berechnungen anstellen«, murmelte er, während er seine Unterlagen auf dem Küchentisch ordnete.

Mareikje wischte die zerknitterten Blätter zur Seite.

»Jetzt nicht. Ich will etwas unternehmen. Die Schenke hat heute geschlossen.«

»Warum? Weihnachten ist vorbei, und es ist weder Sonnnoch Feiertag!«

»Heute ist der Todestag meines Vaters, da steht mir nicht der Sinn nach Arbeit. Also nehme ich mir diesen Tag frei und verbringe ihn so, wie es Vater gefallen hätte.«

Pieter nahm diese Mitteilung mit Betroffenheit auf. »Das tut mir leid«, sagte er.

Sie zuckte mit den Schultern. »Statt mich zu bemitleiden, könntest du dazu beitragen, mir den Tag zu verschönen.«

»Oh ... dazu bin ich gern bereit«, stotterte er. »Was kann ich dafür tun?«

Sie lächelte ihn an. »Die Grachten sind wieder zugefroren. Ich möchte Schlittschuhlaufen gehen, denn das mochte mein Vater neben der Malerei am meisten. Kommst du mit?«

*

Das Eislaufen bereitete Pieter deutlich weniger Vergnügen als beim ersten Mal. Die Bedingungen waren nicht ideal, dementsprechend hatten sich nur wenige Leute eingefunden, zumal die meisten Menschen an diesem Tag arbeiten mussten. Der Himmel war wolkenverhangen, der Wind schneidend kalt. Zudem mussten sie sich dicht am Ufer halten, weil nur dort das Eis dick genug war, um sie zuverlässig zu tragen. Schon nach kurzer Zeit brachte Mareikje ihr Missfallen zum Ausdruck. »Wir hören auf. Es macht mir keinen Spaß.«

Pieter fühlte sich auf unverständliche Weise schuldig. Er dachte darüber nach, dass jemand, der witziger, unterhaltsamer und reifer gewesen wäre als er, ihr vielleicht ein besserer Gesellschafter hätte sein können. Unter dem Eindruck seiner eigenen Unzulänglichkeit wanderten seine Gedanken wieder zu seiner grob fehlerhaften Beurteilung des Mordmotivs zurück. Sofort fühlte er sich noch jämmerlicher.

»Was geht dir durch den Kopf?«, wollte Mareikje von ihm wissen, während sie zur *Goldenen Tulpe* zurückgingen.

»Ich denke an meinen Fehler bei den Mordermittlungen, den du vorhin aufgedeckt hast.«

»Du weißt doch noch gar nicht, ob es falsch war.«

Erstaunt sah er sie an. »Doch. Du hast es selbst gesagt, und es leuchtet zwingend ein. Warum sollte jemand vier Menschen töten, um einen einzigen dadurch zu Tode zu bringen? Das ist unlogisch.«

»Wirklich? Ich habe noch einmal darüber nachgedacht. So fernliegend wäre es doch nicht. Nehmen wir an, es ginge dem Mörder nicht allein um Rembrandts Hinrichtung. Vielleicht ist er darauf aus, ihn spüren zu lassen, dass er Stück für Stück ruiniert wird. Sein Ansehen als Maler, seine Lebensgrundlage, sein ganzes Glück. Ein Mord auf Raten sozusagen, eine schleichende Vernichtung. Wie bei einer Würgeschlinge, die sich langsam immer enger zuzieht. So gesehen könnte deine These doch zutreffen.«

Pieter blieb ruckartig stehen. »Du hast recht!«, stieß er hervor, abermals von selbstquälerischer Einsicht durchdrungen. »Warum habe ich das nicht selbst erkannt?«

»Nun, du hast es doch so ausgerechnet, oder etwa nicht?«

»Aber nicht als tiefer liegendes Motiv! Nicht mit diesen mehrschichtigen Implikationen, die du eben gerade dargelegt hast!«

»Du bist zu streng mit dir. Bedenke doch, wie durchtrieben und schlau der Mörder zu Werke gegangen ist. Er agiert im Verborgenen und hat es bisher mühelos geschafft, unentdeckt zu bleiben. Wieso sollte ausgerechnet ein Bursche von siebzehn Jahren herausfinden, was diesen Menschen antreibt?«

»Ich bin fast achtzehn«, widersprach Pieter mechanisch. Dann platzte er unvermittelt mit der Frage heraus, die ihn schon lange umtrieb und die Mareikje bis jetzt nicht hatte hören wollen. »Würde es *dir* Genugtuung verschaffen, wenn mein Meister für diese Morde gehängt würde?« Er sah ihr dabei ins Gesicht, denn er wollte ihre Reaktion ergründen, wenn sie ihm antwortete. Auch wenn es ihm nicht immer leichtfiel, die Gefühle anderer richtig wahrzunehmen und sie zutreffend einzuordnen (insbesondere die feineren Nuancen), so hatte er beim Malen der Tronies und vor allem beim Verinnerlichen von Meisters Porträtkunst doch viel über das Mienenspiel von Menschen gelernt – es schien ihm sogar, als hätte er dabei vor allem in der letzten Zeit große Fortschritte gemacht.

Doch Mareikjes Gesichtsausdruck blieb völlig unbewegt.

Sie schüttelte den Kopf. »Ich habe die vier Männer nicht umgebracht, um Rembrandt hängen zu sehen, falls du darauf hinauswillst. Genauer gesagt, habe ich sie *überhaupt nicht* umgebracht, keinen einzigen von ihnen, obwohl ich sehr wohl wusste, dass Rembrandt mit allen vieren spinnefeind war und dass ihr Tod auf ihn zurückfallen würde. Ich nehme an, das hättest du mich als Nächstes gefragt.«

Er nickte stumm, während er ratlos zu ergründen versuchte, wieso ihre Erklärung ihn nicht zufriedenstellte.

Sie schien zu ahnen, was er dachte, und lächelte ihn sonnig an. »Das, was ich sage, nützt dir natürlich nicht viel. Denn es könnte ja gelogen sein. Ich würde wohl schwerlich eingestehen, eine Mörderin zu sein.«

Auch das war von beschämender Offensichtlichkeit, weshalb er sich fragte, warum er überhaupt so viel Wert darauf gelegt hatte, sie danach zu fragen. Er musste wirklich *sehr* viel ganz von vorn durchdenken.

Aber das Problem schien ihm gleich darauf weit weniger dringlich, denn zu seiner Freude gestattete Mareikje ihm, den Kupferstich des deutschen Künstlers abzuzeichnen. Sie habe noch zu arbeiten, und in dieser Zeit dürfe er sich in ihrer

Kammer aufhalten und das Bild kopieren. Frohgemut eilte er in die Nieuwe Doelenstraat, um sich mit Zeichenkohle und einer ausreichenden Menge Skizzenpapier einzudecken.

*

KAPITEL 24

Rembrandt geriet sogleich in Rage, als Pieter mit einem kurzen Gruß auf den Lippen in die Werkstatt gestürmt kam und ohne Umschweife anfing, sich Zeichenmaterial zusammenzusuchen.

»Wo warst du die ganze Zeit?«, herrschte er Pieter an. »Wir haben uns Sorgen um dich gemacht!«

»Ich war bei Mareikje in der *Goldenen Tulpe*. Ich hatte Euch dazu eine Botschaft hinterlassen. Nein, sogar zwei. Eine hat möglicherweise Laurens verschwinden lassen. Aber die zweite müsstet Ihr erhalten haben. Sie lag unter dem Wasserkrug.«

Rembrandt ließ sich durch diese Erklärung nicht besänftigen. Wutschnaubend baute er sich vor Pieter auf. »Den Zettel gab mir meine Frau heute früh, aber er war durchweicht und die Schrift völlig zerlaufen! Nur einzelne Wörter waren zu entziffern: *periculum* und *tulipa aurea!* Ich eilte stehenden Fußes zu dieser Kaschemme hinüber, aber sie war geschlossen und die Wirtin außer Haus!«

»Wir waren eislaufen«, sagte Pieter.

Damit brachte er Rembrandt noch mehr gegen sich auf. »Ich höre wohl nicht recht!«, schrie der Meister. »Du kannst mit deiner gebrochenen Hand eislaufen gehen, aber vor dem Malen drückst du dich?«

Er drücke sich mitnichten, widersprach Pieter. Er wolle heute ein Bild bei Mareikje kopieren. »Es hängt bei ihr in der Schlafkammer.«

»Du warst in ihrer *Schlafkammer*?«, fragte der Meister mit verengten Augen.

Pieter erinnerte sich an Mareikjes Ermahnung und bekam prompt Gewissensbisse, dass er die Schlafkammer überhaupt erwähnt hatte, zumal es für die Antwort auf die Frage des Meisters gar nicht nötig gewesen wäre.

»Nur zum Betrachten des Bildes«, versicherte er.

»Was ist das für ein Bild, und warum willst du es kopieren?«, wollte Rembrandt wissen. Sein Misstrauen schien ungebrochen.

Pieter dachte kurz nach, ob die Antwort Mareikje in Schwierigkeiten bringen konnte, fand aber dafür keine Anhaltspunkte. »Es heißt *Melencolia I* und stammt von einem deutschen Künstler namens Dürer.«

Rembrandt erstarrte, und der Ausdruck auf seinem Gesicht veränderte sich. »Sie besitzt ein Bild *dieses* Malers?«

»Ja.« Pieter unterzog das Mienenspiel seines Meisters einer eingehenden Betrachtung. Er nahm Zorn, Gier und Neid wahr – ein deutlich sichtbarer Verstoß gegen das Zehnte Gebot. Es faszinierte und beglückte ihn, dass er diese Regungen erkennen und voneinander abgrenzen konnte. Ob das an der lebhaften Mimik Rembrandts lag? Oder eher daran, dass er den Meister mittlerweile so gut kannte? Bei Menschen, die ihm vertraut waren, gelang es ihm besser als bei anderen.

»Seid Ihr jetzt gerade eher missgünstig oder eher zornig?«, erkundigte er sich mit hoffnungsvoller Neugierde.

Rembrandt stieß einen Wutschrei aus, was Pieter umgehend dahingehend deutete, dass Rembrandts Zorn alle anderen Gefühle überlagerte. An seiner Schläfe schwoll eine Ader, sein Gesicht lief rot an, sein Atem ging heftig, er griff nach einem Malstock und umfasste ihn mit der geballten Faust – ein gewalttätiger Ausbruch schien unmittelbar bevorzustehen. Nur die glotzenden Lehrbuben schienen ihn daran zu hindern, sich vollends zu vergessen. Vielleicht mäßigte er sich auch wegen Mevrouw Saskia, die Pieter nach oben gefolgt war und mit sichtlicher Verzweiflung die Unterredung verfolgte. Etwas an ihrer Haltung und ihrer Miene stimmte Pieter nachdenklich, und wie schon am Vorabend drängte es ihn, mit ihr über die versteckten Gegenstände zu sprechen. Er wollte herausfinden, was sie darüber wusste. Aber als er sie ansah, wich sie seinen Blicken aus, und er erkannte, dass sie sich einem Gespräch entziehen würde.

»Ich gehe jetzt«, erklärte Pieter.

Rembrandts Schultern sackten nach unten. Mit einem Mal schien alle Wut von ihm abzufallen. Er sah müde aus. »Kommst du wieder?«

»Ja«, sagte Pieter.

Im Gesicht seines Meisters zeigte sich ein Anflug von Erleichterung, womöglich sogar Hoffnung. Pieter verkniff sich eine Frage zur genaueren Eingrenzung der betreffenden Empfindung, denn ihm schwante, dass er damit wieder nur Rembrandts Zorn angefacht hätte. Ergänzend fügte er hinzu: »Wiewohl ich mich für meine Rückkehr nicht auf einen genauen Zeitpunkt festlegen will. Jedenfalls komme ich nicht, solange Laurens hier ein und aus geht. Das Wort *periculum* in meiner Botschaft bezog sich auf ihn.«

Wieder schwoll die Ader an Rembrandts Schläfe, doch diesmal galt seine Wut Laurens. Seine Zähne knirschten hörbar. »Hat er dich schon wieder bedroht?«

Pieter nickte, versagte sich aber, Einzelheiten von Laurens' Drohung preiszugeben, denn die Lehrjungen spitzten nach wie vor die Ohren. Ohne Frage würden sie zu Hause jede blutrünstige Einzelheit ausbreiten, die sie hier in der Werkstatt aufschnappten. Einer der Väter hatte seinen Sohn schon aus der Lehre genommen, Rembrandt hatte es am Vorabend beim Essen erwähnt. In Anbetracht dessen, dass es im geschäftlichen Umfeld des Meisters schon vier Mordopfer zu beklagen gab, war es verwunderlich, dass sich bisher nicht noch mehr Eltern zu diesem Schritt entschlossen hatten.

»Du könntest ja vielleicht stundenweise zur Arbeit kommen«, schlug Rembrandt vor.

Das war ein vernünftiger Vorschlag, dem Pieter ohne Vorbehalte zustimmen konnte. »Aber zuerst will ich den Stich des deutschen Malers kopieren und Berechnungen zu dem Polyeder anstellen«, schränkte er sogleich ein. »Und ich brauche Zeit, um an meinem Wahrscheinlichkeitstheorem zu arbeiten. Das kann eine Weile dauern.«

Rembrandt nahm diese Mitteilung mit einem Brummen zur Kenntnis und wandte sich wieder dem Bild zu, an dem er gerade malte. Nebenher scheuchte er die Lehrlinge zurück an die Arbeit.

Pieter ging in Cornelis' Atelier, um sich von ihm zu verabschieden.

»Tut mir leid, dass alles so weit kommen musste«, sagte Cornelis. Seine Miene war leicht zu deuten – die Trübsal stand ihm förmlich auf die Stirn geschrieben. »Ich habe gerade alles mit angehört. Du tust wirklich besser daran, Laurens aus dem Weg zu gehen, das halte ich ebenso. Er hat sich völlig in den Wahn verrannt, dass wir – also du, ich und der Meister – eine Mörderbande sind, der er das Handwerk legen muss. Ich schätze, wir haben erst vor ihm Ruhe, wenn der wahre Mörder gefasst und seiner gerechten Strafe zugeführt wird. Na ja, vielleicht wächst auch bald von allein Gras über die ganze Sache, sobald das Morden aufgehört hat.« Cornelis lachte misstönend. »So viele Feinde hat der Meister ja nun nicht mehr, oder?«

»Das ist die Frage. Ich glaube, es sind noch einige übrig.« Cornelis fuhr sich über die Stirn, als müsse er unsichtbare Spinnweben wegwischen. »Besser, wir reden es nicht erst herbei, Pieter. Es ist schlimm genug, was wir im Haus des Tulpenhändlers erlebt haben. Mir geht nicht aus dem Sinn, wie Quaeckel direkt vor unseren Füßen starb. Das Grauen und die Angst in seinen Augen vergesse ich niemals, in meinem ganzen Leben nicht. Und der Himmel sei der armen Anneke gnädig – sofern sie überhaupt noch lebt.« Er nahm mit dem Pinsel frische Farbe von seiner Palette und vertupfte sie auf der Leinwand. Das Seestück, an dem er arbeitete, würde ein hübsches, ansehnliches Bild werden, das war bereits gut zu erkennen, auch wenn die Gestaltung der Wellen ein wenig zu ordentlich und die Anordnung der Segelschiffe perspektivisch nicht ganz gelungen wirkten.

»Mach's gut«, sagte Pieter, nur um gleich darauf innezuhalten. »Oh, gerade fällt mir ein, dass ich ja noch ein Geschenk für dich habe!« Er lief zu seinen Sachen und suchte die Spiegelrolle heraus, die er ursprünglich Anneke zugedacht hatte. Cornelis staunte nicht schlecht, als Pieter ihm die Rolle übergab, aber er freute sich von Herzen. Pieter hatte das Gefühl, mit dieser Geste ein Kapitel abgeschlossen zu haben. Beim Verlassen der Werkstatt verspürte er vages Bedauern, jedoch auch Erleichterung. Er hatte schon beinahe die Haustür erreicht, als Rembrandt hinter ihm auftauchte.

»Warte, Pieter! Fast hätte ich es vergessen. Heute Morgen traf eine Botschaft für dich ein.« Er nestelte ein Schriftstück mit aufgebrochenem Siegel aus seiner Kitteltasche und reichte es Pieter. »Es tut mir sehr leid, Junge.«

Hastig legte Pieter seine Zeichensachen ab, um die Nachricht entgegennehmen zu können. Voller Entsetzen überflog er die wenigen Zeilen. Sie stammten von Mijnheer Mostaerd.

... muss ich Dir zu meinem großen Bedauern mitteilen, dass dein Patenonkel vor einigen Tagen an der Pest erkrankt ist. Bisher hat er sich gegenüber der Krankheit als erstaunlich robust erwiesen und ringt mit aller Kraft und bei klarem Verstand um eine Gesundung, weshalb unsere Gebete sich jetzt darauf richten, dass er zu den wenigen Glücklichen gehören möge, die diese Seuche unbeschadet überstehen. Demgemäß entbieten meine Gemahlin und ich Dir unsere innigen, von tiefer Hoffnung getragenen Grüße ...

Niedergeschmettert ließ Pieter das Schriftstück sinken. Er musste sich zwingen, nochmals hinzusehen und auch das Postskriptum zu lesen, das aus mehreren Absätzen bestand. Onkel Joost ließ ihm über Mijnheer Mostaerd ein striktes Besuchsverbot übermitteln, um eine Ansteckung zu vermeiden. Ferner werde er rechtzeitig vor der Kulmination einen ausreichend bevollmächtigten Gewährsmann zur Erledigung des Notwendigen schicken (das Wort *Kulmination* hatte Mijnheer Mostaerd mit Anführungszeichen und obendrein einem Fragezeichen versehen, um zu verdeutlichen, dass er nicht wusste, was Onkel Joost damit meinte).

»Wenn du etwas brauchst ...«, meinte Rembrandt leise. Zögernd setzte er hinzu: »Ich fände es äußerst hilfreich, wenn besagter Gewährsmann vielleicht meine restlichen Tulpenscheine rechtzeitig vor der ... ähm, Kulmination auch gleich mit zu Geld machen könnte. Sofern es keine großen Umstände bereitet.« Erwartungsvoll blickte er Pieter an.

»Ich werde es bei passender Gelegenheit weitersagen«, versprach Pieter. »Sobald ich weiß, wer der Gewährsmann ist.«

Auf dem Weg zur *Goldenen Tulpe* begegnete er Geertruyd,

die ihm mit missmutig verzogenem Gesicht und einem leeren Abfallkübel auf der Gasse entgegenkam.

»Pieter!«, rief sie, als sie seiner ansichtig wurde. Schnaufend vor Anstrengung blieb sie vor ihm stehen. »Da bist du ja! Ich war schon auf der Suche nach dir!«

»Warum?«

»Ich habe eine Nachricht für dich.« Sie zog einen zusammengefalteten Zettel aus ihrer Schürzentasche.

Verdattert nahm Pieter das Papier entgegen. Gleich zwei Nachrichten an einem Tag. Seltsam. Und eigentlich unwahrscheinlich. »Wer gab dir das?«

»Ein Bote drückte es mir in die Hand, heute Morgen auf dem Fischmarkt. Mir schien, als hätte er mich eigens dort abgepasst. Er tat sehr geheimnisvoll und ließ mich schwören, dass ich mit niemandem darüber rede, vor allem nicht mit der Herrschaft, und ich dürfe es keinem aushändigen außer dir persönlich, und zwar noch heute. Es sei eine Sache von Leben und Tod. Den Namen des Absenders konnte mir der Bote nicht nennen, denn so oder so müsse ich Stillschweigen bewahren.« Ihr Gesicht verzog sich zu einem grimmigen Ausdruck. »Ich habe mich daran gehalten. Kein Sterbenswörtchen habe ich darüber verloren, auch nicht in der *Goldenen Tulpe*. Da bin ich nämlich vorhin hingelaufen, nachdem ich den Abfall ausgeleert hatte, denn als ich heute früh von meiner Schwester in die Nieuwe Doelenstraat zurückkehrte, hieß es dort, du habest in der Schenke genächtigt. Doch da warst du nicht. Mareikje hat von mir wissen wollen, ob ich eine Nachricht für dich hinterlassen wolle, doch das habe ich verneint. Denn ich darf die Botschaft ja nur dir persönlich geben.«

»Wir müssen uns verpasst haben. Vor weniger als einer Stunde war ich noch dort.«

»Das spielt keine Rolle, auch wenn's ein überflüssiger Weg

war, den meine alten Knochen mir sicherlich übel nehmen.« Die Magd drückte sich seufzend die Hand ins Kreuz. »Jetzt hast du jedenfalls die Nachricht erhalten, und ich kann beruhigt nach Hause zurückkehren.«

Er faltete das Papier auseinander und las die Botschaft.

Komm heute um Schlag sechs, und pass auf, dass dir keiner folgt. A.

»Die Botschaft ist von Anneke, stimmt's?«, fragte Geertruyd. »Ich hab als Kind das Buchstabieren gelernt und gesehen, dass am Schluss ein *A* steht. Was schreibt sie dir?«

»Sie kann doch gar nicht schreiben.«

Sein Versuch, ihr Sand in die Augen zu streuen, verfing nicht. »Ich wette, sie ist bei dem Munting, und der hat's ihr aufgeschrieben. Was will sie?«

»Das ist geheim.«

Geertruyd musterte ihn eindringlich. »Du wusstest schon die ganze Zeit, wo sie ist. Die Botschaft hat dich nicht überrascht.«

Das konnte Pieter schlecht in Abrede stellen, doch er zog es vor, keine Erklärungen abzugeben, und zuckte daher nur mit den Schultern. Der Sinn einer erfolgreichen Geheimhaltung bestand darin, mit niemandem über das Geheimnis zu reden, auch nicht mit denen, die vermeintlich ebenfalls im Bilde waren – so viel hatte er inzwischen gelernt.

»Was immer du tust – du darfst niemandem trauen, Pieter.«

»Ich sehe mich vor.«

*

Bis zu dem Treffen blieben ihm noch einige Stunden Zeit. Einen Teil davon nutzte er dafür, eine Nachricht an Onkel Joost zu verfassen und sie Mijnheer Mostaerd zu bringen, mit der Bitte, sie seinem Patenonkel baldmöglichst zukommen zu lassen.

Mijnheer Mostaerd nahm das Schreiben mit kummervoller Miene entgegen und versprach, umgehend einen Boten nach Zeeland zu schicken. Außerdem händigte er Pieter noch einige Gulden aus, die der Junge benötigte, um bei seinem Lehrmeister auszuziehen und woanders unterzukommen – eine höchst vernünftige Entscheidung angesichts der gefährlichen Umtriebe, die von dem Maler auszugehen schienen. Als er erfuhr, dass Pieter sich bei der ledigen jungen Wirtin einer Schenke einmieten wollte, zwickten ihn zwar leise Bedenken, doch die Alternative wäre gewesen, unter seinem eigenen Dach ein Quartier für Pieter bereitzustellen. Das wiederum war völlig ausgeschlossen, weil es in seinem Haus bereits von Logiergästen wimmelte. Die geballt versammelte weibliche Verwandtschaft seiner Gattin machte immer noch keine Anstalten, das Feld zu räumen. Sie belegten jeden verfügbaren Schlafplatz und fraßen sämtliche Vorräte auf. Ihr Geplapper füllte das Haus von morgens bis abends, und waren sie einmal still, brüllte der Säugling und machte die Nacht zum Tag.

Pieters Bitte um Geld für seine neue Unterkunft kam er daher bereitwillig nach. Sollte der arme Joost (was der Allmächtige verhüten möge) den Kampf gegen die Pest verlieren, wäre Pieter ohnehin sein alleiniger Erbe. Ihm gehörte dann nicht nur das ohnehin schon beträchtliche Vermögen seines Vaters, sondern auch alles, was Joost Heertgens ihm hinterließe.

Die restliche Zeit, die Pieter noch bis zu dem Treffen mit Anneke verblieb, hätte er gern in Mareikjes Kammer mit dem Kopieren des Bildes verbracht, doch das schlug sie ihm rundheraus ab. Die Schenke sei gesteckt voll mit Gästen und Händlern, es werde Gerede geben, wenn jemand von denen mitbekam, dass er sich in ihren privaten Räumen aufhielt. Während der Öffnungszeiten befinde sich sein Platz daher in dem Gelass hinter der Küche. Und nein, sie erlaube auch nicht, dass das Bild heruntergeholt werde, denn dann würde es den Geruch von Bratfett und Rauch annehmen, dafür sei es zu wertvoll.

Das waren höchst einleuchtende Argumente, denen Pieter sich mühelos anschließen konnte. Er ärgerte sich sogar darüber, dass er nicht von selbst darauf gekommen war, da es sich um elementare Erfahrungswerte handelte – ein Fingerzeig darauf, dass er schärfer nachdenken musste. Infolgedessen machte es ihm nicht das Geringste aus, sich statt mit dem Bild mit seinen Formeln zu befassen. Die Arbeit an seinem Wahrscheinlichkeitstheorem war knifflig, er stieß dauernd auf weitere Hürden. Und kaum glaubte er, eine Herausforderung gemeistert zu haben, taten sich neue Fragen auf. Pieter vertiefte sich mit nicht nachlassender Verbissenheit in die Problemstellungen, denn er wusste, dass sie nur durch Nachdenken zu lösen waren. Er spürte, dass er auf dem richtigen Weg war.

In der Schenke herrschte der reinste Trubel, Verkaufslärm und Tabakrauch drangen ungehindert durch die Küche in das dahinterliegende Kämmerchen, doch das störte ihn nicht. Als die Sanduhr ihm schließlich anzeigte, dass es an der Zeit war, zu seinem Treffen mit Anneke aufzubrechen, konnte er sich kaum von seinen Berechnungen losreißen. Nur widerwillig verschloss er das Tintenfass und zündete ein Windlicht für den Weg dorthin an.

Es entging Mareikje nicht, dass er das Haus verlassen wollte. »Was hast du so spät noch vor?«, wollte sie wissen. »Gehst du etwa in die Nieuwe Doelenstraat zurück?«

»Ja, ich habe da etwas vergessen. Ich bin aber bald zurück.« Er hatte sich die Antwort vorher zurechtgelegt, denn er hatte einkalkuliert, dass sie ihm diese Frage beim Aufbruch stellen würde. Dass er sie belügen musste, schmerzte ihn, doch es ging nicht anders, denn erstens musste er ein Geheimnis hüten, und zweitens war sie in der Liste der Verdächtigen wieder weiter nach oben gerückt. Ihre eigene Aussage zu den möglichen Mordmotiven hatte dazu geführt, es war reine Logik. Wenn es um die Frage ging, wem an der Vernichtung von Rembrandts künstlerischer Existenz gelegen war, konnte sie nicht außen vor bleiben, denn der – nach ihrer Auffassung von Rembrandt verschuldete – Tod ihres Vaters lastete schwer auf ihrem Gemüt.

»Was hast du denn vergessen, das so unverzichtbar für dich ist? Vielleicht kann ich dir aushelfen.«

»Es ist ein mathematisches Buch«, behauptete er.

Achselzuckend wandte sie sich wieder dem Schanktisch zu, klemmte sich zwei Armvoll frische Bierkrüge vor die Brust und brachte sie zum Tisch der Tulpisten, wo immer noch gehandelt wurde. Pieter warf im Vorbeigehen einen Blick auf die Tageszahlen an der Tafel – sie lagen im Bereich der von ihm prognostizierten Entwicklung.

Ein Nachfolger hatte Quaeckels Stelle als Auktionator eingenommen – er sah ihm sogar auf entfernte Weise ähnlich. Der Schnurrbart war etwas kleiner und die Gestalt ein wenig rundlicher, aber ansonsten hätte er ein Bruder des verblichenen Tulpenhändlers sein können. Wenn man nicht genau hinsah, konnte man die beiden sogar verwechseln.

Dieser Gedanke löste bei Pieter eine Folge diffuser, von Unbehagen geprägter Überlegungen aus, die in unmittelbarem Bezug zu seinem Theorem standen. Warum weckte die Ähnlichkeit des neuen Händlers mit dem toten Quaeckel das Gefühl einer beinahe fassbaren mathematischen Lücke? Woher rührte dieser vage Eindruck, wesentliche Punkte zu übersehen?

Er hatte das Tangentenproblem mit neuen Gleichungen gelöst. Er hatte Axiome für bedingte und andere Wahrscheinlichkeiten entwickelt. Und er hatte es schließlich geschafft, die Beziehungen zwischen allerlei abhängigen und unabhängigen Variablen mathematisch abzubilden. Er fragte sich, warum er den Zusammenbruch des Tulpenhandels zeitlich eingrenzen konnte, aber bei der Analyse der Morde nicht weiterkam. Die Erklärung war einfach: Er ließ etwas Entscheidendes außer Betracht. Mit anderen Worten – er beging einen Fehler. Trügerische Fehlschlüsse waren bei der Darstellung von Wahrscheinlichkeiten schnell gezogen, man musste sich vor ihnen hüten.

Tief in Gedanken eilte er durch die abendliche Dunkelheit in Richtung Hafen und von dort weiter zum Haus von Frans Munting. Der Wind war ungemütlich kalt, und leichtes Schneetreiben erzeugte wirbelnde weiße Schemen im Lichtkegel seiner Laterne.

Er musste eine Weile vor dem Haus hin und her gehen, denn es hatte noch nicht sechs geschlagen. Pünktlich zum Läuten der Glocke betätigte er den Türklopfer. Nach einer Weile wurde ihm aufgetan – Frans Munting nahm ihn in Empfang. Verschwörerisch legte der Maler den Finger auf die Lippen, dann blickte er draußen vorm Haus kurz nach rechts und links und sondierte die Lage.

»Anneke ist oben«, sagte er schließlich. »Komm mit.«

Pieter folgte Munting die Treppe hinauf zur Werkstatt. Anneke saß züchtig angezogen am Tisch und sprang mit leuchtenden Augen auf, als er ins Zimmer kam.

»Pieter!« Sie eilte ihm entgegen und umfasste seine unversehrte Hand. »Wie sehr ich mich freue, dich wiederzusehen!«

Er selbst freute sich auch, aber auf eher verhaltene Art. Sein Herz klopfte nicht schneller, auch nicht, als er den Duft frisch gebügelter Wäsche roch, der sie umgab. Sie trug eine weiße Haube und einen fließenden blauen Rock sowie ein besticktes Oberteil. Wie immer war sie wunderschön, doch es verschlug Pieter nicht mehr den Atem.

Bei seinem letzten Besuch hier – er hatte kurz nach ihrem Verschwinden das Aktbild hinterm Lokus hervorgeholt und es Munting zurückgebracht, damit dieser es für ihn aufbewahre – hatte sie zu seinem Entsetzen aus Muntings Alkovenbett hervorgelugt, ehe sie, notdürftig mit einem Laken umwickelt, herausgekrabbelt war, um allerlei Erklärungen zu stammeln: Das Bett sei das nächstgelegene Versteck gewesen; schließlich sei Pieter unangekündigt aufgetaucht und hätte folglich ebenso gut auch einer von Vrooms Büttel sein können. Und dass sie nichts anhabe, sei dem Umstand geschuldet, dass sie Munting gerade Modell gesessen habe – selbstredend wie beim ersten Mal in aller Unschuld.

Pieter hatte diese Aussage analysiert und sie unter Berücksichtigung aller weiteren Umstände als Lüge entlarvt. Es war nirgends ein Bild von ihr zu sehen, das Munting in Arbeit hatte. Außerdem hätte Anneke vor unerwünschtem Besuch auch einfach in die benachbarte Kammer fliehen und sich dort zwischen den Malutensilien verstecken können. Zudem waren ihre Wangen und der Ansatz ihrer Brüste feurig rot gewesen, wie aufgescheuert; genauso hatte sie auch immer ausgesehen, wenn sie mit Quaeckel allein gewesen war – beide Männer hatten einen starken Bartwuchs.

Aus alledem war nur ein Schluss zu ziehen: Zwischen ihr und Munting war es zu Intimitäten gekommen, die deutlich über das Malen hinausgingen.

Nach dem ersten Schock hatte Pieter auf erstaunlich gelassene Weise damit umgehen können, er wunderte sich selbst über seine diesbezügliche Abgeklärtheit. Er fühlte sich Anneke immer noch verbunden, aber dieses drängende und sehnsuchtsvolle Gefühl, das ihn von Beginn an so stark zu ihr hingezogen hatte, war einem milden Fürsorgebedürfnis gewichen. Ein Bruder hätte vielleicht so empfunden. Wenngleich ein solcher dem Maler sicher ordentlich eins auf die Nase gegeben hätte, weil der seine unschuldige Schwester nackt porträtierte.

Doch Anneke war weder seine Schwester noch war sie unschuldig, das war wohl der springende Punkt – sie handelte aus freien Stücken: Sie *wollte* nackt gemalt werden, und sie *wollte* bei dem Maler liegen. Sie hatte auch Quaeckels Gefährtin sein wollen, nur, dass dessen Tod ihr in die Quere gekommen war. Sie hatte Pieter unter Tränen angefleht, ihren Aufenthaltsort niemandem zu verraten, was er ihr ohne zu zögern versprochen hatte, denn etwas anderes kam für ihn gar nicht in Betracht. Wenn herauskäme, wo sie war, würde sie Vroom in die Hände fallen, und danach würde sie nicht mehr lange leben. Der Hauptmann war davon besessen, dem Rat einen Schuldigen für die Morde zu präsentieren, und Anneke war die Person, die Adriaen Quaeckel seine letzte Mahlzeit serviert hatte. Mit den üblichen Methoden verhört, würde sie flugs alles gestehen, was sie sollte, unter anderem, dass sie den Tulpenhändler in Rembrandts Auftrag vergiftet habe. Damit wäre nicht nur ihr eigenes Schicksal, sondern auch das des Meisters besiegelt, und der Mörder, wer immer es auch war, hätte sein Ziel endgültig erreicht.

»Warum wolltest du mich sprechen?«, fragte Pieter.

»Du musst sofort aus Meister Rembrandts Haus ausziehen«, sagte Anneke. »Da bist du deines Lebens nicht mehr sicher.«

»Was bringt dich zu dieser Annahme? Warum hast du dem Boten aufgetragen, Geertruyd die Nachricht zu geben, statt sie gleich mir selbst auszuhändigen?«

»Ich konnte nicht riskieren, dass Mevrouw Saskia oder der Meister es mitkriegen. Geertruyd ist die Einzige, der ich noch halbwegs vertraue. Pieter, ich weiß jetzt, wer hinter all den Morden steckt! Es ist Mevrouw Saskia!«

»Wieso glaubst du das?« Pieter war von brennender Neugierde erfüllt. »Welches Motiv hätte sie?«

»Sie will ihren Mann loswerden. Deshalb bringt sie der Reihe nach alle seine Feinde um, damit der Verdacht auf ihn fällt!«

»Das ist widersinnig. Denn wenn sie ihn loswerden will, könnte sie ihn doch gleich selbst umbringen statt eine Menge anderer Leute.« Pieter brachte damit denselben Einwand vor wie Mareikje, obwohl er längst begonnen hatte, die Theorie gedanklich zu prüfen.

»Nein, sie konnte ihn natürlich *nicht* einfach umbringen«, warf Munting ein. »Denn dann wäre sie sofort in Verdacht geraten. Schließlich ist er ihr vor Gott angetrauter Ehemann. Es ist eine altbekannte Tatsache, dass die meisten Morde innerhalb von Ehen oder Familien stattfinden. Also stellte sie es schlauer an und brachte Männer um, von denen sie genau wusste, dass ihr Mann sie hasste. Sie tat es, um ihr wahres Motiv zu verbergen und damit von ihrem eigentlichen Plan abzulenken.«

In Pieters Verstand explodierte bei diesen Worten wie aus dem Nichts heraus ein kleines Feuerwerk neuer Prämissen. »Was ist denn ihr eigentlicher Plan? Warum sollte sie Meister Rembrandt unbedingt loswerden wollen?«

»Sie liebt einen anderen Mann und will für ihn frei sein«, erklärte Anneke. Sie sprach im Flüsterton, obwohl niemand zugegen war, der sie hätte belauschen können.

»Einen anderen Mann?«, fragte Pieter. »Wer soll das sein?«

»Doktor Bartelmies!«, sagte Anneke. »Ich hörte selbst, wie sie mit ihm gestern Abend verbrecherische Ränke schmiedete!«

»Er war gestern in der Nieuwe Doelenstraat. Wir aßen

zusammen zu Abend. Der Meister, Mevrouw Saskia, Doktor Bartelmies und ich.«

Anneke nickte. »Ich weiß, denn ich war ebenfalls dort – heimlich, weil ich noch Sachen von mir holen wollte. Ich habe einen Schlüssel für die Hintertür. Da Geertruyd auf Besuch bei ihrer Schwester war, wagte ich es, im Dunkeln vorbeizukommen und meine restliche Habe mitzunehmen. Als ich zu später Stunde ins Haus schlüpfte, sah ich, dass noch Besuch da war. Dann ging der Meister zum Lokus, und ich musste mich rasch unter der Treppe verstecken. Im nächsten Moment kamen Mevrouw Saskia und der Medicus aus der Stube. Sie brachte ihn zur Vordertür, wo beide stehen blieben. Sie unterhielten sich leise, aber ich konnte jedes Wort verstehen. Mevrouw Saskia sagte: ›Solange er da ist, bin ich nicht frei. Ich bin wie eine Gefangene in meinem eigenen Haus. Es treibt mich in den Wahnsinn, wenn ich seine Anwesenheit noch länger ertragen muss! Weiß Gott, ich würde ihn mit meinen eigenen Händen töten, wenn ich nur wüsste, dass ich es tun könnte, ohne mich verdächtig zu machen.‹« Anneke hielt inne und holte tief Luft, bevor sie fortfuhr: »Darauf sagte der Medicus: ›Es gibt sicher einen Weg, ihn endgültig loszuwerden, liebe Saskia! Die ersten und wichtigsten Schritte sind ja nun schon getan!‹ Darauf wieder Mevrouw Saskia: ›Pieter hat die belastenden Gegenstände aus Quaeckels Haus entdeckt, die ich im Kabinett versteckt hatte. Ich weiß nicht, was ich jetzt machen soll, ohne in Verdacht zu geraten. Der Junge weiß zu viel. Es ist wie ein Damoklesschwert, ich ertrage es nicht!‹« Anneke schöpfte erneut Atem, ehe sie mit bebender Stimme weitersprach. »In dem Moment kam der Meister vom Lokus zurück. Er und Mevrouw Saskia verabschiedeten sich von Doktor Bartelmies und gingen zurück in die Stube. Ich rannte nach hinten und aus dem Haus, als säße mir der Teufel im Genick. Meine

Sachen habe ich in der Hast gar nicht mehr holen können.« Eindringlich sah sie Pieter an. »Verstehst du jetzt, warum du unbedingt dort wegmusst? Du bist in Gefahr!«

Pieter nickte geistesabwesend. Sein Verstand arbeitete ohne Unterlass, in seinem Kopf summte und brummte es wie in einem Bienenstock. Wie von allein bildete sich vor seinem inneren Auge eine Reihe bestechend logischer Formeln zur endgültigen Lösung des Falles heraus. Er hatte nur noch eine Frage an Anneke.

»Warum bist du mit diesem Wissen nicht zu Polizeihauptmann Vroom gegangen?«

»Weil Vroom wegen Quaeckels Tod hinter mir her ist. Ich könnte erzählen, was ich will – es wäre mein Verderben.«

»Sie hat recht«, erklärte Munting mit Entschiedenheit. »Vroom würde bei Anneke nach dem Sprichwort verfahren: *mitbegangen, mitgehangen*. Deshalb darf sie nicht in Erscheinung treten. Immerhin erfordert es unsere Christenpflicht, dich zu warnen und vor weiterem Unheil zu bewahren.« Seine nächste Bemerkung ließ erkennen, dass er mit diesem Akt von Nächstenliebe nicht nur altruistische Ziele verfolgte. »Mein Angebot, deine Lehre bei mir fortzusetzen, besteht selbstverständlich immer noch. Du könntest sofort hier einziehen, wenn du willst. Ich habe schon ein Zimmer für dich hergerichtet. Mit einem großen Bett. In dem schläft auch Anneke hin und wieder, aber sicher stört dich das nicht.« Er bedachte Pieter mit einem Zwinkern, und Anneke lief rot an.

Doch das nahm Pieter nur am Rande wahr. »Natürlich!«, murmelte er. »Das ist die einzig richtige Lösung! Nur so ergibt alles einen Sinn!«

»Wie schön, dass du das auch so siehst!«, sagte Munting erfreut. »Übrigens – Anneke geht auch gern eislaufen. Stimmt's, Anneke? Das müsst ihr bald mal zusammen machen, ihr beide!«

Pieter betrachtete Anneke und den Maler mit Befremden. »Wie kann sie eislaufen gehen, wenn sie sich hier verstecken muss?«

»Das ist nur vorübergehend«, sagte Anneke. »Vroom wird Mevrouw Saskia und Doktor Bartelmies schon bald auf die Schliche kommen. Laurens meinte, man müsse nur die richtigen Beweise präsentieren. Er will sich darum kümmern.«

Pieter erschrak. »Du hast mit Laurens über all das gesprochen?«

»Ja, er hatte gestern auch noch zu später Stunde in der Nieuwe Doelenstraat zu tun, ich traf ihn auf seinem Rückweg. Als ich ihm erzählte, dass Mevrouw Saskia und Doktor Bartelmies unter einer Decke stecken und für all die Morde verantwortlich sind, stimmte ihn das sehr nachdenklich. Er hatte Mevrouw Saskia sowieso schon die ganze Zeit in Verdacht und sah sich nun bestätigt. In ihrer Heimtücke hat sie sogar Preziosen aus der guten Stube verschwinden lassen und mir den Diebstahl angehängt – mir wurde ganz elend zumute, als Laurens mir davon erzählte! Sie schreckt vor nichts zurück, Pieter! Es war Laurens' Idee, dass ich dir eine Botschaft sende und dich persönlich vor der Gefahr warne.«

»Ich muss gehen«, sagte Pieter, schon auf halber Treppe.

»Aber du kommst doch wieder, oder?«, rief Munting ihm nach.

Pieter machte sich nicht die Mühe, die Frage zu beantworten. Auf dem Weg zur Haustür ergriff er seine Laterne, die er unten im Flur stehen gelassen hatte. Mit einem Mal hatte er es sehr eilig.

*

KAPITEL 25

Er legte den Weg zu Mareikjes Schenke halb gehend, halb rennend zurück. Immer wieder musste er sich bremsen, weil die Laterne auszugehen drohte, wenn er zu schnell lief. Außer sich vor Aufregung, versuchte er, seine Gefühle ebenso zu zügeln wie seine Schritte, doch es fiel ihm schwer. Der Aufruhr in seinem Inneren ließ sich kaum bezwingen, nur mühsam konnte er überhaupt auseinanderhalten, welcher Art diese Empfindungen waren, die ihn mit solcher Macht zur *Goldenen Tulpe* trieben. Ein Gedanke schien alle anderen zu beherrschen und zu verdrängen. Mareikje war unschuldig! Sie war über jeden Verdacht erhaben! Jubel brandete in ihm auf, weil er nun endlich den Beweis erbringen konnte. Nichts war ihm wichtiger, als es ihr zu erklären und sie an diesem wunderbaren Wissen teilhaben zu lassen. Er konnte es kaum erwarten, ihr Gesicht zu sehen, wenn er es ihr sagte.

Die überschäumende Freude trat jedoch nach und nach in den Hintergrund, als ihm die Probleme bewusst wurden, die mit seiner Entdeckung der Wahrheit einhergingen. Er sah sich Schwierigkeiten gegenüber, die nicht so leicht zu lösen waren. Hauptmann Vroom hatte sich mit aller Macht auf Meister Rembrandt als Mörder versteift, und er besaß Helfer, auf die er sich verlassen konnte.

Laurens meinte, man müsse nur die richtigen Beweise präsentieren. Er will sich darum kümmern.

Pieter hielt jäh inne, um weitere Abwägungen zu treffen. Hakenschlagend änderte er im nächsten Augenblick seine Laufrichtung und eilte weiter in die Nieuwe Doelenstraat. Bevor er zu Mareikje ging, musste er zu Meister Rembrandt und Mevrouw Saskia, um dort für klare Verhältnisse zu sorgen. Sie mussten Bescheid wissen, ehe Laurens noch mehr Unheil stiften konnte. Und dann musste er als Nächstes Doktor Bartelmies aufsuchen, denn bevor der Fall endgültig zur Aufklärung kam und alles publik wurde, sollte der Medicus eine Gelegenheit zur Stellungnahme erhalten; Pieter fand, das sei er ihm schuldig.

Er kam sich vor wie Archimedes in der Badewanne, der die Lösung buchstäblich vor der Nase gehabt hatte, bevor es ihm endlich wie Schuppen von den Augen gefallen war.

Anders als der griechische Weise sah Pieter jedoch für sich selbst keinen Grund, mit *Heureka*-Rufen durch die Stadt zu laufen. Dafür hatte er das Offenkundige zu lange nicht erkannt.

Im Haus des Meisters traf er zu seinem Verdruss nur Geertruyd an, die in der Küche werkelte. Sie deutete auf den Tisch, wo eine dampfende Schale mit Haferbrei stand. »Da, das habe ich schon für dich hingestellt. Mit ordentlich Honig drin, so wie du es magst. Ich musste Laurens auf die Finger klopfen, sonst hätte er sich darüber hergemacht.«

»Laurens war hier?«

»Ja, vorhin erst, um sich endgültig zu verabschieden und seine letzten Sachen abzuholen. Er hat dich unterwegs gesehen und gemeint, dass du gleich kommst. Wie war es bei Anneke? Was hat sie gesagt?«

»Wo ist Laurens jetzt?«, fragte Pieter zurück.

»Keine Ahnung. Ich schätze, in seinem neuen Quartier.«

»Und wo sind Meister Rembrandt und Mevrouw Saskia?«

»Bei Doktor Bartelmies. Mevrouw fühlte sich schlecht. Sie musste sich übergeben und fürchtet … nun ja, sie fürchtet, dass jemand sie vergiftet hat.« Geertruyd schüttelte den Kopf. »Wenn du mich fragst, ist das Unsinn. Ich vermute, sie ist wieder guter Hoffnung, und das habe ich ihr auch gesagt. Sie wollte es nicht ausschließen, zumal auch die übrigen Anzeichen sich mehren, aber vor lauter Angst und Empfindsamkeit wusste sie nicht, wo ihr der Kopf steht. Meister Rembrandt meinte, sie sollten vorsorglich den Medicus zurate ziehen, also sind sie beide vorhin los.« Erneut deutete Geertruyd auf die Breischale. »Wenn dir das nicht reicht, ist im Topf auf dem Herd noch mehr, bedien dich ruhig. Die anderen haben schon davon gegessen, und ich auch. Falls du mich suchst – ich bin in der Waschküche.« Sie seufzte schwer. »Ach, ich hoffe nur, Anneke hat Munting bald über und kommt zurück! Es wird wirklich höchste Zeit, dass in diesem Haus alles wieder seinen geregelten Gang geht.« Mit vergrämter Miene verließ sie den Raum.

Pieter blieb noch für eine Weile in der Küche und dachte nach. Diesmal nahm er sich die Zeit, die gesamte Situation sorgfältig zu erfassen. Vor seinem geistigen Auge flossen assoziative, distributive und kommutative Verknüpfungen in endlosen Formelreihen vorbei und fügten sich zu Schlüssen, die alle einem bestimmten Ergebnis entgegenstrebten.

Als er sich schließlich mit einem frischen Windlicht auf den Weg zu Doktor Bartelmies machte, war er halbwegs guten Mutes, doch das Gefühl, eine wichtige Komponente übersehen zu haben, wollte nicht weichen.

Dass er diesem Gefühl mehr Raum hätte geben müssen, begriff er erst in der letzten dunklen Gasse, die in Richtung Zuiderkerk führte. Alles ging so schnell, dass er nicht mehr ausweichen konnte. Ein Schatten glitt aus einem Torbogen von der Seite auf ihn zu, ein wuchtiger Hieb traf ihn am Hinterkopf. Die Welt um ihn herum versank schlagartig in einem tiefschwarzen Nichts.

*

Als er wieder zu sich kam, sah er sofort, dass er sich im Haus von Judith Versluys befand. Er lag der Länge nach ausgestreckt auf dem Fußboden in dem Raum, in dem er sie und Abraham Versluys das erste Mal gesehen hatte.

Judiths Diener Ewould lehnte mit verschränkten Armen an der Wand und beobachtete ihn aufmerksam. Als er bemerkte, dass Pieter aufgewacht war, gab er ein Grunzen von sich und zog an einer Klingelschnur, womit er Judith Versluys auf den Plan rief. Sie kam gemeinsam mit Laurens ins Zimmer.

»Sieh an, schon fast wieder der Alte«, sagte Laurens zu Pieter.

Pieter setzte sich stöhnend auf. »Wie lange war ich ohne Besinnung?«

»Nicht lange. Höchstens eine Viertelstunde. Ewould ist groß und stark und kann schnell laufen, er hat dich auf dem kürzesten Weg hergebracht. Wie fühlst du dich?«

»Schwach.« Pieter rieb sich den Hinterkopf und spürte dort eine enorme Beule heranwachsen. »Mein Kopf tut weh. Und mir ist übel. Warum wurde ich niedergeschlagen? Was habt ihr mit mir vor?«

»Nur reden. Wir möchten gern von dir hören, was du alles weißt und mit wem du darüber gesprochen hast. Wenn du es uns freiwillig sagst, wird dir nichts weiter geschehen. Aber wehe, du lügst!«

»Ich weiß, dass ihr die Morde gemeinsam begangen habt. Gesprochen habe ich darüber mit niemandem.« Pieter führte nicht aus, dass er erst heute endgültig dahintergekommen war. Annekes Worte hatten ihm zu der längst überfälligen Erkenntnis verholfen. *Sie liebt einen anderen Mann und will frei für ihn sein.*

Entgegen Annekes Annahme war Saskia dem Medicus nicht in Liebe zugetan – er war nur ein Freund, den sie ins Vertrauen gezogen hatte, weil sie Laurens' Anwesenheit als bedrohlich empfand. Ihn wollte sie loswerden, nicht ihren Mann.

Nicht Saskia, sondern Judith Versluys war diejenige, die einen anderen Mann liebte, für den sie frei sein wollte – Laurens. Sie hatte sich ihren Gatten vom Hals schaffen wollen, das war der Ursprung aller Morde gewesen. Die ganze Zeit hatte das Motiv vor Pieters Nase gebaumelt, doch er hatte es nicht gesehen, trotz der vielen Hinweise. Das Porträt von Judith Versluys in Laurens' Bettkasten, seine Bemühungen, die verbotene Beziehung geheim zu halten. Die tiefe Hingabe in seinem Blick, als sie an jenem Tag zum Modellsitzen in die Werkstatt gekommen war und sich wie eine Sirene auf dem Diwan ausgestreckt hatte. Sein verzweifelter Wunsch, das ärmliche Leben als Malergeselle hinter sich zu lassen und sich eine eigene Existenz aufzubauen, um ... ja, was? Judith Versluys als Ehefrau heimzuführen?

»Ich habe eine Frage«, sagte Pieter. »Warum mussten es vier sein?«

»Vier was?«, fragte Laurens.

»Tote. Der Mord an van Houten leuchtet ein, damit sollte von vornherein eine falsche Spur gelegt werden. Auch der Mord an Mijnheer Ruts passt noch dazu, er diente der Vervollständigung und Verfestigung, sodass nicht der geringste Verdacht auf Mevrouw Judith fallen konnte. Denn der Mord an ihrem Gatten fügte sich in eine scheinbar einheitliche Reihe.«

»Vergiss nicht die Tulpenzwiebeln, die den Opfern entwendet wurden«, sagte Laurens in aufgeräumtem Tonfall. »Jeder musste denken, es gehe den Tulpisten an den Kragen!«

»Musste deshalb auch Mijnheer Quaeckel noch sterben?«, erkundigte Pieter sich.

»Nein, der Plan bezog sich zunächst nur auf drei Morde, mit Abraham in der Mitte. Das mit Quaeckel war eine spontane Entscheidung – wobei es sich allerdings gut traf, dass er zufällig auch Tulpenhändler war und auch sonst vorzüglich zur Riege von Rembrandts Feinden passte.«

»Dann ging es beim Mord an Mijnheer Quaeckel also nur noch darum, Meister Rembrandt als Mörder hinzustellen.«

»Darum ging es mir bei den übrigen Morden auch schon«, erklärte Laurens.

»Du hast dich richtiggehend darin verrannt«, stellte Judith klar. »Mittlerweile bist du förmlich besessen davon.«

Laurens' Gesicht verzerrte sich. »Du hattest nichts dagegen, mein Liebling, im Gegenteil. Sagen wir Pieter doch, wie es ist – du hast Gefallen am Töten. Nichts erregt dich mehr als das Austüfteln von Mordplänen und das Legen falscher Spuren. Du hast selbst gesagt, wie viel Spaß es dir macht, alle an der Nase herumzuführen. Keiner konnte die entsetzte, trauernde und wütende Witwe besser spielen als du! Warum erzählst du Pieter nicht von der großartigsten deiner Darbietungen? Wie du ihm vorgespielt hast, dass dein Mann vor deinen Augen an einer Bleivergiftung stirbt, obwohl er schon tot unter der Bettdecke lag, als Pieter zum Malen hier eintraf!« Er wandte sich Pieter zu. »Sie hat an alles gedacht. Sogar an Abrahams morgendliches Pinkeln.« Er zeigte auf den narbigen Diener. »Ewould ist zwar stumm, weil ihm mal für eine Dummheit in seiner Jugend die Zunge rausgeschnitten wurde, aber Abrahams Aufsteh-Geräusche hat er gut hingekriegt, während du nebenan eingeschlossen warst, stimmt's?«

»Mevrouw Judith ist eine Meisterin der Täuschung«, räumte Pieter ein. »Nicht im Traum hätte ich angenommen, die Geräusche kämen von jemand anderem als Mijnheer Versluys.«

»Die Täuschung war der Kern aller Pläne, lieber Pieter«, entgegnete sie leichthin. »Wer den perfekten Mord begehen will, muss zwingend von allen eigenen Beweggründen ablenken. Das funktioniert am besten, wenn man anderen die Schuld zuschiebt. Wobei Laurens sein schauspielerisches Licht nicht unter den Scheffel stellen sollte. Mit welch glaubhafter Inbrunst er dir die Taten unterstellte! Oder in jener Nacht, als er die Tulpenkiste im Kabinett eures Meisters versteckte und zur Ablenkung das Tronie mit dem Goldhelm raubte – war es nicht raffiniert von ihm, die Platzwunde, die er sich beim Stolpern in der Dunkelheit zugezogen hatte, dem angeblichen Einbrecher anzulasten, der dann auch dich zu Boden schlug?« Sie lächelte, aber es wirkte auf unbestimmte Weise verächtlich.

Laurens musterte sie mit unergründlicher Miene. In seinen Augen flackerte es.

Pieter hatte sich aufgesetzt. Er rieb sich den schmerzenden Hinterkopf und sah zu Laurens hoch. »Mir ist immer noch schlecht. Ich glaube, es wird schlimmer.« Er fing an zu würgen und rieb sich den Hals. Ein ersticktes Husten entrang sich ihm, ehe er mühsam weitersprach. »Was ist aus dem Goldhelm-Tronie geworden?«

»Ich hab's einem umherziehenden Händler verkauft, genau wie die Preziosen, die ich im Zuge von Annekes Verschwinden aus Rembrandts Stube stahl. Du weißt schon – Gelegenheit macht Diebe.«

»Und die Enthauptung des Holofernes – hat Meister Rembrandt meine Skizze wirklich signiert?«

»Nein, auch das war ich. Alles war Täuschung: Abrahams Sterben im Empfangsraum, obwohl er schon längst tot war, als Ewould ihn da hineinsetzte. Die Fußspuren beim Tulpenbeet. Der verschwundene Wachmann – der übrigens zufällig in jener Nacht mitsamt einer Ladung Backsteinen auf Nimmerwiedersehen in der Gracht verschwand.« Laurens lachte, es schien ihm zu gefallen, sich mit seinen Untaten zu brüsten. »Die wertvollen Tulpenzwiebeln sind natürlich noch da. Im Haus des Meisters hab ich nur Billigware versteckt.«

Pieter stöhnte und würgte abermals, ehe er sich mit der nächsten Frage abmühte. »Wieso hast du beim letzten Mal die falschen Beweise erst nach der Durchsuchung durch Hauptmann Vroom dort deponiert?«

Laurens verzog verdrossen das Gesicht. »Sie waren schon vorher da. Ich hatte sie in der Stube zwischen die Bauteile des neuen Bettes gelegt und Vroom beschrieben, wo sie zu finden sind. Aber Saskia muss sie unmittelbar vor oder während der Durchsuchung entdeckt und zur Seite geschafft haben.«

»Wahrscheinlich hat sie sie an ihrem Körper verborgen, solange Vroom dort war«, warf Judith Versluys ein. »So hätte ich es auch gemacht.«

Diese Darlegung war in Pieters Augen schlüssig. Nach der Durchsuchung hatte Mevrouw Saskia die Sachen vermutlich in aller Eile im Kabinett versteckt und auf die nächstbeste Gelegenheit gewartet, sie unbemerkt aus dem Haus schaffen zu können. Bevor sie dazu kam, hatte Pieter in ihrem Beisein das Versteck gefunden und sie damit in heillose Ängste gestürzt. Hätte sie nur, statt ihm auszuweichen, das Gespräch mit ihm gesucht, hätte er sie leicht beruhigen können!

Pieter rang erneut nach Luft.

Laurens musterte ihn wie ein seltenes Sammelstück. »Ist es sehr schlimm? Vielleicht ist dir der Brei nicht bekommen. Hast du eigentlich alles aufgegessen? Ich muss sagen, du hältst ziemlich lange durch. Leider wird's am Ende *wirklich* wehtun, aber das hast du ja schon bei Quaeckel gesehen.«

»Ewould, hol einen Sack und genügend Backsteine aus dem Keller«, befahl Judith ihrem Diener, der sofort gehorchte und den Raum verließ, um die gewünschten Sachen zu holen.

»Wollen wir ihn nicht lieber in der Nieuwe Doelenstraat abladen?«, fragte Laurens. »Rembrandt und Saskia sind bestimmt noch nicht vom Medicus zurück.«

»Und wenn doch?«

»Dann warten wir, bis sie schlafen gegangen sind.«

»Nein, wir werfen ihn in den Kanal. Das ist sicherer. Ich will jetzt keine unnützen Risiken mehr eingehen. Die neuen Belastungsbeweise, die du heute noch in der Werkstatt versteckt hast, werden schon reichen. Geh lieber los und sag Vroom Bescheid, wo du sie hingetan hast, dann kann er gleich dort aufmarschieren und sie finden. Mach schon, verschwinde.«

Mit sichtlichem Widerwillen verließ auch Laurens das Zimmer.

»Was wird jetzt aus Euch?«, fragte Pieter mit keuchender Stimme. Er krümmte sich und hielt sich mit verzerrtem Gesicht den Leib.

Judith blickte auf ihn herab. »Solltest du nicht lieber fragen, was aus *dir* wird, mein Junge?«

Anstelle einer Antwort hustete er und rang nach Luft.

»Nun denn, was soll schon aus uns werden?«, fuhr Judith fort. »Wir machen weiter, als wäre nichts gewesen, genauso, wie wir es bisher immer getan haben.«

»Werdet Ihr Laurens heiraten?«

Judith warf den Kopf zurück und lachte. »Du Dummkopf, ich bin die reichste Witwe der Stadt! Ich könnte jeden haben! Denkst du etwa, ich nehme so einen armseligen Kleckser wie Laurens zum Mann?«

Pieter wurde von einem Erstickungsanfall geschüttelt und brachte dann röchelnd hervor: »Aber Ihr liebt ihn doch!«

»Was ist schon Liebe.« Sie schnalzte mit der Zunge, das Geräusch klang auf unerfindliche Weise obszön. »Für Männer besteht Liebe nur aus einer Sache, die meist nach weniger als drei Minuten vorbei ist. Darauf kann ich gern verzichten. Und ganz im Vertrauen, weil du es ja niemandem mehr verraten kannst: Ich liebe Laurens nicht. Genau genommen ist er mir zuwider. Vielleicht freut es dich zu hören, dass ich ihm dasselbe Schicksal zugedacht habe wie Abraham und den anderen. Nicht sofort, aber zu gegebener Zeit, sobald ich ihn lange genug hingehalten habe. Denn ich kann nicht zulassen, dass er mich mit all dem, was wir gemeinsam angestellt haben, in der Hand hat. Da wäre ich schön dumm.«

Von der Tür war ein Geräusch zu hören, und Judith fuhr herum. Laurens stand dort und starrte sie an.

»Hast du was vergessen?«, fragte sie verunsichert.

»Du Miststück!« Offensichtlich hatte er jedes ihrer Worte gehört. »Ich hätte es wissen müssen.« Er ging auf sie zu und packte sie beim Hals. Sie stieß einen erstickten Schrei aus und versuchte, ihn wegzustoßen, doch er hielt sie eisern fest und begann, sie zu würgen.

Pieter war mit einem Satz auf den Beinen. Er hatte sich schon vorher das geeignete Schlagwerkzeug ausgesucht – einen schweren Knüppel, der neben der Tür an der Wand lehnte, vermutlich derselbe, mit dem Judiths Diener ihn niedergeschlagen hatte. Pieter ergriff ihn, schwang ihn einhändig und traf Laurens' Schädel mit voller Wucht. Der Geselle ließ Judith Versluys los und sackte besinnungslos zusammen.

Judith wich zurück, beide Hände an der malträtierten Kehle, die Augen weit aufgerissen. »Du ... das Gift ...«

»Ich habe selbstverständlich nichts von dem Brei gegessen, sondern alles im Lokus verschwinden lassen. Darin habe ich Übung. Und anscheinend bin ich in der Schauspielerei auch nicht viel unbegabter als Ihr, wobei mir die Rolle des Giftopfers offenbar besonders liegt.« Er hielt inne, verblüfft über seine Worte. Hatte er da etwa gerade einen Scherz gemacht? Jedenfalls klang es in seinen Ohren ... komisch.

Judith Versluys beurteilte das wohl anders, denn sie blickte ihn mit hasserfüllter Miene an. »Du wirst mir nicht auf der letzten Etappe dieses Weges alles verderben, Junge!«, zischte sie.

»Ich fürchte, das habe ich schon. Ihr hattet bereits verloren, bevor Ihr mich verschlepptet, Mevrouw. Denn vor meinem Aufbruch habe ich einen Brief an den Statthalter geschrieben, den ich mit entsprechender Anweisung bei einem von Meister Rembrandts Nachbarn hinterlegt habe. Bei welchem, verrate ich Euch nicht. Und falls Ihr etwa vorhabt, Euren Diener auf mich zu hetzen, wenn er gleich mit Sack und Steinen zurückkehrt, werde ich Euch umgehend mit diesem Knüppel niederschlagen, bevor ich mich mit ihm im Kampf messe.«

»Gegen Ewould kannst du nichts ausrichten! Du bist so gut wie tot!«

»Mag sein. Aber Ihr seid dann ebenfalls tot. Denn soeben habe ich entschieden, Euch sofort unschädlich zu machen.« Er hob den Knüppel und trat auf sie zu, worauf sie genauso reagierte, wie er es erwartet hatte – sie floh mit einem Aufschrei aus dem Zimmer. Er eilte zur Tür, schlug sie zu und schob den Riegel vor. Danach öffnete er das Fenster und reckte den Oberkörper ins Freie. Mit lautem Gebrüll hieb er wieder und wieder den Knüppel gegen die hölzernen Läden und verursachte einen Höllenlärm. »Mörder!«, schrie er ein ums andere Mal. »Zu Hilfe!«

Zwischendurch musste er innehalten und sich zu Laurens umwenden, der ächzend zu sich kam und versuchte, sich aufzurichten. Ein weiterer Schlag mit dem Knüppel bescherte ihm eine neue Ohnmacht, sodass Pieter sein Getrommel und Gebrüll fortsetzen konnte. Unten vorm Haus liefen die aufgeschreckten Nachbarn bereits in Scharen zusammen, und Pieter sah, wie Judith Versluys und Ewould den entstandenen Aufruhr nutzten, um sich davonzumachen. Binnen Augenblicken hatten sie das Weite gesucht und verschwanden in der Nacht.

*

»Es war sehr klug von dir, diesen Brief an den Statthalter bei den Nachbarn zu hinterlegen«, meinte Doktor Bartelmies am nächsten Tag, nachdem Pieter ihm das Geschehene in allen Einzelheiten berichtet hatte. »Möglicherweise hat dir das den Hals gerettet. Hättest du deine Erkenntnisse nicht auf diese Weise unangreifbar dokumentiert, wäre Juliana vielleicht nicht geflohen, sondern hätte tatsächlich versucht, ihren Plan bis zum bitteren Ende auszuführen. Du wärst im Kanal gelandet, Laurens gleich hinterher, und niemandem wäre der Gedanke gekommen, dass *sie* hinter all dem Bösen steckt. Ich selbst wohl am wenigsten.« Der Medicus seufzte tief. Die Erschütterung war ihm immer noch anzusehen. Er hatte – ebenso wie Rembrandt und Saskia van Rijn – bereits in der vergangenen Nacht die Wahrheit über Judith Versluys erfahren, aber er schien den Schock noch nicht verkraftet zu haben.

»Es gab gar keinen Brief«, sagte Pieter, der dem Arzt in dessen Behandlungszimmer gegenübersaß und freien Blick auf das an der Wand hängende Gerippe hatte. »Ich hab's mir nur auf die Schnelle ausgedacht, um bei Mevrouw Versluys den Eindruck zu erwecken, dass eine rasche Flucht für sie die beste Option sei. Das wiederum hat auf signifikante Art meine Aussichten erhöht, am Leben zu bleiben, denn weil sie ihre eigene Haut retten wollte, blieb ihr weniger Zeit, mir den Garaus zu machen.«

»Damit ist der praktische Nutzen deines Wahrscheinlichkeitstheorems wohl endgültig unter Beweis gestellt«, kommentierte der Medicus trocken. »Andere wären einfach nur ihrer Intuition gefolgt.«

»Gerade diese erweist sich häufig als hinderlich beim Berechnen von Wahrscheinlichkeiten und kann sogar zu schweren Fehlern führen. Ich habe in dem Zusammenhang schon einige Paradoxa entdeckt.«

»Das wird dich sicher nicht davon abhalten, weiter daran zu arbeiten. Denn mir scheint, es ist deine Berufung, Wahrheiten herauszufinden.«

Es klopfte kurz an der Tür, und die bärtige Frau streckte ihren Kopf herein. »Ein Patient erzählte mir soeben, dass Juliana Versluys und ihr Diener verhaftet wurden. Man fasste sie im Morgengrauen beim Versuch, die Stadt zu verlassen.«

Der Medicus nickte. Er sah erschöpft aus. »Danke, Griet.«

Die Frau zog sich wortlos wieder zurück.

Pieter betrachtete den Arzt aufmerksam. »Ihr habt sie wohl sehr geliebt.«

»Das war keine Liebe, sondern Narretei und Verblendung.«

»Woran erkennt man den Unterschied?«

»Am Grad der Schmerzen, wenn es endet.«

Sie sprachen noch eine Weile über die Berechenbarkeit von Liebe und über die Tücken von Blei, bis Griet erneut erschien und den Medicus ungeduldig daran erinnerte, dass im Vorzimmer die Kranken warteten.

Pieter machte sich auf den Weg zur *Goldenen Tulpe*. Mareikje hatte ihm zur Feier des Tages doch noch erlaubt, sich in ihrem Schlafgemach aufzuhalten. Er konnte es kaum erwarten, sich mit dem Polyeder zu befassen.

*

Anfang Februar hatte Joost Heertgens sich so weit erholt, dass er es endlich auf sich nehmen konnte, die Angelegenheiten seines Patensohnes in Ordnung zu bringen. Die haarsträubenden Berichte über Pieters Erlebnisse trugen entschieden zu einer beschleunigten Genesung bei, ebenso wie Pieters Berechnungen, denen zufolge nun mit größter Wahrscheinlichkeit täglich mit dem Zusammenbruch des Tulpenhandels zu rechnen sei. Folglich raffte Joost sich auf und trat bei Wind und Wetter die beschwerliche Reise nach Amsterdam an. Ohne Umschweife begab er sich zunächst in sein Kontor, um sich seinen Geschäften zu widmen. Mochte auch der Tulpenhandel derzeit mit lukrativen Gewinnen locken – die Kauffahrtei brachte in der Summe ungleich mehr ein. Ein chinesisches Kraut namens Tee und der in Mode kommende Kakao versprachen wachsende Renditen, vom Tabak ganz zu schweigen. Mostaerd wusste zudem zu berichten, dass ein arabischer Trunk aus bittern schwarzen Bohnen sich in Venedig zunehmender Beliebtheit erfreute – die Kompanie würde sich damit befassen. Was für die Venezianer gut war, konnte für den Rest Europas nicht übel sein.

Nachdem Joost sich im Kontor auf den neuesten Stand gebracht hatte, kümmerte er sich um Pieters Tulpenzwiebeln, einschließlich all derer, die im Zuge diverser Mordgeschichten zufällig in den Besitz des Jungen gelangt waren. Vroom hatte klugerweise nicht den leisesten Versuch unternommen, sie herauszuverlangen. Abgesehen davon behandelte der Polizeihauptmann sein offenkundiges Versagen bei der Aufklärung der Mordfälle mit bemerkenswerter Dickfelligkeit. Er ließ sogar verbreiten, dass er von Anfang an Judith Versluys und ihren durchtriebenen Malergesellen verdächtigt habe. Jedenfalls wirkte Vroom vorausschauend darauf hin, dass beide schnellstmöglich verurteilt und aufgeknüpft wurden, was für ihn den Vorteil hatte, dass sie ihn nicht mehr der Unehrlichkeit und Beweismanipulation bezichtigen konnten. Mittlerweile ruhten ihre sterblichen Überreste ebenso wie jene des stummen Dieners unter der Erde, womit dieses unrühmliche Kapitel wohl für alle Beteiligten als abgeschlossen gelten konnte.

Gleich für den nachfolgenden Tag ließ Joost die Versteigerung ansetzen, der sämtliche wichtigen Händler der Stadt schon entgegenfieberten. Die aufwendig illustrierten Kataloge mit den zum Verkauf stehenden Tulpenzwiebeln des Waisenknaben Pieter van Winkel waren seit Wochen in Umlauf, alle fragten sich, wann es endlich so weit sei, denn mittlerweile war der Markt vollkommen leergefegt. Es gab fast nur noch drittklassige Ware, jeder saß auf seinen Kostbarkeiten. Niemand wollte seine edlen Raritäten hergeben, schließlich stiegen die Kurse immer noch steil an.

Ihr armen Narren, dachte Joost, der ein wenig abseits an einem Tisch saß und die Versteigerung beobachtete. Er hatte eigens einen großen Versammlungsraum gemietet (keine Schenke wäre für diese enorme Ansammlung von Züchtern, Floristen und Spekulanten aus den Kollegs groß genug gewesen) und einen erfahrenen Auktionator angeheuert, der die Stimmung bis zum Siedepunkt anheizte und dennoch mit seiner Stentorstimme mühelos den von allen Seiten aufbrandenden Lärm übertönte. Stück für Stück kamen die Zwiebeln unter den Hammer, verkauft wurde, wie vorher klargestellt worden war, nur gegen Bares, Anzahlungen wurden nicht akzeptiert. Dementsprechend hatten sich nur die betuchtesten Händler eingefunden – und setzten ihr Vermögen entsprechend ein. Mehrere Schreiber hielten die sich überschlagenden Gebote fest, die Schreie des Auktionators gaben den Takt vor, und die Zuschläge tönten wie Kanonendonner inmitten der aufgepeitschten Atmosphäre des übervollen Saals.

Joost hatte einen Zettel vor sich liegen, auf dem er die Erlöse notierte, und als er am Ende die Zahlen addierte und die Summe betrachtete, zitterte seine Hand ein wenig. Er sagte sich, dass es an der gerade erst überstandenen Krankheit lag, doch tief in seinem Inneren spürte er, dass etwas von diesem Wahnsinn auf ihn übergreifen wollte. Wie aus einem tiefen Abgrund heraus schien ihn ein Wind des Bösen zu streifen, von dem er sich ebenso emporwirbeln lassen konnte wie die anderen, wenn er nicht achtgab.

Sein Herz raste. Kaltes Entsetzen hielt ihn gefangen. Betäubt blickte er in die von obsessiver Gier gezeichneten Gesichter ringsum, und in diesem einen, zu einer gefühlten Ewigkeit ausgedehnten Moment erkannte er, dass genau das hier der von Pieter errechnete Kulminationspunkt sein musste.

Entschlossen steckte er den Zettel ein und setzte sich aufrecht hin. Allmählich beruhigte er sich wieder, sein Herzschlag hatte sich normalisiert. Das Spektakel war beinahe vorbei. Mit erzwungenem Gleichmut verfolgte er die restliche Versteigerung, bei der die Kontrakte von Meister Rembrandt an den Mann gebracht wurden. Dass sie im Vergleich zu den Kursen des letzten Monats geradezu utopische Gewinne abwarfen, würde den Maler freuen. Vielleicht versöhnte es ihn ein wenig mit dem Verlust des begabtesten Lehrlings, den er je gehabt hatte: Pieter wollte sein Augenmerk fürs Erste auf andere Dinge richten. So schien er aktuell an der Tätigkeit eines Schankknechts Gefallen zu finden – soweit ihm die Erforschung neuer Theoreme Zeit dafür ließ. Nebenher, so hatte er verkündet, wolle er die Aufklärung ungelöster Mordfälle vorantreiben, möglichst auf Basis der von ihm entwickelten Kalküle.

Joost hatte nichts dagegen, dass der Junge sich auf unterschiedlichen Gebieten erprobte, auch wenn er als pflichtbewusster Vormund zwischenzeitlich für anständige Wohnverhältnisse gesorgt hatte – Mostaerd hatte in seinem Namen für Pieter ein Haus gekauft, eine Küchenmagd und einen Knecht angestellt und einen Globus angeschafft; offenbar hatte Pieter einen haben wollen.

Alles Weitere würde sich schon fügen. Auch wenn für die Zukunft fraglos Probleme vorauszusehen waren – Hauptsache, sein Patensohn war zufrieden, dann war er selbst es auch.

DANACH

Sein Instinkt hatte Joost nicht getrogen – in derselben Woche, in der er Pieters Tulpenzwiebeln für die phänomenale Summe von neunzigtausend Gulden zu Geld gemacht hatte, geschah das Unerhörte: Bei einer Auktion wurden einige der hochpreisigen Tulpen zum Verkauf gestellt, die ein Händler auf der von Joost abgehaltenen Versteigerung erworben hatte, aber niemand gab ein angemessenes Gebot ab. Schlimmer noch: Es wurde überhaupt nicht geboten. Stattdessen wollte plötzlich jeder seine Bestände auflösen. Alle überschlugen sich förmlich vor Eifer, ihren aus strohigen Knollen bestehenden Reichtum endlich in klingende Münze zu verwandeln. Mit einem Mal schien es nur noch Verkäufer zu geben. Keiner war mehr bereit, Tulpenzwiebeln zu kaufen, es sei denn für kleines Geld.

Selbst die wertvollsten Raritäten waren, wie noch vor ein paar Jahren, auf einmal wieder für eine Handvoll Gulden zu haben. Es war, als hätte ein unsichtbarer Riese mit gewaltiger Faust einen goldenen Vorhang zerrissen, der mit trügerischem Prunk über die Bedeutungslosigkeit einer schlichten, im Dreck steckenden Blume hinweggetäuscht hatte.

Allseitiger Jammer begleitete den radikalen Preisverfall, doch beugen wollte sich diesem Schicksal vorerst niemand – all jene, die mit Bezugsrechten auf Basis von Anzahlungen gehandelt hatten, forderten nun den fälligen Kaufpreis von den Erwerbern. Bei denen war jedoch nichts zu holen – sie hatten alles in Tulpenzwiebeln investiert, welche wiederum jetzt wertlos waren.

Einzig Pieter van Winkel hatte dank der rechtzeitigen Genesung seines Patenonkels den letzten großen Profit aus dem Tulpenhandel mitnehmen können. Allerdings war er an dem dadurch gewonnenen Vermögen weit weniger interessiert als an der Fülle des Zahlenmaterials, welches sich aus den vielen, in der Folge einsetzenden Konkursen und Gerichtsprozessen extrahieren ließ. Er konnte sein Theorem mit frisch gewonnenen Fakten untermauern und seine Formeln für Varianzen, Abweichungen und Erwartungswerte ausbauen. Damit war er immer noch beschäftigt, als Mareikje ihn an einem Sonntag im Mai in seinem neuen Haus aufsuchte.

Sie begrüßte ihn mit einem Lächeln und einer wie eine Frage klingenden Bemerkung. »Du bist schon wieder nicht in der Kirche?«

Weil sie mit dieser Aussage nur das Offensichtliche feststellte (schließlich war er erkennbar nicht dort, sondern hier), war eine Antwort nicht zwingend geboten. Dennoch erkannte er den weitergehenden Hintergrund ihrer Bemerkung; sie enthielt ein auf Kommunikation zielendes Element, das eine Erwiderung angezeigt sein ließ.

»In der Kirche schlafe ich sowieso meistens, was ich zu Hause besser kann, weil es hier bequemer ist. Es ist aber gut, dass du da bist. Ich habe etwas für dich.« Eilig holte das vorbereitete Blatt aus seinem Studierzimmer.

»Es ist ein Geschenk für dich.«

Aufmerksam betrachtete sie das aus Zahlen bestehende, wie eine Pyramide geformte Gebilde, das er sorgfältig und ohne Tintenkleckse für sie gezeichnet hatte. »Was ist das?«

»Ein Tartaglia-Dreieck!« Erwartungsvoll blickte er sie an.

»Ist es ein Rätsel?«

»Nein, mathematisch gesehen ist es eine grafische Darstellung von Binominalkoeffizienten. Dieses arithmetische Dreieck gibt es schon seit längerer Zeit, ich habe nur weitergehende Formeln dazu entwickelt, die nützlich für die Wahrscheinlichkeitsrechnung sind. Aber zeigen wollte ich dir daran eigentlich die Fibonacci-Zahlen, die man anhand der flachen Diagonalen ...«

Sie hob die Hand. »Erklär mir dein Geschenk ein andermal. Heute ist nämlich der Tag, an dem ich *dir* was schenke. Komm mit.«

Neugierig folgte er ihr zur *Goldenen Tulpe*, die nur wenige Minuten Fußweg von seinem Haus entfernt lag und mittlerweile *Zum Goldenen Ochsen* hieß. Die Gäste sollten nicht ständig an das Debakel erinnert werden. Das Tulpenschild hing nun oben in Mareikjes Stube.

Das neue Schild mit dem von Pieter gemalten Ochsen war allerdings von beeindruckender Pracht, das sagte ihm jeder, der des Weges kam. Vielfach wurde er ermuntert, doch wieder *richtig* zu malen (vor allem von Meister Rembrandt sowie von Frans Munting, die sich beide gelegentlich in der Schenke blicken ließen), aber an die Leinwand zog es Pieter nur noch selten, vor allem, seit er begonnen hatte, Erhebungen zum Zusammenhang zwischen der Toxizität von Blei und gewissen, verstärkt bei Malern verbreiteten Krankheiten anzustellen. Dafür zeichnete er viel und fand darin seine künstlerische Erfüllung.

Auf dem Weg zur Schenke kamen sie an einem Tulpenbeet vorbei. Die Blumen standen in voller Blüte, sie überstrahlten einander förmlich in ihrer leuchtenden, abwechslungsreichen Farbenpracht. Pieter erkannte einige von ihnen aus den Katalogen wieder, darunter sogar einstmals teure Sorten wie die *Bruyn Purper*. Die Leute gingen achtlos daran vorbei.

»Was willst du mir denn schenken?«, fragte er Mareikje, während sie das Tulpenbeet hinter sich ließen.

»Denkst du etwa, ich verrate es dir schon vorher?« Sie lächelte ihn an, und wie immer, wenn sie das tat, war es wie ein Funkeln von Sonnenlicht in seinem Inneren. Verschmitzt neigte sie den Kopf zur Seite. »Wir können ja ein Rätsel daraus machen. Das Geschenk ist etwas, das du verloren hast, und ich hab's für dich wiedergefunden.«

Das Rätsel löste sich gleich darauf von allein. Lautes, begeistertes Hundegebell war zu hören. Pieter erstarrte. Er wechselte einen fassungslosen Blick mit Mareikje, und sie lachte ihn an und nickte.

Pieter rannte los. »Wolf!«, schrie er. »Wolf!«

Das Gebell wurde, wenn irgend möglich, noch lauter, es steigerte sich zu einem wilden Kläffen, und im nächsten Moment kam ein großer schwarzer Hund wie ein Blitz durch die Gasse gesaust und sprang an Pieter hoch. Pieter schlang beide Arme um ihn und vergrub sein Gesicht in dem sonnenwarmen Fell.

Cornelis näherte sich und breitete ergeben die Hände aus. »Ich konnte ihn nicht halten«, sagte er zu Mareikje. »Tut mir leid, wenn ich die Überraschung verdorben hab.«

»Das hast du nicht. Sieh nur!«

Pieter wandte sich zu ihnen um, die Hand am Halsband des Hundes. In seinem Gesicht arbeitete es, und seine Wangen waren nass von Tränen. Mareikje hielt seinen Blick fest und verlor sich im Strahlen seiner Augen, bevor er den Kopf in den Nacken legte, zum Himmel aufsah und aus voller Kehle lachte.

ENDE

NACHWORT

Vor einigen Jahren besuchte ich das zu der Zeit gerade neu gestaltete Rijksmuseum in Amsterdam – ein unvergessliches Erlebnis! Besonders beeindruckten mich die Bilder von Rembrandt van Rijn, dessen Namen wohl jeder kennt. Regelrecht hingerissen war ich außerdem von einer Sonderausstellung mit einer Reihe von herrlichen Tulpenbildern, ich konnte mich kaum daran sattsehen.

Bevor Missverständnisse aufkommen: Die Tulpenbilder stammten nicht von Rembrandt, sondern von anderen namhaften Malern. Die Begeisterung rührte daher, dass beim Betrachten der Bilder spontan Kindheitserinnerungen an eine alte Fernsehserie erwachten, die den aussagekräftigen Namen *Adrian, der Tulpendieb* trug.

Wieder von der Reise zurück, las ich einiges über den historischen Zeitabschnitt und erfuhr mehr über jenen Tulpenwahn, die erste große Spekulationsblase der Geschichte, an deren Ende ein fulminanter Crash stand. Als die Blase Anfang Februar 1637 platzte und der Tulpenmarkt vollständig zusammenbrach, hatte das ungeahnte Konsequenzen. Die gesamte holländische Volkswirtschaft geriet ins Wanken, Gerichte und staatliche Institutionen waren monate- und jahrelang damit beschäftigt, den Schaden zu begrenzen. Denn nicht nur Kaufleute und Floristen hatten sich in den Handel mit Tulpenzwiebeln gestürzt, sondern auch zahllose einfache Leute, die alles, was sie besaßen, dafür opferten und sogar Schulden aufnahmen, um an den schwindelerregenden Gewinnen beim Handel mit Tulpenzwiebeln zu profitieren. Als mit einem Schlag alles endete, standen unzählige Menschen vor dem Ruin. Mit allen möglichen Tricks versuchte man, die Preise wieder hochzubringen, man forderte sogar Gesetze, um dem Preisverfall Einhalt zu gebieten. Um die Bezahlung noch offener Kaufsummen wurde erbittert prozessiert, doch kaum jemand hatte noch Geld, denn das steckte in den jetzt wertlosen Tulpen. Es half alles nichts – die Tulpenspekulation war unwiderruflich vorbei.

Auf Anhieb von der Thematik fasziniert, stöberte ich weiter und fand zu meinem Erstaunen heraus, dass auch Rembrandt während dieser Zeit in Tulpenzwiebeln spekuliert hatte. An dem Punkt meiner Recherchen gab es kein Halten mehr – die Idee zu einem historischen Kriminalroman war geboren, und Rembrandt musste selbstredend mitspielen.

Der junge Held der Story mit seinem schwierigen Charakter (heute würde man bei ihm wohl ein Asperger-Syndrom diagnostizieren) stellte sich mir dann irgendwann ebenfalls von allein vor, ein Vorgang, wie er auch anderen Schriftstellern nicht fremd ist – jedenfalls höre ich es öfter von Kollegen: Auf einmal taucht da jemand aus dem Nichts auf und möchte, dass man ein Buch über ihn schreibt.

Diesmal war das bei mir nur etwas problematischer als sonst, denn die Frage war: Wie passen ein mathematisch hochbegabter Romanheld und eine mathematisch minderbegabte Autorin zusammen? Die hier möglicherweise fehlende

Kompatibilität hätte mich fast an dem Projekt verzweifeln lassen, aber es aufzugeben kam nicht infrage, dafür hatten mich Figuren und Story längst viel zu sehr vereinnahmt. Also kniete ich mich rein, wie man so schön sagt – Infinitesimalrechnung und Stochastik sind ja schließlich keine Zauberei. Na schön, vielleicht doch, aber Hauptsache, man kennt einen Zauberer. Ich las alles Mögliche über rätselhafte Dinge namens Kolmogorovsche Axiome und Regressionsanalysen (fragen Sie mich bitte niemals, wie das funktioniert!) und versuchte, mich meinem klugen Helden auf diese Weise mental ein bisschen anzunähern. Aber weil ich nicht einfach dadurch, dass ich die Geschichte eines Genies schrieb, selbst eines werden konnte (obwohl es fantastisch wäre – ich würde sofort ein Buch über einen polyglotten Pianisten schreiben!), brauchte ich zum Verifizieren der mathematischen Bezüge im Roman professionelle Unterstützung. An dieser Stelle danke ich ausdrücklich Zaubermeister Lukas, dem liebenswürdigen und mathematisch höchst kompetenten Schwiegersohn meiner Schulfreundin Daniela, der die von mir zum Thema fabrizierten Texte gelesen, für akzeptabel befunden und ein paar sehr coole Tipps für den Feinschliff beigesteuert hat. Allerdings möchte ich dazu festhalten, dass etwaige noch verbliebene Defizite einzig und allein auf mein Konto gehen, denn die Story ist nun mal inklusive mathematischem Anteil fiktional und verlässt wie alle ausgedachten Geschichten an ziemlich vielen Stellen den Boden der Realität.

Fiktional ist auch die Rolle Rembrandts im Roman. Wenn auch manche der dargestellten Hintergründe rund um seine Person der Wirklichkeit entsprechen, darf daraus keineswegs geschlossen werden, dass das auch auf die Art seines Auftretens im Buch zutrifft. Wie die Rembrandtkenner unter den Lesern sicher schnell festgestellt haben, habe ich mir für die Gestaltung seines Charakters und seines persönlichen Umfelds alle möglichen schriftstellerischen Freiheiten herausgenommen. Was sein menschliches Verhalten und sein Wesen als Romanfigur angeht, so ist alles durch die Bank ausgedacht, wenn auch inspiriert von einigen Details, die Biografen über ihn zusammengetragen haben.

Zuletzt möchte ich noch ein paar Takte zu *Der Mann mit dem Goldhelm* sagen, dem weltberühmten Gemälde, das heute in Berlin hängt. Jahrhundertelang glaubte man, das Bild stamme von Rembrandt. Obwohl es nicht signiert ist, entspricht es doch so sehr dem Stil des Meisters, dass es – neben der *Nachtwache* – als *das* typische Gemälde von Rembrandt schlechthin galt. In dieser Eigenschaft wurde es nicht nur auf Postkarten, Postern, Katalogen, Bildbänden und allen möglichen Souvenirs weltweit verbreitet und vermarktet, sondern auch von Experten geschätzt und geehrt.

Entsprechend schockiert war die Kunstwelt, als genauere wissenschaftliche Analysen Mitte der 1980er Jahre die Wahrheit zutage förderten – ein unbekannter Maler hatte das Bild geschaffen, möglicherweise jemand aus der Werkstatt Rembrandts. Aber nicht einmal das konnte mehr als sicher gelten, auch nicht die zeitliche Einordnung, die sich ohnehin nur darauf gestützt hatte, dass der Meister in dem angenommenen Jahrzehnt »so« gemalt hatte – das Bild selbst ist undatiert. Wann, wo und von wem *Der Mann mit Goldhelm* tatsächlich gemalt wurde, ließ sich bisher nicht herausfinden. Es gibt in der Fachwelt die eine oder andere Vermutung, aber keine davon ist unstreitig anerkannt. Der wahre Schöpfer des Meisterwerks ist im Dunkel der Zeit verschwunden.

Rückblickend scheint sich ein Geheimnis um das Bild und seine Entstehung zu ranken – unweigerlich ein Stoff, aus dem sich Geschichten spinnen lassen …

Die Autorin, im Juni 2017

»Ein historischer Prachtschmöker!« BILD

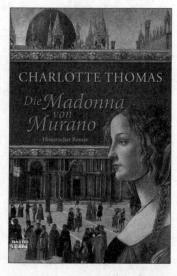

Charlotte Thomas
DIE MADONNA
VON MURANO
Historischer Roman
1.040 Seiten
mit Abbildungen
ISBN 978-3-404-15934-5

Venedig im Jahre 1475: Die Stadt feiert Karneval. In den verwinkelten Gassen der Serenissima versucht eine junge Frau verzweifelt, ihren Verfolgern zu entkommen. Sie ist hochschwanger, und sie weiß, die drei maskierten Männer wollen ihren Tod. Die Häscher holen sie ein, doch bevor sie stirbt, bringt sie das Kind zur Welt...
So beginnt das Leben von Sanchia, Ziehtochter des Glasmachers, die schon in ihrer frühen Jugend von der gefährlichen Vergangenheit ihrer Mutter eingeholt wird. Als sie Jahre später mit Lorenzo, dem wohlhabenden Spross eines Patriziers, eine verbotene Affäre beginnt, spitzen sich die Ereignisse auf dramatische Weise zu...

Bastei Lübbe

Anna und Sebastiano sind zurück!

Eva Völler
AUF EWIG DEIN
Time School
Band 1
384 Seiten
ISBN 978-3-8466-0048-1

Zeitreisen kann ziemlich gefährlich sein. Das weiß Anna nur zu genau, denn seit sie auf ihrer ersten Zeitreise ihr Herz an den gut aussehenden Venezianer Sebastiano verloren hat, musste sie schon so manch brenzlige Situation bestehen. Von der Gründung einer eigenen Zeitwächter-Schule hatte sie sich eigentlich ein etwas ruhigeres Leben versprochen. Aber ihre frisch rekrutierten Schüler sind ausgesprochen eigensinnig, und schon beim ersten größeren Einsatz am Hofe von Heinrich dem Achten geht alles Mögliche schief. Und dann taucht plötzlich völlig unerwarteter Besuch aus der Zukunft bei Anna auf, der ihr komplettes Leben auf den Kopf stellt …

one by Lübbe

»*Ein absoluter Pageturner voller zauberhafter Ideen. Romantisch, witzig – magisch! Unbedingt lesen!*« KERSTIN GIER

Eva Völler
ZEITENZAUBER
Die magische Gondel
336 Seiten
mit Abbildungen
ISBN 978-3-8432-1070-6

Die 17-jährige Anna verbringt ihre Sommerferien in Venedig. Bei einem Stadtbummel erweckt eine rote Gondel ihre Aufmerksamkeit. Seltsam. Sind in Venedig nicht alle Gondeln schwarz? Als Anna kurz darauf mit ihren Eltern eine historische Bootsparade besucht, wird sie im Gedränge ins Wasser gestoßen – und von einem unglaublich gut aussehenden jungen Mann in die rote Gondel gezogen. Bevor sie wieder auf den Bootssteg klettern kann, beginnt die Luft plötzlich zu flimmern und die Welt verschwimmt vor Annas Augen ...

Baumhaus

Nach »Die Säulen der Erde« und »Die Tore der Welt« der neue große historische »Kingsbridge«-Roman

Ken Follett
DAS FUNDAMENT
DER EWIGKEIT
Historischer Roman
Aus dem Englischen
von Dietmar Schmidt,
Rainer Schumacher
1.168 Seiten
mit Abbildungen
ISBN 978-3-7857-2600-6

1558. Noch immer wacht die altehrwürdige Kathedrale über Kingsbridge. Doch die Stadt ist im Widerstreit zwischen Katholiken und Protestanten zutiefst gespalten. Freundschaft, Loyalität, Familie – nichts scheint mehr von Bedeutung zu sein. Auch der Liebe zwischen Ned Willard und Margery Fitzgerald steht der Glaubensstreit im Weg. Als die Protestantin Elizabeth Tudor Königin wird, verschärfen sich die Gegensätze noch. Die junge Queen kann sich glücklich schätzen, den treuen Ned als Unterstützer und als ihren besten Spion an ihrer Seite zu haben. Die Liebe zwischen Ned und Margery jedoch scheint verloren zu sein, denn von Edinburgh bis Genf steht ganz Europa in Flammen.

Bastei Lübbe